RT·
ctus·
·Buhla·
·Nidras·
Mar·Continental·
·Gaeul·
·Xang·
·Jhiron·
Folsom
Mar·Ocioso·
·Arbolgren
·Nabuco
rrâneo·
·Lank'sir
Mar·Hindiago·
·Raran
Triangulo da morte
·Surva
·Ilha do Naufrágio
Mar·Hermetico·
Cabuga
·Ilhas Kangardo

ne

egro

Cisne
Ne
EDITORA
EUPHORIA

is

egro
L SANTANA

Capa
Kalina Rocha
Gabrielly Bernardes
Nathalia Brandão

Ilustrações
Kalina Rocha
Caio Bettini

Diagramação
Rafael SAles

Preparação de Texto
Vitoria Almeida

revisão
Nilma Guimarães

---

dados internacionais de catalogação na publicação (cip)
(Câmara Brasileira do Livro, SP, Brasil)

Santana, L
Cisne Negro / L Santana ; ilustração Kalina Rocha, Caio Bettini --Rio de Janeiro : Editora Euphoria, 2022.

ISBN: 978-65-84923-03-4

1. Ficção brasileira I. Rocha, Kalina. II. Bettini, Caio. III. Título.

CDDB869.3
22-119904

Índices para catálogo sistemático:
Aline Graziele Benitez - Bibliotecária - CRB-1/3129

1. Ficção : Literatura brasileira B869.3

CISNE NEGRO, 1ª EDIÇÃO, 2022

EDITORA EUPHORIA

CNPJ: 39.317.627/0001-06
Rio de Janeiro - RJ
Contato: editoraeuphoria@gmail.com
Site: www.editoraeuphoria.com.br

Dedico a todas
as pessoas que,
assim como eu,
andam meio
cansadas de
tudo

O Omegaverso em Cisne Negro

A história desse livro passa-se em um ambiente alternativo chamado **Omegaverso**. Neste guia, serão apresentadas algumas informações sobre esse universo simples e cativante.

O que é o Omegaverso?

O Omegaverso é um universo alternativo que segue a estrutura da sociedade dos lobos: **Alfas**, **Betas** e **Ômegas**, também conhecido pela sigla ABO. As histórias ambientadas nesse meio costumam envolver híbridos humano-lobo, onde os personagens permanecem com sua aparência humana, porém seus instintos e essências estarão interligados ao comportamento dos lobos, de acordo com cada classe.

Alfas

Os alfas são os que estão no topo da hierarquia do Omegaverso. Independentemente de serem machos ou fêmeas, eles possuem estatura e força física superior, assim como os cinco sentidos mais potentes em relação às demais classes.

Há aqueles que nascem com o gene de um lobo dominante chamado *lúpus* e se sobrepõem a todas as características de um Alfa comum.

Tendem a ser mais agressivos e territoriais. Quando estão enfurecidos ou excitados, a coloração de seus olhos costuma alterar-se para tons amarelados ou avermelhados, no caso dos lúpus.

Eles possuem um tom de voz específico, que permite fazer com que as outras classes se tornem mais obedientes a eles.

Rut é o nome dado ao período em que os Alfas se tornam mais propícios a engravidar tanto os Ômegas de qualquer sexo quanto os Betas fêmeas. Acontece uma vez por ano, mas, no caso dos lúpus, uma vez a cada seis meses.

Ômegas

São aqueles considerados mais dóceis e geralmente associados à fragilidade, sendo eles machos ou fêmeas. São fisicamente menores e mais fracos que as demais classes.

Ômegas também podem nascer com um gene lobo dominante, por meio do qual suas características se tornam superiores às dos Ômegas comuns. Como, por exemplo, a voz de comando de um Alfa não é efetiva se usada com um Ômega lúpus, a não ser que esse Alfa também seja lúpus.

Tendem a ser mais gentis e flexíveis. Quando estão enfurecidos ou excitados, a coloração de seus olhos costuma alterar-se para tons azulados, ou prata no caso dos lúpus.

Ômegas machos podem engravidar devido ao fato de, assim como as fêmeas, possuírem um útero. Sua cavidade anal possui uma estrutura biológica em que se torna possível separar o processo de fecundação da remoção de dejetos naturais.

Contudo, Ômegas machos não são capazes de amamentar, sendo necessário o uso de artifícios, como mamadeiras, para auxiliar na alimentação do bebê.

Heat é o nome dado ao período sexual em que o corpo dos Ômegas passa por transformações físicas, mediante as quais eles se tornam mais férteis e seus feromônios são liberados com mais intensidade. Acontece uma vez por ano, mas, no caso dos lúpus, ocorre uma vez a cada seis meses.

Quando excitado, o corpo do Ômega produz um fluido de cheiro doce, que funciona como um autolubrificante.

Betas

Os Betas, apesar de serem humanos comuns, são capazes de se reproduzir entre si normalmente. Podem engravidar os Ômegas e, no caso das fêmeas Betas, estas também podem ficar grávidas dos Alfas.

Não possuem períodos específicos para receptividade sexual.

Gamas

Assim como os Betas, eles são humanos comuns. No entanto, possuem uma ligação com o mundo espiritual e não são atraídos sexualmente por nenhuma outra classe.

Informações adicionais

Feromônios. As classes Alfa e Ômega possuem glândulas odoríferas, capazes de liberar feromônios com aromas diferentes para cada indivíduo. Nos Ômegas, é comum que seu cheiro seja mais suave e doce; já, no caso dos Alfas, o odor é relacionado a algo forte e acentuado.

Betas e Gamas não possuem feromônios, pois são classes que não dispõem de uma entidade lobo em seu interior por se tratar de seres humanos comuns.

Marca. É a união mais forte entre um Alfa e um Ômega. Funciona como um casamento, em que o casal passa a dividir todas as emoções e as essências. Geralmente, acontece por meio de uma mordida feita pelo Alfa na região entre o ombro e o pescoço do Ômega, e esse ritual é visto como uma maneira de mostrar que um pertence ao outro de corpo e alma.

GAEUL
MAR · OCIOSO
C · FOLGOOM
C · ARBOLGREN

Capítulo 1

No Oceano Pacífico, ao lado da costa asiática, um galeão seguia conduzindo em seu porão toneladas de moedas destinadas ao Reino de Gaeul. Além da riqueza em prata, o navio também transportava o conde e seus dois filhos. Alguns oficiais da Marinha Real participavam da jornada de volta para casa a fim de garantir a segurança de uma das famílias mais importantes de Gaeul.

A viagem estava em seu quadragésimo dia, e todos estavam cansados e entediados, por se encontrarem cercados apenas por água, sem nada para fazer. Mas, dentre eles, havia um Ômega que estava apreciando a viagem, pois, ao contrário de todos a bordo, ele adorava histórias que envolviam o mar, em especial sobre piratas.

Debruçado sobre a proa, Hae Jean observava o navio diminuir a velocidade conforme a noite chegava. Ele gostava de quando o vento batia em seu rosto e lhe dava a sensação de estar minimamente livre, como se nada existisse em seu caminho a não ser o oceano.

O comandante da embarcação achou mais seguro diminuir a velocidade durante a noite, devido à pouca visibilidade que se teria, e assim seria mais fácil impedir que o galeão colidisse com qualquer outra embarcação.

— Você já pensou em como seria viver em alto-mar? — Ele questionou seu irmão mais velho, que lhe fazia companhia em todos os momentos durante a viagem.

James, o irmão mais velho, que estava um pouco mais longe da proa, observou o pavimento do convés com repulsa. A madeira úmida e ligeiramente mofada e o cheiro da ferrugem causada pela maresia eram coisas que o deixavam desconfortável. Sem falar nos ratos que teve a infelicidade de encontrar em seu camarote, embora o cômodo fosse um dos mais limpos do navio.

— Desconfortável, insalubre e perigoso. — James respondeu. Ele se atentou ao risco de seu irmão cair da balaustrada e pediu: — Por favor, Jean, desça daí e afaste-se para não cair.

Jean suspirou descontente com a resposta que obteve de seu irmão. O mais novo tinha outra perspectiva do modo que James enxergava a situação. Sim, talvez as condições de viagens marítimas não fossem tão confortáveis e seguras, mas apenas o contraste entre o azul do céu e o do mar e o brilho do sol nas ondas, que despontava do horizonte em todas as manhãs, já eram motivos suficientes para considerar fazer de um navio seu lar. Ele se afastou da proa e virou-se de frente para o irmão.

— Seria fascinante. — Jean afirmou. — Muitas são as histórias contadas sobre Alfas valentes, que levam a vida desbravando os mares em busca de tesouros.

— Você quis dizer bandidos. — O irmão mais velho corrigiu fazendo Jean bufar e revirar os olhos. — A pirataria não é como contam em seus livros de romance, Jean. Os piratas são Alfas e Betas, bárbaros e cruéis.

— Mal interpretados. — Jean interrompeu-o. — É óbvio que os oficiais da Marinha espalham histórias exageradas a respeito desses Alfas. — Ele ficou um tempo em silêncio, enquanto seu irmão o encarava ainda incrédulo. — Eu gostaria muito de conhecer um navio pirata e juntar-me à tripulação.

A revelação pegou o mais velho de surpresa. James sabia sobre os livros que seu irmão costumava ler, mas não imaginava que ele desejasse se tornar um criminoso. Aquilo já estava fugindo do controle.

— Você está louco? Se papai te escutar falando isso, te deixa de castigo até que se case!

— Não quero me casar, James. — Ele lamentou cruzando os braços. A ideia de ser entregue a um Alfa desconhecido apavorava-o. — Quero ser pirata.

— Não fale coisas bobas! — James repreendeu-o, com voz baixa, para não chamar a atenção dos marinheiros que trabalhavam pelo convés. — Um bom Ômega deve se casar e dar filhos ao seu Alfa, formar uma família e levar uma vida calma e pacata.

— Fale a verdade, irmão. Você está satisfeito com esse noivado? Quer mesmo se casar e levar uma vida planejada pelos outros? Casar sem amor?

James suspirou olhando à volta a sua esquerda. Havia alguns engradados próximo ao mastro dianteiro, que continham instrumentos para manutenção do navio, simples objetos que eram manuseados pelos Alfas para consertar alguns mastros danificados. Ele observou quando um desses marinheiros pegou uma ferramenta e colocou-se a utilizá-la a seu favor.

Por um breve momento, James se imaginou como um desses utensílios, criados para ser apenas um objeto entregue a um Alfa para que, assim, este o manipule a seu bel-prazer. Mas, infelizmente, esse foi o modo como James e seu irmão foram educados. O único dever de um Ômega era a obediência, ainda que fosse contra seus verdadeiros sentimentos. Com isso, James hesitou antes de responder:

— O comodoro Roy é um Alfa de boa família. Tenho absoluta certeza de que seremos muito felizes juntos. E, quanto ao amor, aparece com o tempo. — Ele voltou sua atenção ao mais novo. — Aconselho que pare com essas ideias vulgares, pois nunca conseguirá um bom casamento se continuar com esses pensamentos absurdos.

Jean suspirou entristecido. A conversa não se aprofundou mais naquele assunto e, logo eles foram chamados ao camarote para fazer suas refeições na companhia de seu pai.

Naquela época do ano, a Lua não se mostrava tão visível no céu, deixando que as únicas luzes vistas fossem as das estrelas e do próprio galeão, o que não era suficiente para iluminar o caminho a se seguir. A velocidade do navio estava quase nula devido à escuridão que se encontrava. O breu era tão grande que ninguém notou quando um navio com velas negras se aproximou sorrateiro à esquerda. A bandeira hasteada na embarcação ostentava o emblema de um cisne com as asas abertas.

Um tiro foi disparado e duas bolas de canhão presas a uma corrente foram lançadas no mastro principal do galeão, que o partiram ao meio e derrubaram algumas de suas velas impedindo, consequentemente, sua fuga perante o ataque repentino. O barulho foi tão alto que chamou a atenção até dos oficiais que dormiam nas cobertas inferiores. Assim que os marinheiros saíram do interior do galeão, só então compreenderam o que estava acontecendo quando viram as luzes do outro navio ao longe, só agora acesas, nada puderam fazer por causa das velas destruídas. Àquela altura, uma fuga seria impossível.

— Preparem os *can*... — Antes que o comandante pudesse terminar sua ordem, diversos Alfas e Betas surgiram a bombordo escalando o navio e subindo através de cordas com ganchos, lançadas e presas na madeira do próprio galeão.

E mais inimigos foram se aproximando em pequenos botes.

Um Alfa, carregando seis pistolas em seu cinto, apontou uma delas para o rosto do comandante e o fez desistir da ideia de sacar a própria arma e erguer as mãos em sinal de desistência. O comandante pediu calma aos marinheiros e suboficiais, o caos foi impedido de se instaurar e, assim, eles puderam notar, finalmente, que se tratava de uma invasão pirata.

Um Alfa alto e imponente, de cabelos brancos, andava em meio a todos com o rosto erguido parecendo um rei. Ele caminhava entre os oficiais e piratas totalmente despreocupado, como se estivesse andando em verdes pastos e não no navio inimigo da Marinha Real, em plena invasão.

— Quem está no comando? — Ele questionou olhando para seus Alfas.

— Este aqui. — O Alfa que continha as seis pistolas se aproximou trazendo o homem rendido consigo e sempre apontando a arma para sua cabeça calva.

— Boa noite. Meu nome é Noah. — O Alfa de cabelos brancos apresentou-se colocando uma mão no peito e mantendo a outra na cabo da espada ainda embainhada. — Falo em nome do capitão do Cisne Negro, John Conrad. — Ao dizer aquele nome, o medo cresceu no coração dos marinheiros e, até mesmo, do próprio comandante —, e nós gostaríamos que todos colaborassem, a fim de impedir um banho de sangue desnecessário. Por isso, rendam-se pacificamente e, desse modo, pouparemos suas vidas e levaremos apenas a carga de valor.

— *Tttttudo* bem... — O comandante afirmou gaguejando e erguendo ambas as mãos vagarosamente. Ele ordenou aos marinheiros: — Não façam nada.

Logo, todos os tripulantes foram amarrados próximo à proa sendo vigiados por uma Alfa de longos cabelos prateados e mais alguns outros. Um pirata loiro com uma cicatriz no olho direito e que segurava uma longa katana saiu de um dos camarotes trazendo consigo o conde Hae.

— Olha só quem eu encontrei... — O pirata disse sorrindo e divertindo-se. — Seus bastardos malditos, vou mandar enforcar cada um de *voc*... — Sua fala foi interrompida com um forte soco no rosto, fazendo-o tombar para o lado e quase cair no chão.

— Amarre-o junto aos demais. — Noah ordenou. — Procure por mais alguém escondido.

— Não! — O conde gritou desesperado. — Não tem mais ninguém lá dentro. Eu juro!

Noah olhou para o Alfa com cicatriz no olho e sorriu de canto. Com um simples movimento de cabeça, ele o ordenou para entrar nos camarotes e fazer a busca por mais alguém que estivesse escondido. O conde ainda tentou impedir, mas levou um chute no rosto que o fez cair desacordado para o lado.

O Alfa, armado com a katana, entrou em um dos camarotes e buscou por mais alguém. Ele procurou atrás das estantes, da cômoda e embaixo das camas e, quando teve certeza de que estava vazio, dirigiu-se ao outro, que era um pouco menor. O Alfa viu, entre dois barris, a ponta de uma cabeleira loira, sorriu vitorioso e aproximou-se chutando o objeto que servia como esconderijo. Quando o barril voou batendo na parede, ele viu dois Ômegas abaixados, um abraçado ao outro.

— Levantem-se os dois. — Ele ordenou com voz grave. James levantou-se trêmulo, mas seu irmão mais novo ficou parado ainda em choque e morrendo de medo. — Eu mandei levantar, porra!

Jean fechou os olhos e soltou um chiado quando teve seu braço agarrado de forma brusca. James tentou impedir o pirata de machucar seu irmão e foi empurrado caindo para o lado. Mas ele se levantou e tentou novamente, dessa vez se agarrando ao braço daquele Alfa.

— Por favor, senhor. — James implorou chamando a atenção do pirata para si. — Ele é apenas um servo, não lhe dará nenhum lucro. — Mentiu. — Leve-me no lugar dele, *eeeeeu* sou Hae James, filho do conde. — O pirata largou o Ômega mais jovem, agora interessado no que James estava lhe falando. — Leve-me em vez dele e obterá grande lucro com um pedido de resgate.

O Alfa, então, agarrou o braço de James e levou-o para fora do camarote. O Ômega mais novo apenas se encolheu no chão em posição fetal e chorou diante da própria sensação de inutilidade e covardia. Era ele quem mais gostaria de conhecer os piratas, mas agora estava tremendo de medo e encontrava-se incapaz de falar qualquer coisa diante deles.

— Este Ômega diz ser filho do conde. — O Alfa com cicatriz comunicou a Noah ainda segurando o braço do garoto com força.

Noah estudou-o de perto, James manteve o olhar por breves segundos, mas logo o desviou. Ele carregava um colar com o mesmo brasão familiar que tinha no cinto do conde.

— Terminamos. — Um pirata comunicou ao líder. — Levamos tudo o que estava no porão de carga e todos os outros objetos de valor para os botes.

— Ótimo. — Noah respondeu voltando sua atenção aos tripulantes do galeão. — Obrigado por sua cooperação.

Ele se virou para o Alfa de cicatriz e ordenou:

— Leve o Ômega para um dos botes e amarre-o.

O Alfa assentiu e logo estava descendo com James pelas cordas até os barcos, assim como o restante da tripulação, remando de volta para o Cisne Negro.

Um longo tempo após embarcarem no navio pirata, James encontrava-se no porão do Cisne Negro, com frio e morrendo de medo. Ele estava preso por correntes que o ligavam ao teto, e suas pernas estavam cansadas do tempo que ficou em pé. O fato de estar em uma parte do navio que ficava submersa na água deixava o espaço confinado ainda mais frio, e o restrito ar presente surgia através da pequena escotilha gradeada que se situava no teto amadeirado na parte de trás do porão.

Diferentemente do camarote arejado e bem iluminado em que costumava ficar no galeão, o porão do Cisne Negro continha apenas algumas lamparinas com uma luminescência mínima, mas que permitiu ao Ômega concluir que as únicas companhias que ele tinha eram alguns barris velhos e objetos quebrados, além das muitas cargas roubadas e baús cheios de prata.

James estava se perguntando o que aqueles piratas fariam consigo. Se realmente pretendiam pedir um resgate ou se apenas abusariam dele, matá-lo quando já não tivesse mais nenhuma serventia e depois jogar seu corpo ao mar. E, mesmo temendo por sua vida, James não se arrependeu nem por um segundo de ter se entregado no lugar de seu irmão, daria sua vida por ele quantas vezes fosse necessário.

Ele se assustou, saindo de seus pensamentos, quando a porta do porão foi aberta. Um outro pirata surgiu, ele se aproximou com um molho de chaves nas mãos e abriu as correntes, libertando-o. James sentiu suas pernas fraquejarem, mas conseguiu se manter de pé com a ajuda do Alfa, que imediatamente agarrou seu braço, levando-o para fora daquele porão imundo. Ele foi conduzido em meio a alguns Alfas e Betas curiosos quanto a ele. Todos já sabiam sobre o motivo dele estar ali, mas um Ômega a bordo era muito raro e ainda chamava a atenção.

A porta da cabine do capitão foi aberta diante de si, e logo ele se viu dentro de um cômodo iluminado com lamparinas e algumas janelas. Havia uma cama de casal no canto, algumas prateleiras com diversos livros e muitos pergaminhos enrolados dentro de baús abertos. Em cima de uma grande mesa que se encontrava mais ao fundo e entre duas janelas, havia uma esfera armilar, dispositivo astronômico utilizado para traçar coordenadas, que brilhava envernizada ao lado de um sextante, instrumento indispensável para se medir o ângulo entre o horizonte e o Sol.

Na mesa ainda havia mais alguns pergaminhos e atlas marítimos. No centro dela, um grande livro, no qual eram registrados e datados todos os acontecimentos e descobertas, estava aberto diante do Alfa capitão do navio, cujas mãos descansavam ao lado do diário de bordo e de um tinteiro com uma pena dentro. Ele estava vestido inteiramente com roupas em tons escuros, desde as calças e as botas até o longo casaco preto que o deixava com uma aparência ainda mais sombria do que já era comentado entre os vilarejos.

O Alfa que havia trazido o Ômega saiu, deixando-os a sós. Temeroso, James permaneceu parado junto à porta, mas o capitão fez um movimento com a mão para que ele se aproximasse. James engoliu em seco e obedeceu, aproximando-se a passos lentos.

— Sente-se. — O Alfa indicou uma cadeira em frente à mesa, e James sentou-se. — Quantos bens e riquezas seu pai possui exatamente?

— *Eeeeeu* não sei, senhor. — James respondeu baixo massageando os pulsos que estavam avermelhados e bastante doloridos. O capitão notou isso, mas ignorou.

— Ele o ama?

James arregalou os olhos. Tudo bem que aquele Alfa era um pirata, mas até mesmo ele possuía um pai e, mesmo atualmente sendo um bandido saqueador, em alguma parte de sua vida o capitão deve ter recebido, no mínimo, um pouco de amor dele.

— Está mesmo perguntando isso? — Conrad ergueu uma sobrancelha e ficou esperando pela resposta. — Se quer saber se sou importante o suficiente para que ele pague o resgate, não se preocupe, pois ele pagará qualquer quantia que pedir.

Nesse momento, alguém bateu à porta, com o capitão concedendo sua entrada no mesmo instante. O Beta navegador entrou trazendo consigo alguns papéis e colocou-os em cima da mesa ignorando a presença do Ômega. Ao contrário do capitão, o Beta vestia uma camisa branca de mangas longas e um colete bege com alguns botões abertos. A franja crescida quase cobria-lhe os olhos. Ele abriu um atlas diante de seu capitão apontando para um lugar em específico.

— O Billy diz que uma tempestade se aproxima a noroeste, isso causaria fortes avarias no navio e atrasaria ainda mais nossa viagem. — Ele abriu um outro atlas por cima do primeiro. James sentiu um forte hálito de álcool vindo do Beta, enquanto ele falava, quase curvado sobre a mesa. — A tripulação concorda que devemos seguir pela rota sul atrás de outros saques até que o tempo se acalme, para fazermos a troca. — Ele apontou com a cabeça para o Ômega. —, E então vamos direto para Nabuco.

O capitão puxou o mapa a fim de estudá-lo melhor de perto. Com o movimento, um pedaço de papel rasgado surgiu debaixo chamando apenas a atenção do Ômega.

— Um fragmento do *Imperium.* — James comentou consigo mesmo.

— O que disse? — O navegador lançou um olhar surpreso, só agora se importando com sua presença.

— Este pedaço de papel. — James respondeu apontando para o papel rasgado. — Não é uma das sete partes do mapa que esconde o maior tesouro do mundo?

Conrad e seu navegador trocaram olhares surpresos. Aquele pedaço de papel esteve sob a posse dos piratas durante anos, mas ninguém nunca soube dizer exatamente o que significavam os rabiscos que estavam escritos nele. A tripulação entendia somente que aquele pedaço de pergaminho era de extrema importância.

— Como você sabe disso? — O Beta questionou.

— Bem, meu irmão gosta muito dessas histórias. Certo dia ele me contou sobre um pirata chamado Francis Bonny, possuidor do maior tesouro do mundo, que foi escondido em algum lugar antes de ele ser condenado à forca. Diz a lenda que ele repartiu o mapa em sete partes e espalhou-as pelos Sete Mares, e aquele que conseguir encontrar e juntar cada parte encontrará o caminho para sua riqueza. O *Imperium*.

— Você consegue ler isto? — O navegador perguntou impressionado apontando para o fragmento. Para ele e Conrad, tratava-se de um simples pedaço de papel com vários traços e riscos disformes, sem nenhum significado aparente. O Ômega assentiu. — Tem certeza?!

— Sim.

— Como você consegue?

— *Eeeeeeu* não sei. Elas só brilham...

— O que brilham?! — O navegador puxou o pedaço de papel para mais perto tentando ver alguma coisa além dos rabiscos, mas para ele continuava do mesmo jeito. Indecifrável. — Diga-me, o que está vendo exatamente?

— Não sei ao certo, mas se parecem com figuras ou letras... — James cerrou os olhos tentando compreender. — E parte de um caminho.

— Chame Rowan, mande que o prenda no porão novamente e descubra como este Ômega consegue ler o que há no fragmento. — Conrad ordenou.

— *Eeeeespere*, por favor! — James pediu exasperado, não queria voltar para aquele lugar sujo e úmido. — E quanto a meu resgate? O senhor não irá pedir a meu pai?

— Mudança de planos. — O capitão afirmou sorrindo para o navegador.

— Você vai me matar?! Por favor, não faça isso. Meu pai pode pagar qualquer quantia...

— Acalme-se. Não mato Ômegas inocentes.

— *Mmmmmas...* — Nesse momento, o Alfa chamado Rowan entrou na cabine, segurou o braço de James, levou-o novamente para baixo e prendeu-o outra vez nas correntes do porão de carga.

O Beta permaneceu na cabine com o capitão buscando nos livros mais elementos sobre escritas antigas e mapas incomuns. Talvez o amplo acervo de registros, adquiridos pelo próprio navegador, sugerisse qualquer resposta quanto àquela lacuna entre James e o mapa. Mas ambos dispunham de muitas informações e precisavam encurtar as buscas para algo mais específico.

— Thomas! — O capitão chamou o navegador. — O que eles dois têm em comum?

— Senhor?

— Este Ômega e Francis Bonny? — Conrad ponderou. — Até onde sei, eles são os únicos capazes de enxergar seja lá o que tenha escrito nesse pedaço de pergaminho.

Thomas estava sentado na mesma cadeira que James ocupou minutos atrás, enquanto o capitão se manteve apoiado na mesa, de frente para ele. O navegador segurava um livro que narrava as canções sobre o célebre pirata, criador do mapa, e fez uma pausa na leitura para juntar-se à reflexão do Alfa.

— Não acredito que eles sejam parentes. O Ômega vem de uma família nobre. — Conrad comprimiu os lábios em frustração. Thomas continuou: — Contudo, ambos são Ômegas lúpus.

Os olhos de John Conrad brilharam ao ouvir aquela afirmação. O Alfa ergueu-se em um pulo e seguiu até as prateleiras de uma das estantes. Ele buscou pelas obras que contavam histórias, de tempos longínquos, sobre os primeiros ancestrais com genes lobo e sua antiga forma de comunicação, utilizada antes que o idioma mundialmente estabelecido se tornasse o único a ser conhecido. Conrad passou o dedo indicador sobre as lombadas dos livros e puxou um dos exemplares que discorria, especificamente, sobre a classe dominante de lúpus.

Nesse momento, a porta da cabine foi aberta, e o Alfa que levou James de volta ao porão reapareceu. Conrad e Thomas olharam para ele no mesmo instante e esperaram pelo que o pirata pretendia. Mas ele hesitou evitando olhar diretamente para o capitão.

— O que foi, Rowan? — Thomas instigou-o a falar o motivo de sua aparição repentina.

O Alfa marujo titubeou colocando as mãos nos quadris. Com o ato, a jaqueta marrom que ele vestia se abriu na frente exibindo um coldre vertical contendo três pistolas em cada lado.

— É o Ômega, capitão. — Rowan finalmente revelou evitando encarar seu líder nos olhos. — Ele está… digamos, apertado.

— Leve-o ao sanitário. — Conrad indicou.

— Aí é que mora o problema… É melhor vir pessoalmente.

O capitão franziu o cenho e trocou olhares confusos com o Beta. Sem mais delongas, ele entregou o livro para Thomas e foi guiado pelo outro pirata, descendo até o piso inferior. No fim do longo corredor onde ficavam os dormitórios da tripulação, havia uma porta que dava acesso a um pequeno compartimento com uma latrina de madeira, a qual eles utilizavam para depositar seus excrementos. Um Alfa chamado Billy aguardava ao lado de James, que mantinha as pernas unidas e o corpo inquieto. Assim que se aproximou de ambos, o capitão Conrad cruzou os braços à espera de uma explicação.

— Qual é o problema?

— Ele não quer usar a latrina. — Contou Billy.

— E por quê?

— Não está sentindo? — James perguntou. — Está fedendo mais que o porão. Não vou entrar aí, parece que tem algum animal morto.

Billy inclinou o rosto próximo à porta e inspirou. Instantaneamente, ele enrugou os músculos do rosto fazendo uma careta de aversão ao odor aspirado e tapou o nariz. Rowan não se manifestou, mas sua expressão enojada demonstrava que ele também havia concordado com a fala do Ômega.

O capitão fechou os olhos e passou os dedos sobre as pálpebras. Estava defronte a um problema necessariamente complicado, na tentativa de descobrir como James conseguia ler os rabiscos do fragmento. Ele não dispunha de tempo para solucionar a dificuldade que Billy e Rowan tinham de lidar com as objeções do Ômega. Porém, o garoto possuía um semblante tristonho e abatido, o que fez com que o capitão entendesse o impasse daqueles Alfas e sentisse um pouco de compaixão.

Conrad, então, segurou o antebraço de James e levou-o para cima em direção à popa da embarcação. Ele apanhou um balde com a alça partida, que estava jogado entre alguns barris, e posicionou-o na frente do Ômega.

— Aí está. — O capitão indicou.

James apontou para o recipiente e olhou com incredulidade para o Alfa.

— Você não está querendo que eu faça... aqui, não é?

— É isso ou a latrina. — Conrad cruzou os braços irredutível.

Até mesmo os quarenta dias de viagem enfrentados no galeão não se comparavam às poucas horas que passou a bordo daquele navio assombroso. O pirata não tirava os olhos dele, e isso o deixava ainda mais desconfortável.

— Você vai ficar olhando?! — James franziu o cenho.

Conrad ergueu as sobrancelhas completamente pasmo com a ousadia daquele Ômega. Mas tinha de confessar, o garoto ficava muito fofo com aquele rostinho indignado. Era só olhar para o outro lado, não lhe custaria nada. O Alfa então se virou, dando as costas para James, e deixou-o ter seu breve momento de privacidade.

Não era muito agradável, mas pelo menos James conseguiria se aliviar naquele recipiente. O Ômega estava com receio de que o capitão ouvisse o som do líquido caindo na madeira, ele abriu a calça e ficou bastante próximo ao balde para então urinar. Olhou assustado para o Alfa, contudo este ainda estava de costas para si totalmente indiferente ao que James estivesse fazendo ali.

Assim que terminou, e não querendo que o capitão visse aquela cena, ele se aproximou do parapeito e atirou o balde para fora do navio. Conrad permaneceu o tempo inteiro de costas para ele.

Querendo se aproveitar dos poucos minutos que lhe restavam no pavimento superior, o Ômega ficou em silêncio, enquanto desfrutava da brisa fresca. Ele devia avisar que já acabou? Talvez. O fato é que ele não estava preocupado com isso. O capitão que continuasse lhe esperando.

Mas o breve momento durou pouco, até o Alfa desconfiar de sua demora e olhar para trás. Assim que notou que James já havia terminado de fazer suas necessidades, ele ignorou o olhar aborrecido do Ômega e levou-o de volta para o porão. Logo depois, Conrad voltou para a cabine e juntou-se novamente ao navegador.

Thomas e o capitão passaram dias, dedicando-se à tarefa de encontrar respostas. Eles se mantinham quase o tempo inteiro dentro da cabine, metidos entre livros e pergaminhos, até que o navegador finalmente conseguiu chegar a uma coerente conclusão do porquê o Ômega conseguia ler o fragmento.

— Capitão. — O Beta aproximou-se da mesa onde Conrad estava registrando anotações no diário de bordo.

— Sim? — Ele respondeu mantendo os olhos no livro sobre a mesa.

— Acho que entendi por que aquele Ômega consegue enxergar o fragmento. — Conrad ergueu os olhos para encarar o Beta. — O mapa foi feito com runas lunares, e esse tipo de escrita especial só é possível ser lida por Ômega lúpus.

— Chame Noah aqui, agora.

Embora antes nunca houvesse uma única pista sobre as informações daquele simples pedaço de papel, a boa nova trazida pelo navegador deixou John Conrad ansioso por, finalmente, ter um ponto de partida para ir atrás do tão almejado tesouro.

Em questão de segundos, o Alfa contramestre do navio estava dentro da cabine do capitão.

— O que foi? — Noah aproximou-se.

— Encontramos alguém que é capaz de decifrar os fragmentos do *Imperium*. — O capitão revelou.

Noah arregalou os olhos, surpreso, compartilhando da mesma sensação de conquista que Conrad sentia.

— Quem?

— O Ômega, filho do conde.

— Isso é ótimo! — Noah gargalhou. — Quando a tripulação souber...

— Junte todos no convés. — Conrad comandou, com um sorriso ávido no rosto, saindo da cabine logo em seguida.

Assim que os tripulantes foram inteiramente reunidos no convés, em frente à porta da cabine do capitão, eles se perguntaram o que havia acontecido de tão especial para serem amontoados ali. Não poderia ser um festejo, visto que aquele era o dia de folga da banda. Tudo era feito com uma programação estabelecida antecipadamente. Não é porque eles eram piratas que seriam completamente desorganizados, apesar de terem fama de serem brutos e violentos, eram muito disciplinados e seguiam uma série de regras criadas pelo capitão. Quando projetavam uma rota, eles a seguiam minimamente até obter o desfecho esperado e, pelo conhecimento de todos, o plano atual era fazer o pedido de resgate do Ômega sequestrado e depois partir para a Ilha de Nabuco, a fim de negociar os recentes saques.

Quando o capitão abriu a porta da cabine e pisou no convés, os piratas que cochichavam entre si sobre o motivo de o contramestre tê-los retirado de suas atividades cessaram os murmúrios para ouvi-lo falar.

— Imagino que estejam felizes com o saque que fizemos hoje à noite. — Todos gritaram e fizeram barulho, eufóricos pela enorme quantidade de prata, carga roubada do galeão. — Mas estão satisfeitos com apenas isso?

Todos negaram em uníssono.

— Podemos saquear outros navios mercantes, enquanto esperamos a tempestade se afastar de Nabuco. — Um dos piratas sugeriu.

— Parece ser uma ótima ideia, Scott. — John admitiu caminhando entre os piratas, com as mãos atrás das costas. — Mas e se eu lhes contar que existe um tesouro, muito, muito maior do que simples saques a navios mercantes? Um tesouro tão grande que, nem se esvaziasse completamente o porão do Cisne Negro, seríamos capazes de acomodá-lo inteiramente?

Todos se entreolharam interessados naquilo. Uma movimentação e vozes formaram-se entre a tripulação, todos falando de uma só vez. Uma voz sobressaltou às demais fazendo com que todos se calassem.

— Está se referindo ao *Imperium*, capitão?

— Sim, meu caro Sebastian. — Ele respondeu.

— *Pff*, isso não passa de uma lenda. — Joe afirmou desacreditado.

— Não. É verdade. — Rowan manifestou-se. — Ouvi falar sobre um dos fragmentos no Triângulo da Morte.

— Você por acaso o viu, Rowan? — Joe questionou de volta, mas o pirata não lhe respondeu. — Isso não passa de uma lenda.

Uma nova discussão começou a se formar entre os tripulantes. John suspirou, retirou um pedaço de papel do bolso e ergueu alto deixando visível a todos.

— O que tenho em minhas mãos é um dos fragmentos do *Imperium*. — Disse fazendo todos se calarem e voltarem a atenção para si. — Sim, ele é real.

— *Eeeeeeu* não acredito. — Sven afirmou se aproximou. Ele estudou o papel nas mãos do capitão. — Mas há só riscos e figuras malucas. Como saberemos se este é realmente um dos lendários fragmentos?

— Não são riscos e figuras malucas, Sven. — O navegador afirmou. — São runas lunares, uma escrita que apenas Ômegas lúpus conseguem ler.

— E como vamos conseguir um Ômega lúpus? Eles são extremamente raros. Tão raros quanto esses fragmentos. Eu mesmo nunca vi um na minha vida.

— Neste momento, nós o temos cativo no porão de carga.

— O filho do conde é um Ômega lúpus? — John assentiu. — E o que estamos esperando? Podemos pedir uma boa quantia em seu resgate.

O capitão inspirou profundamente e fechou os olhos, evitando revirá-los.

— Tenho uma ideia melhor. — John comunicou. — E se nós procurarmos pelos outros seis fragmentos? Teríamos uma riqueza incalculável para cada um de nós.

— Seria o suficiente para darmos fim à vida de pirata e vivermos tranquilos e confortáveis até o fim de nossas vidas. — Noah argumentou. — Sei que muitos de vocês desejam isso.

— Então, o que me dizem? — Conrad indagou observando as expressões de cada um. — Continuar com os saques a pequenos navios mercantes ou caçar o *Imperium*?

A resposta foi tão rápida quanto um raio que corta o céu durante uma tempestade. Por decisão unânime, todos optaram por ir atrás dos fragmentos do mapa para encontrar o tesouro de Francis Bonny.

— Thomas. — O capitão voltou-se para o navegador. — Mude o curso para Nabuco.

Os marinheiros do galeão tentavam inutilmente consertar o mastro quebrado e erguer as velas, mas tudo o que conseguiam era receber mais gritos raivosos de seu comandante enfurecido. Passadas cinco horas à deriva torcendo para que nenhum outro navio pirata os abordasse e lhes tirasse aquilo que tinham de mais importante - suas vidas -, eles foram resgatados por uma embarcação pertencente a alguns comerciantes que estavam vindo de Nabuco.

— Essa embarcação está sendo confiscada pela Marinha Real. — O conde disse para o capitão do navio mercante. Em seguida, ele se voltou para o comandante do galeão: — Siga aqueles bastardos.

— Sinto, senhor, mas não podemos fazer isso.

— Como não? Eles levaram meu filho!

— Eu vi senhor, acredite, também não gosto da situação. Mas não estamos em condições de fazer isso. Este navio não possui força de fogo suficiente para uma tentativa de resgate e, com todo respeito, seria burrice. — O conde pensou um pouco melhor ouvindo as palavras do comandante. — Precisamos levar o galeão para Gaeul e consertá-lo. Em breve receberá um pedido de resgate, precisamos estar preparados.

A muito contragosto, o conde assentiu, e a rota foi marcada de volta para casa.

Sentado próximo à popa, Jean observava mais uma vez o rastro de espuma na água, que o navio deixava para trás, assim como seu irmão que honrosamente se entregou em seu lugar. Ele estava se sentindo envergonhado e com o coração cheio de culpa, por ter visto seu irmão ser arrastado pelo pirata e não ter feito nada para tentar ajudá-lo. Com lágrimas cortando seu rosto amargamente, ele prometeu a si mesmo que nunca mais se esconderia atrás do manto da covardia quando seu irmão necessitasse de sua ajuda.

Após ser deixado por longos dias preso naquele porão úmido, frio, cheio de ratos e insetos, James já não se importava tanto com o fato de estar com suas vestes sujas, fedorentas e com o cabelo engordurado. Como ele sempre havia dito para seu irmão, os piratas eram Alfas e Betas grosseiros sem a mínima noção de como tratar um Ômega. As únicas vezes em que se permitia sair do porão era para fazer suas necessidades e, nos dias em que o capitão acordava de bom humor, para passear pelo convés, sempre vigiado por um Alfa.

James estava furioso pelo tratamento recebido e, se pudesse, chutaria o traseiro de cada um deles. Até mesmo suas refeições, ele era obrigado a fazer naquele espaço imundo. Ao menos não o deixaram com fome, uma vez que o navegador sempre levava alguma coisa para o Ômega comer e beber. Mas, naquele dia em particular, passou-se a manhã, a tarde se foi e logo veio o anoitecer, e Thomas não desceu para trazer sua comida.

Imaginou que tinha sido esquecido ali embaixo, sozinho na escuridão. Chegou até a desejar ver o rosto de um deles novamente, mas mudou de ideia quando um Alfa abriu o alçapão que dava acesso ao porão e entrou com um único pulo ignorando a escada. Logo em seguida, um outro pirata pulou atrás. Quando os Alfas chegaram perto suficiente para poder serem vistos com clareza, sem saber o porquê exatamente, James suspirou aliviado por um deles ser o mesmo Alfa chamado Rowan, que o movia pelo navio. Já o outro era aquele que tinha uma cicatriz no olho direito. James não tinha gostado muito desse.

— Vocês já pediram o resgate? — James arriscou perguntar-lhes.

— Calado! — O da cicatriz respondeu pronto para acertá-lo, mas foi impedido pelo outro. — Qual seu problema?

— O capitão disse que ele é nosso convidado. — O da cicatriz revirou os olhos. — Ainda não. — Rowan, enfim, respondeu ao Ômega. — O capitão quer falar com você novamente.

James assentiu e seguiu os Alfas mantendo a cabeça baixa. Foi guiado mais uma vez até a cabine do capitão e, quando chegou à porta, travou antes mesmo de entrar recebendo um "incentivo", em forma de empurrão, do Alfa da cicatriz. A porta foi fechada, e ele se viu novamente sozinho com o líder dos piratas. O cheiro de refeição levou sua atenção até a mesa. A comida estava com uma aparência ótima. Para sua surpresa, Conrad levantou-se e puxou uma cadeira para ele. Com receio, James aproximou-se e sentou-se nela.

— Acredito que começamos com o pé esquerdo. — O capitão disse, sentando-se do outro lado. — Peço desculpas pelas instalações em que foi acomodado. Por favor, sirva-se à vontade.

James podia sentir a falsidade saindo de suas palavras. Estava com fome, mas o medo e a ansiedade que sentia o fizeram rejeitar a comida.

— Estamos indo para Gaeul? Quando vai pedir meu resgate?

— Não, e não haverá pedido de resgate. — Conrad foi direto tomando um gole de sua bebida.

— Não entendo... o que vai fazer comigo? Por favor, liberte-me.

— Você é valioso demais para ser libertado assim. Não. Tenho outros planos para você.

— Que tipo de planos?

O capitão sorriu tomando mais um pouco da bebida. Ele se levantou e foi até uma das estantes, quando voltou, colocou o pedaço do mapa na frente do Ômega. James observou o fragmento vendo as mesmas figuras que brilhavam em tom prateado. Sem entender, ele ergueu o rosto até olhar o Alfa esperando que este lhe explicasse o que queria com aquilo.

— Você vai me dizer o que está escrito nesse fragmento. — O Alfa esclareceu.

— Não sei. Não entendo essas figuras. — Conrad estudou-o com um olhar desconfiado. — Estou falando a verdade.

— Então traduza. Meu navegador dispõe de uma grande quantidade de livros que podem ajudar nessa questão. Vou chamá-lo aqui.

Um rápido pensamento passou pela cabeça do Ômega, e ele fez as contas mentalmente. James nunca tinha visto aquelas figuras antes e, aparentemente, era o único que conseguia enxergá-las. Se a lenda for verdade, aquele fragmento era muito valioso, existiam mais seis e ninguém fazia ideia de onde se encontravam. Aquele Alfa queria que ele traduzisse de qualquer jeito e, com certeza, exigiria isso com as outras seis partes. Isso significava que teria de ficar na companhia daqueles piratas por um longo período de tempo, anos, ou talvez para sempre caso não encontrassem as outras partes. O capitão parecia irredutível quanto a isso.

— Não. — James disse. Conrad cessou os passos e olhou para trás antes de chegar à porta. Ele havia escutado sua negativa, mas ficou em silêncio dando alguns segundos para o Ômega mudar de ideia. Não sabia se era coragem ou loucura, mas James estava decidido a não se entregar tão facilmente. — Não vou me juntar a sua tripulação, sinto muito sr. Conrad. Quero que me leve de volta para meu pai, por favor. Encontre outra pessoa para essa missão.

O capitão respirou fundo e continuou parado no umbral.

— Apenas Ômegas lúpus podem enxergar as escrituras e não há outro disponível no momento. — Ele articulou tentando não perder a calma e assustar o único que podia ajudá-lo a encontrar o *Imperium*. — Não estou pedindo para se juntar à minha tripulação, quero apenas que traduza este pedaço do mapa.

— Entendo que precisa de minha ajuda, mas receio que não vou poder ajudá-lo. Tenho uma vida em Gaeul. Estou de casamento marcado, e meu noivo está me aguardando. — James tentou comovê-lo mesmo sabendo que isso não adiantaria muita coisa. Capitão Conrad era um pirata frio e impiedoso, como todos diziam.

— Não me importo com sua vida em Gaeul. Então, sugiro que se sente naquela cadeira e faça o que estou mandando.

— Ou o quê, *hm*? — James andou alguns passos em direção a ele. A cabeça erguida, perigosamente o desafiando. — Conheço meus direitos, Alfa. Sou livre e você não pode me obrigar a fazer nada.

Conrad ergueu as sobrancelhas verdadeiramente confuso com aquilo. Nunca tinha visto um Ômega tão corajoso, todos os que ele conhecera eram bastante submissos e medrosos, mas James parecia ser diferente. Talvez fosse assim por ser um lúpus, ele não sabia explicar. Mas algo naquela teimosia lhe chamou atenção. O jeito com que o loiro o desafiava de alguma forma atraía seu lobo.

— Você é muito corajoso, Ômega. — Conrad reconheceu, aproximando-se a passos lentos. — Até meus Alfas temem falar comigo dessa maneira.

— Bom... — James engoliu em seco com a aproximação do pirata. — Não sou um de seus Alfas.

Conrad continuou com seus passos vagarosos e só parou quando seu corpo ficou rente ao do mais baixo. Era incrível a sensação de calor que James sentiu com o capitão tão próximo a si. Seu coração batia rápido, mas, por incrível que pareça, não tinha medo.

— Você perguntou o que eu faria caso não me obedeça... — Conrad disse em baixo tom. Seus dedos tocaram a pele do Ômega com suavidade, e James quase fechou os olhos se entregando a seu toque quando repentinamente sentiu aquela mão apertar seu braço e puxá-lo para si com força. — Vou te mostrar o que acontece com os que me desafiam, Ômega.

O Alfa, então, saiu da cabine com passos pesados arrastando James consigo. Todos que estavam no convés, trabalhando ou conversando, interromperam suas atividades para assistir à cena que se desenrolava.

— Preparem a prancha! — Conrad ordenou a seus Alfas.

Sem entender como as coisas haviam chegado àquela situação, os piratas apenas assentiram e obedeceram a seu capitão. Todos ficaram eufóricos, loucos para ver pela primeira vez um Ômega caminhar pela famigerada prancha e virar comida de tubarões. John Conrad pegou uma corda e amarrou as mãos do Ômega à frente de seu corpo e, quando a prancha foi encaixada na lateral do navio, ele o fez subir na viga de madeira e foi logo atrás.

James encontrava-se encurralado sendo obrigado a dar passos para trás em direção à outra extremidade da prancha e em direção ao mar, conforme o Alfa se aproximava apontando uma adaga afiada em sua direção.

— Sua última chance, Ômega. — O capitão afirmou alto para que todos ouvissem. — Me dê o que eu quero ou estes serão seus últimos momentos com vida.

Era uma decisão arriscada sem dúvida. No entanto, James raramente se esquecia de algo quando escutava. Sempre soube, por seu irmão, que os piratas possuem um código. Eles eram foras da lei, bastardos cruéis e sanguinários, mas havia aqueles que levavam a honra de sua palavra muito a sério, e o capitão Conrad parecia ser um desses Alfas.

— Você não vai fazer isso. — James articulou quase na ponta da prancha.

— Como pode ter tanta certeza disso? — Conrad questionou arqueando uma sobrancelha.

Os piratas apenas observavam atentamente aquela conversa. Um Ômega amarrado e caminhando sobre a prancha, sob ameaça do capitão, era sem dúvidas a melhor coisa que eles veriam em anos. E tudo ficava ainda melhor quando esse Ômega o desafiava diante de todos.

Tentando não tremer mais do que seu corpo já estava, James puxou uma grande quantidade de oxigênio, liberou-o aos poucos e respondeu-lhe:

— Você não mata Ômegas inocentes.

GAEUL
ANG
NIPON
MAR OCIOSO
FOLSOM
ARBOLGREN

Capítulo 2

Por um momento, James sentiu que os olhos pretos do Alfa ficaram mais escuros e tenebrosos. Ele viu a linha de sua mandíbula ser tensionada e engoliu em seco temendo realmente ter passado dos limites. Mas, para sua surpresa, o capitão de repente riu soprado e guardou sua adaga. Ele olhou para sua tripulação logo atrás, que assistia a tudo atentamente.

— "Não mato Ômegas inocentes..." — Conrad refletiu sobre as palavras que havia dito para James dias atrás. Ele riu mais alto dessa vez diante da própria ironia. — Não, não mato.

O capitão voltou a olhar o Ômega na beira da prancha, quase caindo no oceano e tentando, ao máximo, manter-se em equilíbrio. Ele o observou por apenas alguns segundos, que para James pareciam horas, com seus olhos profundos e misteriosos. O Alfa pensava em algo que fizesse com que aquele Ômega abusado lhe obedecesse. Uma ideia brilhou em sua mente, e ele sorriu grande. Caminhou despreocupado até o garoto agarrando seu braço novamente e puxando-o de volta para a segurança do navio. James estava tão assustado que seu corpo demorou para reagir e ele quase caiu tropeçando nos próprios pés.

— Acabei de ter uma ideia muito melhor. — Os olhos do capitão brilhavam, e James não tinha certeza do porquê. Porém, de uma coisa ele sabia, a expressão no rosto do Alfa o estava assustando. — Thomas, mude o curso outra vez. Vamos para a Ilha de Folsom.

James não fazia ideia do que aquele nome significava, mas ficou confuso ao ver o sorriso ganhar forma nos rostos dos Alfas e Betas da tripulação. Aquela ilha parecia ser algo bom, visto que todos ficaram felizes em saber que estavam indo para lá. O que o capitão Conrad estava pretendendo?

— Finalmente! — A timoneira bateu no leme entusiasmada.

Com o auxílio do navegador sobre qual direção tomar, ela imediatamente girou o leme o máximo permitido para a estibordo forçando o navio a fazer uma curva rápida para a direita. Os piratas trabalhavam com gosto passeando pelo convés, puxando cabos e manuseando as velas com bastante esforço físico. Não pareciam cansados e vibravam pelo destino escolhido pelo capitão.

James estava sentado em um pequeno caixote de madeira, enquanto observava tudo sem compreender o motivo de tanta alegria. Um pirata passou a seu lado, e ele puxou o tecido de sua camisa desgastada para chamar sua atenção.

— Com licença, senhor. — O Alfa voltou-se para vê-lo. — Mas o que é a Ilha de Folsom?

— Ele me chamou de senhor, vocês ouviram isso? Estou começando a gostar desse Ômega. — O Alfa riu mostrando alguns dentes podres e voltou sua atenção ao loiro. — Folsom é o paraíso, garoto.

O Ômega permaneceu sem entender o que aquilo significava. Seus olhos percorreram o andar inferior do navio e o mesmo piso em que estava procurando pelo capitão Conrad. Mas não o encontrou. Supôs que ele tivesse voltado para sua cabine em algum momento quando os piratas correram para levantar mais velas e aumentar a velocidade do navio.

James, então, permaneceu sentado quieto em seu caixote, enquanto observava os Alfas trabalharem.

Algumas horas depois, James ouviu a ordem para soltar a âncora, vinda do capitão. Ele se levantou esperando pelo que aconteceria. O navio ancorou a certa distância da costa, e os piratas desceram alguns botes para levá-los até a margem. Logo, o Ômega viu-se descendo pelas cordas novamente, dessa vez ajudado pelo próprio capitão.

No momento em que chegaram ao litoral, James pôde finalmente entender por que a tripulação havia ficado tão animada em ir para aquela ilha. O lugar era uma grande festa ao ar livre, repleta de sodomia. Havia algumas tendas espalhadas pela praia, nas quais se podiam ouvir gemidos e gritos de prazer. De longe, viu algumas construções e foi levado justamente à mesma direção.

Mesmo nas ruas, ele via Ômegas e até mesmo Betas, machos e fêmeas, circulando apenas com suas vestes íntimas. James tentava manter sua cabeça baixa e o olhar longe daquela vulgaridade toda. O capitão parou diante de um casarão, cujas paredes pintadas de amarelo estavam quase totalmente cheias de musgos e marcas de chuva. Logo na entrada, uma bela Ômega de cabelo ruivo e cacheado recebeu Conrad, abraçando-o de lado. Outros surgiram e ficaram cada um com um membro da tripulação.

— Capitão... — A mulher disse com voz melodiosa. — Faz muito tempo desde que o vimos por aqui.

A Ômega não se importou em vê-lo acompanhado do garoto loirinho. Na verdade, ela já imaginava que Conrad o trouxera para participar da festa. Ela levou as mãos até os botões da camisa do Alfa tentando abri-los, mas ele a impediu.

— Ainda não, Rubi. Mais tarde... — Conrad piscou para a ruiva, que afastou as mãos dele. — Quero falar com Long Vane.

— Ele está lá em cima, em seu escritório. — Ela apontou para o alto, no segundo andar. — Pode subir, segunda porta à direita.

O capitão anuiu e passou entre os prostitutos e clientes bêbados levando James junto consigo. Alguns estavam quase transando nas mesas e nos sofás do prostíbulo, sem se importar se eram observados. O Ômega estava sentindo seu rosto pegar fogo e, se Conrad não estivesse o segurando tão firmemente, ele já teria saído correndo daquele lugar. James ficou aliviado quando o Alfa abriu a porta indicada pela mulher e, finalmente, viu-se longe de toda aquela depravação.

— Capitão Conrad! — Um homem alto e bastante velho levantou-se de uma poltrona para recebê-lo. — Que honra tê-lo novamente em meu humilde bordel. Temos novos Ômegas se está interessado em descansar dos dias difíceis no mar. — Seus olhos desceram pelo corpo de James, e ele inspirou fundo.

— Talvez depois... agora estou mais interessado em negociar. — Conrad empurrou o Ômega para frente, este tropeçou até chegar perto do homem velho, que o amparou antes de cair. Assustado, James desvencilhou-se de suas mãos e voltou a se esconder atrás do capitão. Conrad sorriu. — Roubei esse Ômega durante uma de minhas investidas. Ele é novo, muito belo e perfeitamente educado. Estou disposto a vendê-lo pelo valor justo.

James arregalou os olhos sem querer acreditar no que acabara de ouvir.

O capitão Conrad não pretendia vendê-lo de verdade, sua intenção era causar grande temor no Ômega diante da ameaça de ser vendido para o bordel. Ele supôs que, para James, ser entregue à prostituição seria pior do que pular de uma prancha direto para o oceano. E estava certo.

— *Hmmm...* — O velho sorriu, enquanto passava suas mãos imundas pelo corpo do Ômega. — Eu o quero, Conrad, e quero agora. Pago o que você quiser, mas, por favor, venda-o para mim. Diga o valor, e pago na hora.

— Não! — James gritou, mas foi ignorado pelo capitão. Ele empurrava suas mãos contra o velho tentando afastá-lo de si. — Por favor, Conrad?!

O capitão continuou ignorando, enquanto James implorava por sua ajuda.

— Mil moedas de prata. — Conrad lançou seu preço com a voz calma.

— Sim! — O velho aceitou a proposta de imediato.

— Não! — James gritou de volta curvando o corpo para trás e afastando-se. — Por favor! Eu faço! Vou decifrar o *frag*… — Foi interrompido pela mão do capitão que cobriu sua boca antes que falasse demais.

— Vai me obedecer sem exceções? — Desesperado, James balançou a cabeça positivamente. Conrad suspirou e olhou para o velho. — Solte-o.

Sem questionar, o velho tirou seus braços do Ômega, que caiu tropeçando para trás apoiado pelo capitão.

— O que houve? — O velho questionou desesperado.

— Negócio cancelado. — Conrad comunicou saindo do escritório e levou James consigo. Eles desceram as escadas e, no andar térreo, o capitão chamou um dos Alfas para segui-lo, pouco se importando se ele estava acompanhado. — Rowan, tudo já foi resolvido.

James manteve a cabeça baixa, enquanto era levado pelas ruas, até chegar à margem onde os botes estavam presos, Conrad sacou uma faca de seu cinto e cortou as amarras que prendiam as mãos do Ômega. James ofegou massageando os pulsos.

— Leve-o de volta ao Cisne Negro.

— Sim, senhor.

— Espera! — James pediu agarrando o braço do capitão, mas soltou imediatamente quando este franziu o cenho. — Você ia mesmo me vender para aquele velho?

Conrad suspirou, estudando-o por alguns segundos, mas não respondeu. Como havia dito, ele não matava Ômegas inocentes, tão pouco os venderia para um bordel. Além do mais, James era o único que podia ler as runas nos fragmentos do *Imperium*. O capitão voltou sua atenção a Rowan:

— Diga ao restante da tripulação que ficou no navio que, se alguém encostar um dedo nele contra sua vontade, corto seu pau fora com uma faca cega.

Rowan engoliu em seco, assentindo. Ele ajudou James a subir em um dos barcos e levou-o para o navio, enquanto Conrad voltava para o centro da Ilha de Folsom.

O pequeno bote seguiu com James e Rowan em direção ao Cisne Negro. O Ômega não ousava olhar para trás nem uma vez sequer, estava torcendo para que o capitão decidisse zarpar assim que voltasse para o navio. Aquela ilha era medonha, e James ainda podia sentir os toques daquele Alfa velho em seu corpo e o cheiro de alguma bebida barata que exalava de suas vestes. Nunca mais, em toda sua vida, iria querer voltar para lá.

James olhou para o pirata que remava sem parar almejando chegar logo ao navio para, enfim, poder voltar a sua diversão interrompida.

— Quanto tempo vamos ficar? — James quebrou o silêncio.

— Não sei. Depende do capitão.

— E quanto tempo ele costuma demorar aqui?

— Três a quatro dias mais ou menos. Ele passa mais tempo quando está em seu período de rut.

— Há muitos Alfas na tripulação... — James pensou consigo mesmo. — Vocês sempre vêm aqui quando... estão... você sabe.

— Se o Alfa tiver a sorte de estar próximo à ilha, sim. Caso contrário, ele ficará trancado no porão, enquanto agoniza sozinho.

— *E o...* — James limpou a garganta. — O capitão Conrad também?

— Não. O capitão é diferente. Ele é um lúpus, não pode ficar sozinho. Por isso, a cada seis meses voltamos aqui.

James engoliu em seco sentindo um arrepio percorrer todo seu corpo e imaginando o quão intenso poderia ser o rut de um Alfa lúpus. Lembrou-se de quando havia ficado preso no porão, a tortura que foi ficar durante alguns dias. Pensou nos Alfas que tiveram que ficar lá durante seus dias de rut. Isso era uma coisa horrível, e James sentiu vontade de vomitar.

Quando chegaram bem próximo ao navio, Rowan ajudou-o a subir encaixando os pés em uma espécie de escada feita com corda. Mas ele permaneceu no barco, ávido para voltar à ilha, e mandou James subir sozinho.

— Não consigo sozinho. Vou cair.

O pirata revirou os olhos e esticou os braços para frente.

— Vou te agarrar se você cair. Continua, é só subir.

Ainda com bastante medo, James continuou seguindo seu caminho. Quando estava quase lá em cima, ele olhou para baixo e, para seu desespero, o pirata já estava se afastando com o bote em direção à ilha.

— Céus... — James sussurrou. — Ei! Você disse *q...*

— Sobe logo! — Rowan gritou quando viu o Ômega hesitar.

— Vou cair! — James fechou os olhos e travou suas mãos e pés na escada.

— Você não vai cair! — Rowan gritou de volta, mas o Ômega permanecia parado com os olhos fechados. — Se você não começar a subir agora mesmo, subo aí e te derrubo!

James não levou aquelas palavras a sério, pois sabia que aquele pirata não teria coragem de fazer isso depois da ameaça que seu capitão fez na praia. Mas já estava ficando sem forças para se segurar e, muito em breve, cairia. Sentiu duas mãos agarrarem seus antebraços e, quando olhou para cima, o navegador estava segurando-o com firmeza, com metade do corpo debruçado para o lado de fora do navio.

— Vem! — Thomas incentivou-o.

— *Eeeeeu* tenho medo.

— Estou segurando você. — O navegador afirmou ainda com calma. — Não vou soltar. Sobe.

Thomas puxou seus braços para cima, impulsionando-o a subir, e o Ômega seguiu seu chamado. Ele ergueu um pé e depois o outro, logo já estava no topo de sua subida. James colocou as mãos nos ombros do navegador para se equilibrar, enquanto o outro envolveu sua cintura e o puxou para dentro do navio.

— Obrigado.

— Você confiou em mim. — Thomas estudou-o com sua expressão calma. — Não gosta de piratas, mas confiou em mim.

— Eu não... — James negaria o fato de não gostar de piratas por educação. Contudo, o navegador parecia ser gentil e merecia sua sinceridade. — Não. Desculpa.

— Tudo bem, nossa fama não é das melhores. — Thomas sorriu sem graça. — Com o tempo você vai perceber que sempre ajudamos uns aos outros e somos todos fiéis ao capitão.

— Bom, pelo menos alguns já sei que são bons homens. — Disse, referindo-se ao Beta.

Thomas sorriu assentindo. Ele o estudou, enquanto James observava a Ilha de Folsom um pouco distante.

— Sei o que aconteceu lá. — O Beta chamou sua atenção, e James voltou-se para fitá-lo. — Está se perguntando se o capitão faria mesmo aquilo, não é?

— E faria?

— Não. — Respondeu sem nenhuma hesitação.

James suspirou olhando para a ilha mais uma vez.

— Ele é um bom Alfa?

— O que seria um bom Alfa para você, James?

Em outra ocasião, James responderia que são aqueles que possuem boa família, um ótimo trabalho e uma posição respeitada na sociedade. Mas, ao conhecer aqueles piratas, tão brutos e ignorantes e, ao mesmo tempo, leais uns aos outros, ele se lembrou novamente das histórias que seu irmão mais novo lhe contava, e concordou mentalmente que, afinal de contas, eles eram realmente Alfas e Betas valentes e corajosos. Diferentemente de alguns amigos de seu pai, que só frequentavam sua casa mediante algum interesse financeiro ou em seus filhos.

Thomas não insistiu naquilo, ele já sabia que o Ômega havia chegado a uma conclusão por si só. Ele, então, virou-se e caminhou em direção à passagem que os levaria ao porão.

— Vem.

— Espera... Thomas, certo? — O navegador olhou para trás e confirmou. — Por favor, não me deixe naquele lugar escuro. Lá é frio e nojento. Úmido. Há ratos e insetos por todos os lados...

Thomas estudou o Ômega sabendo que, sozinho, ele não poderia fazer muita coisa que prejudicasse o navio. Mas também não poderia deixá-lo livre, sem o conhecimento do capitão. Ele olhou em direção à ilha imaginando que, nesse momento, Conrad estaria bastante ocupado para resolver essa questão. Thomas, então, voltou-se para a direção contrária ao porão seguindo até a frente da embarcação.

— Vamos falar com Noah. — Disse passando por James, que o seguiu de imediato.

Ao passo que se aproximavam, James notou que dois homens estavam sentados bem próximo, na proa do navio, enquanto tomavam vinho. Eles riam e conversavam baixo, divertindo-se entre eles.

— Com licença, senhor. — Thomas aproximou-se do contramestre. — Onde devo colocar o Ômega? Ele não quer ficar no porão.

Noah suspirou irritado por ter seu momento com o médico da tripulação interrompido. Ele se dirigiu ao Ômega:

— Pensa que está em seu castelo, alteza? — James não lhe respondeu. — Se está insatisfeito com as acomodações no porão de carga, posso eu mesmo amarrá-lo do lado de fora do navio se preferir.

Noah relaxou o corpo quando sentiu a mão do médico Beta, que lhe fazia companhia naquela noite, pousar suave em sua coxa.

— Vamos ter calma. James, sente-se do meu lado. — O médico pediu com o semblante sereno, sorrindo pouco, mas simpático. O Ômega hesitou olhando para Noah com o canto dos olhos. — Não tenha medo, ninguém vai machucar você.

James viu que o médico não apresentava nenhuma ameaça para ele, parecia estar falando a verdade. Então, resolveu ceder e sentou-se em um caixote a seu lado.

— Meu nome é Sebastian. — O Beta apresentou-se sorrindo calmo. — Está com fome? — James assentiu. — Tom, pede pro Junbuu preparar alguma coisa para ele comer. Uma sopa talvez.

Thomas assentiu e foi em busca do cozinheiro.

Quando o médico segurou as mãos de James, notou como seus pulsos estavam arroxeados e maltratados.

— Como Conrad permitiu que fizessem isso? — O médico questionou incrédulo. — Que absurdo.

— Está falando de seu capitão, Sebby. — Noah lembrou-lhe.

— E daí? Sou mais velho que ele. — O médico suspirou examinando os braços do Ômega. — É um inconsequente. Ele está com marcas nos braços também.

— E você queria que o capitão o deixasse livre pelo navio?

— Claro que não, olhe para ele. — Sebastian respondeu-lhe fingindo preocupação. — Que Ômega *feroz*... a tripulação corre grande perigo. *Ui*, que medo.

James tentou segurar o riso, mas não conseguiu, enquanto Noah comprimiu os lábios revirando os olhos.

— O capitão não vai gostar nada disso.

— Depois me entendo com ele. — Sebastian respondeu-lhe totalmente despreocupado. — Seja útil e me arranje algumas gazes.

Noah respirou fundo e saiu à procura do que o médico lhe havia pedido.

— Vocês se parecem um pouco. — James comentou depois que o Alfa e sua presença intimidadora se retiraram.

— Quem?

— Você e o capitão Conrad.

— Ah, sim. — Sebastian sorriu assentindo. — Somos meio-irmãos. Minha mãe teve um caso com um pirata conhecido como Conrad, o destruidor. Ela engravidou dele, e meu pai jurou matar a criança assim que ela nascesse. Com medo, minha mãe entregou o Conrad para que uma família de pescadores o criasse em segredo... Ela sempre me levava para visitar meu irmão às escondidas, mas, ao completar quatorze anos, Conrad juntou-se a uma tripulação mercante e só voltou quando se tornou capitão do Cisne Negro. Nossa mãe já tinha falecido e, como eu não queria mais viver ao lado de um pai alcoólatra e abusivo, juntei-me ao meu irmão.

— E o que aconteceu com o pai dele?

— Foi preso e condenado à forca. — Nesse momento, Noah retornou e entregou as gazes para o médico. — É o destino que aguarda muitos piratas.

— Vocês não têm medo?

— Não. — O Alfa retrucou. — Essa é a vida que escolhemos, e todos estamos cientes dos perigos que nos rodeiam. É até excitante.

— Nunca vivi nenhum tipo de aventura em minha vida, apenas nas leituras de alguns livros. — James esticou as mãos para que o médico passasse a gaze pelos pulsos. — Estava voltando para Gaeul e ia me casar na semana que vem.

— Casar? — Sebastian questionou surpreso, já que o Ômega parecia ser bastante jovem. — Quantos anos tem?

— Tenho dezenove.

— Céus! — Ele olhou para o contramestre com incredulidade. — É por isso que desisti da sociedade "civilizada". — Disse fazendo duas aspas com os dedos. — Obrigam os filhos a se casarem em troca de contratos lucrativos ou *status*.

Alguns minutos depois, Thomas voltou trazendo uma tigela com sopa e uma colher. Ele a entregou para o Ômega e, assim que inalou o cheiro da comida, James sentiu seu estômago roncar.

— Obrigado. — A sopa estava com uma aparência muito boa e o sabor ainda melhor.

Assim que terminou de comer, Sebastian tratou de encontrar um novo lugar para James dormir. Não podia deixá-lo voltar para o porão e, muito menos, acomodá-lo nas cobertas inferiores com dezenas de Alfas e mais alguns Betas.

Sebastian resolveu, então, tomar uma atitude que muito provavelmente não agradaria seu irmão. Ele permitiu que James dormisse em um pequeno colchão no chão dentro da cabine do próprio capitão.

— Tem certeza de que não tem problema? — James perguntou vendo Sebastian arrumar um colchão no cantinho da cabine do Alfa entre a estante e a mesa.

— Não. Mas vou ter que trancar a porta. Me desculpe por isso.

— Tudo bem. — Não estava tudo bem de fato, visto que James estava com medo e sentia falta do irmão e do pai. Ficou aliviado, porém, em saber que não teria de ficar nem mais um minuto naquele porão imundo. — Mas, e se alguém… se... e se eu…

O Ômega estava com medo de que algum pirata invadisse a cabine e o tomasse à força. Mas teve medo de ofender o médico e não conseguiu concluir sua frase.

— Vou deixar um Alfa protegendo a entrada. — James abaixou a cabeça envergonhado. — Não se sinta mal. É compreensível que você esteja com medo, mas, como lhe falei antes, ninguém aqui vai machucar você. — Ele entregou uma coberta ao Ômega e dirigiu-se à saída. — Qualquer coisa, pode chamá-lo. — Disse apontando para o Alfa da cicatriz. — Seu nome é Yerik. Ele tem essa cara fechada, mas não morde.

O Alfa lançou um olhar que parecia bastante ameaçador, mas Sebastian passou despreocupado e fechou a porta logo depois.

James suspirou frustrado ao ouvir o barulho da chave girando na fechadura. Com as mãos na cintura, ele estudou tudo ao seu redor. Jogou o cobertor no colchão, mas, antes de se deitar, olhou para a enorme cama do capitão pensando consigo mesmo em como deveria ser confortável dormir nela. O Ômega aproximou-se da cama de Conrad e passou a palma da mão sobre o tecido macio de seda. O cheiro do Alfa estava espalhado por todo lugar. James fechou os olhos e inalou um intenso aroma de rosas. Fato que contrastava bastante em um Alfa com a personalidade como a do capitão.

James piscou confuso ao sentir como seu lobo ficou atraído pelo aroma do Alfa. Embora não fosse de sua vontade, seu corpo estava se comportando de modo estranho. Pelo fato de ser um Ômega, nunca lhe foi permitido saber nada sobre esse assunto, e ficou sem entender por que o cheiro do Alfa lúpus atiçava seu lobo quando na verdade desejava estar longe do capitão.

Afastou-se ligeiro com medo de algo que nem ao menos sabia. Talvez o capitão aparecesse repentinamente e, dessa vez, não teria nenhum pudor em fazê-lo caminhar sobre aquela maldita prancha novamente. Seus olhos voltaram-se para as estantes com livros e outros objetos. Estudou rapidamente alguns títulos e seguiu mexendo nas coisas do Alfa como uma criança curiosa. Encontrou um punhal com um cisne entalhado no cabo e as letras J.C., e era óbvio a quem pertencia o objeto, mas, como estava jogado por ali, talvez o capitão não precisasse tanto dele, ao contrário do Ômega, que se sentia ainda mais indefeso entre tantos piratas. Ele decidiu, então, escondê-lo na bainha de sua calça. Depois de passar um bom tempo vasculhando as coisas do capitão, finalmente se cansou e decidiu dormir um pouco.

Ao contrário do que imaginava, o capitão retornou ao Cisne Negro na mesma noite daquele dia. Conrad não voltou para a ilha na intenção de se divertir com os prostitutos, pois queria mais informações sobre os outros seis fragmentos. Não havia melhor lugar do que onde piratas bêbados se encontravam e deixavam a língua solta, enquanto lindos Ômegas e Betas os faziam delirar.

Assim que se dirigiu à cabine, Conrad estranhou o Alfa espadachim parado em frente à porta. Yerik lhe entregou as chaves e deu de ombros, saindo de sua posição e descendo para as cobertas inferiores, a fim de descansar. Conrad sabia que era necessário guardar a sete chaves o fragmento do *Imperium*, porém não era tão necessário deixar um Alfa de guarda protegendo-o. Aquilo era no mínimo estranho. O Alfa lúpus girou a chave, abriu a porta e entrou. A primeira coisa que lhe chamou a atenção foi um cheiro doce e intenso de jasmim. Ele sabia que era o mesmo cheiro do Ômega sequestrado, mas não era possível que, depois de tanto tempo em que o garoto passou por sua cabine, o cheiro ainda permanecesse impregnado.

Seus olhos passaram pelo cômodo, e ele logo viu o motivo daquilo estar acontecendo. O bendito Ômega estava dormindo no cantinho da cabine sobre um colchão perto da mesa. Ele se aproximou irritado, pronto para acordá-lo e mandá-lo de volta para o porão. Mas quando viu seu rostinho angelical, dormindo sereno, enquanto seu peito se movia com a respiração calma e lenta, ele mudou de ideia. O corpo do Ômega era tão pequeno comparado ao seu, e aquele colchão parecia realmente desconfortável. Por um breve momento, o Alfa sentiu vontade de deixá-lo dormir em sua cama, abraçá-lo e esquentar seu corpo daquele frio. Maldito lúpus que se sentiu atraído pelo lobo de James.

Sem querer, ele rosnou furioso consigo mesmo e acabou acordando o garoto, que dormia tranquilamente. James abriu os olhos, e a primeira coisa que viu foi uma criatura enorme de pé diante de si. Ele se assustou levando a mão automaticamente ao cabo da lâmina escondida em sua roupa. Estava pronto para puxar o punhal quando ouviu a voz do capitão:

— Calma, sou eu. — Conrad afirmou dando alguns passos para trás, constrangido por ser pego no flagra admirando-o, enquanto ele dormia. — O que está fazendo aqui?

— Sebastian disse que eu podia dormir aqui. Não aguento ficar nem mais um dia naquele porão e há muitos Alfas nas cobertas inferiores, poderia não ser seguro...

— E você? — Conrad aproximou-se novamente e agachou ao lado dele deixando seus rostos tão próximos que o hálito quente que saía de sua boca, enquanto falava, dançava na franja loirinha do Ômega. — Achou mais seguro ficar aqui comigo?

— *Eu...* — James umedeceu os lábios e suspirou sentindo calor de repente. Conrad estava muito perto. — Acho que, entre dormir no porão ou na cabine do capitão, a escolha é bem óbvia. — Ele se recompôs passando a mão em sua franja e jogando seu cabelo para trás.

— Mas não me lembro de tê-lo convidado para dormir comigo. — Seu tom tornou-se provocante, e ele sorriu de lado assistindo ao Ômega corar.

— *Eeeeeu* não... — James embaraçou-se com as palavras e suspirou piscando lentamente e tomando o controle de sua vergonha. — Ora! Não vim com essa intenção de... de deitar-me em sua cama. — Disse a última frase em tom tão baixo que, se o outro não fosse um Alfa lúpus, não teria escutado.

O sorriso de Conrad alargou-se ainda mais, e ele riu divertido. Em seguida, ficou sério mordendo o lábio, enquanto o fitava de maneira intensa.

— Não estava me referindo a isso. — De repente, James sentiu que todo o sangue de seu corpo se concentrou no rosto.

— Foi para isso que voltou?! — James rosnou. — Para importunar-me?! Deveria ter ficado com aquela moça de cabelo vermelho.

Conrad suspirou. Ele se levantou e passou a caminhar pela cabine.

— Não. Tenho coisas mais importantes para fazer. — Ele fitou o Ômega, enquanto mexia dentro de um baú. — Amanhã partiremos para Nabuco.

James sentiu um frio percorrer sua espinha. Não fazia ideia de qual direção essa ilha ficava, mas sabia que era o maior centro comercial de toda a costa asiática e que viagens até seu polo eram extremamente longas. Sua tensão implicava o fato de que, a partir do dia seguinte, ele ficaria ainda mais longe de sua família e de seu lar.

Com os pensamentos concentrados em uma fuga, James tentou manter-se calmo para não despertar a atenção do capitão. Contudo, quando este se virou, caminhando em sua direção, a frustração ficou estampada no semblante do Ômega ao notar que ele trazia consigo uma corda.

— Me dê suas mãos. — Conrad ordenou com firmeza.

James escondeu as mãos atrás das costas, negando-se a obedecer-lhe.

— Por favor... — James insistiu fazendo um biquinho inocente e tentando sensibilizá-lo. — Meus pulsos estão doloridos.

Conrad hesitou. Era quase uma tortura levar aquilo adiante com aquele olhar tão fofo. Se não tivesse cuidado, o Ômega o dobraria facilmente.

— Não vou amarrar tão forte. — Conrad prometeu, mas James não se moveu. — Se não fizer o que estou mandando, será pior.

James suspirou irritado e juntou as mãos à frente de seu corpo. Assistiu ao capitão dar um nó fraco, porém firme, ao redor de seus pulsos. Depois, ele prendeu a outra ponta da corda em um pedaço de metal que fazia parte da armação do navio.

— Ainda não confio em você o suficiente para dormir no mesmo cômodo, deixando-o andar livremente. — Conrad explicou-se. — Poderia me matar.

James não respondeu. Apenas virou o rosto inconformado com a situação. Entretanto, ele ficou dividido com a ação do Alfa e, no fundo, estava agradecido por não ter sido amarrado tão fortemente. Aquele nó não estava machucando.

Seu plano não estava todo perdido, pois ele ainda tinha o punhal guardado em suas vestes. Então se deitou no colchão e aguardou Conrad fazer o mesmo em sua cama. James esperou por longas horas e, quando enfim teve a certeza de que o capitão havia adormecido completamente, ele se sentou, pegou o punhal e, com certa dificuldade por estar amarrado, conseguiu cortar a corda que o prendia. Em seguida, foi à estante, em que tinha visto uma corrente com duas fechaduras, e caminhou sem fazer nenhum ruído até chegar rente à cama na qual o Alfa dormia em seu sono pesado. Cauteloso, James puxou os braços do capitão até suas mãos ficarem em cima de sua cabeça e prendeu seus pulsos na corrente através da cabeceira da cama que, para sua sorte, era feita de metal. O Ômega pretendia amarrar alguma mordaça para que ele não gritasse pelo auxílio dos piratas, mas, quando James concluiu seu pensamento, viu os olhos do Alfa abertos e olhando confuso para si.

Assustado, James afastou-se rapidamente dando alguns passos para trás. Instintivamente, Conrad puxou seus braços, mas por motivos óbvios ele não conseguiu movê-los. Quando entendeu a situação em que se encontrava, fechou os olhos tomando uma respiração profunda.

— Desculpa. — James murmurou. — Também não confio em você.

Ao ver o que o Ômega pretendia, o capitão cerrou os punhos e puxou as correntes violentamente fazendo certo barulho incômodo com os metais. James travou o corpo com medo de que o Alfa conseguisse se soltar, mas relaxou quando viu que ele permanecia muito bem preso. Conrad lançou-lhe um olhar mortal e rosnou tão ameaçadoramente que o Ômega, mesmo sendo um lúpus, sentiu seu corpo todo tremer e as pernas ficarem bambas de medo.

Antes que desistisse da fuga, ele seguiu nas pontas dos pés ignorando os protestos do capitão e abriu a porta. Espiou o lado de fora e observou todo o convés, até ter certeza de que nenhum membro da tripulação estivesse por ali. Na certa, estavam todos dormindo, com exceção dos que ficaram na Ilha de Folsom, divertindo-se entre as dezenas de bares e prostíbulos.

James, então, subiu no parapeito para descer pela escada feita com corda, mas, sem perceber, deixou que o punhal caísse no chão do convés. Assim que chegou ao bote, que provavelmente Conrad havia usado para voltar à embarcação e que, para sua sorte, tinha deixado ainda na água amarrado ao navio, soltou o nó fraco, livrou a pequena embarcação e, com muito esforço, conseguiu remar de volta para a margem.

Quando se viu na praia, não sabia qual passo seguir. Ele não podia fugir naquele bote em pleno mar aberto, seria loucura. Desesperado, o Ômega olhou ao seu redor vendo alguns pescadores trabalharem, mas sabia que não podia pedir ajuda a eles. Mais ao lado, havia alguns piratas em um círculo conversando em baixo tom. Diferentemente dos demais frequentadores daquela ilha, eles pareciam sóbrios.

James viu que era sua melhor opção no momento e seguiu até onde eles estavam.

— Com licença, senhores. — A voz doce do Ômega chamou a atenção deles. — Fui sequestrado e agora estou perdido nesta ilha. Sei que são piratas e, nesse exato momento, estão pensando em quais coisas horríveis os senhores podem fazer comigo. — James fez uma pausa estudando suas expressões e continuou: — Meu pai é um Alfa muito importante e influente na sociedade. Se me levarem para casa em segurança, prometo que serão muito bem recompensados.

Aqueles Alfas e Betas eram piratas, assim como a tripulação do Cisne Negro. James, contudo, apostava que aqueles Alfas não tinham nenhuma informação sobre os fragmentos do *Imperium*. Logo, considerou que a oportunidade de os piratas conseguirem um resgate com ele seria a melhor opção para os criminosos.

Os piratas entreolharam-se e comunicaram-se em linguagem muda. Assentiram entre si e, logo, concordaram em levar James consigo.

Assim, o Ômega conseguiu um transporte para tirá-lo daquele lugar horrível e levá-lo para casa.

Ou era o que ele imaginava…

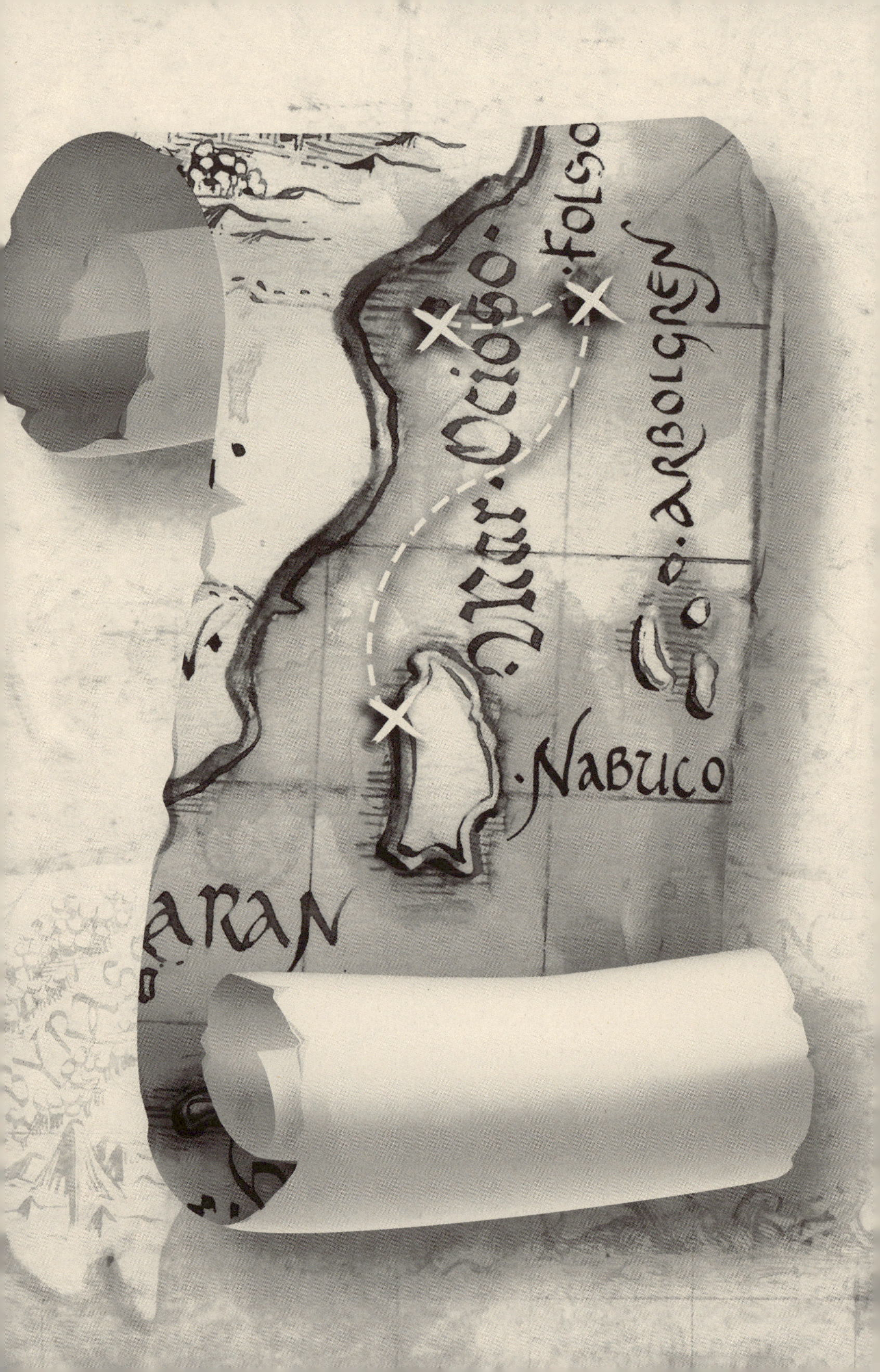
·Mar·Ocioso·
·Folso
·Arbolgren
·Nabuco
Aran

Capítulo 3

A grade da cabeceira da cama já estava curvada para frente, de tanto que o capitão Conrad puxava as correntes que o prendiam. Ele transbordava ódio e suas unhas já estavam machucando as palmas de suas mãos devido à força com que seus punhos se travaram. Poderia gritar e pedir ajuda à tripulação, mas seria muito humilhante admitir que foi preso por um Ômega. Alfas já eram bastante orgulhosos, sendo lúpus, então, as emoções se tornavam ainda mais intensas.

Depois de muito esforço, ele finalmente conseguiu romper a grade e erguer o corpo da cama e, caminhando até sua estante, implorava mentalmente para que o Ômega não tivesse sido tão atrevido a ponto de levar a chave dos grilhões. Suspirou aliviado quando a viu no mesmo lugar onde tinha deixado. Logo, ele se livrou das correntes e ignorou o incômodo em seus pulsos. A pele estava bastante avermelhada e machucada em razão do esforço que fez para se ver livre.

Assim que saiu da cabine, o Sol já havia nascido, e a tripulação trabalhava pelo convés.

— Bom dia, capitão. — Scott falou quando o viu.

— Bom dia o caralho! — O Alfa passou por ele como um furacão e debruçou-se ao lado do navio examinando a ilha, que estava pouco movimentada pela manhã.

Conrad estava furioso quase a ponto de matar um. Ai daquele que se atrevesse a ficar em seu caminho naquele momento.

— O que houve? — Sebastian perguntou trazendo consigo uma xícara de café.

— O que houve?! — O capitão perguntou furioso, virando-se para encarar o irmão. — Sua ideia estúpida de ontem à noite fez o Ômega fugir!

Logo, uma pequena aglomeração juntou-se ao redor deles. Todos curiosos e interessados em assistir àquela discussão entre os irmãos.

— A culpa não é minha se você o assustou, tratando-o com grosseria. — Sebastian enfrentou-o. — Ele estava com você quando isso aconteceu. E saiba que ele sempre tentará fugir se continuar agindo feito um idiota!

Conrad acertou um tapa forte na mão do médico, que segurava a xícara, e o objeto voou longe fazendo o mais velho se assustar.

Nesse momento, Noah apareceu com uma enorme cara de sono caminhando tranquilamente pelo convés superior. Ele parou ao lado da timoneira, que também assistia à discussão matinal.

— O que está acontecendo?

— Briga entre irmãos. — Ela respondeu. — Parece que nosso Ômega lúpus fugiu.

— Merda. — Noah correu até as escadas e desceu seguindo ligeiro até onde o médico discutia com o capitão. — Precisamos encontrar aquele desgraçado. Não podemos gastar nosso precioso tempo com discussões.

Conrad engoliu a raiva que estava sentindo naquele momento e ignorou as atitudes de seu irmão. Ele se voltou para a tripulação, apontou para a ilha e ordenou com sua voz de comando:

— O que estão esperando? Vão procurá-lo!

Todos então se puseram a descer as cordas com os botes e rapidamente chegaram à praia. Eles procuraram o Ômega por toda a extensão de Folsom, mas não encontraram nem sinal do loirinho. Porém, obtiveram uma valiosa informação dos pescadores que estavam por ali.

— Capitão. — Rowan dirigiu-se ao lúpus. — Não o encontramos, mas os pescadores o viram seguir para um outro navio.

— Que navio?

— Eles disseram que em sua bandeira havia o desenho de dois punhos esqueléticos cruzados.

Tempos atrás, quando trabalhou em navios mercantes, o capitão cruzou com uma embarcação que continha o mesmo símbolo informado pelo pirata, ele o reconheceu de imediato. Conrad sentiu uma fúria intensa tomar seu peito, caminhou até a beira do navio e respirou fundo encarando o horizonte para, logo em seguida, informar:

— Já sei para onde eles foram.

Algumas horas antes...

James seguiu os piratas até os botes, depois foi levado para o navio que também estava ancorado, mas em outra parte da ilha. Ao contrário do que esperava, ele não foi jogado no porão de carga assim como fizeram consigo no Cisne Negro. Permaneceu ainda no convés sendo vigiado por alguns dos piratas que o encontraram na praia.

Pouco tempo depois, James foi recebido por uma Alfa, que era a capitã do navio e guiou-o para dentro de sua cabine. Ela o tratou com bastante cordialidade, o que deixou o Ômega ainda mais à vontade.

— Não tenho palavras para agradecer à senhora pelo que está fazendo por mim. — James exprimiu suspirando aliviado e imaginando que estava sendo levado de volta para Gaeul.

— Não precisa agradecer, meu querido. — A Alfa dirigiu-lhe um enorme sorriso. — Tenho um filho Ômega na sua idade e sei que seus pais devem estar muito preocupados, principalmente sua mãe.

— Não tenho mais uma mãe. Infelizmente ela faleceu no parto do meu irmão. — James lamentou. — Mas, com certeza, ele e meu pai devem estar muito preocupados comigo.

— Sinto muito sua perda. — Ela fez um curto momento de silêncio em respeito. — Não se preocupe, em breve você estará de volta junto a sua família. Agora coma, criança, pois você me parece bem fraquinho.

— Obrigado. — James pegou uma porção de comida e levou à boca.

— Isso, agora você deve estar com sede, *hm*? — Ela serviu um cálice com suco de uva e ofereceu ao menino. — Agora beba um pouco, para ajudar na digestão.

— Muito obrigado. — Ele aceitou o copo. — A senhora é muito gentil.

A capitã sorriu.

— Sim. Mas beba. — Ele assentiu virando o cálice tomando do conteúdo. — Isso, beba tudo.

Após o jantar, a capitã fez questão de acomodá-lo em sua própria cabine. James ficou encantado em descobrir que nem todos os piratas eram uns mal-educados e grosseiros. Assim que entrou no cômodo, viu a cama da Alfa, que também era de casal, e automaticamente sentiu um tremor ao lembrar-se do capitão Conrad, que o havia acorrentado à cama.

— Vou deixar que fique com minha cabine. — Ela informou gentilmente. — Pode passear pelo convés se quiser, mas sugiro que fique aqui e descanse, logo estaremos chegando a Gaeul...

De repente, as palavras da Alfa tornaram-se distantes, e James sentiu-se zonzo. Sua visão foi ficando turva rapidamente, e suas pernas fraquejaram. Em questão de segundos, ele perdeu a consciência e só não caiu no chão porque a capitã o segurou.

Assim que acordou, James viu-se dentro de uma espécie de gaiola de ferro. Sua boca estava seca, e ele sentiu a cabeça doer conforme erguia o corpo do chão duro e procurava se sentar do jeito mais confortável que conseguia. Com ele havia mais nove Ômegas presos no mesmo espaço pequeno. Estava vestido com uma única túnica branca, estava limpo novamente e seu cabelo penteado. Todos os seus pertences foram recolhidos pelos guardas.

Desesperado, James segurou as barras de ferro com força e gritou por ajuda.

— Para de gritar! — Um Ômega grunhiu colocando as mãos nos ouvidos.

— Não adianta, garoto. — Outra Ômega dirigiu-se a James: — Estamos presos no subsolo de Nabuco. Ninguém nunca nos encontrará, eles estão ocupados demais tratando de seus negócios lá em cima.

— O que vão fazer conosco?

— Você não percebeu ainda? — O Ômega que havia se irritado com seus gritos voltou-se para encará-lo. — Estamos na *Boca do Inferno*, garoto.

— Que lugar é esse?

O Ômega rolou os olhos irritado.

— É onde ocorrem leilões clandestinos, e coisas são vendidas ou trocadas entre criminosos da pior espécie.

James finalmente compreendeu a lastimável situação em que se encontrava. Ele fechou os olhos lamentando ter fugido do capitão Conrad. O punhal já não estava consigo e, com certeza, aquele lugar estava bem protegido. Uma fuga seria impossível. Ele olhou a sua volta em busca de algum plano maluco que o ajudasse a fugir, mas suspirou derrotado ao ver vários Alfas fortemente armados surgirem através de uma porta existente naquele cômodo.

— Todos vocês, escutem com atenção! — Um dos Alfas disse com sua voz de comando. Todos os Ômegas sentiram-se incomodados menos James que era um lúpus. A voz especial de um Alfa comum não fazia efeito algum sobre si. — Quero que me sigam quietinhos e obedientes, e quem ousar me desobedecer não terei compaixão.

Com bastante medo da ameaça, os Ômegas seguiram-no submissos por um extenso e estreito corredor, úmido e escuro, até serem deixados em uma pequena sala, todos agrupados e sentados no chão. Os Alfas amarraram seus tornozelos e pulsos com cordas e vendaram seus olhos. Um a um, os Ômegas eram levados até uma outra sala, que eles não faziam ideia de onde ficava e para o que servia. Só sabiam que todos aqueles que eram levados jamais retornavam para contar a história.

Quando chegou a vez de James, ele sentiu seu corpo ser erguido do chão e, instintivamente, tentou lutar. O Alfa que o segurava acertou seu abdômen com um soco que o fez curvar o corpo para frente e perder todo o ar.

— Seu imbecil do caralho! — O Alfa estava pronto para disparar um chute em sua direção, mas foi interrompido por outro.

— Pare com essa merda. — O homem advertiu. — O sr. Coal os quer vivos e sem ferimentos, seu idiota.

O Alfa rosnou praguejando qualquer coisa e ergueu James novamente, levando-o para a mesma sala em que os demais estavam. Ele foi posto curvado para a frente com sua barriga apoiada em uma espécie de mesa de madeira. Por estar com os olhos vendados, ele não sabia, mas estava de costas para dezenas de homens e mulheres, todos Alfas e ansiosos para comprar um Ômega a fim de tê-lo como escravo.

O Alfa que o levou para aquele lugar saiu, e James ouviu o som de passos se aproximando de onde acabara de ser deixado. Logo, a voz de um outro Alfa foi ouvida:

— Senhoras e senhores, o que lhes trago agora é um Ômega loiro com uma bela educação e ainda intocado. — Um coral ansioso fez-se ouvir, e ele percebeu que havia mais pessoas naquele recinto. De repente, o Alfa levantou a barra de sua túnica deixando seu corpo exposto para ser exibido aos possíveis compradores. Ele passou a mão por sua pele e acertou-lhe um tapa fazendo James tremer de pavor. — Dêem seus preços!

— Doze mil moedas de prata! — Um único lance foi sugerido, e ninguém ousou contestar o valor.

— Dou-lhe uma. Dou-lhe duas... — O leiloeiro ambicioso ainda tentou receber um valor mais alto, mas ninguém parecia querer cobrir. — Dou-lhe três! Vendido para o cavalheiro de preto.

O conde Hae Sean andava de um lado para o outro dentro de seu gabinete. Ele contou ao comodoro Roy sobre o rapto de seu filho e obteve seu apoio imediato.

— Malditos miseráveis! — Hae bateu na própria mesa.

— Não se preocupe, senhor. — Roy tranquilizou-o. — Dou-lhe minha palavra de honra que trarei seu filho de volta, são e salvo.

O conde assentiu.

— Seu outro filho viu quando ele foi levado. — O tenente da Marinha Real e amigo do comodoro também estava na sala. — Será que ele poderia nos dar informações sobre o pirata que levou seu filho mais velho?

— Não sei. — Hae respondeu-lhe pensativo. — Jean é bastante sensível e ficou muito abalado com o sequestro do irmão. Não quero deixá-lo ainda pior.

— Prometo que não vou forçá-lo a reviver lembranças ruins. — O tenente insistiu. — Seria de grande ajuda que ele nos desse qualquer informação.

— Tudo bem. — Hae Sean assentiu. — Vou chamá-lo aqui.

Ambos os oficiais esperaram no gabinete e, em poucos minutos, o conde retornou acompanhado de seu filho mais novo. Hae Sean manteve-se ao lado do Ômega e fez sinal para que o tenente Derin fizesse suas perguntas.

— Jean, você se lembra da aparência do pirata que levou seu irmão? Pode ser qualquer coisa. Qualquer detalhe ajuda.

O Ômega puxou na memória os momentos de terror que viveu durante o ataque, não era tão fácil, ele chorou bastante. Mas de uma coisa ele nunca esqueceria:

— Ele tinha uma cicatriz no olho direito. — O menino respondeu convicto.

— Tudo bem, sr. conde. Já estou satisfeito. — Hae Sean assentiu e mandou que uma criada acompanhasse seu filho de volta a seus aposentos. — Este é Shin Yerik, um ex-caçador de piratas.

Roy e seu amigo trocaram olhares tensos.

— Agora sabemos o porquê de nunca conseguirmos tê-lo encontrado. — Roy rosnou. — O maldito juntou-se à tripulação do infame capitão John Conrad.

— O que isso significa? — Hae perguntou temeroso.

— Significa que vamos precisar de todo apoio da frota naval.

O comprador caminhou até onde James estava depositado exposto para que todos o vissem. Ele abaixou o tecido da túnica cobrindo seu corpo novamente, pegou-o no colo e saiu com sua "mercadoria" por uma porta à esquerda. O Ômega permaneceu imóvel, embora seu corpo não parasse de tremer, enquanto era carregado pelo desconhecido. James estava com tanto pavor que não reconheceu o aroma que exalava deste. Apenas quando o Alfa parou de andar, colocou-o sentado em algo que também parecia ser uma mesa de madeira e arrancou a venda de seus olhos, foi que James pôde finalmente ver que o cavalheiro de preto que o havia comprado era o capitão Conrad.

James suspirou aliviado, mas esse sentimento logo se esvaiu quando ele notou o modo como o pirata o estava olhando. Conrad estava bravamente se segurando para não dar a surra, que havia prometido a si mesmo, assim que colocasse suas mãos no Ômega. Pois era dessa forma que ele trataria qualquer outro prisioneiro que caísse em suas mãos e fugisse de seu domínio. Mas não aquele Ômega. Mesmo que estivesse com tanta raiva a ponto de sentir seu sangue borbulhar, o capitão não era capaz de levantar um dedo sequer contra ele para usar de violência. E isso o deixava ainda mais irritado.

— Sua fuga brilhante acaba de me render doze mil moedas. — Conrad afirmou com um tom extremamente irritado, enquanto se afastava do garoto ficando de costas para ele. — E olha onde conseguiu se meter...

James nada disse, apenas baixou a cabeça sem saber o que falar. Estava morrendo de medo, mas, ao mesmo tempo, aliviado e agradecido pelo fato de o capitão ter vindo salvá-lo, mesmo que o resgate tenha sido por interesse próprio.

— Eu deveria... — Conrad continuou seu discurso enraivecido. Com a falta de resposta de James, ele se virou seguindo em sua direção e bateu com os punhos em ambos os lados onde James estava sentado. O Ômega assustou-se dando um leve pulinho. — Fala alguma coisa! — Gritou fazendo com que o choro que o mais novo estava segurando fosse rompido de uma vez.

— Eu estava com medo. Você me tirou da minha família, me deixou preso em um lugar escuro e frio. Quase me vendeu para um bordel porque eu não quis fazer o que você mandou... — Ele fungou entre soluços. — Estava desesperado e só queria ir para casa.

Conrad condenou-se mentalmente por desejar abraçá-lo e consolá-lo. Ele sabia muito bem aonde esse sentimento ia dar. Apaixonar-se, para um pirata, seria o pior erro que ele poderia cometer. Sabia que o Ômega estava em sua razão, mas não deixava de sentir raiva. Ele estava dividido entre puni-lo ou apenas deixar passar, com seu lobo extremamente atraído pelo do pequeno Ômega.

James fungava ainda de cabeça baixa, ele estava com os olhos encharcados e ambas as bochechas molhadas pelas lágrimas, trêmulo pelos acontecimentos recentes. Conrad observava-o em silêncio. Estava se sentindo patético por ver toda a raiva que sentiu do Ômega, no instante em que o viu, fugir e ir pelo ralo naquele momento quando seu lobo só queria consolá-lo.

— Vamos. — Conrad disse, por fim, ajudando James a descer da mesa e guiou-o para fora daquele lugar, segurando-o pelo cotovelo.

Desde o dia em que o episódio ocorrido entre o capitão Conrad e o Ômega aconteceu, naquele ambiente escuro e funesto onde o mais novo seria vendido em um leilão, James foi levado para uma pousada na Ilha de Nabuco e, desde então, não havia visto o capitão durante os próximos cinco dias, durante os quais ele foi trancafiado em um dos quartos e cercado por uma infinidade de livros, com a finalidade de traduzir a tão antiga escrita encontrada no pergaminho. O lado bom era que ele, finalmente, pôde tomar longos banhos quentes e vestir roupas limpas, saborear refeições mais dignas e dormir em uma cama aconchegante.

James estava sossegado em um quarto arejado e confortável, onde havia uma pequena cômoda com um espelho e algumas gavetas com itens que ele usava para cuidar um pouco mais de sua aparência descuidada. Era bom, por fim, ter um pouco de privacidade mesmo sabendo que do lado de fora havia um Alfa loiro e carrancudo o vigiando. Todavia, aquilo não era de todo ruim, James manteve-se concentrado em sua tarefa, pois esperava concluí-la o quanto antes para poder voltar para casa.

Na manhã seguinte, já descansado e bem alimentado com um apetitoso café da manhã, provido de pão, leite, queijo e algumas frutas frescas, James terminava a tradução da primeira parte do mapa sendo assistido pelo pirata loiro.

Quando a porta do quarto foi aberta e exibiu a figura do capitão Conrad adentrando no cômodo, o lobo do Ômega novamente sentiu-se atraído pelo aroma de rosas do Alfa, e James ficou mais uma vez confuso e ligeiramente agitado.

— E então? — Conrad perguntou-lhe.

— Terminei. — James respondeu, entregando-lhe a tradução.

Conrad analisou o pergaminho em silêncio satisfeito por, finalmente, poder ver o que aquele fragmento misterioso escondia de seus olhos.

— Esses números, acredito que sejam parte de uma coordenada. — Conrad afirmou sobre o que o Ômega havia escrito. —

E essas palavras: *a força da Lua*. — Ele estudou aqueles dizeres tentando descobrir o que poderia significar, mas não conseguiu chegar a nenhuma conclusão naquele momento. Ele olhou para o Ômega: — Só tinha isso?

— Sim. — James respondeu-lhe tentando manter o olhar longe do Alfa.

Conrad suspirou assentindo.

— Deve fazer parte de algum enigma. — Ele entregou o pedaço de papel traduzido a Yerik. — Deixe que Thomas o estude um pouco mais, talvez ele descubra do que se trata.

A tripulação estava em grande parte reunida na praia, em uma parte mais afastada do centro da ilha. Todos estavam montando um acampamento com algumas tendas a mando do próprio Conrad.

— Estou lhe dizendo, capitão. — Daphne, a mecânica do navio afirmou. — Fez a escolha certa decidindo limpar o casco do Cisne Negro.

Conrad assentiu sentado em uma cadeira no centro do acampamento. James estava a seu lado. O capitão havia decidido que, daquele dia em diante, o garoto não sairia debaixo de seu nariz.

— E o tempo que vamos gastar fazendo isso? — Sven questionou já pensando no trabalho que eles teriam.

— Será compensado com velocidade. — Daphne explicou.

— Ela tem razão. — Conrad corroborou a alegação da Beta. — Preparem-se para trazer o navio até a praia.

O próprio capitão juntou-se à tripulação para ajudá-la com todo o trabalho literalmente pesado. Eles conseguiram levar o Cisne Negro à praia e amarraram várias cordas em árvores para manter a embarcação em linha reta e apoiada por diversas vigas de madeira. Conrad distraiu-se puxando as cordas apenas por alguns segundos e, de repente, o loirinho não estava mais a seu lado. Buscou ligeiro com os olhos pela praia, vendo-o à margem na companhia do navegador.

— Thomas. — Conrad gritou. — Traga o Ômega de volta!

O capitão não viu quando Thomas comprimiu os lábios frustrado. Ele estava ajudando James a colher lembrancinhas pela areia. O Ômega levantou triste já pronto para obedecer à ordem, pois não queria ser levado de volta à pousada e trancado em um dos quartos. A decisão do capitão em trazê-lo para a praia deixou-o animado, pois finalmente pôde transitar ao ar livre, aproveitar o sol e contemplar a paisagem daquele litoral.

— Deixa de ser chato. O menino só está pegando conchinhas. — Sebastian afirmou ao passar pelo capitão e caminhou em direção à beira-mar, fazendo sinal para que James e Thomas continuassem lá.

Conrad permitiu, mas indicou que Yerik ficasse de olho neles. O pirata não se aproximou tanto e ficou sentado em um montante de areia um pouco mais atrás.

— Olha só essa aqui. — O médico encontrou uma pequena concha na cor rosa pastel com alguns tons coloridos. Ele a entregou para James.

— Nossa, que linda!

James pegou-a examinando em suas mãos. Ele ia devolver, mas Sebastian negou dizendo:

— É sua.

— Obrigado.

— Deixa eu limpar para você. — Sebastian ofereceu, e James entregou-a no mesmo instante. — Ela vai ficar com a cor muito mais viva e bonita quando eu terminar.

Thomas foi se afastando lentamente até ficar sentado ao lado de Yerik. O Alfa espadachim contava-lhe algumas de suas histórias, da época em que era um caçador de recompensas e recebia para caçar piratas, em particular. James olhou para trás e viu o navegador bastante entretido com o Alfa. Sebastian era um Beta que, a seu ver, era bastante maduro, pelo menos em comparação à pouca idade que James possuía, e talvez pudesse ajudá-lo com algumas dúvidas...

— Sr. Sebastian? — James chamou-o em voz baixa.

— Não sou tão velho. — O médico sorriu com um falso ultraje jogando uma conchinha nele. — Tire esse senhor ou me chame apenas de Sebby.

— Sebby. — Corrigiu-se, e o outro assentiu. — Você já sentiu coisas estranhas em seu corpo?

— Estranhas como? — James não respondeu e desviou o olhar para o mar. — Precisa ser mais específico.

— Não sei bem como explicar, mas foi como se meu lobo tivesse despertado certo interesse incomum por um cheiro em específico.

O Ômega respirava lentamente tentando conter um pouco de sua timidez ao tratar daquele assunto.

— Um cheiro específico? — James balançou a cabeça positivamente. — De quê? — Ele não respondeu com palavras, mas sua olhadela rápida em direção ao capitão, que estava junto à tripulação, deu uma certa ideia para o médico compreender. — Está falando sobre o aroma do Conrad?

— Sim… — Respondeu baixinho quase num sussurro.

— Entendi. — Sebastian murmurou para si mesmo. — Mas me conta, o que seu lobo sentiu?

— Foi como *se*... — James olhou para trás e, novamente, notou que Yerik e Thomas mantinham-se conversando entre si. — Um calor, sabe?

Sebastian era um Beta, logo não possuía o gene lobo em seu interior. No entanto, ele compreendeu sobre o que o Ômega estava falando devido aos anos de estudos dedicados à medicina das classes. Mas ele teria que ir devagar com aquilo, explicar com calma. James nunca esteve sozinho com um Alfa que não fosse seu pai, era deveras inexperiente quando se tratava do desejo dos lobos.

— Todos os Alfas e Ômegas estão propícios a sentir isso, James. Saiba que é completamente normal. Não precisa ficar envergonhado. São coisas dos lobos…

— O nome disso é *tesão*. — Ouviram a voz do navegador logo atrás.

— Você estava ouvindo?! — James perguntou envergonhado. Ele estava falando baixo para evitar esse tipo de situação.

— Na verdade foi ele que ouviu. — Thomas respondeu apontando para Yerik. — E estava me contando.

— Céus... mas vocês dois *heim*! — Sebastian repreendeu-os com as mãos na cintura.

— Então é por isso que você ficou todo nervoso quando o capitão entrou no quarto da pousada? — Yerik refletiu lançando um olhar divertido. — Seu safadinho.

James cobriu o rosto com as duas mãos e jogou-se de costas na areia.

— Para com isso. — Thomas riu acertando um tapa no Alfa. — Está constrangendo ele.

— Não é nada disso que vocês estão pensando! — James ergueu as costas do chão ainda vermelho como um tomate.

— Mas e se for, o que é que tem?

— É pecado. — James abraçou o próprio corpo. — Tenho um noivo.

Os três piratas entreolharam-se ao compartilhar do mesmo pensamento, agora refletindo sobre um possível interesse da parte do lobo do capitão Conrad naquele Ômega. Não seria impossível, visto que já ouviram muitas histórias sobre piratas que se apaixonaram e largaram a vida no mar para viver ao lado de seus maridos ou esposas. Eles deixaram a conversa de lado quando ouviram a voz do cozinheiro Junbuu chamando a todos e informando que o jantar estava pronto.

Duas tendas foram montadas para que os piratas fizessem suas refeições. Na companhia do capitão apenas permaneceram seu irmão Sebastian, o contramestre Noah e, é claro, o próprio James. Eles conversavam sobre o possível fragmento que poderia estar naquela ilha. Enquanto esteve em um bordel de Folsom, Conrad obteve essa informação de uma prostituta, mas não sabia exatamente em qual local estava. O capitão desconfiava que poderia estar no leilão, mas, quando foi resgatar o Ômega, não ouviu nenhuma conversa sobre isso.

Logo, só restava uma opção: a fortaleza do capitão Fenn Barba-Ruiva.

Barba-Ruiva era um pirata conhecido por sua crueldade, ao destruir completamente e matar toda a tripulação dos navios em que fazia seus saques. Ele decidiu abandonar os mares quando tomou o controle da Ilha de Nabuco para si, maior centro comercial da costa asiática, posteriormente tornando-se o maior centro de contrabando. Todos os piratas escolhiam aquele lugar para trocar seus saques de maneira clandestina.

— Precisamos entrar naquela fortaleza de qualquer jeito. — Conrad articulou.

James apenas comia sua refeição ouvindo a conversa.

— Podemos simplesmente invadir aquilo, capitão.

— Eu sei, Noah. Mas esta não é a minha intenção.

— E no que está pensando? Bater na porta dele e pedir por favor? — Sebastian questionou revirando os olhos.

— Sebby tem razão, podemos invadir.

— Vocês não estão entendendo. Não pretendo invadir. — John olhou para o médico. — Muito menos pedir por favor. Vamos oferecer um tributo e, quando estivermos lá dentro, vamos roubá-lo.

— Isso é muito arriscado…

— Mais do que tentar invadir e soar um alarme?

— Olha, só... — Sebastian sorriu com diversão olhando para Noah. — Meu irmão usando o cérebro em vez dos músculos.

James cobriu a boca com a mão tentando esconder o riso junto ao médico e ao contramestre. Ele desceu a mão pelo pescoço e, só então, descobriu que algo estava lhe faltando.

— Não... — O Ômega sussurrou passando os dedos pela região cervical como se esperasse o item perdido reaparecer. — Meu colar. Eu o perdi.

— Tudo bem, James. Depois você pode comprar outro. — Sebastian tentou tranquilizá-lo.

— Mas esse era muito importante para mim. — James suspirou baixando os olhos para esconder as lágrimas. — Eu me sentia perto da minha família com ele…

— Oh, James! — Sebastian abraçou-o de lado. — Sinto muito.

— Não sei por que essa comoção toda. — Noah rolou os olhos mordendo um pedaço de carne. — É só a porcaria de um colar.

James perguntou-se o que havia feito àquele Alfa para que ele o tratasse tão friamente desde o primeiro contato que teve com ele. Estava ciente de que Noah era um pirata, e os piratas geralmente são rudes em seu tratamento para com as outras pessoas. Mas os outros tripulantes do Cisne Negro também eram piratas e, mesmo assim, tratavam o Ômega com o mínimo de respeito e educação, principalmente Thomas e Sebastian. Até mesmo o Alfa da cicatriz havia se tornado menos grosseiro.

— Já estou satisfeito. — James limpou os olhos com as costas das mãos e afastou o prato. — Posso me recolher agora?

— Amanhã discutiremos melhor sobre o plano da fortaleza.

— Conrad falou para Noah e, em seguida, levantou-se mirando o Ômega. — Vamos.

Sebastian permaneceu sentado olhando para o contramestre até ele perceber e ficar incomodado com isso.

— O quê? — Noah indagou sem entender.

— Sua sensibilidade me comove. — Sebastian levantou-se deixando um Noah confuso para trás.

James esperava em pé em um canto, enquanto o capitão preparava uma cama para eles dormirem. Assim que ele terminou, o Ômega seguiu até a cama e sentou na borda.

Para sua decepção, Conrad voltou-se para ele segurando uma corda.

— Não, Conrad. Por favor. — James suspirou frustrado. — Você não precisa fazer isso, não vou fazer nada. Sou muito grato por ter me salvado de um destino horrível naquele leilão. Mesmo que tenha me tirado de minha família, não seria capaz de fazer uma coisa dessas. Não vou tentar matá-lo, por favor acredite nisso.

— Tudo bem. — O capitão cruzou os braços, estudando-o. — Acredito em você. Mas pode tentar fugir outra vez.

— Ah, não. Não vou. — James riu pensativo. — Não depois do que aconteceu. Não conheço nada fora dos limites de Gaeul. Posso ser capturado por outros piratas ou coisa pior. Já aprendi minha lição.

— Prefiro não arriscar. — Conrad aproximou-se para agarrar seu braço, mas James segurou o do Alfa primeiro, pegando-o de surpresa.

— Escute-me, por favor. — James mantinha a cabeça erguida e os olhos encarando profundamente o rosto do capitão. Conrad olhou para seus lábios, enquanto aquelas palavras eram ditas e, em seguida, mirou em seus olhos intensos e tão azuis quanto o mar. — Estou lhe dando minha palavra de que não tentarei fugir novamente.

Sem perder o contato visual, as mãos de James seguiram até as do Alfa. Conrad hesitou, seu lobo estava enfeitiçado pelo aroma de jasmim do Ômega. Logo depois ele cedeu, e James conseguiu tirar a corda de suas mãos.

— Tudo bem. — Conrad respirou profundamente se afastando. — Mas se *voc...*

— Já sei, você já disse. — James interrompeu-o. — Se eu tentar fugir outra vez, vai me deixar amarrado no alto de um coqueiro.

O capitão assentiu e caminhou pela tenda pensando no que fazer em seguida. Não foi impressão sua, aquele Ômega acabara de tomar o controle da situação. Aquilo nunca havia acontecido antes. Algo o incomodava.

— Deite-se e durma. — Conrad apontou para a cama. — Preciso sair.

James levantou os olhos para contestá-lo, mas apenas encontrou a tenda vazia. Ele vestiu uma roupa mais leve e deitou-se na cama improvisada.

FOLSO
ARBOLGREN
NABUCO
ARAN

Capítulo 4

Conrad saiu da tenda, sentindo-se perturbado com seus desejos e pensamentos. Sempre foi um Alfa livre desse tipo de sentimento, teve um Ômega por quem havia se apaixonado, mas não chegou a ser tão profundo quanto o que estava sendo despertado pelo garoto loirinho. Depois disso, conheceu outros Ômegas, e nenhum nunca lhe despertara o mínimo interesse que não fosse apenas dominar seu corpo, somente pela necessidade carnal. Mas, quando olhava para James, sentia seu cheiro de jasmim, se incomodava com seu modo de desafiá-lo e com sua personalidade, Conrad sentia que ia muito mais além disso. Aquele Ômega não mexia apenas com seu lobo, mas também com sua mente e seu coração.

Aquilo o deixava muito confuso.

— Porra! — Conrad chutou um punhado de areia no alto de uma pequena colina.

— Joga na mãe! — Alguém gritou, e ele franziu o cenho ao ouvir uma voz sair da parte baixa.

Conrad fez a volta na pequena colina e, quando chegou lá embaixo, viu Sebastian passar as mãos no cabelo sacudindo a cabeça para tirar o excesso que havia caído quando Conrad chutou o montinho de areia.

Conrad riu com a cena.

— Não vi você aí, Sebastian. Me desculpe.

— Eu devia fazer você comer essa areia. — O mais velho disse irritado.

— O que está fazendo aqui sozinho?

— Estou limpando essa conchinha para o James e pensando no enigma do fragmento, e você? Com o que está irritado? — Ele franziu o cenho. — Cadê o James?

— Na tenda, dormindo. — Conrad respirou fundo. Sabia que podia confiar em seu irmão qualquer coisa e, apenas dele, Conrad não escondia nada. — Ele conseguiu fazer com que o deixasse livre, Sebby. Não o prendi e não mandei ninguém ficar de olho nele. — Confessou irritado.

— Conrad, você só está agindo com o coração. Tudo bem deixar isso acontecer. — Sebastian viu o irmão suspirar confuso. — Você acha que ele pode tentar te fazer algum mal ou fugir outra vez?

— Não tenho certeza. — Conrad passou as mãos pelo cabelo e fitou o irmão. — Que merda está acontecendo comigo?

— Acho que você já sabe o que é. — O médico sorriu. — Só precisa se deixar levar.

— Isso não é bom. — Conrad afirmou encarando o oceano completamente escuro. — Estou ficando fraco e manipulável.

— Por que você é tão cabeça dura? — Sebastian indagou. Ele examinou a concha rosa e, quando ficou satisfeito quanto a sua aparência, entregou-a ao Alfa. — Pode dar ao James?

Conrad pegou a pequena concha e viu o médico seguir de volta para o acampamento.

Assim que ele também voltou para sua tenda, percebeu que o Ômega ainda estava acordado sentado na cama, enquanto lia um livro.

— Encontrei este exemplar por aqui, estava sem sono e resolvi ler um pouco. — James explicou envergonhado por ter mexido nas coisas do capitão novamente.

Conrad ponderou antes de indicar:

— Thomas possui uma vasta coleção de livros. Pode pegar mais com ele se quiser.

— Ah, obrigado. — James sorriu e guardou o livro.

O Ômega ficou pensativo desde que o capitão Conrad o deixou sozinho. Ele refletiu sobre as coisas estranhas que seu lobo sentiu na cabine do capitão e a conversa que teve com Sebastian. Após uma boa leitura, James sentiu que estava pronto para dormir. Mas o capitão começou a andar de um lado para o outro, como se estivesse querendo fazer alguma coisa, e isso chamou a atenção do pequeno.

— Precisa de algo? — James perguntou, observando-o dar suas voltas.

Conrad parou e olhou para ele. Caminhou em direção à cama com algo em sua mão direita.

— Sei que não é a mesma coisa e não possui o mesmo valor sentimental para você. — O capitão disse, entregando-lhe o objeto. — Mas pode usar isso por enquanto.

O que James recebeu em suas mãos foi um lindo colar feito com pérolas, com a concha rosa que ganhou de Sebastian como pingente.

— Que lindo... — James suspirou encantado observando o objeto. — Você que fez?

— Sim. Sei que não vai substituir o de sua família, e não precisa usar se não quiser... — Disse firme tentando não parecer interessado na opinião do Ômega.

— Adorei. — James interrompeu-o com suavidade. — Muito obrigado. É realmente muito lindo.

O Ômega ficou mais uma vez confuso com aquela atitude do Alfa. Não era algo ruim, mas ele nunca esperava isso vindo da parte dele. James entregou o colar nas mãos do Alfa e ficou de costas. Conrad não entendeu o que ele pretendia a princípio, mas logo soube que a intenção dele era que o próprio capitão o ajudasse a colocar o acessório. Conrad pegou o objeto e, com cuidado, prendeu-o no pescoço do Ômega. James passou os dedos pelas pérolas, virou-se de frente para ele e perguntou:

— E, então, como ficou?

— Ficou bom. — John confirmou. "Céus, ele conseguiu ficar ainda mais belo." Pensou consigo mesmo. — Deite-se no canto. Vou dormir na ponta.

James olhou para a cama e depois para o Alfa. Ele engoliu em seco.

— Vamos dormir na mesma cama?

— Você quer dormir no chão? — James negou com a cabeça. — Eu também não.

O Ômega desviou o olhar envergonhado e tomou um longo suspiro. Ele subiu no colchão, engatinhou até o cantinho e deitou-se de costas para o capitão. Conrad retirou a parte mais pesada de suas roupas e fez o mesmo. Ambos adormeceram de costas um para o outro.

James acordou sentindo o cheiro de rosas presente, mas Conrad não estava mais ali. Ele se levantou e vestiu suas roupas, saiu da tenda e viu que os piratas já estavam no trabalho da limpeza do casco do navio. James seguiu até a tenda que ficava na cozinha improvisada para fazer seu desjejum. Ele entrou e viu Sebastian ainda sentado em uma cadeira.

— Bom dia! — Disse o médico pegando um prato e o entregando ao Ômega. — Guardei um pouco para você.

— Obrigado.

Enquanto comiam, Sebastian notou o novo item que ele estava usando em seu pescoço.

— Que lindo! — Afirmou apontando para o colar.

— Foi o capitão Conrad que me deu. Ele mesmo o fez. — James informou mordendo o lábio com um sorriso.

— Vejo que gostou bastante.

— Foi muito gentil da parte dele.

Sebastian estudou-o, porém não disse mais nada deixando o Ômega comer tranquilamente. Ao terminar, James chamou o mais velho para uma nova conversa.

— Sebby, há algo que está me preocupando muito. Então pensei que você pudesse me ajudar.

— Sim, pode dizer. O que eu puder fazer para ajudar, farei.

James assentiu suspirando aliviado.

— Bom, como você sabe nunca me entreguei a um Alfa... — Ele se referia à conotação sexual. — Meu primeiro heat foi aos quatorze anos e, desde então, venho tomando um chá para que não sinta nada durante esse período... Rowan contou-me como os Alfas da tripulação passam seus ruts, e não quero ficar trancado no porão novamente.

— Entendo. Qual chá você costuma tomar?

— É o chá de uma flor de nome nenúfar.

— Creio que não temos dela conosco. — Sebastian afirmou pensativo. — Mas estamos em Nabuco e, com certeza, no centro do comércio deve ter. Vou pedir ao Thomas que leve você para comprar algumas.

— Mas e o Capitão?

— Não se preocupe, vamos falar com ele.

— Nem sei como te agradecer.

— Não precisa agradecer. Sou o médico da tripulação, e minha função é cuidar das pessoas. — Ele segurou a mão do mais novo. — E, é claro, faço muito gosto em ajudá-lo.

James sorriu agradecido e seguiu-o em busca do navegador. Assim que encontraram Thomas, eles foram ter com o capitão que, nesse momento, conversava com alguns piratas sobre o plano para obter o fragmento.

— Conrad. — Sebastian chamou-o um pouco mais afastado, com James e Thomas ao seu lado. — Poderia vir aqui um instante?

O capitão assentiu e aproximou-se deles.

— O que quer?

— James precisa ir ao centro da cidade comprar algumas coisas, pedi para que Thomas o acompanhe.

— Do que ele precisa? Posso ordenar que alguém da tripulação faça isso.

— Não é bem assim... é um assunto particular. Coisa de Ômegas...

Conrad estudou James, que mantinha o olhar baixo, envergonhado. Ele suspirou assentindo, não queria se aprofundar naquela conversa já imaginando o que poderia ser.

— Tudo bem. — Ele se voltou para os piratas logo atrás deles. — Rowan e Yerik, acompanhem eles até a cidade.

Os dois assentiram e juntaram-se a Thomas e James partindo para as compras no comércio local.

— Belo colar! — Sebastian comentou e seu irmão olhou-o surpreso. — Não sabia que tinha esse dom para joalheria.

— Junbuu está com dor nas costas. — Conrad mudou de assunto. — Por que não vai dar uma olhada nisso?

— Meu irmãozinho está ficando com o coração mole... — Sebastian piscou vendo o outro revirar os olhos.

Conrad murmurou algo e, logo em seguida, saiu irritado voltando a reunir-se com Noah e outros bucaneiros.

James caminhava um pouco mais à frente observando todas as barraquinhas de uma feira no centro da praça comercial de Nabuco. Thomas seguia logo atrás, com ambos os Alfas a seu lado.

— Comprei para você. — Rowan abriu a palma da mão e mostrou ao navegador uma bússola dourada.

— *Uau*... — Thomas pegou-a e observou o objeto com os olhos cheios de encanto. — Obrigado, Rowan!

— Tom. — Yerik chamou sua atenção. — Hoje à noite, depois do jantar, você gostaria de tomar um pouco de tequila comigo? Você poderia me ensinar como navegar observando as estrelas.

— Com certeza! — Thomas respondeu de imediato.

Rowan fitou o outro Alfa com um olhar irritado. Ambos trocavam olhares ameaçadores ao passo que tentavam chamar a atenção de Thomas. Distraídos, não notaram quando James acabou se afastando um pouco mais e, rapidamente, já o haviam perdido de vista.

— Cadê o James? — Thomas questionou cessando seus passos.

— Merda! — Rowan rosnou e acusou o espadachim: — A culpa é sua que fica nos distraindo com essa conversa idiota sobre estrelas.

— Você que fica babando feito um cachorrinho olhando para o Tom, em vez de prestar atenção no Ômega!

— Parem os dois! — Thomas deliberou. — Vamos nos separar e procurá-lo. Se voltarmos para o acampamento sem ele, o capitão vai fazer picadinho de nós três.

Os Alfas concordaram, e cada um seguiu por um caminho diferente.

James estava tão distraído com tantas flores, frutas, ervas, legumes e outras diversidades, que saiu caminhando à frente e afastou--se demais dos outros sem intenção. A certa distância, ele pôde ver alguns oficiais da Marinha Real entrando em uma taverna. Claro que eles ainda não faziam ideia sobre seu sequestro, mas, se o vissem desacompanhado, sem dúvida iriam querer saber o que o filho do conde fazia sozinho por Nabuco.

James estava realizando a compra das flores em uma barraca, com as moedas que recebeu de Sebastian. A vendedora muito gentil entregou-lhe uma cestinha com as flores e, sem pensar duas vezes, ele tentou se misturar entre os muitos transeuntes para que sua presença não fosse notada pelos oficiais. Entrou em uma viela entre dois prédios e encostou-se na parede respirando profundamente. James parou para pensar e ficou sem entender por que estava se escondendo dos oficiais. Essa era sua chance de buscar ajuda e, finalmente, ser levado para casa. Com certeza eles o levariam para o conde e, consequentemente, para seu noivo também, são e salvo, não havia motivos para temer. Mas, então, por que suas pernas não acompanharam o mesmo raciocínio lógico e ele permaneceu ali parado?

James não queria pensar nisso, mas seu coração já tinha a resposta. Ele nunca concordou com o que a sociedade estipulou aos Ômegas. Sempre fingiu muito bem ser um Ômega submisso como seu pai ensinou e como a maioria das pessoas esperava. Naquela época, casamentos arranjados estavam em seu apogeu. Os nobres buscavam as melhores famílias para casarem seus filhos Ômegas com Alfas respeitados e de posições elevadas na sociedade, assim como os Alfas que procuravam o melhor acordo econômico e um belo Ômega para garantir seus descendentes. Do mesmo modo, deu-se com a família Hae, mas James nunca quis se casar com o comodoro Roy. Aceitou o noivado por ser um Ômega recatado e obediente, no entanto escondeu durante toda a vida sua verdadeira natureza astuta e sagaz. Sua família e a sociedade pareciam não querer saber, mas James tinha as próprias vontades.

Embora estivesse sob a custódia do capitão Conrad, ele se sentia mais livre conhecendo um novo mundo na companhia dos piratas do que jamais foi em Gaeul, preso entre aulas de como ser um bom Ômega e marido.

"Estou ficando louco", James pensou consigo mesmo.

Estudou o lado em que os oficiais haviam passado, mas não os viu. Quando julgou ser seguro sair de seu esconderijo, James seguiu na direção contrária. Quase derrubou a cestinha de flores quando sentiu uma mão segurar seu braço.

— Por onde esteve? — Era Rowan. O Alfa parecia bravo e aliviado ao mesmo tempo.

— Comprando flores. — James respondeu levantando a cesta, e o pirata assentiu soltando seu braço.

— Não se afaste novamente. Vamos encontrar os outros e voltar para o acampamento.

James seguiu-o sempre olhando para trás, preocupado se tinha sido notado pelos oficiais. Como não viu nenhuma movimentação diferente, julgou que realmente havia passado despercebido.

No momento em que chegaram ao acampamento, Rowan, Thomas e Yerik juntaram-se aos demais bucaneiros na organização para o encontro com o Fenn, enquanto James rumou sozinho para a tenda do capitão. Eles entregariam dois baús cheios de moedas de prata na intenção de distrair o ex-pirata e roubar o fragmento do *Imperium*, que desconfiavam estar em seu poder. É certo que a tripulação do Cisne Negro poderia simplesmente invadir a fortaleza e tomar o pergaminho na base da brutalidade. Eles poderiam pelo menos tentar, mas não seria uma boa ideia. Havia muito em jogo no caso de atacar abertamente o Alfa, uma vez que gerenciava todo o comércio ilegal e favorecia centenas de piratas. Barba-Ruiva tinha a força de seus piratas o protegendo, assim como outras tripulações que lhe serviam. Não por lealdade, mas pelo interesse de receber uma parte maior nos lucros obtidos com o contrabando. E, querendo ou não, Barba-Ruiva fez a Ilha de Nabuco ser o que é hoje.

James entrou na tenda que estava dividindo com o capitão. Conrad preparava-se, em particular, verificando se suas duas pistolas possuíam pólvora e chumbo o suficiente. Além de suas adagas e o punhal que James havia encontrado no navio.

— Encontrou o que estava procurando? — Conrad perguntou terminando de abotoar sua camisa.

— Sim. — James colocou a cestinha em cima da mesa à vista do pirata e sentou-se na cama, sentindo-se ansioso.

— Flores? — Conrad olhou para o Ômega, e este balançou a cabeça positivamente a respeito de sua pergunta. Ele notou seu comportamento inquieto, mas não comentou. — Deixarei Sully, Gary, Dominick e Bill Lee de guarda.

James suspirou irritado.

— Vi oficiais da Marinha Real no centro da cidade. — Ele afirmou com a cabeça erguida.

Se o capitão ainda não confiava nele, então James o faria ver o quanto estava sendo ridículo.

— E por que voltou? — Conrad estava estranhamente calmo.

— Porque, ao contrário do que você pensa, tenho palavra. — James levantou-se e ficou próximo ao pirata. — Eu te fiz uma promessa. Disse que não tentaria fugir e não o fiz. — Ele suspirou decepcionado voltando a sentar na cama. — Talvez devesse ter fugido, assim você ficaria satisfeito por estar certo.

Conrad possuía seu semblante despreocupado. Ele se aproximou do Ômega que mantinha a cabeça baixa, colocou os dedos em seu queixo e ergueu seu rosto com delicadeza.

— São corsários. — Conrad afirmou, e o garoto franziu o cenho. — Eles saqueiam, matam, sequestram, estupram... São como piratas, James. Mas, diferentemente de nós, estão protegidos sob a lei porque fazem isso a mando de alguém muito maior.

— Está dizendo que eles podem fazer o que quiserem e não serão julgados?

— Se estiverem a mando de alguém, sim. — Conrad fez uma pausa observando as feições do mais jovem. James parecia estar realmente por fora de como funcionavam as leis de seu próprio mundo. Ele continuou: — Como reis e condes.

James curvou as sobrancelhas, com uma expressão irritada, e sentiu-se ofendido pela acusação dirigida a seu pai.

— Por acaso está insinuando que meu pai pode ter participação nisso?

— Não estou insinuando nada. — O capitão afirmou calmo e adicionou: — Estou afirmando.

James levantou-se, repentinamente, fazendo o Alfa dar um passo para trás. Demonstrava uma expressão de desagrado quando apontou um dedo no rosto do capitão.

— Meu pai é um Alfa honrado! Nunca mais repita esse tipo de coisa.

Conrad ficou pasmo com a reação dele. Nenhum de seus Alfas teria coragem de falar com ele dessa maneira. Se fosse qualquer outra pessoa, Conrad quebraria seu dedo por tamanha insolência. Novamente, ele se sentiu confuso e deu as costas para o Ômega.

— Não ordenei que ficassem aqui para impedi-lo de fugir. — O capitão admitiu caminhando até a entrada da tenda. — Ficarão para protegê-lo.

Sem esperar a resposta do Ômega, ele saiu ao encontro dos outros bucaneiros a fim de colocar em prática o plano para roubar o suposto fragmento. Mesmo que ele tivesse ficado, James não teria uma resposta pronta para aquilo. O capitão Conrad realmente sempre o surpreendia de todas as formas.

A tripulação seguiu por um caminho alternativo, procurando não chamar a atenção dos demais habitantes e comerciantes pelas ruas. A trilha entre os enormes rochedos era sinuosa e escura. Havia, também, muitas árvores e vegetação crescida impedindo que a luz do luar iluminasse o caminho. Os piratas só puderam enxergar o que havia a sua frente devido às inúmeras tochas que levavam justamente por causa da escuridão que acercava naquela época do ano.

Ao chegarem diante da enorme porta dupla que dava passagem à fortaleza, eles estranharam o fato de que não havia um pirata sequer cuidando da aproximação de algum intruso. Só o que ouviram foram gritos de horror vindos do lado de dentro e, também, as vozes de inúmeros machos e fêmeas, eufóricos com algum espetáculo medonho que acontecia no interior do Forte. A mando do capitão Conrad, um dos piratas seguiu até a porta e bateu forte na madeira. Um farfalhar em um arbusto foi ouvido por Conrad e, automaticamente, ele sacou uma de suas pistolas apontando em direção ao barulho.

James levantou-se de imediato, com os braços erguidos.

— Oi. — O Ômega sorriu amarelo.

O capitão respirou fundo guardando sua arma. Ele se aproximou do menino e puxou-o pelo cotovelo.

— O que pensa que está fazendo aqui? — Conrad perguntou tentando ser paciente.

— Como você saberia qual fragmento é o verdadeiro se não consegue enxergar o que tem escrito? — James perguntou astuto.

Conrad não o queria naquela investida por motivos óbvios, mas ele teve que reconhecer que James estava certo. Ele soltou o cotovelo do garoto e fitou-o com seriedade.

— Certo... — Conrad retirou o próprio punhal de seu cinto e colocou-o no de James, escondendo-o com o tecido da camisa. — Fique perto de mim. Não fale com ninguém, muito menos olhe para alguém. Faça apenas o que eu mandar. Você entendeu?

— Posso respirar pelo menos?

— James, você me entendeu? — Conrad perguntou novamente com menos paciência dessa vez. O garoto apenas assentiu.

Finalmente uma das portas foi aberta, e um Alfa barbudo e com tranças no cabelo apareceu. Seus olhos seguiram dos baús para a tripulação.

— O que querem?

— Fizemos um grande saque próximo à costa de Gaeul. — Noah articulou. — Viemos oferecer um tributo.

— Você aparece com toda uma tripulação em nossa porta e espera que o capitão Fenn os deixe entrar? — O Alfa sorriu exibindo seus dentes amarelados e a falta de alguns deles. — É mais burro do que imaginei.

— Diga a ele que John Conrad está aqui. — O capitão disse firme.

O Alfa que estava na porta murchou o sorriso e engoliu em seco ao ver o dono daquela voz um pouco mais atrás entre os outros Alfas e Betas. Ele não conseguiu ver o Ômega, já que James estava atrás de Conrad.

— Desculpe senhor. — O Alfa abriu a porta com a cabeça baixa. — Eu não sabia que se tratava da tripulação do Cisne Negro. Podem entrar, se houver algo que eu possa fazer para...

Conrad entrou no Forte junto a sua tripulação sem se incomodar em ouvir o que aquele infeliz estava falando. James fez como o capitão havia lhe dito e não saiu de perto dele, principalmente quando adentravam mais a fundo e ele pôde ver a quantidade de Alfas e Betas mal encarados que circulavam por ali.

Logo, eles puderam identificar o motivo de toda a gritaria ouvida do lado de fora. No centro da fortaleza, havia vários Alfas e Betas, ridicularizando um homem cujo corpo estava erguido e crucificado no centro do lugar. Ele estava todo machucado, com uma fratura exposta horrível em seu braço esquerdo, diversas lacerações pelo corpo e, também, queimaduras nos pés.

James, que estava colado às costas do capitão, observou aquela cena com grande choque em seus olhos. Sentiu imenso medo e pavor, seu coração começou a bater descompassado e tão alto que o próprio Conrad podia ouvir. Conrad encontrou a mãozinha do Ômega e segurou-a com firmeza.

— Capitão John Conrad. — Todos ouviram a voz estridente de um Alfa mais velho, corpulento e de aparência assustadora. Ele tinha uma longa e grossa barba cor de cobre, seus cabelos chegavam até os olhos e se emaranhavam lateralmente junto à barba.

— A que devo a honra de sua ilustre visita?

— Barba-Ruiva. — Conrad deu um passo à frente sem largar a mão de James. — Trouxemos tributos de um grande saque feito há algumas semanas.

— Estou muito surpreso com esse ato, mas satisfeito que finalmente tenha reconhecido minha soberania. Prata é algo de muito valor. — Com um gesto de cabeça, Fenn passou uma ordem silenciosa, e seus Alfas logo assentiram recolhendo os baús cheios de prata. Sorriu quando viu um par de olhos azuis espiá-lo por trás do capitão Conrad. — Vejo que carrega algo ainda mais valioso consigo.

Fenn aproximou-se ignorando o olhar ameaçador do capitão Conrad em sua direção, atento a qualquer coisa que pretendesse fazer. Barba-Ruiva ergueu a mão em direção ao rosto do Ômega, mas Conrad o deteve:

— Não o toque.

Barba-Ruiva hesitou a poucos centímetros da bochecha de James, mas então abaixou a mão. Ele deu dois passos para trás.

— Eu o quero.

— Não. — Conrad rosnou. Fenn curvou as sobrancelhas. — Ele é meu.

Barba-Ruiva soltou uma enorme gargalhada, tão alta e sombria que quase abalou as estruturas da fortaleza.

— Quando me tornei o que sou, você ainda mijava nas calças, garoto. — A tripulação do Fenn riu, e ele caminhou até chegar próximo à cruz em que o outro Alfa agonizava. — Isto é o que acontece com quem ousa desobedecer a minhas ordens. — James sentiu uma terrível sensação apoderar-se de seu corpo. Seu coração mais parecia saltar pela boca apenas com o fato de imaginar Conrad no lugar daquele Alfa. O capitão Fenn voltou a cabeça encarando Conrad: — Entregue-me o Ômega.

Conrad estava pronto para negá-lo outra vez, mas James foi mais rápido e soltou-se de sua mão dando alguns passos em direção ao Fenn.

— Na verdade, sr. Barba-Ruiva... — James podia sentir o olhar de Conrad queimando de raiva logo atrás dele. — Eu sempre quis conhecer um Forte. O senhor faria a bondade de me mostrar?

Fenn sorriu ardiloso. Ele se colocou diante do Ômega e, como se fosse um cavalheiro, ofereceu sua mão para que James a segurasse.

— *Oh*. — Fenn exprimiu enfeitiçado com a beleza do Ômega. — Terei enorme prazer em mostrá-lo.

James apoiou sua mão na palma da enorme mão do Fenn. Com isso, Conrad sacou sua pistola e apontou na cabeça do Barba-Ruiva, mas, no mesmo instante, centenas de armas e espadas foram empunhadas em sua direção. Desesperado, James olhou para o capitão e negou sibilando com os lábios para que ele não fizesse nada, assim como os piratas do Cisne Negro.

— E, então, o que vai fazer capitão Conrad? — O Barba-Ruiva questionou.

— Capitão. — Ele ouviu a voz de seu contramestre e levou os olhos até ele.

Cautelosamente, Noah inclinou a cabeça para o lado, e Conrad viu que, escondido na escuridão e sem que ninguém o notasse, estava o mais temido espadachim da época. O ex-caçador de piratas, Shin Yerik, que observava tudo sem expor sua presença. Conrad suspirou e abaixou sua pistola. Mesmo sabendo o perigo que James corria, ele confiava nas habilidades do espadachim. Sabia que conseguiria tirá-lo da fortaleza e levá-lo de volta à tripulação.

— Caolho. — Barba-Ruiva rosnou e uma criatura pequena surgiu entre os Alfas. Ele era um Beta e usava um tampão em um de seus olhos. — Acompanhe o capitão Conrad e sua tripulação para fora da fortaleza.

Barba-Ruiva virou-se com o Ômega e levou-o para as dependências do Forte. Conrad assistia à cena, enquanto se segurava para não dar um disparo no centro da cabeça do Fenn. Caolho começou a pular e rir feito uma hiena. Mesmo diante dos olhares ameaçadores dos piratas do Cisne Negro, ele seguiu trotando estranhamente animado e seguindo a ordem de seu capitão.

Assim como James imaginou, Barba-Ruiva não lhe mostrou nenhuma parte do interior da fortaleza que não fosse o caminho até seu cômodo particular. Seguindo através de corredores pouco iluminados, ele tentou memorizar com precisão as direções tomadas pelo Alfa: vinte passos ao norte até entrarem em uma grande construção próximo a uma torre com diversas avarias causadas por canhões. Logo na entrada subiram uma escadaria. Na bifurcação viraram à esquerda. Depois direita e esquerda mais uma vez, até encontrarem outras escadas. Quando chegaram ao que parecia ser o último andar, seguiram por um longo corredor até a última porta, que o Fenn abriu indicando para que o Ômega entrasse.

— Pensei que me mostraria o Forte, capitão. — James comentou dando passos para dentro de um quarto.

O cômodo era espaçoso e iluminado por um candelabro que estava disposto no centro de uma mesa, entre garrafas vazias e vários papéis espalhados, alguns castiçais nas duas mesas de cabeceira ao lado de uma enorme cama e em cima da cômoda, onde também havia uma pequena arca de madeira, com joias e alguns objetos de ouro incrustados com pedras preciosas. Cortinas leves em tons de areia adornavam algumas portas que estavam trancadas e que davam acesso a uma varanda.

Ainda parado próximo à porta e obstruindo a passagem, o velho pirata já havia retirado seu casaco, abriu alguns botões da camisa encardida e, agora, desfazia-se de seu cinto, enquanto o Ômega circulava pelo quarto. James observou nas paredes algumas pinturas contando a história daquele Forte. Seguindo uma por uma, ele se atentou a um quadro na parede atrás da cama, com um pedaço de papel emoldurado. Era um dos fragmentos do mapa, o Ômega podia ver com clareza as runas brilhando em tons prateados.

O ruído de uma corrente próximo às estantes e a alguns baús logo chamou a atenção de James, e ele ficou horrorizado ao ver uma dúzia de Ômegas, machos e fêmeas, acorrentados ao chão no canto do quarto. Tentando pensar em um plano rápido para escapar das garras do Fenn, ele se virou para encará-lo e, quando mal fez isso, recebeu um forte golpe no rosto com as costas das mãos do pirata ruivo. James caiu no chão ligeiramente desorientado sentindo uma forte dor em seu couro cabeludo quando Barba-Ruiva agarrou seu cabelo e o arrastou, jogando-o na cama.

— Tenho uma ideia muito melhor! — O pirata sorriu com seus grandes olhos que transbordavam insanidade.

Ao passo que James se recuperava da leve tontura, sua visão foi clareando aos poucos e focando no Alfa logo acima dele, que ávido por possuí-lo tentava despir suas vestes. Barba-Ruiva rasgou uma parte de sua roupa na altura da clavícula, e James tentou segurar a ânsia de vômito quando sentiu o pirata explorar seu corpo com aquela barba e cabelo arranhando sua pele. O Ômega não tentou lutar contra, até porque seria um gasto inútil de sua preciosa energia, já que sua força não se comparava à de um Alfa enorme como Barba-Ruiva. Com certa dificuldade, ele conseguiu levar a mão até o punhal posto por Conrad em seu cinto e, com um gesto totalmente instintivo, James enfiou a lâmina na lateral do pescoço do Fenn. O pirata caiu em cima do corpo de James, quase sufocando-o, mas livrou-se da agonia quando o pirata deslizou para o lado. Barba-Ruiva levou a mão ao pescoço e puxou a arma, atirando-a para o chão, e tentou controlar a perda do sangue pressionando a mão no pescoço. James assustou-se quando viu a quantidade de sangue que havia nele e em cima do colchão. O Alfa fazia barulhos horripilantes, engasgando-se com o próprio sangue.

James sobressaltou-se quando um Alfa entrou no quarto. Yerik olhou para o corpo de Barba-Ruiva, enquanto via sua vida se esvaindo. Ele se voltou para o Ômega e depois para o pirata novamente, que continuava lutando para sobreviver.

— *Eeeeeu*... matei um Alfa... — James gaguejou com a voz trêmula e os olhos bem abertos. — Vou ser condenado à forca. *Eeeeeeu* o matei...

Yerik agarrou o punhal do capitão Conrad que estava jogado junto à porta e aproximou-se do Ômega que permanecia em uma espécie de transe, murmurando coisas como *eu o matei*.

— Ele ainda está vivo. — Yerik informou-o apontando para Barba-Ruiva, que movia sua boca tentando chamar seus Alfas, mas tudo o que conseguia articular eram murmúrios inaudíveis.

— Mas ele vai morrer, e a culpa será minha. *Eu que...* — Antes que James pudesse terminar, ele viu Yerik cravar sua katana exatamente no coração do Fenn.

Yerik repetiu o mesmo processo pelo menos três vezes, com gestos rápidos, até o corpo de Barba-Ruiva ficar imóvel em cima da cama.

— Pronto. *Eu* o matei. — Ele agarrou o braço de James e puxou-o da cama, mas ficou surpreso quando o menino fez força contrária e escapou de seu aperto.

— É uma parte do mapa. — James apontou para o papel emoldurado. — Um fragmento do *Imperium*.

O Alfa subiu na cama e com um soco forte quebrou o vidro que protegia o papel, pegou o fragmento e guardou-o em seu bolso. Ele desceu novamente com um rápido pulo e franziu o cenho quando James puxou seu braço e apontou para os demais Ômegas presos por correntes.

— Não podemos deixá-los aqui.

— Não dá tempo, precisamos ir agora! — Yerik agarrou o braço de James novamente, mas o Ômega tentou lutar contra. — Oh, merda!

Com um gesto rápido, ele ergueu o corpo de James e jogou-o em seu ombro saindo apressadamente do quarto e ignorando os protestos do garoto. Eles encontraram três Alfas pelo longo corredor. Os piratas logo tentaram atacá-los, mas Yerik, que ainda empunhava sua katana, decepou a cabeça do primeiro, abaixou-se para se desviar de um golpe e, ao mesmo tempo, passou a lâmina de sua katana abrindo a barriga do segundo adversário. Quando o terceiro surgiu a sua frente, teve o coração transpassado pela lâmina do espadachim. James agarrou-se a ele e manteve os olhos fechados durante a luta. Yerik continuou seguindo e desceu pelas escadas. Eles ouviram passos e outros inimigos se aproximando, mas Yerik não passou pelo mesmo caminho que o Ômega havia feito na companhia de Barba-Ruiva.

— Ponha-me no chão! — James exigiu.

Ao chegar a uma janela, Yerik desceu-o do ombro, mas apenas para abraçar seu corpo firmemente pela cintura e pular da janela segurando uma corda. Automaticamente, James agarrou-se no pescoço dele e fechou os olhos durante o tempo em que ficaram no ar, até seus pés encontrarem o chão firme. Antes que pudesse se recuperar do passeio, Yerik segurou seu pulso e puxou-o, levando-o consigo. Guiado pela adrenalina, James apenas o seguiu, enquanto corriam escondidos na escuridão da noite. Passaram por uma abertura que, provavelmente, pertencia a um dos diversos canhões que protegiam o Forte e seguiram embrenhados entre rochas e arvoredos.

— Acalme-se, capitão. — Noah tentava impedi-lo de iniciar um ataque suicida ao Forte. — Não podemos fazer isso agora. Você viu, há muitas tripulações lá dentro.

— Dane-se! — Conrad rugiu. — Ele levou o meu Ômega diante dos meus olhos!

Meu.

Os membros da tripulação entreolharam-se, mas não tiveram coragem de falar coisa alguma.

Nesse ínterim, Sebastian encontrou-os quase totalmente sem fôlego, a mecânica estava com ele e igualmente cansada. Suas mãos estavam sujas de sangue, mas o Beta não parecia estar ferido.

— Aconteceu uma coisa no acampamento, vocês precisam ver! — O médico informou, e a tripulação seguiu-o pelo mesmo caminho pelo qual vieram. Conrad viu-se obrigado a fazer o mesmo.

Assim que chegaram à praia, todas as tendas estavam destruídas e havia sinal de luta por todo lugar. Os corpos de Sully, Gary, Dominick e Bill Lee estavam sem vida e espalhados pelo chão. Tomado por uma postura enfurecida, Conrad virou-se para voltar ao Forte, mas foi impedido pelo irmão, que se colocou à frente dele.

— Não faz isso, eles estão com o James. Você sabe o que aquele louco pode fazer com ele se você insistir nessa loucura que estou pensando.

— Eu nunca deveria ter permitido que ele ficasse naquele lugar! — Conrad rosnou frustrado e irritado.

— Para começo de conversa, aquele Ômega nunca deveria ter deixado o porão de carga. — Noah articulou. — Ele está nos causando muitos problemas. E se o Yerik não conseguir tirá-lo de lá? Vamos perder o tradutor e nunca conseguiremos encontrar outro assim tão facilmente.

Sebastian fitou-o indignado e disse:

— Com licença, mas o problema não é esse. Mesmo que James não fosse um Ômega lúpus, não o deixaríamos entregue às torturas daquele lugar.

— É claro que não. — O contramestre riu zombeteiro. — O capitão já está caído de quatro pelo Ômega. Olhe pelas decisões que ele está tomando. Onde já se viu, deixá-lo passear por Nabuco para comprar *flores*!

Os olhos de Conrad tornaram-se mais escuros do que a própria noite. Ele se voltou em direção ao contramestre parando a poucos centímetros dele.

— Se está insatisfeito com as coisas, Noah, tome-me a capitania. — O capitão disse calmo, porém suas palavras saíram com frieza.

O contramestre engoliu em seco desviando o olhar para o chão, antes de responder:

— Sabe que eu nunca faria isso, capitão. Eu o acompanho há longos anos. Sou leal a você.

— Então, não abra sua boca pra falar merda. — Conrad voltou-se para perguntar à tripulação: — Mais alguém está insatisfeito com minha liderança e quer tomá-la?

Nenhum pirata teve coragem de se manifestar. Mesmo que até certo ponto eles estivessem concordando com o contramestre. O capitão Conrad realmente estava ficando mais amolecido. Em outros tempos, ele manteria o Ômega preso e não admitiria qualquer ato de insubordinação de sua parte. Mas James parecia fazer o que queria e quando queria, e isso era algo novo para eles.

— Preparem seus corpos. — Conrad finalmente ordenou se referindo aos mortos e caminhou para o que sobrou de sua tenda.

Ele parou na metade do caminho quando ouviu a timoneira falar:

— São eles!

O capitão girou o corpo para olhar na direção apontada por Claire e suspirou com grande alívio quando viu Yerik trazendo James consigo. Ele não esperou que ambos se aproximassem e seguiu a passos rápidos em sua direção. Seus olhos desceram pelo corpo de James, e ele curvou as sobrancelhas quando viu parte das vestes dele rasgada e a região superior do corpo quase toda coberta por sangue.

— Não é dele. — Yerik afirmou ao ver a preocupação no olhar do capitão. — Barba-Ruiva está morto.

Conrad olhou confuso para o espadachim e depois para James. O Ômega estava com os olhos arregalados e as pupilas dilatadas. Ele respirava ofegante e parecia estar com os pensamentos em outro lugar.

— Céus! — Ouviram a voz de Sebastian quando o médico se aproximou e segurou a mão de James. Ele tentou levá-lo consigo, mas encontrou dificuldades. Conrad estava segurando os ombros do Ômega, enquanto passava os olhos por seu corpo em busca de algum ferimento. — Capitão? — Chamou pela primeira vez, mas foi ignorado. Sebastian insistiu: — Conrad?

— Sim?

— Deixe-o, preciso examiná-lo para ter certeza se está bem.

Com cuidado, Conrad retirou as mãos dos ombros do Ômega e deixou que Sebastian o levasse consigo.

— Que merda aconteceu? — O capitão voltou-se para o Alfa de cabelo loiro.

— Encontrei o Barba-Ruiva jogado na cama sangrando através de um ferimento no pescoço. — Ele levou a mão até a área citada e mostrou: — James acertou-o bem aqui. Com seu punhal. — Acrescentou entregando a arma ao verdadeiro dono.

— Ele conseguiu golpear o Barba-Ruiva? — Noah perguntou surpreso. — Um Alfa quase duas vezes maior que ele?

Yerik assentiu.

— Ele é perigoso, estou lhes falando... — Noah tentou insistir, mas se calou ao ver o olhar que Conrad o lançou. Ele suspirou derrotado e saiu em busca do que fazer.

— Levem o Cisne Negro à água. Vamos zarpar imediatamente.

— Agora? — Sven perguntou.

— Não. Vamos esperar que todas as tripulações comandadas pelo Barba-Ruiva descubram que o infeliz foi assassinado e venham aqui nos dizimar.

Sven engoliu em seco e logo compreendeu o sarcasmo vindo do capitão. Ele e os demais bucaneiros juntaram--se à árdua tarefa de levar o navio de volta às águas.

XANG.
Triangulo
da

Capítulo 5

Algumas horas depois de zarpar da Ilha de Nabuco, o Cisne Negro seguia seu curso a lenta velocidade. A tripulação seguia em direção a um novo possível local onde o terceiro fragmento do *Imperium* poderia ser encontrado.

Pelo menos assim era como Rowan havia dito. Todos estavam cansados devido aos fatos ocorridos na ilha.

Junbuu levou Thomas consigo para abastecer o navio quando a tripulação estava no Forte de Barba-Ruiva e, enquanto isso, os demais bucaneiros levaram um longo tempo até conseguirem conduzir o navio ao mar, logo mereciam um descanso. Após o funeral dos quatro bravos piratas que perderam suas vidas, em represália ao assassinato de Barba-Ruiva, sendo seus corpos lançados ao mar, alguns preferiram dormir e descansar, e outros permaneceram no convés inferior bebendo e conversando. Sebastian ajudou o Ômega a limpar o sangue de Barba-Ruiva que estava em seu corpo e, depois disso, não queria deixá-lo sozinho, pois James estava bem fisicamente, mas seu emocional estava abalado pelas mortes violentas que presenciou. Um pouco mais tarde, ele se recolheu na cabine do capitão e, sem pensar em mais nada, deitou na cama deste.

Conrad decidiu descansar um pouco depois e, assim que entrou na cabine viu o Ômega deitado em sua cama. Nunca havia dito que ele poderia ficar ali, o pequeno colchão ao qual foi destinado a ele estava no cantinho do quarto. James estava de costas, mas ele sabia que o Ômega não estava dormindo, podia ouvir seus fungados e soluços baixos. Conrad não sabia o que dizer, nunca teve que consolar alguém antes, então optou por deixá-lo quieto na dele, guardou suas armas, tirou suas roupas pesadas e subiu na cama deitando na ponta de costas para o Ômega. O capitão fechou os olhos tentando ignorar os ruídos baixos do outro, mas falhou miseravelmente. Não pelo barulhinho que James fazia, mas aquilo estava o incomodando de um outro jeito. Era quase como uma tortura ouvi-lo chorar.

— Pare de chorar e durma. — O capitão disse sem jeito, porém com uma voz suave.

— Não consigo. — James respondeu baixinho.

— Não foi culpa sua. Ele atacou você. Estava apenas se defendendo.

Ambos estavam conversando ainda de costas um para o outro. James ficou um tempo sem responder, então confessou em um sussurro:

— Estou com medo.

— Do que você tem medo? — Conrad virou o corpo e ficou de frente para ele.

— Sempre que fecho os olhos, vejo o Barba-Ruiva em cima de mim e todo aquele sangue... — James fez uma pausa. O choro intensificou, e os soluços ficaram mais fortes. — Eles virão atrás de mim e farão comigo o mesmo que fizeram com aquele pirata que estava na cruz…

A voz de James falhou, e ele parou de falar dando lugar ao choro intensivo. O capitão fez, então, algo que nunca havia imaginado que faria, nem em uma centena de anos. Ele se aproximou um pouco mais do Ômega e abraçou-o encaixando o corpo dele no seu. James assustou-se com o ato repentino e deixou o corpo rígido. Os olhos arregalaram-se e seu coração acelerou, mas ele não tentou se afastar e se acalmou à medida que Conrad sussurrava na altura de seu ouvido:

— Está seguro comigo, James. Não vou deixar ninguém machucar você. — Conforme ia sentindo o cheiro suave de rosas que exalava do capitão, ele relaxou o corpo e parou de chorar passando a respirar mais calmamente. — Feche os olhos.

James sentiu suas pálpebras pesarem, ele estava com sono, mas não estava conseguindo dormir. Assim que fechou os olhos, aninhou-se um pouco mais dentro do abraço do Alfa, e o calor que sentia de seu corpo assim como seu cheiro lhe deram uma sensação de estar protegido. O Ômega conseguiu adormecer quando, finalmente, sentiu que estava no lugar mais seguro do mundo. Entre os braços do capitão Conrad...

Quando abriu os olhos na manhã seguinte, James imaginava que o Alfa já havia se levantado para dar início a suas obrigações naquele dia. Mas ele sentiu um peso na lateral do seu corpo e notou que se tratava do braço do capitão, que ainda permanecia abraçado a ele na mesma posição que ficaram na noite anterior. James sorriu suspirando e continuou onde estava. O abraço do capitão era quente, e seu aroma natural de rosas deixava-o sereno. Era bom estar ali. Por um breve momento desejou não sair daquela cama nunca mais, mas a vida ainda continuava lá fora e logo um pirata bateu na porta para saber quais seriam as ordens de seu capitão. Conrad acordou e abriu os olhos. O Ômega fingiu que ainda estava dormindo, enquanto ele se levantava com cuidado para não acordá-lo.

— O vento está forte, capitão. — Thomas recebeu-o informando sobre as boas condições do tempo.

Todos se mostravam apreensivos por estarem em posse do segundo fragmento. A ansiedade era grande, e eles sentiam que estavam cada vez mais próximos de encontrar o tesouro de Francis Bonny. Conrad caminhou pelo convés até chegar à proa e observou o horizonte à frente. Havia apenas água e o imenso azul do céu. Logo atrás, a tripulação aguardava inquieta por sua próxima ordem.

— Subam todas as velas! — Conrad comandou.

— Vocês ouviram o capitão. — Noah acrescentou logo depois: — Ao trabalho!

Os tripulantes vibraram e correram cada um a sua função. Aqueles piratas nunca trabalharam com tanta vontade como naquele dia.

— Todas as velas a barlavento! — O contramestre ditava ordens ao lado do capitão.

— Manejem os cabos!

Os piratas seguiam correndo de um lado para o outro. James saiu da cabine, subiu as escadas até o convés superior e ficou observando lá de cima o vai e vem deles. Para o Ômega, tudo parecia uma enorme confusão, e ele não estava entendendo nada. Mas os Alfas e Betas sabiam exatamente o que estavam fazendo, nenhum esbarrava no outro.

A embarcação logo ganhou velocidade, e os bucaneiros gritaram e vibraram entre si conforme o Cisne Negro avançava a caminho do horizonte. Estavam seguindo em direção ao Triângulo da Morte, mas ninguém pareceu se importar com esse detalhe. Eles apenas queriam encontrar a terceira parte do fragmento. Estavam julgando-se invencíveis.

— Claire! — O capitão chamou a Alfa, enquanto subia até onde James estava. — Assuma o leme.

— Sim, senhor.

O capitão apoiou-se na grade de proteção, ao lado do Ômega. Com a velocidade atingida, o vento batia e espalhava os cabelos de ambos. Conrad achou aquela cena adorável, James ainda estava com sinais de sono no rosto, as bochechas levemente avermelhadas e os fios bagunçados. James sorriu ao ver como o Alfa ficava diferente com suas madeixas negras livres ao vento. O Ômega possuía um pedaço de pergaminho em sua mão, que ele logo tratou de entregar ao capitão.

— O que é isto? — Conrad perguntou recebendo o pergaminho.

— A tradução do segundo fragmento.

O Alfa abriu e leu em voz alta:

— *Quando a derradeira luz.* — Ele olhou para o Ômega que deu de ombros sem entender o que aquilo significava. — O que isso quer dizer?

— Acredito que só vamos obter respostas concretas quando encontrarmos todas as outras cinco partes.

Conrad assentiu e desceu para a cabine, reunindo-se com seu contramestre para falar da descoberta primeiramente a ele e, logo depois, contar aos demais membros da tripulação sobre a nova parte traduzida. Como esperado, ninguém soube identificar ou dar sentido àquelas palavras.

Durante os dias de viagem, eles seguiam na mesma velocidade, só diminuindo temporariamente durante a noite para evitar colisões acidentais com outras embarcações.

Demoraram um mês até chegarem próximo ao misterioso Triângulo da Morte, onde muitas coisas misteriosas e inexplicáveis aconteciam a todos que ousavam passar por aquela região. Como a maioria imaginou, o primeiro desagrado que ocorreu foi uma repentina tempestade, que apareceu aumentando ainda mais a força do vento e que, consequentemente, arrastava o navio em sua direção.

— Tempestade se aproximando a bombordo. — Claire informou em voz alta.

— Estamos indo em direção a ela mais de quinze nós. — Noah virou-se para o capitão: — Isso pode virar o navio.

— Diminuam as velas! — Conrad ordenou. — E preparem-se para a tempestade.

Os piratas voltaram ao trabalho temendo a intensa mudança no tempo. O vento estava extremamente forte causando ondas enormes, tão gigantescas que se atingissem o navio havia o risco de destruí-lo. Eles correram pelo convés armazenando nas câmaras internas todos os objetos que estavam dispostos no pavimento superior.

— Fechem as escotilhas!

— Abaixem todas as velas e segurem firme!

Os esforços da tripulação pareciam cada vez mais inúteis. As ondas e os ventos empurravam o Cisne Negro e faziam com que ele quase virasse sobre o mar bravo. James estava dormindo na cabine do capitão quando foi acordado pelo movimento brusco do navio, sendo lançado para fora da cama e indo parar no canto da parede. Ele sentiu seu braço doer fortemente e levantou-se com dificuldade. Perguntou-se se estavam sofrendo algum ataque e decidiu sair para entender o que ocorria do lado de fora. Quando abriu a porta e caminhou pelo piso a céu aberto, o Ômega assustou-se ao ver a escuridão que cercava o navio e a sua volta. Ainda estava de dia, mas a tempestade estava tão forte que deixava o clima sombrio. James tentou voltar para a cabine, mas uma grande onda bateu contra a embarcação e lançou-o ao chão alguns passos à frente.

O vento empurrava o Cisne Negro, e as ondas batiam fortemente contra seu casco. Algumas maiores batiam no convés e atingiam os piratas, que se agarravam às cordas para não caírem no mar.

— Cortem os cabos das velas! — James ouviu Noah gritar antes que uma nova onda, dessa vez muito maior, o atingisse arrastando com força e lançando-o para fora do navio.

— James! — Conrad gritou soltando as cordas e correu na mesma direção onde o garoto foi lançado. Sem pensar duas vezes, ele pulou no oceano atrás do Ômega fazendo o restante da tripulação ficar abismada.

Claire girava o leme com dificuldade e, com os comandos de Noah, o navio logo foi seguindo o curso do vento e, sem as velas para atrapalhar sua direção, o Cisne Negro viu-se longe da perigosa agitação. Os tripulantes desceram os botes e procuraram durante horas pelo capitão Conrad e pelo Ômega, mas não havia nenhum sinal deles.

Em meio às gigantescas ondas avassaladoras, a forte tempestade desempenhava o papel de antagonista no dia mais assustador da vida de John Conrad. Não que o capitão do Cisne Negro nunca tivesse presenciado uma tempestade dessa magnitude. Ele já havia visto e estivera em situações muito piores. Mas, em nenhuma delas, havia um Ômega a que ele estivesse tão ligado. Conrad nunca teve tanto medo de perder alguém quando viu James ser lançado para fora da embarcação. Naquele momento, ele não se importou com coisa alguma. Só agiu com seus instintos, sem se importar com o que aconteceria consigo mesmo. James estava caindo, e ele precisava salvá-lo.

Conrad procurou em todas as direções, mas não o viu. Na certa, as correntes marítimas estavam puxando o Ômega para o fundo do oceano. Ele, então, inspirou uma grande quantidade de oxigênio e submergiu. Um par de olhos vermelhos procurava pela escuridão das águas, fazendo-o enxergar muito melhor do que se estivesse com seus olhos "normais". Ele viu o Ômega balançando os braços, enquanto tentava subir, contudo a força da água estava elevada e as correntes puxavam-no para o fundo. James estava quase perdendo a consciência quando o Alfa nadou até ele e o agarrou levando ambos de volta à superfície.

O Cisne Negro afastava-se gradativamente, enquanto as ondas levavam os dois, que ficaram para trás, em outra direção. Conrad obviamente não tinha força física para seguir a embarcação a nado, muito menos levando um passageiro consigo. James estava fraco demais para nadar sozinho, e o próprio Conrad também estava perdendo suas forças, mas ele aguentou. Agarrou-se ao Ômega e manteve-se emerso a maior quantidade de tempo possível. Tentou nadar e encontrar algum pedaço de terra para que pudessem sobreviver. James estava agarrado a seu pescoço tentando respirar em meio às ondas que eram jogadas sobre ambos, ele não sabia exatamente o que havia acontecido, mas estava aliviado por não estar sozinho.

Muitas foram as vezes que os dois foram puxados, empurrados ou simplesmente afogados pelas ondas que ainda se formavam. Uma última, antes da tempestade se afastar, caiu sobre eles com tanta força que os separou, lançando-os para lados contrários. James perdeu a consciência, mas o Alfa logo o agarrou novamente e nadou levando ambos em uma direção na qual ele rezou mentalmente para que encontrassem terra firme.

Após longos momentos sem saber qual seriam seus destinos, o universo por fim pareceu conspirar a seu favor e, logo, o capitão Conrad viu uma pequena faixa de terra ao longe. Ele estava terrivelmente fatigado, seus músculos estavam doloridos, seu corpo todo pedia para se entregar ao cansaço, mas continuou nadando até conseguir colocar James deitado na areia firme. E, apenas quando se certificou de que o Ômega ainda estava respirando, ele caiu a seu lado e deixou que a escuridão tomasse conta de sua consciência.

Enquanto isso, os Alfas e Betas do navio tentavam se recuperar da forte tempestade que os apanhara. Duas das velas haviam sido destruídas, eles perderam alguns botes, mas nada se comparava à terrível perda. O sentimento entre a tripulação estava dividido. Alguns estavam de luto, enquanto outros acreditavam fielmente que seu capitão havia sobrevivido e, com ele, o pequeno Ômega.

— O que faremos agora, senhor?

Com a ausência do capitão, era o contramestre quem assumiria o comando.

— Vamos continuar seguindo a rota para o Triângulo da Morte. — Noah decidiu.

— Espera! — Sebastian protestou. — Devíamos ficar um pouco mais e procurar por eles!

— Não há mais nada que possa ser feito, Sebby.

— Quê? Você acha que eles morreram?!

— Óbvio que não. O capitão é experiente e muito forte, ele com certeza pode sobreviver. É um lúpus.

— James também. — Thomas adicionou. — E ele é igualmente forte.

Noah soltou uma gargalhada.

— *Pff*. Você só pode estar brincando. — Seu sorriso murchou quando viu que ambos os Betas continuavam sérios. — O capitão tem grandes chances de sobreviver se aquele peso morto não estiver com ele.

— Do que está falando?! — O médico ficou perplexo com a fala do Alfa. — Pare de dizer tais absurdos! Tomara que James também esteja vivo, e nós vamos continuar com as buscas sim!

O contramestre suspirou irritado.

— Não é você quem decide isso.

— Então é isso o que você faria se fosse eu no lugar do James?

— É claro que não! Você é diferente, você é...

— Sou o irmão do capitão! — Sebastian interrompeu-o. — Eu *q*...

— Estamos a bordo do Cisne Negro, aqui você é apenas o médico da tripulação. — Noah tomou a fala por cima do Beta. — *Eu* sou o contramestre, seu superior! Você me deve respeito.

Outros piratas entraram naquela discussão, e ela foi se tornando mais calorosa e violenta. Um tiro foi disparado para o alto e, automaticamente, todos pararam de falar.

— Por que não fazemos uma votação? — Rowan, que havia dado o tiro, supôs guardando sua pistola.

— Muito bem. Quem quer permanecer aqui procurando pelo capitão e pelo Ômega? — Noah questionou. Alguns poucos ergueram as mãos. — Quem prefere seguir o curso estipulado pelo próprio capitão, encontrar o terceiro fragmento e alegrá-lo com essa boa notícia quando o encontrarmos?

Não foi preciso muito esforço para saber que a segunda opção prevaleceu. Sebastian negou com a cabeça e seguiu com Thomas para dentro da cabine. Não havia dúvidas de que pelo menos a maioria da tripulação era fiel ao capitão Conrad, mas eles sabiam que, nesses casos, era perda de tempo e recursos ficarem parados em um mesmo lugar, durante dias e até semanas, procurando por algo que jamais encontrariam por ali. Mas, para os piratas, Sebastian e Thomas estavam agindo pelo emocional. Afinal, era o irmão de um e o amigo de ambos que havia desaparecido.

James acordou alguns minutos depois e abriu os olhos vagarosamente, e a primeira coisa que ele viu foi a imensidão azul do céu, sem nenhuma nuvem sequer. Sentou-se e olhou a seu redor para se situar. O coração acelerou e o medo definiu suas feições quando viu o capitão ainda desacordado a seu lado. Ele o examinou e teve a certeza de que ainda estava com vida, desse modo, respirou aliviado e procurou por alguma coisa que pudesse protegê-lo do sol. Não havia nada que pudesse ajudá-lo a criar algum tipo de guarda-sol na praia. James, então, pegou o punhal preso ao cinto do Alfa e seguiu em direção a uma densa floresta que tomava conta da pequena ilha. Ainda no começo, ele encontrou grandes folhas de palmeira e, com ajuda da lâmina, partiu alguns ramos e levou-os para a beira da praia.

James posicionou-os de modo que fizesse sombra no rosto do Alfa, pelo menos. Ele não queria deixá-lo ali sozinho, mas, ao mesmo tempo, sentia necessidade de explorar aquele lugar. Queria ter certeza de que estavam seguros, então agarrou as mãos do Alfa e tentou arrastá-lo da margem até o início da floresta, onde o sol não conseguia alcançá-los. Porém, seu corpo era demasiado grande e James, mesmo que fosse um Ômega lúpus, não conseguiria levá-lo sozinho. Bufou frustrado e cansado pela tentativa em vão, recolocou as folhas de palmeira para protegê-lo dos raios solares e, com muito cuidado, retirou as armas que ainda estavam em posse do Alfa: eram duas adagas, aquele punhal e duas pistolas. James não sabia como manuseá-las e, no período em que estivesse ausente, alguém poderia aparecer e tomar posse delas, assim o Ômega achou prudente guardá-las em uma espécie de esconderijo, dentro de uma árvore com um buraco oco. Ele seguiu para dentro da mata empunhando apenas a adaga.

No momento em que Conrad abriu os olhos, ele não entendeu o que estava acima de sua cabeça e, instintivamente, levantou-se derrubando sem querer a pequena cabaninha que James fez para que ele não fosse queimado pelo sol. Procurou pelo Ômega e fechou os olhos respirando profundamente quando não o viu em parte alguma. Passou as mãos pelo torso e, logo, preocupou-se ao não encontrar as armas. Diversas situações passaram por sua cabeça, e a pior de todas estava prevalecendo: "Algum navio pirata apareceu e levou James." O medo que sentiu não era por sua situação, mas pela do Ômega. Buscou algum indício que o levasse à certeza daquele pensamento e, em seguida, descartou essa possibilidade quando viu pegadas pequenas sobre a areia. Ele as seguiu e entendeu que pertenciam ao Ômega, já que aparentemente só tinham os dois ali.

— *Ah*, você acordou. — Conrad ouviu a voz do Ômega e soltou todo o ar preso em seus pulmões quando o viu sorrir seguindo apressado em sua direção.

Em suas mãos havia algumas frutas. Conrad também notou que o punhal estava preso ao cós da roupa do Ômega.

— Você está machucado? — Conrad perguntou.

— Não, estou bem.

— Onde estão minhas armas?

— Eu as guardei em segurança. — James virou o corpo apontando para a árvore seca. — Estão bem ali.

O capitão passou por ele e procurou por suas pistolas. Ambas estavam em perfeito estado, e ele as guardou nos coldres de sua vestimenta. James retirou o punhal de seu cinto e também o entregou.

— Vou verificar se estamos apenas nós dois aqui. — Conrad determinou.

— Estamos.

— Como você sabe?

— Bom, fiz uma ronda pela floresta. Demorou um pouco, mas acho que consegui cobrir toda a extensão. — O capitão arqueou as sobrancelhas. — Eu também encontrei uma pequena fonte onde podemos beber água, *tamb*...

— Você andou por aí sozinho?

— Sim?

— Você por acaso ficou louco?! — O Alfa gritou fazendo James sobressaltar e deixar as frutas caírem no chão. — Poderia ter se machucado! Poderia ter encontrado algum outro náufrago nessa maldita floresta, e ele teria feito de você a presa perfeita!

— E o que eu deveria ter feito?! — James gritou de volta. — Ficar na praia velando seu corpo sem saber o que nos aguardava lá na floresta?! Você estava desacordado, e eu estava com medo e com fome, mesmo assim tomei coragem para ver se esse lugar era seguro para nós dois! Se tinha comida, água…

— Você deveria ter ficado perto de mim.

— Mas você estava desacordado.

— Não importa! — James respirou fundo tentando ignorar a grosseria de Conrad. — Pulei daquele navio para te salvar, e você simplesmente se embrenha em uma floresta desconhecida sozinho e arrisca sua vida assim?

— Então que não tivesse pulado. — James agiu ligeiro quando girou sobre os calcanhares e correu em direção à floresta.

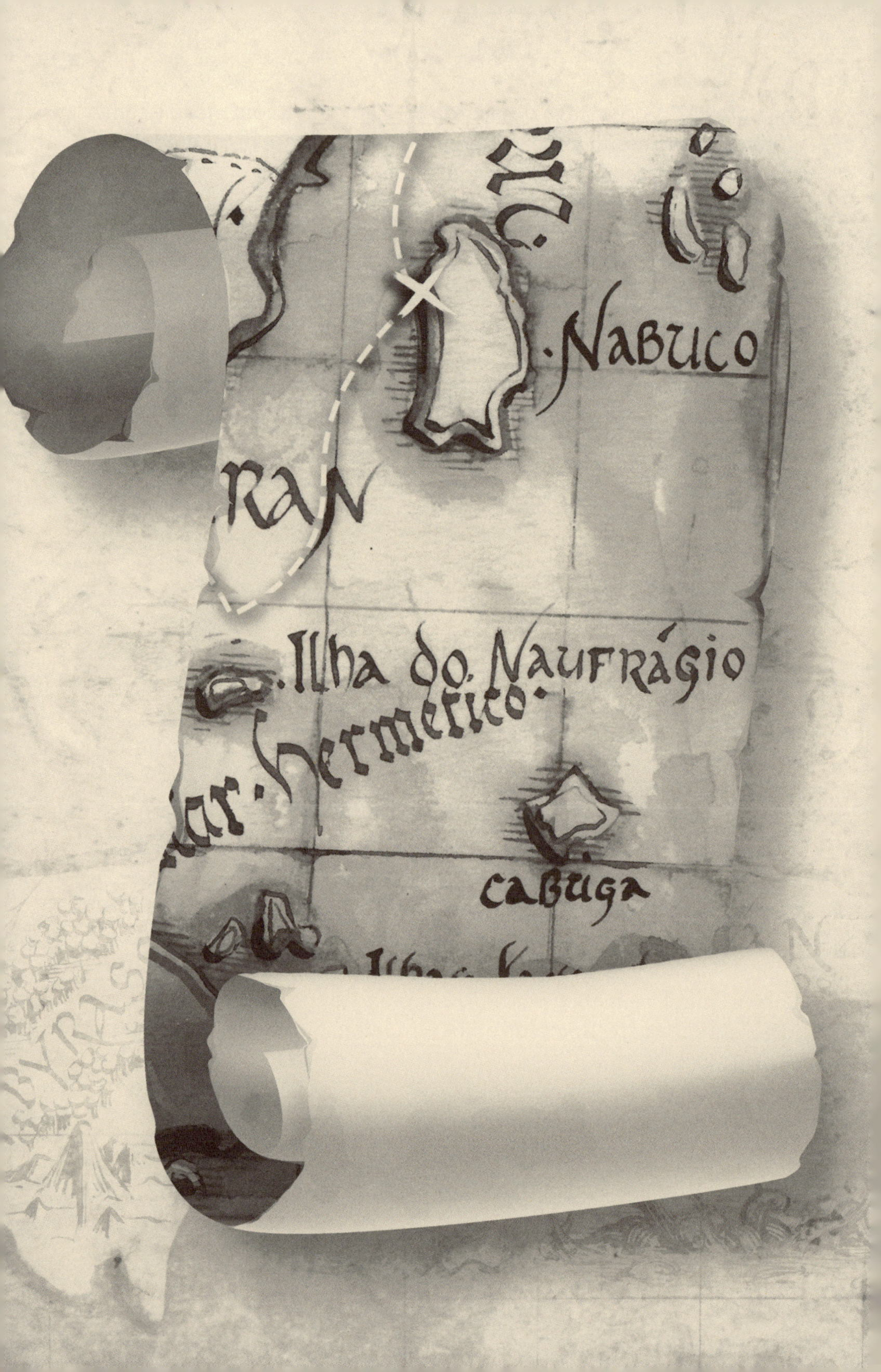
Nabuco
Ilha do Naufrágio
hermetico
Cabuga

Capítulo 6

Conrad ficou tentado a ir atrás do Ômega, mas estava muito irritado e sabia que, caso fosse, aquela discussão poderia se tornar algo pior. O garoto havia dito que não encontrara mais ninguém naquela floresta; então, o Alfa julgou que, se tivesse de ter acontecido alguma coisa, já teria ocorrido, enquanto ele estava desacordado. Conrad explorou toda a circunferência da ilha constatando que não era tão grande quanto parecia, pois logo ele estava de volta ao ponto inicial de partida. O Alfa sentou-se no chão e observou o oceano se perguntando onde estaria sua tripulação e se alguém os encontraria. Viu algumas folhas de palmeira largadas onde ele estava deitado momentos antes e marcas na areia como se alguém tivesse tentado arrastá-lo. As frutas espalhadas pelo chão estavam em quantidade suficiente para cerca de duas pessoas. Foi, então, que fechou seus olhos e refletiu:

— Merda.

Tomando um longo suspiro, ele se colocou de pé novamente e rumou para a floresta procurando pelo Ômega. Quando o encontrou, James estava sentado embaixo de uma enorme raiz abraçando as pernas dobradas e o queixo apoiado nos joelhos. Seu olhar estava distante. Ele havia notado a presença do Alfa, mas preferiu fingir não se importar.

— Estava te procurando. — Conrad tentou iniciar uma conversa, mas o Ômega continuava ignorando sua presença. — Daqui a pouco vai escurecer, precisamos voltar à praia. — A única resposta que obteve foi um suspiro do mais novo. Aquilo o estava irritando, mas entendia que o Ômega tinha motivos para estar chateado. — James... — Novamente sem resposta, Conrad insistiu: — Fala alguma coisa.

James virou o rosto para, finalmente, encará-lo. Seus olhos estavam úmidos e levemente inchados indicando que estava chorando.

— Sei que não sou forte como você e não deveria ter andado sozinho... mas você estava desacordado, e eu não sabia quando ou até mesmo se acordaria. Eu tinha de ter certeza de que estávamos sozinhos aqui e encontrar água e comida para você, já que parecia tão esgotado fisicamente. E eu também estava com fome.

Conrad fechou os olhos. O peso da culpa caindo em cima dele como uma baleia cachalote. Desde o momento em que James subiu a bordo do navio, a última coisa que ele demonstrou foi fraqueza, e o capitão sabia muito bem disso, ele era a prova da valentia do Ômega. Seu próprio lobo Alfa sentiu-se enormemente atraído pelo do pequeno lúpus desde o primeiro momento que ele o enfrentou. E, com o passar das semanas, a convivência fez com que o Alfa observasse mais aquele garoto loirinho e entendesse que ele era muito mais do que um objeto de troca para obter qualquer lucro. James era inteligente, astuto e tinha um sorriso que valia mais do que o ouro que Conrad pretendia surrupiar do pai dele.

— Você não é fraco, James. *Nunca foi.* Desde a primeira vez que coloquei os olhos em você, senti sua força. Aquilo me assustou, mas, ao mesmo tempo, me deixou fascinado... — Conrad agachou-se e sentou-se ao lado dele. — Eu que sou um covarde, que me escondo por trás do medo *de*... — Sua voz falhou.

Nem por todos os anos em que viveu pelos mares, o capitão tinha visto um azul tão bonito e profundo quanto os olhos do Ômega, que o encaravam esperando por suas palavras. As folhas nas árvores balançavam suavemente quando uma delicada brisa atravessou a parte da floresta em que se encontravam. O cheiro de rosas espalhou-se intenso com o vento à medida que o lobo do Alfa se agitava e o coração de Conrad batia forte.

Ele estava tão próximo do mais novo que podia notar o leve aroma de jasmim que provinha do Ômega. Ignorar esse fato era inevitável, o capitão sabia perfeitamente bem o que estava sentindo. Já não se importava com o pedido de resgate e, no fundo, sentiu até medo de quando essa aventura chegasse ao fim e eles encontrassem o *Imperium*, pois James voltaria para casa e seria entregue a seu noivo.

— *De*...? — James incentivou-o.

O Alfa estava completamente perdido naquele sentimento. Estava tão claro como a luz do dia, negar seria loucura. Poucas coisas na vida assustaram o capitão Conrad, e uma delas estava sentada bem diante dele. Conrad, então, respirou fundo aquele aroma de jasmim e observou os traços delicados no rosto do Ômega para enfim confessar:

— De aceitar que estou apaixonado por você.

James esperava qualquer outra coisa, menos aquilo. Conrad encarava-o intensamente, enquanto o Ômega não conseguia manter o olhar fixo nele por muito tempo. James olhava para o Alfa e, em seguida, desviava para qualquer outra direção sem saber ao certo como reagir.

— *Eeeeeu* não sei o que dizer...

— Não precisa dizer nada. — Conrad afirmou sorrindo pequeno. — Desculpe por ter gritado com você.

James encarou-o surpreso. Nunca, durante o tempo em que permaneceu com aquele pirata, o Ômega se imaginaria escutando o que acabara de ouvir. O tão famoso e terrível capitão Conrad lhe pedindo desculpas.

Conrad olhou para cima, o céu podia ser visto minimamente através dos galhos de algumas árvores mais altas. Pela luz fosca que preenchia a clareira, ele tinha uma certa noção de quanto tempo faltava para que a noite chegasse e, com ela, os perigos que a escuridão ocultava.

— Quero que fique com isto. — Disse o Alfa entregando uma pistola ao mais novo.

— Não sei como usar.

— Eu te ensino. — Conrad levantou e estendeu a mão para ele. James aceitou e logo também ficou de pé.

— Mas não acho que seja uma boa ideia... — Ponderou, enquanto manuseava a pistola.

— Por que não?

— Porque, da próxima vez que gritar comigo daquele jeito, vou usar isto em você. — James respondeu exibindo a arma e saiu caminhando em direção à praia.

Conrad ergueu as sobrancelhas chocado com aquela afirmação, mas em seguida riu soprado sabendo que era apenas brincadeira. Ele balançou a cabeça e, então, seguiu o Ômega até a praia.

— ...e então você aperta o gatilho, mas só se tiver certeza do alvo. — O Alfa ensinava à medida que James mirava em um alvo invisível. — Não podemos treinar sua precisão ainda, só temos cinco disparos em cada uma.

— Entendi. — James suspirou olhando para o céu. — Se chover, estaremos bem encrencados.

— Não acho que vai chover hoje. Mas precisamos de um abrigo, nunca se sabe como serão os dias seguintes. Há meses que muitas tempestades assolam esse lugar. — A palavra despertou medo em James, ele tentou não demonstrar isso, mas Conrad percebeu. — Seremos resgatados antes disso.

James estudou as feições do capitão, ele parecia realmente exausto, as pálpebras pesadas e as olheiras profundas. Imaginou que ele deveria ter gasto muita energia e força física para conseguir levá-los até aquela praia. Talvez o Alfa estivesse certo em ter ficado bravo quando ele decidiu desbravar a ilha sozinho. O capitão precisava de descanso.

— Vamos dormir? Amanhã a gente vê isso de abrigo. — James sugeriu. Seus olhos correram o local procurando pela melhor opção para passar a noite. — Podemos dormir embaixo daquela árvore.

Conrad assentiu e olhou na direção em que o Ômega apontou. Entre as árvores que se encontravam no início da floresta, havia algumas palmeiras baixas com troncos finos e resistentes e folhas bem volumosas, onde poderiam se abrigar do sereno ou da chuva caso o tempo mudasse de repente. James sentou-se sobre a grama crescida embaixo da vegetação e ficou deitado de costas, com as mãos sobre o abdômen. Conrad fez o mesmo bem ao lado.

O loiro começou a sentir-se um pouco inquieto, mais uma vez dormindo ao lado daquele Alfa e sentindo seu aroma tão de perto. O Ômega entendeu que não conseguiria dormir com os meneios de seu lobo dentro de si, respirou fundo e mudou de posição, agora ficando de lado, de costas para Conrad e de frente para o oceano. James tentou concentrar-se no cheiro da brisa marítima, no barulho das ondas do mar e no som do vento batendo nas folhas das árvores.

Pode não ter chovido, mas Conrad viu como James estava agitado e encolhido, tentando proteger-se do frio, que havia aumentado no início da madrugada.

— Você está com frio. Posso esquentá-lo... — O capitão comentou observando a reação do Ômega conforme se aproximava dele.

Conrad posicionou-se atrás do mais novo, com o peito colado nas costas do loiro, e contornou o braço em volta da cintura dele para mantê-los o mais próximo possível e esquentar um ao outro com o calor de seus corpos. Com a aproximação, James sentiu os batimentos acelerarem e, logo em seguida, diminuírem aos poucos. Dentro do abraço do Alfa, ele adormeceu tranquilamente se sentindo confortável e seguro.

Assim que o Sol apontou no horizonte, Conrad foi o primeiro a acordar. O ar gélido da alvorada fustigava a pele do Ômega, fazendo-o encolher-se em seu corpo sentindo a falta do abraço que o aquecera na noite anterior. Conrad retirou seu casaco e depositou-o cobrindo o pequeno corpo que tremia sob o frio. Foi ligeiro em colher algumas frutas, alimentou-se e deixou algumas protegidas por folhas para o Ômega.

Conrad viu que aquele espaço onde eles dormiram poderia servir de base para um ótimo abrigo. Era plano, estava cercado por algumas árvores e dava vista para o mar, de onde eles poderiam espectar qualquer embarcação que se aproximasse. Ele adentrou na floresta tendo o cuidado de não se distanciar demais e começou com os trabalhos. Coletou galhos de várias árvores e empilhou-os próximo de onde seria o abrigo, sentou-se no chão e começou a criar várias estacas e varas resistentes.

— O que está fazendo? — Ouviu a voz cheia de sono do Ômega.

James ainda estava deitado olhando para ele com curiosidade. Conrad sorriu e mostrou as madeiras, troncos, estacas e varas de todas as espessuras.

— Estou fazendo a armação de nosso abrigo. — Conrad apontou para o lugar onde havia deixado as frutas. — São suas.

O Ômega agradeceu e alimentou-se à medida que ainda despertava de seu sono. Enquanto observava o Alfa trabalhar, James pensou com mais clareza na confissão de Conrad no dia anterior e, com isso, sentiu como seu lobo se agitou quando as palavras ditas pelo capitão ressoaram por seus pensamentos mais uma vez. Lembrou-se da conversa que teve com Sebastian na praia da Ilha de Nabuco, de como os lobos se comportam de acordo com seus desejos. Embora o médico tenha lhe dito que aquilo era algo normal, isso ainda o deixava um pouco assustado, pois James nunca havia passado por nada parecido antes.

E, mesmo tão confuso, naquele momento o Ômega se perguntou mentalmente se seu noivo também estava apaixonado por ele. Se o lobo do comodoro Roy vibrava sempre que sentia seu aroma, porque, da parte do Ômega, nunca aconteceu de ele se sentir atraído pela essência do oficial da Marinha. Ao contrário do que sempre acontecia ao experimentar o intrínseco cheiro de rosas do capitão e de como se sentia estimado pelo que ele é, não pelo que seu pai poderia oferecer.

Enquanto isso, o capitão permanecia concentrado em sua atividade sem fazer ideia dos pensamentos que invadiam a cabeça do Ômega logo pela manhã. E era incrível como o Alfa parecia saber exatamente o que estava fazendo. Tudo parecia muito bem feito, aquele abrigo ficaria muito seguro, e James também quis ajudar em algo.

— O que posso fazer para ajudar?

— Vamos precisar de cipós para preparar a estrutura. — Conrad pegou o punhal e entregou-o a ele. — Você vai precisar disso para cortar. Vou limpar o terreno.

James assentiu e foi procurar pelos cipós.

Enquanto isso, o Alfa retirava galhos secos e pedras para deixar o chão mais plano. Ele também fez uma espécie de calha ao redor de onde seria construído o abrigo para impedir a entrada de água no caso de dias chuvosos.

— Aqui estão. — James voltou colocando no chão alguns ramos que havia conseguido. — É o suficiente?

— Acredito que sim, senão depois pegamos mais.

O Ômega viu Conrad fincando as estacas no chão, parecia ser um trabalho fácil, mas, quando ele pegou uma das estacas para ajudá-lo, viu que precisava de bastante força para fazer a madeira adentrar na areia o suficiente para permanecer firme e sem risco de desabar a armação.

— Fica em pé, porcaria! — James bradou enfurecido. Conrad riu quando o viu brigar com a vara.

— Deixa que faço isso. Por que você não vai passar os cipós entres elas? — James largou as estacas e colocou-se a fazer o que o Alfa indicou. — Tenta fazer os nós bem firmes.

— Sim senhor, capitão! — James falou com voz firme e em tom de brincadeira.

Conrad sorriu, e ambos continuaram seus serviços.

Na parte da tarde, já havia duas paredes erguidas. Haviam trabalhado arduamente durante toda a manhã e, então, decidiram fazer uma pausa para descansar.

— Não podemos sobreviver apenas com essas frutas. — Conrad articulou. Ele pegou uma das estacas e prendeu o punhal na ponta criando uma espécie de lança aperfeiçoada. — Procure encontrar pequenos troncos e galhos secos para fazermos uma fogueira. Vou tentar pescar alguma coisa.

À medida que o Alfa tirava sua camisa, exibia um peitoral cheio de cicatrizes e algumas tatuagens que seguiam até os braços. O Ômega observou atentamente cada desenho, perguntando-se o que eles poderiam significar. Ele engoliu em seco ao notar que o Alfa o estava encarando ao perceber que era observado. James corou desviando o olhar e saiu pela beirada da floresta coletando os materiais necessários.

Em alguns minutos de pesca, o Alfa conseguiu alguns peixes e limpou-os antes de levá-los ao acampamento, já que os estripar na frente do Ômega não seria o ato mais cavalheiro do mundo. Com a ajuda de duas pedras e folhas secas, Conrad conseguiu acender o fogo e alimentou-o com os galhos. Logo, as chamas cresceram tomando conta das madeiras mais grossas. Eles assaram os peixes e comeram até ficarem satisfeitos.

— Nunca comi um peixe tão bom quanto esse. — James revelou com sinceridade. — Queria poder comer isso quando voltar para casa.

Aquela frase inquietou o Alfa, mas ele não demonstrou.

— Até isso eles controlam?

— Se você quer saber, só posso respirar se meu pai permitir. — James riu sem graça abaixando a cabeça. — E assim será quando eu me casar. Fui educado para ser assim.

— Não precisa voltar se não quiser.

James ergueu o rosto e fitou-o por alguns segundos. Conrad estava sério e olhava-o de volta como se esperasse por uma resposta, mas o Ômega ainda não sabia como reagir a tantas emoções recentes.

— Vamos voltar ao trabalho? — James levantou-se e voltou à construção sendo acompanhado pelo mais velho.

Após duas semanas, toda a estrutura do abrigo já estava devidamente pronta. Eles cobriram as paredes com argila que encontraram próximo à margem do lago. James construiu uma cama grande e confortável, na medida do possível, com vários ramos e camadas de folhas largas. A única coisa que restava era o teto, que o Alfa já estava trabalhando em adicionar. Ele o construiu com certa inclinação para que a água da chuva pudesse escorrer sem o perigo de criar poças em cima e, consequentemente, goteiras dentro do abrigo. Entretanto, as folhas de palmeiras estavam deslizando, algumas caindo ou ficando fora do lugar.

— Fica aí, inferno! — O Alfa resmungou, e James teve que fazer um grande esforço para não rir.

O Ômega estava sentado em um tronco próximo à fogueira que eles mantinham acesa mesmo durante o dia.

— Como você se tornou o capitão do Cisne Negro? — Desde o princípio, James imaginou que os capitães de navios piratas eram todos muito mais velhos do que Conrad aparentava ser.

— Morei com uma família de pescadores durante um tempo em Gaeul. Eles eram bons, mas eu estava cansado de levar uma vida de fugitivo, escondendo-me de todos sem ter cometido crime algum. Consegui uma vaga em um navio mercante e comecei a trabalhar nele fazendo alguns serviços, como limpar o convés, carregar caixas, ajudar na cozinha, fazer entregas... Essas coisas que todo grumete de quatorze anos faz. — James assentiu, embora não estivesse familiarizado com aquilo. — Certo dia, a embarcação foi atacada por um outro navio cheio de piratas. O capitão deles era bastante cruel e impiedoso e mandou que matasse todos mesmo com a rendição do comandante.

— Nossa, que bárbaro! — James automaticamente se lembrou de Fenn Barba-Ruiva.

— Me escondi atrás de uma escotilha, mas ele me viu. O próprio capitão. Implorei para que ele não me matasse e que me aceitasse em sua tripulação. Não era exatamente o que eu queria, mas era necessário para sobreviver naquele momento.

— Ele aceitou obviamente. — James supôs, e o Alfa assentiu.

— A partir daí, as coisas ficaram ainda piores. O capitão era muito sanguinário. Enquanto a tripulação queria ir em busca de tesouros e saques, ele só queria encontrar mais vítimas para matar. Gostava de amarrar ao mastro os oficiais da Marinha que capturava, cortava suas línguas e fazia-os comê-las na frente de todos.

James colocou a mão na boca e, imediatamente, sentiu vontade de vomitar.

— Meu Deus!

— Conforme os anos passavam, ele se parecia cada vez mais com um monstro. Os próprios tripulantes o temiam, mas não era por respeito, era medo de acabarem torturados por ele. Alguns se opuseram a sua tirania absurda, mas outros o apoiaram fielmente, e uma grande briga se formou. Muitos foram os mortos, alguns desertaram e acreditaram que aquele era o fim. O capitão havia enlouquecido de vez e começou a matar todos que estavam a sua frente até mesmo seus aliados. Ele estava completamente insano.

— Nossa. Ele era tão forte assim?

— Era um Alfa lúpus. — James perguntou-se se todos os capitães do Cisne Negro pertenciam à classe de lúpus, mas ficou calado esperando Conrad continuar: — Passei cinco anos seguindo suas ordens e loucuras e fazendo coisas terríveis e cruéis a mando dele. Mas já estava cansado de tudo isso, e o estopim foi o assassinato de meus companheiros bem diante de meus olhos.

— Você o matou?

— Sim. Decepei sua mão que segurava a espada e joguei-o para fora do navio. Ele foi puxado pela água e destruído pelo fundo da embarcação.

— E, então, você tomou a capitania?

— Não. A tripulação me escolheu.

James não fez mais perguntas e, por alguns minutos, apenas refletiu. A história de Conrad era triste, e sua vida foi extremamente difícil tendo que fugir do próprio país para que o marido de sua mãe não o matasse. Teve que sobreviver sozinho pelos mares fazendo coisas terríveis, sendo atacado, lutando e quase morrendo nas mãos de outros piratas sanguinários e cruéis. Ele era realmente um Alfa muito forte, não apenas fisicamente. Passou por tantas dificuldades e, mesmo assim, não se tornou alguém como seus mestres haviam sido. Ele tinha traços gentis e também era justo, e o Ômega admirava-o.

— Juro que vou destruir tudo se essa porcaria continuar caindo! — James foi tirado de seus pensamentos ao ouvir os resmungos do Alfa.

— É claro que vão cair. — James constatou o óbvio tentando segurar o riso. — O telhado está inclinado, precisa nivelar isso.

— Vou ter que desmontar e fazer tudo de novo. — O capitão afirmou revirando os olhos, e James mordeu os lábios procurando não rir.

O Alfa puxava as varas com fúria, enquanto as folhas de palmeira caíam uma a uma.

— Calma, Conrad... — Alguns risos escapavam. — Assim vai derrubar tudo em cima de você.

Mas o capitão ignorou o aviso do Ômega. Passara dias se dedicando àquela armação para que ficasse perfeita e os protegesse da água da chuva. Pelo visto, porém, o abrigo não queria cooperar consigo, e todo o trabalho que teve foi em vão.

— É isso que você queria, seu maldito desgraçado?! — Conrad indagou o abrigo, enquanto tirava o telhado com raiva.

Toda a estrutura cedeu e acabou caindo por cima dele, que se desequilibrou e caiu junto no chão. Dessa vez, James não conseguiu conter o riso, gargalhou alto e riu ainda mais quando viu a cabeça do Alfa surgir entre as folhagens, cipós e varas. Havia pequenos galhos e folhas presos em seu cabelo.

— Para de rir! — Conrad exigiu, mas acabou que também já estava rindo da própria desgraça. James colocou as mãos na barriga, não estava conseguindo parar de rir. — Ah, não vai parar?

Conrad levantou-se avançando contra ele, mas James agiu rápido e correu pela praia. Pensou que o Alfa teria desistido, porém, quando olhou para trás, sentiu um frio na barriga ao ver o capitão correndo em sua direção. James tentou apressar os passos, mas logo sentiu dois braços o agarrarem pela cintura e ser levado ao chão. Tentou levantar-se, contudo o Alfa se colocou em cima dele e imobilizou-o prendendo suas mãos contra a areia.

— Para de rir! — Conrad exigiu, mas o Ômega negou com a cabeça e continuou rindo. — O que faço com você?

Na posição em que estava, a única opção do Ômega era esperar pelo que Conrad faria. Por um momento, o capitão apenas ficou encarando e observando seus traços, cada característica de seu rosto. James era verdadeiramente o Ômega mais lindo que já havia visto. Os olhos do capitão desceram até seus lábios, e ele desejou provar daquela boca e descobrir se ela era tão macia e gostosa quanto aparentava ser. Aquela era a oportunidade perfeita. Conrad umedeceu os lábios se aproximando lentamente.

— O que está fazendo? — O Ômega franziu o cenho confuso.

Conrad parou a poucos centímetros do rosto dele.

— Quero te beijar, James. — Ele afirmou quase como um pedido.

James abriu a boca para responder, mas se embaralhou com as próprias palavras sentindo as bochechas corarem. Queria dizer sim, que também desejava aquilo, mas apenas o encarava de volta envergonhado. Isso posto, James apenas fechou os olhos e esperou até sentir os lábios do Alfa serem pressionados contra os seus. James sentiu coisas estranhas em seu estômago, enquanto a língua do Alfa explorava sua boca. Conrad libertou-o e desceu as mãos até acomodá-las na curva da cintura dele. O Ômega não sabia ao certo o que fazer com suas mãos agora livres e apenas tocou os ombros do capitão com suavidade.

Conrad abriu os olhos para observá-lo e lá estava ele, novamente, com seus olhos ainda fechados e a boca ligeiramente avermelhada, enquanto esperava por mais daquele contato. Conrad logo cuidou de juntar suas bocas mais uma vez e dar início a um novo beijo. O Alfa sentiu o sangue pulsar por sua região íntima e interrompeu o beijo repentinamente. James abriu os olhos confuso, sem entender o motivo de ele ter parado com algo que estava tão bom.

— Precisamos terminar o abrigo. — Conrad indicou saindo de cima dele com pressa e ofegante.

James ergueu as costas do chão, mas permaneceu sentado observando o Alfa se afastar sem olhar para trás. Ele tomou um suspiro longo e cobriu a boca com uma mão tentando conter um enorme sorriso de genuína felicidade.

O capitão Conrad estava distraído quando um soco quase acertou sua mandíbula. Graças a seus reflexos, ele conseguiu interceptar o punho do Ômega com sua mão.

— Muito bem! — Conrad elogiou-o.

Estava ensinando o garoto a lutar há três dias, e essa tinha sido a primeira vez que o pequeno lúpus quase conseguiu atingi-lo.

— Não foi nada bem, ainda não consegui te acertar um soco. — James lamentou. — E estou cansado, suado e com fome.

— Vamos fazer uma pausa então. Você pode tomar banho quando quiser, estamos cercados por água, eu vou *pe*... — O Alfa parou de falar repentinamente e voltou a atenção para o garoto: — Espera, por que você quer me bater?

— Oh... não é bem assim, não quero agredi-lo, *eu só*... Bom, só queria conseguir acertar uma única vez.

— James, você foi criado a vida toda como se fosse um boneco de porcelana. Estou há mais de dez anos no mar, claro que... — Conrad parou de falar ao notar o olhar cabisbaixo do Ômega. O que ele estava falando era de fato verdade, mas não lhe custaria nada dizer alguma coisa que realmente o motivaria. Ele cerrou o punho que havia interceptado o golpe de James, atrás das costas, fazendo com que sua palma fosse pressionada com força pelos dedos. — Além do mais, seu soco foi bem forte. A minha mão está doendo até agora.

James mordeu o lábio desconfiado.

— Só está falando isso para que me sinta melhor.

— Então, veja você mesmo. — Conrad abriu a mão mostrando sua palma avermelhada.

O Ômega encarou-o perplexo, e um sorriso logo apareceu em suas feições.

— *Uau*... quer dizer, desculpa. Não quis bater tão forte. Estava empolgado…

— Não se preocupe. — Conrad apontou para a água. — Tome seu banho.

— Mas só tenho essas roupas, a noite faz bastante frio mesmo com o abrigo.

— Então as tire.

James mostrou-se chocado…

— Não vou me despir na sua frente!

— Pode ficar apenas com as peças íntimas. — A expressão no rosto do Ômega permanecia a mesma. — James, já vi tudo. Você estava bastante exposto naquele leilão.

— *Mmmmas* é diferente… o que está fazendo?! — Questionou pasmo quando o Alfa começou a despir-se.

— Não é óbvio? Estou tirando minha roupa para dar um mergulho.

De uma só vez, ele abaixou as calças juntamente com a peça íntima. O Ômega ficou mais vermelho que um tomate e, imediatamente, cobriu o rosto com as mãos.

— Pelos céus, Conrad! Vista-se!

— Só se você tirar a roupa também.

— Não! Vista pelo menos a roupa debaixo que *eu... eeeeu* tiro.

Conrad sorriu, divertindo-se, balançando a cabeça. Ele fez o que James pediu e cobriu as partes íntimas.

— Pronto.

— Está coberto?

— Sim.

— Conrad, se você estiver mentindo…

— Vai logo. — O Alfa interrompeu.

James abriu uma pequena brecha entre o indicador e o dedo médio para espiar se o Alfa realmente havia cumprido com sua palavra. Ele abaixou as mãos quando o viu vestido com apenas sua roupa íntima.

Conrad sabia que, se ficasse olhando, James nunca teria coragem de tirar a roupa em sua frente, então se ocupou pegando sua lança, enquanto fingia verificar se o punhal estava bem posto na arma que usaria para pescar. James respirou fundo e tirou primeiro suas calças, em seguida se livrou da camisa, dobrou-as direitinho e empilhou-as em cima de uma pedra. Quando ele se voltou para o Alfa, viu que Conrad já estava dentro do mar com a água mais ou menos cobrindo metade de suas coxas.

"Que homem lindo", James pensou.

Eram bem desenhadas, assim como todo o corpo do Alfa. Ele não era exageradamente musculoso, mas seu corpo era bastante definido. Poderia ficar o dia inteiro ali assistindo ao capitão fincar sua lança na água e pescar seus peixes para as próximas refeições. Mas a maré estava branda, James aproveitaria para banhar-se com calma e refrescar-se. O dia estava bastante quente.

Ele caminhou devagar até que as pequenas ondas, vez ou outra, cobrissem seus pés por completo. Viu que a cesta, feita com o material da própria floresta, já estava com uma quantidade de peixes suficiente para os dois, e um pensamento divertido veio-lhe à mente. Conrad estava parado feito uma estátua, o braço que empunhava a lança estava erguido pronto para lançar a arma e capturar um peixe azarado que passasse por sua mira. De modo súbito, James lançou-se exatamente onde alguns peixes estavam. Ele causou uma grande movimentação na água fazendo com que todos fugissem para longe.

— Você tá espantando os peixes. — Conrad tentou repreendê-lo de uma forma séria, mas logo sorriu ao ouvir a risada do Ômega.

— Já tem o bastante. — James explicou apontando para a cesta. — Pra que pescar tantos? Quer fazer um banquete? — Conrad colocou as mãos nos quadris e só agora percebeu o quanto já havia pescado. Assustou-se quando um jato de água foi lançado em sua direção. — Vamos nos divertir só um pouquinho…

Conrad fechou os olhos e passou a mão no rosto. Novamente, outro jato de água foi lançado nele.

— James, James... — Em meio a um sorriso, ele limpou o rosto outra vez jogando a lança na areia e virou-se para o Ômega: — É melhor você fugir…

James soltou um gritinho quando o Alfa mergulhou em sua direção e, então, apressou-se na tentativa de fugir dele. Enquanto tentava correr dentro da água, lançava mais água para trás procurando atrapalhar a vista do capitão. Sua estratégia não funcionou por muito tempo e, logo, Conrad conseguiu alcançá-lo. Ele o agarrou pela cintura e ergueu-o jogando seu corpo na água mais ao fundo. James submergiu demorando para aparecer. O Alfa não se preocupou, pois sabia que ele estava brincando, só não esperava que o Ômega apareceria bem diante dele.

Quando emergiu, James apoiou as mãos nos ombros do capitão e afundou-o na água fugindo outra vez. Conrad voltou a persegui-lo, enquanto James lhe lançava mais água como da primeira vez. Permaneceram durante um bom tempo brincando e se divertindo na água até que ficaram cansados e a fome se fez presente.

James ficou com a tarefa de buscar mais lenha e galhos secos, enquanto Conrad limpava os peixes retirando escamas e vísceras. Após a refeição, eles se colocaram a terminar a construção de uma enorme fogueira, que serviria como sinal, para quando alguma embarcação fosse avistada, e eles pudessem ser socorridos. Estavam perdidos naquela ilha há quase três semanas, mas a esperança de serem resgatados continuava forte no coração do Ômega. O capitão parecia mais realista e acreditava que nunca seriam encontrados, mas demonstrava seu otimismo para o mais novo.

À noite, logo após o jantar, James sentou-se em um pequeno tapete esverdeado, onde pequenas graminhas faziam fronteira com a areia da praia. Havia algumas nuvens no céu, mas ainda nenhum sinal de chuva. Os únicos pontos que iluminavam aquela noite eram as estrelas. Ele ouviu passos atrás de si e perguntou quando o Alfa se sentou a seu lado:

— O que você acha que eles estão fazendo?

— Minha tripulação? — James assentiu. — Pelo que conheço de meu contramestre, e o conheço muito bem, eles estão procurando o terceiro fragmento.

— Mas, depois disso, tentarão encontrá-lo certo? Você é o capitão deles.

— Claro! — Conrad sorriu ao afirmar, mas por dentro duvidava disso. Havia alguns membros totalmente fiéis a ele, mas o capitão também sabia que se tratando de piratas, "a riqueza em ouro e prata valia muito mais que a lealdade". — Mas não me importo em ficar perdido nessa ilha para sempre se você estiver comigo.

O Alfa apoiou ambas as mãos atrás da nuca e deitou no chão de frente para o céu. James refletiu suas palavras, porém ficou em silêncio, logo fazendo o mesmo movimento e também deitou-se sobre o chão gramado.

— Incrível como o céu está lindo hoje. — James afirmou cortando a quietude. — Cheio de estrelas.

— Thomas disse que, quando o céu está assim, é porque a Lua voltará a iluminar a noite.

James concordou. Seus olhos varreram pela vasta imensidão escura do firmamento, mas ainda não tinha visto nem sinal da Lua. O tempo estendeu-se em completa calmaria. Estava tudo tão quieto que os únicos sons que James escutava eram o barulho das ondas beijando a praia e os próprios pensamentos. Ele fechou os olhos e pôde ouvir a voz de seu pai ao anunciar que arranjara um marido para ele quando tinha apenas dezessete anos.

Embora não fosse tão experiente de vida, James sabia exatamente o que estava sentindo. O receio sempre o fizera temer seus sentimentos, mas, durante o tempo em que conviveu com o capitão Conrad, expressou-os tão naturalmente que aquilo o assustou um pouco. Seu destino já estava selado, desse modo, ele não poderia se interessar por nenhum outro Alfa. Ele pertencia ao comodoro e sempre teve medo de se impor contra isso.

Mas, não mais. James estava farto de reprimir seus verdadeiros sentimentos. Se mesmo o capitão, que também parecia ir contra a corrente camuflando seus sentimentos por trás de uma máscara dura, baixou sua guarda e confessou a ele seus sentimentos, James devia ao Alfa a mesma atitude. Ele abriu os olhos e notou que Conrad permanecia concentrado observando as estrelas. E, após longos minutos em silêncio, o Ômega deu um longo suspiro e chamou-o:

— John?

Aquela foi a primeira vez que James o chamou pelo primeiro nome. O Alfa franziu o cenho e fitou-o com curiosidade.

— Sim?

— Sinto o mesmo.

— O que quer dizer com isso? — John indagou desconfiado.

James pousou sua mão no peito do Alfa exatamente acima do coração. Ele podia senti-lo bater tão rápido assim como o seu.

— *Eeeeu* ainda não sei direito, mas… acho que sinto o mesmo que você. — Conrad encarou-o ainda confuso, sem entender aonde o Ômega queria chegar com aquilo, até que este continuou: — Acho que também estou apaixonado por você.

A pequena mão de James subiu do peito até se encaixar no rosto do Alfa. Ele se aproximou até encostar suavemente seus lábios nos dele. Conrad aprofundou o beijo conforme curvava seu corpo para frente ficando acima do de James. Ele continuou beijando-o, enquanto retirava cada botãozinho de sua camisa deixando seu peito e abdômen completamente expostos.

— Você acha mesmo isso? — Conrad perguntou interrompendo o beijo.

James assentiu balançando a cabeça positivamente. Ele estava com o rosto corado, mas manteve o contato visual com o pirata. Todo o sangue do Alfa parecia se concentrar em seu órgão, e ele o sentiu ficar completamente ereto sob o tecido de suas calças. Conrad mirou seus lábios novamente, dessa vez com mais voracidade. Ele deixou sua boca seguindo caminho pela linha da mandíbula e do pescoço, enquanto James inclinava a cabeça para trás, dando-lhe mais acesso à área cervical. Descendo um pouco mais, o Alfa deteve-se em seu peito, a língua explorava a área e fazia o Ômega ofegar curvando as costas para obter mais daquele contato.

Conrad sentiu uma das mãos de James explorar seus cabelos com os dedos indicando que ele estava gostando daquilo. Os dedos do Alfa prenderam-se no cós de suas calças e, com cuidado, puxou-as para baixo juntamente com sua roupa íntima. O sexo de James também estava rígido e melado por seu pré-semen, assim como o local entre suas pernas, lambuzado por sua doce e particular lubrificação, que escorria conforme ficava cada vez mais excitado ao toque de Conrad. O Alfa acomodou-se no meio das coxas dele e admirou por alguns segundos a forma de um Ômega sendo tocado pela primeira vez.

James deixou que um gemido escapasse de sua garganta no instante em que o Alfa tomou sua ereção entre os lábios e chupou-a com vontade, deliciando-se com aquele delicado sabor. Conrad abriu a boca e acomodou todo o membro em sua cavidade, chupando e lambendo, enquanto seu dedo já inteiramente úmido pelo lubrificante seguia explorando a pequena entrada do Ômega. Conrad pressionava seu indicador fazendo círculos ao redor. Até que, sem aviso, seu dedo deslizou para dentro, e James mordeu o lábio tentando conter um outro gemido.

Conrad sentiu que seu membro ficou ainda mais rígido ouvindo o pequeno gemer tímido daquele jeito. Um segundo dedo deslizou para dentro, e o Ômega dessa vez moveu os quadris sentindo seu interior ser massageado pelos dedos longos do capitão. James estava extremamente excitado, seu corpo não parava de expelir um fluido natural, e ele movia os quadris necessitando de mais contato. Queria que o Alfa fosse mais fundo, e Conrad também já não estava aguentando vê-lo se contorcer. Ele precisava preenchê-lo completamente antes que o Ômega gozasse. Conrad retirou os dedos de dentro dele, e o Ômega choramingou em protesto, no entanto o Alfa foi ligeiro quando abriu a calça e expôs para fora sua ereção que, também, já estava encharcada por seu líquido pré-seminal. Ele abriu e espalhou as coxas do loirinho um pouco mais, encaixou a ponta de seu membro na fenda entre as nádegas do Ômega e curvou o corpo para frente até estar com o rosto rente ao de James, o suficiente para sentir sua respiração ofegante tocar suas faces. Manteve o peso de seu corpo sobre os antebraços e moveu os quadris para penetrá-lo.

Vagarosamente, Conrad ia tomando mais da cavidade do Ômega, o que obrigava suas paredes internas a dilatarem-se para receber o membro. James fechou os olhos com força, e seus dedos agarraram a grama ao seu lado.

— *Oh... céus...* — James choramingou e mordeu o lábio com força.

Assim que se acomodou inteiramente dentro do corpo do Ômega, Conrad permaneceu imóvel por um tempo. Ele sabia que James estava sentindo um certo incômodo inicial, pois aquela era sua primeira vez e machucá-lo era a última coisa que queria na vida. Com cuidado, Conrad inclinou o corpo ainda mais até que seus abdomens estivessem encostados um no outro. Depositou diversos beijos pela derme branquinha, ao passo que acariciava seu rosto e movia as mãos entre os fios loiros, que se tornaram úmidos com o suor.

— Vai passar, meu pequeno... — Conrad sussurrou em seu ouvido e, logo depois, chupou o lóbulo de sua orelha. O mais novo assentiu um pouco desesperado. — Não vou me mover até que diga que posso.

James abriu a boca e ofegou deixando que alguns gemidos escapassem. Seu corpo reagia positivamente aos toques do Alfa, a pele arrepiava-se a cada contato quente e úmido que a língua de Conrad fazia, ao morder levemente e chupar cada centímetro da pele que cobria sua delicada clavícula. Sendo um lúpus, James também possuía o gene mais forte e, com isso, seu interior adaptou-se com mais facilidade. A dor que sentia foi sendo substituída por novas sensações. E eram maravilhosas... Seu membro contraiu-se quando Conrad o beijou e, em seguida, chupou a curva de sua mandíbula. O corpo de James moldou-se às suas necessidades, e ele sentiu seu ventre contrair-se à medida que ansiava por mais daqueles toques.

— Conrad... — Ele murmurou baixinho.

Ao ouvi-lo chamar seu nome, o Alfa mostrou-lhe toda sua atenção:

— Sim, meu coração. — Conrad respondeu deixando um simples beijinho em sua bochecha. Com timidez, James arriscou mover os quadris e olhou diretamente nos olhos do Alfa, com um mudo pedido para que Conrad se movesse dentro dele. — Posso fazer isso?

James mordeu o lábio e assentiu. Conrad moveu seu quadril lentamente saindo de dentro dele, no momento seguinte ele deslizou penetrando-o novamente. O Alfa estava atento às expressões do mais novo, sentia o quanto o corpo menor necessitava mais daquilo e investiu outra vez, agora com mais intensidade. James gemeu quando sentiu o membro do Alfa entrar mais fundo em seu canal e tocar em seu ponto mais sensível. Seu corpo movia juntamente com o do Ômega à medida que investia gradativamente mais febril. John beijava seu pescoço e chupava sua pele delicada com avidez. Aquilo, com certeza, deixaria marcas. Quando James abriu os olhos, a primeira coisa que ele viu foi a Lua. Gigantesca, ela reinava sobre o firmamento cercada por diversas estrelas. Ambas testemunhavam a união entre um Alfa e um Ômega.

As mãos de James deslizaram pelos braços de Conrad e acomodaram-se entre seus torsos. Ele sentiu as cicatrizes e cada músculo abdominal do Alfa contrair-se à medida que este movimentava seu corpo sobre o dele. O capitão uniu suas bocas novamente, beijando-o com mais afinco e desejo. O Ômega apertou suas pernas ao redor dos quadris do Alfa quando sentiu um formigamento surgir em seu baixo ventre, seguido por contrações em sua musculatura anal. Ele gemeu ofegante contra os lábios do Alfa e, logo, estava explodindo de prazer, enquanto seu membro expulsava todo seu gozo entre seus corpos. Ao perceber que as paredes do Ômega se contraíram ao redor de seu sexo, Conrad sentiu que ele havia tido seu primeiro orgasmo e que, depois daquilo, não conseguiria aguentar por muito tempo. Alcançou seu ápice pouco tempo depois preenchendo o corpo do Ômega com seu fluido quente.

James desatou as pernas que ainda cercava os quadris do Alfa e sentiu seu corpo amolecer sob o dele. Conrad sentiu o mesmo, mas não deixou que todo o peso de seu corpo caísse sobre ele, em razão disso, ao se retirar do corpo do Ômega, ele deslizou para o lado e fechou os olhos. Por alguns segundos, eles ouviram apenas o barulho do mar, mesclando-se ao som de suas respirações arfantes. Conrad, então, puxou James com cuidado e deitou a cabeça dele em seu peito passando os braços ao redor de seu corpo, e o pequeno Ômega aninhou-se no quentinho do capitão.

— Como você está? — Conrad perguntou.

— Muito bem. — James suspirou ao receber um beijo no topo de sua cabeça.

— De todas as coisas boas que já aconteceram na minha vida, você, de longe, é a melhor delas.

James deslizava a ponta dos dedinhos sobre a pele do Alfa. O peito deste estava suado causando um pequeno brilho devido à luz da Lua. O Ômega ponderou acerca do que acabara de acontecer e sobre seus futuros, enquanto observava o peitoral do Alfa subir e descer com sua respiração calma.

— Quero ir com você, Conrad. — James exprimiu. — Quando nos resgatarem, quero ir com você. *Eu quero ficar com você.*

O capitão Conrad inspirou profundamente. Seu abraço tornou-se mais forte ao redor do pequeno lúpus quando respondeu:

— Jamais deixaria você ir a algum lugar sem mim…

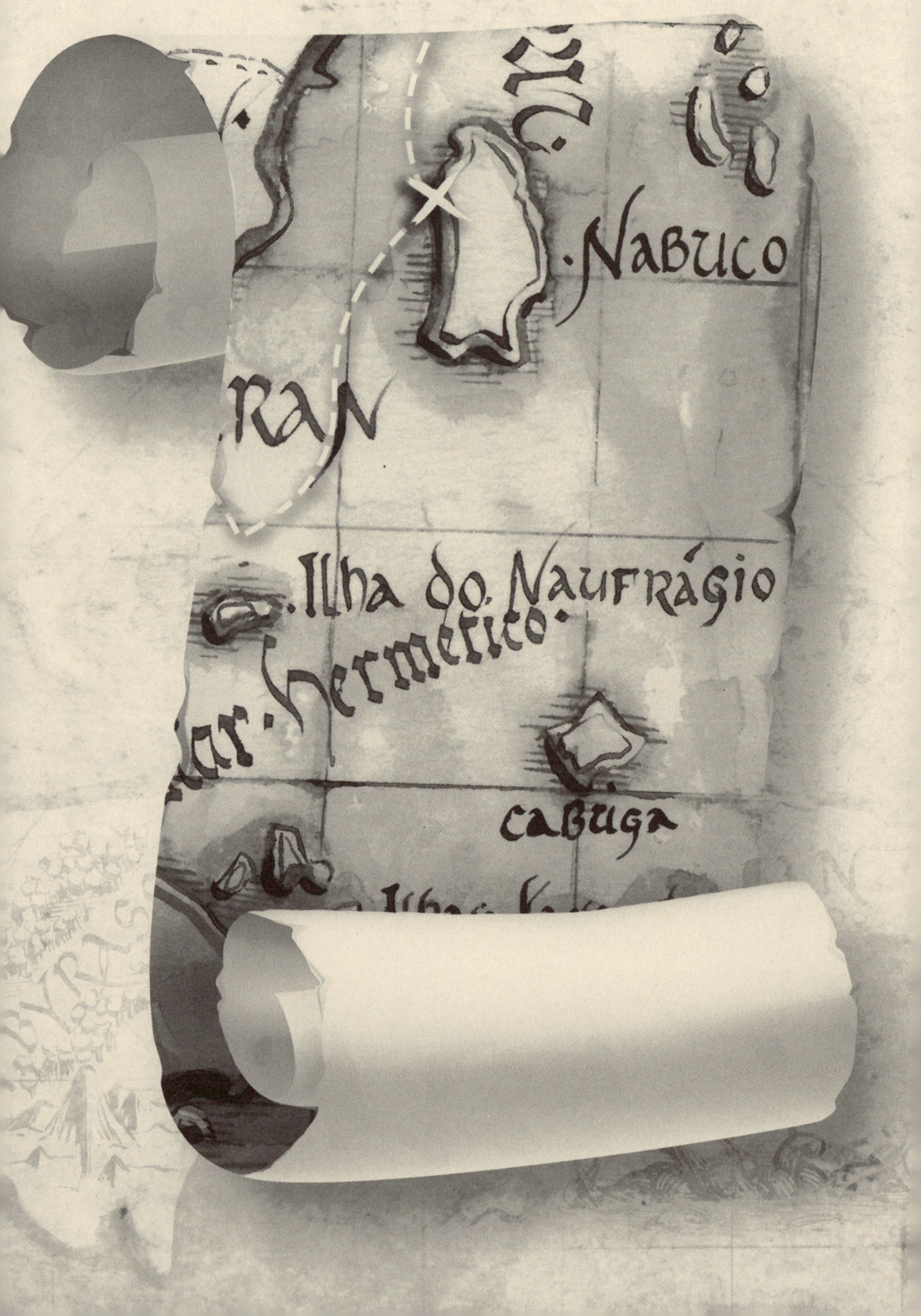
NABUCO
RAN
Ilha do Naufrágio
Hermetico
cabuga

Capítulo 7

A tripulação do Cisne Negro, salvo algumas exceções, festejava sobre o convés bebendo tequila e cantando com a banda, enquanto riam alto. Eles estavam sob a posse do terceiro fragmento, que estava escondido dentro de uma caverna, onde alguns animais furiosos faziam morada.

— Devo restabelecer o curso para procurarmos o capitão, senhor? — Thomas inquiriu ao contramestre.

— É claro. — Sebastian respondeu no lugar de Noah. — Nem precisa perguntar.

— Na verdade, estive pensando... — O contramestre articulou com cuidado. — Escute, já estamos com três partes do mapa. O capitão com certeza pode aguentar mais um pouco, enquanto damos uma passada rápida em outro lugar.

— Você se esqueceu de mencionar o James. — Thomas lembrou-lhe.

— Não precisamos dele.

— Suponho que você saiba o que está escrito aí. — Sebastian apontou para o pedaço do mapa e, assim como esperado, o Alfa não soube responder. — Foi o que pensei.

— Se você escutar o que tenho para falar, talvez entenda meu raciocínio. — Noah disse ficando irritado.

Sebastian riu alto.

— Você deixou de raciocinar há um bom tempo só que ainda não percebeu.

Noah revirou os olhos.

— Você vai me deixar falar?

— Fale.

— Você não vai esquecer isso, não é? — O médico permaneceu calado esperando que o Alfa contasse sobre seus planos. — O Ômega é de Gaeul, então já temos um ponto de partida para procurar outro lúpus e raptá-lo para usá-lo a nosso favor.

— Boa sorte, procurando um Ômega lúpus por toda a Gaeul, enquanto é caçado pela Marinha Real.

— Talvez não precisemos fazer isso. Havia outro com ele no dia em que sequestramos Hae James. Era loiro assim como ele, só que um ou dois anos mais jovem. Provavelmente irmãos.

— Esquece. — Eles ouviram a voz de Yerik, que até então escutava calado toda a conversa. — O garoto com certeza não era um lúpus. Assim que me viu ele se encolheu todo e começou a chorar.

— Isso não quer dizer nada.

— Como não?! Noah, pelos céus! Você não está querendo voltar até Gaeul, quando toda a Marinha deve estar nos caçando à procura do filho do conde, a fim de encontrar outro Ômega lúpus para ler essa porcaria de mapa!

— Sim, é justamente isso o que vamos fazer. — Noah rugiu, voltando-se para o navegador: — Ajuste o rumo para Gaeul. Vamos encontrar um outro lúpus e mostrar ao capitão que não precisamos daquele garoto. — O Beta hesitou. — Insubordinação, Thomas?

— Não, senhor. Só não estou certo se a tripulação concorda com isso.

— Mas eu estou. Trocar nosso tradutor vai ser para o bem do capitão. Um que não consiga manipulá-lo tão facilmente e que fique devidamente preso no porão.

Sebastian e Thomas trocaram olhares chocados, enquanto Noah voltou para a cabine do capitão. Claire, a timoneira, levava o navio de volta a Gaeul e, naquela mesma noite, o médico foi em busca de obter ajuda com o navegador.

— Precisamos fazer alguma coisa. — Thomas observava o outro Beta mover-se de um lado para o outro quando ele parou de supetão: — Já sei. Vamos prendê-lo em algum lugar e tomar o comando do navio.

— Você está falando sobre prender um Alfa do porte do Noah? — Thomas questionou. — Nós dois?

— Não! — Sebastian disfarçou apontando em direção à popa. — Dois Alfas.

O navegador olhou para trás e viu Rowan e Yerik próximos à traseira da embarcação. Cada um parecia fazer suas atividades ignorando a presença um do outro.

— Isso é insubordinação. — Thomas negou com a cabeça. — Nunca vão fazer isso.

— Vão, se você pedir.

— Serão expulsos da tripulação. Eles não vão ajudar.

— Eles vão, e você sabe. — Sebastian aproximou-se e falou mais baixo: — Eles fazem tudo o que você quer.

— Você quer que eu me aproveite deles?!

— *Uhm*... É por um bem maior...

— Mas vou ter que compensá-los depois, de algum jeito…

— Você gosta que eu sei.

Thomas lançou um olhar chocado, mas logo deu lugar a um sorriso devasso quando respondeu:

— *Adoro*.

Sebastian aguardou na proa e, alguns minutos depois, o navegador voltou informando que os Alfas já haviam conseguido dominar o contramestre.

— Eles querem saber onde exatamente devem deixá-lo.

Sebastian voltou-se para o Beta:

— Diga para trancarem-no no porão de carga, já que ele considera aquelas acomodações tão boas para um Ômega.

— Onde está o imediato? — Eles ouviram quando Junbuu perguntou.

— Nesse momento ele se encontra incapacitado. — Sebastian respondeu alto para toda a tripulação ouvir. — Estou assumindo o controle do Cisne Negro, alguém tem algo contra? — Ninguém se manifestou. — Claire, dê meia volta e, quando Thomas retornar, siga suas orientações. Voltaremos para o Triângulo da Morte para resgatar o capitão e o James.

Em algum momento, James adormeceu sobre o peito do capitão Conrad. Quando abriu os olhos naquela manhã, ele franziu o cenho confuso ao notar que estava deitado sobre a cama improvisada dentro do abrigo. Ao se levantar, também percebeu que já estava completamente vestido e seu corpo estava limpo do líquido expelido por ambos. Ele sorriu ao constatar o óbvio. Conrad pegou-o em seus braços e trouxe-o para dentro da cabana. Até mesmo teve o zelo de limpá-lo utilizando água e um lenço. Conrad o fez com extremo cuidado para que não acordasse o Ômega.

James sentiu certo incômodo em seus quadris e no meio de suas pernas. Corou quando se lembrou do que fizeram na noite anterior, perguntando-se onde o Alfa estava. Viu que a seu lado estavam algumas frutas e, assim, deduziu que seriam para ele. James comeu-as com muito gosto. No momento em que saiu do abrigo, quase perdeu as forças nas pernas quando viu o comodoro Roy de pé, diante dele, e alguns marinheiros desembarcando na praia.

— Conrad... — James murmurou baixo pensando no que poderia ter acontecido ao Alfa.

Roy estudou o Ômega de cima a baixo. As marcas em seu pescoço eram visíveis, assim como o cheiro do capitão Conrad que estava impregnado em seu corpo.

— Você não sabe o quanto estou feliz em te ver, James. Pensei que o perderia para sempre. — Roy tentou segurar a mão dele, mas o Ômega se afastou depressa. — Não precisa ter medo, vou levá-lo a salvo de volta para seu pai.

— Não quero.

Roy franziu o cenho.

— Como não? Vejo que foi violentado por aquele porco *imun*...

— Está enganado! — Foi interrompido pelo Ômega. — Ele não me forçou a nada. Eu me entreguei a ele, e isso não é de sua conta! Onde ele está?

O Alfa piscou lentamente respirando fundo.

— Vamos. — Tentou segurar a mão dele outra vez, mas James se afastou ainda mais indo para trás.

— Já disse que não vou a lugar algum com você!

— Não tem escolha, James, você é um Ômega. Seu pai ordenou que o levasse de volta.

Enquanto o oficial tentava convencer James, alguns marinheiros surgiram da floresta com o capitão Conrad preso por correntes, em seu domínio.

— Ora, mas se não é o tão famigerado capitão John Conrad. — O comodoro sorriu em sua vitória. — Não me parece tão ameaçador como dizem.

— Conrad! — James tentou correr ao encontro dele, mas foi impedido por uma grande mão agarrando seu braço. — Nos deixe em paz!

— Você escolhe, James. Ou vem comigo de boa vontade, ou mato esse criminoso aqui mesmo e levo você de qualquer jeito para aquele navio.

James arregalou os belos olhos azuis repletos de lágrimas presas. Conrad olhou-o e negou com a cabeça. Estava completamente enraivecido.

— Tudo bem! Vou com você, mas não mate ele, por favor!

Roy ficou enfurecido ao ver toda aquela preocupação de seu noivo com aquele pirata. O oficial soltou o braço de James e estendeu a mão para que ele a segurasse. Mas o Ômega apenas passou por ele com passos pesados seguindo até os botes. O comodoro virou-se para seus subordinados:

— Levem o capitão Conrad sob custódia, mostrem a ele seu devido lugar.

Os marinheiros assentiram e, logo após alguns minutos, todos estavam a bordo do galeão da Marinha Real. James foi deixado trancado em um camarote sem saber ao certo o que estava sendo feito com Conrad. Mas ele sentia que não seria boa coisa. A porta do quarto foi aberta exibindo a figura do comodoro.

— O que estão fazendo com ele? — O Ômega colocou-se de pé para enfrentá-lo.

— Mostrando seu verdadeiro lugar na sociedade. — Seus olhos estudaram as marcas em seu pescoço novamente. — Vou ignorar o fato de ter se comportado como um meretriz e manter isso em segredo para que o nome de sua família não caia em desonra... — O Alfa mal terminou de falar e, logo, recebeu um soco forte no nariz fazendo um filete de sangue escorrer.

Outros golpes teriam sido desferidos contra seu rosto, mas o Alfa se recuperou do ataque repentino e interceptou ambas as mãos do Ômega. Ele o empurrou contra a parede e o prendeu lá.

— Solte-me! — James tentou avançar o corpo para frente, mas não conseguiu sair de sua prisão. Ele rosnou em fúria: — Maldito!

— Se fizer isso novamente, não vou me conter em lhe aplicar um corretivo!

— Meu pai o mataria! — James tinha razão, seu pai nunca permitiria nenhum tipo de agressão física contra seus filhos, e isso fez o Alfa conter sua vontade de devolver-lhe o soco. — Nunca me casarei com você!

— Não é você quem escolhe isso, o acordo já foi selado. Vou levá-lo de volta a Gaeul, e nos casaremos. Farei com que veja aquele bastardo ser enforcado, e você nunca mais verá a cor do mar novamente, nem sequer entrará em um navio. — Roy praticamente estava cuspindo as palavras no rosto de James. — Você será um bom Ômega, obediente e submisso. Me dará muitos herdeiros... e aquele maldito pirata não vai salvar você!

O Alfa sentiu uma dor lancinante percorrer entre suas pernas quando James o golpeou fortemente com o joelho. Roy largou-o curvando o corpo, enquanto rosnava sentindo que aquela joelhada poderia tê-lo deixado estéril. James agarrou um vaso de cerâmica, que estava em cima de uma cômoda, e atingiu-o fazendo o Alfa cair no chão completamente zonzo.

— Não sou eu quem escolho isso *o caralho*, seu babaca. — O Ômega rosnou pegando as chaves e uma pistola que estavam com o comodoro. — Vou salvar o Conrad.

O galeão da Marinha seguia seu curso a toda a velocidade de volta a Gaeul. Os marinheiros trabalhavam no convés alheios ao que acontecia nos compartimentos inferiores. Enquanto isso, James seguia sorrateiro segurando a pistola do comodoro. Caminhou pé ante pé sabendo que, se algum oficial percebesse o que estava tentando fazer, ele não teria chance sozinho contra todos. Afinal, Conrad assegurou-lhe que aquelas pistolas só carregavam munição suficiente para cinco disparos.

Havia muitas portas, nas quais o Ômega não sabia o que encontraria do outro lado. Com bastante cautela, ele tentou ouvir algum ruído por trás da madeira de cada uma à medida que seguia procurando pelo capitão Conrad. Lembrou-se do tempo em que permaneceu como prisioneiro do Cisne Negro, logo imaginando que Conrad seria levado para o mesmo compartimento em que ele ficou preso. O Ômega abriu uma porta e desceu a escada que dava acesso ao porão de carga. Havia uma espécie de cela de metal, acoplada à madeira da embarcação. Então, ele viu o capitão lá dentro, preso a correntes e com o rosto machucado, coberto por sangue. Seu coração encheu-se de angústia quando o viu com os olhos fechados.

— O que faz aqui? — Ouviu a voz de um Alfa responsável pela guarda. — O comodoro Roy não vai ficar satisfeito em vê-lo aqui, senhor. Por favor, volte para seu quarto.

James sacou sua arma e apontou diretamente para o Alfa. Ele segurava firme, tentando não tremer, e mantinha um olhar ameaçador esperando que o oficial o levasse a sério.

— Segure no cabo de sua arma com dois dedos e jogue-a com cuidado em minha direção. — O Ômega impôs.

James mantinha as costas eretas e os olhos atentos a cada movimento do Alfa. Como Conrad havia lhe ensinado na ilha.

— Senhor, abaixe essa arma com cuidado, vai acabar se machucando... — O Alfa tentou distrair James, levando a mão vagarosamente até seu coldre, mas o Ômega percebeu seu movimento e pressionou o dedo no gatilho.

— Pare agora mesmo, Alfa! Não me faça atirar em você.

O guarda parou, mas ainda manteve sua mão próximo à pistola.

— Senhor Hae, não vai querer fazer isso…

— Não me chame assim. A partir de hoje sou James Conrad e pertenço à tripulação do Cisne Negro. — Ele avançou dois passos. — Você será um Alfa morto se não fizer o que estou mandando imediatamente!

O Alfa negou com a cabeça arquitetando um plano para tomar a pistola dele. James nunca havia disparado uma arma antes, mas sabia que seria impossível errar àquela distância tão curta. Ignorando suas ordens, o oficial levou a mão ao cabo de sua pistola, mas o Ômega, que estava atento a todos os seus movimentos, apertou o gatilho. O sangue espirrou forte quando a mão do Alfa foi atingida deixando um buraco no lugar.

— *Argh*! — O guarda rosnou segurando a mão ferida. — Seu pequeno maldito!

Outro disparo foi efetuado, e o corpo do Alfa foi levado ao chão. Sem perder tempo, James agarrou as chaves, correu para abrir a cela e, em seguida, libertou o capitão das correntes.

— James? — Conrad ergueu a cabeça com dificuldade.

— Estou aqui, vim salvar você. — Um sorriso desenhou-se na face do Alfa, cheio de orgulho.

James passou o braço de John por seu ombro e apoiou-o segurando firmemente em sua cintura.

— Precisamos...

— Não tão rápido. — Alguns marinheiros que haviam escutado os disparos surgiram através das escadas. Todos empunhando suas armas apontadas diretamente para os outros dois.

A alegria dos marujos durou apenas alguns segundos, até a embarcação balançar fortemente, e todos serem lançados ao chão. Ao lado do galeão, estava o Cisne Negro e seus vinte canhões apontados em sua direção.

— Fogo! — Rowan, o atirador da tripulação, rugiu e uma nova saraivada foi lançada contra a embarcação da Marinha.

— Onde está o comodoro?! — O tenente Derin questionou com fúria para si mesmo ao ver que os marinheiros manuseavam os poucos canhões de que a embarcação dispunha. Eram apenas dez.

— Se o capitão e James estiverem aí, podemos acertá-los. — Thomas alertou o médico.

Sebastian comprimiu os lábios com medo e voltou-se ao atirador:

— Rowan?

— James deve estar nos camarotes superiores, e Conrad com certeza no porão. — Ele sorriu, convencido, e piscou para o médico. — Sei o que estou fazendo.

O navio da Marinha tentou inutilmente atacar de volta, mas os canhões posicionados contra o navio pirata não conseguiam acompanhar a genial timoneira, enquanto ela girava o leme e conduzia a embarcação saindo da mira dos marinheiros, e apenas alguns acertavam o Cisne Negro causando pouco estrago. Ao contrário do galeão, que seguia com diversas avarias graves, principalmente no casco da popa.

Enquanto isso, no porão da embarcação da Marinha, os oficiais, James e Conrad trocavam disparos. O capitão pegou a arma do sentinela jogada no chão e conseguiu derrubar dois. Mais dois oficiais desceram pelas escadas e, logo atrás deles, uma katana surgiu e transpassou o corpo de ambos. Yerik passou seus olhos pelo porão e sorriu quando viu James ajudando seu capitão a ficar de pé. Eles avançaram subindo até chegar ao piso superior, onde piratas e marinheiros lutavam com suas espadas, pistolas e machados.

— Estamos com eles! — Yerik gritou para os bucaneiros. — Podemos voltar!

Os piratas assentiram. Sebastian foi claro quando ordenou que, logo que resgatassem o capitão e James, retornassem ao Cisne Negro imediatamente. Assim que o último pirata atravessou as pranchas dispostas entre as embarcações, o comodoro Roy surgiu através da porta que dava acesso ao piso dos camarotes. Ele mantinha uma mão na cabeça, exatamente onde James o acertou com o objeto de porcelana.

— Quais suas ordens, capitão? — Rowan questionou.

Antes que o lúpus respondesse, Roy disparou com sua pistola e um bucaneiro foi atingido tendo o corpo lançado para trás.

— Sven! — O médico correu ao seu socorro. — Daphne, Thomas, me ajudem!

Ambos os Betas seguiram para auxiliá-lo.

— Afundem o galeão! — O capitão Conrad ordenou encarando o comodoro diretamente nos olhos.

Mais quarenta tiros de canhão foram disparados criando mais buracos e destruindo a armação do galeão. Os marinheiros desesperados diante do naufrágio iminente baixavam os botes para tentar salvar suas vidas, enquanto o corpo da embarcação era destruído e pedaços de madeiras, cabos e velas eram lançados pelos ares.

O comodoro Roy rosnava de ódio boiando em seu pequeno barquinho, enquanto observava o navio pirata se afastar gradativamente. Naquele dia, ele descobriu pessoalmente que confrontar o Cisne Negro não era tão fácil quanto imaginava.

Após estabilizar o bucaneiro atingido pela arma de fogo, o médico colocou-se a cuidar dos ferimentos do capitão. Ele fez um breve resumo sobre tudo o que se passou em sua ausência a pedido do próprio Alfa.

— Você vai matá-lo? — Sebastian perguntou a respeito das atitudes tomadas pelo contramestre.

— Deveria fazê-lo andar na prancha! — O Beta não disse nada, mas seu irmão percebeu a preocupação em suas feições. — Mas ainda estou pensando no que fazer com ele.

Sebastian não conteve um suspiro de alívio. O contramestre estava agindo de maneira egoísta nos últimos dias, mas o Beta possuía sentimentos fortes por Conrad.

James abriu a pequena porta que dava acesso ao porão de carga e desceu a escada com cuidado. Ouviu alguns membros da tripulação comentarem que o imediato estava preso há vários dias no porão. E, no último deles, ninguém ainda tinha ido lá para alimentá-lo. James levou consigo uma caneca com água. Ele se aproximou lentamente sendo acompanhado pelo olhar severo do Alfa.

— Trouxe para você. — James mostrou a água de longe com receio de se aproximar.

— Então você sobreviveu. — Noah falou com amargura ignorando o gesto bondoso do Ômega.

— Sim. — James respondeu firme. — E voltei para ficar.

O Alfa franziu o cenho.

— O que disse?

— Você ouviu. — Arriscou um outro passo. — Conrad e eu *estamos*... juntos.

Noah balançou a cabeça em negação.

— Não acredito que ele fez isso.

— O que fiz para você? — James perguntou, mas Noah não respondeu, ele parecia refletir sobre alguma coisa. — Você se apaixonou por ele?

— Não fale bobagens!

— Então me diz por que você me odeia tanto?

— Não odeio você! — O Alfa bufou irritado. — Inferno... você acha que foi o primeiro Ômega por quem ele se apaixonou?

— *Eu*... — James não soube o que responder.

Noah moveu os braços, e o barulho do metal batendo um no outro chamou a atenção do Ômega.

— Claro que não sabe. Ficou na ilha brincando de casinha, pensa que conhece ele e agora quer brincar de pirata. Quando se cansar, vai voltar correndo para o papai e trair o capitão.

— Não sei de quem você está falando, mas não sou assim.

— O inferno que não!

— Você não me conhece. Não pode me condenar sem que eu tenha cometido crime algum. Não sei o que esse Ômega fez a ele...

— Traição. — Noah interrompeu-o sem paciência. — Todos sabem que trazer um Ômega a bordo traz má sorte. Está no próprio Código Pirata. Mesmo assim, ele o trouxe para a tripulação. O resultado disso? O capitão quase foi morto.

— O que esse Ômega de quem está falando fez exatamente?

Noah suspirou movendo os braços outra vez.

— Ele o traiu. Armou uma emboscada para ele e o entregou à Marinha. Fui eu quem o salvou. Eu que fiquei ao lado dele, enquanto ele passava dias bebendo sem ligar para nada. Eu quem o trouxe de volta.

Saber disso realmente foi um choque para James. Nunca havia imaginado que Conrad havia se apaixonado e, pior, traído pela pessoa que amava. Agora ele entendia a preocupação do contramestre. Entretanto, James não deu motivos para que desconfiasse dele.

— Então, ele não o amava. — James afirmou, referindo-se ao Ômega. — Ataquei o comodoro, atirei contra um oficial da Marinha para salvar a vida do Conrad. Agora, com certeza, serei considerado um traidor da Coroa. Abdiquei de minha vida com minha família para ficar ao lado dele e, em troca disso tudo, você acha que eu simplesmente o trairia?

Noah encarou-o, mas não respondeu. James, então, continuou:

— Não pensei que fosse tão burro. Sinceramente? Sebby merece bem mais.

— O que disse?! — Rosnou furioso usando sua voz de comando e, é claro, não fez efeito algum sobre o Ômega. Noah respirou fundo. — Maldito lúpus...

— Essas correntes de fato machucam muito. — James articulou, enquanto se afastava e, logo em seguida, trazia consigo um pequeno caixote. — Se eu te soltar, você vai tentar me matar?

— Não sou idiota a esse ponto.

James colocou o pequeno caixote de madeira na frente do Alfa e usou-o para poder alcançar as correntes que prendiam os braços de

Noah em um lugar mais alto. Quando se sentiu livre, o Alfa encarou-o surpreso e ao mesmo tempo desconfiado. Ele esticou o corpo sentindo as mesmas dores que o Ômega sentira quando esteve em seu lugar.

— Obrigado. — Noah massageou os pulsos e sentou em um canto do porão. Ele pegou a caneca que James lhe trouxera e bebeu toda a água de uma só vez. Realmente estava com muita sede. — Não precisa se preocupar se vou fazer alguma coisa contra você. O capitão vai me expulsar da tripulação, tenho certeza disso.

James pensou em dizer alguma coisa, mas não encontrou nada que pudesse falar. Ele não podia responder pelo capitão e apenas achou melhor deixá-lo sozinho com seus pensamentos.

— Quem o libertou? — Assustou-se ao ouvir a voz de Conrad repentinamente.

O capitão aproximou-se devagar, com os braços cruzados e uma expressão desconfiada no rosto, à espera de uma explicação.

— *Eu*. — James confessou. — Desculpa... eu só…

— Tudo bem. — Conrad lançou-lhe um pequeno sorriso. — Thomas está esperando para traduzir o terceiro fragmento.

James assentiu subindo as escadas à procura do Beta e deixando ambos os Alfas a sós para conversarem. O capitão aproximou-se do contramestre calmamente e sentou-se no caixote que o Ômega havia utilizado para soltá-lo.

— Respeitarei sua decisão seja qual for. — Noah avisou.

O contramestre não tentou se justificar ou implorar por clemência. Sabia que havia cometido uma falta grave e apenas esperava pela punição que, provavelmente, resultaria na expulsão imediata do navio por insubordinação. Mas, pelo menos, sua consciência estava tranquila.

— É até engraçado você falar isso, já que estamos nessa situação justamente porque você não respeitou minha decisão. — O contramestre anuiu sobre o que foi a grande ironia em suas palavras. — Você acha que sou o mesmo de anos atrás.

— Esse Ômega…

— James não é o Max.

— Não. Seu poder de persuasão é muito maior. — Conrad balançou a cabeça em negação. — Mas creio que não há nada que eu possa falar que o faça enxergar isso. Afinal, é sua vontade.

— Minha vontade, meu caro contramestre, foi expulsá-lo desse navio desde o primeiro momento em que soube de suas façanhas imbecis.

— Entendo completamente. — Noah levantou-se pronto para deixar o navio.

— No entanto — ele parou ao ouvir o capitão —, a tripulação decidiu que você merecia uma segunda chance... e eu também. Por tudo o que passamos juntos...

Noah ergueu as sobrancelhas completamente surpreso. Motins eram considerados imperdoáveis entre tripulações piratas e, por isso, receber uma segunda chance do capitão significava que Conrad possuía grande confiança nele. Noah sentiu-se imensamente grato e nunca teve tanta certeza de ter escolhido seguir o Alfa certo. Prometeu a si mesmo que nunca mais decepcionaria o capitão Conrad novamente, enquanto pertencesse àquela tripulação.

— Obrigado, capitão.

— Mas, no segundo em que eu perceber que é uma ameaça para meu Ômega, você vai implorar para ser expulso. — O olhar sombrio que o capitão lhe dirigiu fez todas as células do Alfa congelarem.

— Compreendo. — Noah disse engolindo em seco.

— Vamos voltar lá para cima. Temos uma questão importante a ser discutida.

Noah concordou respirando tranquilo. O mar era sua casa, e a tripulação do Cisne Negro, sua família. Ele não teria nenhum outro lugar para ir e muito menos queria deixar seu lar, entre seus companheiros.

— Então, o que faremos a seguir? — Sven questionou.

A maioria estava na cabine do capitão, em torno de sua mesa, enquanto examinavam os mapas dispostos sobre ela. Thomas leu em voz alta a tradução do terceiro fragmento.

— Sugiro que...

— Como você consegue saber aonde devemos ir? — Sven interrompeu-o. — Está sempre bêbado.

— Ora, que conversa! Não estou bêbado.

— Estou sentindo daqui o cheiro de tequila.

— Por que você não cala sua boca? — Rowan dirigiu-se a Sven. — Deixe ele falar.

Thomas lançou-lhe um sorriso agradecido e voltou a sua reflexão:

— Como eu estava dizendo, sugiro que devemos direcionar nosso curso à linha dos comerciantes. Como não sabemos onde estão os demais fragmentos, pelo menos podemos fazer alguns saques. Nosso estoque de prata está quase vazio.

— Claro. O *capit...* — Sven interrompeu o que seria uma crítica pelos gastos exagerados que Conrad fez para libertar James do leilão e com o tributo a Fenn Barba-Ruiva, mas o capitão lançou-lhe um olhar tão sombrio que o pirata engasgou com sua língua e fechou o boca no mesmo instante.

— Diga, Sven! — Conrad aproximou-se do Alfa.

— Ia falar que concordo com nosso navegador.

— Vou falar com Claire. — Thomas disse saindo da cabine.

— Noah — o capitão voltou-se para o contramestre —, no próximo saque quero que leve James.

— Mas ele não sabe...

— Leve-o.

Noah comprimiu os lábios, nada feliz com o que lhe foi solicitado. Mas nada fez além de concordar com a ordem recebida.

A taça que estava na mão do conde Hae Sean trincou, até partir em dezenas de pedaços, com a força que este a segurava. O sangue escorreu por seu antebraço pingando no chão. O comodoro acabara de contar-lhe sua falha tentativa de resgatar o filho do conde. A seu lado, estava o oficial que foi atacado, com um tiro na mão, pelo próprio James.

— Ouvi quando ele disse que estava lá para salvar o capitão Conrad. — O Alfa informou. — E que seu nome é… *James Conrad*.

— Ele o seduziu! — Sean rosnou atirando no chão os cacos que restaram em sua palma. — James nunca faria algo assim.

— Saia. — Roy ordenou ao outro oficial, e ele se retirou. — Seu próprio filho disse que se entregou àquele patife. Nessas condições, acredito que não tenho outra escolha a não ser cancelar o contrato.

— Está dizendo que meu filho não é digno de você? — Fúria exalava das feições do conde. — É muita audácia de sua parte.

— Ele se entregou a outro Alfa, senhor.

— Então, sugiro que procure outro emprego. Porque, no momento em que desistir desse casamento e manchar a honra de meu filho, você será expulso da Marinha.

— Ele não me quer. — Roy ainda tentou insistir.

Roy Owen era um Alfa que mantinha o mesmo pensamento arcaico que a maioria das pessoas de sua época. Para ele, um Ômega deveria comparecer ao leito de núpcias ainda intocado. Mas James, além de ter entregue seu corpo a um outro Alfa, que não era seu noivo, fez questão de mostrar o quanto estava orgulhoso daquele comportamento indecoroso. Casar-se com um Ômega assim era de extrema humilhação para o comodoro, e ele preferia abrir mão de todos os benefícios e regalias que teria caso desposasse o filho mais velho do conde.

— James é um Ômega, ele não tem esse poder de escolha e nós dois sabemos disso. Ele vai se casar com você, e eu responderei por ele diante do reverendo. Agora vá e encontre um jeito de conseguir trazê-lo de volta.

O comodoro assentiu e saiu do gabinete deixando o conde sozinho.

James estava sentado na proa do Cisne Negro conversando com o médico da tripulação. Após cuidar dos machucados de seu irmão, Sebastian ouvia feliz o depoimento do Ômega sobre suas façanhas ao salvar Conrad e, também, os momentos em que ficou perdido na ilha com o capitão.

— Quem diria... fico feliz que se resolveram. — Sebastian refletiu e ainda acrescentou concluindo: — Parece que agora você é um pirata, não é?

O Ômega suspirou pensativo ao ouvir a pergunta. Ele não se enganou a respeito dos piratas, eles eram sim Alfas e Betas cruéis e dispostos a tudo para obter riquezas. Contudo, ele tinha que admitir que aquela tripulação se distinguia das demais em alguns aspectos.

— Acho que é isso... — James sorriu incerto mordendo o lábio inferior. — Sabe, pode parecer um pouco precipitado, mas é como se eu estivesse começando a viver agora.

James não tinha dúvidas do quanto amava seu pai e também o irmão, entendia que tudo o que o pai fez foi na intenção de que tivessem uma boa vida. Mas, James nunca se sentiu ele mesmo sempre que fazia de tudo para agradar o conde. Aquele James era apenas uma peça que se movia de acordo com o que a sociedade exigia, e isso o deixava infeliz, embora escondesse tão bem. Agora, estava se sentindo livre pela primeira vez para ser quem ele realmente era.

— Estou muito orgulhoso. — Sebastian afirmou.

— E eu também. — Ambos olharam em direção àquela voz e viram Conrad caminhando até eles.

Nesse momento, Noah também se aproximava da proa e, quando Sebastian o viu de longe, levantou-se no mesmo instante. O Beta ainda estava chateado pelo comportamento prepotente do Alfa de semanas atrás.

— Tenho coisas importantes a fazer, com licença. — Sebastian saiu sem dirigir ao menos um olhar ao contramestre.

O Alfa olhou para seu capitão, e este deu de ombros.

— Você que lute.

Noah desviou o olhar para além da extensão do oceano. Ele sabia que o médico não lidava com decepções tão facilmente, o Beta estava em sua razão. O Alfa teria de ser obstinado se quisesse obter o respeito de Sebastian novamente e começaria respeitando o momento dele. Logo, ele tratou de rumar para outro canto a fim de ajudar alguns bucaneiros pelo convés inferior.

— Você deve estar bem cansado depois de toda essa agitação. — O capitão aproximou-se do Ômega e abraçou-o quando uma rajada de vento forte os atingiu. — Está muito frio aqui fora, por que não vem me fazer companhia em nossa cabine, James Conrad?

— Estava pensando em algo...

— Conte-me.

James desceu da mureta e encarou o Alfa de frente.

— Na noite em que fui levado pelo Barba-Ruiva até os aposentos dele. Vi Ômegas presos em seu quarto, queria soltá-los, mas Yerik não deixou.

— Embora seja um excelente espadachim, ele não seria capaz de salvar todos vocês. Assim que os soltasse, os Ômegas seriam capturados novamente.

— Mas eles estão presos e sabe-se lá os tipos de torturas que estão sofrendo... quero salvá-los, Conrad.

— Estamos muito longe de Nabuco. A tripulação já decidiu que vamos passar pela rota dos comerciantes. — James suspirou com tristeza. — Mas, assim que possível, vamos voltar a Nabuco e libertá-los.

— Está falando sério?

— Eu lhe dou minha palavra.

— Obrigado! — James sorriu abraçando o próprio corpo, a noite chegava trazendo com ela o frio.

— Está frio. Vamos entrar.

— Ah, o Tom vai me mostrar como navegar seguindo as constelações.

Conrad olhou para cima, o céu estava bastante estrelado, muito bonito, mas ainda estava frio. Ele, então, retirou seu casaco e encaixou-o nas costas do Ômega.

— Tudo bem. Mas fique com isso.

O Ômega assentiu, e o mais velho voltou para a cabine.

James apertou o manto negro em volta de seu corpo e inalou o aroma natural do capitão que provinha dele. Era quentinho e cheirava a rosas. Ele esperou até que Thomas juntamente com Yerik chegassem e, juntos, aprendessem com o Beta noções de orientação e navegação sem o auxílio de uma bússola.

Na manhã seguinte, Sven subiu até o alto da cesta do mastro e enxergou um navio mercante através da lente de sua luneta. Ele desceu eufórico e, em seguida, comunicou ao restante da tripulação.

— Vamos interceptá-los pela lateral. Se eles tentarem alguma coisa, serão lançados ao fundo do Pacífico. — Conrad comandou.

Os piratas assentiram e conduziram velas e mastros a bombordo. A Alfa timoneira girou o leme com habilidade e, com extrema rapidez, o Cisne Negro aproximou-se da embarcação mercante. Ao verem a chegada do navio de velas negras, os tripulantes da nau subiram bandeiras brancas simbolizando sua rendição imediata.

Assim, os piratas puderam aproximar-se sem a necessidade de descerem os botes.

Pranchas foram dispostas entre as duas embarcações para levar os piratas até o outro lado. James seguiu na frente junto ao contramestre. Alguns minutos antes, Noah havia lhe ensinado como falar com a tripulação e render todos os que estivessem a bordo, desde os grumetes ao comandante. Conrad também foi junto dessa vez para ver como o Ômega se sairia em seu primeiro saque.

Com a cabeça, Noah fez sinal para que o Ômega começasse.

James engoliu em seco.

— *Bbbboa* tarde... — Ele gaguejou com voz baixa. — *Mmmmeu* nome é...

— O quê?! — Um dos Alfas rendidos questionou forçando a audição.

— Não estou ouvindo nada. — Um Beta adicionou.

— Fale mais alto. — Noah indiciou, e o Ômega assentiu.

— Meu *nnnnome* é James! Eu quero *as... as... eu...*

— Você atirou contra um oficial da Marinha. — Noah lembrou-lhe. — Vamos, fale o que te ensinei.

— Estou nervoso... — James revelou ao contramestre, tentou engolir o nervosismo e suspirou começando mais uma vez: — *Mmmmeu* nome é James. *Eu...*

— Isso já ouvimos. — Um Beta rendido disse com um tom de riso. — Difícil vai ser saber o que a gracinha deseja se não *pppparar* de *gggaguejar.* — Ele gaguejou forçadamente para imitar o Ômega arrancando risos dos demais tripulantes.

— É. — Um Alfa concordou entrando na brincadeira. — *Fffffala* logo *ddde* uma vez.

E todos os tripulantes da embarcação mercante caíram outra vez em uma gargalhada irritante. Eles pararam de rir imediatamente ao verem o capitão Conrad, que ainda estava sobre uma das pranchas observando a cena, descer as escadas até o convés do navio. Dirigiu-se ao Ômega e acariciou sua face ignorando todos que lhe assistiam.

— Por que não volta ao Cisne Negro, meu coração? — O Alfa lúpus indagou com voz suave. — Ajude Thomas a encontrar aquilo que procuramos entre os pergaminhos que iremos mandar.

James suspirou assentindo e retornou ao Cisne Negro. Assim que atravessou a prancha completamente e sumiu das vistas de Conrad, o capitão levou as mãos às duas adagas presas a seu cinto e voltou-se para os Alfas e Betas que estavam zombando do Ômega. A tripulação do Cisne Negro ignorou os gritos de desespero que os Alfas e Betas da embarcação mercante exprimiam, enquanto levavam as cargas de valor. Os marujos do navio saqueado tentavam manter suas bocas fechadas, outros tossiam engasgados com o próprio sangue gemendo de dor. O chão estava repleto com dezenas de dentes que eram arrancados de forma violenta pelo capitão Conrad.

— Terminamos, capitão. — Rowan informou ignorando as lamúrias vindas dos rendidos.

Conrad limpou as lâminas de suas adagas que estavam sujas de sangue na roupa de um dos Alfas e assentiu.

— Obrigado pela cooperação e não deixem de sorrir. — Disse ironicamente e, logo após, subiu nas pranchas para deixar o navio e retornar ao Cisne Negro.

Nabuco
Ran
Ilha do Naufrágio
Mar Hermetico
Cabuga
Ilhas Kangardo

Capítulo 8

O conde estava em sua mesa conferindo alguns papéis, no que deveria ser seu trabalho, mas, se perguntassem para ele o que estava escrito naqueles documentos, ele não saberia responder. Seus pensamentos estavam todos voltados para seu filho primogênito. James sempre foi um Ômega responsável e submisso assim como lhe fora ensinado. Se, nesse meio tempo, alguma coisa tinha mudado, tudo era culpa do maldito John Conrad. Ele havia seduzido seu filho e o levado a renegar sua família. Mas isso era algo que Hae Sean não perdoaria tão facilmente. Estava prestes a quebrar outra taça quando foi interrompido ao ouvir batidas na porta.

— Entre. — Hae disse. O comodoro Roy entrou e não estava sozinho. Ele trouxe consigo um homem de aparência vil, e o primeiro pensamento que o conde teve era que se tratava de um criminoso. — Do que se trata?

— Encontrei a pessoa que é capaz de trazer seu filho de volta. — Roy informou.

Os olhos do conde estudaram a tal pessoa, que vestia na parte superior do corpo um capuz conectado a vestes com forro azul ao longo do tronco. Ao redor da cintura, havia uma faixa vermelha presa, bem como um cinto com dois coldres de pistola e uma katana. Ele usava botas marrom, que se estendiam até os joelhos, e calças escuras. O Alfa era um lúpus e parecia não dar tanta importância ao conde, mais do que dava a seu gabinete. Ele observava cada centímetro do cômodo.

— E quem é esta pessoa? — O conde perguntou.

— Victor Oh. Ele é um notável caçador de recompensas. — Roy apresentou-o.

— Terá seu peso em ouro se trouxer meu filho sem nenhum arranhão. — Hae Sean ofereceu-lhe.

— Trago a cabeça do capitão Conrad — Victor dirigiu-se ao conde —, se me permitir agir livremente sem ter a Marinha Real interferindo em meus assuntos.

— Se me trouxer a cabeça daquele criminoso maldito, poderá até mesmo chutar o traseiro da rainha se quiser.

Victor sorriu sem mostrar os dentes.

— Temos um acordo, então.

— Roy, leve a Marinha para auxiliá-lo.

— Não quero cães para me atrapalhar. — Victor afirmou saindo do gabinete despreocupado.

— *Tsc*, bastardo! Tem certeza que esse Alfa é confiável? — Hae perguntou.

— Sua fama é respeitada.

— Tudo bem, que seja. Mas leve a Marinha junto.

— Sim, senhor.

— Papai? — A reunião entre os Alfas foi interrompida por um par de olhos azuis e curiosos que espiavam por uma brecha na porta.

— Jean, entre meu anjinho.

— Desculpe, não quis atrapalhar. — O Ômega disse quando olhou para o comodoro.

— Não atrapalha. — Roy sorriu respeitoso. — Vou cuidar para que a missão seja iniciada, com licença.

— E então, meu filho, aconteceu alguma coisa?

— Só queria saber se encontraram James.

— Ele foi encontrado, mas infelizmente está sendo forçado a viver entre os piratas. — O Alfa mentiu descaradamente. — Não conseguimos trazê-lo de volta, mas não se preocupe, logo ele estará entre nós.

— A culpa é toda minha. — Jean afirmou com seus olhos se enchendo de lágrimas. — O pirata da cicatriz ia me levar, mas James interveio e não fiz nada para ajudar.

— Você não podia fazer nada, meu querido anjinho, não se culpe. — Ele abraçou o Ômega e depositou um beijo no topo de sua cabeça. — Hoje à noite, darei um jantar para lhe apresentar um Alfa que eu mesmo escolhi para ser seu futuro marido.

— Mas já?

— Nunca é cedo demais para prevenir o futuro de um Ômega com um bom Alfa.

— Mas só tenho dezessete anos, meu pai. Não estou pronto.

— Não se preocupe, meu pequeno, não vai se casar antes que complete seus dezoito anos. É apenas uma apresentação assim como fiz com o James. Agora ande, vá vestir sua roupa mais bonita e arrume-se para receber seu futuro noivo.

— Sim, senhor. — Jean tentou forçar um sorriso, mas seus olhos não conseguiam mentir com a mesma habilidade, e ele rumou tristonho a seguir a ordem de seu pai.

O cheiro de comida boa estava invadindo cada compartimento do Cisne Negro. Na cozinha, James cantava, enquanto ajudava Junbuu a descascar batatas na companhia de Thomas, Rowan, Scott e Sven.

— Está deixando a batata toda ir embora junto com as cascas, Sven, seu inútil. — Junbuu repreendeu o Alfa.

— Faz melhor, então.

— Você está brincando, não é? — Rowan riu.

— Chupa meu pau, você também!

— Olhem como fala. — Scott repreendeu-os. — O Ômega do capitão está aqui.

— Tudo bem, Scott. — James respondeu fazendo uma pausa em sua cantoria, mas logo retornou.

— Por que está tão feliz? — Thomas questionou assim que James começou a cantar uma outra música.

— Ah, é que... sabe... hoje é meu aniversário.

— Não, não. Parem o que estão fazendo. — Thomas levantou-se largando a faca e uma batata na mesa. — Precisamos comemorar.

— Não precisa... — James respondeu tímido quando todos os olhares se voltaram para si.

— Como não? — Sebastian, que havia escutado o fim da conversa ao entrar na cozinha, indagou. — Não é todos os dias que um mocinho completa vinte anos.

— Tragam o rum! — Thomas bradou se dirigindo aos piratas.

E todos seguiram para buscar os barris com rum, vinho e tequila no porão.

— O capitão sabe? — Sebastian perguntou, e James negou com a cabeça. — Por que não contou?

— Ah, nem pensei sobre isso…

Sebastian sorriu balançando a cabeça.

— Vem, vamos subir. — O médico segurou a mão do Ômega e levou-o para cima.

No convés, eles se juntaram aos demais tripulantes. Todos já estavam com canecas e garrafas nas mãos, mas ninguém ainda havia bebido uma gota sequer esperando pelo aniversariante.

— Toma, primeiro você. — Thomas entregou ao Ômega uma caneca cheia de rum.

O Ômega lúpus hesitou.

— Nunca bebi. Quer dizer, meu pai me permitia tomar um pouco de vinho em ocasiões especiais…

— James, não enrola e bebe logo. É só um gole.

— Tudo bem, mas só um pouco…

— Claro, só um pouco. — Thomas e Rowan trocaram olhares divertidos.

Tomado por uma imensa coragem, mediante o apoio prestado por todos os Alfas e Betas que o olhavam ansiosos, James levou o copo até a boca e bebeu apenas um pouco. Ele tossiu, enquanto uma careta surgia em seu rosto.

Os piratas gritaram erguendo seus copos e tomando suas bebidas logo em seguida.

— Vai ter que esvaziar a caneca. — Thomas indicou.

James lançou-lhe um olhar de desaprovação, e Thomas devolveu-lhe outro que poderia ser lido como “vamos lá, garoto!”.

Logo, o Ômega não só havia esvaziado apenas um copo, mas

dois, três, quatro... Por conseguinte, ele estava com uma garrafa de tequila em suas mãos, enquanto dançava com Scott. A tripulação cantava e bebia alegremente ao som da banda, não notando quando a porta da cabine do capitão foi aberta, e dois Alfas aproximavam-se da aglomeração.

— O que está acontecendo aqui? — Conrad perguntou ao irmão.

— Estamos comemorando o aniversário do James. — Sebastian respondeu.

Conrad franziu o cenho ao ouvir a informação, e seus olhos seguiram até o Ômega que, dessa vez, dançava com Daphne.

— Sou o próximo a dançar com ele! — Sven gritou animado e, quando deu por si, Conrad estava bem ao seu lado, olhando-o com um semblante sério. — Com todo o respeito, capitão.

De repente, James largou a mecânica, girou e continuou a cantar sorrindo entre os marujos. Ele caminhou desajeitadamente até chegar à mureta e subir tentando equilibrar-se em cima dela.

— *Uhm humhumhum*... — James cantarolou. — *Sou um pirata!* — Ele ergueu a mão que segurava a garrafa e cantou mais alto: — *O bucaneiro James do Cisne Negro!*

— *Yo*! — Os piratas responderam, todos cantando animados e bebendo.

— James! — O capitão exclamou e seguiu-o. Ele o segurou pela cintura e o desceu para que o pequeno não se desequilibrasse e acabasse caindo no mar. — Acho que já bebeu demais. — Disse retirando a garrafa de sua posse.

James ignorou a censura, encaixou as duas mãos no rosto do Alfa e observou seus traços por algum tempo com certa atenção.

— Alguém já disse que você parece um bichinho bem fofinho? — James comentou, e a tripulação riu. Até mesmo Noah não conseguiu se conter. Ele puxou a garrafa de volta e desvencilhou-se dos braços do capitão. — Sou um bandido do mar. Ninguém diz o que eu tenho que fazer. Sou um fora da lei!

James levou a garrafa até a boca e tomou mais um pouco de tequila.

— É isso aí, James! — Thomas ergueu o punho e, quando o capitão o olhou ferozmente, ele abaixou a mão sorrindo amarelo.

O Ômega mal conseguia se manter de pé de tão ébrio. Conrad tomou a garrafa de suas mãos mais uma vez e bebeu todo o conteúdo de dentro. James cambaleou alguns passos em sua direção e tomou a garrafa de volta. Ele tropeçou e foi amparado pelo capitão. Mas, quando foi beber, notou que a garrafa já estava vazia.

— Por que você tomou tudo, *Connie*? — O Ômega indagou fazendo bico.

— Você está bêbado demais.

— Que nada, estou bem. Posso *perfeitam*... — James conteve sua fala ao ver o cozinheiro se aproximar da popa com uma bacia e despejar o conteúdo de dentro no mar. — O que é isso, Junbuu?

— Tripas de peixe.

O sangue fugiu do rosto de James, e ele foi ficando pálido com uma expressão nauseada. Logo, ele estava colocando tudo o que havia comido e bebido para fora. Debruçado sobre o parapeito, ele vomitava pelo tempo que parecia uma eternidade, apoiado pelo capitão. Quando finalmente terminou, Conrad ajudou-o a caminhar até a cabine.

Na privacidade do cômodo, ele o deitou em sua cama, enquanto o Ômega resmungava gemendo baixinho. Estava todo suado e com uma terrível sensação de mal-estar. Munido de um balde com água e um pequeno lenço, o capitão limpou o rosto do Ômega e, após abrir alguns botões de sua camisa, o loiro conseguiu respirar com mais facilidade.

— Nunca mais vou beber daquele jeito. — James lamentou.

Conrad sorriu, olhando-o com ternura.

— Descanse um pouco. Depois volto para trazer algo para você comer.

James não teve forças para contestar, pois logo suas pálpebras foram ficando pesadas e, em seguida, ele caiu em sono profundo.

Naquele mesmo dia, durante a noite, James abriu os olhos e já estava se sentindo muito melhor. Ele ergueu o corpo se apoiando em ambos os cotovelos e viu que o capitão estava sentado na cama o observando.

— Quanto tempo dormi?

— Bastante. Já é noite. — James ergueu as sobrancelhas surpreso e, ao notar uma bandeja com comida em cima da cama, destinada a ele, percebeu o quanto estava sentindo o corpo fraco. — Trouxe para você.

— Obrigado. — James alimentou-se com algumas frutas e suco, passando a se sentir muito melhor.

— Quero te mostrar uma coisa. Vem comigo. — James franziu o cenho sorrindo com curiosidade, mas logo se levantou da cama e seguiu seus passos.

O capitão segurou sua mão e guiou-o para fora da cabine. James notou que o convés estava completamente vazio. Apenas o silêncio estava ao seu redor conforme seguia os passos do Alfa. Quando chegaram a um certo ponto, Conrad o ajudou a subir pelos cabos entre vergas e mastaréus. O vento suave batia no rosto de James e espalhava vários fios de seu cabelo à medida que entravam na cesta do mastro. Ele sentiu os braços do Alfa abraçarem-no firmemente, aquecendo seu corpo no frio que os atingia.

Quando James finalmente olhou ao seu redor, teve a sensação de que estava navegando entre as estrelas. Elas iluminavam o céu noturno, com milhares de pontinhos luminosos pelo firmamento. A luz da Lua tocava na escuridão do mar, e a água brilhava como se eles realmente estivessem no centro do universo. O Ômega abriu a boca, mas permaneceu mudo, incapaz de falar qualquer coisa. Ele já havia contemplado o céu à noite, mas nunca tinha visto daquele ângulo.

— Você é muito mais belo do que todas elas juntas. — Conrad disse se referindo às estrelas, e James virou o rosto para fitá-lo nos olhos.

Por um momento, o Ômega perdeu-se na escuridão daqueles olhos negros e profundos, mas foi guiado pelo sorriso de Conrad e seus olhos desceram até os lábios do Alfa.

— Você já se sentiu completamente cheio de... — Subiu os olhos até os do Alfa novamente. — Não sei como explicar...

Conrad sorriu assentindo.

— É exatamente como me sinto quando estou com você.

James levou uma das mãos até o rosto do mais alto e fechou os olhos à medida que este se aproximava e juntava seus lábios suavemente. Eles ficaram durante toda a noite juntos na cesta do mastro sendo observados pelas estrelas, que testemunharam o sentimento mais puro desabrochar no coração de dois lúpus.

Dias depois, o Cisne Negro seguia pelas rotas comerciais entre os mares do Pacífico Sul. O capitão e sua tripulação não possuíam informações sobre os demais fragmentos do *Imperium*, e seu plano atual seria continuar saqueando navios mercantes e seguir para as Nidras.

Os golfinhos da costa australiana recebiam o Cisne Negro com pulinhos divertidos e curiosos à medida que apostavam corrida com a embarcação. James estava debruçado no parapeito, enquanto sorria encantado apontando para eles e mostrando para o navegador. O Beta já estava acostumado com aquilo devido aos anos de navegação, mas se mostrou extasiado a cada vez que o loiro lhe apontava um dos golfinhos.

— Olha aquele lá! — O Ômega estava tão deslumbrado com os animais, que quase sentiu vontade de pular no mar e nadar com eles. — Olha como ele pulou alto!

— Eles estão brincando com você.

— Olá, senhores golfinhos! — James saudou-os acenando com a mão.

Do outro lado da embarcação, Conrad estava próximo ao leme e observava-o com um sorriso infantil no rosto. Era realmente adorável ouvir os risos do Ômega, enquanto este admirava algo tão bobo para ele como simples golfinhos.

— Olha lá. — Rowan cutucou o espadachim com o cotovelo. — O capitão bobão.

Yerik riu.

— Ele vai te jogar para fora do navio.

— Ele não está ouvindo.

— O capitão é um lúpus, é claro que ele ouviu. — Yerik levantou-se revirando os olhos e saiu deixando o outro Alfa paranoico.

Um pequeno alvoroço formou-se no pavimento inferior chamando a atenção do capitão. Conrad olhou para baixo e viu Scott acompanhar seu irmão, Sven, passando pelas escadas que os levava mais abaixo e sumindo de suas vistas. Um pouco depois, Scott retornou subindo pelas mesmas escadas à procura de Conrad. Ele o viu falando com Claire e Daphne, logo rumando em sua direção.

— O leme ficou travando do nada. — Claire, a Alfa responsável pelo timão, resmungou.

— Capitão. — Scott chegou interrompendo a conversa. — Sven entrou em seu rut.

— Verifique isso. — Conrad disse para a mecânica e voltou-se para o outro Alfa: — Prenda-o no porão.

— Mas capitão…

— Você quer que eu desenhe? — Scott balançou a cabeça temendo insistir no assunto. Conrad voltou sua atenção à mecânica: — Quando encontrar uma solução, me comunique. Enquanto isso vou mandar baixar as velas.

Daphne assentiu. Ela e Conrad tomaram rumos diferentes, com Scott seguindo no encalço do lúpus. O capitão voltou-se à tripulação e ordenou que descesse as velas, pelo tempo em que a mecânica ficasse responsável por encontrar a solução para o problema com o leme.

— A presença do Ômega e seu cheiro são como uma tortura para o pobre Sven. — Scott insistiu.

Conrad cessou seus passos e olhou para o bucaneiro como se estivesse pensando em uma alternativa para aliviar o sofrimento do irmão. Estava óbvio para o próprio Scott que o capitão não poderia fazer nada, a não ser que cedesse o Ômega para saciar o desespero de Sven em seu rut anual. Mas, é claro, isso era algo que Conrad jamais faria.

— Parece que nosso estimado bucaneiro terá dias difíceis, então. — Conrad comentou e seguiu o olhar de Scott, que alternava entre ele e o Ômega. O capitão caminhou até o espadachim no convés, logo abaixo, e disse: — Yerik, não deixe James passar para as cobertas inferiores.

Scott fitou o capitão com amargura, enquanto este se afastava. Ele não ousou pedir, mas seu desejo era claro; queria que o Ômega fosse entregue ao seu irmão. Despreocupado, Conrad voltou a sua cabine sabendo que o bucaneiro não conseguiria passar pelo espadachim se tentasse levar James consigo.

— Onde está o Jean? — Hae Sean questionou uma das criadas.

— Em seu quarto, senhor.

— Mande-o vir, imediatamente. Nossos convidados já estão chegando. — A mulher curvou-se com uma reverência e seguiu para cumprir a ordem.

A criada bateu na porta de Jean, mas não obteve resposta. Ela, então, entrou no quarto do garoto e o viu sentado mirando o próprio reflexo no espelho.

— Está muito lindo, senhor. — Distraído, o pequeno Ômega apenas suspirou. — Seu pai o chama ao salão de jantar.

A mulher sentiu pena quando ele se virou para encará-la. Não havia maquiagem, jóias caras ou roupas bonitas que escondessem o semblante abatido do Ômega, pois se sentia como se estivesse indo para o abate. Nada podia fazer contra a vontade de seu pai. Jean seguiu-a até se encontrar com ele.

— Mais belo do que qualquer arranjo de flores. — Sean recebeu o filho beijando o topo de sua cabeça e cochichou em seu ouvido: — Sorria mais, até parece que está indo para um funeral.

Mas era exatamente assim que o Ômega se sentia seguindo ao lado do pai, em marcha fúnebre, direto para o local de seu sepultamento. E, não querendo contrariar seu pai, sorriu um pouco.

— Mais. — O Alfa exigiu colocando dois dedos em sua bochecha e forçando um sorriso mais aberto no rosto do filho. — Mostre seus dentes. Assim.

Jean abaixou a cabeça para que seu pai não visse seus olhos lacrimejarem. Seus pensamentos voltaram-se para o irmão mais velho, e Jean desejou fortemente que pelo menos ele estivesse ali para segurar sua mão. Mas James não estava, e ele precisava ser forte. Devia isso ao irmão, que se entregou bravamente em seu lugar.

Ao ouvir as vozes dos convidados se aproximando do salão, Jean cerrou os punhos e engoliu o choro.

"Eu consigo fazer isso, eu posso!", pensava consigo mesmo.

Um Alfa alto e de aparência dissimulada, vestindo uniforme da Marinha, aproximou-se do conde. Ele possuía uma expressão séria, mas, quando seus olhos desceram até o Ômega, suavizou sorrindo para ele.

— Seu filho é realmente lindo. — O Alfa elogiou, e o conde sorriu orgulhoso e cheio de si.

Todos se acomodaram, cada um em suas cadeiras. O conde na ponta da mesa, Jean em uma extremidade ao seu lado, Roy Owen na outra e o tenente Derin ao lado do Ômega.

— Tenho ótimas notícias para o senhor, conde. — Roy afirmou. — Partiremos em nossa missão ao amanhecer.

— Ótimo.

A conversa seguia animada durante o jantar. Pelo menos entre os Alfas, pois o Ômega parecia mais uma peça de decoração, inerte e bonita. Não ousava falar sem que alguém se dirigisse a ele.

— Confesso que, por um momento, imaginei que, pelo fato dele ser pelo menos vinte anos mais jovem, você talvez não ficasse interessado nele. — Comentou o conde como se seu filho fosse uma mercadoria e não estivesse ali ouvindo tudo.

A resposta que veio do tenente quase fez Jean vomitar:

— Ômegas são como as frutas, quanto mais jovens melhores, em minha opinião.

— Que conversa estranha. Você come frutas verdes, Derin? — O comodoro riu e voltou-se para o conde: — Com todo respeito, senhor.

O conde fez um gesto com a mão indicando que estava tudo bem, enquanto tomava seu vinho.

— Discordo. Prefiro as frutas maduras. — Sean admitiu, e o comodoro levantou seu cálice concordando.

— E você, Jean? — Roy, enfim, dirigiu-se ao Ômega: — Precisa ficar maduro rapidamente para meu amigo apressadinho poder colhê-lo.

— Não sou uma fruta, sr. Roy. Sou um ser humano. Se o sr. Derin está interessado em uma, pode simplesmente adquiri-la no mercado da cidade.

— Xeque-mate. — O comodoro olhou para seu amigo e sorriu. — Suas comparações não agradaram seu noivo.

O conde deu de ombros, mas aquela resposta não contentou o tenente. Ele desceu a mão por baixo da mesa e agarrou a coxa do

Ômega com bastante força, capaz de deixar uma marca. Jean sobressaltou assustado e olhou para o tenente com os olhos arregalados.

— Nada como uma boa mão firme para educar nossos Ômegas.

— Está insinuando que meu filho não foi bem educado, Derin? — O conde indagou ofendido. — E o que quis dizer com mão firme? Pretende agredir meu filho? Não vou admitir.

— Não, nada disso, senhor. — O tenente intensificou o aperto na coxa do Ômega, e Jean engoliu um chiado doloroso, seus olhos já estavam lacrimejando outra vez. — Pretendo tratar seu Ômega com a maior delicadeza possível.

— Fico feliz em ouvir isso. — Hae Sean suspirou aliviado sem imaginar o mal que aquele tenente fazia ao seu filho. — Meus filhos são meus maiores tesouros. Minha intenção é, acima de tudo, que sejam felizes e bem tratados.

— Ele com certeza será muito bem tratado. — O tenente subiu a mão até estar próximo à virilha do Ômega e apertou-a novamente. — Serei muito gentil e cordial com minha *frutinha*.

O conde assentiu satisfeito e, logo, voltou a atenção ao Ômega, que estava explicitamente incomodado com algo.

— Está se sentindo bem, filho?

— Papai… — O menino soluçou e engoliu tentando prender o choro.

Quando o conde se levantou de sua cadeira caminhando preocupado até o Ômega, o tenente Derin livrou-o de seu aperto asqueroso.

— Filho, você está pálido.

— Não estou me sentindo bem. — Jean confessou. — Posso tomar um pouco de ar lá fora?

Sua voz estava trêmula, e ele mantinha a cabeça baixa e a mão na boca para continuar segurando o choro e a imensa vontade de vomitar.

— Claro meu filho, tenho certeza de que o tenente não se incomoda com isso. — Derin assentiu, e Hae Sean ajudou o filho a se levantar puxando sua cadeira para trás. — Quer que eu o acompanhe?

— Não… — Jean esquivou-se de seu pai e correu em direção à varanda.

Ao se ver sozinho, o Ômega liberou o ar que estava preso em seus pulmões e, com ele, algumas lágrimas desceram. Um barulho de metal raspando chamou sua atenção, e ele olhou para o lado.

Havia um Alfa sentado próximo a uma coluna, afiando a lâmina de sua katana com uma pedra, e fitando-o com olhos castanhos e profundos. Sua expressão estava entre surpresa e curiosa. A troca de olhares foi rápida. Jean ouviu passos logo atrás e, pensando se tratar de seu pai, correu em direção ao jardim para se esconder. Mas foi o tenente Derin que saiu em sua busca.

— Victor. — O tenente dirigiu-se ao Alfa que afiava sua katana. — Viu um Ômega passar por aqui?

— Não.

— *Tsc...* esteja pronto, partiremos ao amanhecer. — Derin voltou para dentro.

Victor olhou em direção ao jardim, mas não viu nem sinal do Ômega. Ele, então, voltou à tarefa de aprimorar sua arma.

Na manhã seguinte, o porto de Gaeul estava bastante movimentado por marinheiros que seguiam carregando provisões para a longa viagem que fariam e, também, alguns mercadores que comercializavam por ali.

Victor convocou alguns dos melhores capangas que conhecia para acompanhá-los. Eram os piores criminosos da região: ladrões e assassinos. Alfas de aparência vil e com modos rudes. Mas o caçador não estava preocupado com isso, já que os mercenários eram capazes de fazer qualquer coisa mediante pagamento em prata. Os Alfas levavam barris cheios de bebidas para dentro da embarcação. Estavam abertamente felizes e satisfeitos por, enfim, voltarem a encher seus bolsos. Um dos que carregavam as provisões esbarrou no tenente Derin quase o lançando ao chão.

— Olha por onde anda, marginal! — O tenente resmungou enfurecido.

A resposta veio em forma de um rosnado animalesco e uma cuspida em seu sapato lustroso.

— Porco fardado! — Rugiu o bandoleiro.

Outros Alfas do bando riram da cena.

— Por que esses sujeitos precisam ir conosco? — Um oficial perguntou ao comodoro. — Eles não têm modos. Parecem animais.

— São peças descartáveis, Simon. — O comodoro respondeu calmamente e acenou com a cabeça para o caçador, que examinava seus pertences do outro lado. — São eles que farão todo trabalho pesado e felizmente morrerão em nome da causa. E toda a glória ficará para nós.

O oficial riu assentindo.

— Captei a mensagem.

Como em todos os dias, desde que se juntou oficialmente à tripulação, James desceu até o convés inferior e seguiu até a passagem que levava à cozinha. Na porta, ele encontrou o Alfa espadachim e teve certa dificuldade para poder passar por este.

— Não pode passar. — Yerik afirmou paciente pela segunda vez. — Não insista.

— Mas por que não?

— É porque não. — Scott aproximou-se de ambos e cruzou os braços.

— Por que o capitão não deixa ele descer?

— Como assim? — James questionou confuso, mas Yerik não lhe deu atenção e virou-se para o outro Alfa.

— É uma ordem. Tudo o que você precisa fazer é obedecer.

— E o Sven que se dane!? Se fosse o capitão, aposto que iríamos atracar em algum porto... — James aproveitou-se da pequena discussão entre os Alfas e tentou passar de fininho, mas Yerik esticou o braço e puxou-o de volta, enquanto ainda encarava os olhos furiosos de Scott. — Ah, quer saber? Foda-se.

Yerik e James observaram o Alfa voltar para o pavimento superior pisando duro. O Ômega, então, voltou-se para Yerik:

— Eu poderia passar por você, mas não quero. — Yerik olhou-o rindo desacreditado, mas nada falou, e James saiu atrás de Scott.

O Ômega encontrou-o mexendo nos caixotes do convés. Parecia estar furioso, por isso, James permaneceu afastado alguns passos e chamou-o cuidadoso:

— Scott?

O Alfa ergueu os olhos para encará-lo Por mais que estivesse chateado com a situação, sabia que James não era culpado de nada e, quando ouviu chamá-lo com um tom de voz tão doce e um olhar curioso, respirou fundo tentando afastar a raiva para não tratá-lo com a grosseria que não merecia.

— Sim, James?

— Você sabe por que o capitão não quer que eu desça para as cobertas inferiores?

— Sei. — Scott largou as ferramentas que estavam dentro do caixote e voltou-se para encará-lo: — Meu irmão está em seu período de rut. Sua presença neste navio é uma tortura para ele. O coitado está nesse momento sentindo seu cheiro doce e o desejando mais do que tudo. Ele está sofrendo, James.

— *Mmmmas* Scott, estou com o Conrad. — James respondeu constrangido. — Não posso... você sabe...

— Mas não estou vendo nenhuma marca em você.

— No meu coração, pertenço a ele. É como *eu* desejo que seja, não preciso de uma marca para provar isso.

— Escute, não me entenda mal. Não quero que Sven o force a nada. Mas você poderia dar uma mãozinha a ele, se é que me entende...

James abriu a boca e ergueu as sobrancelhas indignado com a proposta. Ele não soube o que responder. Mas não conseguia enxergar a diferença. Para ele, em todo o caso, ainda seria como um abuso.

— Scott! — A voz do capitão soou como um estrondo do convés superior.

O Alfa sentiu seu corpo paralisar. Foi como se sua vida estivesse passando diante de seus olhos. Lentamente, ele se virou para encará-lo.

— Sim, capitão?

— Quando pedi para que me trouxesse as ferramentas, estava me referindo para hoje mesmo, não para semana que vem.

— Estou indo. — Scott voltou-se para a caixa e, erguendo-a do chão, seguiu para as escadas.

Conrad, que estava com um semblante sério no rosto, levou o olhar até o Ômega e suavizou as feições sorrindo e piscando com um olho. James mordeu o lábio e sorriu de volta. Mas, quando o capitão lhe deu as costas, logo o que Scott havia dito começou a incomodá-lo fortemente. Mesmo que não fosse sua intenção, ele estava contribuindo para o sofrimento do pobre bucaneiro. Então se tivesse algo que James pudesse fazer, ele o faria. Ele passou os olhos pelo convés ponderando sobre o que poderia ser feito, mas não conseguiu pensar em nada que ajudasse de fato. Porém, quando viu Thomas observando alguma coisa distante com sua luneta, ele logo seguiu em direção ao pirata. "O navegador era inteligente, logo saberia o que fazer".

— O que tanto vê de interessante? — O Ômega perguntou se colocando ao lado dele.

— Veja você mesmo. — Thomas sorriu entregando o objeto ao outro.

James pegou a luneta e ergueu-a com curiosidade. Ele viu uma grande faixa de terra ao longe e outras pequenas ao seu redor.

— Por que não podemos ancorar?

— Porque essas terras são um pouco... bem, há muitos animais estranhos e não catalogados por aqui. Essas ilhas estão repletas de criaturas mortais, o que se sabe é que ninguém que tenha ido até lá voltou vivo para contar as histórias.

— Se ninguém voltou, como sabem dos perigos que existem lá?

Thomas olhou para ele e sorriu dando de ombros.

— Você é inteligente. Mas é o que dizem, sabe?

— Sim… *uhm*, eu queria sua ajuda.

— Pode falar.

— O Sven está trancado no porão…

— Eu sei. É o que acontece com todos os Alfas da tripulação quando entram no período do rut. Bem, alguns…

— Sim, o capitão não fica trancado. Já explicaram isso.

— Noah, Yerik e Rowan também não passam por isso sozinhos. Sebby ajuda nosso contramestre. *E eu*… — Thomas umedeceu os lábios. — Tenho trabalho em dobro.

— Oh… não quero ofender, mas, nesse período particular de um Alfa, pensei que apenas um Ômega era capaz de…

— Satisfazê-los? — James assentiu envergonhado. — Não ofendeu. Você tem razão em parte... não sei o Sebby, mas dou conta, sabe?

— Sim... — James corou desviando o olhar.

— Você é muito adorável. — Thomas riu da expressão envergonhada do Ômega. — Mas não entendi em que exatamente você quer minha ajuda..

— Scott contou que minha presença é uma tortura para o Sven. Então, pensei que você soubesse de alguma coisa que pudesse ser feita... mas agora que vi aquelas ilhas, talvez eu possa descer um bote e ficar lá por esses dias.

— É muito nobre de sua parte. Entendo que queira ajudar e eu mesmo o levaria e ficaria com você lá, mas só se o capitão deixar. E acho difícil que ele permita isso.

— Podemos ir às escondidas.

O Beta comprimiu os lábios.

— Sinto muito, James. Mas, sem a permissão do capitão, não posso fazer nada.

O Ômega suspirou derrotado, mas entendia a situação do navegador. Até admirava sua lealdade. Ele o deixou a observar as terras envoltas de mistérios e seguiu cabisbaixo pelo convés. James olhou para os botes e as grossas cordas, que os prendiam nas laterais do navio, pensando consigo mesmo que não precisava da ajuda de ninguém. Olhou para os lados e, quando percebeu que ninguém estava por perto, tentou soltar os botes. Bufou irritado depois de longos minutos na tentativa frustrada de desfazer os malditos nós. Estavam muito firmes.

— O que está aprontando? — Ouviu a voz do contramestre e quase teve um ataque cardíaco.

— Só estava conferindo se os nós se encontram firmes.

— Mentira. — Noah aproximou-se vagarosamente, e James retrocedeu alguns passos. — Fale o que está fazendo, Ômega.

O Alfa viu que James estava com medo e parou cruzando os braços e esperando pela resposta. De repente, algo passou pela cabeça do Ômega... Noah nunca gostou dele, então seria possível obter sua ajuda se lhe contasse sobre sua verdadeira intenção. Era isso ou o Alfa recorreria ao capitão na tentativa de pagar por suas falhas.

— Eu estava tentando descer um dos botes e acampar em uma daquelas ilhas até que o rut do Sven passasse. — Respondeu firme com o rosto erguido.

Noah ficou calado durante alguns segundos estudando as feições do Ômega. Algum tempo depois, ele articulou:

— E ia fazer isso escondido do capitão, suponho.

— Ele não se mostrou muito preocupado com a situação do Sven.

— Não é apenas ele. Ninguém liga. Por que você se importa?

— Porque é desumano! Se eu desembarcar, talvez amenize um pouco o sofrimento dele, então preciso fazer isso.

Noah estudou-o desconfiado. O Ômega estava apenas com uma pequena faca em sua posse. Era muita inocência de sua parte pensar que estaria seguro se fosse sozinho para aquelas ilhas portando apenas uma simples arma. Mas havia sinceridade em suas palavras.

— Vá em frente. Estamos ancorados.

James olhou-o surpreso.

— Não vai mesmo me impedir?

— Não.

Desconfiado, o Ômega voltou-se para as cordas, com o contramestre ainda observando com seus braços cruzados. Novamente ele não conseguiu desatar os nós.

— Será que você poderia me ajudar? — James perguntou receoso e pronto para receber um sonoro *não*.

Mas o Alfa revirou os olhos, e James afastou-se rapidamente saindo de seu caminho quando Noah se colocou a desfazer os nós que prendiam o bote e desceu-o devagar.

— Desça e espere por mim. Vou buscar algumas coisas que iremos precisar.

James olhou-o confuso, mas antes que a pergunta saísse de sua garganta, o Alfa afastou-se e desceu para o porão. James então olhou para os lados e, como ninguém o observava, ele desceu e acomodou-se no barquinho aguardando o Alfa, assim como este havia lhe orientado. Um tempo depois, Noah apareceu lá no alto e desceu pelas cordas trazendo consigo algumas provisões.

— Você também vai? — James perguntou surpreso, e o Alfa confirmou balançando a cabeça.

— Essas ilhas são perigosas para um Ômega sozinho.

— Você se preocupa comigo…

— Não se iluda. Você é o único Ômega lúpus que temos no momento. Não seria inteligente de minha parte deixá-lo se matar quando dependemos de você para decifrar o mapa.

James suspirou entristecido. Ele ficou quieto observando Noah pegar dois remos e levá-los em direção às ilhas.

NABUCO
RAN
Ilha do Naufrágio
Mar Hermético
Cabuga
Ilhas Kangardo

Capítulo 9

Dias após zarpar da baía de Gaeul, a frota da Marinha Real seguia sem a mínima ideia de onde seus inimigos poderiam estar. A última localização exata que tinham era próximo à ilha onde James foi encontrado. Ao ser deixado boiando à deriva, o comodoro tinha apenas a certeza de que o Cisne Negro seguira navegando para o sul.

— Estamos a toda velocidade, senhor.

— Ótimo. — Respondeu o comodoro. — Onde está o caçador ?

— Acredito que em seus aposentos.

— Excelente. Não lhes passem qualquer informação sobre localizações ou nossos planos. E fiquem de olho naqueles selvagens.

— Sim, senhor.

Roy estava obviamente se referindo aos bandoleiros contratados por Victor. A eles foram atribuídas as acomodações do porão de carga, onde dormiam em redes, no aperto dividido com os suprimentos. É claro que esses Alfas não permaneciam todo o tempo no abafado do porão e subiam para os pisos superiores, onde bebiam e farreavam vulgarmente para infortúnio dos marinheiros. Ninguém era capaz de controlá-los a não ser o próprio Victor, e este não se importava com o bem-estar dos oficiais da Marinha deixando que aqueles Alfas bárbaros fizessem o que bem entendessem.

Durante o jantar, um dos oficiais teve a coragem de exigir do caçador um posicionamento mais firme sobre os Alfas criminosos.

— Você trouxe um zoológico para dentro de nosso navio. Bestas imundas! — O marinheiro acusou, enquanto o caçador comia tranquilamente, e ainda exigiu: — Controle-os.

Os Alfas bandoleiros rosnaram, mas, na presença de Victor, nada fizeram além de proferir ameaças e xingamentos.

— Agora entendo por que não conseguiu recuperar seu Ômega, comodoro Roy. — O caçador afirmou em tom de chacota. — Seus Alfas são fracos e deveriam estar em casa assando biscoitos e fazendo bordados.

Os bandoleiros gritaram e deram altas gargalhadas zombando dos marinheiros, enquanto estes ameaçavam inutilmente jogá-los ao mar.

— E você acha que sua vida é melhor do que a nossa, caçador ? — Derin pronunciou-se. — Nós é que somos os verdadeiros afortunados. Roy e eu vamos nos casar com os filhos do conde. Ômegas para os quais você nunca terá a chance sequer de olhar. Continue na companhia desses bastardos imundos, que nós ficamos com nossos noivos.

— Pobres Ômegas... aposto que eles possuem mais virilidade do que vocês dois teriam em dez vidas. — Victor levantou-se e caminhou até a mesa em que os oficiais estavam. Temerosos, alguns logo sacaram suas pistolas, e o caçador parou com um sorriso debochado e as mãos erguidas. — Se precisar de um Alfa de verdade na sua noite de núpcias, ajudarei com enorme prazer.

Jogando seu prato e caneca em uma das bacias, o caçador foi o primeiro a se retirar da cozinha e deixou para trás o tenente Derin quase borbulhando de raiva. Ele passou um tempo pelo convés observando o céu noturno e cheio de estrelas e, logo depois, recolheu-se em seus aposentos. Assim que deitou em sua cama, lembrou-se do Ômega que o encarou com aqueles olhos tristes e assustados e que havia corrido sumindo entre os jardins. No mesmo instante, afastou o pensamento estranho e aleatório, fechou os olhos e adormeceu. Mas não demorou muito até ser despertado por uma voz muito estranhamente presente. Ele abriu os olhos de modo repentino e apontou sua pistola em direção à porta. Victor riu de si mesmo acreditando que se tratava de um sonho e, quando estava prestes a voltar a dormir, ouviu a voz e o que ela dizia, agora com mais clareza: "Preciso encontrar James o mais rápido possível...".

Era a voz de um Ômega jovem e, se seus sentidos não estivessem enganados, ele estava embaixo de seu leito.

Victor desceu da cama e agachou-se para espiar debaixo dela. Como estava desconfiado, realmente havia um Ômega embaixo de sua cama. E não era qualquer Ômega, era o garoto loiro que vira na casa do conde. Ele guardou a pistola e foi até a beirada do leito, segurou os pés do Ômega e o puxou para fora do seu esconderijo. Com o movimento brusco, Jean abriu os olhos assustado e ficou ainda mais apavorado quando viu aquele Alfa intimidador, olhando-o com os braços cruzados.

— O que está fazendo aqui? — Victor indagou. O menino permaneceu calado, todo encolhido e morrendo de medo. — Vamos, explique-se.

— *Mmmmeu* pai diz que não devo falar com estranhos. — Foi o que disse encolhendo os ombros.

O Alfa lúpus respirou fundo e revirou os olhos.

— Você é Hae *Alguma Coisa* e eu sou Victor Oh. Estamos apresentados. Agora me diga o que estava fazendo embaixo da minha cama? Não sou tão paciente quanto aparento.

— Jean.

— O quê?

— Meu nome é Jean.

— Certo, Jean. Mas ainda estou esperando uma explicação.

O menino levantou-se segurando um saco de pano.

— Fugi de casa para encontrar meu irmão e ficar com ele.

— E pretendia fazer isso escondido embaixo da minha cama. Como se alimentaria? — Victor olhou para o saco na posse do Ômega e, com um puxão brusco, tomou-o dele. — Pão, alguns biscoitos, um pouco de água... — Foi listando as poucas coisas que tinha dentro. — Acha que ia sobreviver com apenas isto durante semanas no mar? É muito inocente, garoto.

— Não. Isso foi o que consegui trazer comigo escondido.

— E o que comeria quando acabassem suas provisões? Os ratos que conseguisse capturar embaixo da cama? — Jean apenas comprimiu os lábios e abaixou a cabeça. — Vou levá-lo para o comandante.

— Não! Por favor, deixe-me ficar escondido. Meu noivo é um

oficial da Marinha, e ele está a bordo deste navio. Ele não pode saber que estou aqui.

Victor entendia o motivo de ele ter fugido, qualquer um o faria se fosse noivo do tenente Derin ou do comodoro. Seja lá qual fosse seu noivo, eram duas lástimas. Mas ele não tinha nada a ver com isso. Durante toda a vida, Victor viveu como um lobo solitário, agindo de acordo com as próprias vontades e fazendo diversos tipos de coisas para garantir sua sobrevivência. Para manter-se vivo durante todo esse tempo, o caçador aprendeu a não tomar as dores de ninguém. Ele não se importava com nada além de si mesmo. Então, sem nenhum peso na consciência, o Alfa encaminhou-se até a porta e abriu-a.

— Vamos.

— Por favor?

— Você prefere sair sozinho ou que o coloque para fora?

Seu olhar era irredutível e não havia nada que Jean pudesse fazer naquele momento. Chegara o fim de sua jornada. Eles voltariam para Gaeul e, quando seu pai soubesse de seu comportamento vergonhoso, certamente o manteria trancafiado em seu quarto até chegar o dia de sua sentença: *o casamento com o tenente Derin.*

Com os ombros caídos, o Ômega saiu do quarto passando pelo Alfa e sendo seguido de perto por este. No mesmo corredor, Victor bateu na porta do primeiro camarote chique que vira e era justamente o do tenente Derin.

— O que... Jean? — O tenente olhou o Ômega com espanto e voltou a atenção para o caçador. — O que está fazendo com meu noivo?

— Ele estava escondido em meu quarto.

— Por quê? Como conseguiu entrar no navio?

— Pergunte isso a ele... se me der licença pretendo dormir ainda hoje. — Victor girou sobre os calcanhares e voltou para seus aposentos sem ao menos olhar para trás.

O caçador fechou sua porta e dormiria o sono dos justos. Sem nenhum remorso. Ele não tinha nada com os problemas daquele Ômega.

Derin escancarou a porta e apontou para dentro do quarto.

— Entre. — O Ômega suspirou e fez o que o tenente havia mandado. Após adentrar ao interior do cômodo, ele ouviu a porta ser fechada e ficou parado ao escutar os passos do Alfa logo atrás. —

Então, o que faz no navio? Ah, não precisa responder, já sei. Estava tão ansioso quanto eu para nos vermos, não é mesmo?

Jean não respondeu, em vez disso, fez uma outra pergunta por cima:

— Vai me levar de volta a Gaeul?

— Não… — O tenente foi direto devorando o corpo do Ômega com os olhos. — Confesso que essa maldita viagem vai me sair melhor do que eu previa. Deite-se na cama.

— Estou sem sono.

O Alfa sorriu e inspirou profundamente o leve cheiro de lavanda do Ômega.

— Obedeça seu noivo. — Derin ordenou com voz calma e paciente, mas com certo tom de comando. — Deite-se.

Sem ter o mínimo conhecimento sobre o que o Alfa pretendia, Jean sentou-se primeiro e aos poucos foi inclinando as costas, até estar completamente deitado sobre o colchão. Quando Derin subiu na cama, alarmou-se e tentou erguer o corpo, mas o Alfa espalmou em seu peito, fazendo-o deitar outra vez, ao passo que ficava de vez em cima dele.

— O que está fazendo? — Jean questionou ficando assustado com aquela investida do tenente.

Já sentia medo dele desde seu comportamento completamente repulsivo durante o jantar na casa do conde. Agora temia que ele fizesse algo pior, dessa vez não teria ninguém para auxiliá-lo.

— *Shhh*... — O tenente inclinou o corpo para frente até manter o Ômega encaixado entre seus braços. E, mesmo que Jean o empurrasse fortemente, Derin permaneceu no mesmo lugar, mantendo-o sob seu domínio. — É um presente dos deuses…

— Por favor, não… — Jean murmurou desesperado.

— Fique quieto! — Derin exigiu. — Vamos nos casar de qualquer jeito, tenho esse direito. Não quero esperar até que um reverendo diga quando posso tocar meu Ômega... quando posso fazê-lo agora.

— Não quero. — Jean tentou impor-se com mais ímpeto contra o Alfa acertando alguns golpes contra ele.

Sem nenhum esforço, Derin bloqueou seus ataques. Estava exalando fúria e tentava inutilmente escondê-la quando rosnou cada palavra:

— *Tsc, tsc, tsc*... se lutar vai ser pior. — Ele fechou os olhos e inspirou outra vez o aroma de lavanda e abriu-os novamente quando ouviu o Ômega fungar baixinho. — Ah, meu querido, pode chorar. Assim fico mais excitado... — Derin moveu o quadril para frente fazendo o Ômega sentir sua rigidez, mesmo sob as roupas.

Quando o tenente curvou o rosto para frente no intuito de beijá-lo, Jean virou o seu para o lado tentando fugir ao máximo de sua investida. O tenente mal teve tempo para repreendê-lo ao ouvir batidas em sua porta.

— Quem é? — Derin rugiu cheio de ira.

— Sou eu, senhor, Simon. — O oficial identificou-se e continuou logo em seguida: — Interceptamos uma embarcação mercante, eles dizem ter sido abordados por um navio pirata de velas negras e juram que foi a tripulação do Cisne Negro. Senhor, eles... eles estão todos sem os dentes.

— Diga ao Roy que já estou indo.

— Sim, senhor.

Derin bufou irritado e voltou sua atenção ao Ômega.

— Ele nos interrompeu, meu querido, mas logo retornarei para continuarmos de onde paramos. — O Alfa aproximou os lábios de seu ouvido e avisou: — Estamos cercados pelo oceano, não há nenhum lugar a que possa ir. Quando eu voltar, espero que você ainda esteja deitadinho do mesmo modo em que o deixei. Se eu voltar aqui e não encontrá-lo em minha cama, você se arrependerá amargamente... entendeu, *minha frutinha*?

O Ômega apenas assentiu balançando a cabeça e mantendo os olhos fechados. Derin sorriu satisfeito e saiu de cima dele deixando o cômodo em seguida. Jean permaneceu parado na mesma posição em que estava, até que sua respiração foi se tornando mais calma à medida que seus pensamentos retornavam para o lugar. O choro tornou-se mais intenso, e os soluços, quase incontroláveis. Ele se sentou na cama e colocou as mãos contra a boca tentando se recompor. Questionou-se mentalmente.

Não teve uma resposta exata sobre aquilo que se perguntou, porém, desde criança, o Ômega era conhecido por sua grande teimosia. Não conheceu muitas pessoas em seus breves anos de vida, mas, em todas as ocasiões em que teve certo contato com os Alfas, por meio dos diversos bailes que seu pai ofereceu na casa dos Hae, Jean notou olhares estranhos sobre ele. Mas, quando esteve no camarote do caçador, este não se comportou da mesma forma. O lobo do Ômega não sentiu a mesma repulsa de apenas um olhar oblíquo dos demais Alfas.

Jean, então, levantou-se e seguiu sorrateiro até a porta, com medo de que a qualquer momento o tenente Derin o encontrasse fora da cama. Quando abriu a porta e espiou o corredor, suspirou aliviado ao notar que estava completamente vazio. Sem ter certeza do que estava fazendo, ele seguiu pé ante pé até o quarto de Victor, já que foi o único Alfa em que o menino não notou nenhum tipo de olhar depravado sobre seu corpo. Decidido a barganhar pelo auxílio do caçador, Jean bateu em sua porta algumas vezes, mas, como não obteve resposta, resolveu girar a maçaneta e entrar.

— Sr. Oh? — Chamou baixinho e logo descobriu, segundos após, que o Alfa dono daquele quarto não estava lá.

Jean encostou a porta novamente. Ainda hesitante sobre o que estava fazendo, olhou ao seu redor e viu uma cômoda abaixo de uma pequena janela circular, uma mesa com uma cadeira mais ao canto e uma cama colada à parede. Optou por se sentar no chão, no cantinho entre a parede e uma cômoda. Ainda chorando silenciosamente, ele aguardou rezando para que o caçador tivesse compaixão e o ajudasse e que o tenente não o descobrisse naquele quarto.

Com os olhos inchados de tanto chorar e as marcas das lágrimas secas sobre as bochechas, Jean sobressaltou ao ouvir a porta ser aberta. Ele se encolheu ainda mais no cantinho de seu esconderijo temendo ser o Alfa tenente a sua procura. Estava com a cabeça baixa quando ouviu os passos se aproximarem, e o sujeito parar próximo a ele.

Tomado por um pouco de coragem, o Ômega ergueu a cabeça e seu coração quase pulou para fora do peito quando viu o Alfa caçador o encarando com os braços cruzados e um semblante sério.

— Você de novo. — Victor proferiu.

Jean suspirou cansado.

— Não me leve de volta para ele.

— Não me importo com seus dramas, Hae Jean. Agora se levante, antes que eu perca o último resquício de paciência que me resta.

— Por favor, eu imploro, sr. Oh. — O Ômega colocou-se de joelhos e juntou as mãozinhas e em uma atitude completamente desesperada ele pediu, enquanto voltava a chorar pesadamente: — Faço o que você quiser... deixe-me escondido aqui ou apenas me mate, mas não me faça voltar para ele.

Victor ficou surpreso com aquelas palavras tão pesadas para serem ditas pela boca de um Ômega tão jovem. O que poderia ter acontecido de tão grave para que aquele pequeno estivesse tão desesperado a ponto de preferir a morte?

— Tudo bem, apenas pare de chorar. — O Alfa comunicou.

— Vai permitir que eu fique?

— Pare de chorar e levante-se desse chão imundo. — Jean fez o que Victor pediu ficando em pé e limpando suas vestes. — Sente-se na cama.

Aquelas palavras despertaram medo no Ômega, e ele voltou alguns passos para trás, encostando-se na parede.

— Prefiro ficar em pé.

— Que seja. — Victor deu de ombros e puxou uma cadeira para sentar-se de frente para o Ômega. — Agora me conte por que prefere ficar no meu quarto em vez de ser entregue ao seu noivo?

— Ele me quer em sua cama. Quer fazer coisas com meu corpo contra a minha vontade… Ele tentou fazer isso, mas um oficial apareceu chamando ele e mencionou algo sobre o Cisne Negro e pessoas sem dentes.

O caçador franziu o cenho confuso, mas, como havia o nome do Cisne Negro no meio do assunto e esse navio era capitaneado por seu alvo, capitão Conrad, logo o Alfa se levantou e caminhou até a porta, muito interessado em saber mais sobre aquela conversa.

— Espere! — O Ômega pediu. — Você vai chamá-lo?

— Não. Espere aqui, já volto.

— Mas e se ele aparecer aqui?

— Apenas eu tenho a chave. — Victor hesitou apontando para a cama. — Pode descansar na minha cama... ou no chão se achar mais confortável.

Antes que o Ômega pudesse agradecer, a porta foi trancada, deixando-o sozinho com o coração aliviado de não ter que voltar para o mesmo camarote que o déspota do tenente Derin.

Reunidos na popa do Cisne Negro, estavam Conrad e sua mecânica analisando os danos que fizeram com que o leme ficasse travado. A embarcação levou dias para cobrir uma curta distância, que poderia ser percorrida em pouco tempo. Eles estavam atrasados em sua busca, de acordo com a rota estipulada pelo navegador.

A timoneira e alguns outros piratas também estavam por ali aguardando novas ordens de seu capitão. Todos ansiosos para saber os motivos do atraso temendo que os recursos se esgotassem rapidamente, justo naquela localidade, próximo às misteriosas ilhas onde ninguém, pelo que se sabe, havia sobrevivido para contar o que de fato havia por lá.

— Então foi isso, um golfinho preso no leme. — Conrad refletiu ao receber os relatórios da mecânica.

— Morto. — Billy acrescentou. — Está tudo...

— Já entendemos, Billy. — Daphne interrompeu o que seria um depoimento detalhado sobre a carcaça do pobre animal preso no material do navio. — Não precisa entrar em detalhes.

O Alfa deu de ombros.

— Muito bem. — Conrad decidiu. — Billy e Scott se revezarão com Jared e Claire.

— Por que eu? — A timoneira perguntou incrédula.

— Porque foi você quem passou por cima dele. Espero que tenham um bom fôlego, porque não vou levar o Cisne Negro àquelas ilhas.

Os Alfas escolhidos engoliram a seco, mas não tiveram coragem de questionar as ordens do capitão. Teriam de fazer o trabalho dentro da água, seria complicado, mas era possível.

— Se o James souber do que aconteceu com o golfinho... — Thomas comentou triste.

— Não contem para ele. — Conrad ordenou, e todos assentiram concordando.

Enquanto isso, James estava bem longe do Cisne Negro conforme Noah remava sem sinal de cansaço nos braços, levando-os em direção a uma das ilhas.

Assim que chegaram à margem, o Alfa puxou o bote para prendê-lo em algum lugar. James afastou-se um pouco subindo nas pedras que formavam algumas piscinas naturais e, quando viu algo que chamou sua atenção, abaixou-se para olhar mais de perto. Havia uma pequena criatura amarela com anéis acinzentados e, ao perceber a presença do Ômega, os mesmos anéis tornaram-se azuis. James ficou impressionado com aquelas cores tão vibrantes do pequeno animal, pois nunca havia visto nada parecido antes. Ele levou a mão para segurá-lo por um instante, porém, antes que pudesse tocar a criatura, sentiu uma mão agarrar seu braço e puxá-lo para longe.

— Fique por perto. — Noah disse ríspido e enfurecido pelo fato de o Ômega ter se afastado.

O Alfa estava quase se arrependendo de ter levado o mais novo para aquelas ilhas. O Ômega parecia uma criança curiosa que não parava quieta, se qualquer coisa lhe acontecesse, ele estava certo de que o capitão Conrad lhe faria cem vezes pior. James deu de ombros e seguiu-o floresta adentro. Sem perceber, eles passaram por aranhas, cobras e outras criaturas peçonhentas que estavam ocultas pelo caminho, além dos diversos tipos de vegetação desconhecidos, que escondiam os mortais e mais terríveis venenos.

O Sol forte, reinando sozinho pela imensidão do céu, deixava o clima quente durante o dia, e o calor extremo fazia com que Noah e James se cansassem mais depressa durante a caminhada que durou alguns minutos. Apesar de as árvores serem muito altas, elas eram muito próximas umas das outras, e o pouco espaço que eles tinham para se locomover se tornava cada vez mais quente e abafado. Quando encontraram um espaço mais aberto e com melhor ventilação, o Alfa finalmente parou a caminhada e decidiu que aquele seria um bom lugar para ficarem. Agachado, ele começou a guardar seus itens no meio de duas raízes grandes e grossas.

Pássaros voavam entre os ninhos nas copas das árvores, com seu canto lindamente se misturando ao som das folhas que dançavam ao vento. James estava ao lado do contramestre, apenas observando, enquanto o Alfa mexia em suas coisas. Ele sobressaltou ao ouvir um barulho que veio do alto, muito semelhante ao de um grande felino. Ambos olharam para cima e viram um macaco pular de um galho para o outro.

— Não acho que vai chover. Então só precisamos fazer... — A voz de Noah falhou quando ele desceu o olhar para as raízes e notou com a visão periférica uma serpente se aproximando traiçoeira bem ao seu lado.

A cobra curvou o corpo como a letra S, pronta para atacar. Sem nenhuma reação e apenas esperando pelo bote, o Alfa engoliu em seco e fechou os olhos. Porém, em vez de sentir a picada, ouviu o grito do Ômega e, quando abriu os olhos, viu James segurar a cobra pela ponta do rabo e lançá-la para longe correndo em direção do Alfa ao ajudá-lo a ficar de pé. A serpente retornou rastejando ligeira para tentar repetir seu ataque, mas Noah rapidamente sacou sua pistola e atirou na cabeça do réptil.

— Que inferno de lugar é esse? — Ele perguntou olhando para o Ômega. Logo, eles estavam recolhendo suas coisas e saindo daquela clareira. — É melhor a gente ficar pela margem.

— Mas o Conrad não vai ver a gente?

— Estamos longe o suficiente... mas é melhor não arriscar. Vamos contornar a ilha e ficar mais ao norte.

James assentiu, e eles seguiram com a caminhada evitando pisar na longa faixa de manguezal. Assim que chegaram ao ponto de acesso à praia, viram de longe diversos crocodilos descansando à margem.

— Mas que inferno! — O Alfa rugiu com raiva sacando sua arma e apontando para os bichos. — Vão morrer todos!

Mas antes de atirar, sentiu as mãos do Ômega sobre as suas o obrigando a baixá-las.

— Eles são muitos e enormes. — James observou. — Repare bem em suas peles, parecem armaduras. Mesmo que use todas as suas armas, só vai chamar mais a atenção deles ou de qualquer outra coisa que habita aqui.

Noah comprimiu os lábios sendo obrigado a concordar.

— Vamos voltar para o barco, pelo menos lá não vi nenhum tipo de ameaça. E, sinceramente, prefiro lidar com o capitão bravo do que com essas criaturas medonhas.

James concordou pensando a mesma coisa. Sem muita dificuldade, eles conseguiram encontrar o mesmo caminho de volta. O Ômega caminhava na frente e tomou um grande susto ao ser puxado pelo Alfa contra uma árvore e ter uma grande mão pressionada contra sua boca. Confuso pelo ato repentino, ele tentou lutar, mas Noah sussurrou:

— *Shh*, fica quieto. Não estamos sozinhos…

James arregalou os olhos e encarou o Alfa esperando alguma explicação, mas Noah mantinha a atenção ao seu redor tentando captar qualquer outro ruído que o ajudasse a identificar quem quer que estivesse por ali. O barulho do disparo da arma do Alfa, quando matou a cobra, não só espantou alguns animais, mas também chamou atenção do povo que vivia secretamente naquelas ilhas.

— Eles não podem ter ido muito longe. — Ouviram uma voz entre as árvores.

— Precisamos encontrá-los logo. Eu tô com fome. *Faz anos que não comemos carne.*

James agradeceu mentalmente pelo Alfa ainda não ter tirado a mão de sua boca, porque, depois daquela última afirmação, ele quase gritou de pavor.

Os piratas ainda se mantinham revezando no trabalho de limpar o leme do navio. Já se aproximava o horário da próxima refeição, e queriam terminar a tarefa o quanto antes. Claire e Jared saíram da água e subiram pelas cordas de apoio, no mesmo segundo Scott e Billy mergulharam em direção ao aparelho.

— Ainda falta muito? — Daphne questionou a timoneira.

— Não. Só mais um pouco e o leme está livre. — Claire olhou para a água com grande horror quando esta começou a mudar sua cor para vermelho. — Capitão! — Exclamou apontando para baixo.

Conrad e os outros piratas debruçaram-se sobre a popa e olharam chocados, enquanto Billy e Scott tentavam lutar contra um enorme tubarão branco. Billy acertou com uma faca um dos olhos do animal e, assim, este largou a perna do outro Alfa nadando para longe.

— Subam eles! — Conrad ordenou segurando as cordas e, com ajuda dos demais bucaneiros, conseguiram trazer os Alfas para cima em segurança.

A perna de Scott estava arrancada logo abaixo do joelho, e ele delirava gritando de dor, enquanto seu sangue jorrava como uma cascata escarlate. As marcas dos dentes do tubarão podiam ser vistas através da carne dilacerada na perna do bucaneiro.

— Precisa cauterizar. — O capitão informou segurando a perna do Alfa. Ele gritou pelo médico: — Sebastian!

— Vou chamar Noah para ajudar a segurar ele, precisamos de Alfas fortes. — Billy sugeriu, e o capitão assentiu.

Momentos depois, o médico apareceu e, mesmo que seus olhos estampassem horror e espanto diante da cena que presenciava, ele respirou fundo e manteve-se calmo. O Alfa debatia-se, enquanto o médico tocava sua perna, e Sebastian quase foi chutado quando Scott sentiu a lâmina rasgar sua carne.

— Onde está Noah?! — O capitão perguntou impaciente.

— Por que está torturando ele? — Claire perguntou ao médico, mas Sebastian estava tão concentrado que ignorou a pergunta dela.

— Noah não está em parte alguma, capitão. — Rowan informou.

— Como um Alfa pode desaparecer sem que ninguém saiba?

— Também não vi o James. — Thomas acrescentou.

No mesmo instante, Conrad largou uma das pernas de Scott, que urrou de dor quando esta foi de encontro ao chão. Ele caminhou até as escadas que davam acesso ao piso inferior.

— Segure-o firme. — John ordenou para Rowan e, em um segundo, o atirador estava segurando a perna que foi solta pelo capitão.

Conrad olhou para baixo, e o Alfa espadachim negou com a cabeça.

— Ele não passou por aqui. — Yerik confirmou.

Um tiro foi disparado ao longe, e todos olharam na mesma direção. Estavam longe de qualquer coisa que pudesse ver com clareza e, quando o lúpus tomou a luneta para enxergar melhor, ele travou a mandíbula respirando fúria ao ver as pequenas faixas de terra ao longe.

— Desçam os botes. — O capitão deliberou.

Os marinheiros que circulavam trabalhando pelo convés do galeão eram castigados pelo calor vindo dos raios do Sol. A temperatura estava fortemente elevada deixando o tempo seco e difícil para respirar. Eles olhavam com caras feias para os Alfas bandoleiros, enquanto estes continuavam com sua exibição de grosseria e imundice.

— Onde está meu Ômega? — Derin rosnou exacerbado assim que viu o comodoro Roy conversando com o caçador.

— Do que está falando? — Roy indagou.

— Jean não conseguiu se conter de saudade e se escondeu no navio para me ver. — Derin mentiu explicando a seu superior. — Ele foi encontrado por esse infeliz. Eu o deixei no meu quarto, e agora ele não está mais lá.

— Está no meu quarto. — Victor admitiu.

— Espera... Hae Jean está a bordo deste navio? — Roy perguntou ainda sem entender a situação, e o tenente assentiu. — Temos que voltar.

— Estamos muito longe. Isso atrasaria a missão em dias, semanas, talvez até meses. Sou seu noivo, ele ficará sob a minha guarda. Traga-me ele aqui, caçador, ou então eu o buscarei à força.

— Você não vai querer fazer isso. — Victor expressou calmo pousando a mão no cabo de sua katana.

— Devolva o Ômega ao tenente, sr. Oh. Sua missão é apenas resgatar Hae James e trazer a cabeça do capitão Conrad.

— Para esse porco o molestar?

— Derin? — O comodoro olhou chocado para seu amigo.

— Ele é meu noivo.

— Então é verdade? O que tem na cabeça, Derin?!

— Ah! Que se dane as doutrinas do Clero. Nós vamos nos casar!

— Não se você estiver morto. — Victor acrescentou.

— Está vendo. — O tenente apontou para o caçador. — Olha o tipo de gente que você arrumou.

— É o tipo de gente que fará com que tenhamos êxito em nossa missão.

Derin revirou os olhos cheio de cólera e voltou-se para o caçador:

— Por que atrapalha meus planos? Você não é nada dele!

— Sei lá. — Victor deu de ombros. — Não fui com sua cara.

— E o que nos garante que você não vai fazer nada com ele?

— Não preciso forçar um Ômega para que ele se deite na minha cama. Eles o fazem por vontade própria.

— Deixe-nos a sós, Derin. — O comodoro pediu.

— Mas, Roy...

— Agora.

O tenente lançou um último olhar ameaçador para Victor e retirou-se a mando de seu superior.

— Vou permitir que o Ômega fique aos seus cuidados, mas apenas com uma condição.

— Não me lembro de ter pedido sua permissão.

— Certo, apenas me escute... aqueles Alfas estão deixando esse navio com cheiro de algum animal morto. Isso não se diz respeito apenas a nós da Marinha, mas a todos que estão a bordo. Todos sabemos o que acontece quando uma moléstia se abate sobre a tripulação de um navio.

— Tudo bem, darei um jeito nisso.

— Obrigado. Faça sua parte e manterei o tenente Derin longe de Hae Jean.

— Ora, não consegue nem controlar seu próprio Ômega, vai conseguir manter aquele porco na linha... — Victor comentou rindo do comodoro e voltou-se aos bandoleiros. — Limpem o convés, seus bastardos!

Em menos de um segundo, os Alfas pararam o que estavam fazendo e correram para pegar baldes e esfregões e limpar a própria porqueira que haviam deixado por lá. Jean, que estava lendo um pequeno livro de bolso, escutou o sapateado dos marujos no piso logo acima. Ele ignorou o barulho repentino e voltou a sua leitura. Ouviu um outro barulho, dessa vez na porta, e pensou que se tratava do caçador, mas logo fortes golpes na madeira fizeram seu coraçãozinho acelerar as batidas e o medo começar a dominá-lo.

— Sei que está aí, Jean. — Era a voz do tenente Derin. — Abra a porta e prometo que não vou machucá-lo.

O Ômega arregalou os olhos, suando frio. Sua respiração tornou-se acelerada, e o coração ameaçava saltar para fora do peito a cada segundo que se passava. Ele não acreditou nas palavras mentirosas daquele Alfa, mas temia que o tenente conseguisse derrubar a porta. Houve um minuto de silêncio e, com a ausência de resposta, o Alfa socou a madeira enfurecido.

— *Nnnnão* tenho a chave. — Dominado pelo pavor, o Ômega respondeu.

— Tudo bem... vou te dar uma chance, Jean. Assim que aquele maldito abrir a porta, venha para meu quarto. Estarei esperando ansiosamente.

— Assim que eu sair, você vai correndo, sobe no bote e rema de volta para o Cisne Negro. — Noah falou apontando em direção à praia.

Sem dar tempo ao Ômega de responder, ele saiu embrenhando-se entre as árvores rasteiras e contornando os nativos daquela ilha. Sentiu uma picada no pescoço e acertou uma tapa no irritante mosquito, que não tinha nada de mosquito. Puxou um pequeno espinho da derme atingida, a visão tornou-se escurecida e ele desmaiou. Os dois Alfas que estavam procurando pelos piratas se aproximaram de seu corpo largado no chão e o estudaram.

— Ele é grande. — Um deles observou em voz alta passando a língua sobre os lábios.

O outro, por sua vez, apertou as coxas de Noah e sorriu com bom humor.

— E tem muita carne. Vai dar uma bela refeição.

Passos foram ouvidos e mais dos nativos se juntaram a eles.

— Tinrey já tem tudo pronto para o ritual, e vocês aqui brincando com a comida!

— Estávamos estudando as proporções.

— Cadê o outro?

— *Hm...* — Os nativos entreolharam-se hesitantes. — Ainda não o encontramos, Bilong.

— Suas bestas quadradas! Vão atrás dele! — Os dois assentiram diversas vezes com a cabeça, pegaram suas lanças e correram. Bilong estudou o corpo de Noah no chão e, em seguida, voltou-se para os demais que o acompanhavam: — Vamos levá-lo para a aldeia.

Cinco botes aproximaram-se da margem, cada um com oito piratas. Eles foram arrastados e presos em suportes fixos no chão para que não fossem levados pelas ondas.

— Não acho que eles estejam aqui. — Jared comentou. — Não vejo nenhum barco por perto além dos nossos.

— E de quem você acha que são essas pegadas? — Claire questionou apontando para o chão.

— E são muitas. — Rowan acrescentou. — Mais do que apenas dois pares.

Estavam analisando as pegadas na areia, que levavam a várias direções. Sendo a principal delas a floresta logo à frente.

— Eles devem ter fugido juntos. — Billy pensou em voz alta, e todos os olhares se dirigiram a Conrad.

O lúpus abriu a boca para responder àquela afirmação, mas o som alto de um tambor, com intervalo de dois segundos entre cada batida, interrompeu-o. O som misterioso foi acompanhado por um longo e profundo toque de flauta feita de bambu chamando a atenção dele e dos demais.

— Oh, merda! Não, não... — Thomas andou de um lado para o outro olhando em direção às árvores. — Não pode ser.

— O que foi?

— Esse toque... — O Beta parou para escutar um pouco mais analisando algo em sua mente para obter certeza. — É como descrito nos livros sobre ritos tribais.

— Por que você leria livros sobre esse tipo de coisa? — Jared indagou.

Thomas ignorou-o e correu até o capitão.

— São os Kangaroo.

— Que diabos é isso? — O lúpus questionou confuso.

— Um tipo de povo que costumava viver nas terras de Kwanza. Os livros mencionam sua total extinção, mas agora sabemos por que nunca mais foram vistos. Estavam vivendo por estas ilhas... Isso é fascinante!

— Provavelmente, Noah e James foram capturados por eles. Vamos. — Conrad voltou-se em direção à floresta sendo seguido pelos outros piratas.

— Esperem, vocês precisam saber de duas coisas... — Thomas chamou. — Eles são um povo extremamente violento.

— E a outra?

— Eles praticam antropofagia.

— Que merda isso quer dizer? — Jared indagou furioso.

— Eles comem carne humana em parte de um ritual para obter o poder de seu inimigo.

— E você só diz isso agora?! — Conrad indagou cheio de espanto. — Vamos! Matem todos que entrarem em seu caminho!

O capitão disparou com pressa para dentro da floresta sendo seguido pelos piratas. Yerik puxou sua katana e fez uma breve dancinha antes de correr com um enorme sorriso na mesma direção que os demais.

— Credo. — Rowan articulou. — Esse cara é um sanguinário.

— Eu gosto. — Thomas comentou ao lado dele.

— Sério? — O Beta assentiu. Rowan sacou duas das seis pistolas que portava. — Pois hoje acordei com vontade de matar! — E correu, embrenhando-se na mata.

Noah estava sentado sobre uma enorme pilha de madeira, com as mãos amarradas nas costas e presas a um mastro fincado no chão. Ele despertou quando recebeu um forte tapa no rosto e franziu o cenho quando viu James olhando apreensivo para si.

— O que está fazendo aqui?! — Noah perguntou furioso e surpreso ao mesmo tempo. — Mandei você correr para a praia, entrar no bote e fugir para o Cisne Negro!

— Você não manda em mim. — Noah revirou os olhos, enquanto James tentava cortar as cordas. — Vim aqui te salvar seu mal agradecido!

— Cala a boca!

— *Cala a boca já morreu, quem manda na minha boca sou eu!* — O Ômega respondeu de modo infantil, sem ver o olhar espantado que o contramestre lançou para algo por cima de seus ombros.

Uma sombra surgiu atrás de James e, no mesmo instante, ele sentiu uma forte dor na região da cabeça, desmaiando logo em seguida.

— Esse aqui a gente pode comer duas vezes. — Disse um Alfa nativo da ilha.

— Pare de inventar coisas e me ajude a amarrá-lo.

Quando acordou, James estava igualmente amarrado sobre uma pira de madeira ao lado do Alfa.

— Está feliz agora? — Noah perguntou quando viu o outro despertar.

— Não. Mas vou ficar assim que eu ouvir um obrigado seu.

— Porra! — Rosnou.

— Caralho! — James gritou de volta usando o mesmo tom. — Também sei rosnar!

Noah olhou-o boquiaberto e, ao mesmo tempo, começou a rir.

— O que foi? — O Ômega ficou confuso com aquela reação.

— É realmente uma merda que vamos morrer logo quando comecei a gostar de você.

— Sério? — Os olhinhos do Ômega brilharam. Noah assentiu. — Agora posso morrer feliz. — Um nativo aproximou-se com mais alguns galhos secos e jogou-os na pira em que James estava. — Não! Retiro o que disse! Não vou morrer feliz! Não estou nada feliz! — Ele começou a se debater desesperado tentando soltar os pulsos.

— Obrigado. — Ele parou de lutar ao ouvir Noah falar ao seu lado calmamente. — Foi uma honra ter navegado com você no Cisne Negro.

Vários outros nativos surgiram entre passagens e árvores, Alfas, Betas e Ômegas, e posicionaram-se em dois grupos, lado a lado e de frente às piras, com um espaço aberto entre eles. Todos começaram a jogar várias folhas de ervas no chão, e um Alfa velho surgiu no meio deles se colocando no centro de todos.

— *Uliá, uliá*! — Ele exclamou em um idioma completamente estranho e desconhecido. Estava todo coberto por um tipo de pó branco e seu cabelo crespo era enorme e chegava até os calcanhares. — *Coungshit u boreaul crueaul*!

— *Iiiiiihhh*! — Os nativos gritaram e, em seguida, começaram a bater os pés no chão fazendo barulho com a língua e batendo-a no lábio superior.

— *Junpiyja, burik, aterú*! — O velho nativo exclamou erguendo os dois braços para o céu: — *Chisp, jah foks, ku coungshit Kangaroo*!

Três crianças, uma Alfa, uma Beta e um Ômega surgiram na multidão e caminharam até ele.

A Alfa entregou-lhe um filhote de canguru contido por cordas. A Beta, uma pequena lâmina bastante afiada. E o Ômega levou consigo um pequeno recipiente de barro.

Os três saíram deixando o Alfa mais velho sozinho novamente. Os nativos fizeram silêncio. O ancião fechou os olhos e murmurou algumas palavras, em um tom inaudível e muito rapidamente, no antigo idioma Kangaroo. Em seguida, pegou a lâmina, rasgou a garganta do pobre animal indefeso e despejou todo o sangue no recipiente trazido pela criança Ômega.

— *Iiiiiihhhh*! — Os nativos gritaram outra vez batendo os pés no chão e fazendo o mesmo barulho de antes com suas línguas.

O velho Alfa encheu as mãos em forma de concha com o sangue do canguru e bebeu. Ele pegou galhos de algumas ervas e separou-os em duas porções, uma em cada mão, mergulhou no sangue e começou a ungir os nativos. Em seguida, começou a dançar, girar e pular ao redor das duas piras, com seu povo fazendo cada vez mais barulho com seus pés e línguas.

Após todo ritual dançante, os nativos fizeram silêncio outra vez. O xamã jogou cada porção de ervas aos pés das piras de cada sacrifício. Assustado, James, automaticamente, chutou a parcela que estava próxima a ele. O velho Alfa olhou-o com uma expressão muito brava e assustadora, pegou os ramos e colocou de volta, dessa vez, em um lugar onde o Ômega não pudesse alcançar. O velho, ainda de costas para os nativos, pegou duas pedras e criou fogo a partir delas em algumas palhas que estavam no chão. Ele acendeu um pedaço de madeira e entregou a tocha a um de seus Alfas. Quando o xamã se virou ficando de frente para seu povo, caminhou até eles, que logo abriram caminho para que o ancião pudesse passar e ficar no centro novamente. Porém, o velho cessou os passos quando viu uma criatura imóvel do outro lado à beira da floresta. Um Alfa loiro estava parado de frente para eles, e uma de suas mãos empunhava uma longa katana. Linda, afiada e mortal.

— A gente vai viver! — James gritou quando viu Yerik e sorriu. O nativo que segurava a tocha a largou no chão e empunhou uma arma correndo em direção ao xamã para protegê-lo. O fogo bateu em alguns gravetos na pilha em que James estava, e ele logo lamentou: — Vamos morrer.

Pensando que estavam em vantagem, os Kangaroo correram

afoitos em direção a Yerik, e então os piratas da tripulação saíram de trás das árvores, e a luta iniciou-se. Conrad surgiu por trás de James e, usando uma de suas adagas, cortou as amarras que o prendiam e, do outro lado, Claire fez o mesmo com Noah.

— Quantas vezes vou precisar te salvar, *hm*? — James abraçou-o com força inalando seu forte cheiro de rosas, e o alívio percorreu todo seu corpo. Conrad separou o abraço e encarou-o com um semblante sério: — Quando voltarmos para o Cisne Negro, a gente vai ter uma longa conversa.

— Como é bom te ver! — O Ômega exprimiu ignorando o fato de que seria repreendido por ter "fugido" do navio sem que o capitão soubesse.

— Hora de treinar tiro ao alvo, coração. — Conrad retirou suas duas pistolas do cinto e entregou-as ao mais novo. — Como eu te ensinei... — James empunhou as pistolas, e Conrad, que estava atrás dele, ergueu a mão do Ômega, apontou para um nativo que se aproximava segurando uma lança e apertou o gatilho levando o inimigo ao chão. — Apontar e atirar. Fácil, não é?

James assentiu e, logo, disparou contra outro nativo que vinha correndo à esquerda.

Noah recuperou suas armas com a ajuda da Alfa timoneira, e James juntou-se a eles deixando Conrad menos preocupado e podendo agir livremente, enquanto manuseava com bastante habilidade suas duas adagas entre as dezenas de nativos, que usavam seus arcos e lanças para defender seu lar.

Do outro lado da batalha, Yerik deixava uma pilha de corpos pelo chão conforme brandia sua katana e dilacerava a carne dos nativos. Uma figura branca, meio acinzentada, chamou sua atenção ao lado, e ele viu que se tratava do velho xamã que estava dançando momentos atrás. O xamã estava parado, com os braços esticados para os lados, e ambos os olhos fechados. O espadachim aproximou-se com cautela, com o cenho franzido se perguntando o que aconteceu com aquela criatura estranha para ficar parada daquele jeito. Devagar, Yerik inclinou o rosto para frente até estar bastante próximo do rosto dele e, de repente, o xamã esbugalhou os olhos e gritou:

— *Aaaaah*!

O corpo do pirata sobressaltou, e ele gritou de volta:

— *Aaah*! — Yerik girou sua katana e cortou-lhe o pescoço.

A cabeça do xamã caiu no chão, com seus olhos e boca ainda bem abertos. Yerik ainda notou que havia uma pequena bolsa de pele de javali presa no torso do velho, ele se agachou e recolheu o pedaço de pergaminho que ele guardava lá dentro. Um nativo aproximou-se por trás do loiro, com um machado nas mãos pronto para acertar suas costas, mas um tiro o acertou no meio das sobrancelhas e ele caiu por terra. Sem entender, Yerik ergueu os olhos e viu Rowan carregado com suas seis pistolas. O atirador sorriu para ele e piscou.

— Você me deve uma.

Yerik levantou-se rapidamente e lançou a ponta de sua katana alguns milímetros acima do ombro do outro Alfa e atravessou com a lâmina o coração do inimigo que estava atrás de Rowan. O loiro sorriu piscando de volta.

— Não mais.

James atirava em todos os nativos que se aproximavam. Seu sangue estava fervendo e seus sentidos, mais aguçados. Ouviu passos apressados atrás de si e, logo, girou para disparar contra um outro Alfa. Quando descobriu que a pólvora das duas pistolas havia acabado, ele não se assustou, ao invés, soltou um rosnado enfurecido. Estudou os arredores e viu Conrad lutando contra alguns nativos, James correu até ele e desembainhou sua espada. Quando se virou para frente para procurar um novo inimigo, eis que o Alfa que segurava a tocha surgiu, e James deu dois passos para frente transpassando a espada em sua barriga. Um som alto e retumbante rompeu das colinas mais distantes, e a tripulação soube que mais daqueles nativos surgiriam.

— Voltem para a praia! — Conrad gritou, segurou a mão de James e puxou-o consigo correndo na direção apontada.

À margem, encontraram Thomas, Jared, Billy e Daphne. Assim que viram os nativos surgirem da mata correndo com pressa, eles cortaram as cordas que prendiam os botes e, com a ajuda dos que acabaram de chegar, os empurraram de volta à água. Alguns nativos apareceram com flechas e começaram a disparar contra a tripulação. Yerik conseguiu interceptá-las com sua katana, e Conrad com suas duas adagas. Mas eles eram apenas dois e, desse modo, ficava difícil que todos embarcassem nos botes, mas Rowan sacou duas pistolas que ainda continham pólvora e disparou rápido e certeiro contra os nativos. Estes deram as costas e voltaram correndo para se esconder na floresta. A tripulação, finalmente, entrou nos botes e remou de volta para o navio. Enquanto se aproximavam do Cisne Negro, Yerik lembrou-se do pedaço de papel e mostrou-o para o Ômega.

— James, este seria um dos fragmentos?

O Ômega lúpus olhou e, rapidamente, assentiu.

— Sim, posso ver as runas.

Os Alfas e Betas entreolharam-se vibrando pela conquista inesperada. Já no navio, os piratas subiram a âncora e, com o leme livre de qualquer impedimento, seguiram continuando sua viagem e rumando para o Oceano Índico.

Conrad estava conversando com seu contramestre, sozinhos na proa e, após o repreender severamente por ter levado o Ômega sem seu conhecimento para aquelas ilhas, o capitão seguiu até sua cabine. Assim que abriu a porta e entrou, ouviu sem querer um trecho da conversa entre o Ômega e seu navegador:

— ... e aí eu girei e atirei nele e salvei a vida da Claire! — James contava empolgado ao Beta.

— Thomas, deixe-nos a sós.

O Beta assentiu e, imediatamente, retirou-se da cabine.

— Sua espada... — James entregou a arma ao capitão sorrindo amarelo. — Antes que você comece, devo dizer que Noah não teve culpa alguma no que aconteceu. Ele me acompanhou porque ficou preocupado com minha segurança.

— Admiro sua sinceridade. *Quan*...

— E, acrescento em meu favor — James interrompeu-o com cuidado —, que só fiz isso porque estava preocupado com um Alfa da tripulação.

— Quem falou para você que me importo com o rut do Sven ou de qualquer outro Alfa aqui?

— Ninguém, mas ele estava sofrendo.

— Dane-se o Sven! Ninguém liga para um Alfa em seu rut. Ele é um pirata, James! Já passou por situações muito piores. Ele aguenta.

— Ele é um ser humano. E não precisa falar desse jeito. Percebo que errei…

— Não, você não percebeu ainda. Fica criando argumentos para refutar tudo o que eu falo. — Dessa vez, o Ômega permaneceu calado. — Se você pertence realmente a essa tripulação, precisa entender que quem dá as ordens por aqui sou eu. Você não pode fazer tudo o que lhe der na telha sem meu consentimento, James.

— É mesmo? E se eu não quiser? E se eu achar que suas ordens são frias e cruéis? Se eu não obedecer, vai fazer o quê? Me vender para um bordel? Ou me fazer andar na prancha?

James sobressaltou-se quando teve um braço agarrado e foi puxado de supetão, até bater contra o peito do Alfa. As mãos de Conrad desceram até a cintura dele e encaixaram-se nela com força controlada. Conrad o estudava com uma expressão colérica, sua mandíbula travada e a respiração pesada passavam uma impressão completamente diferente de seus olhos. Ah, as orbes negras e misteriosas do capitão Conrad.

John fitava-o com desejo. James podia ver e quase se perdeu dentro daquela galáxia escura e profunda que eram aqueles olhos.

— O que vai fazer, Conrad? — O Ômega lúpus insistiu, com os lábios entreabertos, em um sopro de voz.

— Vou ter que jogá-lo em minha cama e domá-lo até que me obedeça. — James arquejou e fechou os olhos esperando ser tomado pelos lábios de Conrad.

— Capitão. — Uma voz surgiu na porta. Era o Alfa Billy. — O Scott acordou.

James sobressaltou-se, abriu os olhos sentindo-se constrangido e, assim como Conrad, ele olhou para a entrada. O capitão pegou uma de duas adagas e lançou na porta. Só não acertou o Alfa, porque este arregalou os olhos e fechou-a rapidamente.

— Para o inferno com Scott! — O capitão rugiu.

James levou a mão à boca tentando conter o riso.

— Ah... — James foi até a mesa do Alfa e entregou-lhe a tradução que encontraram. — É a tradução deste.

Conrad segurou o fragmento e olhou-o confuso.

— Isso fica cada vez mais estranho. — O capitão disse, e o Ômega concordou.

Arctus
Buhla
Nidras
Mediterrâneo

Capítulo 10

Jean estava sentado à beirada da cama do caçador, próximo à cabeceira. Seus pensamentos estavam longe, enquanto observava a pequena janela e, quando a porta foi aberta, olhou assustado em direção a esta pensando ser o tenente Derin. O caçador viu o menino desviar o olhar, mas ignorou, aproximou-se e colocou um prato em cima da mesa. Quando ele se sentou na cama, mesmo que na outra ponta, o Ômega levantou-se imediatamente e afastou-se um pouco mais.

— Trouxe para você. — Victor disse apontando para o prato.

— *Uhum*... obrigado.

— Que que foi agora? Já disse que não vou entregá-lo àquele tenente.

— Ele veio aqui me procurar. Disse que está me esperando e que, quando abrisse a porta, eu deveria ir para o quarto dele.

— Você acabou se tornando um problema meu e agora está sob minha proteção. Ele não vai tocar em você. — Apontou para a mesa novamente. — Coma.

O Ômega assentiu e sentou na cadeira. Ele olhou para a comida em seu prato: carne e alguns legumes. Estavam com uma boa aparência, mas para ele ainda faltava algo ali.

— Onde estão os talheres?

— Como é?

— Não dá para comer assim.

Incrédulo, Victor piscou duas vezes antes de se levantar, sentar em outra cadeira e puxar o prato para si. Era só o que faltava, aquele Ômega que, até pouco tempo atrás, estava com um saco de pano velho com alguns poucos biscoitos, pão e água, que mal conseguiria sustentá-lo por alguns dias, caso soubesse racionalizar os recursos, agora estava se recusando a comer simplesmente porque não tinha talheres.

— Então não coma. — O Alfa pegou um pedaço de carne com a mão e mordeu-a. — É bom que não fico sem a refeição que abri mão para você, já que sua educação não permite que coma feito um animal.

— Me desculpe, por favor, não quis ofendê-lo. Não acho que seja um animal. Talvez tenha modos um pouco rudes... — Victor parou de mastigar e olhou-o ainda mais incrédulo. — Desculpe. *Hm*, mas você me disse que abriu mão de sua refeição, não entendi.

— As provisões foram calculadas para a exata quantidade de Alfas que estão a bordo deste navio, assim como os demais que nos acompanham na frota. Ninguém contava que um Ômega fosse invadir a embarcação.

— E não vão parar para abastecer?

— Segundo o comodoro, não. Ele quer velocidade máxima na busca pelo seu noivo fujão. Aliás, você e seu irmão têm isso em comum, não?

Jean abaixou o olhar sorrindo constrangido.

— Estou muito agradecido, sr. Oh, foi muito gentil e atencioso de sua parte compartilhar de seu alimento comigo. — Seus olhos desceram para a comida no prato, e ele, que se sentia fraco por estar se alimentando tão mal há pelo menos três dias, apontou para outro pedaço de carne e perguntou: — Posso?

Victor assentiu. Jean levou a mãozinha hesitante até a porção, pegou-a e levou-a até a boca mordendo com delicadeza a pontinha da carne.

— Como ganhou essa cicatriz? — James questionou ao Alfa espadachim.

Após a manutenção do leme, semanas se passaram e os piratas estavam navegando pelo Oceano Índico e, da cesta situada no mastro central, já era possível enxergar através de uma luneta o cume dos altos picos de Lank'sir. Os dias de viagem estavam muito mais cansativos depois da aventura na Ilha dos Kangaroo. Scott recuperava-se lentamente, aos olhos do médico, que pouco podia fazer com os recursos limitados que possuía. Sua esperança era, finalmente, chegar ao grandioso reino de Nidras e adquirir ervas e utensílios necessários para ajudar o Alfa que perdeu parte de sua perna.

Além do tédio que cercava a tripulação, estavam os dias extremamente quentes. A única alternativa para tomar banho era soltar a âncora e mergulhar no mar, já que a água potável armazenada no navio só era utilizada para beber e fazer as refeições.

— Ah, foi o capitão. — Yerik respondeu simples. — Estava tentando capturá-lo para receber a recompensa e acabei me juntando a ele no fim das contas. Mas também deixei uma na sobrancelha dele.

— Tão pequena que nem dá para ver. — Scott zombou. Ele estava sentado no convés próximo à proa junto aos demais, e Sebastian trocava as faixas de seu coto.

— Igual a seu pau. — Yerik respondeu.

— *Woooh*! — Os piratas exclamaram em um coral e começaram a rir.

— Poderia ter ficado sem essa. — Sebastian indicou.

— E você, Tom? — James continuou com suas perguntas. — Como se juntou à tripulação?

— Não foi nada de interessante como as lutas de espadas. O capitão apenas me salvou de ser brutalmente espancado após eu ter ganhado uma aposta de forma honesta.

— E você, Rowan?

— Eu já era da tripulação do Paul Bloodthirsty.

— O antigo capitão do Cisne Negro? — O Alfa confirmou. — Claire?

A timoneira riu soprado.

— Eu só queria uma carona até o reino de Jihpon, mas estou aqui até hoje.

— E você e seu irmão, Scott?

— Também éramos da tripulação antiga. Nós, Rowan, o contramestre e Jared.

— Billy?

— Ah, essa é até engraçada... eu era um dos que queriam bater no Thomas. — Ele se voltou ao navegador: — E você não ganhou honestamente.

— Se você diz... — O Beta deu de ombros.

James ignorou o pequeno desentendimento e virou-se para a mecânica:

— Eu só queria um emprego. — Daphne respondeu por si própria dando de ombros.

— E você, Junbuu? Não me parece alguém que estaria em uma tripulação pirata.

— Tá me chamando de velho, garoto? Quer sair no braço comigo? Te mostro o ancião.

— Não, desculpa! — James tentou não rir. — Não foi isso o que quis dizer.

— *Hm*. Bem, eu era cozinheiro no palácio da família Real.

— *Uau*, sério? — Billy questionou surpreso.

— Não, fui a bailarina principal da Corte… é óbvio! Mas os demais criados não gostaram de trabalhar comigo e fui demitido. Então, soube que um jovem capitão estava procurando membros para sua tripulação e o procurei oferecendo meus serviços como cozinheiro.

— Nossa. — James suspirou olhando o restante da tripulação.

Seria apenas mais uma tripulação. Piratas que saqueavam e matavam friamente. Que não tinham escrúpulos para conseguir o que almejam, cheios de ambições, com seus porões repletos de riquezas e baús enterrados contendo mais de seus roubos, espalhados pelos mais diversos lugares. Mas, também, eram Alfas e Betas que possuíam uma história muito antes de se tornarem piratas. Eram pessoas comuns, com sonhos e objetivos que, por algum desígnio do destino, hoje levam a vida desbravando mares e empunhando suas espadas em busca de tesouros e aventuras. Ninguém nasce pirata, torna-se um. E o pequeno lúpus estava seguindo pelo mesmo caminho.

James apoiou as costas no parapeito do navio e suspirou pensativo observando a tripulação, que discutia ainda sobre as histórias de cada um. Seu olhar desviou para o pavimento que cobria todo o chão do convés, a madeira ainda estava embolorada, o odor característico ainda era forte e estava presente em todos os compartimentos, principalmente no interior da embarcação. James também observou a estrutura que mantinha a estabilidade e dava velocidade à embarcação. Ele não entendia muito bem como todas aquelas vergas e mastros funcionavam ou como cada cabo mantinha as velas na posição ordenada pelo capitão, mas ele sabia obviamente que elas tinham uma grande função naquele navio, assim como cada membro da tripulação e como ele próprio.

O Ômega saiu de seus pensamentos ao ouvir o barulho que os piratas estavam fazendo, jogavam cartas para passar o tempo, já que não tinham mais nada para fazer a não ser ficar olhando um para a cara do outro. Após vencer pela terceira vez seguida, Sebastian levantou-se do caixote e desceu para as coberturas inferiores a fim de cuidar da perna do pirata, que cicatrizava lentamente.

— Entra no lugar dele, James. — Jared chamou o Ômega para que ele ocupasse o espaço deixado pelo médico.

O tédio estava consumindo o Ômega, assistir aos piratas jogando era um ótimo jeito de passar o tempo, mas se juntar à partida parecia mais divertido, era uma proposta tentadora. Mas o sol escaldante fez o Ômega desistir, e ele decidiu se recolher à cabine.

— Fica para a próxima. — James levantou-se e rumou para o camarote do capitão.

Assim que abriu a porta, viu o líder pirata sentado em sua mesa anotando algumas observações no livro de registro. Seu casaco preto estava apoiado nas costas da cadeira, e Conrad estava vestido apenas com uma camisa da mesma cor, com as mangas dobradas na altura do cotovelo e alguns botões abertos mostrando parte do peitoral e algumas tatuagens. Ao lado do livro, estava um cálice com um pouco de licor. O capitão olhou em sua direção com um breve sorriso e, logo, voltou a fazer suas anotações.

— Ainda está muito quente lá fora? — Questionou sem tirar os olhos dos livros.

— Como o inferno. — O Ômega lamentou jogando as costas sobre o colchão.

Conrad sorriu novamente e negou com a cabeça. James, que estava olhando diretamente para o teto amadeirado, estudou algumas teias de aranha que se estendiam até o canto das paredes. Suspirou, enquanto brincava com o tecido de seda que cobria a cama entre os dedos. Em seguida, ele ficou deitado de lado, com um braço curvado, apoiando a cabeça com sua mão e observando o capitão. Sentado naquela posição, o Alfa parecia ainda mais imponente. E, mesmo que tivesse várias marcas e cicatrizes que ganhara ao longo da vida, isso não o deixava menos bonito, muito pelo contrário. De certa forma, aquilo o tornava ainda mais atraente aos olhos de James. Mas não era apenas o físico que chamava a atenção do Ômega; como um líder, Conrad transbordava confiança, e sua bravura era incomparável.

James respirou fundo assistindo ao Alfa em sua concentração. O aroma de rosas do capitão se sobressaía ao cheiro salgado de salitre que, mesmo com as janelas fechadas, estava presente naquele cômodo. James enrolou o dedo no lençol sentindo seu lobo ficando mais febril. Conrad pegou o cálice e tomou mais um pouco de sua bebida.

— Capitão Conrad? — James encarava o Alfa de modo intenso.

— *Hm*? — Conrad mantinha a atenção no diário de bordo.

— Estou entediado...

Conrad ergueu os olhos e viu o Ômega deitado na cama olhando para si. Seu olhar era ansioso e estava com o lábio inferior entre os dentes. O Alfa fechou o diário no mesmo instante e levantou-se para ir até ele. Conrad subiu na cama e colocou-se em cima do Ômega, mas, para sua surpresa, James agarrou seus ombros e girou os dois mudando suas posições e ficando sentado sobre ele, com uma perna de cada lado.

O ato foi totalmente inesperado e pegou o Alfa de surpresa, mas ele gostou.

— Você está suado. — James comentou.

— Então tire as minhas roupas.

— Você é sempre assim, tão direto? — James sorriu corando, mas levou os dedos até o primeiro botão.

— Só quando quero alguma coisa. — As mãos do capitão subiam pelos quadris do Ômega, enquanto tinha seu torso completamente exposto.

As mãos de James foram deslizando sobre o abdômen do capitão sentindo cada cicatriz nas curvas de sua musculatura abdominal. Ele inclinou o corpo para frente e beijou os lábios do Alfa. Conrad subiu as mãos dos quadris até as costas de James. Ele o abraçou, enquanto correspondia ao beijo e, novamente, mudou as posições em que se encontravam até então. Rosnou frustrado ao mover o quadril para frente e sentir a barreira imposta por suas roupas.

— Calma... — James riu da impaciência do Alfa conforme removia suas roupas de baixo.

— Não era você que estava entediado? — Conrad questionou chupando a região de seu pescoço à medida que o penetrava.

James apenas ofegou ao sentir a rigidez dentro dele. E gemeu. Gemeu ainda mais alto quando as investidas se tornaram mais fortes. Subitamente, uma ideia apoderou-se dos pensamentos do Ômega, e ele tentou enxergar a porta por cima do ombro do Alfa.

— Acho que não fechei a porta... — Constatou ao passo que ofegava recebendo mais profundamente o órgão do Alfa em seu interior.

— E daí? — Conrad parou com os movimentos e encarou-o.

— E se alguém entrar aqui e pegar a gente?

Conrad sorriu ardiloso, também ofegante. Juntando o calor insuportável com o desejo ardente que surgia, e seu cabelo ficou todo encharcado de suor.

— Eles com certeza já ouviram seus gemidos antes.

James arregalou os olhos completamente ruborizado. O Alfa aproveitou o segundo de distração e moveu o quadril para frente de novo, preenchendo-o completamente. O Ômega gemeu alto mais uma vez e, desesperado, levou as mãos à boca para se conter. Conrad achava aquela atitude muito encantadora, embora adorasse ouvir a voz de James gemendo e gritando seu nome. Após ambos se desmancharem em seus orgasmos, permaneceram abraçados no calor do leito.

Quando James abriu os olhos, na tarde do mesmo dia viu o Alfa já todo vestido, enquanto mexia em suas coisas. Ele esticou o corpo vagarosamente e cheio de preguiça notando que ainda estava sem suas roupas, mas que Conrad teve o cuidado de cobri-lo com uma manta. E, em silêncio, ficou admirando os movimentos do capitão até que este percebeu que ele já havia despertado de seu breve cochilo.

— Vamos ancorar em alguns minutos. Não vai arrumar suas coisas?

James deu de ombros.

— Não tenho nada. Só essas roupas que o Tom me emprestou e que, mesmo assim, ficaram um pouquinho grandes em mim.

Conrad estudou-o por um tempo ponderando alguma coisa que guardou para si mesmo e fechou a gaveta da mesa na qual estava mexendo. Ele caminhou até o Ômega e beijou o topo de sua cabeça.

— Eu já volto.

No lado de fora, os bucaneiros já estavam no trabalho de preparar o navio para ancorar no Porto de Chenbuk manuseando os cabos para baixar todas as velas. O capitão juntou-se ao seu contramestre e à timoneira, já que esta seria responsável por manobrar a embarcação assim que chegassem ao cais. Não demorou muito para que o Ômega também saísse da cabine sentindo a brisa fresca do entardecer. Estava bastante ansioso para conhecer o tão famoso Império de Nidras.

— Hey, James. — Rowan chamou-o. Ele estava encostado na lateral a estibordo junto com Thomas, Yerik, Sebastian e Scott.

O Ômega aproximou-se. Todos estavam sorrindo, e ele então sorriu de volta.

— Como estão?

— Estamos bem. — Yerik respondeu trocando olhares entre seus companheiros, e estes assentiram. Em seguida, ele fitou o Ômega e piscou com um olho. — Mas você deve estar bem melhor, *hm*?

— Não entendi. — James respondeu sorrindo nervoso.

— Seu botão está fora do lugar. — Sebastian apontou para a camisa torta do Ômega.

— *Oh.* — James rapidamente se colocou a consertar o erro.

— E seu cabelo está bagunçado. — Thomas acrescentou.

A essa altura, ele mal conseguia se conter com o Ômega ruborizado. Assim como os outros, que o fitavam com seus olhares divertidos.

— Ah, foi o vento. — James explicou tentando pentear com os dedos.

— Claro. — Yerik articulou. — Porque o vento não assobia... ele geme.

— E essas marquinhas? — Thomas acrescentou apontando para sua área cervical. — Vento mais violento esse…

O Ômega arregalou os olhos, completamente constrangido e vermelho. Levou as mãos até a clavícula, abriu a boca para dizer alguma coisa, mas sua garganta não foi tão rápida quanto os pensamentos.

— Já chega, parem. — Dessa vez, foi Sebastian arrumando sua postura relaxada. — O menino vai explodir de tão vermelho que está.

Mesmo com o pedido do médico, os outros três continuaram com seus olhares e sorrisos sugestivos para o Ômega, que rapidamente deu meia volta e sorriu para Daphne caminhando até ela. A Beta olhava distraída em uma certa direção para onde a timoneira estava guiando o navio com cuidado. James seguiu o mesmo olhar e, rapidamente, entendeu a situação.

— Vai falar com ela. — Ele aconselhou.

Daphne suspirou triste e encarou-o.

— Sem chances, James. — Negou balançando a cabeça. — Não sou uma Ômega. Sou uma simples Beta.

— E o que isso tem a ver? O Tom é um Beta também e tem dois Alfas interessados nele.

— Ah, Thomas é o Thomas, né? Ele é brilhante e muito bonito. Eu sou apenas eu.

— Você é Daphne! Linda, atenciosa e superinteligente. Você simplesmente faz a coisa toda funcionar. Se não fosse por você, este navio nem estaria aqui agora.

— Você é tão gentil, James. Obrigada. — Ela apontou para algo acima dos ombros dele. — Já estamos chegando.

James olhou para trás e viu de longe o navio se aproximando do porto gradativamente. Ele sentiu alguém chegar por trás e suspirou quando o capitão apoiou o braço em seus ombros. Ambos trocaram olhares sorrindo um para o outro, enquanto aguardavam o navio ser estacionado para, assim, poderem desembarcar.

Embora a temperatura ainda estivesse alta, o calor não era algo que Jean pudesse reclamar naquele momento. Passava a maior parte do tempo trancado no camarote do caçador, lendo um livro que este lhe emprestara. Não era tão envolvente quanto os romances que costumava devorar em sua casa, mas o enredo lhe chamou a atenção, por se tratar da história de um indivíduo que queria chegar à Lua, para provar que existia uma civilização que via a Terra como sua própria Lua.

Poucas vezes na semana, Jean saía para tomar um pouco de sol. Certo dia, estava sentado próximo à proa, onde, em tempos remotos, costumava passar suas tardes na companhia de seu irmão quando faziam longas viagens marítimas. Tomou um susto quando Victor, que sempre mantinha uma guarda silenciosa ao lado dele, se aproximou repentinamente. O caçador comprimiu os lábios, não era tão visível, mas ele ficava incomodado com o fato de o Ômega sempre se assustar quando ele se aproximava. O Alfa entendia seus motivos, mas não estava satisfeito com aquilo. Sua intenção era realmente proteger aquele Ômega, mesmo que não fosse receber nada em troca. Aquela situação era algo que precisava ser tirado a limpo.

— Você tem medo de mim? — Victor foi direto. O Ômega apenas assentiu balançando a cabeça. — Você sabe o que eu sou?

— Um caçador de recompensas.

— Exato. E sabe quais coisas faço?

Jean acabou ficando sem resposta. Podia saber o que ele era, mas o que ele realmente fazia, não. Possuía apenas uma vaga informação de que, na maior parte das vezes, seus alvos eram piratas.

— Não exatamente.

— Pessoas me pagam para capturar outras, em sua maioria são Alfas, Betas e até mesmo Ômegas considerados traidores da Coroa. Mato quando preciso para atingir meu objetivo. Posso fazer qualquer coisa que me solicitam. — Ele se aproximou do Ômega com cautela. — Mas se tem uma coisa que eu jamais faria seria machucar você. Nem que me pagassem. Não precisa ter medo de mim, estou disposto a protegê-lo até que seja entregue a seu pai.

— *Ah*... — Tudo estava muito bonito até Jean ouvir a última afirmação. — Claro... você vai me levar de volta para Gaeul.

— Pensei que gostasse do seu pai.

— Eu o amo. Quem não gosta do próprio pai?

— Eu.

— Por que não? — Jean parecia chocado.

Victor desviou a atenção e respirou fundo observando o horizonte a ser alcançado pelo galeão. Algumas poucas memórias de quando esteve na companhia de seu pai lhe encheram a mente. Lembranças de como aprendeu a usar a espada e de quando o viu pela última vez. Era doloroso, e o Alfa tentava não pensar muito nos fantasmas do passado. Mas Jean o encarava aguardando ansioso por uma resposta. Victor relaxou a postura apoiando seu antebraço no parapeito da embarcação, virou-se para o Ômega e, então, respondeu:

— Para começar, ele foi um pirata.

O Ômega ergueu as sobrancelhas, com os olhos brilhando e cheios de encanto.

— Adoraria se tivesse um pai pirata. Teria mais liberdade.

— Liberdade, é? Você me parece muito novo para isso.

— Onde você estava quando tinha a minha idade?

— Pelo mundo.

— Então pronto. — Victor sorriu quando o pequeno cruzou os braços decidido. — Posso não ter tanta experiência de vida, mas sei o que quero.

— E o que você quer?

— Ser livre.

— *Hm*... Só não se torne um pirata se não vou ter que caçar você.

Mesmo que o aviso parecesse sério, havia traços de humor nas expressões do Alfa. Jean desviou o olhar sorrindo. Ele interpretou a fala do caçador como algo normal, uma simples forma de descontrair. O medo que sentia dele foi se tornando algo mais distante à medida que seu lobo se habituava ao aroma natural de menta que provinha do Alfa caçador e, assim, Jean começou a ficar mais à vontade perto dele e passou a vê-lo mais como um protetor.

— Posso ficar aqui fora mais um pouco? — O Ômega perguntou. — É entediante ficar lá dentro. Gosto de ver o mar.

— Mas não tem nada aqui para ver. Apenas céu e água.

— Céu e água? — Jean riu olhando ao redor. — Há um mundo inteiro a conhecer.

Victor não deu muita importância. Já viajou grandes distâncias e atravessou muitas fronteiras, não tinha nada que o Alfa não tivesse visto. Estava acostumado às coisas do mundo e, para ele, não havia nada de interessante nisso.

— Fique um pouco e, depois, volte para o quarto. Aqui está a chave, tranque bem a porta e só abra quando ouvir minha voz. — Victor observou a movimentação dos Alfas pelo convés. — Vou falar com o comandante.

O Ômega assentiu e permaneceu pela proa, entre alguns marinheiros que trabalhavam para manter as velas na direção correta. O navio estava veloz, e uma brisa forte espalhou os cabelos do Ômega. Jean olhou a sua frente e observou o céu, não havia nenhum pássaro sobrevoando acima dele, apenas algumas nuvens com formatos divertidos. O mar estava calmo e lindo, com seus diversos tons variando entre o azul e o verde, além do brilho forte do sol que refletia as ondas.

Assim como Victor o instruiu, Jean voltou para a coberta inferior logo quando a temperatura ambiente se tornou mais agradável. Enquanto descia pelas escadas que dava acesso ao corredor dos camarotes, seu corpo paralisou assim que ele ouviu uma voz atrás de si:

— Ora se não é um cabritinho perdido.

Jean olhou para trás e correu ao constatar aquilo que seus ouvidos avisaram e seu coração mais temia. Apressou-se tentando chegar até a porta do quarto, mas o tenente Derin o alcançou antes disso e o agarrou com um braço usando a mão livre para impedi-lo de gritar.

— Eu te dei uma chance, Ômega. Mas parece que você gosta quando as coisas se tornam um pouco mais violentas.

— Solte-o. — A voz de Victor ecoou pelo corredor.

Derin virou-se para dar de cara com o caçador, que se aproximava com passos decididos e com a mão segurando o cabo da arma.

— Não se meta nisso, caçador. Ele é meu noivo!

— Não me faça matá-lo aqui, Alfa.

Derin engoliu a seco diante da grave ameaça. Com relutância, o tenente foi soltando o Ômega aos poucos, até que este se viu completamente livre e correu até entrar no camarote de Victor.

— Isso não vai ficar assim, caçador. — Derin avisou passando por ele, enquanto rosnava de ódio.

Logo após longas semanas de viagem, o Cisne Negro finalmente ancorou no Porto de Chenbuk. Conforme a tripulação desembarcava, eles já encontravam alguns mercadores oferecendo seus produtos locais. A mistura de cheiros era forte e intensa. Diversos tipos de ervas, temperos e especiarias, expostos para todos que entravam e saíam daquela cidade através do porto. Em sua maioria, a tripulação seguiu pelas ruas da cidade já conhecida por eles a caminho do bar, onde quem chegava de suas longas viagens entrava para beber e descansar. James não sabia exatamente para onde olhar. As ruas pareciam um enorme mercado a céu aberto, com tantos artigos expostos em tendas. Tecidos, roupas e diversos acessórios, tudo muito bonito e colorido.

— Pode comprar o que você quiser. — Disse o capitão ao observar o olhar encantado de James.

— Sério? — O capitão assentiu.

— Eu também vou. — Thomas colocou-se ao lado dele, e James sorriu empolgado.

— Daphne, quer vir com a gente?

— Quero sim. — Ela se colocou do outro lado de James.

E, após alguns requisitos impostos pelo capitão, os três seguiram para suas compras. James sentia o tecido leve de algumas echarpes com os dedos, enquanto ponderava sobre qual cor deveria levar.

— Por que não leva todas? — Thomas perguntou-lhe.

— Ah, não quero exceder...

— O capitão disse para você comprar o que quiser, não foi? Então, ele que pague.

— Acho que o Thomas tem razão. — Daphne opinou.

James olhou para ambos, e eles sorriram dando de ombros.

— Tom? — Também examinando os tecidos, o navegador murmurou algo para que James continuasse. — O que você acha sobre o relacionamento entre Alfas e Betas?

Daphne logo o fitou querendo que James percebesse que ela não queria espalhar esse assunto. Mas Thomas a surpreendeu mostrando que também já havia notado seu interesse pela timoneira.

— Eu estava me perguntando quando você ia tomar coragem para falar com ela. — Thomas confessou.

— Não é tão fácil...

— Complicado que não é. Você só precisa colocar para fora a Beta que existe em você.

— Será?

— Ele tem razão. — James concordou. — Claire vai ser uma boba se não enxergar isso.

— Obrigada meninos, eu estava mesmo precisando ouvir isso.

James amarrou uma echarpe lilás elegantemente em torno do pescoço da Beta e sorriu quando afirmou:

— Esse ficou lindo em você.

Os três seguiram entrando mais a fundo do mercado popular e bastante movimentado. Nele, havia muitas tendas vendendo de tudo um pouco, desde pescados frescos, artigos em pele de grandes felinos, tecidos coloridos, enfeites simples em madeira e outros mais sofisticados, de ouro com pedras preciosas. Muitas lembranças da cidadela e outros produtos do artesanato local. A grande variedade de itens fazia do mercado o melhor destino para viajantes que queriam encontrar um pouco de tudo no mesmo lugar. James sentiu-se em um mundo totalmente novo, entre uma diversidade de coisas pouco familiares, mas que de certa forma o atraiu bastante.

— Melhor a gente ir. — Comunicou Thomas. — Daqui a pouco o capitão aparece com toda a tripulação te procurando.

Os três seguiram para a estalagem que sempre costumavam ir quando ancoravam em Chenbuk. De longe, podia-se ouvir a algazarra dos clientes bêbados dentro da taverna. Por fora, o local era uma grande construção com vários andares, que oferecia quartos para que os viajantes pudessem descansar mediante o pagamento de uma taxa diária. No térreo, havia um grande salão iluminado por velas e várias tochas, com longas mesas de madeira ocupadas não somente por viajantes, mas também por moradores locais. O espaço tinha um forte cheiro de curry e, ainda, dos vários tipos de bebidas que ali eram servidas.

A maioria dos bucaneiros estava por ali, espalhados pelas mesas, enquanto aguardavam serem servidos. Avistando Noah sentado sozinho em uma das mesas, os três aproximaram-se dele e ocuparam os lugares vazios.

— Onde está o Sebastian? — Daphne perguntou.

— Saiu com Sven e seu irmão em busca de um entalhador. — Noah respondeu. — Agora que a perna está quase curada, Scott vai usar uma perna de pau.

Uma Ômega parou na mesa e, após receber os pedidos, ela se retirou para buscá-los. James lançou os olhos pelo local admirando a arquitetura, enquanto esperava a Ômega trazer as bebidas. No canto esquerdo que dava acesso ao estoque, ele viu algo que chamou sua atenção. Conrad estava conversando com um Ômega moreno. Eles pareciam estar discutindo.

— Noah, você sabe quem é aquele que está falando com o Conrad?

O Alfa franziu o cenho curioso e, quando olhou na direção em que James apontou, sua expressão mudou de curioso para colérico.

— Maldito desgraçado! — O contramestre socou a mesa e voltou a atenção para o loiro: — Foi ele que traiu o capitão.

James encarou o contramestre e arqueou as sobrancelhas completamente surpreso. Ele olhou novamente na direção em que o capitão Conrad estava com o outro Ômega se perguntando sobre o que aqueles dois poderiam estar conversando.

Todos os que estavam no interior do bar presenciaram Conrad agarrar o braço de um dos Ômegas que servia as mesas e arrastá-lo com violência para os fundos do estabelecimento. Mas ninguém nada fez para ajudá-lo. O Ômega em questão sentiu uma forte dor nas costas quando foi jogado com agressividade contra a parede, no beco atrás da taverna.

— Se arrependeu o caralho! — Conrad rosnou, e o Ômega encolheu-se ainda mais.

— Me arrependi! Eu juro! — Max choramingou sentindo o aperto nos braços. — Ai! Você vai quebrar meus braços!

— Eu deveria quebrar seu pescoço.

— Eu não queria fazer isso, *eeeeu*... fui obrigado. Por favor?! Tá machucando!

Conrad lançou-o contra um monte de lixo que os funcionários da taverna jogavam ali para ser incinerado. Max levantou-se com dificuldade massageando os braços doloridos.

— Eu deveria matá-lo.

— Se serve de algum consolo, não recebi nem uma única moeda pelo que fiz. Ele também me traiu. Passei dias trancado naquele porão nojento com a tripulação fazendo coisas horríveis comigo. Já paguei muito caro, Conrad, por favor não me mate.

— De quem você está falando?

— Dele, é claro, o capitão Paul Bloodthirsty.

— Ele está morto. Não acredito em você.

— Você pode não acreditar, mas ele está bem vivo e sabe que você não morreu. Ele o quer de volta, está procurando pelo Cisne Negro.

"Mais mentiras", Conrad pensou consigo mesmo.

Na ausência de resposta, Max continuou:

— Ele esteve aqui há oito meses.

— E para onde ele foi?

— Não sei bem, mas ouvi rumores de que desbravaria o Mar Tenebroso. — Conrad permaneceu em silêncio ponderando sobre as chances de encontrá-lo. — Você ficou bem mais forte, em todos os sentidos, não é o mesmo de cinco anos atrás... Mas e, então, te dei essas informações, você vai me matar assim mesmo?

Conrad encarou-o sério. Max não significava mais nada para ele, sempre sentiu vontade de se vingar pela traição, sonhava com a chance de encontrar o maldito Ômega e rasgar sua garganta bem lentamente. Quase foi executado por causa dele. Mas, agora que finalmente o encontrou, toda a raiva que sentiu um dia já não existia mais e, sabendo do sofrimento que o Ômega passou nas mãos de Bloodthirsty, decidiu poupar sua vida, já havia recebido seu castigo.

— Não entre no meu caminho. — Conrad avisou passando por ele e entrando na taverna novamente.

Na mesa, todos pareciam distraídos, enquanto bebiam e conversavam alegremente. Apenas James que ainda olhava para a direção de onde o capitão havia saído com o Ômega. Quando Conrad reapareceu, respirou aliviado ao passo que ele se aproximava.

— Thomas, o quanto você conhece sobre o Mar Tenebroso? — Conrad perguntou.

— Pouca coisa... sei que é bastante turbulento, cheio de tempestades, monstros e criaturas estranhas. Também dizem que há um enorme penhasco, que já levou inúmeras embarcações ao abismo profundo.

Max surgiu pela porta dos fundos um tempo depois sendo repreendido pelo dono da taverna. Ele pegou uma bandeja com algumas bebidas e voltou a servir os clientes.

— Você não o matou? — Noah questionou surpreso. — Mas que merda, capitão! Deveria pelo menos ter dado uma boa lição nele.

— Ele já foi castigado o suficiente.

— Não por você, que foi o traído na coisa toda.

— Max não significa nada para mim e não vou perder meu tempo com ele agora. — Conrad virou-se para o navegador: — Quero que me mostre nos mapas todos os pontos que você conhece.

O Beta assentiu e levantou-se sendo acompanhado pelo capitão para um dos quartos. James ainda estava calado observando o contramestre murmurar irritado com o quanto o capitão havia amolecido e que, se fosse em outra época, teria feito Max pagar caro pelo que fez.

— Vão querer mais alguma coisa? — A voz do Ômega em questão fez Noah levantar em um sobressalto cheio de ira.

— Vou. Quero esganar esse seu pescocinho cheio de veneno!

O Ômega tomou um susto e voltou alguns passos. Quando ergueu o olhar e viu de quem se tratava, ele sorriu curvando os ombros.

— Oi, Noah. Há quanto tempo, não?

— Seu pequeno maldito infeliz! Filho de uma meretriz…

— Tá, já sei. — Max interrompeu-o. — *Você me odeia, quer me matar...* — Disse tentando imitar a voz de Noah. — Mas, veja, são mágoas passadas. O próprio capitão me absolveu.

— Mas eu não.

Max suspirou largando a bandeja em cima de uma mesa e fazendo bico com seu olhar prostrado em falsa lamentação.

— Tudo bem, vá em frente. Vingue-se por ele. O que posso fazer contra um Alfa do seu tamanho? Pode me bater, só não me mate por favor.

Noah olhou para o Ômega, magro e com os ombros encolhidos. Por mais que sentisse muita raiva daquele rapaz, não seria capaz de agredi-lo tanto quanto sua raiva desejava.

— Maldito! — Noah rugiu saindo com ira e descontando nas cadeiras e mesas pelo caminho.

Assim que o Alfa sumiu de suas vistas, Max sorriu vitorioso pensando no quão fácil era enganar um Alfa, apenas ao se fazer de pobre coitado e indefeso.

— Noah, espera! — James levantou-se para ir atrás do Alfa, mas parou ao ouvir a voz de Max:

— Oh... Você é o namoradinho dele? Que houve com o médico, morreu?

— O Sebby está muito bem. E não, não sou namorado do Noah. Somos amigos.

— Ah... — Max cruzou os braços examinando o outro Ômega dos pés à cabeça. — Acho que não o conheço. Ainda não fomos apresentados. Sou Max, ex-namorado do capitão Conrad, e você quem é?

— James Conrad. — O Ômega revelou com firmeza, com orgulho de tomar aquele sobrenome para si.

O sorriso no rosto do outro Ômega era falso. Ele estudou o loiro a sua frente, era bastante bonito, não podia negar. Mas parecia bastante novo, logo não possuía experiência, e Max viu ali a oportunidade perfeita para entrar na mente dele. Embora não tivesse nada contra James, seria hilário provocá-lo nem que fosse um pouco.

— Ah, você é o novo Ômegazinho do capitão. Sabia que fui o primeiro amor da vida dele? Eu tinha mais ou menos sua idade.

— Sei muito bem quem você é. Um traidor repugnante.

Max fez sua experiente cara de inocente levando uma mão até o peito.

— Você é um Ômega, deveria entender mais do que qualquer outro o quanto sofremos nas mãos de Alfas opressores.

— Suas mentiras e caretas de ofensas baratas não vão funcionar comigo. — James cruzou os braços e sentenciou: — Sou melhor nisso do que você. Fique longe do Conrad.

A expressão de Max mudou na mesma hora de surpresa para um riso debochado.

— Cuidado, bebê, ciúme mata.

— Não, o que mata é isso aqui. — James puxou o punhal que o capitão lhe dera e manuseou-o calmamente. Max engoliu em seco dando mais um passo para trás. — E, se você cogitar em fazer algum mal contra o *meu* Alfa, vou fazê-lo desejar a morte.

James estava falando sério, mas seu timbre doce e calmo e a aparência angelical fizeram com que Max apostasse que ele não seria capaz de matar uma mosca.

— Você se parece comigo quando tinha sua idade. Eu também era assim, a *cadelinha* do capitão.

A resposta foi tão rápida que Max só percebeu o que havia acontecido quando se recuperou. James esbofeteou-o tão fortemente que o fez cair para o lado da mesa. Chocado, Max levou a mão trêmula à face que ardia avermelhada com a marca da mão de James. Deixando-se levar pela aparência, só agora Max percebeu o quão pesada era a mão de um Ômega lúpus.

— Não me compare a você, traidor. Fique longe do Conrad, está avisado. — James girou nos calcanhares e deixou Max massageando a bochecha.

"Você não me conhece, garoto", Max murmurou para si mesmo. Bastante enraivecido, ele pensou em um jeito de se vingar do tapa que recebeu, mas pouca coisa podia fazer contra um Ômega lúpus quando ele próprio era apenas um comum. Mesmo sentindo a ardência no rosto, ele sorriu, pois havia conseguido provocar o mais novo. Talvez, se ele continuasse com suas provocações, conseguiria plantar a desconfiança no coração de James e mostrar para este que seu poder de sedução era tão grande que seria capaz de conquistar o capitão Conrad outra vez. Max viu-o descer as escadas conversando com o Beta navegador e aproximou-se como uma cobra sorrateira.

— Capitão. — Max chamou-o com voz suave. — Tenho mais informações sobre o Bloodthirsty, se quiser posso compartilhá-las com você.

— Por que você faria isso?

Max deu de ombros.

— Só quero me redimir.

Conrad estudou-o sabendo que suas intenções não eram boas. Pelos meses que passou se relacionando com aquele Ômega, Conrad o conhecia o bastante para saber que ele não fazia nada de graça. Principalmente se levado em conta o motivo que fez Max deixar a tripulação. Ele definitivamente não era confiável, mas precisava das informações. Caso o capitão percebesse o mínimo resquício de mentira, poderia ele mesmo cortar fora a língua do Ômega.

—Tudo bem. Esteja aqui quando a taverna fechar. Thomas, avise a tripulação.

Max evitou revirar os olhos mantendo sua expressão calma e sonsa. Ele queria ficar a sós com o capitão e, agora, teria de bancar o bonzinho na frente de todos. Mas não tinha problema, ele conseguiria... Enganaria todos como sempre fez. Era sua marca registrada. Estava tão feliz como não esteve em meses. Não imaginava o quão sortudo ele era. Conseguiu encontrar o capitão outra vez, era sua chance de se reerguer e sair daquela vida miserável. Com certeza o Alfa havia feito grandes saques, e aquilo seria sua porta de entrada para uma vida mais digna. Talvez esse comportamento não o tornasse um santo, mas foi desse jeito que o Ômega conseguiu sobreviver sozinho no mundo.

Max foi abandonado na porta de uma igreja assim que seus pais descobriram que seu filho era um Ômega, passou grande parte da infância passando por lares adotivos e sofrendo violência por parte daqueles que prometeram cuidar dele. Não mais suportando todo aquele sofrimento sem fim, o Ômega decidiu viver sozinho e, perambulando pelas ruas, passou fome e frio, até conseguir uma carona para a Ilha de Nabuco e ser recrutado por uma Alfa para trabalhar na taverna, vendendo o próprio corpo. E foi quando ele conheceu o capitão Conrad, na época, um simples bucaneiro pertencente à tripulação do terrível Paul Bloodthirsty.

Max era um Ômega muito belo, seria fácil seduzir o capitão Conrad novamente, em sua opinião. Mas, para isso, precisava de uma roupa nova e alguns acessórios e, claro, ele merecia alguns mimos. Trocou o avental de trabalho por uma bolsa e saiu até o mercado para fazer suas compras. Coincidência ou não, ele encontrou James conversando com Sebastian e um Alfa já conhecido que andava mancando, com uma perna de pau. Assim que se aproximou, ouviu pouco sobre a conversa deles:

— Com o tempo você se acostuma. — Sven animou o irmão.

— Nossa, Scott, o que houve com sua perna? — Max chegou, já se intrometendo na conversa.

— Não é da sua conta, chispa daqui.

— Grosso. — O Ômega revirou os olhos. — Teria sido melhor se tivesse morrido.

— Max, sai daqui. — Sebastian falou sem paciência. — Vai procurar o que fazer antes que Conrad te veja dando sopa por aí e dê o que você merece.

— Meu queridinho, já nos encontramos. Inclusive, marcamos de nos ver hoje à noite quando o bar fechar.

— Como é?! — James indagou.

Max sorriu erguendo uma sobrancelha.

— É isso mesmo que você ouviu. — Com o nariz em pé, ele voltou a atenção para Sebastian. — O capitão não conseguiu se vingar de mim, na verdade ele nem me encostou um dedo sequer. Deve ter se lembrado dos momentos bons que tivemos. Sentiu falta de ter um Ômega de verdade em sua cama…

Max parou de falar quando James avançou contra ele, mas o Beta se colocou entre ambos.

— Não caia nas provocações dele.

— Não são provocações, e você sabe disso, Sebastian. São apenas fatos. Pintei bolinha com o capitão, fiz ele se apaixonar por mim, coitado. Fui o primeiro amor da vida dele, e todos sabem que ninguém esquece o primeiro amor. Mesmo com esse daí, ele ainda não conseguiu me tirar da memória, me viu e já quer me foder. Vou levar uma coleira preta para combinar com as roupas negras...

Sebastian não conseguiu conter o lúpus quando este se desvencilhou de seus braços e avançou contra o outro Ômega. Max não esperava ter o corpo lançado para trás quando James se jogou contra ele. Max gritava tentando se defender como pôde, enquanto James segurava fortemente seu cabelo e desferia golpes em seu rosto.

— Céus! — Sebastian exclamou, e um círculo de curiosos formou-se ao redor dos Ômegas, que brigavam no meio da rua. — Sven, para de rir e ajuda a separar!

— O quê? Deixe-o apanhar. Quebra a cara dele, James! Isso! Uma de esquerda agora!

Max choramingava com gritos e pedidos de socorro, mas ninguém teve coragem de se aproximar do lúpus raivoso. Ainda mais quando ele estava com seus olhos em tom prata e sacara um punhal, erguendo-o para apunhalar o peito de Max. Sebastian, que tentava tirar James de cima deste, interceptou o golpe antes que o lúpus conseguisse acertá-lo. Ele agarrou o pulso que segurava a lâmina a poucos centímetros do peito de Max.

— Sven, se não me ajudar agora mesmo, o próximo a apanhar vai ser você!

— *Tsc*, mas que merda! — O Alfa revirou os olhos ao mesmo tempo que o médico retirava James de cima do Ômega.

Max estava completamente machucado. O rosto começava a inchar, estava ferido nos lábios e no nariz, e o sangue escorria de alguns pontos. Com dificuldade, ele se levantou, correu tropeçando pelos cantos e fugiu esbarrando nos curiosos que se amontoaram por ali.

— James, se acalma. É exatamente isso o que ele quer! Que você perca o controle. — Sebastian articulou. O Ômega ainda respirava pesadamente e o sangue circulava em seu corpo como a lava de um vulcão. — Entendo que você é bastante jovem e, pela criação que teve, não conhece muito da vida, é normal que se sinta inseguro, mas o Conrad ama você...

— Sei que ele me ama, Sebby! E não me sinto inseguro. — James puxou os braços de Sven que ainda o seguravam e guardou o punhal. — O que me irritou foi aquele babaca ficar falando do Conrad daquele jeito. Ele o fez sofrer e ainda fica zombando dele! Que ódio! Maldito! Quero matar ele!

— James, acalme-se! Respira fundo. — Aos poucos, a respiração do Ômega foi se normalizando, e ele ficou calmo novamente. — Garoto? Concordo com Sven que esses foram tapas muito bem merecidos, mas não manche sua alma matando aquela peste. Faça melhor. Mostre a ele que nada que ele diga te afeta e, muito menos, o Conrad. Mostre o quanto vocês dois estão ótimos juntos e que ele foi apenas uma simples farpa que espetou o dedo do meu irmão, mas que já foi jogado no lixo há muito tempo.

James assentiu, e eles se encontraram com Thomas, que os informou melhor sobre a reunião contada de mau jeito por Max.

Arctus
Buhla
Nidras
Mediterrâneo

Capítulo 11

Quando a noite chegou, o movimento dentro do bar aumentou ainda mais. Muitos Alfas que não tinham dinheiro suficiente para pagar um profissional do sexo tentavam aquecer seus corpos com o calor das bebidas alcoólicas. Apenas quando a maioria já havia ido embora, os membros da tripulação reuniram-se em algumas mesas próximas. Não todos, pois alguns acabaram se embebedando e não se encontravam em condições de estarem em uma reunião. Muitos dos clientes eram também hóspedes do lugar, desse modo não era possível expulsá-los com o fechamento do bar. Max estava com um véu cobrindo parte da face deixando apenas os olhos de fora. E, quando viu que James não estava presente, logo tratou de se sentar de frente para Conrad e retirar o tecido que escondia seus machucados e hematomas.

— Nossa, o que aconteceu com seu rosto? — Thomas questionou sem disfarçar a cara de riso já sabendo o que havia acontecido.

— Posso falar logo de uma vez? — Max indagou fingindo voz de choro, para que o capitão ficasse com pena. — Só quero voltar para meu cantinho e me esquecer dessa agressão covarde.

— Não teve nada de covarde, James também é um Ômega. — Disse Sven.

— Um lúpus. — Max acrescentou. — Você esqueceu esse detalhe, ele tem mais força do que eu.

— Para de drama Max, todos já sabemos que você mereceu. — Sebastian disse já sem paciência.

— Sem falar que James ainda vivia sob as asas do pai até praticamente ontem, gente. É um neném. — Claire ajudou. — E você, pelo que sei, não passa de uma ratazana velha que já passou pelos piores esgotos do mundo.

— Se fosse eu, teria rasgado a garganta dele. — Yerik disse calmamente.

— Não vim aqui para ser humilhado. — Max levantou-se fazendo drama. Ele não estava sentido por falarem com ele daquele jeito, já lhe falaram coisas piores. Sua intenção era apenas que o capitão o defendesse.

— Sente-se. — John ordenou friamente. — Deixem ele falar de uma vez.

Todos se calaram e deixaram que Max contasse tudo o que sabia sobre Paul Bloodthirsty e sua tripulação. Não foi bem uma defesa, mas Conrad estava ali por causa dele e mandou que todos se calassem apenas para ouvi-lo falar. Max respirou fundo com um sorriso de vitória no rosto e, quando abriu a boca para falar, o olhar do capitão desviou-se ao ver James descer as escadas. Assim como Conrad, a tripulação também observou o Ômega descer cada degrau, aproximar-se e sentar de lado no colo do capitão. Ele cruzou os braços no pescoço do Alfa ignorando totalmente a presença de Max, que estava com seus olhos em chamas.

— Conrad, estou cansado, vou dormir porque amanhã quero acordar bem disposto para comprar mais algumas coisas. — James falou com voz mansa. — Boa noite, meu amor.

Percebendo com o canto dos olhos que Max pretendia falar alguma coisa, Conrad ergueu a mão para que ele ficasse quieto. Ele abraçou o loiro pela cintura e o beijou. E não foi um simples beijo. Foi quente e demorado. Ninguém ousou interromper.

— Boa noite, meu coração. Daqui a pouco eu subo. — John disse dando mais alguns beijinhos nos lábios do Ômega.

— Estou te esperando em nossa cama. — James abraçou o capitão uma última vez, levantou-se e deu um "tchauzinho" para Thomas, Sebastian e Daphne, que estavam sentados um ao lado do outro.

O silêncio permaneceu até que o Ômega lúpus subisse as escadas e entrasse em seu quarto.

— Caralho. — Claire articulou, abanando-se com uma das mãos. — Está quente aqui ou sou apenas eu?

Após esconder o rosto novamente por baixo do véu, Max engoliu o ódio tentando se lembrar das informações que tinha sobre Paul Bloodthirsty e sua apavorante tripulação.

Alguns dias haviam se passado e a tripulação do Cisne Negro permanecia na busca de alguma informação sobre um dos fragmentos. Era possível que as informações concedidas por Max fossem verdadeiras e, até mesmo, que ele soubesse sobre a localização de alguma parte do misterioso mapa, mas ninguém confiava nele o suficiente para fazer perguntas sobre isso. Sem falar que, após a noite da reunião, ele andou evitando todos.

Após a frota de navios da Marinha Real ancorar no porto do mesmo Reino em que o Cisne Negro se encontrava, com o total de quatro embarcações, os marinheiros foram alojados em albergues simples, enquanto os oficiais se acomodaram nas melhores instalações da cidade. Jean ganhou um quarto só para ele, para que as pessoas não falassem de sua honra, mas Victor fez questão de ficar em um quarto ao lado do dele.

— Já que em breve voltarei para Gaeul, gostaria de pelo menos levar algumas lembranças de Nidras. — O Ômega disse, enquanto fazia seu desjejum na companhia dos oficiais. — Já que é o senhor que está no comando, sr. Roy, eu gostaria de ter sua permissão para sair e conhecer o mercado.

— Claro, Jean. — O comodoro respondeu com um sorriso. — Mas deverá ser escoltado para sua própria segurança.

— Eu o levarei. — Como era de se esperar, o caçador ofereceu-se.

— Certo. — Roy confirmou, e seu amigo Derin não disfarçou o incômodo, ao sair do salão quase levando algumas cadeiras junto.

Um pouco mais tarde, enquanto caminhavam pelas ruas, Jean encontrou uma tenda onde uma senhora vendia flores. Sentiu o cheiro de jasmim e logo se lembrou de James.

— Sinto tanta falta do meu irmão.

— Logo vocês vão se ver.

— Espero que sim. — Jean olhou para o Alfa e sorriu, seu olhar desceu para algo que ele carregava sobre o peito e só agora pôde ser visto, porque ele estava com a camisa desabotoada. Jean franziu o cenho, curioso. — O que é isso, sr. Oh?

— Não precisa me chamar assim, não sou *Senhor* de nada... foi minha mãe que me deu, pediu para que eu guardasse com cuidado, mas tenho certeza que pertenceu ao estrume do meu pai. Deveria ter me livrado disso há muito tempo.

— É uma lua? É muito bonito.

O Alfa acionou um botão em seu pingente, e mais três luas, cada uma em sua fase particular, surgiram formando um círculo maior.

— A lua e suas quatro faces.

Jean olhou encantado para o objeto pendurado no pescoço do Alfa. Nunca tinha visto algo tão bonito quanto aquela joia. Com a prévia autorização do caçador, Jean tocou no objeto e passou os dedos sobre o formato do pingente de prata. Aquele objeto deixou o garoto tão encantado que ele se esqueceu completamente de que estava no meio de um passeio e voltou toda sua atenção apenas ao objeto pendurado no pescoço do Alfa.

Do outro lado da rua estava James, que, após sair em companhia de Thomas e Daphne, perdeu-se de ambos pelas ruas tão parecidas do grande mercado. Não fazia ideia de que, a poucos metros de onde estava, seu querido irmão mais novo estudava cheio de encanto um lindo objeto. Os irmãos, que foram violentamente separados há meses desde o assalto do Cisne Negro ao galeão da Marinha, sempre mantiveram seus corações na esperança de se encontrarem novamente. Mesmo com o passar do tempo e com as diversas situações assustadoras pelas quais passaram, os Ômegas nunca deixaram de pensar e de se preocupar um com o outro.

Em todos os momentos terríveis, desejaram fortemente poder segurar a mão um do outro, mas, ao invés disso, tiveram de que lidar com a saudade que, a cada dia que se passava, apertava ainda mais. Mas eles tinham certeza de que um dia se reencontrariam, disso nunca duvidaram. Só não imaginavam que esse dia havia chegado.

Quando James se virou para seguir seu caminho, viu um casal do outro lado e de frente um para o outro. Seus olhos, naturalmente pequenos, abriram-se quando ele viu que o garoto loiro ao lado do Alfa era seu irmão, Jean. Seus batimentos aceleraram à medida que ele atravessava a rua caminhando na direção em que o mais novo estava. Se seus olhos poderiam tê-lo enganado, o olfato deu-lhe a única certeza de que precisava quando o aroma de lavanda, o doce cheiro de seu irmão, foi captado por James.

— Jean... — O Ômega ouviu uma voz conhecida e franziu o cenho, quando olhou para trás, viu seu irmão parado a apenas alguns passos.

Por um momento, Jean pensou que estava vendo coisas, que era apenas uma ilusão provocada por sua cabeça, pelo fato de ter sentido o cheiro de jasmim em uma floricultura momentos atrás. Porém, assim que viu o sorriso de James aumentar, o mais novo correu ao encontro dele ignorando o Alfa ao seu lado.

— James! — Os Ômegas abraçaram-se fortemente, com o desejo de suprir naquele momento toda a saudade que sentiam um do outro. — Me perdoa, me perdoa, por favor!

— Senti tanto sua falta. — James acolheu o irmão retribuindo seu abraço com força.

— Por que está pedindo perdão? — O mais velho segurou o rosto de Jean com ambas as mãos. — Por que pede perdão, meu pequeno?

— Porque fui um covarde que não fiz nada quando você foi levado.

Ambos estavam chorando, mas, em vez de secar as próprias lágrimas, James passou os dedos suavemente pelas bochechas úmidas do irmão.

— Não fale coisas bobas! — O repreendeu como sempre fazia. Jean sorriu, sentia falta até mesmo das censuras do irmão mais velho. — Não se desculpe por isso, faria aquilo quantas vezes fosse preciso. Sempre vou te proteger! Mas o *q*...

James parou de falar quando sentiu o cano gelado de uma pistola ser pressionado contra sua têmpora. Levou uma de suas mãos ao cabo do punhal, mas chegou tarde demais.

— Tire sua mão daí. — Victor ordenou, e o Ômega lúpus ergueu as mãos. — Me acompanhe e não faça nenhuma gracinha. — Ele se virou para Jean: — E, se você fugir, aperto esse gatilho.

Victor agarrou o punhal de James e guardou-o sob sua posse. Ele puxou a faixa vermelha que rodeava sua cintura e amarrou as mãos do Ômega mais velho atrás das costas.

— Por favor, Victor, deixe-nos ir. — Jean suplicou tentando sensibilizar o lado humano do caçador.

— Quem é você? — James perguntou.

— Calem a boca. — Victor encostou a pistola nas costas de James. — Não chamem a atenção de ninguém. Andem.

Ao passarem pelas instalações onde a tripulação do Cisne Negro estava, James olhou para as janelas esperando ver algum deles e desejando desesperadamente poder gritar por ajuda. A única pessoa que o viu foi Max, e este sorriu ao vê-lo amarrado sendo conduzido forçadamente por um Alfa armado. As pessoas nas ruas já estavam acostumadas à cena corriqueira em que caçadores passavam com seus capturados, levando-os para as autoridades locais. Mas este não era o destino de Victor. Ele guiou os irmãos diretamente para onde estava alojado. Aproveitou que os oficiais estavam na casa do Imperador Tossif e, assim, não teve problemas ao subir com os Ômegas diretamente para seu quarto.

— Sei que você é uma pessoa boa. — Jean tentou mais uma vez. — Por favor, deixe-nos fugir.

— O que pretende? — James, sem saber ao certo o que estava acontecendo e como seu irmão estava com aquele desconhecido, voltou-se para o mais novo: — Quem é esse Alfa, Jean? E o que você está fazendo aqui com ele?

— Ele é um caçador, James. Nosso pai o contratou para encontrá-lo e levá-lo de volta para Gaeul.

O lúpus abriu a boca chocado, mas não articulou uma única palavra.

— Preciso fazer algumas coisas, mas volto logo. — Victor avisou. — E nada de gritos ou quem vai aparecer aqui são os oficiais da Marinha, e sei que vocês dois não gostam deles.

O Alfa saiu do quarto trancando a porta e deixando os irmãos sozinhos, por hora. James aguardou durante algum tempo até ter certeza de que o caçador realmente havia ido embora para pedir ao irmão que ele tentasse desatar os nós que prendiam suas mãos.

— Tá muito apertado. — Jean desistiu após passar vários minutos tentando desfazer o nó que o caçador fez com a faixa. — Desculpa, não consigo.

— Tudo bem.

— Ah! Seu aniversário! Pensei em você o dia todo e dormi em seu quarto para me sentir pertinho de você.

— Me dá um abraço! — James pediu emocionado. — Não consigo.

Jean sorriu e envolveu o irmão com seus braços, abraçando-o apertado.

— Tive tanto medo de nunca mais te ver. — Jean choramingou.

— Eu também. Aconteceram tantas coisas comigo…

James contou para seu irmão todas as aventuras pelas quais ele havia passado. Desde a última vez que o viu até o presente momento.

— Como eles são? Os piratas.

— Como sempre te falei, são bárbaros e cruéis. Vi coisas que... — James lembrou-se do homem crucificado no Forte de Nabuco, os Ômegas presos no quarto de Barba-Ruiva, os que seriam vendidos no leilão e *etcetera*. — ... mas também há Alfas e Betas bons, como o capitão Conrad e sua tripulação.

— Não sei não, James. Aquele Alfa da cicatriz me pareceu muito mau.

— Ah, ele me dá medo às vezes, também. — James confessou. — Mas é apenas o jeitinho dele.

— *Jeitinho*? Tive pesadelos com ele.

— É sério, depois que você conhece cada um deles, percebe como são de verdade. — Jean deu de ombros, mas para ele o Alfa da cicatriz ainda era muito assustador. — E esse tal caçador, ele não te fez nenhum mal, não é?

— Não, não. Ele me protegeu do tenente Derin.

— Acho que sei quem ele é. Amigo do comodoro? — O mais novo assentiu. — Por que ele precisou proteger você do tenente?

— Nosso pai o escolheu para ser meu noivo. Ele tentou tomar meu corpo quando estive no galeão procurando por você... — Foi doloroso para o mais novo lembrar-se dos terríveis momentos que passou nas mãos do tenente, mas, quando notou o semblante chocado do irmão, Jean apressou-se em explicar: — Mas estou bem, ele não conseguiu... e, então, o Victor vem me protegendo esse tempo todo.

— Nosso pai sabe disso?

— Não. Aconteceu no navio.

— Vou matar esse desgraçado! — James rosnou imaginando diversas formas de como torturar um Alfa. — Mas ainda não entendi como nosso pai deixou você viajar sozinho no meio de tantos Alfas.

— Então... — Jean sorriu amarelo. — Ele não sabe. Fugi para te encontrar e ficar com você. Mas agora vamos ser levados de volta…

James admirou o irmão em silêncio por um tempo. Jean sempre foi medroso e chorão. Mesmo que sua vontade de viver uma aventura fosse gigantesca, se um pirata batesse o pé no chão, Jean se encolhia todo. E, no entanto, estava ali. Havia fugido sozinho e estava disposto a continuar fugindo para levar uma vida livre, sem as obrigações matrimoniais impostas pelo pai.

— Não se preocupe, não voltaremos para Gaeul nem tão cedo.

— Mas como...?

— Vamos fugir daqui. Procura por uma garrafa de vidro, um espelho, qualquer coisa cortante.

Jean anuiu e levantou-se à procura de algum objeto que pudesse cortar as amarras do irmão. Ele vasculhou nas coisas do caçador, nas gavetas e nos baús. Mas Victor não deixou nada que pudesse ser utilizado como arma para trás. No banheiro, Jean encontrou um espelho sobre a pia.

— Pega aquele castiçal, enrola um pano para não fazer barulho e joga nele. Mas fica longe para não se machucar. — James instruiu-o, e Jean fez assim como o irmão o havia orientado.

O barulho do vidro se quebrando foi abafado pelo tecido de uma roupa e, com cuidado, Jean pegou um dos pedaços que se espalharam pelo chão. James virou de costas, e o mais novo começou a cortar o pano como podia. Assim que a porta foi aberta, ele se assustou e deixou o caco de vidro cair no colchão.

— Que estão fazendo? — O caçador perguntou olhando desconfiado.

— Nada. Nadinha. Só conversando sobre coisas de irmãos. — O mais jovem disse tentando disfarçar. Victor estudou o Ômega lúpus, que a essa altura já havia escondido o pedaço de vidro entre as mãos. — Já vai nos levar de volta?

— Não. Ainda falta matar o capitão Conrad.

Mesmo sabendo que era esse o trabalho do caçador, Jean não pôde deixar de encará-lo com espanto em seus olhos. Já seu irmão começou a rir alto.

— James?!

— O quê? Ué, foi engraçado. — Deu de ombros. — Esse palhaço realmente acha que vai conseguir matar o capitão.

Victor ergueu os olhos para encará-lo, e Jean temeu que ele pudesse fazer algo contra seu irmão quando este se aproximou de ambos. O Alfa curvou o corpo até ter o rosto próximo ao do lúpus. Havia um pequeno sorriso em seu rosto.

— Não só vou matar como entregarei o resto do corpo dele aos cães. Porque seu papai só quer a cabeça. — Instintivamente, Victor fechou os olhos quando James cuspiu em seu rosto. Com paciência, o caçador passou a mão no rosto e limpou-o. — O comodoro vai ficar muito feliz em vê-lo.

Já sem nenhum traço do sorriso de alguns segundos atrás, Victor agarrou o braço de James e levou-o para fora do quarto. Jean tentou ir atrás, mas a porta foi trancada antes que ele pudesse sair. Victor bateu na porta do comodoro e, assim que o oficial a abriu, o caçador não esperou empurrando o Ômega para dentro. Roy olhou para James, que caiu de joelhos no chão de seu quarto, e novamente para o caçador, sem entender.

— Aí está seu Ômega. — O caçador informou, logo voltando para seu próprio quarto.

Roy ficou aturdido por alguns segundos, mas em seguida fechou a porta e virou-se para encarar James, que já estava de pé. Ele se aproximou do Ômega e o atingiu com um tapa no rosto, fazendo-o tropeçar para o lado.

— Isto foi por ter quebrado um vaso na minha cabeça.

— Pena que foi o vaso que quebrou. — James lamentou, agora com uma das maçãs do rosto avermelhada. — Onde está sua dignidade, comodoro? Mesmo depois de tudo ainda cruza oceanos atrás de mim.

— Como se eu quisesse me casar com um Ômega desonrado. Seu pai ameaçou tomar minha posição na Marinha se não me casar com você.

— E você é um grande covarde que não sabe se impor.

— Pense o que quiser, James. Seu pai é poderoso o suficiente para acabar comigo. Você é belo, posso me casar com você, mesmo que não seja mais puro, ainda vou sair lucrando tendo você como meu esposo. Isso se não pegou nenhuma doença com aquele pirata. — James tentou chutá-lo no meio das pernas, mas o comodoro agarrou seu joelho. — Agora estou preparado.

— Pode conseguir um outro emprego. — O Ômega sugeriu. — Talvez possa trabalhar testando a durabilidade dos vasos usando sua cabeça.

— Eu poderia até soltá-lo, mas só por causa dessa gracinha você vai permanecer assim. — James deu de ombros sem se importar. — Por que não se salva agora, *hm*? *Hum*... Vou contar a bela novidade ao Derin.

Assim que o Alfa saiu do quarto, James moveu o pedaço do espelho com cuidado e, na tentativa de terminar de cortar o tecido que o prendia, machucou as mãos com as extremidades do vidro.

Enquanto isso, no quarto ao lado, Jean estava sentado de costas para o caçador, em um ato de protesto, depois de ter insistido para Victor ajudá-lo, quando este voltou ao cômodo, e ter seu pedido negado friamente. A princípio Victor não se importou, até achou fofa aquela atitude. E o deixaria quieto em seu pequeno momento de fúria, mas reparou que algumas coisas estavam fora do lugar.

— Você mexeu nas minhas coisas? — Victor indagou, mas Jean não respondeu. — Lembra-se de quando falei que minha paciência é quase inexistente?

— *Hum, humhum... Hum, hum, humhum...* — O Ômega começou a cantarolar ainda o ignorando.

— O mar não é lugar para Ômegas.

— O lugar de um Ômega é onde ele quiser. O James estava feliz com o capitão Conrad. — Jean estava tão chateado que não se atentou ao que estava falando. — Eles se apaixonaram e estavam caçando o *Imperium* juntos. Mas você tinha *q*...

— *Imperium*?

— O tesouro do Francis Bonny, nunca ouviu falar?

— Já... mas sobre caçar o *Imperium,* isso é mentira. Ninguém jamais conseguiu decifrar um fragmento sequer.

— Mas acontece que o James é um Ômega lúpus, o único que consegue ler as runas.

— Espera um instante. — Victor saiu do cômodo deixando um Ômega confuso para trás.

E, quando ele entrou no quarto do comodoro, quem se encontrou confuso foi ele quando viu James livre de suas amarras.

— Larga esse vidro. — O Alfa ordenou, mas seu tom era calmo. James negou ficando em posição de defesa. — *Okay,* já sei como sua mente funciona, então vamos pular a parte em que pego minha espada e vou até seu irmãozinho e...

Victor parou de falar no mesmo instante em que James jogou o pedaço de espelho no chão.

— Muito bem, agora venha comigo. — James hesitou por um momento, mas, quando o viu entrar no quarto em que estava com Jean, ele correu para encontrar o irmão novamente.

— Ele te machucou? — James perguntou examinando o mais novo.

— Não, eu já te disse. Ele não faria nada para me machucar.

James olhou para o Alfa, sentindo-se um tolo por ter caído em sua manipulação. Victor foi até suas coisas e tirou de dentro um pedaço de pergaminho, abriu-o e mostrou para o lúpus.

— O que tem escrito aqui?

Aquele era de fato um dos fragmentos. As pupilas de James dilataram-se, assim como sempre acontecia quando lia uma daquelas escritas brilhantes.

— Nada.

Victor riu baixinho.

— Não precisa mentir, seu irmão já me contou.

James olhou para seu irmão, apenas para confirmar, e Jean murmurou a palavra com os lábios sem produzir som.

— Não entendo a escrita.

— Imaginei que não. É a língua morta de seus antepassados Ômega lúpus. Mas, como sabemos, você conseguiu traduzir as outras partes com ajuda dos livros.

— Por que está interessado nisso? Você não é um pirata.

— Não é no tesouro que estou interessado.

— É em quê, então?

Victor hesitou mudando de assunto.

— Vamos fazer uma visita à tripulação do Cisne Negro. Tenho uma proposta irrecusável para seu capitão.

Thomas e Daphne estavam loucos procurando James pelo mercado. No momento em que compravam as próprias coisas, o Ômega afastou-se tão encantado com os acessórios, que acabou se perdendo de ambos.

— Achou ele? — Thomas perguntou à mulher.

— Não.

— O capitão vai matar a gente e jogar nossos pedacinhos aos tubarões.

— Talvez tenha voltado para a hospedaria.

— Você acha?

— Só tem um jeito de saber…

Com os semblantes preocupados, mas cheios de esperança, eles voltaram para as estalagens da taverna. E, no momento em que chegaram, viram que a tripulação se encontrava alvoroçada.

— Sim, capitão, eu mesmo fui verificar. — Jared disse com tom de certeza. — São três galeões e uma nau.

— Ferrou... — Thomas cochichou para a Beta. Eles estavam ouvindo a conversa atrás de uma grossa coluna de madeira.

— Não subam as velas ainda, na certa eles não perceberam. Devem estar atrás do James, vamos ter de ir embora. Não chamem atenção. — O capitão anunciou se voltando em direção aos Betas que estavam escondidos e perguntou: — Onde está o James?

Sorrindo nervosos, Daphne e Thomas saíram de seu esconderijo.

— Ele... — Daphne começou, mas foi interrompida por Thomas.

— Está no mercado ainda.

— Sozinho? Vocês ficaram malucos? Voltem lá e o tragam de volta. Não é mais seguro que ele ande sozinho por aí.

Daphne puxou o navegador para o lado de fora.

— Por que você não contou a verdade?

— Você não viu a cara dele? Fiquei com medo… — Thomas revelou. — Vamos falar com Yerik, ele já foi um caçador, deve saber como encontrá-lo.

Sem outra opção, a Beta apenas concordou e seguiu-o.

No salão da taverna, Max aproveitou que não havia clientes para servir e colocou-se a limpar as mesas para concluir seu serviço mais cedo quando dois Betas surgiram o cercando.

— Jarsa quer as moedas dele, Ômega. — Um deles exigiu.

— Vou pagar.

— Quando?! — O outro Beta questionou dando um empurrão na mesa que o Ômega limpava.

— Não sei, não tenho o dinheiro agora, mas posso conseguir...

— Meu ovo que você vai conseguir. Já faz três meses, e nada das moedas.

— Parece que você vai ter que pagar de outro jeito.

Sem aviso, o Beta agarrou Max, enquanto o arrastava para os fundos da taverna.

— NÃO! — Max gritou tão alto que teve a sensação de que sua garganta havia se rasgado.

— O que vocês estão fazendo?! — Uma voz furiosa surgiu descendo as escadas. — Que merda é essa?

Scott desceu com cuidado, mancando em sua perna de pau, já com uma pistola em sua mão.

— Ele está nos devendo, já que não tem moedas vai pagar com o próprio corpo.

— Não! — O Ômega chorou desesperado. — Por favor, não!

— Tivesse pensado nisso antes de ter ido pedir fundos ao Jarsa.

— Não vai forçá-lo a isso. — Scott avisou.

— Não se mete, perna de pau.

Scott apontou a pistola em direção a eles e iniciou a contagem:

— Um... dois... — Antes que chegasse ao três, os dois Betas saíram em disparada fugindo para salvar suas vidas.

— Obrigado. — Max suspirou mais do que aliviado.

— Não fiz isso por você. O capitão não tolera estupros na tripulação e, se presencio um e não faço nada para impedir, é como se eu fosse cúmplice.

O Alfa expressou uma careta de dor e conteve um chiado, guardou a pistola, subiu as escadas com dificuldade e voltou para seu quarto mancando ainda mais. Poucos minutos depois, Max surgiu na porta do cômodo segurando uma pequena cumbuca.

— Chispa daqui. — O Alfa disse assim que o viu.

— Só vim agradecer o que fez por mim.

— Qual a parte do chispa daqui você não entendeu?

— Está sentindo dores em sua perna amputada, não é? — Mesmo com o olhar ameaçador do Alfa, Max insistiu. — O capitão Paul também sentia no braço em que ele perdeu a mão. Eu fazia massagens, e ele se sentia melhor. Deixe-me ajudá-lo.

— Apenas porque você de repente ficou muito bonzinho... — Scott balançou a cabeça rolando os olhos. — Sei bem como você é, seu putinho. Suma daqui.

— Você já foi forçado por vários Alfas no porão imundo de um navio durante dias? Porque eu já… e não suportaria se fizessem isso comigo de novo. Mas você não deixou isso acontecer e, acredite, estou muito grato. Deixe-me fazer isso.

Scott estudou a cumbuca na mão do Ômega, enquanto se encontrava parado no umbral. Com um gesto de cabeça, mandou que ele se aproximasse.

— Se você fizer qualquer merda que piore o estado dela, não importa que seja um Ômega, vou te bater tanto que você esquecerá quem é.

Max lembrou-se da surra que levou do Ômega sabendo que seria muito pior se fosse de um Alfa. Ele engoliu em seco.

— Mensagem recebida.

Scott estava sentado na cama e, com muito cuidado, ele retirou o encaixe da perna de madeira com uma expressão terrível de dor. O Ômega aproximou-se e sentou sobre os calcanhares diante do Alfa. A perna de Scott, mais precisamente o ponto que foi cauterizado, estava quase completamente cicatrizada, mas com uma aparência avermelhada devido ao uso da perna de pau.

— Nossa, você não acha que deveria deixar que se cure completamente antes de andar com essa coisa? — Max perguntou apontando para a perna de madeira.

— Você é médico por acaso? Sebastian disse que posso usar.

— Aposto que ele disse a você para não exagerar no uso da perna de madeira como tem feito. — Scott rosnou irritado, e o Ômega ergueu as mãos. — Tudo bem, você quem sabe. A perna é sua, ou o que sobrou dela…

— Faz logo essa merda!

— Está bem, calma... Não precisa gritar.

Max afundou a ponta dos dedos em uma mistura de ervas e espalhou pelas palmas. Com cuidado, o Ômega levou as mãos até a área amputada, e Scott grunhiu de dor assim que o rapaz fez contato com sua perna. Max encolheu-se, protegendo-se com os braços, já esperando pela agressão, mas Scott voltou a respirar profundamente e mandou que ele continuasse. À medida que Max movimentava suas mãos com bastante leveza pela área dolorida, a mistura ia penetrando na pele do pirata e o alívio começava a surgir.

Max estudou as expressões do Alfa, e este, mesmo alguns minutos após a aplicação da mistura em sua perna, já não estava sentindo tanta dor e respirava calmamente com o alívio recebido. Max colheu mais um pouco da mistura espalhada pelas palmas e, agora, moveu as mãos embebidas por óleo sobre a coxa do pirata, onde a dor se estendia um pouco mais acima. Ele deslizou as mãos para dentro da coxa e apertou suavemente. Max continuou a massagem fazendo círculos com as pontas dos dedos.

Scott respirou fundo, enquanto o Ômega continuava a deslizar as mãos na parte debaixo da coxa pressionando os músculos. O Alfa fechou os olhos, completamente perdido naquele bálsamo. As mãos de Max, ainda úmidas com o óleo feito a partir de algumas ervas e sementes, subiram um pouco mais e, enquanto apertava a coxa do pirata, seus olhos seguiram até o membro do Alfa, e então percebeu que ele estava com uma modesta ereção e parou a massagem.

Scott abriu os olhos confuso com a parada repentina e, quando notou que Max percebeu seu vacilo, ele o empurrou.

— Acabou. Agora pode ir. — Scott virou o rosto fingindo reparar alguma coisa em sua perna de madeira, mas na verdade ele estava constrangido e irritado consigo mesmo.

Mas o Ômega não saiu e observou Scott, pensando na reação do corpo dele. Ainda grato pelo que fez, Max resolveu contar o que tinha visto mais cedo pela janela.

— Vi um caçador levar o Ômega que está com o capitão.

— Não minta.

— Não estou. Também tinha um outro garoto de cabelo igualmente loiro.

Scott franziu o cenho e, neste ínterim, seu irmão apareceu na porta do quarto.

— Temos problemas. — Seus olhos seguiram até Max. — Que ele faz aqui?

— Ele disse que viu um caçador levar o James.

— Bom, então vamos descer porque é exatamente sobre isso que estamos discutindo lá embaixo.

O capitão rugiu de raiva quando Thomas e Daphne voltaram sem James. Yerik os fez contar para Conrad que o Ômega havia desaparecido.

— A Marinha está aqui, James desaparecido... O que mais de pior pode acontecer? — Indagou retórico.

— Max diz saber onde ele está. — Sven afirmou ajudando seu irmão a descer as escadas, com o Ômega logo atrás.

— E vocês acreditam nesse vadio mentiroso? — Claire indagou revirando os olhos.

— Ele disse que viu Victor Oh levar James e um garoto também loiro. Max não conhecia James, não sabia que ele tem um irmão.

— Como você sabe que esse caçador é o Victor? — Yerik perguntou desconfiado.

— E quem não conhece Victor Oh? O lendário caçador de recompensas.

— E não é que o miserável apareceu por essas bandas... — O espadachim riu pensativo.

— Você parece muito animado com isso. — Thomas constatou.

— Somos amigos.

— Seu amigo sequestrou o James.

— É o trabalho dele. — Yerik deu de ombros. — E o meu é trazer ele de volta.

— Você viu para onde ele os levou? — Conrad perguntou para o Ômega.

— Entraram no mesmo prédio em que os oficiais da Marinha estão hospedados.

Uma pequena comoção iniciou-se entre a tripulação, enquanto Yerik refletia sozinho sobre o cenário. O espadachim passou anos de sua vida como um caçador, até foi treinado no mesmo local que Victor e orientado por um mentor em comum. Sempre foram ensinados a pensar em todas as possibilidades e estar um passo à frente de seu inimigo. Apesar de vez ou outra prestarem serviços aos oficiais, os caçadores não possuíam um vínculo de lealdade com a Marinha e não confiavam integralmente nas forças armadas de Gaeul. Nesse caso, Yerik sabia que Victor usaria a situação a seu favor para obter alguma vantagem e não ser passado para trás pela Marinha.

— Vamos atacá-los. — Conrad afirmou. — Quero que coloquem aquela construção abaixo!

— Talvez tenhamos outras opções. — Yerik argumentou. — Victor é um caçador, sabe que não se pode confiar inteiramente na Marinha. Eles são corruptos.

— Aonde você quer chegar com isso? — Noah inquiriu.

— Se eu estivesse em seu lugar — Yerik explicou se referindo ao caçador —, buscaria analisar quais opções teria. Comprar uma briga com os piratas ou com a Marinha?

— Continue. — O capitão consentiu.

— Apesar de serem nossos principais alvos, não se pode negar que os caçadores e piratas têm muita coisa em comum. Ambos cometem crimes para atingir seus objetivos. — Yerik voltou à explicação. — Bom, o que quero dizer é que há uma chance do Victor nos procurar em busca de uma melhor proposta.

— Confesso que prefiro estar ao lado de um caçador do que de um cão sarnento da Marinha. — Billy cuspiu no chão. — O que vamos fazer, capitão?

— Se Yerik estiver certo, o caçador não vai querer fazer isso aqui na cidade, onde pode ser visto pelos oficias. — Conrad ponderou. — Voltemos ao Cisne Negro e, se o caçador não aparecer com meu Ômega, então pegamos nossas armas e invadiremos o albergue.

Quando a tripulação chegou ao Cisne Negro, tudo estava calmo à primeira vista. O navio encontrava-se estranhamente silencioso demais. Fazendo sinal para seguirem sorrateiros, Conrad foi o primeiro a cruzar a rampa e subir na embarcação. Ele levou a mão a sua arma e ergueu-a no segundo em que notou três silhuetas próximo ao mastro da proa. Noah foi o próximo, seguido de Yerik e dos demais. O espadachim estava certo em sua aposta, Victor de fato procurou a tripulação muito provavelmente em busca de um pagamento maior.

— Mas que demora, Shin Yerik. — O caçador comentou. James e Jean estavam sentados dividindo um caixote ao lado dele. — Ficou muito lerdo depois que se juntou a esses piratas.

— Ah, seu desgraçado. — O espadachim aproximou-se do caçador e cumprimentou-o com um aperto de mão. James olhou-o confuso, e Yerik sorriu acenando com a cabeça para que ele fosse para perto do capitão. — Pode ir.

James não pensou duas vezes, quando se levantou, e segurando na mão do irmão seguiu para perto de Conrad. Jean ainda olhou para trás e viu o caçador olhando para si.

— Você está bem? — Conrad perguntou, e James assentiu. Ele voltou sua atenção ao Alfa caçador. — O que veio fazer aqui?

— Vim oferecer minha ajuda para encontrar o *Imperium*.

Até mesmo Yerik olhou surpreso para ele.

— Como você sabe?

— Deram com a língua nos dentes. — Victor revelou olhando para Jean, e este abaixou a cabeça com as sobrancelhas curvadas.

— O que o faz pensar que precisamos de sua ajuda? — O contramestre perguntou.

— Ele tem uma parte do mapa. — James alertou-os.

— E nós, quatro. — Rowan afirmou. — Não precisamos dele. Podemos simplesmente matá-lo e tomar o fragmento.

— Cale a boca. — Yerik disse revirando os olhos.

— Vocês podem ter todas as sete partes do mapa, Conrad. — O caçador articulou. Ele puxou o pingente que usava em seu colar e exibiu a todos. — Mas, sem isso aqui, vocês não vão conseguir nada.

— O que é isso? — Yerik questionou.

— Era do meu pai. Minha mãe me entregou antes de morrer e pediu para que guardasse em segurança.

— E por que a bugiganga do teu pai pode ajudar? — Jared perguntou rindo.

— Porque sou filho de Francis Bonny.

Arctus
Buhla
Nidras
Mediterrâneo

Capítulo 12

— Você só pode estar brincando. — Billy concluiu em voz alta.

— Gostaria muito, afinal ser filho de um pirata é o pior que pode acontecer a alguém... Sem ofensa aos presentes.

— Mas e o que isso faz? — Ainda um pouco surpreso com a afirmação do caçador, Yerik questionou se referindo ao objeto.

— Ah, isso aqui? — Victor ergueu o pingente em forma de lua, e todos prostraram-se ansiosos para ouvir. — Não faço a menor ideia.

Os piratas começaram uma pequena agitação, decepcionados. Cada um com uma ideia diferente, e uma mais absurda do que a outra, acerca do que poderia ser aquilo.

— Mas você não gosta de piratas e quer se juntar à tripulação? — Jared levantou a questão tirando o foco do objeto e levando todos ao verdadeiro motivo de estarem ali.

— Não quero me juntar a vocês. Só estou propondo uma aliança por termos algo em comum, mas depois que tudo acabar você será o primeiro a quem irei caçar.

— Ora, seu...!

— Suponhamos que aceitemos você. — Conrad considerou interrompendo o protesto de Jared. — Por que seria mais útil levá-lo conosco em vez de simplesmente matar você e tomar o que carrega?

Victor abriu a boca para responder, mas James foi mais veloz:

— Não! Ele quer matar você. Foi o que ele disse. A missão dele é me levar de volta e entregar sua cabeça a meu pai. — James avisou-o com um semblante aflito e voltou-se para Victor: — Não é mesmo, caçador?

— Sim. — A sinceridade de Victor chocou o Ômega. — E respondendo sua pergunta, capitão Conrad, sou mais útil vivo ajudando contra a Marinha, pois passei semanas navegando com os oficiais e observando seu comportamento, do que morto.

— Confiar ou não, *eis a questão...* — Sebastian lançou a dúvida no ar.

— Eu confio. — A afirmação impressionante veio de quem menos esperava se impor. Até o momento, ninguém notou que aquele Ômega ainda estava ali, exceto por James que ainda segurava sua mão. Jean continuou: — Ele me protegeu contra a maldade do tenente Derin.

— *Ownn...* Alguém está apaixonado. — Yerik brincou, por ser o Ômega defendendo o caçador, e recebeu um olhar severo de James.

— Quem acha que devemos aceitá-lo? — Conrad perguntou, e a maioria ergueu a mão.

Todos ansiosos e com interesse apenas em encontrar o tesouro. Sendo Victor filho do próprio Francis Bonny e possuidor de uma relíquia deste, talvez fosse mais fácil encontrar o *Imperium*, afinal.

— Então está decidido.

— Mas Conrad... — James ainda tentou protestar, mas foi suavemente interrompido pelo capitão.

— Não se preocupe, meu bem, leve seu irmão à nossa cabine e fique com ele. — Hesitante, o Ômega chamou seu irmão e fez como o capitão sugeriu.

Victor saiu do lugar dando um passo na direção dos piratas, mas parou imediatamente quando eles sacaram suas pistolas de modo automático e apontaram para ele. O caçador sorriu erguendo as mãos e mostrando que suas intenções não eram mortais. Ele respirou fundo e começou com cuidado:

— Há um grande estoque de pólvora e bebidas nos três galeões e, também, na nau. Sabem aonde quero chegar, certo?

— *Kaboom!* — Billy imitou o que seria uma explosão.

A tripulação gritou e riu empolgada, e o maior sorriso de todos era o de Rowan.

— Depois eu que sou o sanguinário. — Yerik olhou para ele com um sorriso irônico.

— Rowan e Daphne, vocês cuidam disso. — Conrad escolheu mais alguns outros marujos para ajudá-los.

— Ah, o fragmento está na hospedagem. — Victor informou calmamente.

— Mas é um idiota mesmo. — Noah bateu a mão na testa.

— Depois nós é que somos burros. — Jared negou com a cabeça.

— Se vocês fossem me matar, pelo menos não ficariam com minha parte do mapa.

— Não vai com ele capitão, deve ser uma armadilha. — Sebastian pediu.

— Não vou, Sebby. Há outra coisa que pretendo fazer. — Conrad afirmou tranquilizando seu irmão. — Vou tomar a nau. Esta deve guardar a maioria das cargas lá, já que não possui muitos canhões.

— Sozinho!? — Conrad assentiu. — Leve Noah pelo menos.

— Tudo bem, Noah, vem comigo.

— Vou com o Victor. — Yerik afirmou. — A essa altura, eles já devem saber que James e o irmão foram levados.

— Organizem o porão para receber mais cargas. — Conrad indiciou. — E estejam de volta antes do amanhecer.

Alguns clientes bêbados foram praticamente enxotados pelo dono da taverna. Ele era um Alfa velho, resmungão e rígido quanto às regras e não permitia badernas em seu estabelecimento. Os únicos que podiam permanecer ali eram os clientes. Scott estava sentado em uma das mesas quando seu irmão chegou informando sobre os planos da tripulação.

— Partiremos antes do alvorecer. — Sven avisou subindo para seu quarto.

Os dois Betas de antes entraram no bar à procura do Ômega devedor. Max, assim que os viu, correu para ficar rente à mesa que Scott ocupava. Os Betas apenas o fuzilaram com um olhar ameaçador e retiraram-se do local não tendo coragem de enfrentar o Alfa.

Contudo, eles sabiam que Scott era um pirata e que, em breve, partiria deixando o Ômega livre para ser cobrado novamente. Max respirou aliviado, pelo menos por mais um dia ele estava livre daqueles Betas. Quando pensou em voltar ao serviço, sentiu uma mão agarrar seu pulso.

— Você tem mais daquela mistura? — O Alfa perguntou. Sua expressão dizia claramente que estava sentindo dor.

— Tenho, vou buscar. — Max saiu e logo retornou trazendo três tipos de ervas diferentes e mais outra coisa. — É uma mistura dessas três. Precisa fazer um óleo com essa semente aqui também.

— Precisa encontrar outro lugar para ficar. Vou partir ao amanhecer e aqueles Betas vão fazer o que quiserem com você.

— Não tenho para onde ir. O dono do bar me deixou trabalhar aqui em troca de comida e um teto. Ele não me paga.

— Eles vão machucá-lo.

O Ômega sentiu como se ocorresse uma tempestade de neve dentro dele. A velha conhecida sensação de repulsa, apenas de imaginar o que eles pretendiam fazer consigo. Ele engoliu em seco tentando controlar a angústia que já se antecipava.

— Vou ficar bem. Sou um sobrevivente, Scott. — Max disse com pouca convicção. O Alfa sabia que ele estava blefando, pois estava óbvio demais. — Você que deveria cuidar dessa perna antes que caia o que sobrou.

— Venha comigo.

— Para o Cisne Negro? — O Alfa assentiu. — Você ficou doido? Eles me odeiam, principalmente aquele Ômegazinho arrogante.

— Vou falar com o capitão.

— Por que está tão decidido a me ajudar? Você disse que não se importa comigo.

Scott travou fazendo a mesma pergunta a si mesmo. Por que se importava com aquele cara? Só porque ele fez desaparecer a lancinante dor em sua perna? Ou porque o aroma daquele Ômega atiçou seu lobo? Talvez fosse porque o Alfa queria sentir outra vez aquelas mãos suaves lhe proporcionando um alívio imenso.

— Não é por você. — Scott por fim respondeu. — Preciso de alguém para cuidar da minha perna.

— A tripulação tem um médico.

— Noah não vai permitir que o macho dele fique passando a mão nas minhas pernas.

Max estudou-o hesitante. Ele nunca mais entrou em um navio temendo o que poderiam fazer consigo, mas Scott o salvou duas vezes. Talvez suas intenções fossem realmente boas e, entre aquele Alfa e os Betas cobradores, Max não tinha dúvidas sobre quem escolheria.

— Tudo bem. Vou pegar minhas coisas.

— Ainda está aí? — Sven questionou descendo as escadas. — Se apresse, macho.

Scott assentiu e caminhou devagar até os degraus subindo até seu quarto. Ele estava exagerando no uso da perna de pau e, sempre que seu coto estava quase finalmente curado, o Alfa magoava a cicatriz com seus esforços supérfluos na tentativa de voltar a andar "normal". Ele juntou seus pertences e quando voltou quase caiu da escada, mas foi amparado pelo Ômega.

— Ai! Cuidado. É melhor tirar essa perna.

— Não. Vou assim mesmo.

— Você vai cair e é muito pesado para eu te amparar.

— Siga-me ou fique para trás. — Scott ignorou a dor e continuou andando a caminho da embarcação.

— Alfa teimoso dos infernos! — Max resmungou muito baixo e seguiu-o de perto.

Yerik seguia furtivo junto ao caçador, pelas sombras da cidade portuária. Havia muitos marinheiros pelas ruas, todos à procura dos irmãos Hae, assim como Yerik previu. Eles cercavam o prédio do albergue buscando uma abertura para entrarem sem serem vistos.

— Nunca imaginei que o lendário caçador Shin Yerik se tornaria pirata um dia.

— É, o mundo dá voltas. — Yerik reconheceu. — Mas você continua chupando as bolas do pessoal da Marinha e trabalhando para eles.

— Ócios do ofício... — Disse Victor rindo. — Veja, aquela janela está destrancada.

Sem serem vistos, os Alfas seguiram agachados e conseguiram adentrar no prédio onde a Marinha havia se hospedado. O quarto que invadiram foi justamente o do tenente Derin e, assim que abriram a porta que dava ao corredor, eles se depararam com o oficial.

— Parece que o universo conspira a favor dos bons. — O tenente sorriu perverso, e Victor puxou sua katana avançando para cima dele, que recuou desembainhando sua espada.

— Meu quarto fica a dois desse. — Victor informou, enquanto lutava com o tenente. — Pegue o pergaminho, ele está na primeira gaveta da mesa de cabeceira.

Yerik anuiu e correu para o cômodo indicado, mas, antes que chegasse até lá, os Alfas bandoleiros que Victor contratou surgiram em seu caminho.

— Você não tem alimentado seus cães direito, caçador. — Derin afirmou, com muita dificuldade em manter o duelo. — Eu os subornei. Ajudem-me!

Os Alfas bandoleiros assentiram, mas Yerik também empunhou sua katana e colocou-se entre eles.

— É hora da festa, rapazes. — Um dos bandidos ditou animadamente, e os outros seguiram seus passos.

Todos atacaram o espadachim covardemente de uma só vez. O Alfa empurrou um jarro grande de flores para atrapalhar a investida de alguns deles e girou a katana para interceptar o ataque de outro Alfa, cortando-lhe o braço e dando um chute forte em seu torso. O corpo voou por cima do mezanino e caiu no andar de baixo. Outros Alfas surgiram logo atrás sendo recebidos da mesma forma, com punhos cortados, cabeças decepadas e corpos transpassados pela lâmina do espadachim.

Os bandoleiros que conseguiram passar pelo Alfa loiro encontraram o caçador, assim como os marinheiros que subiam pelo outro lado indo ao auxílio de seu oficial superior. Yerik rapidamente abriu a gaveta e agarrou o pedaço do mapa, logo voltando para ajudar Victor a aniquilar os inimigos. O tenente fugiu mancando amparado por um Alfa, com seu corpo todo machucado gravemente. Suas roupas claras estavam manchadas de sangue e, se não fosse pela ajuda obtida, ele teria morrido muito antes nas mãos do caçador.

Havia pouco mais de dez Alfas tomando conta da nau atracada. A embarcação guardava a maioria dos suprimentos e os itens de valor dos oficiais. Assim que Conrad saltou para dentro, três Alfas surgiram cercando-o, mas o Alfa lúpus puxou suas adagas com agilidade e apunhalou o coração os dois que estavam nas laterais, ao passo que chutava o estômago do que estava a sua frente. Conrad puxou as adagas e, juntando-as, cravou no peito do Alfa caído diante de si. Noah subiu logo atrás e impediu que o restante dos marinheiros atacassem seu capitão covardemente, ceifando-os com sua espada.

— Alce a âncora. — Disse Conrad. — Vamos levar a nau conosco.

— Tem certeza, capitão? A nau não tem velas suficientes para acompanhar a velocidade do Cisne Negro.

— Em compensação, ela é menor e mais leve. Tem muita coisa aqui e, se levarmos para o Cisne Negro, o peso vai nos deixar mais devagar.

Noah fez alguns cálculos mentalmente e logo concordou com a lógica do capitão. Ele se colocou a subir a pesada âncora, enquanto Conrad manejava os cabos e preparava os mastros para içar as velas. Rowan, Daphne e outros Alfas saíram do último galeão levando consigo o último resquício de pólvora e fazendo uma linha que passava pelo convés até a popa. Yerik e Victor também já haviam voltado para o Cisne Negro, os últimos que faltavam eram o capitão, seu contramestre e também o bucaneiro Scott. A nau da Marinha, sob a posse do capitão Conrad, zarpou na direção em que o Cisne Negro estava, ao mesmo tempo em que Scott chegava trazendo consigo algo inesperado.

— Pensei que estava vindo com uma perna só! — Sebastian bradou pela demora do pirata, e em seguida percebeu que a piada não caía mais bem se o relacionado fosse ele. — Desculpa Scott, eu esqueci...

— Tudo bem. Onde está o capitão?

— Ainda não voltou. — Billy quem respondeu. — O que devemos fazer?

— Pergunte ao contramestre. — Sven comunicou.

— Seu idiota. — Jared revirou os olhos diante da sugestão estúpida de Sven. — Noah está com o capitão.

— O que essa serpente está fazendo aqui? — Sebastian perguntou referindo-se a Max.

— Aquilo ali não é uma nau? — Scott ignorou sua pergunta fazendo todos olharem na mesma direção.

— Preparem os canhões! — Rowan gritou.

— Merda! — Sebastian forçou a visão. — Esperem, deixem os canhões onde eles estão. É o capitão, ele que está conduzindo. Noah também está junto.

— O que ele pretende? O plano não era este. — Claire indagou.

— Não sei. Mas levantem a âncora e as velas. — Sebastian colocou-se na frente da rampa impedindo o Ômega de passar. — Você não vai entrar aqui.

— Ele está sendo ameaçado. — Scott argumentou.

— E quem disse que isso é problema nosso?

— Sebastian — Rowan quem o chamou —, a Marinha está se aproximando.

O Beta saiu de sua posição e seguiu Rowan até as muretas laterais ao ver vários marinheiros rumando para os galeões. Scott aproveitou sua distração e puxou o Ômega para dentro do navio.

— O capitão está fazendo gestos estranhos. — Billy disse olhando confuso.

Sebastian pegou a luneta para enxergá-lo com mais clareza e logo entendeu o que Conrad dizia comunicando aos demais:

— Ele disse para seguirmos com o plano. Vai levar a nau.

— Em que sentido devemos apontar os canhões?

— Não é necessário. — Rowan pegou uma de suas pistolas e apontou na direção do primeiro galeão. Ele fechou um olho para ajudar na mira precisa e aguardou.

Os marinheiros subiam um atrás do outro ignorando o caminho feito com pólvora que levava até o porão de carga, cheio dela e de álcool. Eles estavam mais preocupados em levantar as velas e impedir a fuga dos piratas.

— Vai logo, Rowan. — Dhapne apressou-o.

— Calma, deixa ficar mais cheio deles. — O Alfa mantinha a mesma posição fixa, parado como uma estátua, o olho atento em seu alvo sem ao menos piscar.

Quando os marinheiros conseguiram içar todas as velas, Rowan disparou no primeiro galeão e repetiu o ato mais duas vezes nos dois seguintes. O disparo atingiu a ponta da linha de pólvora, e as faíscas foram seguindo o caminho até descer para o porão de carga. O que se teve a seguir foi uma enorme explosão, seguida de mais duas. Os corpos de vários Alfas foram lançados no ar juntamente com os pedaços das embarcações, conforme uma grande bola de fogo se alastrava e destruía as armações que restaram nos navios. À medida que se afastavam do cais, os piratas dispararam ofensas contra a Marinha e gritavam eufóricos com o feito. O barulho fez com que James saísse da cabine para ver o que estava acontecendo.

— Onde está o capitão?

— Conduzindo a nau. — Sebastian respondeu.

James viu a embarcação logo à frente e respirou aliviado. Seus olhos varreram pela extensão do Cisne Negro, e ele viu o outro Ômega parado ao lado de Scott.

— O que ele está fazendo aqui?

— Scott?! — Sebastian indagou incrédulo. — Eu disse que ele não ia entrar!

— Você não é o capitão e muito menos o contramestre.

— Ah, vai tomar no seu cu! Tirem ele do navio. — O médico ordenou para Billy e Sven. Mas Scott se colocou na frente do Ômega.

— Não. Preciso dele.

— Para quê?

— Estou sentindo fortes dores na perna, e ele passou uma mistura que causa um enorme alívio.

— Posso muito bem fazer isso.

— Só que não fez.

— Eu não sabia. Você não me disse nada.

— Também não disse nada para o Ômega, mas ele percebeu e cuidou de mim. — Max mantinha a cabeça baixa evitando que Sebastian visse seu rosto, já que o Ômega tinha o dom de irritar qualquer um que apenas olhasse para ele.

— O que você acha, James?

— Não sei... — James olhou para o cais e novamente para o Beta. — Está muito longe para ele voltar nadando.

— Vamos entregar um bote e pronto. — Billy disse simples.

— E ficar com um faltando? — Sebastian perguntou rindo incrédulo. — Só na sua cabeça mesmo.

— Então vamos deixar ele aqui até o capitão voltar.

— James bateu com a cabeça? — Jared perguntou. — Esse Ômega é uma escória! Vamos jogá-lo no mar e pronto.

— Não.

— Mas por que não? É tão simples!

— Porque, apesar de tudo, ele é um ser humano.

— Para mim ele não passa de um lixo.

— James, o que está fazendo? — Jean surgiu na porta da cabine olhando curioso a movimentação pelo convés.

— Estamos decidindo sobre o que fazer agora.

— *Hm...* E já decidiram? Não quero ficar aqui sozinho.

James olhou para Sebastian, e o Beta anuiu.

— Tudo bem, vou ficar aí com você. — James olhou uma última vez para Max, que ainda mantinha a cabeça baixa, e seguiu para a cabine.

Logo após estarem a uma boa distância em milhas náuticas, o capitão guinou o navio a bombordo se aproximando do Cisne Negro com cuidado até estarem próximos o suficiente para encaixar uma prancha que os conduzisse para o outro lado. Ele atravessou pela viga de madeira, enquanto Noah assumia o leme.

— Você muda os planos de repente, sem dizer nada... — Sebastian recebeu-o com uma repreensão. — Imagina se não tivesse dado certo, estaríamos todos tomando no meio do...

— Mas deu. — Conrad interrompeu-o descendo e, finalmente, pisando no chão do convés do Cisne Negro. — Onde está meu Ômega?

— Na cabine com o irmão. — O capitão dirigiu-se a seus aposentos, mas foi impedido pelo médico.— Temos um problema.

Conrad virou-se para fitá-lo.

— O quê?

— Ele. — Sebastian apontou para o Ômega junto a Scott.

— O que ele está fazendo aqui?

— Ah, essa é a pergunta que não quer calar. — Sebastian riu sem graça. — Pergunte ao Scott, foi ele que teve essa brilhante ideia.

Conrad cruzou os braços e caminhou parando diante do Alfa.

— Estou esperando.

— Preciso dele para ajudar a curar minha perna. — Scott explicou. — Ele entende dessas misturas curativas e faz as dores sumirem.

— Já temos um médico na tripulação. Sebastian não pode fazer isso?

— Se pode, não fez.

— Eu estava ocupado cuidando da minha vida. Você é um Alfa adulto, Scott. Não vou ficar segurando sua mão. — Sebastian defendeu-se. — Se você ou qualquer um da tripulação estiver sentindo alguma coisa, devem vir a mim. Ainda não possuo o dom da clarividência para adivinhar o que você está sentindo e, muito menos, fico prestando atenção no que faz ou deixa de fazer.

— Nossa, Sebby.

— É isso mesmo, Billy. Agora esse idiota vai ficar jogando a culpa em mim, quando já é bastante visível quais são suas verdadeiras intenções aqui.

— Não entendi o que você quis dizer. — Scott pareceu confuso.

— Ah, vai bancar o sonso agora? Você quer um Ômega para garantir o próximo rut de seu irmão e o próprio.

Max olhou confuso e assustado para o Alfa.

— É claro que não! Escute a merda que você está falando! Eu *n*...

— Calem-se os dois. Estou pensando. — Disse o capitão, e a discussão parou no mesmo instante. — O que James acha disso?

— Ele disse para esperar você decidir.

— *Okay*, esperem aqui. Já volto.

Sebastian e Scott voltaram a discutir, enquanto o capitão entrava na cabine a fim de conversar com James antes de tomar uma decisão.

— Conrad! — O Ômega levantou-se e abraçou-o assim que o viu — Graças a Deus que está bem.

Jean levantou-se com a postura ereta, fitou o capitão e logo se apresentou:

— Sou Hae Jean, senhor.

— Olá, Jean. Seja bem-vindo... Pode, *hm*, se sentar. — O Ômega assentiu e voltou a sentar-se na cama. — Preciso falar com você.

— Sobre o Max? — James adivinhou.

— Sim. Scott diz que precisa dele. O que para mim é apenas uma desculpa para mantê-lo por perto.

— Você acha que Scott planeja algo?

— Não. Confio em cada membro da tripulação. O que quero dizer é que ele está interessado no Ômega. Max é muito lindo... — James arqueou uma sobrancelha, e o Alfa logo adicionou: — Não tanto quanto você.

James não se conteve e riu.

— Acho bom... mas, enfim, o que você pretende fazer com ele?

— Não podemos desperdiçar um bote com ele. A única solução é jogá-lo no mar. Ele sabe nadar…

— Conrad? — James interrompeu-o. — Estamos muito longe, ele vai morrer antes mesmo de chegar à margem.

Conrad fitou-o confuso, com o cenho franzido.

— Você está com pena dele?

— Não... estou... só um pouco... — James ergueu o olhar para ele, e o Alfa continuava com a mesma expressão confusa. — Sou mesmo patético, não é?

Conrad encaixou ambas as mãos no rosto do Ômega, fazendo-o erguer a cabeça e olhar diretamente para ele sem chance de desviar o rosto.

— Você está se tornando cada vez mais forte e valente. Não tem nada de patético. — Ficou alguns momentos em silêncio, admirando-o. — É tão lindo por fora quanto por dentro. Está se transformando em um verdadeiro pirata e, mesmo assim, não deixa de sentir compaixão pelos outros. Você nunca deixa de me surpreender.

— Então, você vai deixá-lo ficar?

— Vou, até atracarmos em outro lugar. Assim, deixaremos ele lá e seguiremos nossa viagem.

James assentiu, abraçando-o pela cintura.

— Você também não deixa de me surpreender. — O Ômega colocou-se na ponta dos pés e beijou os lábios do Alfa.

— *Hum hum...* — Jean pigarreou fazendo com que os lúpus não deixassem o beijo se tornar algo mais profundo.

— Vou falar para os outros o que decidi. — Conrad afirmou saindo da cabine.

Ainda no convés, os piratas discutiam a respeito da situação de Max. Todos desejavam sua expulsão imediata, com exceção de Scott e seu irmão, que permanecia a seu lado em qualquer ocasião. Possivelmente pelas circunstâncias em que se encontrava, ninguém poderia dizer, mas o Ômega em questão se sentiu profundamente arrependido de ter causado tanto alvoroço assim que reencontrou sua antiga tripulação. Se soubesse que as coisas terminariam daquele jeito, jamais teria destratado o Ômega do próprio capitão. E, se pudesse voltar um pouco mais no passado, jamais teria feito a infeliz escolha de trair aquele que lhe deu a mão em um dos piores momentos de sua vida.

Quando o capitão abriu a porta da cabine, todos os olhares se voltaram para ele. O Alfa caminhou até o convés e encarou cada um nos olhos sabendo o que sua tripulação desejava ouvir. As mãos de alguns piratas estavam quase coçando para pegar a prancha e encaixá-la na lateral da embarcação.

— E então, Conrad? — Sebastian perguntou quebrando o suspense.

— O Ômega fica até ancorarmos em outro porto.

O Beta inspirou profundamente negando com a cabeça e rolando os olhos.

— Obrigado, capitão. — Scott agradeceu.

— Mas não o quero livre pelo navio. — Conrad articulou. — Prenda-o no porão de carga.

— Não! — Pela primeira vez desde que embarcou no Cisne Negro, Max expressou algo gritando desesperado. — No porão, não! Por favor, não! Não quero ficar no porão!

— Agora vai querer escolher o lugar que vai ficar. — Billy disse e perguntou com tom de zombaria: — Não quer ficar na cabine do capitão?

— Não quero ficar no porão, por favor? — Max ignorou-o, virando-se para Scott: — Fico em qualquer lugar. Posso dormir no convés.

— À noite faz muito frio, você ficaria doente. — Sebastian informou.

— Não tem problema, eu aguento. Só não quero ir para o porão.

Sebastian olhou para seu irmão, esperando que ele se pronunciasse. Conrad rolou os olhos.

— Deixem-no aí mesmo. — O capitão balançou a mão na direção do pavimento em que estavam. — Mas acorrente um de seus pés, não quero ele andando livremente pelo navio quando pode tentar alguma façanha idiota.

— Sim, capitão. — Scott assentiu e procurou por uma corrente.

Sebastian cruzou os braços e caminhou até o Ômega.

— Se você ficar doente, não vou deixar que passe nenhuma moléstia para os membros da tripulação. — Avisou-o com um semblante sério. — Eu mesmo vou atirar você para fora deste navio.

Max engoliu em seco quando o Beta se afastou e foi procurar o lugar mais confortável do convés para dormir.

Ainda na cabine, James mostrava a seu irmão as traduções que ele e Thomas já haviam feito e, também, terminava de decifrar a quinta parte encontrada, que estava na posse do caçador. Eles estavam sentados, com livros e pergaminhos espalhados pela cama, já que à mesa estavam o capitão e seu navegador traçando novas rotas pelo oceano desconhecido.

— Elas são tão estranhas. — Jean observou juntando as partes. — Isso seria uma profecia?

James largou a pena no tinteiro e fitou seu irmão com ar entusiasmado.

— Jean! — O mais novo arregalou os olhos sem entender. — Nunca tinha pensado nisso. Tom, você por acaso tem livros sobre profecias?

— Acho que tenho algum exemplar. Deve estar pelo porão de carga, vou buscar para você.

— Não precisa, deixa que eu vou. Você está ocupado.

James ausentou-se por um tempo, enquanto seu irmão permanecia distraído com as escrituras abrindo bem os olhos para tentar enxergar alguma runa. Mas, por ser um Ômega comum, ele não conseguiu.

— Acho que aquele pingente é a chave de alguma coisa. — Thomas arriscou.

— Ou será parte do tesouro? — O capitão sugeriu.

— O caçador, então, saberia onde o *Imperium* está.

Jean permanecia mexendo nos livros fingindo estar alheio a seu redor, porém estava atento à conversa sobre o caçador. Tão distraído que, quando seu irmão abriu a porta, ele levou um susto.

— Não quero ele no mesmo navio que você. — Afirmou James ao captar parte da conversa se referindo ao caçador. Ele carregava dois livros consigo. — Victor quer te matar, não vou conseguir dormir tranquilo sabendo que a qualquer momento ele pode entrar aqui e tentar fazer alguma coisa.

— Não tenho medo dele. — Conrad afirmou marcando alguns pontos no mapa.

— Houve relatos de uma criatura gigantesca, que puxou embarcações para o fundo do oceano nessa área aqui. — Thomas indicou algo, e James aproximou-se espiando os mapas, mas não estava entendendo quase nada.

— E se isso tudo for apenas parte do grande plano dele? — James questionou.

Jean não acreditava nessa possibilidade. Queria poder falar que o caçador era, sim, digno de confiança. Que ele era um Alfa que não quebrava sua palavra quando prometia algo. Mas foi criado para sempre se manter calado, então calado ele permaneceu. Conrad parou o que estava fazendo e ergueu o olhar lentamente para encarar James, com um sorriso divertido.

— Você fica tão sexy quando está preocupado comigo.

O rosto do Ômega lúpus corou.

— Conrad! Eu não... — James viu pela visão periférica que o Beta tentava não rir. — Eu só... não quero ele no Cisne Negro. Manda ele para a nau, por favor?

— Particularmente, prefiro ficar de olho nos meus inimigos. — Conrad largou a lupa em cima da mesa e segurou o Ômega pelo queixo de maneira carinhosa, erguendo seu rosto, e contemplou sua beleza em silêncio. Em seguida, ele suspirou e disse: — Vou mandá-lo junto a alguns membros da tripulação para ficar com o Noah no outro navio. Está bom assim?

— Está ótimo.

— Vou fazer isso agora mesmo. — Conrad deixou um simples selinho nos lábios dele e retirou-se da cabine.

— Será que, se você pedir para ele sapatear no convés, ele sapateia? — Thomas questionou brincando.

— Para com isso. — James riu jogando um rolo de pergaminho no Beta.

— Combinamos que Noah irá assumir o controle da nau. — Conrad informou sua tripulação. Estavam todos os bucaneiros reunidos no convés. — Preciso que alguns de vocês vão com ele.

Algumas mãos ergueram-se e, com um aceno do capitão, eles seguiram para a outra embarcação. Conrad ainda estudou a artilharia do Cisne Negro e seguiu até onde seu atirador estava.

— Rowan, preciso que esteja lá. A nau é composta por poucos canhões, e ela precisa de alguém com a precisão perfeita.

— Sim, capitão.

— Você também. — Conrad informou ao caçador. — Quero que fique na nau.

— Não sou de sua tripulação. — Victor afirmou despreocupado sem seguir a ordem.

— Não perguntei. Estou falando que você vai ficar na nau. — Conrad deu as costas para falar com Claire sobre manter o curso próximo à embarcação ao lado.

Victor deu de ombros e levantou-se para trocar de navio. De qualquer modo, ele não se importava em qual embarcação navegaria e, se mudar de navio o deixaria livre de qualquer chateação, então que fosse.

— Vamos, Scott? — Sven chamou seu irmão.

— Prefiro ficar aqui.

— Então, também vou ficar.

— Vou com o Noah. — Sebastian informou ao capitão. — Gostei da ideia de afastar o caçador de você, mas também não vou dormir tranquilo sabendo que Victor está no mesmo navio que ele.

— Tudo bem, mas tenha cuidado. — Conrad falou.

O Beta anuiu e pediu para o navegador:

— Fique de olho naquele Ômega por mim. — Sebastian referia-se a Max. — Ele é traiçoeiro.

— Pode deixar.

O médico seria o último a atravessar para o outro lado e, quando se aproximou da passarela, ouviu sem querer a conversa entre alguns piratas:

— Sabe o que é pior do que ter um Ômega a bordo quando se está no rut? — Joe esperou que os outros respondessem, mas, como ficaram calados, ele mesmo disse: — Ter três Ômegas.

Os Alfas concordaram.

— Então é só vocês falarem com o Scott. — Sebastian afirmou com sarcasmo subindo a rampa. Os piratas olharam-no confusos, e ele explicou: — Você pode disponibilizar aquele belo ser acorrentado na escotilha da proa. Já que Ômegas só servem para dar uma "mãozinha" para os Alfas em seu período de necessidade, não é mesmo Scott?

— Você deve ser a pessoa que mais guarda rancor no mundo. — Scott revirou os olhos. — Não sei como Noah te aguenta.

— Se você fala suas merdas, depois aguente as consequências. E, no caso do Noah, ele é um Alfa muito diferente de você, e é por esse motivo que é você quem está sozinho.

Sem querer dar mais corda para a discussão, Scott ficou calado e virou o rosto comprimindo os lábios e esperando o Beta atravessar a viga de madeira.

— Cara chato da porra. — Scott resmungou ao ver que o médico já estava na outra embarcação.

— Mas pior que é verdade, Scott. E, agora que você perdeu seu pé e parte da perna, nenhum Ômega vai se interessar por você. — Jared ponderou.

— Ele pode pagar, seus idiotas. — Sven argumentou. — Folsom está aí para isso. Além do mais, dizer isso foi muito maldoso.

Scott apenas ouvia a conversa sem expor sua opinião. Ele olhou na direção de Max pensando em como um Ômega tão desonesto como aquele poderia ser tão bonito e ter as mãos tão macias. Max viu o irmão de James caminhar passando a mão nas bordas dos muros de proteção do navio. Jean estava com o olhar atento na outra embarcação. Vez ou outra se colocava na ponta dos pés tentando enxergar mais além do que apenas as partes superiores da nau.

— Está procurando pelo caçador? — Jean ouviu a voz de um Ômega logo atrás de si e, quando girou o corpo, viu Max sentado no chão com uma corrente presa em seu tornozelo.

— Não. — Jean respondeu. — Só estava contando os canhões. Eles têm poucos.

— Me engana que eu finjo que acredito. — Max sorriu balançando a cabeça. — Sei que está louco para se jogar nos braços dele. Mas não te julgo, até eu ficaria. Ele é muito gostoso.

— Desculpe, mas essa conversa não é muito apropriada.

— Deixe de ser bobo, menino. Se quer ficar perto dele, por que não vai para o outro navio?

— Não posso... — Jean olhou-o pensativo estudando o pé dele preso na escotilha. — Por que eles prenderam você?

— Porque eles não confiam em mim.

— Você é perigoso?

— Olha para mim e fala se eu sou. — Max sorriu como se a pergunta do outro fosse tola.

— Não sei. Não devemos temer apenas os grandes e fortes. As rosas são lindas e delicadas, mesmo assim podem te ferir com seus espinhos. Já ouviu falar que não se deve julgar um livro pela capa? — Max piscou sem resposta e apenas negou com a cabeça. — Então, você pode ter a aparência de alguém indefeso quando, na verdade, pode significar um perigo mortal para todos.

Max piscou mais algumas vezes aturdido e com as sobrancelhas erguidas. Ele riu soprado e suspirou.

— Você é bem esperto.

— Gosto de ler livros sobre piratas.

— E quem disse que piratas são espertos?

— Você também não é.

Max olhou-o chocado.

— Enganei um dos maiores, sabia? É claro que sou esperto e muito astuto.

— Se realmente fosse inteligente, não estaria nessa situação.

— *Eh...* — Max permaneceu com a boca aberta, mas não encontrou nenhum argumento que pudesse refutar a afirmação do Ômega mais novo.

— Estou com muita fome. — Após algum tempo de silêncio, Jean afirmou. — Se me der licença, voltarei para a cabine do capitão.

Max foi deixado sozinho na escuridão da noite, enquanto a tripulação se reunia para a última refeição do dia. Sem escolha, Max permaneceu preso à escotilha da proa torcendo para que Scott não se esquecesse de que ele também precisava se alimentar.

Um pouco mais tarde, foi James quem pegou um prato e levou-o até o Ômega preso na frente da embarcação. Embora estivesse com muita fome, Max ficou algum tempo olhando para o alimento, estudando sua aparência e procurando por algum sinal de que estivesse adulterado.

— Não envenenei sua comida. — James falou cruzando os braços. — Se fosse te matar, não seria desse jeito. Saiba que você só está aqui porque eu permiti.

— Não preciso de sua compaixão. — Disse irritado.

— Ah, não? A temperatura da água deve estar muito agradável com esse clima frio. — James falou com sarcasmo. — Vamos ver, então, até onde você chega com esses seus braços finos.

James tirou a chave do bolso e inclinou o corpo para soltar as correntes.

— Não! — Ele parou erguendo uma sobrancelha e esperando que Max continuasse. O Ômega mais velho respirou profundamente e engoliu o orgulho. — Obrigado por me deixar ficar.

— Quando vim parar no Cisne Negro, fui deixado preso no porão de carga. Você deveria ser mais agradecido.

— Pois prefiro que você me mate do que entrar no porão de um navio outra vez.

— O que eles fizeram com você no porão do Bloodthirsty pode ser feito em qualquer lugar. Até mesmo aqui na proa. O problema não é o lugar no navio, Max, são os tipos de Alfas que estão a bordo. Nenhum pirata do Cisne Negro forçaria você a se deitar com ele. Pense nisso, vai ficar doente aqui fora, e não vou impedir Sebastian de fazer o que ele prometeu.

Assim que James deu as costas, Max olhou para seu prato e, cheio de fome e confiando na palavra do lúpus, comeu o que lhe foi servido.

NIDR
ar. Mediterrâneo
NANZA

Capítulo 13

Todos os dias pela manhã, Jean acordava, fazia seu desjejum e subia até o convés superior só para ver o caçador passar e falar com Noah, que assumira o leme e o controle da outra embarcação. Ficou tão acostumado à presença do Alfa que estava sentindo falta de sua companhia. O Cisne Negro de repente não lhe parecia mais tão interessante se o aroma de menta não estivesse presente. Sempre que via o menino, Victor acenava em sua direção, mas logo desaparecia de suas vistas, ocupando-se com um trabalho qualquer pela nau.

— Feliz aniversário, meu amor! — Jean sobressaltou o corpo assustado quando recebeu um abraço surpresa do irmão. O mais novo voltou-se para encará-lo.

— Ah, oi... obrigado.

James estudou-o, curioso a respeito de sua reação pouco empolgada e do interesse no navio ao lado. Jean sempre quis estar em um navio pirata e, agora que finalmente pôde estar a bordo de um, estava mais interessado em um navio mercante.

— Nunca pensei que acharia um navio comercial tão interessante. Mais do que um navio pirata. — James disse brincando.

— Não estou interessado na nau… é só que... acho que seria mais vantajoso se estivéssemos todos juntos. O porão do Cisne Negro é grande, caberia as cargas da nau facilmente. Desse modo, não seria necessário dividir a tripulação.

— Seria vantajoso para o caçador que quer matar o Conrad. Não, Jean. Sei que confia nele, e também acho que ele não faria nada que fosse prejudicar você. Mas com o Conrad é diferente.

— Entendo. — Jean forçou um sorriso.

Ele realmente compreendia o medo de seu irmão. Tinha maturidade suficiente para entender que ele estava certo em querer proteger seu Alfa, mas isso não significa que também não queria protegê-lo. Mesmo que ainda não tivesse certeza, era como ele sentia. Era confuso… Queria estar perto do caçador. Preferiu ficar calado a decepcionar seu irmão contando que estava interessado no Alfa que, provavelmente, pretendia matar a pessoa que ele amava.

— Desculpa, não há nada de especial que posso fazer para seu dia. — James contou. — Mas tem alguma coisa que você gostaria de fazer que esteja ao meu alcance?

Jean pensou por algum momento e, em seguida, respondeu cheio de entusiasmo:

— Quero conduzir o leme um pouco.

— Acho que a Claire não teria nada contra em deixar. — Ele segurou na mão do mais moço, e ambos subiram as escadas que levavam até o leme.

— Olá. — Claire sorriu simpática. — Que fazem aqui em cima?

— Será que você poderia deixá-lo guiar o navio? Só um pouco. — James pediu, já que seu irmão ainda não teria essa coragem. A cara que a Alfa fez dizia claramente que a resposta seria um "não", mas o lúpus se adiantou: — Só um pouquinho?

— Tudo bem, mas tenha cuidado, pois a pressão da água é forte e o deixa pesado.

O Ômega mais novo aproximou-se quando a Alfa abriu espaço. Ele se colocou na frente do leme e segurou em duas malaguetas. Jean olhou confuso para a Alfa ao ver que ela ainda mantinha uma mão segurando o aparelho. Ele reforçou o aperto na madeira e firmou os pés no chão. Respirou fundo antes de falar com certa convicção:

— Pode soltar. — Ainda um pouco desconfiada, Claire foi soltando aos poucos.

— Mantenha o curso. — Ela avisou. Estava perto para qualquer incidente.

— Tudo sob controle. — Jean assentiu sorrindo.

Mas, no mesmo instante, o leme deu uma rápida e forte guinada para estibordo, e todos foram jogados para a direita da embarcação. A Alfa levantou-se e correu para assumir o controle.

— Desculpe, não sei o que aconteceu. — Jean afirmou ao se recompor.

— São correntes marítimas. — A Alfa explicou. — Estão ficando cada vez mais frequentes.

A porta da cabine foi aberta, e o capitão saiu sendo seguido por seu navegador. Ambos olharam automaticamente para cima procurando pela timoneira.

— O que houve?

— Eu... — Ela estava pronta para assumir a culpa quando foi interrompida por James.

— A culpa foi minha. Pedi para que ela deixasse o Jean assumir o leme por se tratar de seu aniversário. Só queria que ele fizesse algo divertido.

— Hoje é aniversário do seu irmão? — Thomas perguntou-lhe, e James confirmou com a cabeça. — Tragam as bebidas!

— Não! — James gritou de volta. Lembrou-se do estado constrangedor em que ficou, logo não queria o mesmo para seu irmão. — Nada de bebidas.

— E que tal só um pouco? — O Beta ainda tentou insistir.

— Só um pouco você diz, como quando fiquei completamente embriagado?

Thomas sorriu dando de ombros.

— Quando foi isso? — Jean virou-se curioso para o irmão.

— *Hm*... você quer subir na cesta do mastro e observar o horizonte?

— Quero!

— É muito alto. — Conrad avisou.

— Eu sei, mas ele está comigo. — James ignorou e passou pelo capitão levando o irmão todo animado.

— Eu quis dizer para os dois. — Conrad explicou, mas o Ômega lúpus fez um gesto de positivo e seguiu seu caminho.

— Não entendo o que está acontecendo. — Claire afirmou pensativa. — Tudo estava tranquilo, e de repente o leme perde o controle.

É como se as águas estivessem mais profundas e intensas.

Conrad e o navegador trocaram olhares.

— Estamos entrando no Mar Tenebroso. — Thomas confirmou o que eles imaginavam.

— Oh céus, James, vou cair! — Conrad olhou para trás e viu os Ômegas parados na metade do caminho. Jean estava agarrado nos cabos entre as vigas e os mastros, com os olhos fechados, enquanto James tentava convencê-lo a continuar subindo.

— Se você não abrir os olhos, não vai saber onde deve pisar, Jean. — James colocou os braços ao redor do irmão e segurou os cabos com firmeza. — Não vou deixá-lo cair.

— Se cair, seguro vocês. — James ouviu a voz do capitão logo abaixo e abriu os olhos para fitá-lo.

— Nós dois? — Jean indagou preocupado.

— Os dois.

James também olhou para baixo e sorriu para o Alfa, muito agradecido pelo que disse, pois logo no mesmo instante seu irmão voltou a subir.

Já no alto, ele admirou toda a vista a sua volta.

— Uau! É tão lindo aqui de cima.

James sorriu assentindo e pegou a luneta para observar mais de perto os pontos mais distantes.

— Quer tentar? — Ofereceu o objeto ao mais novo, e este aceitou levando ao olho.

— Ué. — Jean falou confuso procurando por alguma coisa pela extensão.

— Viu alguma terra?

— Não. Quer dizer, não sei.

— Deixa eu ver? — James segurou a luneta novamente e tentou enxergar alguma coisa na mesma direção em que o outro Ômega estava olhando. — Não vejo nada.

— Aí é que está o problema. Vi alguma coisa, mas então ela sumiu antes que eu pudesse identificá-la.

— Acho que pode ter sido uma baleia.

— Que linda! — Jean sorriu animado, mas logo em seguida ficou triste. — Papai me disse que o óleo usado em nossas lamparinas é retirado de dentro da cabeça das baleias. Por que fazem isso, James?

— Porque as pessoas são egoístas e cruéis, mas tente não pensar nisso. Aquela baleia deve estar muito feliz, até subiu à superfície para te desejar um feliz aniversário. — Disse brincando para mudar o assunto. — Gostaria de ter visto ela também. Nunca vi uma, devem ser muito lindas.

— Sim. Muito lindo.

James estranhou a forma como ele se referiu à baleia e notou que, na verdade, seu irmão estava olhando em direção à nau. Para James, não havia nada demais a não ser vários piratas fazendo seus trabalhos.

— A nau?

— Oi? Sim. A nau, ela é bem bonita. — Jean respondeu-lhe ainda olhando para uma figura entre aqueles piratas manuseando cabos pelo piso superior da embarcação, enquanto James conversava com Conrad por meio de sinais e leitura labial.

— Vamos descer? — James sugeriu guardando a luneta. — Preciso fazer uma coisa na cabine.

O mais novo assentiu, e eles voltaram a descer. Assim que chegaram ao piso do convés, Jean emocionado abraçou-o fortemente.

— Obrigado por ter me proporcionado essas coisas, James. Melhor do que ler nos livros é vivenciar pessoalmente.

— Que bom que gostou. Há outras coisas que quero te ensinar. Bom, se você vai ser um pirata, precisa aprender muita coisa ainda.

— Mal posso esperar! — James abraçou-o pela última vez e, olhando por cima do ombro dele, viu Conrad parado no umbral da cabine, com os braços cruzados e um pronto sorriso convidativo quando girou nos calcanhares e entrou.

— Vou resolver uma... uma questão de... algo que precisa envolver dois lúpus... — James avisou com cuidado.

— Ah, sim. — Jean fingiu ter entendido. — Depois você me conta como foi.

— *Err...* — James estava corando e desviou o olhar. — Conto... claro... — E saiu apressado antes que ele notasse.

Jean olhou para trás e acompanhou seu irmão seguir até a cabine do capitão entrando e fechando a porta. Ele não desconfiou de nada e, por isso, seguiu em passeio pela proa. Mais uma vez, ele passou pelo Ômega acorrentado. Max parecia bastante entediado passando os dedos pelos espaços entre a grade da escotilha. Jean não sabia ao certo o que ele havia feito de tão grave para ser tratado daquele jeito. Sempre ficava sozinho a não ser pelo Alfa Scott, que às vezes lhe fazia companhia. Estava sentindo pena por vê-lo largado ali, então resolveu puxar assunto para distraí-lo nem que fosse só um pouco.

— Sabia que hoje é meu aniversário?

Max ergueu o rosto para fitá-lo e negou com a cabeça.

— É por isso que estava subindo lá? — Apontou para a cesta, e o Ômega mais novo assentiu.

— Sim, foi um lindo presente do meu irmão. Vi uma baleia.

— Que bom. Parabéns.

— Obrigado.

— O caçador sabe?

— O quê? Ah... não.

— Conte para ele.

— Não dá. Ele está no outro navio, e não posso simplesmente gritar que hoje é meu aniversário. Nem somos nada um do outro. Isso seria um absurdo. Ele deve me ver como um garotinho tolo.

— Apenas se você se comportar como um.

— Ah, e ele deve estar fazendo suas coisas e nem lembra da minha existência.

— Então para quem você acena todas as manhãs sorrindo feito bobo?

Jean olhou-o chocado.

— Você fica me seguindo?!

— Se eu pudesse sair daqui, faria algo bem mais interessante. — Max disse mostrando a corrente.

— Desculpa, eu esqueci.

— Falando em algo interessante... por que você não vai até o outro lado, assim como quem não quer nada... apenas dar um passeio e, *ops*, esbarra nele.

— James nunca deixaria.

— Ele não é seu pai, é?

— Mas é perigoso... — Mesmo criando argumentos contra, Jean estava tentado a fazer o que o Alfa havia lhe sugerido.

— Por isso mesmo que vai ser bom para você. O caçador vai ficar todo preocupado.

— Você acha?

— Tenho certeza. Ele passa pelo convés todas as manhãs ao mesmo tempo que você está sentado ali. Você quer ter certeza de que ele está bem. Bom, posso dizer que ele também quer o mesmo... eu poderia te ajudar, mas estou preso aqui.

— A chave está com James, e ele está com o capitão na cabine fazendo coisas de lúpus.

Max deixou o queixo cair e riu achando o mais novo muito fofo, por não ter entendido o que seu irmão foi fazer de fato naquela cabine com o capitão.

— Entendi... escuta, não precisa de uma chave. Posso abrir isso com um grampo ou até mesmo com esse broche que você está usando. — Jean ponderou por um tempo. Aquele Ômega não parecia ser do tipo agressivo, mas, se ele estava preso às correntes, tinha algum motivo. — Sei que está com medo de me libertar. Mas veja, estamos cercados por Alfas, se eu der um passo errado, vão atirar na minha cabeça. Não vou matar ninguém, menino. Pode me revistar, não tenho armas.

— Não estou certo quanto às suas verdadeiras intenções.

— Achei você fofo e só quero te ajudar. — Ele fez sua cara de inocente, mas, como já deveria ter aprendido, isso não funcionava com outros Ômegas. Max suspirou rolando os olhos. — Está bem! Só queria esticar minhas pernas um pouco.

Jean olhou para a corrente, tão pequena que mal permitia ao Ômega se mover. Max era do seu tamanho, se tentasse contra si, Jean poderia se defender muito bem. Ele então retirou o broche com o brasão de sua família e entregou-o ao prisioneiro. Demorou um pouco, mas logo Max conseguiu se livrar da corrente. A primeira coisa que fez foi massagear a área que estava presa ao grilhão. Ele ficou em pé e caminhou um pouco travado.

— Nossa! — Max parou alongando os braços e sentindo um grande alívio percorrer seu corpo. — Obrigado.

— E, agora, o que a gente faz?

Max observou a Alfa no alto do leme, ela olhava adiante e estava atenta ao caminho que seguia. Os bucaneiros estavam nas cobertas inferiores, alguns aproveitando o tempo livre para dormir e outros ajudando Junbuu a preparar a próxima refeição. As embarcações seguiam o mesmo ritmo desacelerado e estavam bastante próximas uma da outra. O Ômega mais velho caminhou até a viga de madeira encostada na mureta e tentou erguê-la sozinho.

— Isso é muito pesado, me ajuda aqui.

Com a ajuda de Jean, eles conseguiram colocar a prancha maior de pé e a empurraram de modo que a outra extremidade caiu em cima da mureta da nau.

— Pronto. Agora só precisamos atravessar essa passarela.

Jean olhou-o hesitante.

— Agora que já estamos aqui estou com medo.

— Vamos logo. Ou vai desistir?

— Céus, isso é muita burrice. — Jean pensou consigo mesmo em voz alta.

— É uma aventura. — Max subiu na viga e passou os olhos pelo convés da nau. Havia pouca movimentação, mas a qualquer instante eles poderiam notar o que os dois almejavam fazer. — Precisamos ir logo ou vão nos impedir.

Em uma rápida decisão, Jean subiu logo atrás e, assim, eles seguiram com cuidado caminhando até chegarem à outra embarcação.

— Viu? Não caímos. — Max afirmou calmo por fora e quase morrendo por dentro.

— Mas poderiam ter caído. — Ouviram a voz do caçador e logo viraram para encará-lo.

— Você viu a gente atravessando? — Max questionou com o semblante chocado.

— Óbvio. — Victor respondeu. — Qualquer um que tentar invadir esse navio vou perceber. Mas o que vieram fazer aqui?

— É exatamente o que quero saber. — Disse Noah ao se aproximar com os braços cruzados.

Quando viu a ira nos olhos do contramestre, Max tropeçou para trás e tentou voltar correndo para o Cisne Negro, mas Noah o alcançou sem ao menos sair do lugar e puxou-o de volta pelo braço. Jean olhou para o caçador esperando ele fazer alguma coisa, mas Victor apenas ficou parado observando.

— Ele só queria me ajudar. — Jean explicou tentando interceder pelo outro Ômega.

— Não, ele planeja alguma coisa. É egoísta demais para ajudar sem obter nada em troca. — Com a ausência de resposta, Noah sacudiu-o. — Responda!

— Só queria andar um pouco. — Max disse encolhendo os ombros. — Estava com o corpo dolorido.

— Sempre se aproveitando dos outros. Sempre! Sempre! — Noah rugiu, lembrando-se da época em que o Ômega traiu seu capitão em troca de algumas moedas. — Queria caminhar? — Ele abriu a escotilha que dava acesso ao porão de carga com a ponta do pé e atirou-o em direção à abertura. Max tropeçou em desequilíbrio e caiu dentro do compartimento. — Terá bastante espaço para se exercitar aí dentro!

Quando ergueu o rosto para encarar o outro Ômega, Noah foi recebido por um forte tapa na bochecha.

— Estúpido! — Jean rosnou e saiu correndo em direção à popa.

O tapa não doeu, mas o Alfa levou a mão até a área atingida sentindo apenas uma leve ardência. Victor deixou para trás o contramestre ainda aturdido e seguiu o Ômega que se agachou atrás de alguns barris.

Assim que passou pelo batente da cabine, James foi surpreendido por duas mãos que agarraram seus quadris e o pressionaram contra a porta, fechando-a no mesmo instante. Sorriu ao sentir os lábios de Conrad deixando marcas em sua pele alva, mordendo-a e chupando-a. James inclinou a cabeça para trás, dando-lhe mais acesso, e as mãos subiram até seus cabelos entrelaçando os dedos entre os fios escuros.

— Você deveria dar mais atenção ao seu Alfa. — Conrad falou entre beijos.

A sensação do hálito quente, saindo de sua boca e varrendo pela derme de James, fazia-o sentir arrepios pelo corpo, sensações cálidas e úmidas entre as pernas.

— Mas eu dou... — James declarou ofegante.

— Hoje acordei, e você não estava. — Conrad continuou com os beijos sobre a clavícula do mais novo.

— Ah, porque é o dia em que o Jean completa dezoito primaveras.

— *Hm*... Agora tenho que dividir o que é meu com ele.

— Céus, que Alfa carente. — Conrad ergueu-o do chão repentinamente e lançou-o sobre a cama. — Quando meu pai souber que seus dois filhos se juntaram a uma tripulação pirata, vai ficar louco.

— Eu é que estou ficando louco. — Conrad segurou ambas as coxas do Ômega e abriu-as, metendo-se no meio delas. — Quero você.

Em vez de abrir, ele rasgou as calças de James, assim como sua roupa de baixo. Abriu sua própria veste colocando o pau para fora, pronto para invadir o Ômega. Mesmo que estivesse excitado, James não estava totalmente pronto para recebê-lo. Estava tudo indo muito rápido e selvagem para alguém com tão pouca experiência sexual, se comparado ao Alfa. Um Ômega como ele carecia de mais estímulos e atenção com seu corpo, cuidados que Conrad não estava tendo. James ergueu o corpo e colocou as mãos no peito dele para empurrá-lo, porém o capitão o jogou contra a cama segurando seus ombros contra o colchão macio.

— Ai! Conrad?! — James reclamou, mas Conrad já estava chupando e arranhando sua clavícula com a ponta dos caninos. — Para!

Conrad ergueu o rosto para encarar o mais novo e largou o ombro dele quando viu o olhar confuso do Ômega. James teve a impressão de ter visto seus olhos avermelhados, mas ignorou o fato quando o capitão perguntou:

— Te machuquei?

James sentiu o aperto violento nos ombros, mas nada que fosse tão doloroso. No entanto, o que o Alfa poderia fazer caso continuasse?

— Estou bem. Mas você precisa ir mais devagar.

— Me desculpa... sempre fico mais agressivo quando meu rut está mais próximo. Um pouco possessivo também.

— Você não acha que é melhor tomar um pouco de chá? Sebby trouxe Vitex do mercado de Nidras, ele disse que ajuda no cio de um Alfa.

— Ainda faltam algumas semanas.

James suspirou inseguro por não saber muito bem o que fazer. Nunca tinham passado por isso, não juntos.

— Está bem. Qualquer coisa você já me ensinou a atirar, então...

Embora estivesse com uma expressão séria, era brincadeira do Ômega, é claro. Conrad sorriu acariciando sua bochecha com o polegar.

— Vou cuidar muito bem de você, meu coração. — Dessa vez, ele inclinou o rosto para frente e beijou a testa de James com muito mais afeto.

Conrad desceu um pouco mais, agora beijando a ponta do narizinho e depois deixou um selinho na boca. Em seguida, estava passando a língua entre seus lábios e sendo muito bem recebido pela do Ômega. À medida que se beijavam, seus sexos roçavam um no outro, e Conrad podia perceber o quanto James o desejava sentindo a umidade em seus dedos, que já exploravam aquela área entre suas pernas, tão sensível e agora tão sedenta. Ao sentir a ereção do Alfa, invadindo-o vagarosamente, James levou ambas as mãos até a boca, para dessa vez conseguir conter os gemidos.

— Por que está fazendo isso? — Conrad perguntou movendo seus quadris lentamente.

Ainda com as mãos tapando a boca, James apenas moveu os olhos até a porta da cabine e negou com a cabeça. O Alfa tomou suas mãos e prendeu-as contra o colchão.

— Não... — James enfim respondeu falando baixo. — Eles vão ouvir.

— Eles quem?

— A tripulação.

— Deixe que ouçam.

— Mas…

— *Shh...* Quero ouvi-lo. — Conrad voltou a mover-se dentro dele, enquanto beijava a região próximo a sua orelha. — Sua voz é linda.

Assim que foi liberto, James baixou os braços, mas o Alfa colocou suas mãos novamente onde estavam.

— Não se contenha. — Muito relutante, James largou suas mãos repousando na cama, ao lado de sua cabeça.

James agarrou o lençol que cobria o colchão e mordeu o lábio inferior na tentativa de conter-se um pouco mais, mas parecia que o Alfa fazia de propósito, tocando em todas as suas partes delicadas e sensíveis, movendo-se com impulso conforme investia dentro dele. E James, não se contendo, gritou seu nome, e as mãos desceram até agarrarem os ombros do Alfa. Conrad segurou os cabelos dele, não para machucar, mas firme o suficiente para fazê-lo ficar com o rosto fixo olhando o seu, e voltou a mover-se mais vagarosamente.

Eram muito baixos, mas Conrad podia ouvir seus gemidos agudos e compassados, como um miado de um gatinho manhoso. Ele investiu fortemente contra James, a cama rangeu e um murmúrio mais alto fugiu da garganta do Ômega, o invadiu novamente e mais rápido, até que seus corpos vibrassem um contra o outro à medida que o orgasmo os atingia.

Conrad observou-o por alguns segundos, enquanto ele se recuperava de uma respiração arfante. Ele gostava de ver a expressão no rosto do Ômega, era como se ele tivesse ido ao paraíso e voltado no mesmo instante. Um anjo caído em sua cama.

— Eles devem ter ouvido. — James contou, sentando-se.

Sua intenção era levantar e vestir uma outra roupa, já que o Alfa havia rasgado a sua. Mas Conrad o puxou, abraçando-o por trás.

— O que tem de mais nisso, *hm*? — Conrad questionou beijando atrás da orelha dele. — Eles sabem o que fazemos aqui. Não tem por que tentar esconder.

— Eu sei, mas eles ficam falando coisas, fico tão constrangido...

— Se você quiser, posso fazê-los parar.

— Não. Está tudo bem.

Conrad assentiu e beijou-o na bochecha, deixando-o se levantar e escolher uma nova roupa.

Alguns dos tripulantes andavam em círculos diante da cabine, ainda decidindo qual deles seria o bendito que chamaria o capitão para avisar sobre a passarela posta e a travessia dos dois Ômegas para a outra embarcação.

— Da última vez, o capitão quase me acertou com uma de suas adagas. — Billy revelou preocupado.

— Bando de Alfas covardes. — O médico revirou os olhos.

— Então vá você chamar eles, Sebastian. — Billy propôs, sentindo-se ofendido. — Prefiro enfrentar um leviatã do que o capitão Conrad bravo.

— Vira essa boca pra lá! — Thomas repreendeu-o. — O capitão não destrói navios nem devora tripulações inteiras.

Billy deu pouca importância ao que o Beta afirmou. A porta da cabine foi aberta, e os bucaneiros respiraram aliviados por não precisarem interromper o momento íntimo do capitão. Mas logo esse sentimento se esvaiu quando eles se lembraram de que ainda precisavam contar sobre os Ômegas.

Na outra embarcação, Victor aproximou-se dos barris dispostos na popa vendo Jean sentado no chão encostado neles. Ele estava com o semblante sério e os braços cruzados, mas seus olhos estavam marejados. Victor era um caçador de recompensas, matava pessoas se necessário para atingir seu objetivo, era seu trabalho. Mesmo tendo a companhia de sua mãe por um tempo, ainda se sentia solitário. Tudo piorou quando ela veio a falecer, e ele rumou para o mundo sozinho conhecendo desde cedo as perversidades da vida e a maldade humana. Assim, criou uma armadura em torno de si impossibilitando qualquer um de se aproximar e também de ele mesmo criar laços com alguém. Nunca conseguiu se importar tanto com uma pessoa quanto com aquele garoto. Quando Jean ergueu o rosto para encará-lo, com um semblante tão tristonho, Victor sentiu vontade de agarrar o pescoço do contramestre e jogá-lo ao mar. Mas, ao invés disso, ele se agachou e sentou ao lado do Ômega.

— O que veio fazer aqui? — Victor perguntou imaginando que não seria respondido, mas para sua surpresa ele o fez, mesmo que com a cabeça baixa.

— Eu... — Jean hesitou. — Hoje é meu aniversário.

— E por isso você quis se aventurar em uma viga de madeira entre um navio e outro, sobre um mar profundo e desconhecido.

— Não, *eu... eu* queria que você soubesse disso.

Victor não era bobo e sabia do interesse que o Ômega havia despertado por ele. Se fosse qualquer outro Ômega, seria fácil seduzi-lo e levá-lo para a cama. Faria isso com qualquer um, mas não com ele. Jean era apenas um jovem Ômega muito puro e virtuoso para alguém como ele. Um Alfa devasso e com mais pecados do que poderia contar. Ele não queria se aproveitar de sua inocência. Sabia que o pequeno era alguém que precisava de um Alfa cuidadoso e gentil. Alguém que com toda a certeza não era ele.

— Você precisa voltar para seu irmão. — Não era a resposta que o Ômega desejava ouvir. Ele abaixou a cabeça novamente.

Victor segurou delicadamente seu queixo, fazendo-o erguer a cabeça, e então deixou um beijo carinhoso na bochecha dele. Com a ajuda do Alfa, Jean levantou-se do chão e uma dúvida encheu-lhe a cabeça.

— Por que não fez nada para ajudar o Max?

— Não me importo com ele.

— Não o ouviu gritar? Como pôde não se comover?

Victor ficou um tempo em silêncio e olhou para baixo tentando captar algum ruído vindo da coberta de baixo, mas nada foi captado.

— Ele parou.

— Onde está o contramestre?

— Não sei. Mas seu irmão está vindo aí. — Victor disse apontando para a passarela.

James passou quase correndo e foi seguido pelo capitão e outros piratas.

— Onde ele está?! — James perguntou procurando seu irmão entre os piratas da nau. — Jean?!

— Estou aqui, James. — Jean aproximou-se acanhado.

— Céus! — O Ômega lúpus aliviado abraçou o mais jovem. — Que susto me deu. Por que fez isso? E o que houve com Max?

Os olhos de Jean procuraram pelo contramestre, encontrando-o do outro lado, com feições severas e os braços cruzados.

— Está onde deveria. — Noah respondeu. — No porão de carga, e ficará lá até ancorarmos em uma ilha.

Chocado, James voltou sua atenção para Conrad, mas o Alfa apenas deu de ombros.

— Ele quem está no comando da nau. Ninguém vai molestar o Max, James, relaxe. — Conrad tentou tranquilizá-lo.

— Eu sei, mas ele deve estar revivendo lembranças terríveis em sua mente nesse momento.

— Posso descer? — Scott indagou, referindo-se ao porão.

— Volte para seu navio, Alfa. Precisa recuperar essa perna. — Noah avisou.

— Você prendeu a pessoa que está cuidando dela em seu porão.

— Você já tem os materiais necessários para fazer isso. Não precisa mais dele.

— Mas eu insisto.

— Noah, por favor? — James interveio.

Era óbvio que havia notado o vínculo criado entre Scott e Max e, embora não fosse algo sério, sabia que o Alfa não machucaria ele. Eles não eram amigos, mas James não desejava o mal do Ômega.

— Ele não vai sair. — O contramestre ditou para o Alfa, e ele assentiu.

Scott abriu a tampa da escotilha e desceu devagar por causa de sua perna. A princípio não viu Max, mas, à medida que o procurava pela dimensão do lugar, ele encontrou traços de vômito pelo chão. O barulho de madeira da perna de pau tocando no chão indicou ao Ômega que alguém se aproximava. Ele estava todo encolhido no cantinho entre duas paredes e encolheu-se ainda mais quando o som dos passos ligeiramente familiar se aproximou.

— *Aaaafaste*! — Max rosnou sem muita confiança. O Alfa cessou os passos e abaixou-se próximo a ele. — Não me toque!

— Não vou tocá-lo. — Scott avisou com calma. — Vim para que passe o composto em minha perna.

Lentamente o Ômega ergueu o olhar para ele, desconfiado. Seus olhos demonstravam o quanto já tinha chorado, mas o semblante do Alfa continuou inexpressivo. Ele não queria dar a entender ao Ômega que estava ali para machucá-lo, assim como a tripulação asquerosa de Paul Bloodthirsty.

— É só isso mesmo? — Max indagou hesitante.

— Sim. — Scott esticou o braço e deixou a cuia no chão próximo ao Ômega, para não tocá-lo, e começou a retirar o encaixe de madeira de sua perna. — Você está fazendo um bom trabalho. Ela já não dói tanto como antes.

Max estudou seu rosto e logo depois a perna, ele suspirou e pegou a cuia, colocando-se sentado de frente para o Alfa, em uma posição que pudesse passar a mistura na perna dele.

— Se deixasse de usar esse troço pelo menos por alguns dias, estaria bem melhor. — O Ômega afirmou. Ele parecia bem mais calmo e não estava mais tremendo quando começou a deslizar as mãos pela perna do pirata. Scott sentiu algo bom com isso e sorriu minimamente. — Mas, é claro, é mais teimoso do que uma mula.

— Sou um Alfa forte.

Max mirou o Alfa das pernas à cabeça e umedeceu os lábios.

— Disso nunca duvidei, mas seu corpo é de carne e osso como o de todo mundo e precisa de cuidados também.

Scott conteve um breve sorriso. Nunca teve um Ômega que demonstrasse qualquer interesse por seu bem-estar, o fato de Max estar fazendo isso significava alguma coisa. Sempre desejou ter dois filhotinhos, mas, quando perdeu parte da perna, imaginou que teria de deixar suas ambições de lado e que seria condenado a viver para sempre sem um corpo para lhe esquentar na velhice. Ele notou que o Ômega estava com os movimentos do braço direito limitados.

— Seu braço está machucado. Eles feriram você?

Max negou balançando a cabeça.

— Caí de mal jeito quando fui posto aqui dentro.

O Alfa inclinou o corpo para frente e pegou um pouco da mistura.

— Vire o braço. — Max olhou-o confuso quanto a sua atitude, mas fez como ele pedira.

Scott passou a mão delicadamente pela extensão do braço do Ômega espalhando a mistura pela área machucada.

— Obrigado.

Scott sorriu novamente e, quando foi ajustar sua postura no caixote, a nau sacolejou, e ele foi lançado para frente caindo de joelhos.

— Porra! — Rugiu ao sentir a dor na perna.

— Você está bem? — Max ajudou-o a ficar de pé. — O que foi isso?

— Não sei. — O Alfa ergueu o olhar para o teto da coberta ouvindo os vários passos e vozes nervosas da tripulação logo acima. — Vamos ver.

Scott segurou na mão do Ômega e, sem pensar no que estava fazendo, puxou-o consigo para a abertura da escotilha. Ele levantou a tampa e subiu apenas o suficiente para sua cabeça e torso passarem.

— O que está acontecendo? — Scott indagou confuso ao ver os Alfas e Betas correrem de um lado para o outro segurando arpões enormes.

— Uma criatura pavorosa está tentando derrubar o navio. — Um dos Alfas afirmou.

— Vem. — Scott terminou de subir e puxou o Ômega para cima.

Havia uma correria e gritos confusos vindos de todas as partes. Uma cauda como a de uma serpente enorme emergiu da água e acertou o centro da embarcação causando grande estrago.

— Não gastem munição com a cauda, seus idiotas! — Noah rugiu ao ver a tripulação atirando os arpões e disparando com suas pistolas. — Encontrem a cabeça e mirem nela!

— Onde ela está?! — Billy gritou à procura da parte superior do monstro.

Os piratas estavam procurando ao redor da nau, mas uma grande movimentação nas águas fez com que as embarcações balançassem para o mesmo lado, quando uma criatura começou a surgir do outro lado do Cisne Negro. O corpo enorme da criatura ergueu-se imponente mostrando sua verdadeira forma. Ele possuía a cabeça como a de um dragão, chifres e espinhos provinham do topo descendo ao longo de sua nuca e costas.

Nas laterais da cabeça, havia longas barbatanas e, quando ele abriu a enorme boca cheia de dentes pontiagudos e ferozes, um rugido furioso saiu de sua garganta quase ensurdecendo os piratas.

— É um leviatã! — Um Alfa gritou desesperado.

— Abandonar navio! — Um outro gritou prestes a pular na água.

— Fiquem onde estão, seus bastardos imundos! — Noah gritou. — Estou mesmo fodido se a minha vida depender de vocês, bando de inúteis!

— Rowan — o capitão chamou seu atirador —, não vai ser possível usar os canhões de modo tradicional…

— Entendi, capitão. — O Alfa sorriu e chamou alguns bucaneiros para acompanhá-lo.

Os Alfas pegaram as bolas utilizadas em canhões e acenderam os pavios manualmente, lançando-os contra o leviatã. Os balotes que o atingiram destruíram sua grossa pele escamosa, e a besta rugiu de fúria e dor acertando a nau mais uma vez com sua cauda cravejada de lanças. Entre a correria sem fim, Conrad puxou seu Ômega consigo e lançou-o dentro da cabine.

— Fique aí! — E correu em direção aos cabos que davam acesso ao alto das velas.

Victor também fez o mesmo e puxou Jean, o Ômega olhou para trás e viu Max com Scott. Jean estendeu a mão para ele.

— Vem! — Scott olhou para Max e assentiu, o Ômega correu junto com Jean e Victor. O caçador deixou-os na cabine e voltou para se juntar aos demais piratas na batalha contra o leviatã.

James estava procurando por suas armas dentro do cômodo e, quando girou o corpo para sair, deu de cara com os outros dois Ômegas. Sem tempo para discussões, ele puxou seu irmão para perto e o abraçou.

— Fique aqui dentro e não saia por nada! — James pediu quase ordenando, e o mais novo apenas assentiu. James ainda voltou-se para o outro Ômega: — Fique com ele.

Max anuiu e correu com Jean para ficarem escondidos embaixo da mesa, e evitar que os objetos que estavam sendo lançados das prateleiras os atingissem.

A criatura mergulhou de cabeça contra o Cisne Negro, rompendo parte da armação e balançando a embarcação fortemente, e fez com que todos os tripulantes caíssem espalhados pelo convés. O leviatã ergueu o corpo outra vez para um novo ataque, mas foi surpreendido por um Alfa que estava no alto de um mastro. Conrad disparava com sua pistola contra os olhos da besta enquanto empunhava uma espada com a outra, tentando se equilibrar em cima das vergas que seguravam as velas. O leviatã chicoteou Conrad com sua língua longa e bifurcada, fazendo-o tropeçar e quase cair. A espada que segurava escapou de sua mão e caiu fincada no chão quase no mesmo instante em que James surgiu para ajudá-lo. O Ômega segurou na lâmina e aproximou-se da lateral do navio, onde se encontrava parte da barriga do animal. Ele girou a espada e rasgou parte de sua carne fazendo o bicho guinchar.

— Mandei você ficar na cabine! — Conrad rugiu quando viu seu Ômega exposto ao perigo no convés.

O leviatã ergueu uma de suas fortes nadadeiras e lançou-a contra o Ômega, só não o atingiu porque Yerik se lançou contra ele, derrubando-o no chão. Quando movimentou seu braço cartilaginoso de volta, Victor agarrou na ponta e rapidamente o espadachim se levantou do chão para partir a nadadeira da criatura ao meio. Conrad cravou suas duas adagas na garganta do leviatã e desceu deslizando e rasgando todo o centímetro vertical da fera. A besta rugiu alto e cessou seu ataque submergindo novamente e sumindo pela escuridão das águas.

Mar
KWANZA

Capítulo 14

A turbulência nas águas foi diminuindo conforme a criatura se afastava, e logo a calma tomou conta do lugar. Havia pedaços de madeira, cabos partidos e velas soltas no Cisne Negro. Na outra embarcação o estrago foi pior, além das avarias, havia um terrível rastro de sangue espalhado pelo convés. Pelo olhar do imediato, aquele sangue não era apenas do leviatã. Conrad passou o olhar pelo convés do Cisne Negro, havia alguns feridos, mas todos estavam bem. Ele caminhou até a borda e olhou para o contramestre na nau. Noah negou com a cabeça.

— Quantos? — O capitão questionou do outro lado.

— Três. — Eles estavam se referindo ao número de mortos.

— Temos um problema, capitão. — Daphne surgiu atravessando a passarela. — A criatura abriu uma fenda no porão. Não é tão grande, mas a água está invadindo. É só questão de tempo para que a nau afunde.

— O que faremos, capitão?

Conrad fechou os olhos inspirando profundamente. Ele pensava no que fazer quando uma comoção entre alguns piratas se iniciou.

— Eu digo a vocês que devemos voltar! — Joe opinou.

— Isso é só o começo. — Um outro pirata concordou. — Perguntem ao navegador, nós apenas acabamos de entrar no Mar Tenebroso.

— Covarde!

— Ele tem razão. Fomos amaldiçoados desde que esse Ômega se juntou à tripulação. — Joe continuou. Conrad abriu os olhos e olhou-o, mas ele não percebeu. — Todo mundo sabe que trazer um Ômega a bordo traz má sorte.

— Verdade. E ele sendo lúpus deve ser até pior.

Joe olhou para seu companheiro assentindo e continuou com seu discurso:

— Esse tesouro não vai valer de nada se perdermos nossas vidas. Deixemos a nau de lado, ela vai afundar de qualquer jeito. Colocamos os três Ômegas lá e vamos *emb*... — Antes que pudesse concluir, a mão de Conrad agarrou sua garganta e apertou fortemente.

Joe olhou para seu capitão, com os olhos esbugalhados, a boca aberta enquanto guinchava em agonia e a coloração avermelhada pintava seu rosto e suas orbes. A pressão tornou-se mais forte, e alguns podiam jurar que ouviram o som de osso se quebrando.

— Quem mais quer expor sua opinião? — Conrad virou-se para a tripulação, e os piratas que estavam concordando com Joe deram um passo para trás. — James é meu Ômega, e qualquer palavra dita contra ele será considerada uma ofensa a mim.

Noah fez sinal para que Sven e Jared recolhessem o corpo de Joe e o jogasse no mar.

— Você está se sentindo bem? — Sebastian foi o único que teve coragem de se aproximar do lúpus naquele momento.

— Estou. — Conrad respondeu e, em seguida, voltou-se para a tripulação: — Tragam as cargas da nau para o Cisne Negro. Daphne, estude as avarias e diga-nos o que pode ser feito para consertá-las.

A Beta assentiu e colocou-se a analisar o navio.

— Eu ajudo. — Claire juntou-se à mecânica.

— Vou preparar um pouco de chá de vitex para você.

— Já disse que estou bem, Sebastian.

O médico observou o mais novo com os olhos semicerrados. Ele tinha acabado de matar um dos bucaneiros apenas porque ele se posicionou contra a ideia de ter Ômegas a bordo, estava claro para o Beta o que se passava com seu irmão.

Dentro da cabine, James estava examinando o irmão e os danos causados pela criatura nos aposentos do capitão.

— Está tudo bem mesmo? — James perguntou.

— Sim. Estava quase entrando em pânico, mas o Max me tranquilizou.

— Obrigado, Max.

— Ah, ele estava me deixando nervoso...

— Não precisa se envergonhar porque fez uma coisa boa.

Max desviou o olhar, certamente porque estava ruborizando.

— O Scott!

— Ele está bem. — James teve certeza de que viu Max suspirar aliviado. — Está lá fora ajudando a limpar o convés.

— Vou ajudar. — Max saiu deixando os irmãos sozinhos.

— James, quero falar com você. — Jean pediu hesitante.

— Bom, podemos conversar, enquanto arrumamos essa bagunça.— O mais jovem assentiu, e eles começaram com as estantes, levantando-as.

— Sabe o motivo de eu ter ido para a nau?

— Era justamente isso que eu ia te perguntar antes do ataque.

— Então... *eu*... — Jean começou, mas hesitou sem conseguir continuar.

— Sabe que pode me contar tudo, não é? Sou seu irmão e amo muito você, Jean. É por causa do caçador?

— Como sabe?

— Não sabia, mas você acabou de confirmar. Era só uma suspeita.

— Desculpa, James.

— Por que está se desculpando? Você ficou um tempo com Victor, e ele te protegeu daquele tenente nojento. É natural que tenha desenvolvido afeição por ele.

— Não sei o que sinto... mas gosto de estar perto dele. Gosto muito de ouvir a voz dele.

— Oh, meu amor. — James largou alguns mapas em cima da mesa e segurou as mãos dele. — Não acho que Victor seja do tipo que cria raízes em algum lugar. Mas, se você quiser ficar com ele, não vou brigar com você. Não tenho esse direito e só desejo sua felicidade.

— Ele não me quer, James. Falei que queria vê-lo, e ele me mandou voltar para você.

— Então ele é um idiota.

— Quem é um idiota? — Thomas apareceu na porta. — Não quis atrapalhar, só queria saber se todos estavam bem.

— Você não atrapalha. — James fez um gesto para que ele se aproximasse. — Estamos mesmo precisando de ajuda aqui.

— Céus, os mapas estão todos bagunçados. — O navegador lamentou vendo os papéis espalhados pela mesa.

— Eu não sabia como organizá-los então só os deixei na mesa.

— Tudo bem, vou cuidar muito bem dos meus bebês.

— E quanto ao Victor? — Jean perguntou acabrunhado.

— *Hm*... eu acho que... — Sendo apenas dois anos mais velho e igualmente criado para ser um boneco de porcelana, James não tinha um bom conselho para ele.

— Já entendi. — Thomas articulou. — Victor é o idiota. *Hm*... amor não correspondido? Você deveria parar de correr atrás dele.

— Como você sabe?

— É muito claro pelo modo que você olha para ele. É como o jeito que Rowan olha para mim, igualzinho.

Os Ômegas ficaram pensativos tentando lembrar-se do olhar do Alfa para o navegador. Coincidentemente, naquele mesmo instante, Rowan abriu a porta.

— Tom, preciso falar algo sério com você.

O Beta olhou para trás e novamente para os Ômegas.

— Viram? Desse mesmo jeito.

James e seu irmão sorriram desviando o olhar quando o Alfa os fitou confuso.

— Do que estão falando?

— De nada, Rowan. Thomas só estava nos ajudando, mas pode ir com ele, Tom. Vamos separar os mapas e os livros na mesa, depois você vem aqui dar uma arrumada neles.

— Jean, seja mais decidido. — O navegador aconselhou. — Você está livre das regras de seu pai. O único que você precisa obedecer é ao capitão, caso contrário ele vai quebrar seu pescoço.

— Do que está falando? — James indagou-o confuso.

— Nada... o que eu estava falando mesmo? Ah sim, Jean, você precisa se mostrar mais independente. Ter mais personalidade, sabe? Sei que é tímido, mas, talvez com um pouco de tequila, você se soltaria mais...

— Nada de tequila. — James avisou-o.

— Certo, nada de tequila. — Thomas confirmou. — Vou falar com o Rowan e depois te dou umas dicas a mais.

O Beta piscou para Jean e logo saiu da cabine. Rowan segurou-o pelo cotovelo, delicadamente, e puxou-o para uma área longe de todos.

— O que aconteceu hoje? — Rowan começou. — Essa besta terrível que nos atacou e a decisão do capitão de seguirmos com a viagem me fizeram pensar que a vida é muito curta para guardarmos as coisas para nós mesmos.

— O que está querendo dizer com isso?

— Eu te amo, Thomas.

— *Eita.*

— Não precisa me dizer nada agora, sei que pode estar confuso com essa confissão tão repentina. Por isso, pode levar o tempo que quiser para pensar.

— Então é aí que você está? — Yerik surgiu com os braços cruzados. — Fugiu do trabalho e me deixou amarrando os cabos sozinhos não foi, Rowan?

O atirador revirou os olhos girando para encará-lo.

— O que foi? Não está alcançando os mastaréus? — Rowan riu devido à baixa estatura do espadachim. — Fica na pontinha dos pés que você consegue.

— Vou te mostrar o que consigo ou não... — Yerik avançou contra ele, mas o Beta se colocou entre os dois.

— Não vamos perder nosso tempo brigando quando se tem muito trabalho a ser feito. Rowan, eu... — Thomas olhou rapidamente para o espadachim que prestava bastante atenção em suas palavras. — Vou pensar no que me falou.

— Mas pensa com carinho.

— Claro, pensarei. Agora ande logo, as velas não irão se levantar sozinhas.

Thomas viu Rowan se afastar, mas franziu o cenho quando viu que Yerik permaneceu parado no mesmo lugar.

— Você agiu rápido hoje salvando a vida do Junbuu. — Yerik elogiou-o. — Fiquei bem impressionado.

— E você salvou o James.

— Pois é, somos uma boa equipe... — Yerik afirmou olhando para os lados como quem não quer nada. Quando repentinamente ele confessou: — Quero te falar uma coisa há muito tempo.

— Ai, de novo... — Thomas suspirou em voz alta sorrindo nervoso. Assim como da primeira vez, sem saber como se comportar.

— O que disse?

— Nada... continue.

— Sabe *eu... eu...* mas que merda! Não sei como falar essas coisas.

— Respire. — Thomas aproximou-se do Alfa segurando uma de suas mãos, enquanto a outra ele encaixou em uma face dele . — Fale com calma. Não precisa ter pressa.

Yerik ficou um tempo em silêncio apenas admirando as feições do Beta, a harmonia em sua beleza e o modo calmo como lidava com as coisas.

— Não sei como... *eu só...* — Yerik ergueu a mão do navegador que segurava a sua e espalmou-a em seu peito. — Pode sentir isso?

— Está batendo rápido e forte...

— Por você. — Yerik confessou. — Você me faz ficar assim. E é por isso que meu coração é seu.

Thomas abriu a boca para falar, mas, por cima dos ombros do Alfa, viu Rowan puxando os cabos das velas junto com os outros piratas. Seus olhos marejaram, e ele sentiu um aperto dentro de si.

— Eu...

— Não diga nada. Sei que estava olhando para o Rowan agora mesmo. Está dividido, e eu entendo, mas precisa se decidir. Voltarei ao trabalho e, enquanto isso, você pensa. Quando estiver pronto, me procure.

— *Hm*... certo.

Yerik anuiu e voltou para o convés, onde todos os piratas estavam trabalhando para consertar os estragos deixados pela besta marinha.

Desde que foi recrutado para fazer parte da tripulação, Thomas tornou-se rapidamente íntimo do atirador. Embora lidasse com as armas mais pesadas da embarcação, Rowan era gentil e sempre sorridente, atencioso e compreensivo. Sua confissão repentina não foi algo totalmente surpreso, pois o navegador sabia que o Alfa possuía sentimentos fortes por ele e, claro, era recíproco. Thomas passou por diversos momentos ao longo de sua vida, constantemente cheia de triunfos e também desventuras. O Beta sempre estava pronto para qualquer sorte, à exceção de dois Alfas de quem ele gostava muito declarando seu amor por ele.

Thomas sentou-se em uma caixa de madeira, apanhou sua bússola dourada que estava no bolso frontal do colete e encarou a agulha por baixo do material transparente. Ele se distraiu observando a peça de metal girar conforme movia o objeto em várias direções. Tendo em mente que uma bússola sempre aponta para o norte, Thomas fechou os olhos e respirou fundo, lembrando-se das palavras que ouviu dos dois Alfas momentos atrás.

Quando Yerik se juntou aos piratas, seu jeito único e peculiar chamou a atenção do navegador por ser completamente o oposto de Rowan, que sempre foi natural em expressar o que sente, de modo distinto do espadachim, que em geral se mantinha mais calado e tinha um jeito mais introvertido e bruto de demonstrar suas emoções. Mas Thomas sabia que os dois tinham algo em comum e descobriu aos poucos que eles eram mais parecidos do que demonstravam por fora. Os Alfas eram destemidos, inteligentes, fortes, de uma beleza singular e, acima de tudo, protetores. O Beta não planejou ficar emocionalmente ligado entre duas pessoas, mas aconteceu e, agora, estava em uma situação tão complicada quanto se é estar perdido no meio do oceano sem uma bússola para se orientar. E mesmo que possuísse tal objeto, ele sabia que a agulha só mostraria uma única direção, um único norte e, no mapa de sua vida, ele possuía dois, Rowan e Yerik.

Thomas abriu os olhos e caminhou até a borda na parte de trás do navio. Sempre considerado tão inteligente, agora ele não sabia responder como seguir duas direções ao mesmo tempo. Olhou para o céu e observou as estrelas que, aos poucos, foram tornando-se turvas à medida que os olhos do Beta ficaram úmidos. Ele tentou buscar, através das constelações, uma orientação que o ajudasse a tomar uma decisão sobre qual caminho seguir.

Victor estava afiando a lâmina de sua katana. Era algo que costumava fazer sempre que estava prestes a embarcar em uma missão ou apenas quando queria se distrair dos pensamentos. Ele notou quando um indivíduo se aproximou pela esquerda. O aroma doce de jasmim já indicava quem era, ele não se deu ao trabalho de erguer a cabeça e continuou em sua atividade.

— Acho que precisamos conversar. — James avisou.

— Se você diz. — O caçador manteve sua atenção na lâmina.

O Ômega cruzou os braços respirando profundamente para não fazer nenhuma bobagem. Ele tomou a pedra do caçador, colocando-a em cima de um caixote com pouca paciência.

— Meu irmão gosta de você. Sei que já percebeu isso, só vim aqui para te falar uma coisa, caçador. — Victor estudou o Ômega dos pés à cabeça. Viu o punhal e as duas pistolas que carregava em seu cinto, mas os ignorou, encarando-o com atenção. — Machuque o Jean, e vou fazer picadinho de você.

— Minha carne não é muito saborosa.

— Não estou brincando. — James mantinha o semblante sério. Embora seus traços fossem de uma polidez amável, seus olhos demonstravam certa ferocidade que Victor não deixou de notar. — Ele é o ser mais precioso deste mundo e não merece derramar uma lágrima sequer por causa de um Alfa tão insensível como você, que não se importa com nada além de si mesmo.

— Você tem razão, não me importo com nada, muito menos com sua ameaça. Posso matá-lo desarmado e com uma mão nas costas.

— Morreria antes mesmo que tentasse. — O capitão Conrad afirmou se aproximando de ambos. Ele encarou o caçador com fúria controlada e virou-se para o menor. — Quero falar com você.

James assentiu.

— Depois terminamos essa conversa. — James disse para o caçador.

— Não, já terminamos por aqui. — Victor respondeu. — Não tenho a intenção de ferir os sentimentos dele e é por isso que não me aproveitei de todas as chances que tive para tomá-lo.

James encarou-o e piscou algumas vezes totalmente perplexo. O caçador guardou sua arma e o amolador e seguiu para a nau, a fim de ajudar no transporte das cargas.

— Bastardo! — James rosnou.

— O que aconteceu? — Conrad franziu o cenho.

— Jean está gostando dele. Mas esse maldito não se importa, porque ele é seco por dentro.

— Quer que o mate?

— Não... — James olhou para o Alfa um pouco chocado com sua proposta. — Eu cuido disso. O que queria falar comigo?

Conrad cruzou os braços e mudou a expressão para algo mais sério.

— Quando o deixei na cabine, foi para sua própria segurança. Sei que é um Ômega forte e que pode lutar contra inimigos diversos, mas não contra um leviatã, James.

— Está enganado e você sabe disso. Ele ia te matar, mas o ataquei e salvei sua vida!

— E eu mandei você ficar na cabine. — Conrad aumentou o tom, mas logo diminuiu a voz quando viu que estava chamando atenção de outros piratas. — Quando eu mandar você fazer uma coisa, deve me obedecer, porque é para sua segurança. Não sei o que faria se algo te acontecesse.

— E quanto a mim? O que eu faria se você fosse morto? Sei que se preocupa comigo, mas também temo que se machuque. Quando vai entender isso? — James desativou a postura rígida do Alfa quando se aproximou deste e acariciou seu rosto. — Eu daria minha vida por você.

Conrad segurou em seus quadris e relaxou as feições.

— Quando me viu pela primeira vez, só sabia gaguejar tremendo de medo. Agora está aqui me enfrentando, seu capitão.

— Antes de ser meu capitão, você é meu Alfa, e vou encarar qualquer coisa para te manter a salvo. Mesmo que para isso eu tenha que te enfrentar primeiro. Não sou seu protegido, sou seu Ômega e companheiro. Estarei com você em todas as situações.

— Vim aqui para te repreender, mas você só me deixou ainda mais apaixonado e orgulhoso. — Conrad sorriu acariciando a face dele e escondendo alguns de seus fios loiros atrás da orelha. — Estamos atrás do *Imperium*, mas o maior tesouro de todos está bem diante de mim.

Conrad inclinou o rosto e tomou os lábios do Ômega, beijando-o sem se importar com os olhares dos demais Alfas e Betas.

E assim a noite caiu. Após todo o trabalho custoso de transferir toda a carga entre as embarcações, a nau foi deixada para trás. Ainda faltavam alguns consertos na estrutura do Cisne Negro, mas eles precisavam de materiais que não tinham no momento. Logo, ancorariam na primeira ilha que encontrassem. Se houvesse alguma por aquela região.

O silêncio no gabinete do conde não era por falta de pareceres. O comodoro Roy havia acabado de regressar após meses de ausência trazendo consigo não os galeões e a nau repleta de recursos, mas três navios que foram emprestados pelo Imperador de Nidras. Não havia sombra dos Ômegas e muito menos do capitão Conrad. Tudo o que estava diante do conde era o oficial e sua palpável vergonha.

— Como diabos você explica a perda de três galeões e o roubo de uma nau por apenas uma tripulação de malditos piratas?! — O conde espumava de ódio.

— O caçador se juntou a eles.

— O caçador vale por uma frota inteira, comodoro?

— Não, senhor.

— Você será rebaixado a capitão de mar...

— Se me der mais uma chance, posso...

— Não me interrompa, seu imprestável! Uma chance para quê? Envergonhar ainda mais o nome da Marinha? Você já fez o suficiente. Recebi uma proposta do Marajá Tossif, ele vai assumir a missão de prender o capitão Conrad e, em troca, irei diminuir os impostos coletados sobre o comércio da Ilha de Nabuco.

— Recuperamos o controle de Nabuco?

— Um pirata até então desconhecido matou o maldito que dominava a região, e o Reino de Gaeul tomou o poderio novamente... mas isso não vem ao caso no momento, você e aquele seu subordinado servirão momentaneamente aos oficiais da Marinha de Nidras.

— Mas...

— Isso é tudo, comodoro Roy.

O Alfa saiu do gabinete do conde com um sentimento de derrota queimando suas entranhas. Ele encontrou seu parceiro Derin, que aguardava ansioso por saber dos resultados. Pela expressão amarga que o comodoro carregava, o tenente entendeu que as notícias não eram nada boas.

— Ele passou a missão para o Reino de Nidras.

— Velho estúpido! — Derin socou a parede. — Mas e nosso noivado com os filhos dele?

— É com isso que você está preocupado? Há vários Ômegas de boa família com os quais podemos nos casar, Derin. Aqueles já caíram em desonra.

— *Tsc*! Não importa. Eu o quero! Aquele pequeno miserável! E aquele irmão dele, você não deseja se vingar?

— Desejo manter apenas o que restou de minha dignidade. Fui rebaixado a capitão de mar e guerra.

— Tudo por culpa daquele caçador desgraçado! Ele nos traiu, Roy. Quero matar aquele maldito.

Roy nada disse, além de um longo suspiro, enquanto ouvia as maldições ditas por seu amigo.

— Cruzamos tudo isso?! — Jean perguntou muito impressionado.

Thomas estava junto ao Ômega, ambos se distraindo pelos dias tediosos que se seguiram. O Beta mostrava as rotas e os lugares que conheceu e, ainda, aqueles desconhecidos que eles estavam desbravando. Assim como o navegador, Jean possuía bastante inteligência e logo compreendeu os macetes da náutica.

— Sim. Com a força do vento, podemos percorrer grandes distâncias em pouco tempo, mas com duas velas perdidas não tenho muita certeza se chegaremos a algum lugar no tempo em que previ.

— E se não tiver nada do outro lado?

— Dizem que há um grande abismo. — Jean olhou-o pasmo. — Mas claro que deve haver alguma coisa do outro lado ou Bloodthirsty não teria vindo para essas direções.

— Mas dizem que ele é louco.

— E não somos todos? — Thomas riu divertido. — Piratas insanos.

— Piratas insanos... — O Ômega repetiu baixinho cheio de encanto.

Estavam tão distraídos com os mapas que não viram o momento em que o caçador se aproximou caminhando diretamente em direção a eles.

— Tem um tempo? — Victor perguntou ao Ômega ignorando totalmente que ele estava conversando com o navegador.

Thomas olhou de esguelha para o Ômega e, em sigilo, balançou a cabeça indicando para o mais jovem negar a pergunta.

Rapidamente o Ômega recebeu a mensagem e respondeu com voz vacilante:

— Estou ocupado.

— Tenho certeza que o Beta tem algo mais importante para fazer.

— Na verdade, não. — Thomas ergueu o rosto para fitar o Alfa.

Victor encarou-o de modo duro e intenso, na intenção de intimidá-lo, mas o Beta permaneceu firme. Sabia que ele não encostaria em si, não enquanto houvesse dois Alfas a bordo e prontos para matar qualquer um que ousasse tentar contra sua vida. O olhar foi desviado para Jean, porém o Ômega não agiu como Thomas e abaixou a cabeça olhando para o chão. Victor suspirou dando meia volta e indo para outro lugar.

— Oh, céus! — Jean soltou o ar que estava preso dentro dos pulmões. — O que foi isso?

— Isso foi você dando a ele o gostinho de ser ignorado.

— Acho que ele ficou irritado.

— Pena... — Thomas suspirou totalmente despreocupado. — Vem. Vamos continuar…

Depois de ter certeza de que todos os botões estavam nas casas certas, seu cabelo estava devidamente arrumado e que não tinha nenhuma marca suspeita à vista em seu corpo, James saiu da cabine e olhou ao seu redor vendo os piratas trabalharem espalhados pelo piso inferior. Ele viu Jean na proa, debruçado como sempre gostava de ficar para ver a água quebrando contra o casco dianteiro. Victor não estava em seu campo de visão, mas Conrad saiu da cabine logo depois, deixou um beijo em sua têmpora e seguiu para falar com o contramestre, que estava próximo de seu irmão.

— Vamos ajudar o Junbuu a cortar cebolas? — Thomas convidou-o.

James aceitou de imediato. Não tinha nada mais para fazer além de ver o tempo passar, lento e entediante. Mas, assim que abriram a porta que dava acesso ao piso da cozinha, Yerik surgiu subindo a escada.

— Já tem uma resposta?

— Céus, eles brotam do nada. — Thomas levou uma mão ao peito e fez sinal para James: — Pode ir na frente que já chego lá.

O Ômega assentiu e desceu.

— Não quero te pressionar, mas você está demorando muito. — Yerik olhou a sua volta e aproximou-se um pouco mais do Beta. — Olha, se você quiser ele, é só falar…

— Não, *eu*... — Thomas iniciou, mas parou assim que o Alfa o encarou sério com os braços cruzados. Seu jeito indiferente e o modo despreocupado como lidava com as coisas o deixava fofo e mortal ao mesmo tempo. Em contrapartida, Rowan tinha uma personalidade diferente, era completamente claro com suas emoções e só demonstrava frieza quando se tratava de fazer um bom trabalho. Thomas não sabia quem escolher ou negar, logo só tinha uma resposta para dar naquele momento: — Quero você.

Yerik sorriu e segurou no queixo do Beta deixando um selinho em seus lábios.

— Escolheu bem.

Mas o navegador não fez sua escolha de fato, ele apenas disse o que o Alfa queria ouvir. Satisfeito com a resposta, Yerik saiu de seu caminho e deixou-o seguir. Assim que chegou à cozinha, Thomas viu James sentado ao lado de Rowan, estava prestes a dar meia volta e fingir que havia se esquecido das cebolas, mas o Ômega o viu primeiro e chamou-o para se sentar perto deles.

— Rowan estava te procurando. — Anunciou James. — Então eu disse para ele te esperar aqui, porque você logo se juntaria a nós.

— Estava, é? — Thomas sorriu amarelo.

— Sim. — O Alfa confirmou. — Você já chegou a uma resposta?

— Então... — Thomas respirou fundo. Rowan fitava-o cheio de esperança. Estava sorrindo como se já esperasse por uma resposta positiva. Thomas questionou-se mentalmente. De novo ele só teve uma resposta: — Quero você.

O sorriso do Alfa alargou-se tanto que iluminou o ambiente.

— Que bom. — Rowan segurou as mãos do Beta e beijou as costas delas. — Vou ver se eles precisam de mim lá em cima.

Assim que o Alfa sumiu pela passagem para o convés, James virou-se para Thomas:

— Poxa, Yerik já sabe?

— Então, James, fiz uma grande estupidez.

— O que você fez? — Sem coragem para falar, o Beta permaneceu em silêncio. James rapidamente entendeu o que estava acontecendo. — Ah, você não fez isso…

— Ah, fiz sim.

— Tom…

— James… e agora, o que eu faço?

— Não sei. Acho que... o que você realmente quer?

— Gosto dos dois, James. Eles pensam que estou confuso, mas não é verdade. Quero mesmo estar com os dois. Eles são completamente o oposto um do outro, mas se parecem tanto… é muito egoísmo da minha parte, não é?

— Acho que não, Tom. Seus sentimentos são puros e sinceros. Mas eles merecem a verdade, você precisa conversar com eles e falar como realmente se sente.

— Você tem razão, mas quem disse que tenho coragem?

James suspirou pensativo almejando poder ajudar seu amigo, mas não tinha nada que pudesse fazer. Sua parte ele já fizera, aconselhando-o da melhor maneira que pôde. Agora, tudo dependia do Beta.

Após a última refeição do dia, Jean combinou de aprender um pouco mais sobre navegação com Thomas. Ele o aguardava na parte de trás da embarcação, onde quase ninguém os atrapalhava. Estava organizando os mapas quando ouviu alguém se aproximar, sorriu e olhou animado pensando se tratar do navegador, mas, quando viu o caçador parado diante de si, quase sentiu a alma deixar seu corpo.

— Então, agora que não precisa mais da minha proteção, vai apenas ignorar minha existência. — Victor afirmou.

— Não é nada disso. Eu estava conversando com Thomas.

— Ele não está aqui agora. Qual vai ser a desculpa dessa vez? — Jean não respondeu. Ele se abaixou ao lado do Ômega e sentou em um caixote. — Está chateado comigo. Você não percebe que não sou o Alfa certo para você?

— Por que não?

— Você é só um menino. Eu não...

— Estou farto disso! — Jean rugiu, levantando-se do chão, com os punhos cerrados. — Meses atrás meu pai me apresentou ao meu noivo. Com dezessete, eu já estava com idade para casar. Mas, agora que tenho dezoito anos, não posso decidir o que quero? Para o inferno todos vocês!

Jean virou-se para se retirar, mas foi puxado pelo cotovelo.

— Solte-me. *Sou muito novo para você.* — Jean afirmou com sarcasmo, puxou o braço e viu-se livre.

— Não quero me quero casar e ter filhotinhos.

— E quem disse que eu quero? — Jean ergueu uma sobrancelha. — Você está muito emocionado, Alfa.

O caçador avançou devagar e em silêncio, obrigando-o a regressar os passos até fazer o Ômega bater com as costas em um dos mastros que suportava as velas traseiras.

— O que... — Jean perdeu a voz quando sentiu a mão do Alfa tocar em sua bochecha, o polegar contornando seus lábios e os olhos castanhos mergulhados no infinito azul do Ômega. — Victor...

— Então o que quer? — A voz enérgica do Alfa sobressaiu-se acima da sua. — Está percorrendo por um caminho perigoso, menino.

— Do que tem medo, caçador?

A pergunta pegou o Alfa de surpresa.

— Não temo nada.

— Pois o que vejo é insegurança por trás dessa máscara de... — Jean foi interrompido pelos lábios do Alfa comprimidos contra os seus.

Se não estivesse apoiado entre o mastro e o caçador, o Ômega certamente teria caído. Ele não sabia o que fazer e apenas seguiu os movimentos do Alfa sentindo a língua dele sobre a sua. A mão do caçador estava apoiada em sua nuca, enquanto a outra segurava firmemente sua cintura. Após separar seus lábios, o Alfa fitou seu rostinho corado e os olhos ainda fechados do Ômega, que só os abriu quando sentiu a testa do Alfa encostar na sua. E Victor estava sorrindo. Um sorriso grande e sincero, como nunca tinha visto nele antes. Jean olhou para o pingente de Lua no peito do Alfa e, logo em seguida, ergueu o olhar para o rosto dele novamente.

— Estou perdido... — Victor afirmou arrancando uma risada gostosa do Ômega.

— Eu também.

— Você é bem teimoso.

— É o que James sempre diz...

Thomas se aproximava, mas, ao ver o casal juntinho na popa, sorriu e deu meia volta, deixando-os sozinhos quando o Alfa puxou o pequeno para beijá-lo novamente.

A timoneira ganhou um tempo de descanso depois de semanas guiando a enorme embarcação. Em seu lugar, o próprio capitão assumiu o leme juntamente com seu Ômega.

James estava segurando nas malaguetas, e o Alfa logo atrás para dar sustentação ao equipamento, que se mostrava pesado a cada corrente marítima. Eles não queriam um outro incidente como quando Jean assumiu o controle e lançou os tripulantes sem delicadeza para um lado específico.

— Só falta um papagaio no meu ombro. — James brincou fazendo o mais velho rir.

— Acho que você tem lido muito romance.

Logo na dianteira, Jean estava sentado na mureta com os pés para fora do navio, com Victor logo atrás com os braços ao redor de seu torso, impedindo-o de cair.

— *Hm*...

— Se você quiser... — Capitão Conrad iniciou, mas James o interrompeu.

— Já sei, você mata ele se eu quiser. Mas não quero, Victor não fez nada que me faça querer matá-lo. Só estou de olho mesmo.

— Tem certeza? Estamos em um ângulo em que posso acertar uma adaga direto em seu olho esquerdo.

— Conrad! — James riu. — Não brinca com essas coisas.

— Quem disse que estou brincando?

O Ômega olhou para trás e Conrad piscou para ele sorrindo.

O navio inteiro rangeu, e o timão travou momentaneamente. Os ventos estavam ficando mais fortes, assim como a água que puxava a embarcação na direção contrária em que o leme estava virado.

— Uma tempestade se aproxima. — O capitão afirmou olhando para o céu no horizonte.

— Mas o tempo está lindo.

— Confie em mim, sei o que estou dizendo. Melhor você ir para a cabine e ficar por lá até que seja seguro.

— Já conversamos sobre isso. — James comprimiu os lábios.

Conrad suspirou pacientemente e virou-o para si com uma das mãos sem largar uma das malaguetas.

— Eu sei, meu bem. Mas nesse caso não pode. Você não tem experiência em manusear as peças da embarcação. Você não tem força para segurar e manter um cabo, ele puxaria você para o alto e o lançaria para longe. A tripulação não vai ter cuidado com um Ômega zanzando pelo meio deles, e alguém sempre vai esbarrar em você. Não quero ser rude, mas nesse caso só vai atrapalhar, meu coração. Estou pedindo, por favor, fique na cabine com seu irmão.

— Está bem. Mas e o Max?

— Acho que ele já perdeu seu trauma de estar no porão.

— Mas o porão está repleto de cargas. Com o movimento da embarcação algumas delas podem cair por cima dele e machucá-lo.

— Quer levá-lo para a cabine também?

— Sim. Ele não parece ser o mesmo de antes. Está mudando, só não quer aceitar. — James sorriu balançando a cabeça. — Ele é orgulhoso. Mas até entendo, deve ter sido a forma que conseguiu de se manter seguro por todos esses anos.

— Você precisa tomar cuidado com sua bondade.

— Não é o mal que governa o mundo, Conrad. É cada ato de bondade e empatia. As pessoas erram, eu erro, você erra. E está tudo bem. Perdoar não é burrice, é uma virtude. Aprendi com o tempo que é muita prepotência da nossa parte querer condenar uma pessoa para sempre. Não somos perfeitos e muito menos deuses.

— Eu sei, meu coração. Mas nem todo mundo vai ter dó e piedade de você.

— Você tem razão, mas a minha parte eu faço. Não tenho conta com a consciência dos outros.

— Às vezes fico em dúvida se você é um anjinho ou um diabinho.

— Posso ser as duas coisas. — James piscou para ele. — Tudo depende da ocasião.

O navio deu uma forte sacudida, e o Ômega foi prensado contra o leme quando o corpo de Conrad foi empurrado contra o dele.

— Péssima hora para ficar excitado. — Conrad lamentou, e James sorriu, enquanto era beijado. O beijo foi separado por outra estremecida da embarcação. — Maldição! Melhor você ir.

— Toma cuidado, por favor. — James deixou mais alguns selinhos em seus lábios e, logo depois, desceu entrando na cabine com os outros Ômegas.

— Estou com medo, James. — O irmão mais novo revelou.

O Ômega lúpus segurou a mão de Jean e levou-o até a cama. Max puxou uma cadeira e ocupou-a próximo à mesa.

— Não se preocupe, Conrad e os outros têm muita experiência com tempestades.

— Mas não com uma tempestade em pleno Mar Tenebroso. — Max deixou escapar em voz alta e recebeu um olhar severo de James. — O quê? Estou sendo realista.

— Não dê ouvidos a esse bobão. Tudo vai ficar bem. — James disse tentando convencer também a si mesmo.

— É claro que vai, sou muito jovem para morrer.

— Max, você não está ajudando.

— Tá, vou calar a boca. — O Ômega mais velho passou os dedos sobre os lábios como se estivesse fechando um zíper.

James sorriu balançando a cabeça, e eles cuidaram de ficar longe das estantes e seguraram firme em partes sólidas da cabine, para não serem lançados contra o chão ou paredes quando a embarcação começasse a movimentar-se com pouco controle.

— Prenderam bem os botes? — Noah questionou ao passo que ajudava Billy e Jared baixarem as velas.

— Sim, eu mesmo fiz isso. — Scott respondeu logo ao lado.

Nuvens pesadas aproximaram-se muito rapidamente trazendo consigo uma forte ventania, que fazia as ondas crescerem metros acima do normal e chocarem-se contra a embarcação. A neblina formada pela precipitação dificultava a visão dos bucaneiros devido ao vapor da água existente na atmosfera. A luz que provinha do Sol também foi interrompida e os impedia de enxergar as fortes ondas que se formavam, chegando facilmente aos seus quinze metros. Em uma delas, o Cisne Negro pendeu a estibordo e quase virou lançando todos os seus tripulantes para o lado direito. Billy quase caiu, mas Scott foi mais rápido e o segurou pelo tornozelo, puxando-o novamente para dentro do navio.

Novas ondas atingiram o convés varrendo tudo o que estava nele para fora do navio, exceto pelos objetos presos e os piratas que se agarraram aos cabos. Um mastro foi partido e quase caiu em cima de um Alfa. No porão, as cargas só não foram lançadas e destruídas porque os Betas que foram se abrigar no compartimento as amarraram juntas, o máximo que conseguiram. Com a força das ondas, o navio praticamente saltava sobre elas e também era encoberto por estas.

— Por que ainda não baixaram a âncora?! — Conrad rosnou furioso vendo o aparelho ainda preso.

Sven ouviu seu capitão e correu para soltar a peça de ferro e dar mais estabilidade ao navio. Mesmo com as velas baixas e a ancoragem, as ondas e os ventos continuaram balançando o Cisne Negro com força absurda, quase ao ponto de virá-lo.

— Claire, vire a proa na direção das ondas!

— Sim, capitão. — A Alfa girou o leme e fez como ordenado.

Assim que a frente do Cisne Negro foi posicionada contra as ondas, as guinadas tornaram-se menos violentas. Um raio atingiu a cesta do mastro, mas o fogo não se alastrou, sendo apagado pelas próprias ondas que conseguiam atingir o convés.

— Há um turbilhão pela popa a bombordo. — Noah garantiu.

— Içar velas! — O capitão ordenou.

O vórtice puxava a embarcação para o centro do redemoinho, que mais parecia com a boca de uma enorme criatura sombria e faminta, cheia de dentes, pronta para abocanhar o Cisne Negro. Com a mínima estabilidade do navio, a potência do vento empurrou-os na direção contrária. Quando ergueram a âncora, ganharam o dobro de velocidade e, para a sorte dos tripulantes, uma breve faixa de terra pôde ser vista além da neblina escura.

— Há uma ilha mais à frente, capitão. — Jared informou observando com uma luneta. — Devemos ancorar nela ou seguir adiante?

— Ancorar, é óbvio. Precisamos consertar as avarias.

Mastros quebrados, velas rasgadas, cabos partidos e vigas destruídas, essa era a aparência que o Cisne Negro tinha por fora. No porão, o estrago só não foi maior porque os Betas foram rápidos em amarrar as cargas e os objetos pesados. Dentro da cabine, assim como nas cobertas inferiores onde dormia a tripulação, tudo estava revirado. Apesar dos estragos e dos feridos, não houve nenhum morto. Eles desceram os botes e foram cautelosos em direção à ilha temendo encontrar mais nativos canibais.

— Rowan, Noah, Billy e Jared. — Chamou o capitão. — Sondem o perímetro.

— Eu também vou. — Thomas ofereceu-se. — Quero cartografar esse lugar.

— Ótimo, vamos voltar a comer a merda que o Jared chama de comida. — Disse Sven, ao constatar que Junbuu estava com um braço quebrado.

— Porra!

— Que inferno.

— Parem de reclamar, seus imundos. — Rosnou Junbuu. — Quem está sentindo dor aqui sou eu! *Argh*! Sebastian, seu maldito, vai arrancar meu braço! *Aaah*!

— Desculpe, é o máximo que posso fazer. Precisa imobili... — O médico tentou explicar.

— *Aaah*! — O cozinheiro gritou mais uma vez interrompendo Sebastian. — Desgraça!

— Não se mexa, preciso colocar seu braço no lugar certo ou ficará torto.

— Coloque seu traseiro no lugar! — O velho rugiu. — Deixe como está! Isso dói como o inferno.

O médico revirou os olhos.

— Conrad, segura esse velho teimoso.

— Eu ajudo. — Victor prontificou-se.

Ambos eram Alfas lúpus e agarraram os outros membros de

Junbuu, deixando-o imóvel para que Sebastian fizesse seu trabalho corretamente. O velho gritou, mas logo a tortura havia acabado e seu braço estava enfaixado com uma tala.

— James, me ajuda a procurar uma concha bem bonita. — Jean pediu ao descer de um dos botes. — Quero um colar bonito igual ao seu.

— Yerik. — O capitão chamou. — Acompanhe-os.

O espadachim assentiu e seguiu os Ômegas através da margem.

— Capitão. — Max aproximou-se dele hesitante. — Vou ser deixado nessa ilha?

Conrad estudou-o tentado a fazer isso. Mas se lembrou do que James havia lhe dito há um tempo e pensou melhor.

— Não. — Conrad respondeu. — Ajude Sebastian com o que ele precisar.

O Ômega respirou profundamente aliviado e correu para ajudar o médico. Os cinco que adentraram pela floresta da ilha, para verificar se tinham companhia, decidiram se separar a fim de cobrir uma área maior em pouco tempo. Uma pequena cordilheira concentrava-se no centro da região, enquanto uma vegetação alta se espalhava ao redor da ilha.

— Vem aqui. — Thomas sentiu seu braço ser puxado e, quando deu por si, Rowan o abraçou inclinando o rosto para beijá-lo.

— Alguém pode ver. — O Beta sorriu, deixando-se levar.

— E daí? Deixe todos saberem que você é só meu.

— Mas... calma... *ahn*... — Como era difícil lutar contra algo que se gosta. — Olha essa mão boba!

— Aqui? — Rowan sorriu descendo a mão pela virilha do navegador.

Thomas olhou em direção à praia e não viu ninguém. Nas outras também não havia sinal de que alguém estava por perto. Então, ele se deixou levar e continuou beijando o atirador.

Mas acontece que o breve passeio de James e seu irmão pela praia rendeu-lhes lindas conchinhas rapidamente. Eles se sentaram próximo a Sebastian e Max, que faziam os curativos nos feridos. Sem mais ninguém para escoltar ou outra coisa para fazer, Yerik embrenhou-se na mata atrás de algum possível inimigo. Em dado lugar, ele notou que os piratas haviam se separado, contudo dois em particular foram juntos em uma só direção. E ele os seguiu. Após alguns metros de caminhada solitária, Yerik ouviu o som de duas pessoas que pareciam estar se divertindo. Avançando um pouco mais, ele se surpreendeu ao ver seu Beta agarrado a Rowan.

Rowan puxou sua pistola e apontou na direção do espadachim quando este desembainhou sua katana.

— O que foi? — Thomas perguntou inocentemente e, quando olhou para trás, quase teve uma parada cardíaca. — Ai, ferrou.

Capítulo 15

— Céus! — Thomas agarrou o braço de Rowan e o fez abaixar a pistola apontando para o chão. Ele olhou para Yerik, mas o espadachim fitava o outro Alfa como se ele fosse uma presa a ser abatida. — Guarda essa katana, por favor.

— É, e sai daqui pois está atrapalhando. — Rowan rugiu.

— Vou te matar bem lentamente. — Yerik tentou atacar Rowan, mas o Beta permaneceu entre os dois. — Sai da frente, Thomas!

— Por que vocês querem se matar se foi eu que de certo modo enganei os dois? — Os Alfas piscaram confusos e, ao mesmo tempo, moveram o olhar para Thomas. — Oh, bem... não foi minha intenção. Não foi bem assim…

— Como assim enganou os dois? — Rowan indagou confuso.

— Você ainda não entendeu, seu idiota? — O espadachim guardou a lâmina. — Ele respondeu o mesmo para nós dois. Não conseguiu se decidir.

— Mas que filho da mãe.

— Escutem, os dois. — Thomas pediu. — Eu não quis enganar ninguém, mas acontece que vocês me deixaram em uma situação difícil.

— Difícil o quê? É só escolher. — Yerik concluiu, e o outro Alfa confirmou.

— Como posso escolher entre duas pessoas que eu amo? — Os Alfas entreolharam-se sem saber o que responder. — Rowan, o que você sente por mim é recíproco, pode ter certeza disso... Yerik, você me deu seu coração, então também quero lhe entregar o meu. Posso ser inteiramente dos dois, mas não consigo escolher, isso não é possível para mim.

— Então está querendo que a gente divida você? — Rowan perguntou.

— Sim... não, não. O que eu sugiro é uma espécie de…

— Nem termine. — Yerik cruzou os braços. — Somos Alfas.

— O que tem? — Para a surpresa de ambos, foi Rowan que perguntou. — Eu já me envolvi com Alfas. Você não?

— Não. — Yerik respondeu como se a ideia fosse um grande absurdo.

Rowan sorriu, aproximando-se do outro Alfa que mantinha suas feições fechadas.

— Para tudo há uma primeira vez.

Thomas aproximou-se pelo lado, colocou uma mão nas costas dele e a outra apoiou em seu ombro. Ele se aproximou da orelha e perguntou baixo:

— Você já fez com dois ao mesmo tempo?

Yerik estudou o outro Alfa de baixo a cima e sorriu de canto. Ele virou o rosto para olhar o Beta e assentiu. Thomas ficou de frente para ele e beijou-o no pescoço. Rowan, que vinha logo se adiantando, ficou atrás do Beta e por cima do ombro dele beijou os lábios do espadachim. Suas mãos desceram pelos quadris de Thomas, e este moveu-se sentindo o pênis dos dois Alfas, um na frente e o outro atrás.

— O Cisne Negro possui rupturas. — Yerik avisou. — *Pppprecisam* de... — Sua voz falhou quando sentiu as mãos grandes do outro Alfa adentrarem suas calças.

— Estamos explorando... — Thomas argumentou.

Mesmo que relutante no início, Yerik deixou-se levar pelas mãos dos outros dois pensando menos e sentindo mais. Sem se importarem de estar a céu aberto, os três descobriram emoções novas, principalmente o espadachim.

À medida que o Sol desaparecia através das colinas, eles voltaram para a margem. Thomas viu o olhar preocupado de James, mas logo fez sinal para ele indicando que estava tudo bem.

O Beta pensou sorrindo ao ver Rowan e Yerik juntarem-se aos demais e rir das provocações dos piratas destinadas a Billy.

— Eu acho que este é o fim, senhoras e senhores. — Billy afirmou, sentado na areia com as pernas esticadas.

— Fim do quê? — Sven perguntou.

— Da jornada. Não há mais nada para explorar.

— E o oceano além desse lugar?

— Quem sabe lá onde isso vai nos levar... sobrevivemos a um leviatã e essa tempestade que quase destruiu o Cisne Negro. O que mais nos aguarda? O que há do outro lado? O abismo profundo ou algo pior?

— O que poderia ser pior do que o abismo profundo, Billy?

— Uma terra cheia de Billys. — Jared respondeu em seu lugar.

— Porra! — Billy resmungou. — Ah, vou embora.

— Poxa, vamos sentir sua falta. — Disse Scott.

— Sério mesmo?

— Sim. — Scott respondeu e, em menos de um segundo, perguntou: — Posso ficar com seu colchão? Estou dividindo o meu com o Max, mas é pequeno demais para nós dois.

O queixo de Billy quase caiu no chão. Os piratas começaram a rir.

— Pois tire seu cavalinho da chuva, porque não vou a lugar algum, seu maldito.

— Se as *madames* já terminaram com sua prosa, está na hora de voltarmos para o navio. — Noah avisou. — E tomem cuidado com o mastro central, ele não está cem por cento.

Como já estava anoitecendo, eles decidiram fazer os últimos reparos apenas no dia seguinte. Não mudaria muita coisa, a velocidade da embarcação diminuiria, mas não o suficiente para fazê-los se desviar da rota anteriormente traçada pelo navegador.

Longos dias se passaram, e as palavras ditas por Billy começaram a ganhar notoriedade na mente da tripulação. Nem um único vislumbre de alguma ilha foi vista, apenas o céu, a água e um sol escaldante. Para uma tripulação que passou pelas desventuras vividas desde que partiram da costa asiática há meses, era apenas questão de tempo para que chegassem à borda do mundo e caíssem no abismo para o mundo dos mortos. No entanto, o tédio e a ansiedade eram tão imensos que, em certo momento, tudo o que eles queriam era uma tempestade para animar os músculos ou uma criatura abissal para sacudir o esqueleto. Eram piratas, estavam acostumados a viver no mar. Mas passaram tanto tempo navegando, e tão pouco em terra desde que saíram de Nidras, que poderiam enlouquecer.

— Acho que o Paul Bloodthirsty morreu. — Disse Jared querendo levar sua opinião de que nada mais os aguardava.

— Pode ser. — Sven seguiu o mesmo raciocínio e acrescentou: — Escutem, o único pedaço de terra que vimos foi há vários dias e não tinha nada lá. Por que acham que daqui para frente ainda tem alguma coisa?

— Estou farto do pessimismo de vocês. — Sebastian bufou virando para o navegador: — Fale pra eles, Tom, o que você acha?

Thomas estava deitado olhando para o céu. Distraía-se observando o formato das nuvens, e foi preciso Sebastian repetir sua pergunta para que ele começasse a articular uma resposta.

— Acho que... — Tom iniciou com pouco interesse. Estava mais preocupado em decifrar se a nuvem atual era um cão ou um gato quando algo pequeno cortou rapidamente seu campo de visão. — Um pássaro.

— Como disse?

— Vi um pássaro. — Sem demora, Thomas colocou-se de pé, puxou sua luneta e subiu no ponto mais alto da embarcação.

— O que há com ele? — Daphne perguntou.

Billy deu de ombros.

— Deve ter ficado louco.

Mas o navegador estava na verdade procurando de onde aquele pássaro teria vindo. Se ele estava voando por ali, significava que havia outro local de pouso do qual ele havia se originado. Thomas continuou procurando, enquanto alguns bucaneiros lamentavam ainda mais o fato de que agora o navegador estava louco, e eles ficariam perdidos à deriva até morrerem de fome e sede. Mas, é claro, também havia os que acreditavam que aquelas rotas estavam corretas e que Thomas sabia muito bem o que estava fazendo. E o fato de confiarem em seu navegador os levaram a crer que sempre estiveram com a razão quando Thomas gritou em alto e bom som:

— Terra à vista!

Todos olharam em sua direção. Seus olhos não estavam equivocados, havia uma grande extensão de terra a bombordo. Billy foi o primeiro a gritar e murchou logo quando recebeu olhares dos demais piratas.

— Eu estava errado, admito. — Billy disse dando de ombros.

Claire esperou por uma ordem de seu capitão, e ele acenou para que ela continuasse. Para surpresa da tripulação, já havia uma pequena cidade ali onde eles pensavam existir um grande abismo ou apenas terras inabitadas. Comerciantes locais logo se aproximaram dos recém-chegados oferecendo seus produtos.

— Oh, vocês são orientais? — Um Alfa perguntou, outros ouviram e logo um aglomerado de gente se formou ao redor deles.

— Que lugar é esse?

— Ah, aqui é Ybyrássú.

— Ybyrássú? — O capitão olhou para seu navegador, e ele negou com a cabeça indicando que nunca tinha ouvido falar daquele reino. — Quem é seu líder?

— Agora o senhor me pegou. — Disse o homem coçando a cabeça. — Atualmente pertencemos ao Reino de Hurtgo, mas eu mesmo nunca vi o rosto do rei.

— Eles são fracos. — Informou Billy. — Capitão, eles nunca tiveram sucesso pelo Mar Mediterrâneo e se aventuram tentando chegar a Nidras pela rota do Mar Tenebroso.

— Vocês já estiveram em Nidras? — O Alfa, curioso, continuou com suas perguntas. — Como é lá? Trouxeram especiarias?

— *Hm,* imbecis. — Noah articulou.

— Oh, não senhor. Somos muito espertos. Esse lugar não é apenas uma ilha, ele é enorme e repleto de riquezas.

— Cale a boca, seu paspalho! — Um Beta aproximou-se acertando o Alfa com uma panelada na cabeça. — Quer que o povo da China venha tomar o que é de Hurtgo?!

— Não somos chineses. — Noah explicou sem paciência.

— Seu puxa saco do rei! — O Alfa ignorou a informação dada por Noah e continuou sua discussão com o Beta.

— Venham. — Uma Ômega chamou os piratas. — Se querem se hospedar no melhor lugar da região, venham antes que os nativos vejam vocês.

Os piratas perguntaram-se mentalmente se eram os mesmos da Ilha dos Kangaroo.

Sem pressa para descobrir, eles seguiram a mulher até o centro da cidade, onde se espalharam por estalagens e se acomodaram como podiam. Após se instalarem nas diversas tavernas do local, sem que as pessoas temessem ou soubessem de sua terrível reputação, os piratas vagaram livremente usufruindo do livre comércio. A única moeda que transitava no local era a de bronze, e os mercadores saíam de suas mesas e quitandas atrás dos novos clientes a fim de obter a espécie de maior valor, suas moedas de prata.

Claro que, com a agitação crescendo entre os povos de Hurtgo e Ybyrássú, o governante da região interessou-se em descobrir quem havia chegado a seu domínio. Alguns dos piratas estavam pelo porto voltando do Cisne Negro quando uma frota de navios acabara de chegar ancorando na baía. De dentro dele, dezenas de Alfas, Betas e Ômegas começaram a descer uma rampa que dava acesso à cidade. Eram machos e fêmeas, todos estavam com uma triste aparência debilitada, famintos e acorrentados. Mesmo assim, alguns Alfas que os guiavam estavam munidos de chicotes e sempre usavam de violência quando um deles atrasava os demais.

— Maldito! — James rosnou com uma mão no cabo de sua pistola. Ele sentiu a mão de Conrad segurar seu pulso, impedindo-o de atirar contra o Alfa que agitava o chicote. — Deixe-me, vou matar esse traste.

— Não, você vai ficar na sua. — O capitão disse. — Estamos aqui para procurar os fragmentos.

— Mas...

— Não me contrarie! — James franziu o cenho incomodado com o tom do Alfa, mas ignorou quando alguns oficiais se aproximaram.

— Caros viajantes, o regente José da Silva solicita a vossa presença na repartição do governo.

— Recuso. — Conrad disse de modo simples e tentou seguir seu caminho, mas alguns cavaleiros os cercaram puxando suas espadas.

— Eu insisto. — O Alfa disse com um sorriso arrogante.

Conrad respirou fundo, controlando-se para não fazer o mesmo que James queria há alguns minutos.

— Não quero ir. — James informou ao capitão. — Quero conhecer mais o local com o Tom e o Jean.

— Tudo bem. Mas Yerik e Rowan vão com vocês.

— Meu bem, navegamos durante tantos meses que eu diria que devemos estar do outro lado do mundo.

— Mesmo assim.

— Mas não tem Marinha de Gaeul aqui, aliás ninguém me conhece aqui.

— Esqueceu o que aconteceu quando você se aventurou sozinho por Folsom?

— Aquilo foi diferente, fui idiota. Agora estou bem mais experiente. Não estarei sozinho, Tom e Jean irão comigo.

— Seu Ômega está seguro. — Disse o oficial local. — Os bárbaros seguiram para outra de nossas terras. E os selvagens não costumam aparecer na cidade.

— Bárbaros e selvagens?

— Sim. Os bárbaros são bandidos na verdade. Seu líder é chamado de Paul Bloodthirsty, e ele é um Alfa que... bom, vou deixar que nosso conde lhe explique melhor. Quanto aos selvagens, são povos totalmente gentios e primitivos. Nós os chamamos assim, porque eles se negam a conviver com a civilização. Preferem morar na floresta.

— Viu? Estou seguro, você que precisa deles. — James falou olhando de soslaio para os oficiais.

Conrad hesitou, mas, visto que não tinha nenhum motivo para mandar sua tripulação escoltá-lo, resolveu ceder.

— Tudo bem, mas não demore. E não se meta em confusão. — Seu aviso era referente às pessoas que estavam acorrentadas.

— Quando fala em confusão, você quer dizer...?

— Qualquer coisa que me dê dor de cabeça. — James sorriu ansioso, mas o capitão compreendeu aquele olhar e logo acrescentou: — No sentido genérico.

— Não quer escrever uma lista, meu dono, do que posso ou não fazer?

Os oficiais ficaram surpresos achando muito interessante a pequena discussão entre o Alfa e o Ômega. Conrad suspirou profundamente.

— Vá. Depois a gente conversa.

James deu as costas para ele, com Thomas e Jean o seguindo. Quando teve a certeza de que o capitão Conrad não poderia mais ouvir e muito menos vê-los, o Beta preveniu:

— James, não abusa.

— Não preciso de escolta, você sabe. Posso me defender, sei usar muito bem isso aqui. — James articulou apontando para suas armas. — Ele fica me tratando feito criança. — Imitou a voz do capitão fazendo os outros dois rirem. — Parece até que não confia em mim.

— Ele confia. Só está preocupado.

— Não precisa, aqui sou apenas mais um no meio da multidão. Conde Hae Sean? Ninguém ouviu falar. Além do mais, você e Jean estão comigo.

Thomas deu de ombros, e eles seguiram seu curso pelo mercado. Era grande a diferença entre Ybyrássú e Nidras, ao menos nos produtos oferecidos. Enquanto em Nidras tudo era muito brilhante e colorido, em Ybyrássú as peças eram mais sofisticadas com toque clássico. O passeio estava divertido e agradável, até a situação em que os Alfas, Ômegas e Betas acorrentados, trazidos pelos navios, foram levados pelas ruas. Todos com as cabeças baixas.

— Que cena triste. — Jean lamentou.

Mas o Ômega lúpus estava olhando em outra direção. Ele fitava o Alfa perverso que carregava o chicote, que ria despreocupado conversando com outros na sombra, enquanto a pequena multidão de pessoas jazia no sol tórrido.

— Isso é horrível. — Thomas concordou com o mais novo. — A cena mais miserável que já vi. E olhe que sou um pirata.

— Olhe aquele Ômega. — Jean apontou para um dos machos menores, ele estava quase desmaiando com uma tosse terrivelmente seca.

Jean olhou ao seu redor e, estando próximo a um poço, pegou uma cuia e recolheu um pouco de água, correndo até ele. O Ômega assustou-se, mas, ao ver o líquido se aproximar de seu rosto, instintivamente abriu a boca e o tomou como se nunca tivesse bebido antes.

— Obrigado. — O rapaz Ômega agradeceu.

— Qual seu nome?

— Akin e o seu?

— Jean. Por que estão assim?

— Somos escravos. Eles nos trouxeram de nossas casas para trabalhar em minas de ouro e plantações.

— Mas vocês são tantos. Como eles conseguiram trazê-los de suas casas?

— Onde eu morava, no Kwanza, as tribos rivais se enfrentavam, e quem se saía vitorioso vendia os derrotados. Minha tribo perdeu, e eu e meus irmãos fomos vendidos.

— Que absurdo!

— De qualquer jeito, se isso não tivesse acontecido, eu seria pego pelos Alfas estrangeiros que sequestram pessoas em meu reino para escravizá-las. Há muitas formas de se obter um escravo, Jean.

— Você nasceu livre...

— Mas não sou mais.

— Ei! — O capataz gritou. — O que pensa que está fazendo?!

O escravo Akin sentiu todo o corpo tremer e encolheu-se com medo de alguma agressão. Ao ver o Alfa se aproximar agressivamente, James colocou-se diante dos outros Ômegas.

— Veja como fala com meu irmão, seu bastardo. — O Alfa observou James e viu sua mão descansando no cabo da pistola.

— Ele estava importunando a minha mercadoria.

— Mercadoria? São pessoas!

— Ômegas... — O capataz revirou os olhos rindo em escárnio. — Jamais entenderão de negócios.

— Eu não estava importunando ninguém! — Jean explicou. — Eles estão com muita sede. Só estou dando-lhes de beber.

— Ah, os animais estão com sede? Posso mijar na boca de cada um se você quiser.

James tentou novamente puxar sua arma, mas dessa vez foi impedido pelo Beta. Thomas segurou seu pulso e levou-o para longe. Jean seguiu-os.

— Lembra do que o capitão disse?

— E daí? Ele não se importa com essas pessoas, mas eu sim.

— Mas ele é o capitão.

— Conrad não manda em mim.

— Acho que James tem razão. — Jean opinou.

— Claro que tem. Quer dizer... ele tem razão em querer ajudar essas pessoas, mas existem melhores jeitos de ajudar. Libertando-os, por exemplo. Matar um capataz não vai mudar a situação deles. —

Os olhos dos Ômegas brilharam. — Oh, não. Você não está pensando em...

— Libertá-los? — James continuou, e o Beta assentiu. — Vamos fazer isso, e você vai me ajudar.

— Eu também vou! — Jean disse animado.

Thomas lamentou ter uma boca grande demais, mas, ao mesmo tempo, sentiu orgulho do Ômega e do seu irmão por desejarem ajudar aquelas pessoas. O mínimo que ele poderia fazer era prestar seu apoio. Mesmo que corresse o risco de levar uma reprimenda do capitão.

Um pouco mais adiante, enquanto discutiam planos de libertar os cativos, passaram por uma Beta que gritava alto oferecendo seus produtos. A mulher vendia frutas de cor bem preta e pequeninas. Apenas o milésimo de segundo que Jean olhou em sua direção, a Beta aproveitou-se e logo chamou por ele.

— Ei, menino, vem aqui. Venha provar da suculenta e docinha jabuticaba. Aposto que você nunca experimentou nada igual.

— Jabuticaba? — Jean aproximou-se curioso.

— Sim, sim. Prove, é uma fruta. — Ela pegou uma e lhe entregou.

Como a mulher havia dito, a fruta era realmente saborosa e logo o Ômega se voltou para o irmão:

— James, isso é uma delícia!

— Quanto custa? — O mais velho perguntou à mulher.

— Cinco moedas de prata.

— Mas que absurdo. — Eles ouviram uma cliente que estava por perto dizer. — A senhora acabou de me vender um saco por uma moeda de bronze.

— Cale a boca. — A Beta sussurrou. — Eles são estrangeiros, não estraga meu negócio.

— Tenha vergonha, minha senhora. Faça um preço justo para todos.

— Mas é justo, eles são ricos. Veja as roupas deles. E o menino adorou a jabuticaba.

— Que inclusive pode ser encontrada nessa floresta facilmente.

— Quero colhê-las, James. — Jean pediu entusiasmado e marchou em direção à mata.

— *Eeeei*, esperem. Não vão comprar nada? — A comerciante ainda tentou insistir, mas os três já haviam sumido pelas ruas. — Olha o que você fez, olha o que você fez! Espantou meus clientes.

— Corrupta!

— *Tsc*... tomara que um selvagem espete seu traseiro com uma lança!

A mulher rolou os olhos e deu as costas para a vendedora, que rapidamente voltou a anunciar sua mercadoria:

— JABUTICABA É 1 MOEDA!

Diversas jabuticabeiras carregadas de frutos fizeram a alegria dos Ômegas e do Beta. Além destas, descobriram uma incrível variedade de outras árvores frutíferas e seguiram provando de cada uma delas.

— E se algum desses frutos for na verdade um grande perigo?

— Acho que, se fossem, não as deixariam tão acessíveis. — James articulou, e eles continuaram com a exploração.

— Não devemos nos afastar muito da cidade, não conhecemos esse lugar. — Thomas aconselhou. — Podemos nos perder.

— Concordo. — Afirmou James. — Não se afaste muito, Jean.

— Está bem. — Jean concordou tentando alcançar algumas frutas mais altas. — Tom, me ajuda aqui?

O Beta sorriu com a cena fofa e engraçada do Ômega na pontinha dos pés sem conseguir tocar na goiaba.

— Ela está muito madura. — Thomas advertiu. — Deve estar cheia de bichinhos dentro.

— Acho que não. — Jean deu pouca importância ao que o mais velho disse. Mas, quando ele espremeu a fruta e a partiu em duas, pôde ver várias larvas pequenas se mexendo. — *Eca*!

James, por sua vez, havia se distraído com uma colônia de formigas que passava carregando alimento para dentro do formigueiro. Pelos cantos dos olhos, ele viu uma figura oculta passar entre as árvores, ergueu o rosto, mas só o que viu foi uma silhueta atrás de ramos baixos. Olhou para trás e viu que Thomas e Jean se mantinham ocupados com as goiabas, alheios a quem ou ao quê os espreitava. A coisa afastou-se, e James levantou-se indo atrás. Se fosse um perigo para seus amigos, seria ele mesmo a abater esse mal, sem interferir na diversão deles. Ele mantinha os olhos fixos nos movimentos da figura desconhecida, mas podia jurar que ela havia desaparecido diante dos seus olhos.

O Ômega lúpus parou procurando por todos os lados, mas ele havia sumido feito fumaça. Estava curioso a respeito de sua identidade, mas era um alívio de certa forma, vai que ele representasse uma ameaça real... entrementes, no momento em que se virou para voltar aos seus, viu um Alfa alto e forte parado diante de si. Ele estava seminu e todo pintado de vermelho e preto. James levou a mão às suas armas, mas, em um piscar de olhos, o Alfa posicionou a ponta de uma lança no queixo dele. O Alfa balançou a cabeça e indicou para que erguesse as mãos.

— Você não é daqui. — O Alfa constatou recolhendo as armas dele e guardando-as em uma espécie de bolsa lateral. — Quem é você e de onde veio? — James hesitou, e o Alfa empurrou a ponta da lança contra o queixo dele, fazendo-o inclinar a cabeça para trás. — Responda.

— Meu nome é James. Sou de muito longe.

— O quão longe?

— *Uhm*... Gaeul! Não quero problemas. Só estava colhendo algumas frutas, se me der licença... — Ele deu um passo para trás, mas o nativo avançou também um.

— Vou levar você até minha tribo.

— Por quê?

— Ande. — O Alfa ignorou a pergunta e guardou a lança indicando para que ele seguisse na frente.

Sem escolha, James apenas o seguiu fazendo como indicado.

— Você é um... — James lembrou-se do modo que o oficial se referia aos nativos e imaginou que aquilo era algo aceito por eles. —... Um selvagem?

O Alfa ficou muito irritado. No mesmo instante, ele rugiu alto e respondeu:

— Sou aborígene desse lugar!

— Desculpa, não quis ofender...

O Alfa lançou um último olhar estudando o Ômega dos pés à cabeça e ignorou o assunto. James ainda tentou descobrir a identidade daquele Alfa, mas o sujeito não estava disposto a colaborar e continuou ignorando suas tentativas. Após alguns minutos de caminhada, eles chegaram a um espaço onde havia quatro construções de grandes dimensões, cada uma medindo no máximo 30 metros de comprimento. A estrutura era feita de galhos de taquara e troncos de árvores. Já o teto era feito com palha e folhas de palmeira. Dentre elas, havia muitas pessoas circulando, crianças, Alfas, Ômegas e Betas, machos e fêmeas. Não era necessário ser um gênio para saber que aquilo se tratava do lar deles. Uma fêmea com o mesmo porte do Alfa aproximou-se, mas, em vez de uma lança, ela possuía um arco. Seu olhar desconfiado passou por James até se concentrar no macho ao seu lado.

— Que está fazendo?

— Onde está Byue? — O nativo perguntou ignorando totalmente a pergunta dela.

— Por que faz essas coisas? Primeiro ajuda aqueles escravos e agora isso? — Ela disse apontando para James visivelmente indignada. — Vai arrumar problemas com os Alfas estrangeiros para nós.

— Faz o seu, Kauana. Chame quem realmente entende das coisas.

A Alfa rolou os olhos e saiu para fazer aquilo que o outro pediu.

— Vocês vão me matar antes de me cozinhar? — James perguntou.

— Do que está falando? — O Alfa indagou decididamente perplexo.

— Não vão me comer?

O Alfa ficou ainda mais pasmo. Ele estudou o Ômega dos pés à cabeça.

— Não.

James respirou aliviado.

— Bom... ah, é verdade que você ajuda os escravos? Porque vi muitos sendo levados pela cidade de maneira completamente desumana e cruel, você bem que poderia me ajudar a salvar eles.

O Alfa ainda o estudava com curiosidade quando Kauana voltou, dessa vez na companhia de Byue. O macho que estava com ela não parecia ser um Alfa nem um Ômega e muito menos um Beta. Ele era mais velho e possuía marcas diferentes pelo corpo.

— Sou Byue. — Ele se apresentou. — Pajé, o xamã da nossa tribo. Sou um Gama.

Gamas eram extremamente difíceis de se encontrar, mais raros que os próprios Ômegas lúpus. Eram pessoas conectadas com nosso mundo e o espiritual. James não sabia o que dizer então ficou calado. O Gama continuou:

— Você é um Ômega lúpus. A mãe da minha mãe também era. Venha, quero lhe mostrar uma coisa.

O mais velho puxou James consigo para uma das moradias coletivas. A Alfa tentou segui-los, mas foi impedida. Dentro da construção, havia apenas alguns móveis simples de madeira, feitos à mão, e também uma espécie de santuário. O Gama deixou James sentado diante dele e agachou-se ao seu lado. Ele procurou entre algumas coisas e puxou uma tábua. Nela, havia algo que, para espanto do Ômega, era um dos fragmentos do *Imperium*.

— Você consegue ver, não é? — James confirmou com a cabeça. — Foi um presente da Lua.

— De quem? — James piscou confuso.

— Da Lua. — O Gama repetiu. — Apenas os tocados por ela podem enxergar os segredos nele escritos. Você é um deles e, por isso, estou te mostrando nosso presente especial, mas ninguém mais pode ver ou tocar.

— Oh, céus... — James lamentou em voz alta. Aquele fragmento era um objeto sagrado daquele povo, como eles tomariam posse? — Deve ser muito protegido, então...

— Kauana protege para nós. É nossa melhor guerreira, ninguém passa por ela.

O Ômega ficou pensativo.

— Será que eu poderia ir agora? — James perguntou. — Meu amigo e meu irmão devem estar preocupados. Assim como meu Alfa.

— Claro. Vou pedir para que Yahto o acompanhe.

O xamã instruiu o mesmo Alfa que trouxe James a levá-lo de volta. No caminho, Yahto, como o Alfa era chamado, explicou ao Ômega como exatamente conseguiu libertar alguns escravos e, também, um pouco sobre a história de seu povo.

O oficial deixou Conrad e alguns membros da tripulação, que com ele estavam, dentro de uma sala que não continha nada além de uma mesa entre duas bandeiras. Quando voltou, trouxe consigo um Alfa mais velho. O homem caminhou com o queixo erguido e sentou-se atrás da mesa. Conrad e Noah sentaram-se nas duas cadeiras diante do Alfa, enquanto os demais, piratas e militares, permaneceram em pé.

— Sei o que vocês são. Piratas. — José da Silva afirmou. — Há alguns meses um Alfa intitulado Paul Bloodthirsty apareceu por aqui. Um homem terrível e carniceiro. Trouxe-nos muitos problemas. Mandei que estudassem o comportamento de vocês e cheguei à conclusão de que não são como ele.

— E onde ele está?

— Recolhendo nossos lucros em outro lugar. Mas ele vai voltar…

— E então vocês precisam da nossa ajuda. — Noah supôs, lembrando-se de que Billy já havia informado sobre eles. — Típico.

— Mandei uma carta para meu reino pedindo ao rei que envie tropas a Ybyrássú, mas ainda não obtive resposta. Não sei se o navio naufragou, e minha mensagem não foi entregue, ou se eles apenas querem que eu me foda sozinho por aqui.

— Tropas? — Billy riu zombando. — Vocês são fracos, eu sei. Não tiveram sucesso pelo…

A fala de Billy foi interrompida pela risada do conde, assim como as dos seus Alfas.

— Hurtgo é a maior potência econômica mundial. Se não insistimos em passar pelas rotas do Mediterrâneo, foi porque somos os únicos com recursos suficientes para desbravar o Mar Tenebroso. Somos o progresso, nossa força militar é incomparável. Você é um ignorante.

Billy engoliu em seco e murchou no canto sem abrir mais a boca.

— O que quer, afinal? — Conrad indagou.

— Pensei em propor uma aliança momentânea para quando aquele calhorda voltar.

— *O inimigo do meu inimigo é meu amigo*. — Noah refletiu. — Mas não precisamos de ajuda. Podemos lidar com uma tripulação de piratas.

— Não é apenas uma tripulação. Ele possui três navios e cerca de trezentos Alfas. Vocês podem lidar com isso?

— Nós não…

— Vamos pensar. — Conrad interrompeu seu contramestre. — Quando eu tiver uma resposta, você saberá. Vamos.

Assim que eles foram embora e seguiram para o bar da hospedagem, Noah questionou a atitude de seu capitão:

— Está com medo do Bloodthirsty?

— Não. Mas você o subestima demais.

— Mas e o que faremos depois?

— O que sempre fazemos. — Conrad respondeu de maneira simples. Daphne estava conversando com a timoneira quando eles chegaram à taverna. — James já chegou?

— Ainda não. — Claire respondeu.

O capitão Conrad aquiesceu e subiu até o quarto que estava dividindo com o Ômega.

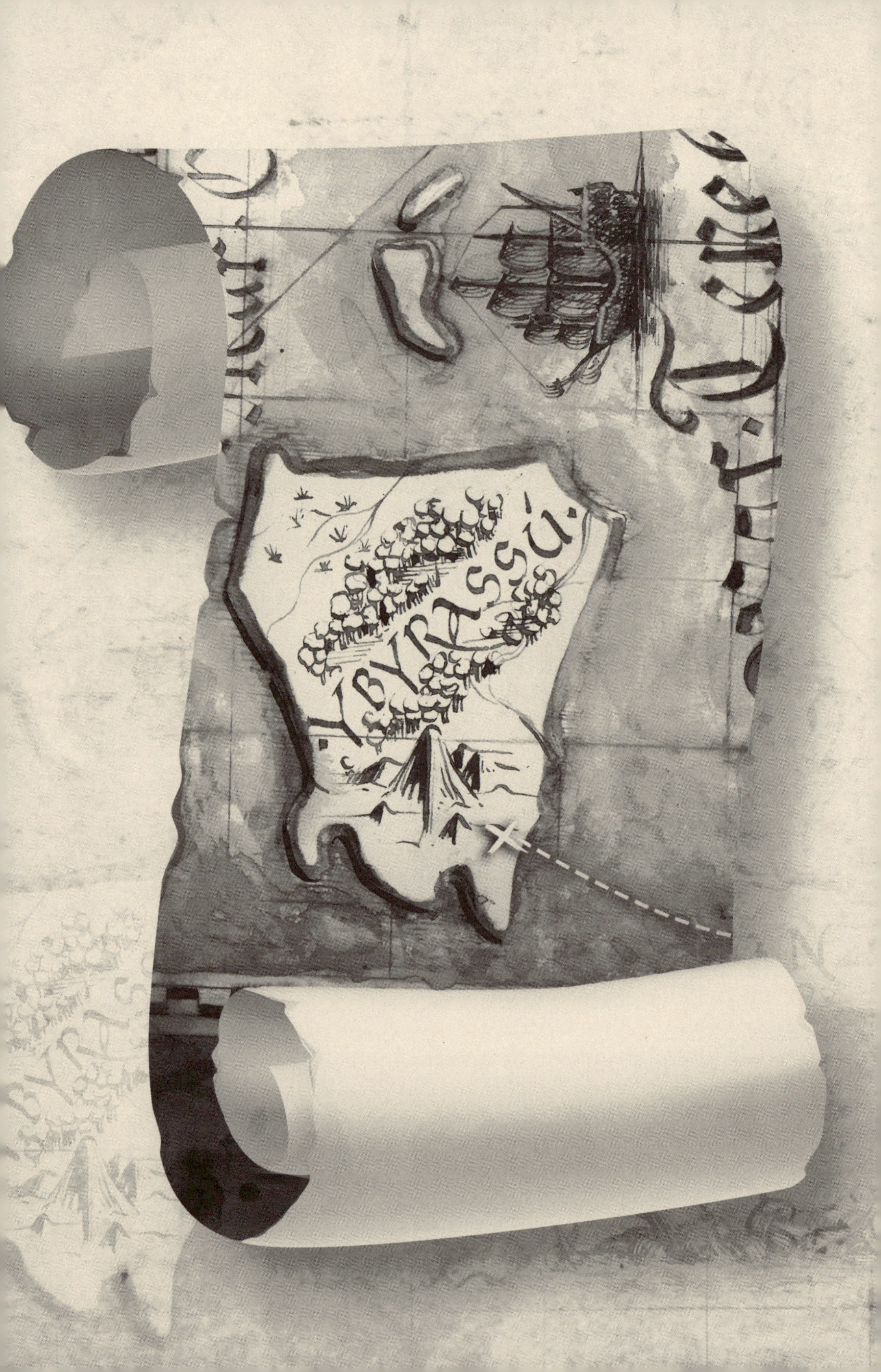
YBYRASSÚ

Capítulo 16

O firmamento escureceu, e James não havia chegado. Conrad mandou que a tripulação o procurasse, mas não tiveram sucesso. Ele estava em seu quarto e andava de um lado para o outro transbordando mau humor. O único que chegava para atualizá-lo das notícias era seu irmão Sebastian. Da última vez, levou uma caneca com chá de vitex, planta responsável por conter o rut de um Alfa.

— Beba, eu mesmo preparei. — Sebastian exigiu.

— Não quero.

— Conrad, sou o médico aqui e estou dizendo para beber. Não é apenas por você, mas pela tripulação que não merece sofrer com a instabilidade de seu humor.

Conrad aceitou a caneca fazendo cara feia e, quando o Beta deu as costas caminhando até a janela, ele jogou o líquido dentro de um vaso com planta.

— Por que tenho a leve impressão de que vou me irritar quando James chegar? — Conrad indagou a si mesmo.

— Não vai brigar com ele.

— Por que ele simplesmente não faz o que eu mando?! — Questionou irritado. Sebastian ergueu uma sobrancelha, mas não disse nada. — Minha vontade é de amarrá-lo nessa cama para que não saia por aí arrumando confusão.

— James agora é livre, Conrad. Ele não precisa obedecer ao pai e muito menos a um noivo que nunca desejou. Não voltará a ser o que era antes jamais, e não será você o novo ditador na vida dele. Você pode tentar, mas ele nunca vai te obedecer. Ele não é um Ômega comum. James é um lúpus e só se prestará à submissão se ele quiser.

— Eu sei. Tenho muito orgulho disso. Acontece que, não sei se você percebeu, ele tem o dom de se meter em confusão.

— Mas veja, essas confusões sempre nos deixam no caminho certo. Temos cinco fragmentos, um objeto que pertenceu a Francis Bonny... acho que muito em breve ele vai aparecer e teremos uma boa notícia. Eu sinto isso.

— Espero que sim. — Conrad respondeu ligeiramente desacreditado.

— Vou deixar você aqui refletindo. — Sebastian pegou a caneca e saiu satisfeito por pensar ter feito seu irmão tomar o chá.

Conrad ainda ficou um tempo sentado em sua cama lembrando de todas as situações que passou para salvar seu pequeno Ômega. Também das vezes que James se arriscou para ajudá-lo. Ele se levantou e caminhou até a janela pensando no quanto também era afortunado, por ter alguém como James ao seu lado. Estava olhando o movimento das pessoas nas ruas quando viu seu James de longe sorrindo, enquanto se aproximava da taverna. Para desgosto do capitão, ele não estava sozinho.

Um Alfa alto e forte acompanhava-o de perto também sorrindo. Eles estavam conversando alegremente, mas não foi isso que despertou uma fúria incandescente no capitão, mas o fato de esse Alfa estar seminu, e eles estarem vindo da direção da floresta. Conrad quase derrubou a porta quando saiu do quarto e em poucos segundos estava lá embaixo, do lado de fora. Yahto mal teve tempo de entender de onde veio o ataque, ele apenas sentiu uma mão agarrar seu pescoço e ser pressionado contra a parede que cercava a taverna.

— O que estava fazendo com o *meu* Ômega? — Conrad questionou perigosamente furioso.

— Conrad, solta ele! — James tentou intervir ao ver que Yahto não estava conseguindo falar com o aperto em sua garganta.

— Entre. — O capitão rosnou. — Não discuta comigo e entre na hospedaria!

Apenas para evitar que a situação se tornasse mais calamitosa, o Ômega cedeu e entrou em busca de ajuda.

— James, onde esteve? — Jean perguntou aliviado em vê-lo bem.

— É uma longa história... Sebby, preciso de ajuda. Conrad vai matar um Alfa lá fora, e ele não fez nada...

— Deve ser o rut, o chá ainda não fez efeito, mas acredito que leve tempo para o corpo absorver as propriedades. Em todo o caso, é melhor você não dormir com ele hoje. Ele está muito violento.

— Não tenho medo dele. Tenho medo do que possa acontecer a ele.

Sebastian teria muitos argumentos contra, mas aquele não era o melhor momento para uma discussão, visto que seu irmão estava prestes a tirar a vida de um Alfa.

— Noah, vem comigo. — Sebastian pediu, e o contramestre seguiu-o. Quando eles chegaram ao lado de fora, o nativo estava quase vermelho perdendo a consciência.

— Conrad, solte-o, James está bem. — Sebastian pediu tentando fazer seu irmão se acalmar.

Com muito custo, Noah e Sebastian conseguiram apartar os Alfas. Yahto quase caiu no chão, amparando-se na parede para recuperar o ar.

— Quem é você? — O Beta perguntou.

— Me chamo Yahto. Encontrei o Ômega na floresta, não vi nenhuma marca nele. — Explicou olhando para Conrad e, em seguida, para Sebastian. — Não fizemos nada com ele. Eu o acompanhei até aqui apenas para mantê-lo em segurança.

— Ele não precisa disso. — O capitão rosnou.

— Vá. Logo. — Sebastian indicou.

Sem pensar duas vezes, Yahto retornou para onde veio.

— Se ele aparecer por aqui novamente, vou matá-lo. — Conrad ameaçou, virando-se para voltar às estalagens.

— Céus... — Sebastian respirou aliviado por ter conseguido impedi-lo e constatou logo em seguida: — Ele não tomou a porcaria do chá.

James acabara de sair do banho quando o capitão entrou no quarto. Ele podia ouvir o som da respiração lenta e profunda do Alfa, que estava parado encostado no umbral. Conrad retirou sua camisa, enquanto observava todos os movimentos dele. James agora arrumava os lençóis da cama para deitar e dormir. Estava vestindo apenas um robe rosa, que levantou quando ele se inclinou para ajeitar os travesseiros, mostrando a parte de trás de suas coxas. Um arrepio percorreu suas pernas quando as mãos do Alfa se curvaram em seus quadris, e ele sentiu um grande volume resvalar em suas nádegas. James fechou os olhos fazendo grande esforço para se desvencilhar dele e caminhou até a janela.

— Odeio quando você grita comigo daquele jeito. Entendo que seus sentimentos estão bem mais aflorados neste período, mas mesmo assim... — James fez uma pausa esperando que o Alfa dissesse algo, mas ele permaneceu calado, então o Ômega continuou: — Juro que fiquei por um triz de te acertar um soco. Mas eu... — Parou de falar subitamente quando foi interrompido pelo Alfa.

— Vou te agarrar, te jogar nessa cama e fodê-lo se não sair desse quarto agora mesmo.

James engasgou com as palavras. O Alfa não estava mais apenas próximo do período de rut. Conrad havia acabado de entrar nele.

O Ômega virou-se para encará-lo vendo que Conrad já estava com o botão da calça aberto, o cinto estava no chão e seus olhos estavam completamente avermelhados deixando visível seu instinto lúpus. Ele estava parado, segurando-se para não fazer o prometido.

O aroma de Conrad estava se espalhando pelo quarto, tão fortemente que, embora o mais novo ainda estivesse longe de sua época mais fértil, que acontecia a cada seis meses, o lobo Ômega sentiu-se estimulado pelos feromônios do Alfa fazendo com que James entrasse instantaneamente em seu heat, ou seja, seu período fértil foi antecipado. Desse modo, James sentiu as primeiras mudanças físicas. Isso indicava que seu corpo estava em adaptação para acompanhar o rut do Alfa tornando-se mais resistente e preparado para suportar a quantidade de dias em que ficaria naquele estado. A secreção íntima e particular que cada Ômega possuía começou a ser produzida com mais intensidade, e James sentiu um aumento na umidade entre suas nádegas.

A troca de feromônios entre Alfa e Ômega fez com que a libido entre ambos aumentasse de modo ardente, e James sentiu uma imensa vontade de ser tocado por ele, de ceder àquela sensação e sentir o membro do Alfa dentro de si. O heat de um Ômega é capaz de ser tão mais intenso quanto o rut de um Alfa. James não apenas estava pronto para recebê-lo, seu corpo necessitava disso. Sua natureza Ômega chamava pelo Alfa, e Conrad podia perceber isso por meio do intenso cheiro de jasmim. James sentia calor, seu corpo estava inflamando de dentro para fora. Ele caminhou até onde o capitão Conrad estava conforme desatava o nó que prendia o robe em sua cintura, deixou este deslizar por seus ombros até cair no chão e parou diante do mais velho.

— O que está esperando? — James questionou com um sussurro.

Arquejou quando o Alfa o agarrou pelos braços para, em seguida, ser lançado com cuidado para trás quando caiu sentado na cama. Ele umedeceu os lábios e permaneceu esperando, enquanto Conrad se livrava do que restou de suas roupas. James acompanhava atentamente cada movimento do Alfa, seus olhos fixaram-se nos antebraços do pirata, que estavam com as veias saltadas, quando este agarrou o tecido de suas calças com bastante ímpeto e rasgou com um forte puxão. Os olhos de James desceram até as coxas salientes do Alfa, que ficaram evidentes assim que se livrou da roupa que as cobria.

James puxou uma grande quantidade de oxigênio e mordeu o lábio inferior com ansiedade assim que o Alfa se livrou de sua roupa íntima e, agora, completamente despido, aproximou-se do loiro até estar com a virilha próxima do rosto dele. Conrad o segurou pelo queixo, fazendo-o erguer a cabeça, e admirou sua beleza por um tempo. Com o rosto ligeiramente corado, James o encarava de volta olhando diretamente nos olhos escuros do Alfa. Conrad, então, contornou os lábios carnudos do Ômega com o polegar, pressionando-os levemente, até escorregar para dentro, e o loiro automaticamente o chupou. Conrad inspirou profundamente ao sentir a língua quente e molhada do Ômega cobrindo seu dedo e, enquanto o sugava, seu membro pulsou. Ele removeu o polegar e foi seguindo o contorno de sua mandíbula com a mão até posicioná-la na nuca de James.

— Abra a boca. — Pediu, e o Ômega prontamente o fez.

Conrad guiou seu membro até a boca do Ômega. James chupou a glande e passou a língua por ela sentindo os dedos do Alfa percorrerem entre seus fios, para então segurá-los. Conrad agarrou uma mecha deixando a cabeça do Ômega parada e moveu seus quadris para frente um pouco mais, fazendo-o tomar seu órgão aos poucos até estar inteiramente dentro de sua boca. Os olhos de James ficaram marejados quando ele sentiu o membro do Alfa tocar sua garganta. Vagarosamente, Conrad moveu-se entrando e saindo da boca dele. James posicionou as mãos nas nádegas do Alfa e apertou-as fechando os olhos e sentindo ondas de satisfação percorrerem seu corpo e descerem pela virilha, apenas com a sensação de ter o membro do capitão Conrad invadindo sua boca.

Quando retirou seu genital completamente da boca de James, Conrad fez o Ômega se deitar com as costas no colchão, com os joelhos dobrados e cada pé apoiado em um lado da cama, completamente exposto. Ele olhou para baixo e viu o Alfa abri-lo ainda mais aproximando o rosto de sua intimidade. Podia sentir o calor da respiração de Conrad, batendo contra sua umidade, e gemeu quando a ponta da língua do Alfa tocou sua pele enrugada. James inspirou profundamente segurando nos lençóis com força. Ele inclinou a cabeça para trás quando Conrad pressionou sua língua com mais anseio e mais de seu fluido doce foi expelido, à proporção que ficava mais excitado.

Conrad gostava daquele sabor, era muito agradável ao paladar de um Alfa e, por meio dos feromônios do lobo Ômega, ele podia sentir o quanto James o desejava. E não era apenas por isso, mas em como o loiro se contorcia na cama à medida que tinha sua entrada estimulada pela língua quente e úmida do Alfa. Conrad lambia desde sua fenda até o membro e tomava inteiramente a ereção do Ômega, chupando-a enquanto esfregava dois dedos entre a fenda molhada do mais novo. Mesmo com os lábios selados, alguns gemidos anasalados foram espancando a garganta de James. O Alfa rosnou baixo ao beijar cada parte do abdômen de James, e o olhar do Ômega seguiu-o até chegar a sua clavícula e chupar sua pele branquinha conforme subia pelo pescoço.

As mãos de James seguiram dos ombros largos do Alfa até a nuca, e ele agarrou os cabelos escuros do capitão Conrad, guiando-o até roçar o nariz dele no seu, e suas respirações misturaram-se uma na outra até juntarem seus lábios novamente, cheios de cobiça e desejo. O capitão, que se apoiava em um cotovelo, usou a outra mão para deslizar por baixo da coxa do Ômega e erguer sua perna, deixando-a apoiada em seu quadril. Ele se moveu até seu órgão escorregar pela fenda do Ômega, e este gemeu baixinho e impaciente achando que o receberia naquele momento. James ergueu a outra perna, apoiando-a do mesmo modo que a outra no quadril do Alfa, e cruzou seus pés, deixando-o preso entre suas pernas. Quando Conrad se moveu novamente, todo seu membro entrou deslizando para dentro de sua abertura molhada. James jogava a cabeça para trás à medida que seu canal se esticava para receber cada centímetro do Alfa, até estar completamente preenchido.

O órgão duro e espesso do Alfa estava tão perfeitamente acomodado que James podia senti-lo tocando cada nervo de seu canal e deslizou uma das mãos, arranhando levemente as costas do Alfa, enquanto este chupava e beliscava com os dentes a lateral de seu pescoço. A entrada do Ômega contraiu-se quando Conrad se retirou lentamente para então invadi-lo outra vez. James gemeu arqueando as costas e fechou os olhos pelo choque em seu corpo, decorrente daquela sensação maravilhosa de ter o órgão do Alfa deslizando por seus músculos internos. O corpo deste movia-se sobre o de James mais rapidamente, enquanto o tomava com investidas fortes e firmes.

— Oh... — James perdeu a voz quando sentiu o membro do Alfa tocar seu ponto mais sensível.

O Ômega abriu os olhos novamente e teve a visão do Alfa, encarando-o de volta com seus olhos tão escuros quanto a noite. Seu rosto bonito estava suado, e James sentiu o cabelo úmido do Alfa quando este inclinou o rosto para frente e mordeu o lóbulo de sua orelha. Ele agarrou os braços do capitão quando gozou fortemente ouvindo os gemidos de prazer do mais velho no momento em que este chegou ao seu ápice.

Após o intenso orgasmo, James ainda respirava ofegante quando sentiu Conrad agarrando seus quadris para inverter sua posição e virá-lo de barriga para baixo. Com seu heat antecipado pelos feromônios do Alfa, seu lobo Ômega fazia com que seu corpo estivesse completamente preparado para receber seu capitão novamente e em todos os momentos durante o tempo em que ele estivesse em seu estágio mais fértil. A cama rangia conforme Conrad investia fortemente contra a entrada do loiro, e James já não conseguia esconder o quão maravilhosamente bem estava se sentindo, enquanto gemia impaciente, com seu corpo implorando por mais.

Com o lobo do Alfa completamente insaciável, o corpo do capitão Conrad não dava sinais de fraqueza, mesmo após as horas posteriores terem sido extremamente exaustivas. Seu vigor parecia ser renovado a cada orgasmo que tinham, e o Ômega podia sentir isso perfeitamente bem quando Conrad o invadiu contra a parede. James moveu os braços em busca de um suporte fixo para se segurar, mas suas mãos foram de encontro a um quadro que estava pendurado e acabaram derrubando-o. Eles não deram importância à pintura quebrada, tendo em vista que Conrad permanecia o tomando em todos os cantos possíveis e nas mais diversas posições. Fosse na mesa, onde todos os objetos que nela estavam foram lançados contra o chão, na escrivaninha, em que esta batia ferozmente contra a parede, conforme o Alfa lançava seus quadris contra os do Ômega, ou até mesmo na tina do lavabo, enquanto eles se banhavam.

Na manhã seguinte, quando despertou, James sentou-se na cama ainda sonolento, cansado demais para refletir sobre qualquer coisa. Ele olhou ao redor e viu que o quarto estava praticamente todo destruído. Desceu da cama com cuidado para não acordar o Alfa que, até então, dormia calmamente ao lado. Assim que pisou no chão, tentou se manter firme com suas pernas trêmulas e seguiu até o lavabo sentindo uma certa tensão entre os quadris. James apoiou as mãos na bancada e encarou sua aparência esgotada no reflexo do espelho sobre a pia. Passou os dedos entre os fios de seu cabelo bagunçado, enquanto seus olhos desceram pelas marcas deixadas em seu pescoço, clavícula e peito. Ouviu batidas na porta, enquanto lavava o rosto, vestiu o robe rosa largado no chão e correu até este no instante em que enxugava o rosto com uma pequena toalha.

Assim que abriu a porta, Sebastian e Thomas romperam em sua visão parados no corredor. O médico trouxe chá feito com algumas ervas capazes de trazer alívio e minimizar qualquer desconforto que o Ômega estivesse sentindo fisicamente, enquanto o outro Beta segurava uma bandeja com um saboroso e reforçado café da manhã.

— Estou morrendo de fome. — James confessou baixinho.

— Trouxemos para você. — Thomas entregou a bandeja ao Ômega.

— Obrigado.

— Isso aqui vai ajudá-lo a se sentir melhor. — James equilibrou a bandeja em um antebraço para receber uma xícara de chá das mãos de Sebastian.

O Ômega colocou a bandeja sobre a mesa e buscou a cadeira que estava jogada do outro lado do quarto para se sentar. Depois de fazer seu desjejum, ele se aproximou da janela com a xícara em mãos e observou a rua através do tecido rendado da cortina, enquanto tomava de seu conteúdo. Mas já tinha em mente que precisava descansar para quando Conrad acordasse, e eles continuassem até que este estivesse satisfeito. Após sentir seu corpo relaxar sob o efeito do chá que Sebastian lhe entregou, James pode se deitar novamente ao lado do capitão Conrad e adormecer profundamente. Ainda que estivesse fora de si durante os dias de seu rut, o Alfa sustentava sua saúde física por meio da força de seu lobo interior e, naturalmente, não necessitava de consumir alimentos para conservar sua energia.

No cair da noite, o Ômega acordou sentindo uma mão acariciar-lhe os cabelos e um braço forte se acomodar ao redor de sua cintura, puxando-o para mais perto. James sentiu a mão do Alfa descendo por seu abdômen e chegando em seu genital. Sua boca abriu-se em um gemido silencioso à medida que Conrad o estimulava, e o local entre suas pernas contraiu-se úmido. E, ao entregar-se ao Alfa, James sentiu-se completamente inteiro. Era como se Conrad pudesse ler suas emoções a cada toque. Cada parte de seu corpo estava conectada ao dele. E, mesmo que três dias de um intenso ciclo sexual tenham se percorrido, ambos não sentiram o tempo passar. E James não se submeteu ao Alfa simplesmente porque este estava em seu rut e necessitava de um Ômega. Ele não se sentiu imposto pelo lobo do Alfa, mas atraído tão profundamente, que poderia ficar ali naquele quarto durante um período de tempo indeterminado.

O cheiro de rosas estava suave, mesclando-se ao de jasmim, espalhado pelo cômodo. Abaixo do Alfa, o Ômega gemia baixinho conforme Conrad investia lentamente enviando sensações maravilhosas por seu corpo. Ele podia sentir as presas do Alfa roçando levemente em sua derme, enquanto este chupava a pele de sua clavícula. James mantinha seus olhos fechados à medida que desfrutava de cada centímetro dentro dele. Quando o orgasmo os atingiu, o órgão do Alfa dilatou-se de modo a ficar preso no interior do Ômega, e eles permaneceram conectados fisicamente por breves minutos. Durante esse momento, as mãos de James percorreram entre os fios de cabelo do Alfa, e ele os apertou ligeiramente assim que uma dor rápida e aguda o atingiu na curva de seu pescoço, quando duas presas penetraram sua pele. Conrad marcou-o como seu Ômega e, a partir daquele momento, ambos sentiram suas emoções de modo tão profundo como se fossem apenas um. Tudo o que um sentia o outro podia vivenciar na mesma intensidade. *Estavam perpetuamente unidos, de corpo e alma.*

Após os longos e cansativos dias que se passaram, James despertou naquela manhã ouvindo o ressonar calmo do Alfa, que dormia recuperado ao seu lado. Seu rut finalmente havia chegado ao fim e, com isso, o heat do Ômega também. James sorriu ao lembrar-se dos dias anteriores, cada momento ainda estava tão nítido em sua memória e, no entanto, sentia-se sereno. Uma incrível sensação de paz e felicidade atravessou seu coração, apenas com o fato de estar ali ao lado de Conrad. Ele dormia tão sossegado que James tentou não o acordar, enquanto descia da cama.

Já no banheiro, o Ômega encarou-se no reflexo do espelho e sorriu. Além do rastro deixado por Conrad, agora havia uma marca em seu pescoço que o ligava ao seu Alfa para sempre. James tocou a marca ainda um pouco dolorida e, então, suspirou sem saber exatamente o que pensar, mas sentia-se livre e ao mesmo tempo preso àquele sentimento. Seu sorriso cresceu quando viu a imagem do Alfa refletida no espelho logo atrás de si, com seu cabelo completamente bagunçado. Conrad abraçou-o e tocou delicadamente seu ombro, no lado em que estava a marca. Ele a estudou por um tempo compartilhando do mesmo sentimento do Ômega.

— Está doendo muito? — Perguntou, referindo-se à mordida.

— Só um pouco. — James respondeu. Ele suspirou ao receber um beijo carinhoso na lateral do rosto. — Você não está com fome?

— Não muito. — O Ômega franziu o cenho um pouco confuso, afinal, Conrad havia ficado todos esses dias sem se alimentar. Ele explicou: — Em um rut, nosso lobo assume total controle. Ele não sente fome, logo, nesse período, eu também não.

James assentiu pensativo. Ambos aproveitaram que já estavam no lavabo e banharam-se juntos para, logo em seguida, descerem até a taverna. O capitão precisava inteirar-se sobre os últimos dias em que esteve ausente, diante disso, ele saiu em busca do contramestre, enquanto James permaneceu no estabelecimento e ocupou sozinho uma das mesas.

No momento em que fazia seu desjejum, o Ômega lembrou-se do fragmento que viu na posse dos nativos. Pelo que ele conheceu de Yahto, eles eram um povo bastante unido e guerreiro, que sofreu ao longo dos anos sendo enganado por pessoas que só pensavam em enriquecer seus bolsos com ouro e prata. Ele não queria que outra matança como a da Ilha dos Kangaroo acontecesse. James entendia que era isso o que os piratas faziam. Matavam e tomavam o que era dos outros. Mas os canibais pelo menos foram um perigo para a tripulação, já os aborígenes de Ybyrássú não demonstraram ser uma ameaça. Eles apenas viviam em suas tribos sem fazer mal a ninguém. Nem perto da cidade eles gostavam de chegar.

Contudo, é claro que James não deixaria essa oportunidade passar, estamos falando do sexto fragmento. Depois desse, só restaria mais um e pronto, teriam o mapa completo e todas as informações necessárias para, finalmente, irem atrás do suposto tesouro.

— Será que, se eu pedir, por favor, eles me darão? — James suspirou pensando em voz alta.

— Darão o quê? — Thomas perguntou.

O navegador chegou de surpresa e acabou assustando o Ômega, que nem notou sua presença de tão concentrado que estava em buscar uma solução pacífica para a situação.

— Então... descobri algo que pode mudar a vida de muitas pessoas.

— Fale.

— Primeiro quero que me prometa que não vai contar a ninguém. Se o Conrad ficar sabendo, é capaz de mandar a tripulação e fazer coisas terríveis...

— Depende. Esse segredo, se o capitão descobrir, a minha cabeça será separada do meu corpo?

— Não. Você tem minha palavra.

— Então você também tem a minha. Pode contar.

— Eu descobri onde está o sexto fragmento... — James contou sobre a tribo e tudo o que se passou por lá. Chocado, o Beta não disse nada a princípio. — Entende a situação?

— Claro. Mas você sabe que a gente vai ter que pegar essa parte, não é?

— Eu sei... me ajuda a pensar em alguma coisa?

— Ajudo sim, mas antes preciso ir com o Yerik encontrar um bom ferreiro. Alguns piratas precisam trocar suas armas.

— Está bem. Ah, quase ia me esquecendo, já que você vai fazer isso aproveita e tenta descobrir para onde aqueles escravizados foram levados?

— Lá vem…

— Por favor? Juro que não faremos nada perigoso. — Thomas ergueu uma sobrancelha sem acreditar. — Não muito perigoso...

— E para onde pretende levá-los?

— Um amigo meu vai cuidar disso.

— Por acaso esse seu "amigo" anda por aí com um mínimo pedaço de tecido cobrindo as partes íntimas?

— Credo, Tom. Do jeito que você falou parece que ele é um dos prostitutos da Ilha de Folsom... mas, sim, é ele mesmo.

— O que é que eu estou fazendo da minha vida? — Thomas questionou retoricamente. — Vou ver o que consigo descobrir.

James anuiu satisfeito e, quando o Beta saiu, ele chamou seu irmão para passearem pela cidade. Não tinha nada de tão interessante que eles já não tivessem visto, pelo menos na pequena área em que costumavam circular. A pedido do capitão, James não se aventurou por tão longe.

Por hora...

O lúpus levou Jean para uma feirinha e comprou a flor nenúfar, responsável por conter o heat de um Ômega para ajudar seu irmão. James já não precisava do tal chá, visto que estava marcado por um Alfa.

Ainda no centro, eles encontraram Thomas voltando sozinho e logo foram ao seu encontro.

— Você não ia em busca de um ferreiro com o Yerik?

— Sim, mas o Scott encontrou a gente e foi com ele. Ele quer uma prótese com uma lâmina para combates.

— Uau... nossa, se ele pisar no pé de alguém então…

— Acho que ele só vai usar em ocasiões de ataque.

— Quase me esqueci, você descobriu para onde os escravizados foram levados?

— Claro que você não ia esquecer… — Thomas suspirou balançando a cabeça. — *Hm*, sim. Alguns já foram vendidos e os que restaram aguardam sua vez no mercado e, caso não sejam comprados, retornam para uma espécie de galpão ao anoitecer.

— James, será que o Akin já foi vendido? — Jean perguntou, com um terrível sentimento fulminando em seu interior.

— Não sei, mas podemos descobrir. Tom, leva a gente nesse mercado? — O Beta hesitou. — Se você não levar, vamos sozinhos.

— Estou com um péssimo pressentimento… — Thomas refletiu.

— Isso é seu medo falando. Vai dar tudo certo, confie em mim. Temos o Yahto do nosso lado.

— Aquele nativo vai mesmo ajudar?

— Bem, sim... mas ele não sabe que será hoje.

— Hoje, James?!

— Sim!? Fale baixo. Escute, quanto mais a gente demorar com isso mais daquelas pessoas serão vendidas e levadas para ser exploradas.

— Eu já disse que estou com um péssimo...?

— Sim, você já disse isso. — James cortou-o. — Hoje após a última refeição, me encontrem no saguão depois do corredor.

Mais uma vez o Beta lamentou por "falar demais". Não era pessimismo, mas em seu ponto de vista o plano de James não tinha nada para dar certo, por ser totalmente improvisado. Sentia muito por isso, mas gostava demais dele para vê-lo fazer essa loucura. Não que duvidasse da capacidade dele, James estava aprendendo rápido e, quando as coisas se tornavam sérias, ele sabia como lidar, mesmo sendo tão novo e com a criação que teve. Thomas nunca se perdoaria se algo acontecesse àquele Ômega e a seu irmão, logo a primeira coisa que fez ao chegar à taverna foi falar com seu capitão.

— Precisa ficar no pátio essa noite. — Thomas falou por alto próximo a Conrad.

Conrad olhou-o sem compreender. O navegador estava mais estranho do que costumava ser.

— Do que está falando? Seja direto.

Thomas sentia-se mal por fazer aquilo, mas era para o próprio bem dos Ômegas.

— James... escravizados…

O capitão respirou fundo rolando os olhos.

— Eu sabia que ele não ficaria quieto. Inferno de Ômega teimoso do... — A voz do capitão foi desaparecendo à medida que ele se afastava.

— James vai me matar... — Thomas pensou em voz alta.

Após o jantar, Conrad fez como o Beta aconselhou, foi direto para o saguão e ficou sentado em um banco de pedra. Estava com os braços cruzados e olhando para a única passagem conhecida que dava acesso àquele lugar. O primeiro a surgir foi Thomas, ele se aproximou de seu capitão e sentou ao seu lado, tentando convencê-lo a ajudar os Ômegas. Mas Conrad era um pirata que não se importava com esse tipo de coisa, sendo assim sua fama tão conhecida.

Enquanto isso, James passava pelo corredor dos quartos superiores juntamente com Jean ao seu lado, seguindo em direção ao pátio em que o capitão Conrad e Thomas estavam, quando alguém interrompeu seu caminho.

— Preciso falar com você.

— Agora não, Max, estou com pressa.

James contornou o Ômega, mas parou quando o ouviu dizer:

— Se eu fosse você, não desceria por aí.

— E por que não?

— Por um acaso ouvi o navegador falando com o capitão sobre os escravizados e envolvia você. Eles estão lá no saguão sentados, te esperando.

— Não acreditamos em você. — Jean afirmou olhando para James e esperando o irmão confirmar.

— Não tenho tanta certeza, Jean. — O Ômega lúpus falou. — Eles são sim muito fiéis ao capitão. E, também, creio que as intenções do Tom foram boas, ele deve estar preocupado com nossa segurança.

— E agora? O que vamos fazer? Akin precisa da gente.

James olhou para Max, desconfiado.

— Podemos ir pela passagem dos escravizados. — Max propôs. — Por que essas carinhas de espanto? Pensam que essas pessoas que servem na taverna são o quê?

— Vamos começar por elas, então. — James decretou. — Mas o que me choca realmente é você querendo ajudar.

— Não é que eu queira ajudar. Mas será pior se eu ficar aqui, e o capitão descobrir o que eu fiz. É mais seguro para mim se eu ficar com você.

— Bom, obrigado pela sinceridade. — James disse, confuso com as próprias palavras. — Leve-nos para essa tal passagem.

Max assentiu e caminhou na frente, com os Ômegas mais novos seguindo-o de perto. James estava atento a qualquer coisa, porém Max realmente os levou para o local em que os escravizados ficavam alojados.

James tentou convencê-los a fugir, mas eles se negaram.

— Você está vendo alguém vigiando a gente sobre a mira de uma chibata? Não somos castigados e andamos livremente por aí. Somos bem tratados aqui e não comemos restos. Preferimos ficar, mas agradecemos sua boa intenção.

Os Ômegas mais jovens lamentaram a decisão deles, mas era compreensível. Os três seguiram para o mercado e aguardaram pacientemente, enquanto os comerciantes organizavam suas coisas para guardar a "mercadoria" que restou. O pequeno Akin estava lá. Ainda não fora comprado, porque a preferência na maioria das vezes era por Alfas grandes e fortes para realizar trabalhos pesados nas lavouras ou serem levados para as minas.

Os escravizados foram levados para senzalas provisórias, onde apenas um Alfa tomava conta. Ele estava armado com um fuzil de pederneira e duas pistolas presas em seu cinto, além de uma tira grossa de couro e um molho de chaves. Era o mesmo Alfa que James viu maltratando os escravizados.

— Posso derrubá-lo. — James afirmou olhando fixamente para ele.

— Não com um ataque direto. — Max argumentou. — Se você atirar, vão ouvir o disparo. Se tentar se aproximar, ele é um Alfa e pode facilmente subjugá-lo. Isso se não matar você por estar invadindo propriedade privada.

— E se a gente distrair ele? — Jean sugeriu. — Assim podemos pegá-lo de surpresa. — Disse mostrando uma faca. — Peguei isso do Victor, ele nem viu.

— Céus! — James olhou-o surpreso. — Não, guarde isso. Vou lidar com aquele maldito, você ainda não sabe como fazer isso.

— Victor disse que só preciso acertar um ponto vital.

O queixo de James caiu.

— Vocês vão ficar discutindo? — Max indagou. — Eu distraio ele, e você ataca.

— Como vai fazer isso?

— Sério que não sabem? — Os irmãos entreolharam-se com dúvidas e negaram com a cabeça. — Vocês ainda são muito inocentes, céus... Vocês sabem que todo Alfa tem aquela maldita voz de comando, certo? Talvez com você não funcione já que é um Ômega lúpus.

— Não. — James respondeu. — Acho que só a de um Alfa lúpus, mas Conrad nunca usou comigo.

— Sortudo. Mas onde eu realmente quero chegar é que Ômegas também possuem um tipo de habilidade especial. Não possuímos uma voz dominante, mas temos algo que, se soubermos usar, podemos dominar qualquer Alfa.

— E o que seria isso?

— Nosso charme e inteligência. — Max ajeitou as roupas e o cabelo.

Os mais novos entreolharam-se novamente, sem compreender ao certo.

— Observe. — Max levantou-se e caminhou em direção ao Alfa.

— Estou com medo e vergonha, James. — Jean confessou.

— Somos dois...

Seus passos eram decididos, porém leves. Max andou gracioso e elegante até estar diante do capataz de aparência rude. James estava segurando seu punhal com tanta força que salientava os nós dos dedos. Jean permaneceu quieto ao seu lado, com medo pelo Ômega mais velho, e prestando atenção em tudo o que ele fazia. Ele olhou para seu irmão, mas James não tirava os olhos do Alfa.

Com a aproximação de Max, o capataz apertou o cano do fuzil e apontou para ele, mas ao notar que se tratava de um Ômega belo e jovem, o Alfa rapidamente mudou sua postura.

— O que essa doçura está fazendo sozinho por aqui, uma hora dessas?

Max encarou-o durante três segundos e desviou o olhar sorrindo de canto e simulando estar envergonhado. Por dentro ele sentia náuseas. Ele colocou uma mecha de cabelo atrás da orelha e ergueu minimamente o rosto, com falsa timidez e um olhar esbanjando inocência.

— Estou perdido, poderia me ajudar a chegar a alguma taverna? — A voz de Max estava tão suave que parecia ser feita de algodão.

Seu aroma docinho combinado à aparência delicada e submissa atiçava a imaginação do Alfa, que estava cheio de más intenções diante da presa fácil. O Alfa pensou já sentindo o membro agitar-se por baixo das roupas.

— Te levo para onde quiser, coisinha linda. Só preciso me certificar de que esses animais estão bem presos. — Com um sorriso, Max assentiu esperando o Alfa entrar na senzala e verificar se todas as celas estavam trancadas. Ele olhou disfarçadamente para trás e viu que Jean estava sozinho. — Pronto, doçura, agora vou te mostrar como chegar ao paraíso.

— Mas, moço, só quero chegar a uma taverna.

O Alfa sorriu, abraçando-o pela cintura. Max ordenou a si mesmo a ficar tranquilo, mentalmente.

— Claro, claro. Por aqui.

O capataz guiou-o em direção a uma viela ao lado da senzala, um caminho esquisito e com pouca iluminação. Assim que sumiram na semiescuridão, o Alfa apertou a bunda dele e empurrou-o para frente.

— Fica de quatro para o papai.

O Alfa mal teve tempo de abrir as calças quando sentiu uma mão agarrar seu ombro e uma lâmina deslizar por sua garganta. Os joelhos dele cederam e o encontro com a morte foi iminente, poucos segundos após cair desmazelado no chão. Responsável pelo assassinato, James surgiu logo atrás.

— Obrigado. — Max agradeceu.

— Você não devia andar desarmado…

— Menino, o que você acha que a tripulação vai fazer se me pegarem com uma arma?

— Oh, céus! — Jean aproximou-se com a mão na boca tentando conter o choque. — Ele morreu mesmo?

— Sim. E sujou meu punhal, esse nojento. — James respondeu se abaixando e limpando a lâmina suja de sangue nas roupas do Alfa.

— Será que ele tem família? — Jean questionou, sentindo-se um pouco mal diante de um assassinato.

— Tem, sim. Seu pai se chama *satanás*, e ele deve estar sentado no colo dele nesse momento. — Max respondeu muito despreocupado, enquanto esvaziava os bolsos do Alfa.

— Você tá roubando ele?! — James perguntou boquiaberto.

— Por que o espanto? Você é um pirata. Toma as chaves. O que vamos fazer com essas armas?

— Levar, é claro. — James pegou as duas pistolas e entregou uma para Max e a outra para Jean, mas o Ômega recusou com a cabeça. — Meu amor…

— Acho que ele está um pouco traumatizado.

— Jura? — James indagou irônico e voltou sua atenção ao irmão: — Ele era uma pessoa muito ruim, imagina o tanto de coisas perversas que ele deve ter feito e que ainda ia fazer com essas pessoas? Com o Akin?

— Você tem razão. Só estou um pouco assustado, mas vou ficar bem.

James sorriu compreensivo para ele e guardou uma pistola no cinto, permanecendo com o fuzil de pederneira na mão. Com a outra, segurou a mão do mais novo. Assim que abriram as grades, os escravizados Ômegas e alguns Betas mais jovens encolheram-se nos cantos, já os Alfas permaneceram parados, com expressões desconfiadas.

— Olá... — James começou tímido, sendo o primeiro a entrar. Mesmo se tratando de um Ômega aparentemente indefeso, os escravizados ainda permaneciam temerosos e desconfiados. Aquilo foi o que deu mais força para que o loiro conseguisse dizer o que pretendia: — Meu nome é James, estes são Jean e Max. Estamos aqui para libertá-los.

— Onde está o capataz?

— Eu o matei.

O grande Alfa de beleza ímpar caminhou devagar até estar diante do Ômega, com seus olhos estudando-o atentamente.

— Você? — O Alfa perguntou novamente, para ter certeza. James ergueu uma sobrancelha e confirmou. — Meu nome é Amin e agradeço o que fez em nome do meu povo.

James foi surpreendido pelo abraço do Alfa, ficando alguns segundos sem saber como reagir. Quando retribuiu, o maior gemeu um pouco devido às marcas que possuía nas costas.

— Me desculpe.

— Tudo bem. — O Alfa virou-se e mostrou as feridas do castigo que recebeu. — Aquele maldito fez isso, porque não deixei ele atacar meu irmão.

— Precisamos ir logo.

— Mas para onde vai nos levar? — Um outro Alfa pronunciou-

-se. — Irmão, e se for alguma armadilha?

— Então vai lá fora ver o espetáculo. — Disse Max. — O corpo dele ainda está lá.

Os Alfas entreolharam-se, e um deles saiu receoso, deu a volta na varanda e, ao lado da senzala, viu o corpo do capataz jazendo ao chão. Ele voltou para os seus e confirmou a versão.

— Vamos, chegou nossa hora. —Virou-se para eles, e os escravizados ergueram-se animados.

Um outro capataz que sempre trocava de turno com o dito que foi assassinado entrou na senzala com as sobrancelhas franzidas e uma expressão de choque, que foi se transformando em fúria.

— Mas que merda é essa?

James estava de costas para ele e, quando ouviu sua voz, virou-se de imediato. Com o ato, o Alfa automaticamente puxou sua pistola, mas foi atingido por um tiro no meio do peito e caiu no chão agonizando, enquanto seu sangue se espalhava.

O disparo saiu da pistola de Max.

— Ferrou gente, ferrou. — Max disse correndo até a porta. — O que estão esperando?!

De imediato, o Alfa chamou seu povo, e eles o seguiram em direção à saída. Ele foi com James rapidamente pelas outras celas e libertou dezenas de cativos que aguardavam ali até serem comprados. Com o barulho do tiro e a fuga em massa dos escravizados, alguns desesperados e se espalhando pelas ruas, foi o suficiente para chamar a atenção dos sentinelas que mantinham a segurança da cidade.

— Não! — James lamentou olhando para todas as direções em que os Alfas, Betas e Ômegas corriam. — Precisamos entrar na floresta e encontrar o Yahto.

— Yahto? — Indagou atento.

— Ele é um amigo que ajuda quando seu povo é trazido à força. Mas não vamos conseguir se eles continuarem correndo e se perdendo pelas ruas.

— Merda... — Naquele momento, Amin tinha que agir rápido e tomar uma decisão. Era óbvio que os que tomaram os próprios rumos sozinhos seriam recapturados, mas, se voltasse para ajudar, nenhum deles teria chance; sendo assim, precisavam deixá-los para trás e seguir com a fuga adiante, levando consigo o maior número possível de pessoas. Ele voltou-se para James e pediu: — Guie-nos.

Muitos dos escravos permaneceram perto do Alfa Amin, pois acreditavam em seu julgamento e liderança. Não que os demais que fugiram na frente o subestimassem, mas estavam tão desesperados que tudo o que viram foi uma porta aberta e o caminho livre. Nesse meio tempo, seu povo seguiu correndo juntamente com os três Ômegas e adentraram na densa floresta, em busca de sua liberdade.

Depois de longos minutos esperando pelo Ômega lúpus, Conrad voltou-se para seu navegador, que assim como ele estava completamente confuso.

— Você deve achar que não tenho nada para fazer.

— Eu não entendo...

— *Shh*! — Conrad cortou-o erguendo uma mão.

O som das janelas e das portas se abrindo, e das pessoas saindo de suas casas para ver o que estava acontecendo nas ruas, chamou a atenção do capitão, e ele correu até uma das saídas para espiar. No fundo, imaginando que tinha dedo de James naquilo. Thomas seguiu-o, e eles viram quando alguns escravizados passaram correndo, enquanto a milícia e alguns capatazes seguiam caçando-os e capturando-os um por um.

— James... — Disseram os dois ao mesmo tempo.

Conrad sacou uma pistola e desceu as escadas ainda sendo seguido pelo Beta, que também se armou.

— Para onde ele disse que iria?

— Para a floresta... — Thomas evitou em falar o nome de Yahto, temendo o que o capitão pudesse fazer com o nativo.

Sem saber ao certo o caminho a seguir, James, Jean, Max e os fugitivos avançavam com o único intuito de colocar um amplo espaço de tempo entre eles e seus perseguidores. Mas os chamados capitães-do-mato, Alfas responsáveis por capturar escravizados fugitivos, eram muito experientes no que faziam e logo estariam alcançando-os.

— Até quando a gente vai correr? Para onde ele está nos levando?

— Você sabe para onde está indo? — Indagou a James.

A luz da Lua mal iluminava o caminho entre as árvores da densa floresta. Estava tão escuro, que eles mal conseguiam enxergar cinco passos à sua frente. Repentinamente, um Alfa surgiu entre os galhos de um arbusto, com as mãos erguidas demonstrando que sua intenção não era de atacar:

— Posso ajudá-los.

— Quem é você? — James perguntou.

— Sou Martim. Costumo ajudar os escravizados trazidos para Ybyrássú.

James entregou-lhe o fuzil de pederneira e disse:

— Não temos tempo para averiguar isso. É sua liberdade e a do seu povo que está em jogo.

O Alfa segurou a arma e respirou fundo, pensando rápido. Ele a ergueu e mirou contra o Alfa desconhecido.

— Que seja, mostre-nos o caminho. Mas, se nos trair, será o primeiro a morrer. Não tenho nada a perder.

Martim assentiu, e todos o seguiram pela escuridão da mata. Ao longe, eles já podiam ver quatro grandes construções entre as árvores, mas, antes de chegarem mais próximos, eles foram cercados por alguns guerreiros da tribo que faziam a ronda protegendo seus membros. Um deles era o próprio Yahto.

— James, que bom te ver! — Ele caminhou até o Ômega e cumprimentou-o. — Você que trouxe todas essas pessoas?

— Sim, me desculpe. Não sabia exatamente como falar com você e precisava fazer algo para ajudá-los o quanto antes.

— Mas você trouxe muitos. — Yahto disse espantado. — Talvez cinco ou seis vezes mais do que costumo libertar.

— Sério? Pensei que você os libertava todos de uma vez.

— Não. Muitos de uma só vez podem trazer graves consequências.

— Eu trouxe problemas para vocês... Oh, céus.

— Não se preocupe, vamos dar um jeito. Venham.

Com o consentimento de outros nativos, os escravizados foram levados e acolhidos temporariamente. Também foram alimentados e tratados em seus ferimentos. James viu Kauana sair da tenda, na qual o fragmento do *Imperium* era mantido, e passar em disparada seguindo caminho até onde os escravizados foram levados. Ali estava sua oportunidade perfeita. Kauana sendo a melhor guerreira dos nativos, seria impossível passar por ela e tomar o pedaço do mapa. Mas, agora que ela saiu, era sua chance de tomar posse do fragmento sem que um combate fosse necessário.

James dava dois passos e depois parava, pensando, e novamente voltava a caminhar. E parava outra vez. Por fim, ele respirou profundamente, parado diante da porta de entrada.

E entrou, para obter a sexta parte. Assim que colocou os olhos no altar onde o fragmento era mantido, James seguiu cauteloso até ele, abaixou-se e retirou-o da tábua. Antes mesmo de se levantar, ele ouviu uma voz vinda do canto, na escuridão da oca:

— Eu sabia que você voltaria.

Para seu espanto e surpresa era Byue, o Gama, quem estava lá.

YBYRASSÚ

Capítulo 17

De forma automática, James levou a mão ao cabo do punhal, mas não o retirou do cinto. O velho manteve-se sentado, apoiado em seu cajado, enquanto observava o Ômega levantando-se devagar.

— Não é o que está pensando…

— Não? Você está segurando nossa relíquia sagrada, presente da própria Lua. — James olhou para suas mãos e, sem ter uma resposta, ficou calado. — Não sinto maldade em você, mas por que está nos roubando?

— Nós precisamos…

— Para quê? Obter riquezas? — Envergonhado, James abaixou a cabeça. Era como se o Gama lesse cada entrelinha em seus pensamentos. — Confiei em você.

— Eu…

— Devolva-nos. — O Gama pediu se aproximando e estendendo a mão. — E vão embora.

James suspirou entregando o pedaço de pergaminho. Ele estava com suas pistolas e o punhal, poderia abater o velho xamã facilmente. Mas fazer isso com um Gama bom e justo, ainda por cima ele sendo um ser espiritual, seria o pior sacrilégio a ser cometido. Ele, então, fez a única coisa que podia executar naquele momento: deu meia volta e saiu da habitação. Os outros dois Ômegas ainda estavam juntos aos fugitivos, aos nativos que saíram curiosos de suas habitações e ao Alfa desconhecido que os havia ajudado.

— Vamos embora. — James disse ao se aproximar deles.

— Mas já? — Jean suspirou com tristeza.

James notou que Kauana estava de olhos atentos neles, como uma ave de rapina. Ele olhou para trás e viu o xamã, fitando-o de longe.

— Sim. Vamos.

— Estou em dívida com você. —Aproximou-se de James. — Se precisar de mim, não hesite em me chamar.

Mas o Ômega lúpus negou com a cabeça.

— Não. Vocês já passaram por muitas coisas ruins. Vão e sigam suas vidas.

— Obrigado, Jean. — Akin reconheceu emocionado. — Você foi a pessoa mais gentil e corajosa que conheci.

— Corajoso, *eu*? — Indagou o Ômega, sorrindo e apontando para os outros dois mais velhos, James e Max. — Eles, sim, são corajosos.

— Mas eu jamais esquecerei aquele que me deu água na cidade, diante de todos. Ninguém nunca ousou fazer isso.

Jean sorriu e abraçou-o uma última vez. Yahto agarrou sua lança e caminhou até eles.

— Vou levar vocês três até a cidade.

— Não precisa. — James deteve-o. — Mas obrigado mesmo assim.

Yahto acenou com a cabeça.

— Tudo bem.

Logo após as despedidas e da certeza de que os recém-libertos seriam levados para uma região segura, onde eles encontrariam mais gente do seu povo, os três Ômegas seguiram de volta através do caminho pela floresta.

— Vocês três são muito valentes. — Martim disse, enquanto eles caminhavam. — Nunca conheci Ômegas iguais.

— Como você sabia que estávamos fugindo com os escravizados? — Jean perguntou.

— Moro perto do mercado e vi pela janela do meu quarto aquelas pobres almas fugindo pelas ruas. Fiquei impressionado ao ver que eram três Ômegas os responsáveis. Vocês foram incríveis.

— Ah, nós apenas matamos dois Alfas e abrimos algumas portas... — Disse Max dando de ombros. — Nada de mais.

— E se não fosse por você... — O Alfa sinalizou. Ele caminhava na frente sendo seguido de perto. — Vocês nem ao menos teriam conseguido sair daquela hospedaria.

Os três Ômegas trocaram olhares e pararam de caminhar.

— Não me lembro de nenhum de nós ter contado sobre isso. — James falou segurando no cabo da arma e, quando o Alfa virou-se para encará-los, ele e Max apontavam suas pistolas em sua direção.

Mesmo estando sob a mira de suas armas, Martim mantinha uma expressão calma.

— É uma pena que eu não fizesse parte da tripulação do Bloodthirsty naquela época. — O Alfa disse olhando para Max, em meio a um sorriso desprezível. — *Eu teria...*

O som de um disparo da arma de James o fez parar de falar.

— Cale-se, verme! — James rugiu.

O Alfa rosnou de ódio e, ignorando o comando do Ômega lúpus, tentou intimidá-lo utilizando sua voz de comando:

— Largue a arma. — Jean encolheu-se, e Max fez o que ele comandou.

Mas James permaneceu firme, quando perguntou:

— Quem é você?

O vento trouxe um cheiro forte de rosas e foi o que levou a distrair o Ômega apenas por alguns segundos, tempo suficiente para que Martim agarrasse suas mãos e guiasse a arma aos poucos contra ele. Um soco forte o atingiu na lateral da cabeça, fazendo Martim ser lançado para o lado. Quando deu por si, James viu o capitão Conrad subir em cima do Alfa e socá-lo até deixar seu rosto irreconhecível. O Alfa lúpus ergueu o olhar e, quando viu Max perto dos outros Ômegas, imaginou que ele fora o responsável pelo que havia acontecido e ergueu-se em fúria para ir até ele. Max correu e escondeu-se atrás de James.

— Ai socorro, ele vai me matar.

James ergueu as mãos para que o Alfa parasse. As do capitão estavam cobertas por sangue, mas Conrad não deu a mínima quando seguiu direto e agarrou um dos braços do loiro.

— *Voc...*

— Antes que você comece a gritar comigo feito um histérico, deu tudo certo. — James disse, interrompendo-o.

— Meu irmão é doido... — Jean comentou baixo para Max.

Nesse meio tempo, Thomas verificava os pertences junto ao cadáver no chão.

— Deu tudo certo?! — Conrad questionou furioso. — Oficiais estão pela cidade procurando os responsáveis por roubar quase todos os escravizados deles. — E acrescentou rosnando: — Eu disse que não queria chamar atenção!

— É, ele tem a marca da tripulação do Bloodthirsty. — Thomas disse sobre o Alfa morto, levantando-se e olhando para Max.

— Não o conheço. — Max logo tratou de esclarecer. — Ele deve ser novo na tripulação.

James colocou a pequena mão dele em cima da de Conrad suja de sangue, que ainda segurava seu braço.

— Solte. — Pediu com voz suave. O Alfa franziu o cenho e aliviou-o do aperto aos poucos. — Você está tão, tão estressado... — Suas mãos subiram pelo peito dele até curvarem sobre os ombros. — Olha isso, precisa de uma massagem, meu amor…

— A tripulação precisa saber. — O Beta avisou. — Bloodthirsty deixou Alfas dele pela cidade. Esse não deve ser o único.

Por cima dos ombros de James, o capitão olhou para Max. O Ômega lúpus percebeu e chamou-o:

— Você sabe que a ideia foi toda minha, deixe-o. Se quer descontar sua raiva em alguém faça-o em mim.

— Então vocês se tornaram amiguinhos... — James deu de ombros. — Vamos para a taverna e de lá para o Cisne Negro.

— Vamos zarpar? — Thomas indagou, enquanto eles voltavam.

— Não. Max disse que ele o quer de volta. — Conrad respondeu se referindo ao Paul Bloodthirsty estar procurando pelo Cisne Negro. — Vamos defender nosso navio.

— Você acha que o capitão está muito bravo com James? — Jean perguntou a Max, preocupado com o irmão.

— Com certeza. Mas não se preocupe, seu irmão bate bem forte.

— Você já apanhou dele?

— *Uhm*... já.

— James?!

— Foi assim que ele tomou jeito... — James disse calmo. No entanto, vendo o olhar pensativo do irmão, ele acrescentou depressa: — Mas não devemos resolver as coisas na violência.

— Ah, você jura? — Max questionou.

— Seu caso é diferente. Você estava implorando por isso.

Assim que eles atravessaram os limites da floresta e chegaram à cidade, encontraram o próprio regente do lugar andando pela rua montado em seu cavalo. Sempre acompanhado de seus guardas.

— O que os senhores fazem na rua a essa hora da noite?

Ninguém respondeu.

José da Silva arregalou os olhos, ao passo que sua guarda desembainhou as espadas. Mas, com um sinal de mão do regente, eles as guardaram novamente.

— Algumas de nossas mercadorias fugiram.

— Isso não é problema meu. — Conrad tentou seguir, mas alguns da cavalaria se colocaram em seu caminho.

O capitão olhou para o regente, sua respiração parecia mais um rosnado e seus olhos escuros estavam quase em um tom vermelho.

— Deixe-o passar. — José comandou. — Temos algo a fazer. Venham.

— Eles vão atrás do Yahto e da tribo! — James sobressaltou quando os Alfas se afastaram.

— Temos coisas mais importantes para nos preocuparmos agora. — O capitão deliberou. — Thomas, diga para os que ficaram no navio que Paul Bloodthirsty está por perto.

Thomas assentiu, e eles seguiram caminhos diferentes. O cais não ficava tão distante da praça central, e logo Thomas estava no deque, seguindo entre as diversas cargas que circulavam pelo porto a todo momento. Assim que chegou à rampa de subida para o Cisne Negro, o Beta notou uma pequena movimentação estranha a bordo do navio. Aquilo era um tanto suspeito, e neste caso, o Beta decidiu não arriscar. Assim que girou para voltar a taverna e avisar ao capitão, deparou-se com o cano de uma pistola apontada diretamente para seu rosto.

— Aonde pensa que vai? — O Alfa que apontou a arma para ele perguntou sorrindo insano.

O Beta ergueu as mãos quando um outro que estava junto ao Alfa se aproximou para tomar posse de suas armas, e logo ele foi obrigado por ambos a embarcar no Cisne Negro. Assim que pisou no pavimento superior, Thomas viu que a pequena movimentação estranha era algo muito maior do que ele imaginava. Além do piso em que estava, havia dezenas de piratas que não pertenciam a tripulação do Cisne Negro espalhados pelo convés inferior. Todos, de aparência vil e fortemente armados até os dentes, encaravam o navegador com seus sorrisos repugnantes.

Thomas viu que ainda no piso inferior, haviam sido subjugados alguns piratas de sua tripulação, entre eles estavam Noah e Rowan. O Beta estremeceu, quando ouviu a porta da cabine ser aberta alguns metros atrás de onde ele estava, e passos pesados se aproximarem atrás dele. Devagar, ele girou o corpo até ver Paul Bloodthirsty parado diante de si. Um Alfa lúpus corpulento, que trajava um grosso casaco cinza escuro, encardido e com manchas de sangue impregnadas no tecido, além de um chapéu preto que chamou sua atenção por estar com uma longa pluma vermelha.

— Prenda-o no mastro e arranque sua pele aos poucos, capitão! — Um inimigo solicitou, e vários outros gritaram em apoio.

Bloodthirsty sorriu demente ao ouvir a sugestão do pirata, exibindo alguns dentes de ouro. Ao se aproximar do Beta, ele franziu o cenho estudando sua face com atenção. Thomas desviou o rosto devido ao odor fétido que exalava da boca do capitão. O lúpus pressionou o gancho que usava no lugar de sua mão na bochecha do Beta fazendo virar o rosto para si novamente.

— Você… eu o conheço. — Bloodthirsty articulou aumentando o sorriso e arregalando os olhos. — É o cartógrafo que mapeou o famoso Triângulo da Morte.

— Faça-o desenhar o mapa do *Imperium*, capitão. — Um dos piratas pediu sendo acompanhado por muitos.

Bloodthirsty puxou sua espada e cortou a garganta deste. O Alfa caiu de joelhos, enquanto engasgava desesperado, até desabar no piso do convés. Logo a agitação entre os piratas voltou-se ao perturbador silêncio, e só o que ouviam era o som dos passos do capitão conforme ele caminhava ao redor do Beta.

— Como pôde ver, estou cercado de idiotas. — Bloodthirsty comentou.

— Não posso ler os fragmentos do mapa. — Thomas revelou com cuidado.

— Isso eu sei, mas ainda vou precisar de você. — O lúpus apontou para o corpo do pirata no chão com desdém. — Acabei de perder meu navegador.

O Beta engoliu em seco. Com um gesto de mão, Bloodthirsty ordenou que seus Alfas prendessem Thomas junto aos demais prisioneiros. Por fim, o lúpus virou-se para encarar sua tripulação.

— Agora que temos o melhor navegador de nossa época, só faltam o maldito Ômega lúpus e o fragmento dos primitivos. — A última frase foi dita olhando para um dos Alfas oficiais de Hurtgo.

— Não sei o que é esse fragmento de que o senhor está falando. — Respondeu o Alfa, com voz trêmula. — Mas, o Ômega do capitão Conrad tenho certeza de que ele é um lúpus e está aqui. *Eeee* vamos trazê-lo aqui para o senhor.

— E então deixará este lugar intacto. — Um outro oficial inteirou.

Paul Bloodthirsty apenas sorriu frio e calculista.

Assim que chegaram à hospedaria, James viu seu irmão seguindo para o corredor em que ficava o quarto do caçador e, antes que pudesse dizer qualquer coisa, foi rebocado até seu quarto pelo capitão. Conrad fechou a porta, retirou as botas e foi lavar as mãos na pia do lavabo, enquanto James caminhava aflito até a janela. Ele espiou a rua pouco movimentada e o caminho até a floresta.

— Você ignora totalmente minhas ordens. — O Ômega voltou-se para encará-lo e viu o capitão saindo do banheiro sem camisa. — Sou uma piada para você?

— Não! Conrad, você não acha nem um pouquinho errado aquelas pessoas serem vendidas como escravos?

— O problema é que eu não me importo com elas, James. Parece que você esqueceu o que eu sou.

O Ômega suspirou caminhando até estar diante dele. James elevou a mão e pousou-a do lado esquerdo do peito do Alfa.

— Não é possível que nesse coração não tenha sequer um pingo de compaixão.

Conrad encarou aqueles olhos azuis e intensos, mas não respondeu. James segurou em seus braços girando seu corpo e empurrou-o fazendo o Alfa cair sobre o colchão. James subiu logo atrás. O capitão ainda foi se levantar e, sem pensar direito no que estava fazendo, James acertou uma tapa na bunda dele. Ele olhou para o Ômega com o cenho franzido. James levou a mão até a boca escondendo o riso.

— Sua massagem... fique deitado.

Conrad soltou um suspiro e encostou a bochecha no colchão, com James posicionado em cima dele, sentado bem em cima da parte traseira das coxas do capitão. Ele fechou os olhos quando sentiu as mãos do Ômega trabalharem entre suas costas e os ombros.

— Não faço isso de propósito. — James começou. — Não é minha intenção ignorar suas ordens.

— Pois, para mim, parece que você faz de propósito. — Conrad fez uma pausa e, logo depois, acrescentou: — Se eu usasse minha voz de comando, você me obedeceria.

James apertou os ombros dele com força, e o Alfa chiou.

— Prometa que nunca vai fazer isso.

— Não preciso prometer, nunca faria isso com você. Nunca usei com Ômega algum.

— *Hm*… — A massagem voltou a ser suave. — Então seu ponto fraco são os Ômegas.

Conrad girou o corpo e agora ficou deitado, de frente para James.

— Meu ponto fraco é *você*. E, ao mesmo tempo, o meu forte.

James acomodou-se novamente, dessa vez sentado sobre os quadris do capitão.

— *Eita*, não é apenas seu ombro que está duro…

— Você me deixa assim. — Conrad fixou as mãos em sua cintura e o puxou para si.

James inclinou o corpo para frente, até encontrar os lábios do capitão. As mãos do Alfa já entrando por dentro da roupa do mais novo, explorando-o.

— Mas não faz nem duas semanas que teve seu rut. — James articulou, respirando com dificuldade, ao passo que Conrad o estimulava.

— Preciso estar no cio para desejar meu Ômega? — James sorriu erguendo os quadris para que o Alfa retirasse sua calça e a roupa íntima.

James imaginou que, depois de ser marcado, a libido do Alfa diminuiria consideravelmente, visto que o lobo de James já pertencia ao dele, e vice-versa. Mas estava obviamente enganado. Conrad virou-os, invertendo as posições, e o membro dele ficava mais coberto pelo lubrificante do Ômega, à medida que escorregava entre suas coxas. Com um único movimento de quadril, ele o penetrou deslizando até o fundo. James gemeu seu nome, sem se incomodar se alguém poderia ouvir. Ele estava amando seu Alfa e não tinha nada de errado nisso. James correu as mãos pelas costas de Conrad e fincou as unhas na pele dele, arranhando-o levemente. Tudo estava mais intenso. Ambos podiam sentir seus toques de um jeito mais acentuado. A marca os conectava de uma forma, como se eles fossem um só. Até mesmo o orgasmo um do outro eles sentiam, o que deixava o ato ainda mais febril.

— *Eu amo você.* — Conrad afirmou deixando alguns selinhos pelo rosto dele.

O Ômega sorriu retribuindo:

— *Eu também te amo.* — James estava deitado de barriga para cima, o Alfa então desceu um pouco mais e deitou a cabeça em seu peito, abraçando-o pela cintura. James inclinou-se e beijou o topo da cabeça de Conrad.

Ainda com os pensamentos nos escravizados libertos e nos nativos, James permaneceu encarando o teto, reflexivo. Conrad, por outro lado, havia adormecido sentindo os dedos do Ômega deslizarem entre seus fios negros. James sentia-se muito envergonhado pensando no que tentou fazer - roubar o pedaço do mapa –, e não conseguia dormir com o peso na consciência. Muito menos agora que estava quase certo de que a aldeia seria atacada. Ele olhou para baixo e viu que Conrad ainda dormia sereno. Com certo esforço, conseguiu sair debaixo dele, sem acordá-lo, pegou as armas e saiu do quarto com cuidado.

No andar térreo, ele encontrou os Alfas e Betas da tripulação se preparando para voltar ao Cisne Negro.

— Preciso da ajuda de vocês.

— E o que seria? — Yerik indagou, e os outros também prestaram atenção.

— Os nativos estão com um grande problema, e a culpa é toda minha…

— Por causa dos escravizados? — Claire presumiu. — Era de se esperar. Você libertou todos de uma só vez, James. Claro que os donos deste lugar não iam ficar calados.

— Sim. Céus... por isso preciso da ajuda de vocês.

— O capitão mandou a gente ir direto para o Cisne Negro. — Jared lembrou-lhes. — Foi mal aí, James.

— Eu sei, mas…

— Eles que se fodam. — Outros piratas concordaram.

— Eles possuem um dos fragmentos. — James interrompeu-os com a revelação, e isso fez com que todos parassem o que estavam fazendo. — Eu o vi quando fui lá. Até tentei *roub*... pegar emprestado, mas fui pego em flagrante.

— Fiquei dias procurando em todos os lugares desse maldito inferno, e você só diz isso agora?! — Billy esbravejou.

— O capitão precisa saber. — Yerik afirmou. — E ele vai ficar uma fera…

— Não! — James exclamou. — Ele vai ficar muito bravo e é bem capaz que mande matar toda a aldeia só de raiva.

Yerik olhou ao seu redor e deu de ombros quando nenhum dos que estavam presentes se manifestou.

— É. Acho que ninguém se importa.

— Veja, podemos juntar o útil ao agradável. Ele vai ficar muito, muito bravo, vai querer descontar toda a raiva em alguém, e ele não vai fazer isso em mim. Vocês sabem, sou o Ômega dele. Já a tripulação... Imaginem, o capitão Conrad de mau humor durante semanas…

— Já entendemos. — Jared interrompeu-o. — Podemos pegar o fragmento, enquanto damos uma passada por lá. O Cisne Negro não vai sair do lugar. Pegamos o fragmento e depois vamos para o navio.

— E vão ajudar a aldeia também. — James acrescentou.

— Eu também vou. — Max afirmou.

— Não quero atrapalhar, então vou ficar aqui. — Jean disse subindo as escadas. — Vou para meu quarto arrumar minhas coisas.

James respirou aliviado ao ver o irmão sumir pelo corredor. Saber que Jean ficaria a salvo era menos uma preocupação para ele.

— Vamos. — Até mesmo Victor, que queria encontrar o tesouro o quanto antes, prontificou-se.

Os piratas seguiram sendo guiados por James e, como o Ômega imaginou, assim que chegaram à aldeia, estava acontecendo uma batalha entre os aborígenes, a guarda Real e alguns Alfas de aparência abominável. A tripulação logo se juntou à luta, que estava mais vantajosa para os guardas. Kauana estava sozinha contra um grupo de cinco Alfas, e a construção que guardava o fragmento estava completamente exposta. Para todos os lados, havia corpos caídos espalhados pelo chão. James viu o xamã entrando na habitação e correu atrás dele, quando viu um Alfa seguir o mais velho. Byue tentava proteger a relíquia sagrada quando foi atacado, o golpe só não foi fatal porque James atirou nas costas do Alfa, fazendo este perder a precisão de seu ataque e acertar o Gama no braço.

James atirou novamente, e o Alfa caiu no chão sem vida.

— O que faz aqui? — Byue perguntou pressionando o ferimento do braço.

— Senti que isso ia acontecer, por causa das pessoas que ajudei a libertar. Eu precisava fazer alguma coisa para ajudar vocês. Sei que me expulsou mas...

Byue interrompeu-o segurando as mãos de James.

— Você é um bom Ômega. Corajoso, de alma forte e pura. Tenho certeza de que esse ataque não foi porque você libertou aquele povo. Yahto sempre faz isso, e nunca aconteceu tamanho ato covarde. A Lua está nos castigando, porque me recusei a enxergar que você é o verdadeiro possuidor da relíquia. — O xamã retirou o fragmento da tábua, enrolou-o como pergaminho e entregou-o para o lúpus. — Tome.

— Tem certeza?

O xamã assentiu.

— Só você pode enxergar o que tem escrito, então é com você que a Lua quer que ele fique.

— Obrigado.

Mais do que a satisfação de ter conseguido o sexto fragmento, era o alívio de não ter que ver a tripulação tomando-o com mais violência.

Conrad acordou com o disparo de uma arma. Ele estava abraçado a um travesseiro com cheiro de jasmim. Levantou-se da cama, vestiu sua roupa, calçou as botas e empunhou todas as suas armas.

Assim que saiu do quarto, viu Jean parado no fim do corredor, com uma expressão assustada e olhando para todos os lados, completamente perdido sobre o que fazer. Conrad correu até ele e, ao passar pelas escadas, viu rapidamente que uma tripulação estava invadindo as estalagens.

— Onde está o James? — Conrad perguntou. O Ômega abriu a boca, mas estava nervoso demais para responder, ou estava com medo da reação do capitão. Conrad viu algo em seu ombro e franziu o cenho, enquanto retirava uma pistola do cinto. — Está machucado?

— Não! — Jean respondeu nervoso puxando a camisa para cobrir o ombro.

— Está marcado... — O Ômega abaixou o olhar envergonhado, e outro disparo junto ao som de um grito desesperado fez o Alfa voltar a si. — Sabe atirar?

— Não.

Conrad pegou a pistola e colocou-a entre as mãos do mais novo, com o dedo já no gatilho.

— Só precisa apertar isso aqui quando mirar em alguém. — Conrad tentou ensinar rapidamente. O Ômega sem querer apontou para ele, e o Alfa então guiou a arma para outra direção. — Não em mim!

— Desculpe.

— Pequeno John, sei que está aqui. — A voz de Paul Bloodthirsty soou alto nos ouvidos de todos que estavam naquele local. — Não vai vir dar um olá ao seu capitão? Não tem mais ninguém para matar aqui... Está ficando chato, maldição!

— Quem é? — Jean questionou baixinho.

— Meu antigo capitão... Fique atrás de mim.

Jean assentiu e segurou o cabo da pistola com mais força, enquanto seguia o Alfa lúpus colado às suas costas. Eles estavam no andar de cima, era muito alto para pular com o Ômega, logo o único caminho era este ou esperar que a tripulação subisse para buscá-los. Conrad mantinha uma pistola apontada para o Bloodthirsty e uma espada na outra mão, sempre olhando ao seu redor.

— Quanto tempo, John Conrad. Nem parece que foi aquele grumete assustado implorando pela vida.

— Como vai sua mão? — Conrad questionou.

O sorriso de Bloodthirsty diminuiu. Ele notou outro par de pernas atrás do Alfa e ignorou a pergunta irônica.

— Não me diga que o Ômega lúpus é essa coisinha pequena atrás de você. *Tsc, tsc, tsc*... Você cuidou muito bem do meu navio, sendo assim, se me entregar o Ômega sem resistir, prometo que vou te matar rapidamente e sem sofrimento.

— Você, tentando negociar... — Conrad sorriu, à medida que caminhava de costas guiando Jean atrás dele, até uma das saídas. — Se não te conhecesse, diria que está com medo de mim.

— Escolha errada. — Bloodthirsty pressionou o dedo no gatilho.

Conrad atirou de volta e gritou para Jean:

— Fuja!

O Ômega assentiu e virou-se correndo em disparada em direção ao único lugar que conhecia, a aldeia dos nativos. Conrad não o seguiu, para segurar a tripulação do navio *Dark Soul* e, também, o próprio capitão dele, Paul Bloodthirsty.

Jean correu sem olhar para trás, mas sabia que estava sendo perseguido. Subestimando o pequeno Ômega, apenas um Alfa o seguiu para capturá-lo, erroneamente imaginando que ele era o lúpus. Ao adentrar na floresta e após ouvir os passos do Alfa cada vez mais perto, Jean olhou para trás e tropeçou em algumas raízes quando o viu a cerca de três metros e caiu de costas no chão. O Alfa sorriu avançando contra ele. Quando este já estava quase em cima, Jean apontou a pistola, fechou os olhos, como o capitão Conrad o havia ensinado, e apertou o gatilho. O barulho do disparo só não foi mais alto que o grito do próprio Ômega quando ele sentiu o corpo do Alfa cair sobre o seu. Assim que sentiu que seu perseguidor estava morto, ele grunhiu ao passo que tentava sair debaixo dele e continuou correndo, trêmulo e com os olhos embaçados em lágrimas.

Para sua sorte, a primeira pessoa que encontrou em meio a uma luta entre piratas, guardas, nativos e, agora, os recém-libertos que se juntaram à defesa do lugar, foi o seu irmão.

— O que está fazendo aqui?! — James perguntou, escondendo-se com seu irmão atrás de uma árvore.

— Bloodthirsty... está na taverna… Capitão Conrad. — Falou quase sem fôlego, mas foi o suficiente para que o mais velho entendesse o recado.

James retirou o pergaminho de seu bolso e colocou-o no de seu irmão.

— Caçador! — James gritou para ter a atenção do Alfa, que logo se aproximou matando mais inimigos pelo caminho e perplexo por ver seu Ômega onde não deveria estar. — Cuide dele.

Victor olhou confuso para Jean e logo depois para o Ômega lúpus que saiu correndo deliberadamente em direção à cidade.

Paul Bloodthirsty seguia com seus ataques utilizando sua espada e um punhal encaixado em seu outro punho, no lugar da mão perdida. Sua gargalhada era alta e aterrorizante. Os membros de sua tripulação atacavam todos de uma vez, e o capitão Conrad defendia-se com sua espada e disparava contra os inimigos com sua pistola. Quando a pólvora chegou ao fim, Conrad substituiu-a pelo punhal, interceptando um golpe no peito e afastando o metal para longe. Um Alfa correu pela lateral, enquanto segurava uma machadinha, pronto para abatê-lo, mas Conrad se agachou e o golpe acertou um outro homem que estava do outro lado. A arma ficou presa no meio do crânio dele. Ele aproveitou e cravou o punhal no coração do Alfa que tentava puxar o machado de volta. Seguindo com os ataques, o capitão desenterrou a machadinha e lançou-a para trás, acertando o centro do peito de um outro Alfa que correu para lhe atacar covardemente pelas costas. No mesmo instante, outros dois piratas chegaram pelas laterais, ele lançou o punhal contra Bloodthirsty, distraindo-o por tempo suficiente para que Conrad se abaixasse, ele girou o corpo e deslizou a lâmina da espada abrindo o abdômen dos dois piratas.

— *Grr*! — Paul Bloodthirsty rugiu de ódio puxando o punhal que cravou em seu braço. — Maldito!

Paul ergueu a espada avançando em um ataque mortal, Conrad girou no chão para o lado e passou por debaixo de uma mesa. Enquanto se levantava se defendendo de novos ataques, Conrad recebeu um chute no rosto que o fez tombar para o lado, brevemente atordoado. Bloodthirsty lançou a mesa para longe, acertando sem querer - ou não - seus próprios companheiros. Conrad girou para atacá-lo, mas o pirata desprezível também se lançou em um ataque, fazendo as lâminas se chocarem uma na outra. Conrad sentiu um pé acertar seu peito e perdeu todo o ar que tinha em seus pulmões, sendo lançado para trás. Ele caiu de costas contra uma parede. Mais piratas do *Dark Soul* chegaram pelos lados, e ele os acertou com sua arma. Bloodthirsty atacou-o de frente, a espada foi interceptada pela de Conrad, já o punhal deslizou para dentro da carne de seu ombro, e ele rosnou de dor. Bloodthirsty riu alto.

A mão que segurava a espada fraquejou devido ao golpe, mas Conrad não a largou, girando o braço para que a lâmina acertasse Paul, mas Bloodthirsty foi mais rápido e puxou um Alfa para servir de escudo. O pirata atingido teve o peito rasgado e caiu no chão sem vida. Conrad estava cada vez mais cansado, devido à enorme quantidade de inimigos que enfrentava. Dentro da taverna havia cerca de quarenta Alfas e, mesmo que tivesse ceifado a vida de alguns deles, o número apenas parecia aumentar. Uma lâmina vinda entre vários corpos rasgou o braço de Conrad e, junto a vários ataques seguidos, ele deixou a espada cair no chão. Com a visão do capitão Conrad turva devido ao sangue e ao suor, Bloodthirsty conseguiu acertar-lhe um soco, fazendo-o cair sobre uma mesa, e, quando Conrad se reergueu com as costas apoiadas na parede, foi recebido pela ponta de uma espada, que transpassou a lateral de seu abdômen e fixou-o contra a parede de madeira.

— Parem! — Paul Bloodthirsty gritou, e os Alfas que estavam prontos para dar fim à vida de Conrad, obedeceram-lhe no mesmo instante. — Ele é meu!

Conrad abriu a boca, e uma golfada de sangue escorreu junto a um gemido de dor. Bloodthirsty ergueu o punho que possuía uma lâmina em vez de uma mão e posicionou-o para cravar o punhal no olho do capitão Conrad.

James surgiu pulando sobre uma janela, correu por cima das mesas e jogou-se contra o corpo montanhoso do Paul. O pirata mais velho, surpreso com seu ataque, desequilibrou-se dando alguns passos para o lado. Um Alfa surgiu e agarrou o Ômega por trás, puxando-o de seu capitão e tentando se defender dos ataques, enquanto James se debatia. Mais três piratas ajudaram-no a contê-lo. Quando James viu seu Alfa preso na parede com uma espada na lateral do seu corpo, ele gritou em meio à angústia:

— Conrad! — James chutou quem o segurava tentando salvar seu Alfa.

A lâmina que James utilizou em seu ataque ficou cravada no alto das costas de Paul, que só naquele momento a sentiu e puxou o objeto de metal. James lançou a cabeça para trás acertando o nariz de um Alfa, pisou fortemente no pé de outro e conseguiu se libertar. Ele tentou atacar Bloodthirsty novamente, mas foi impedido quando uma mão enorme se apoderou de seu pescoço e ergueu-o do chão.

— Então é você, seu pestinha! — Paul rosnou sorrindo, com seus olhos vermelhos.

Diante da cena, Conrad rugiu de ódio e agarrou a lâmina da espada com as mãos nuas e puxou-a para fora de seu corpo, fazendo mais jatos de sangue vazarem do grave ferimento.

— Solte-o! — Conrad gritou avançando com a espada coberta pelo próprio sangue.

Conrad estava mais devagar e zonzo, devido aos ataques e à alta perda de sangue. Bloodthirsty lançou o Ômega para o lado, fazendo-o cair sobre algumas mesas, e com a ajuda de dois membros de sua tripulação interceptou facilmente o golpe de Conrad. Bloodthirsty aproximou-se do capitão Conrad e chutou-o algumas vezes, pisou na lateral de seu rosto contra o chão, fazendo-o olhar na direção em que os Alfas mantinham James imobilizado.

— Sabe o que vamos fazer com seu Ômega quando ele não tiver mais serventia? — Paul questionou, e logo depois ele e sua tripulação asquerosa riram alto.

Bloodthirsty, então, retirou seus pés imundos do rosto do capitão Conrad e agarrou o braço do Ômega, levando-o consigo à força. Conrad tateou pelo chão e recuperou seu punhal. Ele se ergueu, apoiando-se nas cadeiras e mesas jogadas, e avançou contra Paul Bloodthirsty, mas recebeu o golpe de uma clava nas costas, que o fez cair de joelhos.

— Mas que decepção… — Bloodthirsty comentou, ao ver Conrad ainda tentando se levantar e impedi-lo de levar seu Ômega. — Matem-no.

Como se já não bastassem as críticas lesões em seu corpo e ver seu Ômega ser levado pelo Alfa mais bárbaro que ele já conheceu, Conrad teve o caminho até ele bloqueado pelos Alfas da tripulação inimiga, que o cercaram como um bando de hienas inquietas ao ver uma presa aparentemente fácil. Conrad encolheu o ombro machucado e colocou uma mão no ferimento do abdômen. Munido com seu punhal na outra mão, ele foi se defendendo dos ataques até quando não aguentou mais e caiu de costas em uma mesa. Os Alfas discutiram rapidamente sobre quem daria o golpe final, o vencedor empunhou uma espada e, quando a ergueu, pronto para enterrar no coração de Conrad, Yerik e Victor foram os primeiros a surgir pela porta sendo seguidos pelo restante da tripulação do Cisne Negro. Ao ver o pirata com a lâmina perto de ceifar a vida de seu capitão, Yerik lançou sua katana como uma lança, e esta atravessou o tórax do Alfa. Ao notar que sua tripulação estava cuidando dos malditos, Conrad levantou-se e seguiu tombando até a porta, ainda querendo seguir Paul Bloodthirsty. Ele deu de cara com Sebastian que vinha chegando, e o Beta quase caiu para trás ao ver o irmão mutilado daquele jeito.

— Max, pegue a minha bolsa no quarto! — O médico ordenou.

— Não! — Conrad rosnou empurrando-o. — James... Vão atrás dele! Bloodthirsty o levou!

O Max parou no terceiro degrau e precipitou-se:

— O quê?! Não! Precisamos salvá-lo!

— Max, você não ouviu o que eu disse?! — Sebastian gritou de volta, mas foi ignorado pelo Ômega que parecia fora de si.

— Ele...

— Você vai morrer se não me deixar cuidar disso! — Sebastian gritou para o irmão, impedindo-o de se levantar.

— E o que você acha que vão fazer com ele?! — Conrad retrucou.

— Céus! James... — Jean começou a chorar ainda mais.

Aproveitando-se da distração do médico, Conrad empurrou-o de seu caminho e levantou-se.

— Espera... — Yerik considerou. — Rowan estava no Cisne Negro...

— Noah também... — Sebastian sentiu uma pontada no coração.

O espadachim franziu o cenho e olhou para o capitão.

— Onde está o Thomas?

— Eu o mandei para o navio. E onde vocês estavam que não foram para o Cisne Negro quando mandei?!

Os piratas hesitaram.

— Fomos com o James proteger a aldeia. — Max revelou.

Todos os Alfas e Betas olharam enfurecidos para o Ômega, que estava bem protegido perto de Scott.

— Eles tinham um fragmento. — Billy acrescentou, como se fosse diminuir o fato de terem desobedecido.

— O *q*... — Uma corrente de dor fez o capitão fazer uma breve pausa e respirar profundamente. — Isso não importa agora... vamos tomar um navio e ir atrás deles imediatamente!

Pouco se importando se Sebastian havia teminado o curativo provisório, Conrad pegou suas adagas seguindo até a porta.

— Mas, capitão... — Junbuu lhes lembrou. — São quase trezentos Alfas... não temos chance.

Conrad ignorou-o. No lado de fora, ele ficou surpreso ao ver uma enorme quantidade de Alfas, Betas e Ômegas. Todos estavam munidos de arcos e lanças feitos manualmente com materiais da própria floresta. O capitão piscou atônito, perguntando-se quem seriam aquelas pessoas e por que estavam ali. Logo atrás dele, o restante da tripulação foi saindo aos poucos da taverna, e Jean parou ao lado do lúpus, igualmente impressionado.

— Quem é essa gente toda? — Victor indagou, próximo ao Ômega.

— Akin... — Jean murmurou olhando para o Ômega em questão, e este sorriu para ele.

Os olhos do capitão moveram-se lentamente encarando cada uma daquelas pessoas, até pararem diante de um Alfa que estava à frente dos demais.

— Sou Amin. — O Alfa apresentou-se dando um passo à frente. — Devo a minha vida àquele Ômega e, se com ela eu puder ajudar a salvá-lo, a minha lança é sua. — Ele ergueu a arma, e os demais do seu povo fizeram o mesmo.

A princípio, Conrad ficou sem reação. Aqueles eram os que seu Ômega ajudou a libertar, quando ele próprio se negou a permitir tal ato. No entanto, no momento em que ele mais precisava de reforços, aquela multidão de Alfas, Betas e Ômegas estava disposta a arriscar suas vidas para resgatar o Ômega dele. Conrad encarou o Alfa reconhecendo que nada fez para merecer aquele auxílio, mas assentiu apreciando a postura altruísta daquelas pessoas.

YBYRASSÚ

Capítulo 18

Passando pelas ruas de Ybyrássú, James era conduzido por Bloodthirsty e seu bando de Alfas sórdidos. Seus ataques ao capitão desses piratas lhe rendiam apenas risadas de chacota. O homem era bastante corpulento sendo maior que o próprio contramestre do Cisne Negro. Um grupo de dez guardas locais fazia a apreensão dos produtos de uma Beta na baía, que os vendia em local julgado por eles como inapropriado. James olhou na direção deles e gritou por auxílio, mas os guardas olharam para ele e comportaram-se como se não estivessem vendo um Ômega ser sequestrado. Passando pelas laterais do convés superior, James viu alguns membros da tripulação mantidos no piso inferior. Ele foi levado até a proa e amarrado ao mastro principal.

— Vou te matar. — James afirmou, enquanto Paul Bloodthirsty recebia um punhado de pergaminhos.

Eram os cinco fragmentos do *Imperium* que estavam com a tripulação do Cisne Negro, e um outro que se achava na posse de Bloodthirsty.

— Onde está a parte que nos falta? — O capitão perguntou ao seu subordinado.

— Não estava com os selvagens. — O bucaneiro respondeu com a cabeça baixa e bastante medo na voz.

James riu satisfeito.

Bloodthirsty franziu o cenho e olhou para ele.

— Onde está?

— O quê? — James questionou com falsa inocência.

O capitão Bloodthirsty agarrou o pescoço do Ômega e apertou-o impedindo qualquer passagem de ar.

— Capitão, como ele vai falar se o senhor está enforcando ele? — O bucaneiro perguntou e, em resposta, recebeu um tiro no peito.

James tossiu quando Bloodthirsty o livrou do aperto tentando não vomitar com os respingos de sangue que o acertaram. O capitão segurou o corpo do Alfa morto e atirou-o para fora do Cisne Negro.

— Está com fome? — Paul questionou retirando uma faca do cinto. James não entendeu se a pergunta seria para ele, então permaneceu calado. — Abra a boquinha, Ômega.

A tripulação sorriu entusiasmada, aproximando-se da proa para assistir ao espetáculo, ávidos para ver o capitão Bloodthirsty fazer o Ômega comer a própria língua. Paul forçou os dedos contra as bochechas de James, fazendo-o abrir a boca.

— Já que não tem a informação que quero, não vai precisar de sua língua. — Bloodthirsty cantarolou. Em desespero, James balançou a cabeça tentando se livrar do aperto e murmurando coisas impossíveis de decifrar. — Calma, Ômega guloso. Fique quieto e será mais fácil.

— Eu posso ajudar! — Thomas gritou. Bloodthirsty parou a lâmina da faca a alguns centímetros da boca do Ômega e olhou em direção ao piso inferior, onde estavam os prisioneiros. — Não consigo enxergar as runas, mas já compreendo esse tipo de escrita. Deixe-me um minuto com ele, e o convenço a me ditar as figuras. Você ainda precisa decifrar o pedaço do mapa que está em sua posse, certo? Sem ele não vai conseguir, a não ser que tenha outro Ômega lúpus disponível.

Paul Bloodthirsty largou o rosto de James e caminhou descendo as escadas até estar próximo ao Beta navegador. O capitão abaixou-se ao lado dele, e Rowan sacudiu o corpo tentando se livrar das amarras que o prendiam, mas não obteve sucesso.

— Não o toque! — Rowan avisou.

Noah acertou um pontapé no quadril do atirador, e este lhe devolveu um olhar gélido.

— Calma, Rowan. Sua hora vai chegar. — O capitão ordenou a seus Alfas: — Preparem a prancha e dêem meia volta. Vamos buscar a última parte.

— Seu maldito... — Ignorando os avisos de Noah, Rowan continuou esbravejando. — Juro que se fizer qualquer mal a ele…

— Nunca vi ração de tubarão falar! — Bloodthirsty ditou e seus marujos riram alto preparando a viga de madeira. Ele então voltou sua atenção ao Beta: — Se você fizer qualquer coisa que me deixe irritado, vou fazer você comer suas bolas.

Thomas assentiu e foi libertado pelo capitão. Seguindo cauteloso entre os bandidos, o Beta subiu as escadas e caminhou até o mastro em que James foi amarrado, portando um dos fragmentos que estava com Paul e que ainda faltava ser traduzido.

— James, por favor, me fale as figuras que você vê?

— Eu não vou contar nada para esse tratante!

Paul Bloodthirsty puxou um dos piratas do Cisne Negro pelo cabelo, inclinou sua cabeça para trás e cortou a garganta dele sem nenhuma piedade. O terror rasgou as expressões de Thomas e James quando o corpo do Alfa caiu prontamente sem vida.

— Eu tenho todo o tempo do mundo! — Bloodthirsty sorriu e puxou o cabelo de Noah, pronto para ceifar mais uma vida.

— Um traço vertical! — James apressou-se em dizer. — Outro com um ponto para o lado esquerdo... — E continuou a descrever as runas que estava enxergando à medida que tentava conter as lágrimas.

As mãos do Beta tremiam conforme a pena deslizava sobre o pedaço de papel em branco. Ele continuou a escrever tentando ignorar o fato de o atirador ser levado para a prancha com as mãos atadas às costas.

Os poucos comerciantes que foram permitidos continuar no cais eram aqueles que pagavam o maior tributo ao regente do lugar. Os guardas estavam terminando de recolher seus lucros quando dois espadachins surgiram, um de cada lado, sem dar qualquer chance de defesa. Eles deceparam as pernas de dois, rasgaram o peito de mais outros e, em seguida, atravessaram o tórax dos que sobraram.

O capitão Conrad seguia pelo meio, enquanto as mortes aconteciam, munido com duas pistolas, uma em cada mão. Ele entrou no primeiro navio e o primeiro marinheiro que o viu deu de cara com o cano de uma arma e, seguidamente, a pólvora estilhaçando sua face. Os demais que estavam cuidando das cargas no convés ouviram o barulho do tiro, mas, assim que se colocaram de pé para defender suas posições, foram recebidos por novos disparos das armas do capitão, que seguia sem se importar com as dores em seus ferimentos. Sebastian conseguiu fazer pelo menos um curativo mais resistente, o que impedia a perda excessiva de sangue. Um Alfa estava na escotilha da proa segurando a engrenagem da âncora.

— Quer que eu puxe para o senhor? — Ele pediu com medo de ser morto.

Conrad chutou-o na altura das costelas, fazendo-o voar por cima da mureta e ser jogado no mar. Ele mesmo segurou na engrenagem e cerrou os dentes quando uma dor atravessou seu outro ombro machucado.

— Eu ajudo. — Victor segurou do outro lado e ajudou-o a subir a pesada âncora.

— Icem todas as velas e alimentem os canhões! — Conrad gritou, e a tripulação correu para obedecer-lhe.

— Com licença, capitão Conrad, mas o que eu faço? — Jean perguntou.

Conrad estudou o pequeno Ômega imaginando que ele não poderia ajudar em nada, ao invés, sua presença só atrapalharia, visto que não tinha nenhuma experiência em navios piratas. Conrad, então, puxou uma luneta e entregou-a para ele.

— Venha. — Conrad subiu até o piso superior para tomar conta do leme e puxou o cunhado consigo. — Diga-me se encontrar qualquer coisa.

Jean estava ao lado dele. O Ômega segurava a luneta como se fosse a coisa mais importante que ele recebeu na vida e colocou-se a buscar no horizonte por indícios de algum navio.

Na outra embarcação, Daphne assumiu o comando, e o leme ficou por conta de Claire. Eles seguiam atrás levando todos os escravizados que não possuíam nenhuma experiência em navios, uma vez que sempre eram transportados de maneira desumana nos porões. Mas sendo orientados pelos piratas, eles ergueram as velas e ajudaram a manusear os cabos. Não demorou para que os navios roubados da Marinha de Hurtgo encontrassem o rastro das embarcações inimigas.

— Eles estão pela proa a bombordo! — Jean gritou. — Estão vindo na nossa direção!

Boquiaberto, Conrad olhou para o Ômega, que mantinha sua atenção à esquerda.

— Dê-me a luneta. — Conrad exigiu. De fato, Jean estava certo e ele reconheceu as velas negras do Cisne Negro algumas milhas à frente, um pouco à esquerda, e muito próximo a ele estavam o navio de Bloodthirsty e mais duas fragatas. — Claire! — Ele gritou, tendo a atenção da Alfa. — Contorne o *Dark Soul*.

— Mas e o Cisne Negro, capitão? — Daphne correu à mureta e perguntou-lhe, com medo de que seus vinte canhões, sob a posse de Bloodthirsty, destruíssem os galeões em que eles estavam.

— Deixe-o destruir as embarcações em que estamos. — O capitão respondeu do outro navio. — Não vamos precisar delas quando tomarmos nosso navio de volta.

— Entendido! — A Beta sorriu, respirou fundo e repassou as ordens para a tripulação.

Rowan seguia caminhando pela prancha, com Paul Bloodthirsty logo atrás segurando uma pistola apontada para ele.

— Capitão, há dois galeões se aproximando pela popa. — Um Alfa informou, mas Bloodthirsty manteve seus olhos mirando os de Rowan.

— É o pequeno John. — O capitão dos inimigos afirmou sorrindo insano. — Ele veio trazer o último fragmento.

— Quais suas ordens? — Um bucaneiro questionou com medo da aproximação de Conrad.

— Se jogue no mar. — Bloodthirsty rosnou enfurecido, sabe-se lá com o que. Na maioria das vezes, o simples fato de falar com ele era motivo suficiente para ser condenado à morte.

— Perdão? — O bucaneiro ainda tentou insistir.

Bloodthirsty voltou sua atenção ao Alfa, com seus olhos vermelhos tal como duas labaredas infernais. Rowan chutou a mão do capitão, e a pistola voou ganhando altura. Um bucaneiro que estava próximo a James e Thomas sacou sua arma, mas o Beta perfurou seu olho com a pena que escrevia no pergaminho. Thomas puxou uma adaga que o adversário possuía presa à perna e jogou para Noah. A arma caiu no chão, e o contramestre puxou-a com os pés. Bloodthirsty puxou sua espada e, com um ataque direto, tentou esburacar o peito de Rowan, mas este conseguiu se esquivar e fez com que a lâmina cortasse as cordas que o prendiam. O velho Alfa acertou-o com uma cotovelada, fazendo-o cair no chão do convés. Um pirata apontou sua pistola para Rowan, mas foi morto pela faca que Noah empunhava. Outros piratas libertos pelo contramestre tentaram lutar e recuperar suas armas, alguns foram mortos e, em meio a confusão, os dois galeões que estavam sendo comandados, um pelo capitão e o outro por Daphne, se aproximaram e cercaram o *Dark Soul*, que seguia à frente do Cisne Negro.

— Ordens, capitão? — Os piratas da tripulação de Bloodthirsty, que haviam ocupado o Cisne Negro, questionaram desesperados quando viram um navio ao lado do seu, e o capitão Conrad guiando o leme.

O galeão conduzido por Conrad estava entre o *Dark Soul* e o Cisne Negro, em uma posição em que seria facilmente destruído caso as duas embarcações abrissem fogo contra ele. Já o navio guiado por Claire, estava do outro lado do *Dark Soul*.

— Fogo! — Capitão Conrad gritou, e os canhões dos dois galeões rugiram contra ambos os lados do *Dark Soul*.

Recuperando o controle de sua mínima sanidade, o velho lúpus ordenou que seus Alfas atirassem com toda a força de fogo que o Cisne Negro possuía contra o galeão em que Conrad estava. Com a ordem em atraso e o motim causado pelos piratas do capitão Conrad, eles só conseguiram destruir o fundo da embarcação. Conrad girou o leme para contornar e dar a volta, deixando o navio ficar com seus canhões apontados para a popa do *Dark Soul*, que estava completamente avariado pelas laterais e ainda mais lento.

— Fogo! — Conrad rugiu outra vez. Quinze bolas de canhões foram disparadas contra o navio inimigo.

Os outros dois navios pertencentes a Bloodthirsty seriam as fragatas, e elas vinham ao auxílio do velho Alfa, assim como o Cisne Negro que ficou lado a lado com o galeão outra vez. No meio tempo em que o fogo cruzava entre as duas embarcações, James olhou em direção ao galeão e viu seu Alfa também o olhando de volta. Um pirata correu até o mastro em que James estava ainda amarrado, mas, antes de chegar próximo ao Ômega, o capitão Conrad acertou um tiro que atravessou seus ouvidos. Vigas foram postas na direção do Cisne Negro e, embora os piratas de Bloodthirsty atirassem contra todos que começaram a cruzar caminho até o navio de velas negras, eles continuaram a avançar até que o primeiro marujo pulou invadindo o Cisne Negro e sendo seguidos pelos demais.

As fragatas sob a posse de Bloodthirsty voltaram-se contra o galeão conduzido por Conrad. O *Dark Soul* estava completamente avariado, a água penetrava em seu interior com rapidez fazendo com que o navio ficasse ainda mais pesado e impossibilitado de se mover. Com as escotilhas dos canhões destruídos, a poderosa embarcação serviu apenas como palco para uma luta sangrenta entre os piratas. Claire manobrou o navio majestosamente, impedindo que o galeão em que o capitão Conrad estava fosse alvejado pelas fragatas. Ela ainda girou o leme inteiramente para a direita e deixou todos os canhões apontados para uma das embarcações que cercou Conrad. Os navios trocaram disparos e pedaços de madeira voaram, quando as bolas de ferro invadiram os compartimentos, destruindo tudo o que havia pela frente. Rowan conseguiu apoderar-se de duas pistolas e disparar com extrema precisão contra todos que se aproximavam da proa, dando cobertura a James e ao navegador. Thomas estava com dificuldade em desatar os nós feitos por Bloodthirsty.

— Será que dá para ir mais rápido?! — Rowan questionou ao notar que já estava ficando sem munição.

Um Alfa que segurava um machado girou o cabo da arma tentando acertar o atirador, Rowan apontou a pistola para ele, mas não houve disparo. A pólvora havia chegado ao fim. Ele tropeçou, deu uns passos para trás e olhou para os lados procurando por uma arma. Yerik surgiu pulando através de um dos mastaréus e cortou o braço do Alfa que segurava o machado. Thomas correu para pegar a arma e usá-la para libertar James, mas, quando se virou em direção a ele, viu o capitão Conrad descer por uma das velas evitando contato direto com a batalha no piso do Cisne Negro. Conrad pulou na frente do Ômega, puxou sua faca e, com um movimento rápido, libertou-o das amarras. James abraçou-o rapidamente.

— Meu amor!

— Você está bem? — Conrad questionou e deixou um breve beijo em seus lábios, enquanto James puxava uma pistola do cinto dele.

Conrad olhou-o preocupado, não tendo tempo para argumentar sobre o fato de o Ômega ter escondido a informação do fragmento que estava com os nativos. A batalha ainda acontecia, e outros Alfas avançaram contra eles. Os dois lúpus ergueram as armas, e cada um atirou contra o inimigo que vinha pelas costas um do outro.

— Não há tempo para suas preocupações agora. — James afirmou atirando contra outros piratas.

Conrad ergueu as sobrancelhas e sorriu. Ele desembainhou a espada e entregou-a para o menor.

— Uma hora a pólvora acaba.

— Voc...

— Confio em você, meu coração. — John deixou outro beijo na testa do Ômega. — Mas tenha cuidado.

James assentiu quando o Alfa se afastou depressa, e um corpo caiu entre eles sem vida. Com a visão periférica, Conrad viu Bloodthirsty rugir de ódio e dilacerar Alfas e Betas tentando chegar até ele. Quando o último disparo derrubou um pirata que estava no topo da escada que dava acesso ao piso superior, Bloodthirsty surgiu logo atrás dele, com uma longa espada afiada em uma mão e um gancho no lugar da outra. Ele atacou o capitão Conrad, que dessa vez não estava sozinho e pôde se defender mais habilmente dos seus ataques. Mesmo que estivesse gravemente ferido, Conrad foi ligeiro quando puxou duas adagas e as cruzou diante do rosto impedindo que a espada do capitão do *Dark Soul* o atingisse.

Traiçoeiro, Bloodthirsty tentou atacá-lo por baixo e lançou o gancho afiado contra o abdômen de Conrad, mas ele se afastou rapidamente girando sobre um pé e chutou o queixo do velho lúpus com o calcanhar. Bloodthirsty cambaleou para o lado e só teve tempo de desviar uma segunda vez, tropeçando para trás, quando o capitão

Conrad seguiu com seus ataques e pulou pronto para cavar as duas adagas no peito do mais velho. As lâminas acertaram a espada de Bloodthirsty e chisparam faíscas no ar. Paul girou sua arma para atingir as pernas dele, mas o capitão Conrad pulou, equilibrando-se na mureta do navio, segurou em uma corda e subiu para fugir de um novo ataque. Conrad pulou por cima dele e aterrissou logo atrás de seu corpo e, quando Bloodthirsty girou para enfrentá-lo, foi recebido pelas lâminas do capitão Conrad, que puxou as adagas em formato de xis e decepou o braço do velho lúpus que empunhava a espada.

— *Grrr*! *Aah*! — Paul Bloodthirsty urrou olhando para seu punho que jorrava sangue como uma cascata.

Enquanto a luta se desenhava no piso do Cisne Negro, alguém chutou a mão do sombrio capitão Bloodthirsty, e ela deslizou pelo chão até cair dentro do buraco de uma escotilha que dava acesso ao porão de carga.

Jean estava atrás do leme correndo ao seu redor e tentando fugir de um pirata que segurava uma faca. O Alfa sorriu se divertindo, como se estivesse brincando com sua presa.

— Ratinho teimoso, por que você corre?

Lembrando-se do que o capitão Conrad havia dito sobre ele não ter força para conseguir manter um cabo fixo, James segurou na corda que ligava o topo de uma das velas mais altas ao chão e cortou-a na parte de baixo. Instantaneamente, o cabo puxou-o com bastante impulso, e ele foi lançado do Cisne Negro até o galeão onde viu seu irmão ser encurralado pelo pirata. Com a arma em punho, James soltou a corda e caiu de pé atrás do Alfa, que só percebeu que tinha alguém ali quando a espada do Ômega lúpus atravessou suas costas e a lâmina surgiu do outro lado. James puxou a espada, e o Alfa caiu no chão.

— James! — O Ômega mais novo respirou aliviado.

James assentiu para ele, mas viu o sorriso desaparecer do rosto do irmão quando Jean viu um grupo de piratas em cima do caçador. O garoto agarrou um caixote vazio no convés, ergueu-o acima da cabeça e jogou nas costas de um dos Alfas que atacavam o caçador. Com a pequena distração, Victor rasgou a garganta do Alfa atingido pela caixa. Jean correu até ele para ajudar, mas, com a falta de habilidade em batalha, travou quando um pirata avançou contra ele.

Enquanto lutava contra um Alfa, Victor atirou uma faca contra um outro que surgia pela esquerda e, quando viu um pirata atacando Jean, atravessou a arma no coração de seu inimigo e correu até eles.

— Meu Ômega não, seu maldito! — Victor girou a katana e decepou a cabeça do pirata inimigo.

O caçador segurou a mão de Jean e manteve-o por perto, defendendo-o à medida que avançava contra os adversários.

James desceu até o convés e juntou-se a Amin e seu povo, na luta contra os rivais hostis. O Alfa manuseava com agilidade sua lança perfurando todos que ousavam golpeá-lo de frente.

Com a ajuda de Noah, Billy, Jared, Daphne e demais bucaneiros, Rowan apossou-se dos canhões do Cisne Negro. Ao seu comando, os canhões foram postos contra uma das fragatas que destruiu um dos galeões.

— Fogo! — Rowan gritou, e os piratas acenderam os pavios.

Vinte disparos soaram contra a embarcação destruindo seu corpo amadeirado.

Paul Bloodthirsty ainda tentou fugir do jovem lúpus que avançava cheio de fúria empunhando duas adagas. Ele girou o braço e tentou atingi-lo com a lâmina em forma de gancho, mas Conrad sustou seu ataque, e a ponta do gancho cravou na madeira deixando Bloodthirsty preso. O capitão Conrad desceu as lâminas e cortou os ligamentos do cotovelo do pirata mais velho. O antebraço dele permaneceu ligado ao gancho preso em um caixote. Bloodthirsty rugiu recebendo um forte chute que certamente quebrou algumas costelas e o fez cair de joelhos no chão.

— Ajudem-me! — Paul gritou. — Matem esse miserável!

Os Alfas ouviram as ordens de seu capitão e avançaram todos juntos contra Conrad. Este ignorou as pontadas em seu ombro e contra-atacou com toda fúria os piratas que o cercaram. Conrad rasgou o peito de um, perfurou o centro da garganta de outro, e os dois seguintes sentiram a ponta das adagas do capitão atravessarem ao mesmo tempo seus olhos. Bloodthirsty levantou-se do chão, zonzo com a perda de sangue, e tentou fugir para um dos botes em que alguns piratas tentavam escapar, para ser levado por eles. Conrad olhou para seu rival andando cambaleante. Ele guardou as adagas e caminhou devagar até este. Paul tropeçou caindo no chão quando Conrad o empurrou dando um chute em suas costas.

O velho pirata virou-se com as costas no chão, cuspiu sangue e começou:

— Poupei sua vida. — Conrad parou ao lado dele de pé. — Eu o acolhi em minha *tripu*...

Paul foi interrompido com um golpe quando Conrad pisou em seu rosto com força. As marcas da bota do capitão Conrad ficaram desenhadas no rosto dele.

— O que disse que ia fazer com meu Ômega? — O capitão Conrad questionou ainda forçando o pé contra o rosto do pirata.

Bloodthirsty sufocou com o sangue que jorrava do nariz murmurando palavras abafadas.

— *Aag...grr...*

— Não estou ouvindo. — Conrad pisoteou novamente o rosto de Bloodthirsty afundando seu nariz.

O Alfa sacudiu os braços, enquanto rugia pela garganta, já que seu rosto estava praticamente destruído e nem ele mesmo conseguia distinguir onde ficava sua boca. Conrad agachou-se ao lado do velho pirata, Bloodthirsty apenas tremia e jorrava sangue. Ele puxou uma das adagas e posicionou-a em cima do peito dele.

— Você e sua tripulação. — Capitão Conrad ergueu os olhos para os piratas que assistiam à cena, eles sobressaltaram assustados e pularam no mar. A adaga deslizava lentamente atravessando o coração de Bloodthirsty. Conrad voltou sua atenção ao mais velho: — Não vão encostar um dedo nele.

O corpo de Paul Bloodthirsty sacudiu uma última vez antes de paralisar sem vida.

Claire conduziu muito bem a embarcação, mas, como estava sendo atacada pelas duas fragatas ao mesmo tempo, o segundo galeão começou a afundar lentamente. O mar estava cheio de estilhaços, pedaços de madeiras, velas, Alfas e Betas que pertenciam à tripulação do *Dark Soul*, e alguns do Cisne Negro. Os que não conseguiram subir na fragata mais intacta tentavam salvar suas vidas se agarrando aos pedaços dos cascos dos navios ou nadando e enfrentando as fortes ondas do Mar Tenebroso.

A tripulação do capitão Conrad e o povo de Kwanza subiram todos a bordo do Cisne Negro. O espaço era pouco e devido ao peso e algumas avarias, a velocidade do navio diminuiu consideravelmente. Mas eles conseguiriam navegar até chegarem em seu próximo destino. Os piratas que fugiram na fragata olhavam aflitos o navio de velas negras aproximar-se pela popa. Devido ao número de velas ser superior, o Cisne Negro alcançou a embarcação menor ficando lado a lado com esta.

— Suas ordens, capitão? — Noah questionou, e todos olharam para Conrad.

O capitão estava com uma mão no ferimento abdominal e a outra apoiada nos ombros de James. Ele olhou para seu Ômega e sorriu com ternura antes de desviar a atenção para a fragata.

— Fogo!

Os Alfas e Betas da fragata correram para se jogar no mar, a fim de evitar serem destruídos juntos com o navio. O estrondo dos canhões destruindo cada centímetro da embarcação inimiga e os gritos desesperados dos piratas foram seguidos por várias grandes explosões e, em poucos minutos, o que sobrou da fragata foi engolido pouco a pouco pelas águas profundas e misteriosas do Mar Tenebroso.

O Cisne Negro seguiu deslizando calmamente em meio à harmoniosa sinfonia das ondas quebrando contra seu casco. A tripulação gritava eufórica festejando não apenas a grande vitória, mas também porque estavam sob a posse dos sete lendários fragmentos, que o Beta navegador logo se ocupou em guardá-los.

— Para onde devo estabelecer o curso, capitão? — Thomas perguntou, tão ansioso quanto os demais.

Conrad olhou para o convés inferior e viu os escravizados. Alguns comemorando entre si, outros, como Amin, aguardavam para saber qual seria seu destino.

— Leve-os para casa. — O capitão deliberou ainda fitando o Alfa, e este suspirou acenando com a cabeça.

James estava sorrindo ao ver os piratas festejarem quando percebeu que o capitão estava apoiando seu peso nele cada vez mais. James olhou para o Alfa e assustou-se ao notar como ele estava pálido e com a respiração fraca.

— Estou bem. — Conrad murmurou apoiando o rosto no ombro do Ômega.

Mas, no segundo que se passou, a escuridão tomou conta de Conrad e todo seu peso caiu de vez sobre James. Este o agarrou pela cintura e deu alguns passos para trás até ser ajudado por Noah a segurar o corpo desfalecido do capitão.

— Sebastian, ajuda aqui!

O médico correu até eles e orientou:

— Leve-o para a cabine, rápido.

Noah ergueu sozinho o corpo do seu capitão e fez como Sebastian indicou. O Beta olhou para James, percebendo como ele estava distante, com os olhos abertos e a respiração desregulada. James abriu a boca arriscando dizer algo, mas engasgava a cada palavra que tentava proferir. Ele estava paralisado olhando seu Alfa ser levado para a cabine. Sebastian segurou em seu rosto e desviou a atenção dele para si.

— James, ouça minha voz. Fique comigo e respire devagar. — O médico fez uma pausa e puxou o ar lentamente, soltando-o logo em seguida pela boca. — Olhe para mim.

O Ômega tentou fazer como Sebastian indicou, mas o pânico queria tomar conta de seus sentidos. James colocou a mão no ombro, e seu coração acelerou ainda mais.

— *Con... Conr...* — Dizia engasgando com o ar.

— Só respire. — Com muita paciência, Sebastian inspirou novamente deixando o ar escapar aos poucos por sua boca. — Faça como eu.

Prestando atenção no rosto do Beta, James fez conforme ele disse e tomou longas respirações, até sentir-se mais brando e recuperar o controle.

— A marca. — James conseguiu falar, agora mais calmo. — Está fraca.

— E, por isso, ele precisa de você. — Sebastian disse. — Eu sou médico, não vou deixar que nada de ruim aconteça. Confie em mim.

James anuiu engolindo um bolo de preocupação e aflição. Sentiu o Beta segurar em sua mão e o puxar em direção à cabine. O capitão estava deitado na mesa, desacordado e completamente vulnerável a qualquer ameaça. O médico retirou a camisa de Conrad com a ajuda de Noah e começou a limpar o ferimento mais grave, com Max o auxiliando. James ficou do outro lado da mesa segurando a mão de Conrad. Talvez ele não soubesse, mas aquele ato ajudou o Alfa. O médico concentrou-se em cuidar do ferimento na lateral do abdômen.

— Vou suturar e cuidar do ombro.

— Vai ficar uma cicatriz horrível. — Max afirmou.

— Você é um serzinho bastante inconveniente, não? — Sebastian reclamou, enquanto cuidava do ferimento. — Há coisas mais importantes do que mais uma cicatriz, além das tantas que ele já tem. Não seja tão fútil.

— Não estou sendo. Foi só um comentário. Sebastian, você é muito grosso.

— Te conheço, cocada de sal.

— Se eu realmente me importasse com esse tipo de coisa, estaria namorando um cara sem uma perna?

Sebastian arregalou os olhos desviando momentaneamente a atenção da lesão para Max. O Ômega estava cada vez mais próximo do bucaneiro Scott durante as últimas semanas, mas nada além do que já tenha sido observado pelos tripulantes. Se eles estavam envolvidos mais intimamente, então o fizeram às escondidas durante todo esse tempo. Aquela informação pegou o médico de surpresa.

— Eu sabia que aquele bucaneiro sem vergonha estava com segundas intenções. — Sebastian reiterou voltando sua atenção ao abdômen de Conrad. — Scott jura que me engana.

— Não é nada do que você imagina. — Max contrapôs. — Ele só queria cuidar de mim…

— Escuta, vou te dar um conselho: cuidado com esses Alfas. Não é boa ideia se apaixonar por eles.

Max apoiou as mãos nos quadris e franziu as sobrancelhas quando encarou o médico com uma expressão relaxada.

— E você não está envolvido com um?

Sebastian abriu a boca para dar uma resposta, mas não tinha o que dizer, ele realmente estava em um tipo de relacionamento com o contramestre. Não era nada formal, Noah e ele apenas não gostavam de rotular as coisas. O médico comprimiu os lábios e limpou a garganta, incomodado com o rumo da conversa.

— Pare de falar, está me atrapalhando.

— Sim, mestre. — Max disse, ironicamente.

O médico suspirou irritado pronto para uma resposta à altura, mas ouviu James rir baixo. Sebastian e Max trocaram olhares confusos e voltaram a atenção para ele.

— Você está bem?

— Sim. Agora estou. — James respondeu apertando a mão do Alfa contra seu peito. — Estava tendo pensamentos horríveis, mas a discussão dos dois me distraiu.

— Sei que é o óbvio a se dizer a alguém, mas não custa nada reforçar. Não fique pensando nessas coisas. Não dê espaço para isso. Como está a marca?

James colocou a outra mão no ombro e fechou os olhos. Quando abriu, um sorriso formou-se, tão grande que Sebastian não precisava de uma resposta para saber do resultado.

— Está tão forte quanto no dia em que ele me marcou.

— Foi você. — Max informou. — Vocês estão dividindo tudo.

— Como sabe tanto? — James perguntou, e Sebastian também ficou curioso. — Você já foi marcado?

Max desviou o olhar e suspirou antes de responder:

— Já. Um pirata do *Dark Soul* ficou empolgado e me marcou. Mas Bloodthirsty o matou. Eu era a diversão da tripulação dele, não poderia ser mais se pertencesse a apenas um Alfa.

— Fico muito feliz em saber que todos eles estão queimando no inferno agora! — James esbravejou visivelmente com raiva.

— Eu também. — Max sorriu. — Mas não vamos falar sobre aqueles imundos. Sebastian, deixa eu fazer o curativo do ombro?

— Está louco? Não vou deixar você treinar no ombro do capitão. Estamos falando do meu irmão. E se ele ficar deformado? Se perder o movimento do braço? E se o braço dele cair?!

Max bufou revirando os olhos.

— Confio nele, Sebby. — James afirmou. — Sei que você fez um ótimo trabalho ensinando o Max. E com sua supervisão sei que nada disso vai acontecer.

— *Hm...* — O médico observou seu aprendiz. Max já havia demonstrado seu sangue frio e calma diante de situações que havia presenciado com Sebastian e alguns membros da tripulação. Até da perna do próprio Scott, ele se encarregou praticamente sozinho, e hoje o pirata a utiliza extremamente bem. — Tudo bem. Pode fazer.

Max tentou conter a empolgação e apenas anuiu sorrindo. Ele pegou os instrumentos necessários e começou a fazer sua tarefa sob os olhos atentos de Sebastian. Após terminar de fazer o curativo, o Beta avaliou o desempenho dele e assentiu satisfeito.

— Agora vamos deixá-lo descansar. — Sebastian afirmou recolhendo os materiais. — Noah, coloque Conrad na cama.

— Quero ficar com ele. — James determinou.

— Tudo bem. De qualquer forma, estamos longe do nosso destino, você pode ajudar Thomas a traduzir os fragmentos depois.

Não é uma boa ideia fazer isso com tanta gente aqui. – O contramestre opinou. – Thomas guardou-os em segurança. – Quando esse povo desembarcar, voltaremos a buscar o tesouro.

– E qual o problema de fazer isso com eles aqui? – James questionou ofendido. – Eles não são ladrões.

– O ouro corrompe as pessoas. – Noah disse. Fez-se um silêncio após suas palavras, e logo após ele se dirigiu até a porta. – Vou me certificar de que estão fazendo seus trabalhos e falar com a Claire. Ela precisa ter cuidado, ainda estamos no Mar Tenebroso.

Sebastian e Max seguiram-no deixando James e o capitão sozinhos na cabine. Conrad estava deitado de barriga para cima ainda sem camisa, mas com uma manta o cobrindo até o pescoço. James estava de lado e continuava a segurar a mão dele entre as suas, logo abaixo do queixo. Também estava cansado depois de tudo o que passou e acabou adormecendo minutos depois.

Quando o capitão acordou, viu seu Ômega dormindo tranquilamente e segurando sua mão. Ele sorriu tentando se levantar, mas uma careta de dor se desenhou em sua face quando sentiu seus ferimentos latejando e ardendo. Conrad permaneceu deitado observando a respiração calma do loirinho e seu cabelo já crescido batendo nos olhos. Ele gostava de observá-lo dormir em sua quietude. Se acordado, James não parava quieto, dormindo ele parecia um anjinho. O Ômega abriu os olhos e resmungou algo baixinho. Ao ver que Conrad já estava acordado, ele sorriu esticando o corpo.

– Como se sente?

– Estou bem, não se preocupe.

James observou-se por alguns segundos. Capitão Conrad era um Alfa muito forte, não só fisicamente. Foi ferido tão gravemente, quase morreu e, mesmo assim, se mantinha firme diante de seu Ômega e de toda a tripulação. James viu seus lábios secos e levantou-se.

– Vou buscar água para você.

– Não. – O Alfa apontou para uma das estantes. – Traga-me um pouco de tequila.

– Mas... tudo bem, vou pegar.

James pegou uma garrafa e despejou um pouco da bebida em uma caneca, levou até o Alfa e ajudou-o a beber um pouco.

— Agora sim. — Conrad suspirou, e James balançou a cabeça sorrindo. — Chame Noah aqui.

— Ele estava aqui, enquanto estávamos cuidando de você. Não se preocupe com nada, apenas descanse.

— Você nunca me obedece e agora está me dando ordens. Daqui a pouco eles vão te chamar de capitão.

— Até que não é uma má ideia... — Conrad olhou-o boquiaberto, e James então riu da expressão do Alfa. — Estou brincando. E acho que já está na hora de começar a obedecer ao capitão desse navio.

— Certo... vá até a cozinha e traga algo para seu capitão. Depois, quero que se deite em minha cama e fique comigo. — Ordenou. James ergueu uma sobrancelha sabendo que ele estava fazendo aquilo de propósito. — Por favor?

O Ômega riu alto e beijou o Alfa em seu rosto e depois na boca.

— Sim, meu capitão. — James levantou-se da cama e caminhou até a saída.

Desceu até a cozinha, e à ordem de Sebastian, Junbuu já estava preparando uma comida leve para o Conrad. James aguardou até que ficasse pronta e subiu novamente. Quando passou pela escotilha, viu Scott encostado na mureta enquanto manuseava algo. Quase derrubou a comida do capitão quando viu com o que o Alfa estava mexendo.

— De quem é essa mão?! — James perguntou surpreso.

— Não sei. Encontrei no porão de carga.

— Credo, joga isso fora. — Scott ignorou e continuou mexendo na mão. James suspirou irritado e buscou por alguém no convés. — Max, vem ver com o que Scott está mexendo!?

James aguardou até o outro Ômega se aproximar.

— Isso é uma mão? — Max questionou espantado.

— Sim. — O Alfa respondeu. — Olha como é grande. Deve ser do Bloodthirsty.

— Que nojo, Scott! — James segurou o riso quando ouviu Max reclamando com o Alfa e seguiu para dentro da cabine. — Joga essa porcaria fora, parece até que é doido!

— *Tsc*, é só uma mão.

— Uma mão, o cacete! — Max tomou-a do Alfa e lançou-a no mar.

— *Ow*! Você tá muito bravinho... vem aqui. — Scott tentou abraçá-lo, mas o Ômega se afastou.

— Sai daqui com essa mão suja de Paul Bloodthirsty. Vá se limpar antes. — Scott comprimiu os lábios incomodado. O Ômega colocou as mãos na cintura. — Agora, Scott.

O pirata bufou revirando os olhos e desceu para as cobertas inferiores, com Max atrás dele ainda resmungando. Os piratas que estavam trabalhando no convés e observaram a cena começaram a rir.

CHENFOU.
·Mar·Me
·KWANZA

Capítulo 19

Cerca de três semanas após a batalha entre os navios, Conrad encontrava-se recuperando-se de suas lesões. Ainda não podia fazer nada de tão excessivo fisicamente, mas, com os cuidados de Sebastian, logo ele estaria completamente renovado. James passava a maior parte do tempo na cabine, fazendo-lhe companhia e, quando o Alfa estava dormindo, ele gostava de ajudar em outras funções no navio. Contudo, durante os últimos dias, James sentia-se diferente, de certa forma seu corpo havia mudado, era como se o Ômega estivesse sentindo uma nova essência dentro dele, além do Alfa.

James estava com as mãos apoiadas no parapeito da popa, com os olhos fechados e sentindo o vento esvoaçar seu cabelo ligeiramente crescido quando sentiu as mãos do capitão Conrad se curvarem em seus quadris. Ele inspirou o aroma de rosas e sorriu olhando para trás.

— Devia estar em repouso. — O Ômega afirmou.

— Se eu ficar mais um dia naquela cabine, vou enlouquecer. — O capitão suspirou intensificando o abraço. — Você parece diferente...

James franziu as sobrancelhas, virando-se para ficar de frente para ele.

— Você também sentiu?

O Alfa balançou a cabeça confirmando. As mãos de James desceram até pousarem em seu ventre.

— É como um... — James fez uma pausa sentindo um pouco mais. — Como um coração batendo.

O sorriso cresceu no rosto do Alfa, ele repousou a mão por cima da de James e com a outra ele acariciou seu rosto. De certo modo, Conrad também podia sentir aquilo pela marca, um pouco menos intenso, um impulso contínuo e firme.

— Se for isso que estou pensando... — Os olhos do capitão brilhavam como duas pérolas negras. Ele agarrou a mão do mais novo e puxou-o na direção do convés: — Precisamos falar com Sebby.

James mordeu o lábio assentindo com um sorriso.

— Sebastian?! — Conrad seguiu chamando pelo médico. — Onde diabos esse Beta se meteu?

— Já vou! Já vou! — Ouviram uma voz surgir dos pavimentos inferiores, enquanto o médico subia as escadas até o convés resmungando: — Será que uma pessoa não pode nem mais cuidar da própria vida, que já ficam gritando seu nome feito loucos...

— Cabine. — O capitão acenou com a cabeça e caminhou até o camarote levando James consigo e sendo seguido pelo Beta. Já dentro do cômodo, Conrad indicou. — Quero que o examine.

James sentou na cama com as costas apoiadas na cabeceira, e Sebastian dispôs-se ao seu lado, enquanto o capitão Conrad permaneceu de pé, próximo a eles. O médico verificou a temperatura do Ômega e analisou sua boca quando este colocou a língua para fora.

— O que está sentindo? — Sebastian perguntou, enquanto ainda o examinava.

— Não são dores. — O Ômega explicou passando a mão pelo baixo ventre. — Sinto um pulsar por essa parte.

Sebastian assentiu e examinou a região exposta pelo Ômega. Conrad debruçou-se um pouco mais, atento a tudo que o médico fazia e, assim como James, ansioso por uma resposta do mais velho. Sebastian seguiu com o exame, até se dar completamente satisfeito. Ele arrumou a postura para então comunicar:

— Parabéns aos dois, serão papais. James está esperando um filhote. — O Beta viu um enorme sorriso e felicidade surgir entre o Alfa e o Ômega. Ele se levantou quando concluiu: — Sinto como se vocês já soubessem disso.

— De certa forma. — Conrad sentou-se onde o médico estava e segurou as mãos do Ômega quando ambos encostaram a testa uma na outra. — Só precisávamos de uma certeza.

— Precisam também decidir um local para ancorar provisoriamente, não? — Sebastian indicou. — Bom, se me derem licença, vou espalhar para toda a tripulação que eu serei titio.

Desde quando o médico saiu da cabine, o capitão Conrad permaneceu pensativo, com uma mão no queixo, enquanto encarava fixamente um ponto qualquer no chão. James despertou sua atenção quando o empurrou pelo ombro.

— Não vamos fazer isso. — O mais novo decidiu. — Não estou enfermo, essa viagem pode continuar.

— Sebastian pode ter razão. — O Alfa argumentou. — É perigoso estar a bordo de um navio, principalmente nesse mar agitado.

— Conrad! — James protestou. — Estamos tão perto de encontrar o tesouro. Por favor, iremos continuar. Sei que preciso ser muito mais cuidadoso, mas serei, prometo. Posso até te obedecer durante esse período.

O semblante tenso e preocupado do Alfa foi substituído por feições mais leves e um pequeno sorriso.

— Que ótimo, porque tenho uma lista do que não vai mais poder fazer. — Conrad afirmou, e o loiro sorriu nervoso. — Tudo bem, vamos seguir com a viagem.

Enquanto isso, nas partes inferiores do navio, Junbuu estava parado diante da porta que dava acesso ao cômodo onde a comida era armazenada. Além da pouca água que ainda restava, os estoques de alimento estavam perto do fim. Era quase possível contar os poucos grãos de arroz ou de farinha que ainda tinham. O cozinheiro procurou Noah e informou-lhe sobre as provisões buscando por uma solução por parte do contramestre.

— Afundamos navios abastecidos. — Noah comentou olhando para o mais velho. — Nosso porão está praticamente vazio...

— Somos idiotas, não somos?

O contramestre apenas murmurou algo e subiu novamente. Ele encontrou com os bucaneiros que estavam espalhados pelo convés, assim como os passageiros que pegavam carona até Kwanza.

— Ouçam todos. — Noah pediu alto chamando a atenção deles. — Nossa comida está escassa e a água potável está quase acabando.

Thomas, quantos dias estamos do próximo porto?

O navegador abriu um mapa e calculou rapidamente.

— Se os ventos continuarem favoráveis, eu diria que chegaremos dentro de uma semana.

— Certo. — O contramestre continuou: — A partir de hoje, todos terão direito a cem gramas de comida por dia e uma caneca de água.

— O quê?!

— Isso não dá nem para encher o buraco do dente!

Uma leve comoção entre os piratas teve início. O povo de Kwanza ficou quieto, pois já estava acostumado a passar fome durante as viagens que eram forçados a fazer. Além do sentimento de que a culpa da comida estar se acabando tão rapidamente era deles.

— Não vou comer vento! — Billy gritou acima de todos, e eles se calaram. — É isso aí, meus camaradas. Trabalhamos no pesado, embaixo desse sol escaldante... — Ele parou de falar quando viu que os piratas não prestavam atenção apenas nele, mas em alguém que estava atrás dele. Billy engoliu em seco. — O capitão está atrás de mim, não é?

Conrad passou por ele, Billy paralisou, e até mesmo jurou que conseguiu ver uma luz no fim de um longo túnel escuro que surgiu à sua frente. Conrad olhou por todo o convés e viu que os escravizados se mantinham sempre juntos. Não podia simplesmente negar comida àqueles que o ajudaram a resgatar seu Ômega. Muito menos jogá-los ao mar, à própria sorte. Seria muita covardia, além de uma tremenda traição.

— Capitão. — Amin deu um passo à frente se aproximando de Conrad. — Podemos pescar.

O Alfa praticamente leu os pensamentos de Conrad. Trabalharam juntos, sim, por uma causa em comum. Mas, tratando-se de piratas, eles eram criminosos do mar e agiam apenas pelo próprio bem, Amin logo compreendeu que os primeiros a serem descartados seriam aqueles que não faziam parte da tripulação.

— Só atrasariam a viagem além do gasto de energia. — Thomas articulou sincero.

— Nossos Ômegas podem fazer uma ampla rede com linho e pescar grandes quantidades de peixes. — Amin insistiu.

— Façam. — Assim que o capitão permitiu, o povo de Kwanza foi confeccionar a rede entrelaçando fios de linho. — Mas não vamos parar o navio.

— Não será necessário. — Amin salientou, e Conrad assentiu.

— Como James está? — Sebastian indagou assim que se aproximou do capitão.

— Está deitado. Sente-se um pouco enjoado.

— Traga ele aqui para fora. Passear pelo convés, tomar um ar. Vai fazer bem a ele.

— Ele não quer se levantar da cama.

Sebastian olhou para o irmão, com as mãos na cintura.

— Ele ainda está no primeiro mês. Que Ômega manhoso. — Conrad deu de ombros. — Faça-o se exercitar um pouco. Traga ele para o convés.

— Mas... — Sem dar ouvidos, o Beta continuou seu caminho. Conrad então se voltou para seu contramestre: — Fique de olho neles. — Ele estava se referindo aos passageiros. Noah assentiu.

Conrad voltou para a cabine. Lá, ele encontrou seu Ômega ainda deitado na cama e com os olhos fechados, mas não estava dormindo.

— Sebastian disse que precisa sair um pouco.

— Não quero. — James abriu os olhos e disse com voz manhosa: — Não estou me sentindo bem...

— Vai se sentir melhor se sair um pouco.

Conrad estendeu a mão e aguardou pacientemente, até que o Ômega a segurou e se levantou da cama.

James agarrou-se ao braço dele e suspirou manhoso acompanhando seus passos até a porta. Chegando à proa, o vento bateu forte no rosto do Ômega. Ele fechou os olhos inalando profundamente e deixou o oxigênio invadir seus pulmões.

— Bem melhor, não? — Conrad indagou.

James olhou para o mais alto e sorriu assentindo, guardando a franja crescida atrás da orelha. Os de Kwanza confeccionavam a rede de pesca rapidamente, sentados e espalhados pelo piso superior. Alguns dos piratas assistiam ao trabalho dos Ômegas.

— Posso ficar sem água, mas sem carne já é demais. — Jared comentou. — Se essa pescaria não der certo, vou tentar caçar ratos pelo porão.

— Já comeu cozido de ratos? — Billy questionou animado com a ideia do amigo. — Fica ótimo com algumas batatas.

No mesmo instante, James correu até a mureta e debruçou-se regurgitando o pouco que havia comido. Ele sentiu a mão de Conrad deslizando por suas costas e ergueu o rosto para fitá-lo.

— Estou bem. — James assegurou-lhe.

— Você precisa se alimentar. Repor o que colocou para fora. — Conrad insistiu.

— Deve ser fome de carne, capitão. — Sven sugeriu.

Billy olhou para Jared, e este assentiu.

— Ele gosta de rato assado? — Billy questionou realmente preocupado com a situação do Ômega. — Pegamos os filhotes e os colocamos em um espeto...

James levou a mão até a boca sentindo a vontade de vomitar crescer outra vez. Conrad olhou para ele e para os piratas que estavam conversando, depois olhou para o Ômega novamente entendendo que o motivo do seu pequeno estar passando mal daquele jeito era pela conversa dos bucaneiros.

— ... Podemos cortar cebolas e tomates... — O pirata continuou.

— Billy. — Conrad cortou-o.

— Sim, capitão?

— Se abrir a boca nas próximas duas semanas, vou fazê-lo andar na prancha. — O bucaneiro arregalou os olhos, mas manteve seus lábios bem cerrados. Conrad voltou-se para o Ômega e disse com um tom de voz firme: — Voltarei com algo para você comer.

O Ômega estava cansado para refutar naquele momento e apenas rolou os olhos cansados. Ele viu o capitão se afastar e ignorou os piratas fazendo diversas perguntas inúteis a Billy. O pobre bucaneiro apenas respondia balançando a cabeça ou fazendo gestos com as mãos. James ainda permaneceu na proa por algum tempo até decidir voltar para a coberta. Antes de entrar em seu camarote, foi parado pelo irmão.

— Podemos conversar? — Jean questionou.

— Claro. Aconteceu alguma coisa?

— Sim... — O Ômega mais jovem segurou a mão de James e guiou-o para dentro da cabine. Ele abriu alguns botões de sua camisa deixando à mostra parte do ombro. — Aconteceu isso.

— Oh, céus... — Por um instante, James quase se esqueceu de respirar e engasgou com o oxigênio.

— Não mate o Victor, por favor. — Jean apressou-se em pedir.

— Você disse que deseja a minha felicidade.

— Sim... mas, uma marca? Você ainda é tão novo…

— Você é apenas dois anos mais velho.

— Sim, mas coisas aconteceram entre mim e Conrad…

— Coisas também aconteceram entre mim e Victor.

— Oh, céus… — James cobriu a boca com a mão, e o outro Ômega desviou o olhar ruborizado.

— Ah, James. Eu seria do tenente Derin de qualquer jeito. Não acha melhor me entregar ao Alfa de que eu gosto do que ser forçado a um casamento que nunca desejei?

— É claro que sim! Mas para tudo há seu tempo. Você é tão novinho ainda.

— Falou o Ômega que com vinte anos já está esperando um filhote. De um pirata! — Jean rebateu cruzando os braços.

O queixo de James caiu por alguns segundos.

— Não é para seguir meu mau exemplo e fazer bobagens! — James colocou as mãos no ventre ainda imperceptível. — Desculpa, filhote. Você não é uma bobagem. — E ergueu o rosto para encarar o irmão novamente. — Quero falar com esse caçador agora mesmo. Agora mesmo, Jean.

— Está bem! — Jean caminhou até a porta e buscou pelo Alfa. — Victor, você pode vir aqui um minuto?

No mesmo instante, Victor largou o que estava fazendo e dirigiu-se à cabine. Ele viu o olhar desconfiado que Jean tentava esconder, além do semblante sério do Ômega mais velho, mas não disse nada. Ele apenas cruzou os braços esperando pelo que viria. James também cruzou os braços e aproximou-se do Alfa, com os olhos semicerrados.

— Acho que precisamos ter uma séria conversa sobre a marca do Jean.

— Quê? — Victor franziu o cenho. Ele olhou para Jean buscando respostas, mas o Ômega achou mais interessante examinar uma viga de madeira que segurava as prateleiras de uma estante.

— Você sabe que essa marca liga vocês dois para sempre. — James continuou. — Você já viajou por muitos lugares, deve ter conhecido muita gente… Diga-me, está realmente livre para ser apenas do meu irmão?

— Não, eu não estou livre. Aliás, tenho uma família em cada cidade que já passei e filhos espalhados pelo mundo todo. — James respirou profundamente revirando os olhos. — Vá procurar algo de mais útil para fazer.

Victor deu meia volta e saiu da cabine deixando o Ômega lúpus chocado com sua atitude para trás.

— Volte aqui, Alfa! — James ainda tentou. — Ainda não acabamos!

— James! Para com isso! — Jean pediu rindo segurando no braço dele. — Ele me marcou, acha que seria louco de fazer isso se realmente não gostasse de mim? A marca é a ligação mais profunda entre um Ômega e um Alfa, sabe disso.

— É... — James coçou a nuca concordando que talvez tenha exagerado um pouco.

— Além do mais, o Victor vai me levar com ele. Vou ser caçador, e ele vai me treinar...

— Espera... o quê? Você quer ser um caçador?

— Sim. Agora que conheci pessoalmente as condições de vida de um pirata, não estou certo se realmente quero passar minha vida fugindo da Marinha.

— Mas vai ter de perseguir piratas e criminosos da pior espécie.

— Eu sei.

— *Hm*...

— Você disse que deseja minha felicidade... — Jean lembrou-lhe novamente.

— Não imaginava que sua felicidade seria longe de mim.

— Não fica assim... podemos nos ver sempre que desejarmos. E só vou com ele quando a gente encontrar o *Imperium*. Victor quer ver algo nesse tesouro.

— O que ele quer ver?

Jean deu de ombros.

— Não sei. Na verdade nem ele mesmo sabe. Mas acho que ele quer encontrar alguma mensagem do pai dele, sabe?

— *Hm*... — James ficou pensativo.

O lúpus foi retirado de seus pensamentos quando a porta da cabine foi aberta pelo capitão Conrad. Ele trazia consigo um prato com uma pequena quantidade de comida.

— Vou deixá-los à vontade. — Jean afirmou saindo logo em seguida.

— Aconteceu alguma coisa? — Conrad questionou colocando o prato em cima da mesa.

— Jean foi marcado pelo caçador.

— Sim, já sabia disso.

— E por que não me contou?

— Achei que seu irmão devesse fazer isso. — James ponderou por alguns segundos e concordou. O Alfa segurou seu braço delicadamente e o fez sentar em uma das cadeiras. — Trouxe para você. Coma.

James olhou para o prato, que possuía algumas ervilhas cozidas e seis rodelas de cenoura.

— Ouvi quando Noah disse que cada um de nós só terá direito a cem gramas de comida por enquanto. Aqui tem pelo menos o dobro disso.

— Eu sei. Minha parte está aí.

— E o que você vai comer?!

— Não precisa se preocupar com isso. Apenas coma.

— Não! Vou comer só metade. Você não vai ficar com fome.

— Disse que obedeceria, enquanto estivesse esperando o filhote, já se esqueceu disso?

— *Mas*...

— Vai mesmo quebrar uma promessa?

— Não prometi.

O Alfa fechou os olhos inspirando profundamente. Era incrível como James conseguia fazê-lo ter mais paciência do que já teve em toda sua vida.

— Tenho muitos anos de experiência a mais do que você, James. Sei o que estou fazendo, pode confiar em mim?

James lamentou por ter dito que lhe obedeceria antes. Ainda estava no primeiro mês, e muito haveria de acontecer até que ele descansasse.

— Tudo bem.

O Ômega suspirou derrotado e começou a comer. Ele ainda tentou, uma ou duas vezes, fazer Conrad comer alguma parte da refeição, mas o Alfa sempre negava. E, muito a contragosto, James comeu tudo sozinho.

A rede foi lançada no anoitecer do mesmo dia. Em formato de um saco e com cerca de vinte metros, a armação estava sendo puxada na mesma velocidade da embarcação, permitindo que peixes e até mesmo alguns crustáceos ficassem retidos dentro dela.

Na manhã seguinte, os pescadores puxaram a rede na esperança de colher uma grande quantidade de peixes, que pudesse alimentar todos que estavam a bordo. Mas a quantidade ainda era pouca. O lugar em que estavam era carente de peixes, eles escolheram aguardar um pouco mais. Na cozinha, Junbuu preparava a única refeição do dia. E os piratas aguardavam ansiosos, pois obviamente estavam com muita fome. Assim como no dia anterior, o capitão estava disposto a se desfazer de sua refeição novamente para que James ficasse com sua parte. Porém, algo inesperado aconteceu. Thomas falou para o cozinheiro que ele podia retirar uma certa fração de sua parte, para que James recebesse um pouco mais. Outros piratas ouviram e, também, ofereceram a subtração de suas partes para que o Ômega pudesse fazer pelo menos três refeições.

— Obrigado. — James agradeceu, enquanto comia um pedaço de pão com metade de uma banana cozida. — Acho que não ia aguentar comer tão pouco.

— É importantíssimo que você se alimente bem. — O médico salientou. — Está comendo por dois.

— Me sinto mal porque vocês só comem uma vez e, ainda assim, estão dividindo comigo.

— Não se sinta mal. — Thomas disse. — Fizemos isso porque gostamos de você. Está esperando um filhote, não pode ficar sem comer.

— É o Ômega do capitão, e está carregando o filho dele. — Scott lembrou-lhe. — É como se você fosse o segundo capitão.

— *Uhum, hum hum hum...* — Billy murmurou com a garganta. Sempre mantendo a boca fechada.

Os que estavam por perto e ouviram franziram o cenho sem compreender.

— Ele disse que sim e que você não deve se preocupar. — Jared fez o favor de traduzir.

Billy confirmou com a cabeça.

— Como você sabe o que ele tá falando? — Sven quis saber.

Jared deu de ombros e respondeu:

— Somos amigos de longa data.

— Oh, que maldade. — James afirmou segurando o riso. — Pode falar Billy. Conrad não vai fazer nada com você.

Billy olhou para o capitão. Conrad comia tranquilamente, sem nenhum sinal de que estava prestando atenção na conversa deles. O bucaneiro olhou para James e negou com a cabeça.

— Deixa como está, garoto. — Junbuu aconselhou ao Ômega. — Pelo menos ele não vai ficar falando tanta besteira.

Billy mostrou ao velho o dedo do meio e, em resposta, recebeu várias ameaças. Os bucaneiros riram.

A conversa estendeu-se um pouco mais e, na parte da tarde, o povo de Kwanza finalmente sentiu a rede mais pesada e decidiu puxar a armação para ver qual seria o resultado. A consequência de todo o trabalho duro e espera que tiveram foi uma rede cheia de peixes de diversos tamanhos. A felicidade estampou o rosto de todos os tripulantes, e os piratas juntaram-se aos de Kwanza na tarefa de limpar os peixes. Eles estavam vibrantes gritando de felicidade - com exceção de Billy, que apenas abriu a boca e gritou mudo -, pois não teriam que sobreviver uma semana com poucas migalhas e caçar ratos já não seria mais necessário.

Comeram peixe durante toda a semana que se passou e, um dia antes de chegarem ao Porto de Kethe, os porões ficaram completamente vazios. Se antes o capitão não tinha a mínima intenção de ancorar, agora ele se viu obrigado a fazê-lo para poder abastecer os estoques novamente.

— Obrigado pelo que fez por nós. — Amin agradeceu, enquanto seu povo desembarcava.

O Alfa estendeu a mão e apertou a do Ômega lúpus. Com um enorme sorriso, James apenas assentiu vendo o mais alto se afastar em seguida. Akin também despediu-se de James e abraçou Jean e Max também agradecendo pelo que fizeram por ele.

— Um dia a gente se vê outra vez. — Akin afirmou.

— Espero que sim. — Jean confirmou. — Quero muito isso.

Os jovens Ômegas abraçaram-se novamente e, logo depois, Akin seguiu seu caminho junto ao irmão e seu povo.

Alguns bucaneiros foram com Junbuu até o mercado para comprar as provisões e ajudá-lo a levar a carga para o porão do Cisne Negro. Outros seguiram o capitão e Daphne. Com o auxílio da mecânica, eles levaram ferramentas e materiais necessários para fazer os consertos das avarias que se abateram sobre a embarcação.

James estava passeando pelo cais observando grandes navios zarparem em diferentes direções. O porto parecia-se com outro qualquer, com exceção da mercadoria que estava sendo levada para as embarcações: Alfas, Betas e Ômegas, todos acorrentados.

— A minha vontade é explodir todos eles. — James comentou se referindo aos navios.

James franziu o cenho ao sentir uma mão agarrar a sua. Ele foi puxado por Thomas para a rampa que dava acesso ao navio e apenas se deixou ser levado. O Beta caminhou com ele até entrarem na cabine do capitão. Ainda sem entender, James apenas assistiu ao amigo organizar os sete fragmentos em cima da mesa e, também, alguns pergaminhos com as palavras traduzidas.

— Precisamos terminar. — O Beta apossou-se de uma pena com tinta e dois pedaços de papel em branco. Para o Ômega, ele entregou o sexto e o sétimo fragmento. — Estou muito ansioso.

James olhou para os fragmentos juntos, colocados em uma ordem que parecia incorreta, pois os desenhos não se encaixavam. Mas, como apenas ele conseguia enxergá-los, o Ômega ignorou o fato por enquanto. Thomas transcreveu tudo o que o Ômega lhe falava e, assim que terminou de traduzir ambas as partes, o Beta leu em voz alta.

— Pensei que traduzindo as partes que faltavam, finalmente saberíamos o que significavam. — James afirmou curvando os ombros e apontou para os fragmentos na mesa. — Posso tentar?

Thomas assentiu e observou James mover as partes trocando suas posições. Ao terminar de reorganizar, o Ômega abriu a boca, enquanto olhava admirado, mas não disse nada.

— O que vê? — O Beta questionou-o ansioso.

— É um mapa, de fato, mas desconheço essa localização. — James disse inclinando a cabeça para o lado.

Thomas foi até as estantes e agarrou alguns mapas e livros voltando até a mesa logo em seguida. Ele abriu uma bússola dourada e colocou-a em cima do seu novo atlas atualizado.

— Veja. — Thomas apontou para uma certa parte e disse: — Estamos aqui. Quais são as coordenadas?

— Estas. — James anotou os números em um pedaço de papel e entregou-os ao Beta.

O navegador olhou cada um e estudou no mapa.

— Norte... — Thomas murmurou para si mesmo. — Noroeste... mil milhas...

— Quê? — James indagou, mas o navegador estava tão concentrado que não o escutou.

O Beta estava praticamente debruçado sobre a mesa. Uma mão segurava a bússola e a outra estava espalhada pela grande carta náutica.

— Thomas? — James insistiu. — Não estou entendendo nada.

Mas o navegador continuou com seus murmúrios e o rosto praticamente colado ao mapa. Os olhos bastante abertos. Ele não tirava a atenção, enquanto seguia com um dedo, subindo pela carta até um ponto específico. Thomas olhou para a bússola uma última vez, apenas para confirmar, pegou um pequeno alfinete com uma bolinha vermelha na ponta e pregou-o na parte em que segurava com o dedo. Em seguida, ele fez algumas anotações e, finalmente, voltou sua atenção ao Ômega.

— Aqui está. — O Beta afirmou com um sorriso no rosto e esperando o menor vibrar de emoção.

Mas James desceu o olhar para o local marcado e tudo o que ele viu foi a cor azul.

— O tesouro fica no centro desse mar?

O Beta expirou negando com a cabeça.

— Não. Lembra do que te falei naquela noite com Yerik?

— Se há estrelas, podemos navegar?

— Exatamente! — Thomas puxou um mapa antigo e indicou um lugar qualquer.— Veja, pensávamos que aqui tinha um grande abismo, mas foi exatamente onde encontramos Ybyrássú. Olhe o novo mapa. — Por cima da carta náutica antiga, Thomas colocou a atualizada. — O Ybyrássú, bem aqui.

— Entendi. — James sorriu animado. — Se encontramos o Ybyrássú onde deveria ser um grande abismo, isso significa que ali deve haver terra também.

— Isso! O desgraçado escondeu o tesouro em um lugar ainda não cartografado para nós. — Thomas deu a volta na mesa e pegou uma das velas. — Vamos colar o mapa do *Imperium* e contar à tripulação.

James assentiu e ajudou-o a reunir as partes nos lugares corretos. Quando terminaram, o Beta foi encontrar a tripulação, enquanto

James desenhava todo o mapa em um grande pergaminho para que assim todos pudessem ver. A porta da cabine foi aberta, e James não precisou olhar para trás para saber quem era. O cheiro de rosas chegou até ele, e o Ômega logo sorriu.

— Então é isso que você enxerga. — Conrad disse apontando para o desenho feito pelo loiro. — Interessante.

— Quase isso, não desenho muito bem. — O Ômega disse sem jeito. — E também tem as figuras que você pode ver nos livros comuns. Mas para mim é diferente, porque elas têm um brilho que não sei explicar, mas que me lembra a Lua.

— No mapa elas foram feitas com runas, então só você pode enxergar. — James assentiu. Conrad agarrou o desenho dele e abraçou-o pelo ombro. — Vamos, todos estão esperando.

Do lado de fora da cabine, a tripulação estava reunida, ansiosa e cheia de especulações. O capitão Conrad acenou, e Noah colocou-se ao lado dele, enquanto Thomas ficou ao lado de James.

— *Eis o mapa do Imperium.* — Conrad anunciou desenrolando o pergaminho. Ele olhou para James, e o Ômega assentiu com um enorme sorriso.

— Então já sabemos onde o tesouro está? — Noah questionou segurando o mapa.

— Sim. — James respondeu olhando para o navegador. — Tom conseguiu descobrir a localização.

— É meu macho, caralho! — Rowan esmurrou um mastro, animado.

— Nosso! — Yerik o sobrepôs.

A tripulação gritou animada jogando chapéus e até mesmo botas para cima. Eles se abraçaram e riram alto. Barris foram dispostos no convés, e a comemoração se deu início.

— Mereço ou não a melhor tequila da região? — Thomas questionou segurando uma garrafa.

— Do mundo, meu querido Tom. — Sven disse alto, e os piratas concordaram erguendo suas canecas.

Duas semanas após zarpar do Porto de Kethe, a tripulação do Cisne Negro mal conseguia conter a ansiedade. Estavam todos de bom humor exagerado e, mesmo que diante de seus olhos e lunetas, pudessem enxergar apenas as águas do misterioso Mar Tenebroso, eles acreditavam no navegador e tinham a plena convicção de que estavam no caminho certo. E, realmente, estavam. Thomas era um navegador diferente dos demais, pois conseguia decifrar até mesmo lugares que não constavam nos mapas.

Claire mantinha seu curso ao Norte, com uma leve inclinação a Noroeste. A velocidade da embarcação era calculada, pois ainda estavam navegando pelo oceano tão desconhecido. No entanto, era possível notar a diferença na rapidez do navio, desde que o povo de Kwanza desembarcou. Mesmo com novas cargas, o peso diminuiu consideravelmente e, nesse caso, era mais fácil guiar o leme.

Durante as manhãs era o período que James mais sentia enjoos, logo ele tentava se esconder da vista de todos, para evitar de comer alguma coisa. Ele viu quando Conrad vinha subindo pela escotilha que dava passagem à cozinha e correu para se esconder na popa. James estava abaixado atrás de um barril quando o capitão passou olhando tudo ao seu redor. Confuso por não ver o Ômega por ali, ele voltou para as cobertas inferiores. Antes que pudesse respirar aliviado, o Ômega ouviu um pigarro logo atrás e, quando se virou, viu Victor sentado no alto da traseira da embarcação.

— Você parece um fantasma. — James resmungou massageando o peito. — Fica aparecendo assim, sorrateiro...

— E você parece um fugitivo da lei... *ah, não.* Espera. Você é um.

James fitou-o com os olhos semicerrados, mas logo desviou a atenção. Ele se sentou no chão apoiando as costas nos engradados e observou o horizonte.

Victor continuou sentado na mesma posição tomando um pouco de vinho.

— Por que odeia tanto os piratas? — O Ômega perguntou após alguns minutos de um silêncio desconfortável. — O que teu pai fez de tão ruim, a ponto de você guardar esse sentimento negativo dentro de si por tanto tempo?

— Já disse. Ele era um pirata.

— E isso é motivo? — O caçador não respondeu. — E o que você quer encontrar no tesouro, afinal?

— Se isso fosse da sua conta, eu responderia.

— Grosso.

— E grande também. — O Alfa completou calmamente.

James olhou para ele com uma expressão bastante zangada, mas o caçador se manteve impassível. Sempre que tentava manter um diálogo com ele, o Alfa vinha com suas piadinhas grotescas. E toda a antipatia vinda da parte do caçador, era pelo simples fato de o Ômega ser um pirata. Victor odiava-os abertamente. Fazia questão de demonstrar sua aversão pela atividade criminosa desenvolvida por eles.

— Se acha melhor do que nós, não é? — James questionou se levantando. — Mas não passa de um ogro, mal-educado!

Victor ergueu as sobrancelhas com a resposta afiada do Ômega. Sua atenção foi desviada para alguém que se aproximava logo atrás. O olhar dele, por cima do ombro de James, fez o loiro sentir um leve arrepio logo imaginando quem era o dono daqueles passos.

— Então é aqui que você se esconde. — Conrad declarou se aproximando do Ômega. — Já se alimentou?

— Eu...

— Vem. — O capitão segurou o braço de James, sem dar chance de o Ômega escapar, e levou-o consigo até a cabine. Ele apontou para a mesa, em cima dela havia um recipiente com algumas uvas e morangos. — Vamos, pode comer tudo.

James olhou para aquela quantidade. Era suficiente para ele, não havia exageros. Mas, a terrível experiência de estar quase sempre regurgitando o que ingeria fazia-o correr até mesmo de um grão de arroz. James esticou a mão, pegou uma uva e comeu-a olhando para o Alfa e esperando que ele ficasse satisfeito com aquilo. Conrad, contudo, cruzou os braços e apontou com a cabeça para o pote indicando que ele comesse mais.

— Você sabe como eu fico quando como pela manhã... — James lamentou caminhando até a cama e sentando-se nela. O Ômega mantinha a cabeça baixa, enquanto observava os próprios dedos moverem-se inquietos em seu colo. Seus olhos estavam úmidos, e o Alfa só percebeu esse fato quando se aproximou dele levando consigo o alimento.

— Você está chorando? — Conrad questionou curvando o rosto para tentar observar os olhos do Ômega. James tentou esconder, mas o Alfa segurou seu queixo e ergueu a cabeça dele com cuidado.

— Meu amor. — Ele disse deixando um beijo suave na bochecha do mais novo. — Não precisa chorar por causa disso.

— É que estou me sentindo culpado... — James confessou choramingando. — O bebê precisa que eu me alimente bem, mas não consigo comer. Parece que minha garganta está travada.

O capitão ponderou por algum tempo e, sem demora, ele chegou a uma solução.

— E se eu comer com você?

— Como? — O Ômega indagou confuso.

Conrad subiu no colchão e ficou encostado na cabeceira da cama. Ele estava com as pernas abertas e bateu no colchão, no meio delas, para que o Ômega se sentasse ali. A princípio James o olhou sem entender qual era a intenção do Alfa, mas logo ele fez o que Conrad indicou e sentou apoiando as costas no abdômen dele.

— Eu como um pedaço. — Conrad contou mordendo metade de uma uva. — E você, o outro.

Ele levou a outra parte até a boca do Ômega. James franziu o cenho, mas automaticamente abriu a boca recebendo sua pequena parcela da fruta e mastigando logo em seguida. James percebeu que, daquele jeito, até que não era tão ruim comer pela manhã. Estava mais sensível devido aos seus hormônios, e nada como atenção e afeto para driblar o fastio que o abatia todas as manhãs. Sem perceber, ele acabou comendo mais do que imaginou que conseguiria. E, dessa vez, não sentiu os tão costumeiros enjoos. James virou o rosto para olhar o capitão e encaixou uma mão na curva da mandíbula dele.

— Você é tão importante para mim. — James revelou, dando-lhe um beijo no canto da boca. — É meu tudo.

O Ômega nem mesmo precisava expor seu agradecimento em palavras, pois Conrad sabia como ele estava se sentindo pela marca. Era como se estivesse caminhando por uma longa estrada, tendo, porém, a mão segurada pela pessoa que você mais ama.

— Sinto você, James. Não está sozinho. — O Ômega fechou os olhos sentindo o calor das mãos do Alfa pousarem sobre seu ventre. — Vamos fazer isso juntos.

Ainda fitando Conrad por alguns segundos, James inclinou a cabeça para trás e apoiou-a no ombro do capitão. Ele fechou os olhos, mas sorriu ao sentir os beijos do Alfa na lateral de seu rosto.

Ao anoitecer da terceira semana, alguns Alfas e Betas encontravam-se no convés conversando animados sobre o que fariam, cada um, com sua parte do tesouro. Pelos cálculos do navegador, faltava cerca de sete dias para que eles chegassem ao presumível local em que o lendário tesouro estaria escondido. Animação e ansiedade eram as duas palavras mais precisas para definir o sentimento de todos.

Após uma entusiasmada discussão sobre o fato de que Scott desejava trocar a perna de pau por uma de ouro, com todos evidenciando os prós e contras daquela escolha, finalmente a maioria da tripulação se recolheu ficando apenas o médico e o contramestre. Ambos seguiram para a proa e deram início ao antigo hábito de tomar vinho na companhia um do outro, enquanto conversavam alegremente sobre diversos assuntos. Em sua fase nova, a Lua não podia ser vista no firmamento. A única fonte de luz eram as estrelas e uma lamparina, que o casal depositou em cima de um caixote.

A porta da cabine foi aberta, e eles viram James saindo de dentro. O Ômega abraçou o próprio corpo sentindo o frio da noite em seu apogeu. Ele caminhou sozinho pelo convés, parecia pensativo, até ver Sebastian e Noah sentados juntos na parte da frente do navio, e se aproximou deles.

— Não deveria estar dentro da cabine? — Noah perguntou. — Está muito frio aqui para você.

James deu de ombros.

— Tive um pesadelo.

— Oh, coitadinho. — Sebastian lamentou e puxou um caixote. — Sente-se conosco. Quer falar sobre?

Os olhos do Ômega começaram a lacrimejar e uma lágrima desceu, seguida de mais uma. Ele cobriu o rosto sentindo o abraço de Sebastian. O Beta e o Alfa entreolharam-se. Noah pegou um pequeno copo e colocou uma certa quantidade de vinho.

— Toma, bebe um pouco. — O contramestre ofereceu ao Ômega.

James aceitou e tomou um pouco da bebida. Sebastian e Noah permaneceram em silêncio esperando pelo tempo necessário até que o Ômega bebesse mais um pouco do vinho e tomasse um longo suspiro para dizer em seguida:

— Sonhei que o Conrad... — James engoliu em seco. — *Sonhei que... eu sonhei que perdia meu Conrad.*

— Mas perder como? — Sebastian indagou alarmado. — Ele morreu em seu sonho?

James apenas assentiu com a cabeça sentindo as lágrimas novamente cegarem seus olhos.

— Como? — Noah quis saber.

— Enforcado em uma praça pública de Gaeul.

— Quem foi enforcado? — Os três sobressaltaram ao ouvir a voz do capitão logo atrás.

— Você. — James afirmou baixo.

Conrad franziu as sobrancelhas sem entender, Sebastian explicou-lhe:

— Ele teve esse pesadelo.

— *Hm...* — Conrad exprimiu pensativo. — Interessante.

— Interessante!? — James rosnou, levantando-se e derrubando o caixote quando fez isso. — Você acha interessante morrer e me deixar sozinho com nosso filho?

— Você estava bebendo? — O Alfa ignorou a pergunta de James sentindo o hálito de vinho.

— Foi só um pouco. — Sebastian tranquilizou-o. — Não tem nenhum problema nisso.

— E se ele ficar bêbado, tropeçar, cair e bater com a cabeça? — Conrad rebateu. — Não. Melhor que não beba.

— Para de drama, Conrad. — O Beta disse. — Você sabe que ele faz o que quer.

— Errado. Durante a gestação, combinamos de ter mais cuidado, ele sabe disso.

Os irmãos olharam para James para confirmar o que o Alfa estava falando, mas o Ômega estava pensativo. Ele ergueu a cabeça e encarou o capitão.

— Não brinca com essas coisas. Não quero te perder.

Conrad puxou-o para um abraço quentinho.

— Isso não vai acontecer. — Conrad garantiu-lhe com seriedade. — Quando descobrimos que você podia ler os fragmentos, sonhei que conseguiríamos o tesouro e mais uma bela quantia com o otário do seu pai entregando você de volta a ele. E olha como estamos agora.

— Então é por isso que você acordava de bom humor às vezes?

— Sim. — O Alfa deu de ombros e sorriu da expressão indignada de James. — Não vai me perder, coração. Tenho um Ômega forte para me proteger.

James sorriu enrubescido e satisfeito com a última afirmação. Estava orgulhoso do Ômega que havia se tornado, e ouvir isso da boca de seu Alfa lhe garantiram sensações tão boas que ele logo se esqueceu do terrível pesadelo que teve e voltou com o capitão para dentro da cabine.

Imperium
Mar Ocioso

Capítulo 20

Uma semana depois, a Lua encontrava-se no fim de sua fase crescente. O céu estava iluminado, mas o Cisne Negro seguia navegando com velocidade reduzida. Thomas estava sentado no convés segurando uma lamparina e com um mapa no colo. Enquanto Jean tentava enxergar qualquer vestígio de terra com a luneta.

— Está por aqui em algum lugar. — O navegador murmurou. — Tem certeza de que não vê nada?

— Não. — Jean disse girando a luneta por toda a extensão do horizonte. — Nada.

— Nada, nada?

— Nada. — O Ômega guardou o objeto e virou-se para o navegador. — Só água.

— Não se preocupe. — James, que também fazia companhia a eles, disse: — Vamos encontrar esse lugar.

— Vocês confiam em mim, certo? — O navegador indagou com os ombros curvados. — A tripulação anda meio descrente.

James passou a mão carinhosamente pelo ombro do Beta e sorriu doce.

— Claro que confiamos. Eu, o Jean e também o capitão. — James apontou para alguns piratas que estavam na proa, entre eles, Rowan e Yerik. — Muitos ainda confiam em você. Não pode desanimar agora.

— A pergunta é… — Max apareceu trazendo consigo algumas canecas com chá. — Você confia em si mesmo?

— Claro que sim. — Thomas respondeu confiante. — Sei muito bem o que estou fazendo. O local desse mapa está por aqui.

— Então, dane-se o que a tripulação acha. — O Ômega mais velho declarou.

— O capitão Conrad está seguindo suas orientações, é o que importa. — Jean reforçou.

— É isso. — Max confirmou. — Esses bucaneiros são mais burros do que uma porta. Ninguém liga para a opinião deles.

— Você vai ver como amanhã alguém vai gritar alto de cima da cesta do mastro dizendo que enxergou um pedaço de terra ao longe. — James disse.

Foi com esse sentimento reconfortante que o Beta navegador recolheu seus mapas e desceu para descansar junto aos demais tripulantes nas cobertas inferiores. E, assim, como James havia dito, logo que os primeiros raios solares matinais anunciaram o novo dia, Sven puxou com bastante força a corda do sino, situado na cesta do mastro. O bucaneiro ficou responsável pelo segundo turno da noite e, dessa forma, espiou pela luneta ao seu redor e encontrou uma extensa faixa de terra com algumas ilhas.

Logo, o convés ficou cheio dos tripulantes, e a notícia foi espalhada. Os que estavam duvidando do navegador foram os primeiros a fazer os preparativos para acampar na ilha. Claire manobrou o navio até que ele se aproximasse da margem. A âncora foi lançada e dentro de pouco tempo, o Cisne Negro encontrava-se ancorado no litoral de uma das ilhas. A Marinha local percebeu a aproximação deles e, pela engenharia bastante parecida com a dos navios que percorriam os mares do Caribe, os oficiais logo identificaram que se tratava de um navio pirata. A princípio, eles temeram um ataque a uma das províncias pertencentes a Chienfou, mas, como a embarcação ancorou em uma das menores ilhas, e as autoridades locais estavam tão mais preocupadas em expulsar colonos de outros lugares, eles não deram muita importância a um único navio que talvez estivesse ali apenas para fazer consertos em sua estrutura. Era comum naquela região.

Mesmo assim, eles decidiram enviar uma pequena embarcação até a ilha para saber quais seriam as intenções daqueles piratas. Enquanto a tripulação do Cisne Negro erguia tendas pela margem oeste da ilha misteriosa, alguns oficiais da Marinha de Chienfou desembarcaram na praia e foram recebidos pelo próprio capitão.

— Bom dia, aventureiros. — Um dos oficiais disse. — Por qual motivo resolveram ancorar em uma ilha de nossa jurisdição?

— Estamos consertando algumas avarias. — Conrad respondeu.

Os oficiais esticaram o pescoço e viram, atrás do capitão, que o navio realmente possuía algumas rupturas em seu casco e poucas velas em situação deteriorada.

— E pretendem partir logo que terminarem, certo?

— Pretendo partir quando eu achar conveniente. — O capitão respondeu.

— Entendo... era apenas isso. — Disse o oficial que parecia ser o líder deles. — Se virem alguns colonos, por favor, chutem o traseiro deles.

O comandante começou a rir de sua própria piada, e os marinheiros fizeram o mesmo. O capitão permaneceu com seu semblante sério. O comandante parou de rir e seus subordinados também.

— Bom, temos uma província para colocar em ordem.

Os oficiais seguiram para a pequena embarcação e voltaram para o local de domínio de Chienfou.

— O que eles queriam, capitão? — Noah questionou, aproximando-se deste.

— O que eles sempre fazem. Me aborrecer. Convoque todos na tenda oeste. — Conrad determinou seguindo até ela.

James, Thomas, Jean e Victor estavam ao redor de uma mesa, na qual o mapa traduzido do *Imperium* se encontrava exposto no centro. Eles tentavam retirar alguma pista das frases que continham em cada fragmento. O mapa apresentava as formações da ilha, mas nada que indicasse onde o tesouro estava. Conrad entrou na tenda e reuniu-se com eles. Noah juntou-se logo depois e mais alguns outros bucaneiros.

— Já podemos pegar as pás? — Billy perguntou satisfeito por já poder usar sua voz.

— Ainda nem sabemos onde o tesouro foi enterrado. — Jared que respondeu.

— Quando a derradeira luz iluminar a entrada, a força da Lua brilhará eternamente e o vermelho escarlate indicará o verdadeiro caminho ao *Imperium*. — Thomas leu em voz alta todas as frases dos sete fragmentos na ordem correta. — O que isso significa? Onde vamos encontrar essa tal entrada e o que ela pode ser?

Os piratas olharam para o caçador.

— Não tenho nenhuma ideia. — Victor afirmou erguendo as mãos.

— Então por que veio se não serve de nada? — Billy indagou irritado.

— Ele é muito mais útil aqui do que você, então cala a boca. — Jean rosnou.

Todos voltaram sua atenção ao Ômega. Até mesmo Billy, com seus olhos arregalados. Jean encolheu os ombros e escondeu-se atrás do caçador.

— Sabemos que precisamos do James. — Thomas voltou a falar. — Um Ômega lúpus, a força da Lua…

— Vermelho escarlate. — Disse Sven, interrompendo-o. — Sangue?

— Um sacrifício, talvez? — James supôs.

— O sacrifício de um Ômega lúpus... — Victor pensou em voz alta.

Por um instante, o silêncio que se fez presente foi tão absurdo, que, se um fio de cabelo caísse no chão, todos ouviriam. Conrad percebeu um brilho estranho no olhar de alguns piratas. Eles se entreolharam e depois voltaram sua atenção ao Ômega lúpus. O capitão puxou James para trás dele e empunhou suas duas notórias e letais adagas. Yerik fez o mesmo com sua katana.

— Terão de passar por mim. — Conrad rosnou segurando firmemente o cabo das armas. Seus olhos ficaram vermelhos.

Pouco a pouco, os demais iam compreendendo o que estava acontecendo ali. Uma certa quantidade de bucaneiros estava realmente disposta a sacrificar o Ômega, mesmo ele estando grávido.

— Por mim também. — Thomas afirmou indo para o lado de seu capitão.

— E por nós! — Jean puxou Victor consigo. O caçador olhou-o confuso, mas se deixou levar.

— Por todos nós. — Noah rugiu e logo após, Sebastian, Rowan,

Scott, Sven, Max, Claire, Jared, Daphne, Billy e outros, também se juntaram, e a maioria ficou ao lado do capitão e de James.

Junbuu permaneceu sentado em sua cadeira confortável. Suas costas estavam doendo, mas ele não precisava se levantar para demonstrar em suas feições que também estava do lado do capitão.

— Tem razão. — Yejun afirmou. — Não precisamos sacrificar o garoto. Podemos pegar um animal qualquer e cortar a garganta dele, como aqueles canibais malucos.

— É. — Uma outra Alfa de nome Minah pronunciou-se. Ela não tirava os olhos de James até desviá-los para Conrad. — Vamos procurar por essa tal entrada, capitão.

— Talvez ela tenha alguns caracteres estranhos. — Thomas apanhou um dos livros que possuía a antiga escrita utilizada nas runas e mostrou aos demais. — Como esses aqui.

— Devem fazer isso até o pôr do Sol então. — Sven sugeriu. — O mapa fala sobre a luz, lembram?

— Pode ser a Lua. — Victor lembrou-lhes. — Ainda há luz após o anoitecer.

— Por segurança é melhor encontrarmos antes de o Sol se pôr. — Rowan indicou. — Vamos nos dividir em grupos e procurar por ela. Quem encontrar primeiro chama os outros.

— Você fica comigo. — Conrad determinou falando com James e guardando suas lâminas.

— Mas eu estava pensando em ir com o Jean. — James confessou. — Nunca mais fizemos nada juntos, seria interessante se fizéssemos isso.

Conrad negou com a cabeça.

— Você não vai sair do meu lado. — Ele disse com seriedade. — Sem discussão.

— Está bem, está bem. — James rendeu-se erguendo as mãos. — Vou ficar com você.

— Ele pode vir conosco, não vejo nenhum problema nisso. — Conrad disse, referindo-se ao irmão de James. Ele depositou uma mão no ventre do Ômega sentindo um pequeno relevo, quase imperceptível, e sorriu beijando a testa dele. — Vamos.

Sebastian permaneceu na tenda com Junbuu, Scott, Max e alguns piratas. Outros bucaneiros ficaram no navio para guardá-lo.

Os outros grupos foram divididos da seguinte maneira:

Grupo 1: Conrad, James, Jean e Victor.

Grupo 2: Thomas, Rowan, Yerik, Claire e Daphne.

Grupo 3: Noah, Billy, Jared, Sven e Minah.

Do quarto grupo em diante, cada equipe permaneceu com 4 a 5 membros.

O grupo 1 seguiu direto pela floresta buscando qualquer vestígio que indicasse ser a referida entrada. Tinham a vantagem de estarem com o Ômega lúpus, então se acreditava que este seria o primeiro grupo a encontrar o local exato do tesouro. O grupo de número 2 optou por contornar a ilha pela margem. Rowan acreditava que Francis Bonny e sua tripulação teriam enterrado o tesouro abaixo das camadas de areia, e os outros seguiram sua ideia. Já os demais grupos também adentraram na floresta, mas seguiram por direções contrárias. O de número 3 seguiu um caminho que acabou os levando a um enorme pântano escuro. Era possível ver alguns troncos de madeira boiando, plantas aquáticas e uma misteriosa calmaria por baixo de seu manto negro.

A essa altura, o Sol começava a se pôr, e ninguém havia visto qualquer sinal da entrada ou de qualquer outra coisa que indicasse que o tesouro estivesse por ali. Billy enxergou um brilho idêntico ao ouro por dentro de um dos troncos que boiavam na superfície das águas calmas. Ele chamou Noah e apontou para o que poderia ser uma moeda.

— Talvez seja algum vestígio do *Imperium*. — Jared cogitou em voz alta.

Minah, que estava por perto, acabou ouvindo também. Ao contrário dos outros de seu grupo, ela tinha em mente a ideia de roubar todo o tesouro que estivesse escondido naquela ilha, assim como os demais que pensaram na possibilidade de sacrificar James. Enquanto os outros tentavam alcançar o tronco com o auxílio de um galho, a Alfa gritou chamando seus companheiros, imediatamente, Yejun surgiu trazendo consigo os dois grupos de piratas traiçoeiros.

— Ainda não temos certeza se aquilo é realmente uma moeda, Minah. — Noah repreendeu-a. — Vai distrair os demais.

— Dane-se, seu idiota! — A Alfa rugiu. Ela apontou para o tronco de árvore e bradou para os seus: — O tesouro está abaixo do pântano.

— Rápido! — Yejun gritou em seguida. — O Sol já está se pondo.

Alfas e Betas correram entrando nas águas escuras. O grupo 3, com exceção de Minah, tentou impedi-los, mas pararam no instante em que viram o grupo de afobados serem engolidos pela lama preta que se escondia por baixo da camada fina de água.

— Ajudem-nos! — Eles gritavam forçando o corpo para cima.

Mas nada que fizessem adiantaria, e todo o esforço que faziam para tentar sair parecia piorar a situação.

— Minah, nos ajude! — Continuaram implorando à medida que seus corpos afundavam.

— Caralho... — A Alfa sussurrou assustada quando a cabeça do último bucaneiro sumiu na camada pantanosa.

O céu encontrava-se alaranjado indicando que logo mais a noite surgiria. O primeiro grupo ainda seguia desbravando pela parte oeste da floresta. James estava atento a qualquer coisa que brilhasse diante de seus olhos. Eles ouviram o rugido de Minah, mas, como depois disso o silêncio voltou a predominar, o grupo descartou a ideia de que tivessem encontrado alguma coisa de concreto. Um pouco mais à frente, Jean sentiu-se cansado devido aos longos minutos de caminhada. Todos resolveram fazer uma parada e, quando o jovem Ômega se sentou encostado em uma rocha, algo a seu lado lhe chamou a atenção. Ele engatinhou até estar próximo ao que parecia uma grande pedra circular com cerca de 1 metro de diâmetro. Ele passou as mãos por cima para afastar folhas, gravetos e pedregulhos que a cobriam.

— James, gente. — Jean chamou sem tirar os olhos da pedra. — Acho que encontrei a entrada.

Ao ouvirem o que o Ômega dissera, os demais se aproximaram dele. Assim que James mirou a pedra, seus olhos arregalaram-se, e ele apertou a mão de Conrad.

— É ela! — James afirmou com uma visível expressão de contentamento. — Há quatro camadas e em cada uma delas, uma fase da lua. Mas estão desalinhadas.

James agachou-se e apontou com o dedo explicando onde cada lua se encontrava.

— As camadas nós estamos vendo. Só não dá para ver as luas. O que mais você vê? — Victor perguntou interessado.

— Mais nada. Apenas isso.

— O Sol já se pôs e pelo visto nada aconteceu... — Jean afirmou olhando para James, o Ômega lúpus confirmou. Ele observou o céu ligeiramente escuro e acrescentou: — Daqui a pouco a Lua vai aparecer. Talvez seja ela.

— Vamos chamar os outros.

Quando finalmente todos os grupos, incluindo os que permaneceram na tenda, se reuniram ao redor da pedra, a Lua enorme e cheia iluminava o céu em sua magnificência.

— Onde estão Yejun e os outros? — Scott perguntou ao dar pela falta deles.

— Estão mortos. — Sven respondeu.

— Correram para dentro do pântano e foram engolidos pelo aguaçal. — Noah acrescentou.

— E o que eles foram fazer lá? — Conrad indagou.

O contramestre olhou rápido para Minah e, logo em seguida, desviou para o capitão respondendo:

— Pensamos ter visto uma moeda de ouro dentro de um tronco. Eles correram na frente e começaram a afundar. Não pudemos fazer nada.

O capitão Conrad não deu nenhuma importância ao fato. Ele voltou sua atenção a James e questionou:

— Mudou algo?

— Não. — James respondeu.

— Está iluminando a entrada. — Billy disse frustrado. — Ela está cheia. É impossível que não esteja iluminando-a.

— De fato, está. — Sebastian confirmou. — Dá para ver bem a luz tocando sobre ela.

— O que você disse? — Jean perguntou a Billy.

— Está iluminando a entrada?

— Não, depois disso.

— Está cheia?

— Isso! — Jean caminhou até a pedra. — Thomas, qual a última fase de um ciclo lunar?

— Minguante. — O navegador respondeu se aproximando. — Quando sua parte iluminada está voltada para o leste.

— Me empresta sua bússola? — James pediu, e o Beta entregou-lhe. Ele aproximou o objeto da pedra e confirmou sua suspeita. — A última camada é uma Lua minguante.

— Quanto tempo até essa fase? — Conrad indagou ao seu navegador.

— Bom, já estamos na cheia, a próxima será a minguante. Pela posição da Lua nesse exato momento... — O navegador fez silêncio calculando mentalmente. — Eu diria que em cerca de três a quatro dias ela estará no auge da última fase.

— Já estamos aqui, e vocês querem esperar mais o quê?! — Dessa vez foi Dojun que se manifestou. — Vamos abrir essa porcaria logo de uma vez!

O Alfa aproximou-se a passos pesados da pedra. Thomas, James e Jean saíram de seu caminho. Os demais apenas observaram quando o Alfa se abaixou e segurou nas bordas da grande pedra.

Ele fez grande esforço, mas a pedra não se moveu.

— Junseo, Jaewoo, Hamin. — Dojun chamou alguns de seus amigos. — Ajudem-me aqui.

Os três Alfas juntaram-se ao outro, e eles tentaram mover a pedra para os lados ou erguê-la. Novamente não obtiveram sucesso.

— Mas que desgraça de pedra! — Dojun esbravejou.

Meio segundo depois, ele colocou as duas mãos na barriga e contorceu-se de dor vomitando sangue. Grandes quantidades do líquido vermelho caíam de sua boca como uma cascata. Logo em seguida, o mesmo começou a acontecer com Junseo, Jaewoo e Hamin. Os Alfas acometidos por tal episódio grunhiam tentando exprimir algo. Talvez, um pedido desesperado de socorro. Eles caíram no chão e começaram a arranhar o pescoço, como se suas vias estivessem entupidas com o sangue que não parava de jorrar de todos os orifícios de seus corpos.

Max tentou correr em seu socorro, mas Scott o impediu, segurando-o pelo braço.

— Foram amaldiçoados. — O Alfa disse negando com a cabeça.

— Sebastian? — Max voltou-se para o médico.

— Scott tem razão. — O Beta respondeu calmo. — Não se aproxime deles.

Todos permaneceram em silêncio diante do horror que era aqueles quatro piratas agonizando até a morte. Seus corpos finalmente pararam de se mexer pouco mais de um minuto após o evento ter iniciado.

— Então é isso o que acontece com todos que tentam forçar a entrada. — Jared afirmou. — Vamos ter de esperar esses dias.

— É bom que não se aproximem dessa pedra antes do tempo

certo. – Conrad ordenou para que todos ouvissem. – A não ser que queiram ter o mesmo destino que esses idiotas.

A tripulação engoliu em seco e, obviamente, a decisão de esperar um pouco mais foi unânime.

Nos dias que se passaram, ninguém ousou tocar naquela pedra. A única vez em que se aproximaram daquele lugar foi para enterrar os corpos dos bucaneiros. Eles usaram vigas de madeira para transportar os corpos com medo de que a maldição caísse sobre aquele que tocasse os cadáveres.

Exatamente no quarto dia após o sucedido, a tripulação retornou ao local onde a pedra permanecia intacta. A Lua já se encontrava em sua última fase e, quando James se aproximou da pedra, sua expressão mudou para surpresa, fazendo a animação de todos. A tripulação percebeu isso, e seus olhos brilharam. Mas eles ainda permaneceram em silêncio, enquanto o Ômega se abaixava diante da pedra. No centro dela, onde antes não havia nada, James pode ver quatro cavidades no formato das quatro fases da Lua formando um círculo. Ele se lembrou do pingente do caçador e logo o solicitou a ele:

– Entregue-me seu colar.

Victor franziu o cenho confuso, mas puxou o objeto de seu pescoço e o entregou ao Ômega. James abriu o pingente fazendo com que as quatro luas ficassem ordenadas, assim como no côncavo do centro da pedra. Ele encaixou o pingente nas quatro cavidades e logo algo aconteceu. Assim que as camadas do círculo começaram a se mover, James puxou o pingente de volta antes que Conrad o puxasse para trás. As luas alinharam-se criando uma espécie de linha curva em seu diâmetro horizontal. As duas partes afastaram-se para seus respectivos lados abrindo uma passagem no chão, e uma escada surgiu à medida que as duas metades da pedra se distanciavam uma da outra.

– Eu vou primeiro. – Scott afirmou. – Se acontecer alguma coisa, que seja eu a perder a vida. Só tenho uma perna mesmo. Sou o mais descartável.

– Não! – Max protestou. – Eu sou o mais descartável. Fui eu quem abandonou a tripulação e traiu o capitão. Então nada mais justo do que eu ser a cobaia

– Não vou permitir isso. – Scott disse firme.

— Scott, por favor?

— O casal vai ficar discutindo aí ou o quê? — Billy indagou. — Alguém precisa descer. Eu é que não vou.

— Permita que eu vá. — Scott solicitou ao capitão.

Conrad permitiu assentindo com a cabeça.

Jared pegou uma das tochas e entregou-a ao corajoso bucaneiro. Scott segurou-a e caminhou até estar diante da entrada. Ele apontou a luz da chama para dentro e conseguiu iluminar até certo ponto da escada. Max também se apossou de uma das tochas e correu até estar ao lado de Scott segurando firmemente a mão do mais alto.

— Vou com você. — O Alfa comprimiu os lábios pronto para negar, mas Max foi mais ligeiro e começou a descer as escadas. — Vamos! Vamos! Estou descendo...

Scott nada pôde fazer a não ser acompanhá-lo. Eles desceram pela escada ainda de mãos dadas, seguindo pelo túnel estreito até cerca de 27 metros de profundidade. No fim, eles se viram em um grande espaço circular, com 4 aberturas no formato de portas comuns, exibindo quatro túneis que levavam a caminhos diferentes. Na parede entre duas das passagens, havia uma outra pedra na qual Scott e Max não podiam enxergar as escrituras. O Alfa voltou alguns degraus da escada e anunciou em voz alta:

— Capitão, você precisa ver isso. Traga o James também.

A tripulação estava tensa no aguardo lá em cima. Eles respiraram aliviados ao ouvirem a voz de Scott. Conrad segurou a mão de James, e eles foram os segundos a descer. As tochas iluminavam o caminho até que chegassem ao fim. Alguns piratas também apareceram, e a maioria ficou no grande espaço circular. Alguns poucos permaneceram nos últimos degraus da escadaria por falta de espaço.

— James? — O capitão inquiriu ao olhar a pedra.

O Ômega aproximou-se desta com os olhos semicerrados, como se tentasse se lembrar de tudo o que aprendeu com a escrita antiga. Com certa dificuldade, ele conseguiu traduzir sozinho e leu para todos:

— Apenas um caminho o levará ao *Imperium*.

— E os outros? — Sven perguntou.

Ninguém soube responder. Um silêncio perturbador predominou por algum tempo. Todos imaginando uma palavra em comum: morte.

— A hora é agora. — Minah começou. — E o vermelho escarlate indicará o verdadeiro caminho. Precisamos de um sacrifício. — Ela disse olhando para James.

— E o que estamos esperando!? — Um pirata sacou sua pistola, mas, antes que pudesse usá-la, a lâmina de uma das adagas do capitão perfurou sua nuca e a ponta surgiu pela boca.

O capitão Conrad puxou sua adaga, e o corpo do Alfa caiu no chão sem vida. Ele já estava observando o grupo que havia cogitado o sacrifício de James, dias atrás, na tenda.

— Quem mais quer tentar matar meu Ômega?! — Conrad rosnou puxando a outra lâmina.

Novamente, seus olhos ficaram vermelhos, e todos sentiram a aura dominante de um Alfa lúpus. Isso fez com que alguns daquele grupo de traiçoeiros recuassem alguns passos.

— Vamos deixá-los para trás! — Minah sugeriu. — Escolhemos qualquer caminho, uma hora vamos encontrar o tesouro e será apenas nosso!

A Alfa correu para dentro de uma das passagens sendo seguida por mais três Alfas. Um grupo formado por dois Betas e dois Alfas hesitaram por um momento, mas logo decidiram escolher uma outra passagem e atravessaram-na.

— Esperem... — Jean disse para os que restaram. — Não é apenas o sangue que é vermelho... os olhos de um Alfa lúpus também são.

A tripulação em peso voltou a atenção para o capitão e o caçador. Conrad respirou mais calmo e, assim que ergueu o rosto, passando o olhar pelas passagens, seu queixo quase caiu no chão. Victor teve a mesma reação.

— Capitão? — Noah segurou em seu ombro. — Está vendo algo?

— São figuras... — Conrad respondeu. Ele olhou para Victor, e este confirmou que estava vendo a mesma coisa. — Estão pelas paredes, nessa direção. — Concluiu apontando para uma das passagens.

— Então este é o caminho verdadeiro. — Yerik afirmou o óbvio.

Munidos com as tochas, a tripulação seguiu pelo caminho guiado pelo capitão e o caçador. Aqueles túneis se tratavam de um imenso labirinto, e aquele que não soubesse o verdadeiro caminho ficaria perdido para sempre. Ou até sucumbir à loucura, antes de morrer de fome e sede.

Todos continuaram seguindo os Alfas lúpus até pararem diante de uma grande porta dupla. Ela estava desgastada pelo tempo e pelas condições a que estava entregue. Conrad empurrou uma das portas segurando a tocha e iluminando um pouco do que havia do outro lado, mas a princípio não pôde enxergar muita coisa, apenas uma pequena descida. Na parede, ele encontrou um suporte para lamparinas e ateou fogo no primeiro pavio. A chama espalhou-se acendendo as demais e clareando o que havia dentro daquela câmara. Quando o último candelabro inflamou, o recinto finalmente se tornou visível, e a tripulação foi entrando aos poucos.

Ninguém foi capaz de expressar uma única palavra naquele momento. Havia pilhas e mais pilhas de moedas de ouro espalhadas por todo o recinto, joias, pedras preciosas e outros itens de valor. Diversas arcas estavam abertas expondo o ouro dentro delas. A quantidade de ouro era tamanha que, quando Billy deu um passo para a descida, pisando em cima do ouro, sua perna foi encoberta pelas moedas e afundou até o joelho. Jared seguiu-o pulando em cima do tesouro. Ele apanhou um punhado de moedas e jogou para cima e gritou:

— É tudo nosso!

James e Conrad entreolharam-se sorrindo radiantes. O capitão puxou-o pela cintura e beijou sua boca ardentemente.

— Nunca vi tanta moeda junta. — Sebastian afirmou ainda boquiaberto com toda aquela riqueza.

— E é tudo de ouro! — Billy gritou mordendo uma das moedas. — Ai meu dente!

Ao encerrar o beijo, Conrad e James permaneceram com os rostos próximos. A ponta nariz encostando um no outro e os olhos fechados.

— Conseguiu, capitão Conrad. — James falou com voz baixa. — Encontrou o tesouro.

— Encontrei meu tesouro há muito tempo. — O Alfa disse beijando a testa do Ômega.

— Odeio atrapalhar a comemoração particular. — Sebastian disse se aproximando do casal. — Mas precisamos tirar esse ouro daqui.

O Alfa lúpus olhou para o irmão e assentiu.

— Levem o ouro para o porão do Cisne Negro. — Conrad ordenou à tripulação.

— Não vai dar. — Junbuu disse. Ele já estava acostumado a transitar entre o porão de carga e a cozinha. Conhecia cada centímetro daquele porão. — Mesmo que joguemos as cargas fora. É muito ouro.

— Podemos colocar na coberta em que dormimos! — Jared supôs desesperado com a possibilidade de deixar uma única moeda para trás.

— E vamos dormir em cima do ouro? — Sven questionou.

— Poxa, que coisa difícil. Dormir em cima de toneladas de moedas de ouro. — Jared disse sarcástico. — Pobre Sven, como vai conseguir sobreviver a isso...

Sven revirou os olhos.

Billy estava deitado com os braços e pernas esticados, movendo-os na intenção de criar o formato de anjo em cima das moedas.

— O que está fazendo, Billy? — Jean questionou.

— Um anjo nas moedas. — O Alfa levantou-se e apontou para o lugar em que estava. — Veja.

Yerik aproximou-se e espiou o formato deixado pelo bucaneiro.

— Está parecendo um demônio.

— Ah! — Jared afirmou. — Continuou com seu formato Billy.

— Vocês me amam. — Billy resmungou, agarrou um dos baús com Jared e seguiu os outros piratas através do túnel.

O capitão Conrad guiou-os pelo caminho colocando as tochas nas paredes para que os piratas soubessem por onde seguir, enquanto davam voltas e mais voltas para transportar todo o tesouro. Jean encontrou uma arca pequena e encheu-a com algumas moedas de ouro e, também, joias com pedras preciosas. O caçador passou pelas moedas cavando com as mãos e retirando baús do lugar. Ele procurou em cada canto do enorme recinto, mas não encontrou nenhuma mensagem do seu pai, diário de bordo ou coisa parecida.

— Vamos embora. — Jean assustou-se ao ouvir a voz do Alfa tão perto dele.

— Mas e o tesouro?

— Não quero uma única moeda desse maldito tesouro.

Jean suspirou entristecido pela frustração do Alfa.

— Não encontrou o que estava procurando, não é? — O lúpus negou com a cabeça. — Já parou para pensar que o que você está procurando está bem diante dos seus olhos?

— O quê? — Victor cruzou os braços.

— O enigma gira em torno de um Ômega e um Alfa lúpus. Seu pai era um Ômega lúpus. Você é um Alfa lúpus. Não percebe? — Jean indagou achando tudo muito óbvio, mas o caçador permaneceu calado. — Acho que ele arquitetou tudo isso pensando em você.

— Não seja ridículo.

— Você que está sendo. Criou uma imagem do seu pai à sua maneira e acredita ser a verdade universal sobre ele. Agora se recusa a enxergá-lo de outra forma. Seu pai era um gênio.

— Um gênio que abandonou a família para sair pelo mundo saqueando e juntando um tesouro que nem ao menos utilizou. *Uau, que gênio.* — Jean negou com a cabeça. Ele estava segurando um objeto feito de madeira, que encontrou dentro da pequena arca. O Alfa viu e ficou curioso. — O que é isso?

— Um brinquedo. Mas está sem um braço. — Victor franziu a testa e puxou o objeto das mãos do menor. Ele o examinou por um tempo, parecia chocado. — Era seu?

— Sim... — Tratava-se de um boneco feito de madeira, com uma pequena espadinha entalhada em uma mão. — Procurei em todo canto. Desapareceu ao mesmo tempo que aquele miserável.

— Não fala assim do seu pai.

Victor olhou para o boneco em suas mãos por mais alguns segundos e, em seguida, atirou-o contra uma parede.

— Meu pai foi um desgraçado ambicioso e egoísta. Assim como o seu.

— Meu pai sempre foi muito amoroso comigo e com o James. — Jean levantou-se rebatendo. — Seu comportamento reflete a sociedade em que vivemos e pela forma que ele foi educado. Mas ele nunca deixou de nos dar carinho e amor.

Victor fitou o pequeno Ômega e percebeu como ele se sentiu ofendido com aquela acusação. Teria muito o que ensinar a ele. "Ainda vai quebrar muito a cara na vida", pensou.

— Vender os filhos para dois Alfas velhos para obter mais poder na Marinha. Grande demonstração de amor. — O caçador afirmou com tom de sarcasmo. Jean olhou o boneco no chão e suspirou com tristeza. — Despeça-se do seu irmão. Vamos pegar uma carona com o pessoal da Marinha. Partiremos amanhã.

— E para onde vamos?

— Gaeul. Preciso me apresentar ao líder da minha Ordem.

— Mas por que não podemos voltar com o Cisne Negro?

— Não temos nada para fazer com eles. E prefiro viajar por terra. — Victor notou o olhar preocupado do Ômega e acrescentou: — Não se preocupe, você está marcado. Seu pai não tem nenhuma autoridade sobre você.

— Está bem.

— Seu irmão voltou para o navio.

O Ômega assentiu e acompanhou o caçador passando pelo caminho do labirinto marcado pelas tochas, juntos com os demais piratas que ainda transportavam o tesouro. À medida que seguiam em segurança pelo corredor, eles podiam ouvir o eco dos gritos de Minah e dos demais piratas que se aventuraram por caminhos diferentes. Estavam desesperados após longos minutos que pareceram horas, perdidos dentro do labirinto. A luz da tocha que carregavam já estava chegando ao fim, e ficava cada vez mais difícil enxergar as criaturas pavorosas e medonhas que habitavam as profundezas da terra. Jean e Victor subiram a escadaria e saíram do esconderijo. O Alfa acompanhou o mais novo até o Cisne Negro e aguardou, ao passo que Jean subiu pela rampa e foi se despedir do irmão. Conrad estava no porão de carga, enquanto James descansava na cabine. Jean bateu na porta com medo de estar interrompendo algo importante. Quando ouviu a voz do irmão autorizando sua entrada, ele abriu a porta.

— James, preciso falar com você.

O lúpus estava sentado em uma cadeira lendo um livro. Ele o fechou e o guardou em cima da mesa.

— Ah, por favor. — James fitou-o temeroso. — Não me diga que você está grávido…

— Não! Ai... não, James. Céus... — O mais velho suspirou aliviado. — Vou embora com o Victor... amanhã.

— Mas já?! Para onde vocês vão?

— Gaeul. Victor precisa se encontrar com a Ordem dele, algo assim.

James correu até o irmão e abraçou-o com força. Por um momento, ele considerou as propostas de Conrad sobre matar o caçador.

— Meu pequeno. — O lúpus choramingou com os olhos cheios de lágrimas. — Queria que ficasse comigo no Cisne Negro. Mas, já que é da sua vontade se tornar um caçador e viver ao lado daquele

Alfa, só posso desejar que você seja muito feliz!

— Obrigado! — O mais jovem também secou algumas lágrimas. — Para onde vocês vão?

James franziu o cenho, ainda não tinha pensado sobre isso.

— Não sei. Acho que primeiro precisamos esconder esse tesouro em outro lugar, o porão está cheio e agora estão depositando no dormitório.

— Um dia você vai voltar para Gaeul?

— Mas é claro que sim! — James disse convicto colocando as mãos no ventre. — Esse filhote precisa conhecer o titio.

Jean sorriu grande, curvou o corpo e beijou o pequeno relevo que era a barriga de James.

— Até algum dia, neném, cresça bem forte, como seus papais, certo? — Jean sussurrou para o feto e, em seguida, abraçou o irmão novamente. — *Eu te amo.*

— *Também te amo muito*!

James acompanhou o irmão até o convés. Conrad estava do lado de fora controlando a entrada do ouro que estava sendo depositado em caixotes na popa.

O Ômega mais jovem aproximou-se dele, meio sem jeito, e ofereceu a mão como um cumprimento.

— Obrigado por tudo, capitão Conrad. Você é o exemplo de pirata que sempre imaginei lendo meus livros. Foi maravilhoso pertencer a sua tripulação por esse tempo.

Conrad assentiu, sorrindo para ele, e disse:

— Você é muito inteligente. Fiquei impressionado com seu raciocínio rápido.

Jean agarrou uma pistola e ofereceu-a ao capitão.

— Sua pistola. Aquela que me entregou na hospedaria em Ybyrássú.

— Pode ficar.

Jean sorriu agradecido e guardou a pistola de volta em seu cinto.

Enquanto isso, James desceu a rampa e caminhou até estar próximo do caçador.

— Acho bom você cuidar muito bem do meu irmão. — James afirmou com os braços cruzados.

— Relaxe. — O caçador respondeu despreocupado.

— Estou falando sério, Victor. Cuide bem dele.

O Alfa anuiu.

Jean também desceu pela rampa e abraçou o irmão uma última vez. Ele e Victor encontraram Yerik e Thomas, enquanto seguiam em direção à cidade.

— Então chegou a hora. — Thomas advertiu, e o Ômega mais novo assentiu. — Não é muita coisa, mas espero que ajude você a se tornar o melhor caçador que esse mundo já teve.

O Beta entregou para ele uma bússola e um livro sobre navegação.

— Muito obrigado.

— *Hey*, seu baixinho medroso. — Yerik proferiu, referindo-se a Jean.

O Ômega assustou-se com a voz dele, engoliu em seco quando o viu se aproximar. Jean olhou para Victor esperando uma reação dele, mas o lúpus permaneceu despreocupado. Mas para sua surpresa, Yerik desprendeu a bainha que acomodava a katana de seu cinto e entregou-a para o Ômega, juntamente com a arma.

— Para você rasgar a garganta daqueles que tentarem te assustar.

— *Mmmmas*...

— Fique. É sua. Eu estava mesmo querendo uma nova. — O Alfa deu de ombros e chamou o Beta: — Vamos logo, o capitão precisa definir uma nova rota.

Thomas assentiu e seguiu-o em direção ao Cisne Negro.

— Sr. Shin. — Jean correu alguns passos para alcançar o Alfa e segurou-o pelo ombro. — Muito obrigado. Vou treinar bastante até estar em seu nível de habilidade.

— Certo. — Yerik sorriu pequeno e voltou a seguir seu caminho.

— Ainda tem medo dele? — Victor perguntou ao menor.

— Não. — Jean respondeu. — Ele até ficou fofo sorrindo.

Victor olhou-o com uma sobrancelha erguida. O Ômega fez um grande esforço para não rir achando ainda mais fofo como aquele lúpus conseguia disfarçar bem seus sentimentos na maioria do tempo, mas não era capaz de esconder o ciúme.

— *Hm*. Vamos. — Foi o que Victor exprimiu, antes de dar meia volta e seguir caminho em direção a Quebec.

Jean correu até conseguir alcançá-lo.

Após conseguirem guardar todo o ouro dentro do Cisne Negro, uma certa quantia de prata foi retirada do porão para comprar novos suprimentos e renovar o estoque de provisões.

— Amanhã vou até a cidade comprar. — Junbuu adiantou-se. — Preciso de uma rota para calcular o que vamos precisar.

— Já tem um lugar em mente, capitão? — Thomas questionou.

— Sugiro a Ilha dos Canibais. — Noah disse. — Há várias criaturas medonhas pela margem. Ninguém se aproxima daquele lugar e, quem ousar fazer isso, ainda vai ter que lidar com os nativos.

— O Triângulo da Morte também. — James lembrou-lhes abraçando Conrad pela cintura. — Pensei que ia morrer, mas acordei em uma ilha muito bonita, completamente inabitada e afastada de tudo.

— Vamos esconder um pouco em cada lugar. — O capitão determinou e logo as rotas foram traçadas.

Após um mês que partiram de Oak Island, eles aportaram em uma cidade de Kwanza para reabastecer os estoques. A pedido de James, procuraram pelos amigos que fizeram em Ybyrássú, mas infelizmente só encontraram alguns. Akin e Amin estavam em outros reinos, foi o que disseram. O Cisne Negro zarpou em alguns dias, e eles continuaram seguindo viagem.

Outro mês havia se passado, e eles estavam entrando no Oceano das Nidras. Aos quatro meses e indo para o quinto de gestação, James estava sentado na proa conversando com seu amigo, Thomas. A conversa parecia mais um monólogo, pois o Beta contava sobre como essa foi a mais emocionante viagem de sua vida, e o Ômega mantinha seus pensamentos longe. James pensava em várias coisas ao mesmo tempo, sendo duas delas: seu filhote e seu irmão. Mas uma palavra dita pelo Beta chamou sua atenção como nenhuma outra.

— Acho que vou comprar uma taverna em Nabuco. — Thomas articulou.

As sobrancelhas de James curvaram-se para cima e seus olhos faiscaram.

— Nabuco! — James afirmou alto e desceu de um caixote, completamente estabanado.

— Está se sentindo bem? — Thomas amparou-o temendo que caísse.

— Sim. Preciso falar com Conrad.

Thomas franziu o cenho, confuso, mas o deixou ir. Ele acompanhou o Ômega com os olhos até vê-lo desaparecer atrás da porta da cabine do capitão.

Conrad estava sentado diante de sua mesa atualizando o diário de bordo. Havia muitas coisas que ainda não foram armazenadas nas informações dos livros, assim como a terrível tempestade que os castigou alguns dias atrás. Ele pensava na ideia de passar por Nidras antes de contornar as ilhas da Austrália quando a porta da cabine foi aberta abruptamente e o cheiro de jasmim espalhou-se pelo recinto. Conrad ergueu a cabeça para fitar seu Ômega e continuou sentado esperando este se aproximar da mesa. James deixou um simples beijo em seus lábios e posicionou-se atrás dele fazendo uma massagem bastante relaxante nos ombros tensos do Alfa. Quase imediatamente, o capitão sentiu a mão que segurava a pena amolecer, assim como suas costas que afundaram na cadeira, e ele sentiu que suas pálpebras ficaram um pouco mais pesadas.

— James... James... — O Alfa suspirou com os olhos fechados e um sorriso sagaz. — O que você está querendo?

James franziu a testa chocado cessando a massagem imediatamente. Ele ficou algum tempo sem saber o que responder e, também, porque não esperava que o Alfa fosse perceber isso dessa vez. Mas acontece que Conrad já havia notado há muito tempo que, sempre que seu Ômega queria alguma coisa, ele chegava todo manhoso e cheio de carinho. Era realmente muito adorável na opinião do Alfa.

— Está dizendo que não cuido do meu Alfa? Que faço as coisas apenas por interesse? — Ele questionou tentando inverter a situação. Conrad abriu os olhos quando James o empurrou levemente pelos ombros. — É isso o que está dizendo?

Conrad segurou a mão do Ômega que estava apoiada em seu ombro e o guiou para que se sentasse de lado em seu colo. James ainda o olhava desconfiado. O Alfa segurou o queixo dele e beijou-o na bochecha.

Eles ficaram um tempo se encarando até o Alfa dizer:

— Te conheço. No que está pensando?

James mordeu o lábio, examinou alguma coisa nas costas de sua mão e finalmente respondeu:

— Nos Ômegas da Fortaleza do Barba-Ruiva. — Conrad não disse nada, mas o Ômega sentiu o longo suspiro que ele deu. — Você me prometeu...

— Você e Yerik mataram o Fenn. Não acha que com isso, o Forte caiu e aqueles Ômegas foram libertados?

— Não. Você é mais inteligente que isso, pense... — Conrad arqueou as sobrancelhas, James estava empolgado. — Se várias tripulações estiverem à disposição dele, alguma delas deve ter tomado o poder. Você acha que o capitão de alguma daquelas tripulações libertaria Ômegas que encontrou naquele quarto? Ele vai se aproveitar com certeza.

— Não é algo fácil tomar o controle de um Forte de uma ilha como Nabuco. Ela é o maior centro comercial da costa asiática. Há muito mais do que piratas de olhos naquela região.

— Não estou falando para tomarmos o controle da ilha, só para invadir o Forte outra vez e libertar os Ômegas. Isso é pedir muito? Consigo de novo.

— Você? De jeito nenhum. James, está louco? — Por um momento, o Alfa ficou sem palavras de tão absurdo que aquilo soou. — Não vou permitir isso.

— Então você vai libertá-los por mim?

— Como pode ter certeza de que eles ainda estão vivos?

— Não tenho. Só iremos saber se formos checar.

— Tudo bem. Vamos para Nabuco depois de esconder um terço do tesouro nas ilhas dos Kangaroo.

James ficou tão feliz e animado que segurou o rosto do Alfa com as duas mãos e deixou vários beijinhos em seus lábios e no rosto. Após aquela conversa, o capitão procurou seu navegador, o contramestre, a timoneira e também o cozinheiro para afirmar sobre o novo rumo.

— Eles devem ter migrado para outro lugar depois daquele ataque. — Noah afirmou se referindo ao povo Kangaroo.

Parte da tripulação havia percorrido o perímetro da ilha procurando pelos canibais, mas não encontraram nenhum vestígio vivo deles. Havia muitos esqueletos na área em que se deu a batalha, o mato havia crescido absurdamente e apenas algumas ruínas indicavam que um dia um povo viveu por ali.

— Ótimo. — Conrad afirmou. — Comecem a cavar.

Os piratas trabalharam durante uma semana quando finalmente conseguiram cavar um enorme buraco e bastante espaçoso para os lados. Eles revestiram o chão e as paredes com troncos de bambu. Criaram um alçapão com o mesmo material para dar acesso ao ouro que ficaria escondido dentro. Em seguida, soterraram e deixaram que a natureza cuidasse do resto.

Após voltarem para o navio, o Cisne Negro seguiu seu curso pelas águas do Pacífico e, semanas depois, eles finalmente ancoraram próximo à Ilha de Nabuco.

— Eu queria tanto ir... — James lamentou.

Alfas desciam um bote para que o capitão e alguns marujos seguissem para a ilha. A missão seria rápida, era apenas invadir o Forte e libertar os Ômegas, se eles ainda estivessem em cativeiro. Era algo que não necessitaria de toda a tripulação.

— Eu sei, mas nessas condições… — Conrad respondeu paciente tocando a barriga crescida do Ômega. — É melhor que fique no navio.

James anuiu.

E, depois de receber um forte abraço do Ômega e um beijo carinhoso, o capitão Conrad desceu para o bote, juntamente com Billy, Yerik, Thomas e Sven. O Beta foi junto para comprar alguns equipamentos de astronomia. James ficou encostado no lado direito da embarcação, enquanto observava o bote ser levado em direção ao lado oposto da ilha. Ele ficou observando até ver o capitão e seus companheiros desaparecerem por entre as grandes rochas da margem.

— Oh, céus! — James exclamou chamando a atenção dos piratas que trabalhavam pelo convés. — *Aahh*..!

— O que foi, menino?! — Max questionou assustado.

— Está sentindo alguma coisa, James? — Sebastian aproximou-se preocupado.

— Sim... estou sentindo muita vontade de comer uma torta de abacaxi! — Sebastian e Max entreolharam-se boquiabertos. — Vocês não estão entendendo. Preciso comer essa torta, cadê o Junbuu? Alguém pega os abacaxis!

James passou pelo meio de ambos e desceu pela escotilha em busca do cozinheiro. O Beta olhou para Max e avisou com voz firme:

— E o senhor que não me invente de ficar grávido também!

O Ômega começou a rir negando com a cabeça e seguiu o mais velho para o porão de carga.

Na Ilha de Nabuco, o capitão Conrad e seu grupo espalharam--se entre as ruas da cidade portuária. Em pouco tempo, eles obtiveram a informação de que aquele local estava sob domínio de Gaeul novamente.

— Eles são uns malditos. — Sven opinou. — Mas acredito que os Ômegas foram libertados.

— Prometi ao James que ia entrar na fortaleza e *eu vou*. — Conrad respondeu convicto.

Eles estavam em uma das tavernas com menos movimento para não chamar a atenção da Marinha.

— Então o plano continua o mesmo. — Yerik exprimiu. — Billy fica responsável por distraí-los, e nós invadimos o Forte.

— Sou ótimo com distrações. — O bucaneiro afirmou. — E o Thomas?

— Está pelo mercado. — O espadachim respondeu. — Ele vai nos encontrar aqui quando terminar de comprar as coisas dele.

— Precisam de mais alguma coisa, rapazes? — A atendente perguntou-lhes gentilmente.

— Traga mais um pouco de tequila. — Yerik solicitou.

A Beta assentiu fazendo uma reverência e voltou para trás do balcão ignorando o falatório e os risos altos de alguns Alfas que já haviam passado da conta, mas que permaneciam bebendo mais. Enquanto enchia a garrafa pela torneira de um barril, a Beta reparou em alguns cartazes de procurados, que estavam colados na parede interna da bancada. Disfarçadamente, ela olhou para a mesa em que os quatro Alfas conversavam. Seus olhos quase saltaram das órbitas quando ela os reconheceu.

— Eunji. — A Beta chamou baixinho por uma Ômega que limpava o chão. — Diga aos oficiais que a tripulação do Cisne Negro está aqui. Vá depressa. — Sussurrou por trás do balcão.

A Ômega seguiu engatinhando e conseguiu sair pela porta do estoque sem ser notada. Pouco depois, ela voltou com um pequeno frasco em mãos dando o recado:

— É para colocar na bebida deles. — Eunji explicou.

A Beta assentiu e despejou o líquido dentro da garrafa.

— Leve para eles e peça desculpas pela demora. Diga que é por conta da casa.

A Ômega anuiu e levou a garrafa até a mesa do capitão.

— Com licença. — Ela chegou interrompendo a conversa.

— Pensei que ainda estava fabricando. — Sven reclamou.

— Perdão, senhor. — A Ômega abaixou a cabeça e deixou a garrafa em cima da mesa. — Ficará por conta da casa.

— Assim que eu gosto! — Billy falou entusiasmado e serviu os copos de seus amigos quando a Ômega se retirou.

— Estamos ricos. — Yerik lembrou-lhe sendo o primeiro a levar o copo até a boca e tomar certa quantidade do líquido.

— Eu sei. — Billy deu de ombros. — Força do hábito.

Os quatro piratas beberam mais alguns goles da tequila adulterada e permaneceram conversando sobre a investida de mais tarde. Yerik sentiu que sua visão estava ficando turva e sua audição foi perdendo a sensibilidade. Aos poucos, os sons das risadas escandalosas e das conversas estavam ficando distantes, assim como a voz de Sven, que falava com ele:

— Deixa de ser fracote, não bebeu nem dois copos.

O Alfa loiro ergueu o rosto e abriu a boca tentando dizer algo para seu capitão, mas no momento seguinte ele desabou na mesa. Sven e Billy começaram a rir. Conrad olhou para dentro de seu próprio copo e cheirou-o. Não havia nada de estranho lá e, no entanto, os outros dois piratas desmaiaram logo em seguida, da mesma forma que Yerik. O Alfa lúpus tentou puxar suas armas, mas ele conseguiu alcançar apenas uma. Sua visão estava escurecendo e girou a lâmina da adaga quando sentiu alguém se aproximando. Não conseguiu atingir seu alvo, mas logo sentiu um forte golpe no rosto e caiu para o lado derrubando a cadeira.

— É assim que se pega um tigre, Derin. — Disse um Alfa de nome Zhang, vestido com o uniforme da Marinha chinesa. — Se atacar diretamente, ele vai te destruir. Você precisa abatê-lo de longe.

— Seja como for. — Derin respondeu. — O Roy vai ficar muito satisfeito por finalmente se tornar o conde desse lugar, e eu vou me tornar o próximo comodoro.

— A Marinha agradece sua colaboração. — Simon, um oficial da Gaeul disse entregando um saco de moedas para a Beta que reconheceu os procurados.

A mulher espiou dentro do saco e cruzou os braços.

— Mas no cartaz diz que a recompensa será paga em ouro. — Disse ela indignada.

— Para aquele que capturar o capitão Conrad e qualquer membro de sua tripulação. — Siwon lembrou-lhe. — Você não capturou ninguém.

A Beta engoliu a raiva e, com medo de receber alguma punição por rebeldia, contentou-se com as moedas de prata e voltou para trás do balcão.

— Leve-os para o navio. — Derin ordenou.

WANTED
DEAD OR ALIVE
JOHN CONRAD
5, 000, 000 -
God save the king

Capítulo 21

Thomas acabou se distraindo e ficando pelo mercado um pouco mais do que o previsto. Ele encontrou alguns objetos para bebês e ficou encantado, logo decidindo comprar alguns para presentear James. Quando finalmente se deu por satisfeito, o Beta seguiu caminho tranquilamente pelas ruas de Nabuco na direção em que ficava a taverna escolhida pelo capitão. Estava em uma parte menos povoada do mercado, mas, mesmo assim, ele conseguiu encontrar muitas coisas boas e seus bolsos estavam cheios de moedas de ouro, poderia comprar o que quisesse. Como estava um pouco distante do local combinado de encontro, ele decidiu que seria melhor voltar pelo centro para não atrasar a missão ainda mais. O capitão foi claro quando disse que pretendia voltar para o Cisne Negro ainda naquele dia.

Thomas entrou por uma travessa estreita e saiu na rua mais movimentada da ilha. O capitão informou para tomarem caminhos menos conhecidos, para não chamarem atenção, mas, mesmo com muito mais pessoas rondando por ali, sua trajetória seria bem mais rápida. Quando Thomas já estava na metade do caminho, ele notou que a partir dali havia alguns cartazes espalhados pelas ruas. Rostos de piratas estavam estampados em alguns pilares e, dentre eles, estava o do capitão Conrad. Seus olhos quase saltaram das órbitas, e ele puxou um capuz para cobrir a cabeça e esconder parte do seu rosto. Com pressa, ele percorreu rapidamente o caminho restante e, quando entrou na taverna para reencontrar seus companheiros, não viu nenhum sinal deles. O bar estava estranhamente vazio, com exceção da Beta que arrumava bebidas atrás do balcão. Thomas aproximou-se da mulher enquanto observava ao seu redor.

— Escuta. — Ele iniciou. — Por que a taverna está vazia?

A mulher quase deixou cair algumas garrafas, com o susto que teve, e virou-se para encará-lo.

— Tivemos alguns problemas com... — Ela parou de falar ao perceber com quem estava falando.

Os olhos dela desceram para os cartazes e subiram para o navegador novamente. Ela engoliu em seco olhando para as saídas em busca de algum oficial. Como não viu nenhum, ela abriu a boca para gritar, mas Thomas foi mais rápido e puxou uma pistola apontando para ela.

— *Shh.* — Ele sussurrou colocando um dedo na frente dos lábios e balançando a cabeça. — Quem os levou?

A mulher ergueu as mãos trêmulas e, com os olhos cheios de lágrimas, ela negou com a cabeça.

— Não me mate, por favor.

Thomas segurou o cabo da arma com mais intensidade, e o dedo deslizou pelo gatilho.

— Responda! — A mulher olhou para a porta e soltou um grito. Seguindo seu olhar, Thomas virou o rosto e viu dois oficiais parados na porta.

Os Alfas atiraram contra o Beta, Thomas abaixou-se rapidamente e correu para os fundos atirando na retaguarda. Os oficiais dispararam contra ele, e um dos tiros atingiu a Beta que havia entregado a localização dos piratas.

Thomas seguiu correndo desvairado pelas ruas empurrando quem estava em sua frente e tentando despistar os oficiais que permaneciam em seu encalço. Uma grande confusão formou-se à medida que mais tiros foram disparados. A perna de Thomas foi atingida e, consequentemente, ele diminuiu sua velocidade. No entanto, a grande anarquia que se formou pelas ruas serviu de distração para os oficiais, e o Beta conseguiu chegar até a margem. Ele subiu no bote e remou acelerado em direção ao Cisne Negro.

Alguns piratas jogavam cartas no convés tentando se distrair até o retorno de seu capitão. Jared estava na cesta do mastro. Ele se divertia tentando revelar com quais cartas cada Alfa estava em mãos, e sendo ameaçado de morte por todos eles.

— Vou enfiar essa luneta no seu traseiro, seu desgraçado! — Scott rugiu olhando para cima.

Em resposta, Jared mostrou seu dedo do meio, acabando-se de rir. O Alfa pegou a luneta e espiou Nabuco ao longe. Seguindo da margem até as águas, ele viu o Beta navegador dentro do bote, remando e voltando para o navio sozinho.

— Thomas está voltando. — Jared gritou de cima. — Mas está sozinho.

Assim que chegou próximo ao navio, os Alfas lançaram a escada feita de corda, e o Beta subiu gemendo de dor e com muita dificuldade. Quando chegou em cima, os bucaneiros ajudaram-no a passar pela mureta.

— Sebastian! — Scott chamou-o. — Aqui no convés, rápido!

O médico abriu a porta da cabine com pressa sendo seguido por James. Sebastian correu até o Beta ferido e buscou por mais ferimentos em seu corpo.

— Só tem esse da perna. — Thomas grunhiu e avisou-os: — Eles levaram o capitão e os outros! A Marinha é quem domina Nabuco agora.

— Marinha... — James sussurrou tão baixo que nem ele mesmo escutou.

O lúpus lembrou-se de cada palavra quando seu ex-noivo disse que enforcaria Conrad. O sonho que teve há alguns meses também veio como um grande pontapé e foi o estopim para a atitude completamente impulsiva que teve naquele momento. Enquanto Sebastian tratava da perna de Thomas, James subiu na mureta e começou a descer pela escada até o bote. Max viu-o e correu até ele.

— James, não! — O Ômega mais velho gritou olhando para baixo e vendo o lúpus seguir resoluto.

Mas James estava muito atordoado para ouvi-lo e continuou a descer, piscando os olhos fortemente para afastar as lágrimas que o cegavam momentaneamente. Sebastian ouviu a cena que se desenhava, mas não podia tirar a atenção da perna que cuidava. Não enquanto ainda retirava estilhaços de pólvora da carne do Beta.

— Segurem ele! — O médico gritou se referindo ao navegador que sacudia o corpo involuntariamente devido a dor. — E tragam o James de volta!

Scott desceu pelas cordas e foi seguido por Max. James estava sentado no meio do barco. Ele forçava os remos contra as águas para levar o bote até a ilha e ir atrás do seu Alfa. Mas, para seu dissabor, o bote foi puxado de volta pelas mãos de Scott.

— Volta pro navio, James. — Max implorou subindo no bote. — Pense em seu filhote.

— Meu filhote precisa do pai. Eles vão enforcá-lo, Max. — Chorou balançando a cabeça. — Solta o barco!

— Ele tem razão, James. — O Alfa tentou mais uma vez. — Vamos trazer o capitão de volta. Apoie-se em Max e volte para o Cisne Negro.

James considerou as palavras dos dois. Ele fechou os olhos e passou as costas das mãos para secar as lágrimas. Max segurou a mão dele para ajudá-lo a subir a escada quando uma dor violenta atingiu o baixo ventre do Ômega lúpus descendo pelos membros inferiores. James sentiu uma imensa fraqueza nas pernas e caiu sentado no chão do barco.

— Cuidado, vem devagar. — Max advertiu. Ele segurou nos braços de James para ajudá-lo a se levantar, mas notou que sua roupa de baixo estava molhada — Ai…

— O que foi? — Scott perguntou.

— Acho que o neném já quer nascer... — Max respondeu.

— E ele já tem a quantidade de meses certos?

O Ômega mais velho negou com a cabeça. James gemeu com as mãos agarrando as bordas do bote.

— Chama o Sebby, rápido! — Max acionou e antes de continuar a frase, foi interrompido pelo Alfa.

— Sebastian!

Alguns segundos depois, o médico gritou de volta apoiado no parapeito:

— O que estão esperando?!

— O bebê está nascendo! — Max respondeu.

Sebastian correu até Thomas, o navegador havia escutado a conversa aos gritos.

— Pode ir, estou bem. — E realmente estava, sua perna já estava enfaixada. Embora estivesse sentindo dor, não havia muito o que Sebastian pudesse fazer.

— Segura o barco, vou pegar ele e levar lá para cima. — Scott propôs.

O Alfa trocou de lugar com Max e, quando tentou erguer o grávido, James gemeu ainda mais alto e negou chorando. O médico pegou seu kit de instrumentos e desceu pela escada de corda.

— Tira as calças dele. — Sebastian indicou.

— Como é o negócio!? — O Alfa engasgou quando engoliu em seco.

— Vai logo, ajuda ele, Scott! — Max apressou-o.

O Alfa aproximou-se de James e desatou o botão da calça. Ele já estava sem o cinto, pois não o utilizava fazia algumas semanas.

O Alfa pensou, já imaginando o que o capitão faria se soubesse que ele estava despindo o Ômega dele.

— Desculpa, James... eu não... — Scott estava nervosamente o ajudando a tirar a roupa de baixo.

Mas James sentia tanta dor que não se importava com isso. Os pensamentos estavam todos direcionados para Conrad.

Sebastian subiu no bote e pediu:

— Me ajude aqui, Max. — O Ômega soltou a escada e fez como o médico indicou. — Scott, seja um apoio para ele. O barco é rígido, ele pode se machucar.

O Alfa assentiu e colocou-se atrás de James apoiando as costas dele em seu peito. Sebastian posicionou-se no meio das pernas de James e, de fato, já podia ver que o Ômega estava com dilatação suficiente para o parto.

— Preciso de sua ajuda, James. Quero que faça força... — O médico pediu. O Ômega assentiu e fez como ele disse. — Um pouco mais.

— Eu não… Não consigo. — James chorava, estava aflito, suando as poças e preocupado. O peito doía pela angústia. — Não vou conseguir sem o Conrad.

Outra contração atingiu-o, e uma fisgada de dor atravessou seus quadris novamente.

O médico olhou-o, e seus olhos também estavam marejados, igualmente preocupado com o irmão.

Mas Sebastian sabia o que John escolheria. O irmão mais novo escolheria que seu filho e seu Ômega vivessem. Então faria isso.

Era só o que podia fazer por enquanto.

— Você consegue. — Sebastian afirmou assentindo várias vezes. — Olhe só para você, James. Já não é mais o filho ingênuo e medroso do conde, que chegou ao Cisne Negro acuado e fraco. Você é forte, *sempre foi*. Vamos buscar Conrad, mas seu filho precisa de você agora. Ele precisa nascer.

James, com lágrimas escorrendo pelos olhos azuis, assentiu. Apertava mais a borda do bote para descontar a dor fazendo mais força.

— Ah! — James contorceu-se quase não aguentando. Era uma verdadeira tortura.

— Isso, mais um pouco. — Sebastian incentivou outra vez.

Max estava com um pequeno lenço dobrado secando o suor que escorria pelo rosto de James. Uma onda forte colidiu contra o lado do barco. Scott abraçou James pelos ombros para que ele não batesse na lateral amadeirada da embarcação. Já Max se desequilibrou e quase caiu fora do barco, mas Sebastian agiu rápido e o segurou pelo braço.

— Obrigado. — Max respirou tranquilo e voltou para o mesmo lugar.

A essa altura, o bote já estava quase chegando à margem, e James praticamente não tinha mais forças. Suas pernas escorregaram se fechando.

— Vamos, James, não pare. — O médico pediu abrindo as pernas dele no mesmo instante.

— Ele está cansado. — Max disse.

— Eu sei, mas ele precisa continuar ou a criança não vai nascer. — Sebastian recordou. — Vamos, James. Estou com você. Força.

James segurou uma mão de Scott e com a outra ele agarrou a mão de Max. Ele fechou os olhos, respirou profundamente e cerrou os dentes, antes de fazer um enorme esforço para que o filho nascesse. Todo o restante de energia que tinha, ele concentrou naquele esforço. E, quando o barco chegou à margem da praia, ouviu-se um choro fraco de um recém-nascido. Sebastian recolheu o bebê nos braços. James fechou os olhos, deixou as costas e a cabeça desabarem no peito de Scott. Lágrimas desciam de seus olhos ainda fechados.

— Ele é tão pequeno... — Max comentou, referindo-se ao bebê.

— Está frágil, precisa do pai. — O médico envolveu a criança em um tecido limpo e esticou os braços para entregá-lo a James.

Mas o Ômega virou o rosto para o lado, fraco demais para aninhá-lo em seu próprio corpo. Com o coração cheio de dor e medo, ele fechou os olhos novamente. O choro de James, tão intenso e contínuo, era abafado pelas ondas se desmanchando na margem.

— James! — Max chamou-o.— *Seu filho...*

Mas o Ômega lúpus permaneceu com o rosto virado e os olhos fechados chorando silenciosamente. Sebastian estudou-o por alguns segundos e, logo em seguida, entregou a criança para Max. O médico verificou a temperatura de James e também sua pulsação.

— Vou levar a gente de volta. — Disse Scott, movendo-se com cuidado para alcançar os remos.

Mas Sebastian o deteve.

— Ainda não. Se não encontrarem o capitão e os outros pela ilha, teremos de ir para Gaeul. — O médico olhou ao seu redor, viu algumas casas simples pela orla e apontou na mesma direção. — Vamos!

Sebastian retirou o casaco e cobriu James para que ele não ficasse tão exposto e ergueu-o nos braços, enquanto Max continuava mantendo o pequeno filhote em seu abraço. Ambos caminharam seguindo Scott, que ia na frente, até encontrar uma Alfa e dois Ômegas crianças ajudando-a a trançar uma rede de pesca.

— Está tudo bem com ele? — A Alfa indagou se referindo a James.

— *Hmm*, sim... bem, ele acabou de ter um bebê... precisamos de um lugar para que ele e a criança possam descansar em segurança. — Sebastian explicou.

— *Aaaah* sim. Venham, minha casa é simples, mas todos são bem-vindos.

O grupo seguiu a Alfa e as crianças. De fato, a casinha era humilde, mas muito bonita e aconchegante. Era uma bela casa de uma família de pescadores.

— Jennifer. — A Alfa chamou. — Temos visitas.

Uma Ômega surgiu da cozinha, ela estava com uma criança no colo.

— Quem são esses, Misa? — A Ômega questionou.

— São... — A Alfa iniciou, mas parou sem saber o que falar e esperando que o Beta se pronunciasse.

— Sou Sebastian. Sou um médico, e estes são: Scott, Max, James e... — Disse apontando para cada um e, por último, parou no bebê. — E essa criaturinha ainda não tem nome.

— *Aah...* — As duas exprimiram juntas.

Sebastian continuou:

— O James acabou de passar por um parto difícil... — Jennifer olhou para o Ômega lúpus, que ainda mantinha o olhar distante, encolhido nos braços de Sebastian. — Está passando por um tipo de batalha interna... então precisamos de um local seguro, onde ele e a criança possam descansar um pouco. Se não for incomodar.

— Sim, claro. — A Ômega respondeu de imediato. — Misa, amor, leve-os para nosso quarto, é o único com uma cama de casal, o Ômega pode ficar com seu filhote. Preciso terminar de fazer o almoço, com licença.

A mulher correu para a cozinha quando um leve cheiro de queimado começou a se espalhar pela casa.

— Sigam-me. — A Alfa disse, e os outros o fizeram.

O quarto era pequeno, tinha apenas a cama, um pequeno baú no canto e uma cômoda com uma vela. Sebastian deixou James sobre o colchão macio e cobriu rapidamente suas pernas com um lençol. Scott pegou um travesseiro e ajeitou nas costas dele para que ficasse mais confortável.

— Seu neném... — Max aproximou-se para entregar o pequenino a James, mas o médico o interrompeu.

— Saiam. Daqui a pouco estou indo. — Sebastian indicou. Scott assentiu e foi o primeiro a sair do quarto. Max permaneceu hesitante olhando confuso para o Beta. Sebastian insistiu: — Faça como eu disse, já vou.

Max suspirou triste olhando para o bebê em seus braços, mas finalmente saiu e juntou-se a Scott na sala.

— James, preciso saber como você se sente fisicamente. — O médico informou, examinando-o.

— Estou bem. — O Ômega respondeu com um suspiro. — Só um pouco cansado.

— Entendi. Isso é bom. — Sebastian constatou. — Você estava com sete meses, foi um parto muito arriscado. É quase um milagre que nada de grave tenha acontecido com você ou o bebê.

— Eles vão matá-lo, Sebby. — James afirmou em prantos. — Meu pesadelo está se realizando.

— Se está se referindo ao Conrad, você não deve nos conhecer mesmo. — O Beta respondeu, com as mãos na cintura e um falso tom de repreensão. — Somos do Cisne Negro, James. Não vamos deixar aqueles bastardos imundos matarem nosso capitão. A tripulação foi procurá-los em cada parte dessa ilha e, se não os encontrarmos, vamos atrás deles em Gaeul.

Sebastian fez uma pausa para que James falasse alguma coisa, mas o Ômega permaneceu quieto com seus pensamentos. O médico continuou:

— Isso não é algo que esteja ao seu alcance no momento. Mas seu filho está aqui e precisa de você. Ele é um Ômega macho, muito pequenino e frágil.

James fechou os olhos, e várias linhas de lágrimas se formaram em suas bochechas de uma só vez. Ele inspirou profundamente algumas vezes, para controlar a intensa vontade de chorar, e passou as costas das mãos nas pálpebras, para retirar o excesso do choro.

— Sou um péssimo pai...

— Não diga isso. Eu sei como você ama seu filho desde que ele era apenas uma sementinha germinando em seu útero. É compreensível como você se sentiu, mas eu te conheço e sei como é forte.

— Como ele está? — James perguntou se referindo ao bebê.

— Não sei ao certo, mas está bem aparentemente. Preciso examiná-lo para ter certeza. Ele está lá fora com o Max.

— Por favor, veja se ele está bem.

— Eu irei. É bom que você durma um pouco e descanse. — O médico sugeriu. — Está muito abatido.

Com efeito, James sentiu que suas pálpebras estavam muito pesadas. Ele esticou o corpo sobre a cama e disse a Sebastian:

— Obrigado, Sebby.

O médico apenas sorriu assentindo e saiu do quarto. James estava tão cansado que adormeceu em poucos segundos.

A tripulação do Cisne Negro buscou incansavelmente pelo capitão e os outros que haviam sido levados, mas, quando tomaram conhecimento de que um galeão da Marinha havia partido naquele mesmo dia, com destino para Gaeul, eles souberam que aquela busca em Nabuco era uma grande perda de tempo. Noah ordenou que o estoque de pólvora, balas de canhão, bombas e demais armas fosse renovado. O Cisne Negro estava carregado de artilharia pesada. Os canhões foram limpos, e a estrutura do navio estava sendo fortificada.

Enquanto isso, Conrad, Yerik, Billy e Sven estavam no calabouço frio e úmido no subsolo de Gaeul aguardando o dia do julgamento deles. Uma semana havia se passado desde a captura dos piratas. Só restavam alguns dias para que fossem expostos em uma praça pública e, se considerados culpados, seriam executados e qualquer um poderia assistir. O conde Hae em pessoa compareceu ao calabouço fazendo questão de ver o tão famoso capitão Conrad, que - a seu ver - havia seduzido seu filho mais velho. Roy, futuro conde da Ilha de Nabuco, acompanhou-o. Mesmo que estivesse preso atrás de grossas grades de ferro e contido por correntes em seus pulsos e tornozelos, o capitão Conrad exalava perigo apenas com seu olhar. E Hae Sean manteve certa distância da cela em que Conrad estava.

— Verme imundo. — O conde cuspiu. — Quero eu mesmo colocar a corda em seu pescoço.

— Você vai morrer. — O conde assustou-se ao ouvir a voz de Yerik na cela ao lado, com um rosnado profundo. — Vou enfiar minha lâmina bem lentamente em seu coração.

— É mesmo? — Roy indagou sorrindo vitorioso. — E por que não faz isso agora mesmo?

Conrad permaneceu quieto em seu canto observando o conde e Roy do outro lado da cela. As respirações pesadas de Billy e Sven podiam ser ouvidas como rosnados furiosos.

— Silêncio, Roy! — O conde rugiu se aproximando da cela em que o espadachim estava. Ele cerrou os olhos e reconheceu a cicatriz no olho dele. — Foi você o maldito que assustou meu pequeno Jean. Será o primeiro a morrer.

— Amanhã será um dia de glória. — Roy ousou dizer.

Hae Sean sorriu e completou:

— Vou mandar que sirvam carne de porco para todos os cidadãos e cidadãs em comemoração.

— É uma ótima escolha, senhor. — Disse Roy.

O conde virou-se para fitá-lo.

— Eu sabia que havia escolhido o Alfa certo para meu filho. — Hae disse olhando fixamente para Roy e sorrindo com os olhos, cheio de orgulho. — Quando esse infeliz morrer, a marca desaparecerá e, assim, você poderá se casar com meu James.

Roy já não gostava da ideia de se casar com James. Era algo vergonhoso e repulsivo para ele. Mas estava disposto a fazer esse sacrifício para poder se tornar o conde da Ilha de Nabuco tendo o apoio de Hae Sean e sua grande influência junto à Coroa.

— Vamos, Roy. — O conde proferiu. — O reverendo quer falar com essas bestas. — Ele estava se referindo aos piratas.

Roy assentiu e saiu seguindo o mais velho.

Todas as manhãs, Max caminhava pelo pequeno perímetro em frente à casa dos pescadores passeando com o filhote de James e Conrad. James ainda estava um pouco fraco e abatido, então o Ômega mais velho se prontificou a cuidar do bebê até que James se sentisse melhor. Era tão cedo, que apenas uma pequena parcela do Sol havia aparecido no horizonte e o céu alaranjado encobria o firmamento brilhando levemente acima das águas. Dois braços curvaram-se ao redor de Max. Era Scott abraçando os dois Ômegas de uma só vez.

— Imagina eu, você, dois filhos *e*... — O Alfa começou, mas foi impedido pelo Ômega, que se desvencilhou do seu abraço e se virou para ficar de frente a ele.

— Pode ir parando por aí. — Max deteve-o.

— Amor, quero um filhotinho também. — Scott reclamou.

— Então engravide você mesmo e tenha seu filhote.

— *Tsc*! Mas que... — Scott segurou o que seria um xingamento e pensou alto: — Mas o que custa ter um filho comigo? Um ou dois…

— Eu não seria um bom pai.

— Seria sim. — O Alfa disse com firmeza acariciando a bochecha de Max.

O Ômega suspirou ao sentir o calor da mão dele sem mais nada a dizer. Uma movimentação chamou a atenção dele logo atrás de Scott. Era James saindo da casa, agasalhado com uma manta em seus ombros. O lúpus ainda não tinha segurado seu filho, por isso se aproximou hesitante até estar próximo aos três.

— Sebastian disse que os primeiros raios solares fazem bem para os bebês. — Max explicou. — Realmente faz. Olha como ele está coradinho.

James sorriu assentindo. O bebê Ômega estava dormindo tranquilamente.

— *Eu...* — James iniciou inseguro olhando para o bebê com o lábio inferior entre os dentes. — Quero segurar *meu filho*.

Max assentiu e passou o bebê com bastante cuidado para que James o segurasse. Assim que o teve em seus braços, James sentiu uma agitação quente percorrer seu corpo. O pequenino sentiu o calor de seu pai e abriu os olhos. Mas ele não chorou e olhou o lúpus tão sereno, como quando estava dormindo. James inclinou o rosto e beijou a testa do bebê. De algum jeito, ele podia sentir seu Alfa e também sabia que Conrad os sentia naquele momento. James percebeu seus olhos ficarem úmidos e sussurrou para o pequeno em seus braços:

— Me desculpe, meu amor. Papai está aqui, agora. — Ele piscou demoradamente e duas lágrimas desceram. — Eu te amo, *meu coração*. Papai Conrad também te ama, e vou buscá-lo de volta para nós, tudo bem?

O bebê recém-nascido moveu a boquinha pequena, e os dedos minúsculos fecharam-ses em volta do dedo do pai.

— Você é tão forte… Como seu papai. Ele vai te amar tanto.

— James? — Max chamou-o preocupado.

James ergueu o rosto para fitá-lo. Max encarou-o de volta. Ele teve a sensação como se os olhos do Ômega lúpus estivessem em chamas.

— Vou destruir quem o levou. — James rosnou entre dentes. — Seja quem for, vai se arrepender de ter levado meu Alfa.

— Conte comigo, James. — Scott afirmou convicto.

James assentiu agradecido e perguntou:

— Qual o estado atual do Cisne Negro?

— Pronto para uma guerra.

— Ótimo. — James disse firmemente. — Quero que Gaeul queime!

Scott e Max entreolharam-se espantados e admirados pelo tom usado pelo Ômega lúpus. Os quatro entraram na casa novamente e fizeram seu desjejum na companhia de Sebastian e das donas da casa. Eles contaram sobre os planos de James, de invadir Gaeul e resgatar os piratas. E, é claro, o médico concordou com tudo.

— Só tenho uma dúvida. — Sebastian afirmou e, em seguida, perguntou a James: — Se você também vai, quem vai ficar com seu filho?

— Eu. — Max respondeu-lhe. — Se por acaso alguma desgraça acontecer e nem você nem o Conrad voltarem, vou cuidar dele como se fosse meu filho. Vou dar muito amor a ele, pode ter certeza, James.

— Céus! — Sebastian bradou furioso assustando a todos. Em seguida, ele abaixou o tom da voz. — Desculpem, mas esse garoto... Max, amado, você se ouviu?

— Eu sei... não consigo controlar as bobagens que falo às vezes. — O Ômega mais velho respondeu. — Desculpa, James.

— Tudo bem, era mesmo o que eu queria ouvir. — O Ômega lúpus respondeu calmo. — Vou voltar com o Conrad e vamos juntos criar nosso filhote. Mas fico feliz em ouvir isso. É bom saber o quanto meu filho é amado e protegido.

Durante o dia, a tripulação executou os últimos preparativos para a viagem. Daphne verificou junto ao contramestre todos os pontos da embarcação. Rowan analisou cada canhão mais de cinco vezes, ficando mais do que satisfeito com o desempenho que cada um deles apresentou.

Na noite daquele mesmo dia, James recolheu-se com seu filhote. Ainda não tinha escolhido um nome para ele. Estava sentado próximo à janela com o pequeno Ômega no colo observando as estrelas e cantando baixinho:

— Você é muito amado, *Ethan*. — James disse após um momento de silêncio. O bebê sorriu parecendo gostar do nome que recebeu. — Agora vamos dormir, porque amanhã papai tem algo muito importante para fazer...

James deitou-se na cama gentilmente cedida pelas donas da casa. Ele e o bebê adormeceram logo alguns minutos depois. Algumas horas mais tarde, quando abriu os olhos, James viu a luz do sol invadir o quarto, infiltrando-se pela cortina. Entre seus braços, Ethan ainda dormia sereno. Ele, então, deixou um beijo carinhoso na cabeça do pequeno, acariciou seu bracinho e ficou admirando-o dormir por um tempo. Quando se levantou da cama alguns minutos depois, o café da manhã já estava posto, e ele se juntou aos demais. Após a refeição, James, Sebastian e Scott arrumaram-se para partir. Max acompanhou-os até a porta, assim como Jennifer, Misa e seus filhos.

Espero que isso cubra todos os gastos e problemas que causamos. — James afirmou entregando ao casal um saco cheio de moedas de ouro.

— Céus! — A Ômega arquejou. — Mas isso é muito!

— Por favor, aceitem. Como forma de agradecimento pelo que fizeram por nós. — James insistiu.

— Muito obrigada. — As duas curvaram o corpo para frente em uma respeitada reverência e guardaram o saco de moedas.

Max estudou o Alfa, desconfiado. Ele se aproximou devagar, segurou as mãos do mais alto e puxou-o para que Scott inclinasse seu rosto para baixo. O Ômega, então, deixou um beijo carinhoso na bochecha dele e um outro na boca, mais demorado.

— Se você voltar para mim, prometo que vou pensar no assunto. — Max sussurrou no ouvido do Alfa.

— Sobre um possível filhote? — Scott perguntou entusiasmado.

— Sim.

— Então pode ir se preparando. — Scott surpreendeu-o com um abraço pela cintura e ergueu-o do chão. — Porque a gente vai tentar muito quando eu voltar.

Max sorriu e retribuiu o beijo iniciado pelo Alfa. Logo depois, Scott o colocou no chão e virou-se para seguir com o Ômega lúpus e o médico em direção ao Cisne Negro.

— Até depois, James. — O Ômega mais velho acenou com a mão. James sorriu para ele e acenou de volta.

No momento em que entrou no navio, James foi diretamente para a cabine e ficou um tempo sozinho. Fazia uma semana, mas o cheiro do capitão permanecia no local. O Ômega sentou-se na cama e passou as mãos sobre os lençóis. Ele fechou os olhos e inalou o aroma de rosas deixado por ele. James sentiu os olhos ficarem úmidos, mas com um longo suspiro ele afastou a vontade de chorar. Não era hora para aquilo. Ele vestiu outra roupa, arrumou o cabelo e também suas armas no cinto. Quando saiu da cabine, a tripulação estava toda no convés olhando para ele.

— Suas ordens, *capitão*? — Noah indagou sério.

James demorou um tempo para entender que a pergunta foi dirigida a ele. O Ômega avançou dois passos e olhou para o rosto de cada um antes de responder:

— Eles levaram nosso capitão e nossos amigos. Não vamos deixar isso barato. — James fez uma pausa olhando para a estrutura do navio. — *Uh*... façam aquelas coisas com as velas... — Disse movimentando as mãos e olhou para Thomas: — Leve-nos para a Gaeul.

— Sim, capitão. — O navegador afirmou com um sorriso e correu para se juntar à timoneira.

— A âncora. — Noah disse baixo, apenas para James ouvir.

O Ômega olhou-o agradecido e assentiu.

— Levantem a âncora! — James ordenou, Jared e Rowan puxaram a engrenagem. O lúpus ainda arriscou: — Içar todas as velas!

Noah sorriu orgulhoso e fortificou:

— Vocês ouviram o capitão! Manejem os cabos, Alfas!

A tripulação operou o serviço animada. Não havia preguiça ou cansaço e, quanto mais puxavam as cordas e moviam as pesadas velas, mais força encontravam para continuar. James observou de cima do convés superior o tráfego dos piratas entre a meia-nau. Como sempre, ele não entendia muito o que eles estavam fazendo, mas sabia que, em pouco tempo, ele estaria com seu Alfa novamente. Com a velocidade máxima atingida, eles levaram pouco tempo para chegar ao mar da China Oriental. Só restavam alguns minutos a mais para entrarem nos limites marítimos de Gaeul.

Na praça de Gaeul, o povo encontrava-se reunido para assistir ao julgamento dos quatro piratas capturados na Ilha de Nabuco. Conrad, Yerik, Billy e Sven estavam em uma construção de pé, expostos em um tablado de madeira. Eles estavam presos por correntes e vários oficiais da Marinha os guardavam, para que não tentassem fugir. Também estavam presentes o reverendo, o conde Hae, Roy, Derin e alguns membros da alta sociedade.

Após a sentença ser lida, o conde Hae subiu no tablado e iniciou seu discurso:

— Vejam os malditos que despertaram seus instintos mais bárbaros e se tornaram uma terrível ameaça contra nós, Alfas, Betas e Ômegas tementes a Deus. — Disse apontando para os quatro prisioneiros. — Eles nos trouxeram dias terríveis e medo, com suas atividades grosseiras e roubos, assassinatos, sequestros... Ameaçaram nosso progresso…

O povo começou a gritar interrompendo o conde e pedia que a execução fosse feita logo. Os guardas exigiram a ordem, e a população fez silêncio novamente.

Hae Sean continuou:

— Mas, exultai-vos, porque Deus está do lado dos bons! — O conde pegou a corda da forca e guiou-a para colocar no pescoço de Yerik.

O povo vibrou.

— Senhor. — Derin gritou. — Comece pelo capitão deles.

Hae Sean olhou para Conrad, ele estava bem ao lado do espadachim, tranquilo e sem demonstrar um pingo de medo. O conde colocou a corda no pescoço dele e sorriu. Sean caminhou até a alavanca ligada ao piso em que o Alfa lúpus estava. Quando Hae a puxasse, um alçapão seria aberto e Conrad seria enforcado.

Nada seria mais satisfatório do que ver aquele maldito pirata, que havia seduzido seu pequeno Ômega, ser hostilizado diante de todos, ao passo que estrebuchava com uma corda em seu pescoço. O conde respirou profundamente, muito satisfeito com os gritos da população, que o apoiava abertamente, naquele espetáculo pavoroso. Enquanto isso, James e a tripulação já haviam desembarcado do Cisne Negro, o lúpus conseguiu obter um cavalo que estava preso no cais, montou-o e seguiu às pressas para a praça onde as execuções aconteciam, enquanto os piratas invadiam a cidade e se posicionavam para iniciar o ataque.

O capitão Conrad não temia a morte e realmente esperava ter o mesmo destino que seu pai, no entanto, partir desse mundo sem ao menos ter tocado em seu filho ou pelo menos ter visto o rosto dele era doloroso demais. Mas o pirata não demonstrou sua tristeza. Seus olhos seguiam os movimentos do conde, tão firmes que o mais velho evitou encará-lo nos olhos. Mesmo que o maldito pirata estivesse prestes a ser enforcado, era Hae Sean quem mais estava com medo ali, sentindo-se intimidado apenas com a mera presença do lúpus. Conrad direcionou seus pensamentos até seu Ômega tentando fazer com que James sentisse, naquele momento, que ele o amou até o fim.

Quando o velho Alfa colocou sua mão no apetrecho, ele viu uma movimentação entre o público que olhava para trás, entre murmúrios. O conde ergueu o rosto para observar o que de mais importante havia acontecido para que a população deixasse de prestar atenção na execução de um pirata. Seus olhos quase saltaram das órbitas quando viu um Ômega montado em um cavalo, atrás do público. Era seu filho, James. O conde ficou paralisado, observando-o. O Ômega estava com uma pistola apontada em direção ao palanque. Seus olhos estavam bem abertos e a coloração acinzentada.

Hae Sean sentiu como se o mundo tivesse parado naquele momento. Fazia meses que não via seu filho mais velho. Ficou, sim, muito decepcionado ao saber sobre as escolhas do Ômega, mas ainda era seu filho e ele o amava incondicionalmente. Seus olhos ficaram presos aos de James por alguns segundos, e ele finalmente compreendeu que aquele já não era seu pequeno filhotinho obediente, mas um Ômega lúpus forte e valente. Atento aos movimentos do seu pai, James mantinha sua mira na corda da forca que mataria o capitão Conrad. Sentiu tristeza ao ver seu pai prestes a matar a pessoa que ele mais amava, não queria que as coisas tivessem terminado daquele jeito, mas não permitiria que seu Hae Sean e ninguém tirasse seu Alfa de si.

O tenente Derin juntamente ao comodoro notaram a leve hesitação do conde e chamaram por seu líder para que este desse continuidade à execução.

Quando o conde voltou a si, ele acionou a alavanca para que o capitão Conrad fosse executado, mas James apertou o dedo no gatilho e o disparo acertou o alto da corda que servia como forca fazendo com que Conrad, em vez de ser enforcado, caísse com os pés no chão. No mesmo instante, tiros de canhão foram ouvidos e acertaram o alto dos prédios destruindo as paredes das construções e iniciando o caos. O Cisne Negro estava próximo ao cais, com seus canhões apontados diretamente para a praça de Gaeul e lançando bolas de ferro carregadas com pólvora. Cada construção atingida explodia e começava a pegar fogo.

A população dispersou-se correndo em todas as direções. Grito e choro foram ouvidos em meio ao desespero.

— Não os deixem fugir! — O conde gritou e, em seguida, ordenou para outro grupo de guardas: — Tragam meu filho para mim!

Os oficiais correram em direção a James tentando capturá-lo. O Ômega disparou contra eles e, quando sua munição acabou, ele desceu do cavalo com uma espada em mãos e a fúria de seu lobo despertada matava todos que se aproximavam.

Mesmo preso pelos pulsos com correntes, Yerik tentou fazer como prometido e partiu para cima do conde. No entanto, Derin estava por perto e chutou-o para o chão, ele puxou uma pistola e apontou para o pirata. Uma espada surgiu na lateral de seu abdômen e sua mão amoleceu largando a arma. Quando se virou, ele deu de cara com Jean. Derin tentou atacá-lo, mas o Ômega apontou a katana para ele, e a lâmina atravessou o umbigo do Alfa. O tenente Derin caiu de joelhos diante do Ômega, olhando-o surpreso e com pavor. O sangue jorrava de seus ferimentos e também de sua boca. Jean deu um passo à frente e girou a lâmina decepando a cabeça do Alfa que um dia o assustou tanto.

Sentado no chão, Yerik assistia à cena boquiaberto. Jean agarrou um molho de chaves preso no cinto do Alfa morto e abriu as correntes que prendiam o espadachim.

— Onde está o Victor? — Yerik questionou, apoderando-se das armas do tenente Derin.

— Está em uma missão... — Jean respondeu hesitante coçando a nuca. — Ele não sabe que estou aqui... eu vi quando vocês foram levados para o calabouço, tentei libertá-los, mas não tive como. Soube que a execução seria hoje, então vim às escondidas.

— Jean!? — Hae Sean gritou ao ver o filho.

O conde pensou em correr até o filho mais novo, mas Yerik se colocou em seu encalço, e o velho saiu correndo em desespero clamando pelos guardas para que o protegessem.

Billy e Sven viram o pequeno Ômega com as chaves e foram até ele, sendo libertos e entrando na batalha logo em seguida. No meio das lutas e confusão, Conrad ainda estava preso pelas correntes, enquanto se atracava com Roy pelo chão. A poeira subiu ao redor dos Alfas, e Roy achou que estava na vantagem pelo fato de as mãos de Conrad estarem presas. Mas o capitão conseguiu dominá-lo e passou as correntes pelo pescoço de Roy, asfixiando-o. O rosto de Roy inchou vermelho e, pouco tempo depois, ele paralisou sem vida. Jean correu até eles e libertou o capitão Conrad. Este acenou para ele em agradecimento, pegou duas espadas e entrou na luta do jeito que sempre gostou, com lâminas em ambas as mãos. Ele era ágil e, mesmo que as espadas fossem diferentes das adagas no quesito tamanho, conseguiu o mesmo desempenho positivo.

Lutando contra seus inimigos, James e Conrad estavam de costas, aproximando-se gradativamente. Quando sentiram suas costas se tocarem, eles se viraram assustados e apontaram suas armas um para o outro. Ambos sorriram, mas isso durou apenas alguns segundos. Antes de poder abraçar seu Alfa, um marinheiro atacou James, mas o Ômega recuou e o atacou de volta com sua espada. Outro Alfa surgiu para atacá-lo pelas costas, mas Conrad girou as duas espadas e partiu-o em dois. James foi até ele e beijou-o na boca, finalmente sendo abraçado por seu Alfa.

— Ele tem seus olhos. — James disse emocionado. — Nosso filhote.

— Onde ele está? — Conrad perguntou confuso.

— Está bem longe daqui e a salvo aos cuidados do Max. Com uma família de pescadores.

Rowan continuava disparando contra a cidade. Ele estava com muita munição a seu dispor e, para ele, destruir uma cidade como aquela, e nas condições atuais, era mais do que divertido. Gaeul estava literalmente pegando fogo. Um incêndio apossou-se do lugar tão fortemente que estava praticamente impossível conter as chamas. Sob as ordens do capitão Conrad, a tripulação retornou para os botes e voltou para o Cisne Negro. À medida que o navio se afastava, eles podiam ver a fumaça ainda subindo da cidade castigada.

Do ataque liderado por James, a China tomou conhecimento tarde demais, porém um bloqueio fôra montado entre os mares que cercavam as regiões do Nabuco, Jihpon, Gaeul e a própria China, para impedir que qualquer navio pirata se aproximasse e atacasse qualquer um desses reinos. O bloqueio encontra-se até os dias atuais e, por esse motivo, o Cisne Negro não navegava pela costa asiática havia pelo menos doze meses. No momento atual, ele seguia seu curso tranquilamente pelos mares do Oceano Índico.

O pequeno Ethan estava sentado em um canhão brincando com a cordinha do pavio. Rowan segurava-o para que o Ômega não caísse e o ensinava como manusear aquele aparelho:

— ... é aí mesmo que você ateia o fogo. — O atirador disse como se o Ômega estivesse compreendendo o que ele dizia. Ou talvez estivesse, já que ele estava brincando justamente com o objeto sobre o qual o Alfa explicava. — Vai sair do outro lado e destruir qualquer coisa que estiver em seu caminho. Legal, não é?

Yerik estava sentado na mureta próximo a eles rindo do entusiasmo de Rowan. Ele desceu, puxou um punhal e colocou-se diante de Ethan.

— Mas isso aqui é bem mais legal. — Yerik afirmou exibindo a lâmina para o pequeno. Ethan foi atraído pelo brilho da lâmina e ficou prestando atenção no que o Alfa espadachim dizia: — Você segura ela assim, bem firme, e rasga a garganta de qualquer um.

Dito isso, Yerik deslizou a ponta do punhal na madeira do navio, arranhando-o instantaneamente.

— Vocês estão assustando ele. — Thomas disse se aproximando para retirar o pequeno Ômega dali.

Mas para sua surpresa, Ethan começou a sorrir batendo palminhas. Yerik repetiu o processo, e o pequeno sorriu ainda mais batendo com as mãos no canhão.

Rowan sorriu orgulhoso e indagou:

— Vocês viram isso? Ele quer atirar. — Ele se virou para Ethan: — Você quer atirar? Eu deixo. Deixa só o tio Rowan ver um alvo para você.

— Ensinar a ele os dons da cura é muito mais producente. — Sebastian disse, juntando-se a eles.

Uma leve discussão formou-se entre eles. Cada um com seu ponto de vista e discordando da opinião um do outro.

Enquanto isso, próximo ao anoitecer, Conrad ensinava a James sobre os mastros, os cabos e as velas. A utilidade de cada um dos componentes que dão velocidade ou diminuem a distância percorrida por um navio.

— Capitão. — Claire chamou-o.

— Sim? — James e Conrad responderam ao mesmo tempo.

Conrad olhou para o pequeno com o cenho franzido. James mordeu o lábio inferior segurando o riso. Ele abaixou a cabeça ruborizando e coçou a nuca. O Alfa sorriu, achando-o adorável.

— Há um navio se aproximando pela proa a estibordo. — Claire continuou.

— Deixe-me saqueá-lo. — James disse.

Conrad suspirou estudando-o e assentiu no segundo seguinte. Claire manobrou o navio, e a tripulação diminuiu as velas para que o Cisne Negro deslizasse calmamente até estar lado a lado com a outra embarcação. A tripulação do navio mercante rendeu-se inteiramente ao ver o navio de velas negras se aproximar sorrateiro. Quando vigas de madeiras foram postas entre as embarcações, estavam todos com as mãos erguidas e as cabeças baixas.

Noah, Yerik, Billy e alguns outros piratas cruzaram o caminho até o navio mercador, James seguiu por último. Tão calmo que nem parecia que estava prestes a roubar as cargas de um navio. Ao descer pela rampa, seu cheiro doce de jasmim chamou a atenção dos Alfas e Betas que estavam no navio comercial. O próprio comandante ergueu a cabeça e olhou confuso quando, em vez de o Alfa maior - Noah - liderar aquele ataque, viu um Ômega loirinho e de aparência angelical que estava no comando.

— Se renderam... — James pensou em voz alta caminhando entre os Alfas e Betas. — Que bom, vejo que são inteligentes. Seria uma pena se houvesse um banho de sangue desnecessário.

Quando James passou pelo comandante, ele sentiu o Alfa apertar sua bunda. No mesmo instante, James puxou sua pistola e girou apontando a arma na cara do Alfa.

— Ah, você vai atirar, *coisinha linda*? — O comandante riu alto. — Mas que traseiro gostoso você tem. — Ele umedeceu os lábios com a língua descendo o olhar pelo corpo do Ômega. — Vai machucar suas mãozinhas delicadas se apertar esse gatilho. É melhor que use essa mão para fazer o que os Ômegas sabem fazer de melhor pegar no pau de um Alfa.

Ainda encarando o Alfa nos olhos, James desceu a mão que segurava a pistola e apontou-a diretamente para o pênis do comandante. O Alfa só teve tempo de arregalar os olhos e, no mesmo segundo, o Ômega apertou o gatilho e o disparo trucidou o pênis do comandante, que caiu urrando de dor, colocando a mão em sua região íntima e assustando-se ao notar que já não existia mais nada lá.

— Billy? — James chamou-o.

— Sim, capitão? — O bucaneiro respondeu no mesmo instante.

Os marujos do navio mercante ficaram pasmos ao ouvirem aquele Ômega ser chamado de capitão. Eles só ouviram falar em um Ômega que conquistou esse posto em navios piratas, e este já havia sido executado há anos.

— Tire esse lixo da minha frente. — James ordenou.

Billy assentiu. Ele agarrou o comandante que agonizava no chão e o atirou em um outro canto do navio.

— Caramba... — Um dos Alfas rendidos sussurrou baixinho.

— Obrigado. — James sorriu para Billy e deu um largo passo à frente para não pisar no chão sujo de sangue. Ele passou a mão na franja e jogou o cabelo para trás caminhando até a cabine.

— Senhor, por favor, leve tudo de valor que temos. É tudo seu. — Um dos Alfas gritou desesperado. James parou de andar e fitou-o esperando que ele terminasse de falar. — Mas não faça isso…

— Isso o quê, Alfa? — O Ômega lúpus indagou desconfiado.

O marujo olhou para a cabine e depois para James. Não era preciso que ele dissesse mais nada, o Ômega logo entendeu do que ele estava com medo.

— Acalme-se. — James disse e virou-se para Noah: — Podem levar as cargas do porão.

O contramestre assentiu e, junto a ele, outros piratas desceram para saquear o estoque.

James abriu a porta da cabine com cuidado e entrou devagar. Seus olhos percorreram toda a extensão do cômodo, e ele não encontrou mais ninguém, além de duas crianças escondidas atrás de uma estante. Instantaneamente ele se lembrou dele mesmo e de seu irmão quando o navio em que eles estavam seguia seu curso para a Gaeul e do quanto eles estavam assustados quando a tripulação do Cisne Negro invadiu o galeão.

— Olá. — James falou sorrindo com voz suave e gentil. — Sei que estão escondidos atrás dessa estante. Tudo bem, são muito espertos.

James aproximou-se um pouco mais e parou no instante em que viu um par de olhos verdes o espiar por entre dois livros, e uma voz surgir logo depois:

— Você é um pirata?

— Sou sim. — James respondeu firme.

— Mas você é um Ômega. — Outra voz disse.

— Isso não me impede de ser o que eu quiser. — James contrapôs. — Ômegas podem fazer tudo o que Alfas fazem, e até melhor.

Curiosos a respeito daquilo, dois garotinhos surgiram detrás da estante. Eram dois Ômegas, sendo um deles pouca coisa maior que o outro.

— Primeira vez que eu vejo um Ômega pirata. — O menor disse.

— E o que acharam? — James perguntou.

Os garotos entreolharam-se. O mais alto deu de ombros e respondeu:

— Bem legal.

James sorriu assentindo. Ele retirou duas moedas de ouro do bolso e as entregou para os pequenos.

— Comprem vários brinquedos quando chegarem em casa. — James piscou para eles sorrindo com a reação bastante animada que as crianças tiveram.

O Ômega lúpus, então, saiu da cabine e indicou que Jared ficasse guardando a porta.

— Não permita que ninguém entre nessa cabine. — James exigiu, e o Alfa anuiu.

Ao caminhar de volta para a rampa de madeira, James viu com o canto dos olhos que os Alfas rendidos estavam olhando para ele. Quando virou o rosto para encará-los de volta, todos os Alfas abaixaram a cabeça.

James guardou a arma no cinto e cruzou o caminho de volta para o Cisne Negro.

— James. — Max chamou-o com voz baixa. — Como você soube que estava grávido?

James abriu a boca e cobriu-a no mesmo instante com uma mão.

— Max...

— *Shh*! — O mais velho chiou para que James não fizesse alarme. — Acho que estou grávido... sinto-me um pouco enjoado esses dias.

— Fale com o Sebby.

— É, né... — Max sorriu amarelo já imaginando a reação do médico.

Percebendo a hesitação na voz do mais velho, James decidiu resolver a situação naquele momento e chamou pelo Beta.

— Sebby, precisamos de sua ajuda. — James afirmou se aproximando da proa e levando consigo o outro Ômega.

— Em que posso ajudar? — Sebastian indagou.

James fez um gesto com a cabeça para que Max contasse ao médico sobre sua suspeita.

— Acho que estou grávido.

— Eu sabia! — Sebastian disse com as mãos na cintura. — Saiba que não vou correr atrás de abacaxi para ninguém!

Os Ômegas entreolharam-se e riram.

— Eu nem gosto de torta de abacaxi. — Max deu de ombros.

O médico examinou o Ômega rapidamente e logo constatou que ele realmente estava gestante. Com cerca de oito semanas.

— O Scott já sabe? — Sebastian perguntou.

— Não. Ele ainda não me marcou, então nem deve fazer ideia.

— O quê?! — O Beta rosnou. — *Aah*, mas... Scott! Venha aqui, agora!

James tentou conter o riso com uma mão na boca e saiu de fininho caminhando em direção à cabine.

— O que eu fiz dessa vez? — O Alfa perguntou quando se aproximou.

— Max está grávido. — O médico foi direto.

— Sério!? — Scott indagou, e o Ômega apenas confirmou com a cabeça. O Alfa abraçou Max tão fortemente que quase o fez sufocar. — Precisamos pensar nos nomes…

— Precisa marcar seu Ômega, isso sim. — Sebastian lembrou-lhe. — Pensa que é fácil sustentar uma gravidez sozinho, seu irresponsável…

O Beta seguiu com seu sermão por um tempo, com Max concordando com cada palavra, e Scott evitando de revirar os olhos, para não apanhar dos dois.

Já dentro da cabine, James estava sorrindo feito bobo observando seu Alfa brincando com Ethan. Porém, seu sorriso murchou quando ele percebeu com qual objeto o pequeno Ômega estava brincando.

— Uma pistola, Conrad?! — James aproximou-se bravo.

— Não está carregada. — O Alfa não deu importância.

James estendeu a mão e olhou-o com um semblante assustador. Conrad pegou a arma das mãos do pequeno e entregou-a para James. Ele foi até a mesa, depositou-a sobre o móvel, pegou um chocalho de brinquedo em seu lugar e entregou-o para o Alfa. Conrad pegou o objeto e chacoalhou-o duas vezes olhando para ele. James não conseguiu manter sua expressão zangada e começou a rir achando muito fofo um Alfa lúpus brincar com um chocalho de bebê.

O Alfa entregou o brinquedo para o filho, e logo Ethan se distraiu, chacoalhando-o.

— Ouvi um tiro.

— Ah, fui eu castrando um idiota. — James respondeu simples.

Conrad apenas assentiu. Ao voltar sua atenção para Ethan, ele se assustou ao notar que o Ômega já não estava sentado próximo a ele, mas perto de uma estante tentando alcançar um objeto brilhante.

— Parece que, nisso, ele puxou a você. — Conrad declarou sobre a habilidade que ambos os Ômegas tinham em comum de desaparecer diante das pessoas.

James riu se sentando na cama.

— Se ele for parecido em tudo, então futuramente será sequestrado por uma outra tripulação de piratas e...

— Mato todos eles. — Conrad disse, interrompendo-o. — Quero ver o Alfa que vai levar meu filhote daqui.

— Mas que papai mais ciumento... — James articulou ainda sorrindo.

— *Papapapa*... — Ethan gritou irritado por não conseguir alcançar o que tanto desejava na estante.

Ambos olharam em direção ao bebê, e Conrad caminhou até onde ele estava. Ele olhou surpreso para James ao perceber o que Ethan estava querendo.

— Ele é um lúpus? — Conrad perguntou.

— Não sei. Sebby falou que só é possível saber por volta dos quatro anos. Por quê?

— Esse não é o mapa do *Imperium*? — Conrad perguntou para confirmar erguendo o pergaminho e mostrando-o para James.

— É sim. Posso ver as runas claramente.

Conrad pegou o filho no colo, levou-o até a cama e colocou-o sentado no colchão, entre James e ele. Também colocou o mapa diante do pequenino. No mesmo instante em que seus olhos tiveram contato com o mapa, Ethan levou os dedinhos até as figuras e traçou o caminho certo de cada uma delas com a ponta do dedinho.

— Céus... — James falou boquiaberto. — Ele é realmente um Ômega lúpus.

Ethan continuou estudando o mapa muito atentamente. Ele murmurou alguns sons que não eram possíveis de se entender, já que ele ainda estava aprendendo a falar. James tentou retirar o mapa dali, mas Ethan segurou na outra ponta e o pergaminho se rasgou. O pequeno começou a chorar no mesmo instante. Conrad agarrou os dois pedaços e levou-os até a mesa, também pegou uma vela e colou-os novamente.

James pegou o filhote no colo e balançou-o para que ele parasse de chorar.

— Não chora, meu amor. O mapinha é todo seu. Papai está consertando para você. Vamos ver a Lua?

Assim que saiu da cabine, James seguiu com o choroso Ethan nos braços e caminhou até estar na popa da embarcação, onde eles podiam ver a Lua mais claramente. Quando viu o corpo celeste no céu, o pequeno Ômega parou de chorar e olhou para a Lua com os olhinhos úmidos e brilhantes.

— É a Lua. — James explicou.

Ethan não piscava, olhando-a encantado.

Quando Conrad saiu da cabine, procurou pelos Ômegas, encontrando-os poucos segundos depois na parte de trás da embarcação. O capitão caminhou até eles levando consigo o pergaminho enrolado e entregou-o ao filhote. Ethan agarrou o mapa enrolado e escondeu-o, encolhendo-se dentro do abraço de James.

— Ele parece gostar bastante desse mapa. — O Alfa falou. — Deve gostar das runas brilhando.

— Elas são realmente lindas. — James articulou. — Quando ele crescer, vou contar a história desse mapa e de toda a aventura que vivemos em busca do *Imperium*.

— Imagino que sim. — Conrad disse aquecendo ambos os Ômegas dentro de seu abraço. James riu baixo, soprado. — O que foi?

— Estava pensando em como eu estaria agora se tivesse me casado com o comodoro Roy. Provavelmente, minha vida seria bastante infeliz. Sempre fui otimista quanto a isso, por causa do que me ensinaram. Oh, céus. Como eu era tolo.

— Você não era tolo, era inocente.

James ergueu o rosto e fitou-o em silêncio por algum tempo antes de falar:

— Obrigado por ter me tirado de um destino sem amor. Você me fez ser quem eu sou hoje.

Conrad tomou um longo suspiro.

— Você sempre foi forte.

— Ele dormiu. — James sussurrou. — Aqui está frio, melhor levá-lo para dentro.

Conrad concordou, e ambos seguiram de volta para a cabine. Assim que entraram no cômodo, James subiu na cama e deitou-se no cantinho, abraçado a Ethan.

— Está frio, hoje. — James articulou. — Poderia aquecer seus Ômegas?

— Que tipo de Alfa eu seria se não fizesse isso? — Conrad indagou com um sorriso, subindo na cama e, logo em seguida, passando os braços entre eles.

Ethan moveu-se, zunindo alguns resmungos, e os dois mais velhos pararam de conversar. James começou a cantar uma canção, em um tom muito baixo. Ethan rapidamente caiu em um sono profundo. James sentiu a tranquilidade do pequeno e sorriu olhando para Conrad. Mas o Alfa acabou adormecendo juntamente com o filhote. James sorriu grande, observando a respiração calma do Alfa e o quanto ele e Ethan eram parecidos, até mesmo dormindo. Ele tomou um longo suspiro, beijou o topo da cabeça do pequeno, fechou os olhos, encostando a testa no peito do Alfa, e adormeceu algum tempo depois.

Agradecimentos

Agradeço primeiramente a minha mãe, Dona Lu, que me alfabetizou com toda paciência e carinho. Ela percebia meu desejo de poder ler as revistas em quadrinhos do meu irmão mais velho e dedicou-se a me ensinar o que considero a atividade mais importante da minha vida. Foi a partir da leitura que me apaixonei pela escrita, por isso, não posso deixar de citar minha avó, Antônia. Lembro-me de quando escrevi meu segundo livro, ainda na infância, e fui imensamente incentivada por ela: "Tua mãe tem uma escritora em casa e não sabe", foi o que ela disse depois de ler meu texto. Sempre que estou escrevendo, recordo-me dessa frase, e isso me estimula ainda mais a fazer o que mais gosto: criar histórias.

Frequentemente, as pessoas perguntam-me se sempre tive apoio da minha família no que se refere à escrita. A resposta é SIM! SEMPRE! Em relação a isso, fui muito afortunada. Percebo o quão orgulhoso, Amaro, meu pai, sente-se, e é quase palpável esse sentimento vindo dele e da minha mãe. Sei que, em absolutamente tudo de que eu precisar para levar adiante minha vida como escritora, vou poder contar com eles, assim como com meus irmãos, Márcia e Marcelo. Na vida, a gente passa por muitos obstáculos que nos fazem querer desistir de tudo. No meu caso, houve momentos sombrios em que o desânimo prevaleceu e, até mesmo para escrever, não tive ânimo. Mas eles sempre estiveram ao meu lado me incentivando. São minha base, meu suporte. Sei que pode parecer suspeito vindo de uma canceriana emotiva e apegada à família, mas, sem eles, eu sequer teria começado a escrever.

Durante a infância, tive uma professora chamada Valdeir. Ela costumava pedir para que nós, seus alunos, escrevêssemos historinhas com temas sortidos. Lembro-me do quanto eu ficava feliz sempre que ela elogiava minhas criações. Valdeir fazia questão de mostrar minhas histórias à diretora e, também, aos demais professores. Ela me encorajava bastante a ser escritora. Não tenho certeza se esse livro chegará às mãos dela um dia, mas gostaria que soubesse que sou imensamente agradecida por todo o incentivo.

Por fim, a cada leitor que sempre me apoiou com muito carinho, serei eternamente grata. Desde que decidi me aventurar compartilhando minhas histórias on-line, recebi um suporte gigante diante do qual até me assustei a princípio. De onde vieram tantas pessoas? Eu me perguntava com frequência. A cada dia que se passa esse número só cresce, e o que me deixa ainda mais feliz é que aqueles que sempre estiveram comigo desde o começo continuam até hoje. Os leitores, junto à Editora Euphoria, deram-me a oportunidade de publicar meu primeiro livro, e não há palavras que possam definir a minha felicidade. Muito obrigada.

Hierarquia
do
Cisne Negro
CAPITÃO
John Conrad
SUB-LIDER
Hae James

CONTRAMESTRE
Noah
MEDICO
Sebastian Conrad
NAVEGADOR E CARTOGRAFO
Thomas
MARUJO
Haë Jean

CISNE NEGRO
1a edição
Dimensões 16x23

editoraeuphoria.com.br

Imperium
Hurtgo
Cmenfou
Kwanza
Mar Ocioso
Mar Tenebroso